JOHN SANDFORD

# Die Schule des Todes

*Buch*

Louis Vuillon, ein junger Anwalt in Minneapolis, hat eine ganze Reihe von Kriminalfällen genau studiert und daraus die Regeln der »Schule des Todes« abgeleitet: Niemals jemanden ermorden, den man kennt. Niemals ein Tatmotiv haben. Niemals eine Waffe nach Gebrauch bei sich tragen. Niemals riskieren, zufällig entdeckt zu werden. Niemals Beweismaterial zurücklassen. Und er geht strikt nach diesen Regeln vor, wenn er seine Morde an jungen Frauen bis ins kleinste Detail plant und dann perfekt in Szene setzt.
Nach dem dritten unaufgeklärten Mord wird Lieutenant Lucas Davenport auf die Spur des mysteriösen Mörders gesetzt. Bei seinen Kollegen gilt er als exzentrischer Einzelgänger: wegen seines Porsche, seiner Computerspiele und wegen der Frauen, die er anzieht. Doch gerade Davenport ist der perfekte Gegenspieler für den unberechenbaren Mörder. Denn er erkennt bald, daß er es weder mit einem herkömmlichen Serienkiller noch mit einem reinen Psychopathen zu tun hat, sondern mit einem eiskalten Spieler, der nur mit seinen eigenen Mitteln zu schlagen ist ...

*Autor*

John Sandford ist das Pseudonym des mit dem Pulitzerpreis ausgezeichneten Journalisten John Camp. Seine Romane um den Polizisten Lucas Davenport finden sich regelmäßig auf den amerikanischen Bestsellerlisten. Schneller und fesselnder als er schreibt kaum ein zeitgenössischer Thriller-Autor. John Sandford lebt in Minneapolis.

*Von John Sandford außerdem bei Goldmann lieferbar:*

Böses Spiel. Roman (43429)
Jagdpartie. Roman (44388)
Kalte Rache. Roman (43708)
Letzter Dreh. Roman (44058)
Spur der Angst. Roman (44432)

# JOHN SANDFORD

# Die Schule des Todes

Roman

Aus dem Amerikanischen
von Wulf Bergner

PORTOBELLO

Die Originalausgabe erschien unter dem Titel
»Rules of Prey« bei G. P. Putnam's Sons, New York

*Umwelthinweis:*
Alle bedruckten Materialien dieses Taschenbuches
sind chlorfrei und umweltschonend.

Portobello Taschenbücher erscheinen im Goldmann Verlag,
einem Unternehmen der Verlagsgruppe Bertelsmann GmbH.

Einmalige Sonderausgabe April 2001

Umschlaggestaltung: Design Team München
Umschlagmotiv: Photonica
Satz: IBV Satz- und Datentechnik GmbH, Berlin
Druck: Elsnerdruck, Berlin
Verlagsnummer: 55182
RM · Herstellung: Schröder
Made in Germany
ISBN 3-442-55182-x
www.portobello-verlag.de

1 3 5 7 9 10 8 6 4 2

# 1

Die Leuchtreklame auf dem Nachbardach warf ihren flackernden blauen Lichtschein durch die Atelierfenster. Das Licht spiegelte sich in Glas und Edelstahl: einer leeren Kristallvase in Blütenform, an deren Rand sich Staub angesetzt hatte, einem Bleistiftspitzer, einem Mikrowellenherd, Erdnußbuttergläsern, in denen Buntstifte, Pinsel und Pastellkreide steckten. Daneben ein Aschenbecher voller Centstücke und Büroklammern. Gläser mit Acrylfarbe. Messer. Eine Stereoanlage war undeutlich als Ansammlung rechteckiger Silhouetten sichtbar. Eine Digitaluhr zerhackte die Stille in rote Minuten.

Der Werwolf lauerte im Dunkeln.

Er konnte hören, wie er atmete. Spürte, wie Schweiß aus den Hautporen unter seinen Achseln trat. Schmeckte, was er abends zu sich genommen hatte. Spürte, wie die Stoppeln seiner rasierten Schamhaare stachen. Witterte den Duft der Auserwählten.

Nie fühlte er sich so lebendig wie in den letzten Augenblicken einer langen Pirsch. Manche Leute – Leute wie sein Vater – mußten jede Minute jeder Stunde von diesem Gefühl erfüllt sein: sie lebten auf einer höheren Existenzebene.

Der Werwolf beobachtete die Straße. Die Auserwählte war eine Malerin. Sie hatte glatte hellbraune Haut und ausdrucksvolle braune Augen, kleine Brüste und eine schlanke Taille. Sie lebte illegal hier im Lagerhaus, duschte spät nachts im Umkleideraum am Ende des Korridors und bereitete sich heimlich Mikrowellengerichte zu, sobald der Hausmeister heimgefahren war. Sie schlief, in Lein- und Terpentinöldüfte gehüllt, in einem winzigen Lagerraum auf einem schmalen Klappbett. Jetzt war sie unterwegs, um Mikrowellen-Fertiggerichte einzukaufen. Der Mikrowellenscheiß bringt sie um, wenn du's nicht tust, dachte der Werwolf. Wahrscheinlich tust du ihr sogar einen Gefallen damit. Er grinste.

Die Malerin würde sein drittes Mordopfer in der Großstadt und das fünfte seines Lebens sein.

Sein erstes Opfer war eine Rancherstochter, die eine abgelegene Koppel verließ und auf die bewaldeten Kalksteinhügel von East Texas zuritt. Sie trug Jeans, eine rot-weiß karierte Bluse und Cowboystiefel. Sie saß hoch in einem Westernsattel und ritt mehr mit Kopf und Knien als mit den Zügeln in ihren Händen. Sie kam geradewegs auf ihn zu, und ihr langer blonder Zopf hüpfte auf ihrem Rücken auf und ab.

Der Werwolf hatte ein Gewehr: ein Remington Model 700 ADL in Kaliber 27 Winchester. Er stützte seinen Arm auf einen vermodernden Baumstamm und drückte ab, sobald sie auf vierzig Meter herangekommen war. Das Geschoß durchschlug ihr Brustbein und warf sie aus dem Sattel.

Dieser erste Mord war anders gewesen. Sie war nicht auserwählt worden; sie hatte ihre Ermordung selbst provoziert. Drei Jahre zuvor hatte sie in Hörweite des Werwolfs gesagt, er habe Lippen wie rote Würmer. Wie die sich windenden roten Würmer unter den Felsen am Fluß. Das hatte sie in der Eingangshalle ihrer High-School, von Freundinnen umringt, behauptet. Einige von ihnen hatten sich nach dem Werwolf umgesehen, der fünf Meter von ihnen entfernt stand – wie immer allein – und seine Bücher ins oberste Fach seines Schranks räumte.

Er hatte sich nicht anmerken lassen, daß er ihre Beleidigung gehört hatte. Schon seit frühester Kindheit verstand er es sehr gut, seine Gefühle zu verbergen, obwohl sie der Rancherstochter vermutlich gleichgültig gewesen wären. Gesellschaftlich war der Werwolf ein Nichts.

Aber sie hatte für diese Kränkung büßen müssen. Er bewahrte die Erinnerung an ihre Bemerkung drei Jahre lang in seinem Herzen, denn er wußte, daß seine Zeit kommen würde. Und sie kam. Von einem schnell zerplatzenden Kupfermantelgeschoß, wie Jäger es verwendeten, tödlich getroffen, kippte die Rancherstochter rückwärts vom Pferd.

Der Werwolf trabte leichtfüßig durch die Wälder und über sumpfiges Grasland. An der durch den Sumpf führenden Straße versteckte er sein Gewehr unter einem rostigen eisernen Dränagerohr. Dieses Rohr würde die Waffe tarnen, falls mit einem Metalldetektor nach ihr gesucht wurde. Allerdings rechnete der

Werwolf nicht mit einer Suchaktion: Die Jagd auf Rotwild war im Gange, und die Wälder waren voller verrückter Städter, die bis an die Zähne bewaffnet waren und auf alles schossen, was sich bewegte. Der Zeitpunkt und das Waffenversteck waren lange zuvor sorgfältig ausgewählt worden. Schon in seinem zweiten Collegejahr war der Werwolf ein großer Planer.

Er ging zur Beerdigung des Mädchens. Ihr Gesicht war unversehrt, deshalb war sie in einem offenen Sarg aufgebahrt. In seinem dunklen Anzug setzte er sich so nahe wie möglich an den Sarg, starrte in ihr Gesicht und genoß das in ihm aufsteigende Machtgefühl. Er bedauerte nur, daß sie nichts von ihrem bevorstehenden Tod gewußt und diesen Schmerz nicht bis zur Neige ausgekostet hatte; und er bedauerte, daß ihm keine Zeit geblieben war, sich an ihrem Leid zu erfreuen.

Dem zweiten Mord fiel die erste der wirklich Auserwählten zum Opfer, obwohl er diese Tat nachträglich nicht mehr für eine reife Leistung halten konnte. Sie war wohl eher ein... ein Experiment gewesen? Ja. Bei seinem zweiten Mord vermied er die Unzulänglichkeiten des ersten.

Sie war eine Nutte. Er ermordete sie in den Frühlingsferien seines zweiten Studienjahres, des Krisenjahres, in der Law School. Wie er wußte, war das Bedürfnis nach einer solchen Tat schon lange vorhanden gewesen und durch den intellektuellen Druck des Jurastudiums verstärkt worden. Und in einer kühlen Nacht in Dallas verschaffte er sich mit einem Messer zeitweilige Erleichterung an dem blassen, weißen Leib eines einfachen Mädchens, das aus Mississippi in die Großstadt gekommen war, um dort ihr Glück zu machen.

Der Tod der Rancherstochter wurde als Jagdunfall beklagt. Ihre Eltern trauerten um sie, aber das Leben ging weiter. Zwei Jahre später sah der Werwolf die Mutter der Ermordeten vor einem Konzertsaal lachen.

Die Polizei in Dallas tat die Hinrichtung der Nutte als einen mit der Drogenszene in Verbindung stehenden Straßenmord ab. In ihrer Handtasche fanden die Cops einige Kapseln Speed – und das genügte ihnen. Von ihr war nur der Name bekannt, den sie sich für die Straße zugelegt hatte. Sie kam in ein Armengrab mit diesem Namen, dem falschen Namen, auf der winzigen Eisenplakette, die das Grab bezeichnete. Sie hatte ihren sechzehnten Geburtstag nicht mehr erlebt.

Diese beiden Morde waren befriedigend, aber nicht bis ins letzte durchdacht gewesen. Die Großstadtmorde waren ganz anders. Sie waren detailliert vorbereitet, und die Taktik basierte auf sachkundiger Begutachtung der Ermittlungen in einem Dutzend Mordfälle.

Der Werwolf war intelligent. Er war Mitglied der Anwaltskammer. Er stellte die wichtigsten Regeln auf:

*Niemals jemanden ermorden, den du kennst.*

*Niemals ein Tatmotiv haben.*

*Niemals nach erkennbarem Schema handeln.*

*Niemals eine Waffe nach Gebrauch bei sich tragen.*

*Niemals riskieren, zufällig entdeckt zu werden.*

*Niemals Beweismaterial zurücklassen.*

Es gab noch weitere Regeln. Er betrachtete sie als intellektuelle Herausforderung.

Er war natürlich verrückt. Und das wußte er recht gut.

In der besten aller Welten wäre er lieber geistig normal gewesen. Seine Geisteskrankheit brachte vielfältigen Streß mit sich. Er hatte jetzt Pillen: schwarze gegen hohen Blutdruck, rötlichbraune gegen Schlafstörungen. Er wäre lieber geistig normal gewesen, aber man spielte mit dem Blatt, das einem das Schicksal gegeben hatte. Das hatte sein Vater gesagt.

Gut, er war also verrückt.

Aber nicht ganz so, wie die Polizei glaubte.

Er fesselte und knebelte die Frauen und vergewaltigte sie.

Die Polizei hielt ihn für einen Sexualverbrecher. Für einen eiskalten Triebtäter. Er ließ sich bei den Morden und den Vergewaltigungen Zeit. Die Cops glaubten, er rede mit seinen Opfern und verhöhne sie. Er benützte Kondome. Mit einem Gleitmittel beschichtete Kondome. Bei der Obduktion hergestellte Scheidenabstriche seiner beiden ersten Großstadtopfer hatten Hinweise auf ein Gleitmittel geliefert. Da die Kondome nie zu finden waren, vermuteten die Cops, daß er sie immer mitnahm.

Psychiater, die zur Erstellung eines psychologischen Profils hinzugezogen wurden, waren der Überzeugung, der Täter habe *Angst* vor Frauen – möglicherweise, sagten sie, weil er in seiner Kindheit unter der Fuchtel einer dominierenden Mutter stand, die abwechselnd tyrannisch und liebevoll mit sexuellen Untertönen gewesen sei. Vielleicht habe der Täter auch Angst vor Aids, und möglicherweise – sie sprachen unablässig von Möglichkeiten – sei er im Kern seines Wesens homosexuell.

Möglicherweise, sagten sie, *tue* er etwas mit seinem Samen, den er in den Kondomen mitnahm. Als die Psychiater das andeuteten, sahen die Cops sich fragend an. Etwas tun? Aber was? Zu Sahnehäubchen verarbeiten? Was?

Die Psychiater irrten sich. In allen Punkten.

Er verhöhnte seine Opfer nicht, sondern tröstete sie und half ihnen *mitzuwirken*. Kondome benützte er nicht so sehr aus Angst, er könnte sich anstecken, sondern um sich vor der Polizei zu schützen. Samen war Beweismaterial, das von Gerichtsmedizinern sorgfältig untersucht und klassifiziert wurde. Der Werwolf kannte einen Fall, in dem eine Frau von einem Stadtstreicher überfallen, vergewaltigt und ermordet worden war. Zwei Männer waren verdächtigt worden – beide hatten sich gegenseitig beschuldigt. Eine Samenuntersuchung hatte entscheidend dazu beigetragen, den Mörder zu überführen.

Der Werwolf hob die Kondome nicht auf. Er *tat* nichts mit ihnen. Er spülte sie mitsamt ihrem beweiskräftigen Inhalt im WC seiner Opfer hinunter. Und seine Mutter war keine Tyrannin gewesen. Sie war eine kleine, unglückliche, schwarzhaarige Frau, die im Sommer bedruckte Kattunkleider und breitkrempige Strohhüte getragen hatte. Sie war in seinem vorletzten High-School-Jahr gestorben. Er konnte sich kaum noch an ihr Gesicht erinnern, aber als er einmal in Kartons mit Familienandenken gewühlt hatte, war er auf ein von einer Schnur zusammengehaltenes Bündel Briefe, die sie an seinen Vater geschrieben hatte, gestoßen. Ohne recht zu wissen, weshalb, hatte er an den Umschlägen gerochen und war von ihrem zarten Duft, der ihn an seine Mutter erinnerte, überwältigt gewesen: ein schwacher Duft nach Flieder und Heckenrosen.

Aber seine Mutter war unbedeutend gewesen.

Sie hatte nie etwas geleistet. Nichts bewirkt. Nichts getan. Sie war seinem Vater ein Klotz am Bein gewesen. Sein Vater hatte seine faszinierenden Spiele, und sie behinderte ihn dabei. Er erinnerte sich daran, wie sein Vater sie einmal angebrüllt hatte: *Ich arbeite, ich arbeite, und du bleibst gefälligst draußen, wenn ich arbeite! Ich muß mich konzentrieren, und das kann ich nicht, wenn du hier reinkommst und jammerst, jammerst...* Die faszinierenden Spiele in Gerichtsgebäuden und Gefängnissen.

Der Werwolf war nicht homosexuell. Er fühlte sich nur zu Frauen hingezogen. Für einen Mann kam nur diese Sache – die Sache mit Frauen – in Frage. Er begehrte sie, um ihren Tod zu sehen und zu spüren, wie er in diesem transzendenten Augenblick explodierte.

In Augenblicken der Einsicht hatte der Werwolf seine Psyche analysiert und den Ursprung seiner Geisteskrankheit zu ergründen versucht. Dabei war er zu dem Schluß gelangt, sie sei nicht plötzlich aufgetreten, sondern allmählich *gewachsen.* Er erinnerte sich an die langen einsamen Wochen, die er mit seiner Mutter auf der Ranch verbracht hatte, während sein Vater in Dallas seine Spiele spielte. Dort hatte der Werwolf mit seinem Kleinkalibergewehr Jagd auf Erdhörnchen gemacht. Traf er eines direkt in die Hinterbeine, so daß es von seinem Bau wegrollte, versuchte es keckernd, sich nur noch mit den Vorderpfoten in sein Loch zurückzuschleppen.

Alle übrigen Erdhörnchen aus den benachbarten Höhlen standen dann auf den kleinen Hügeln, die sie beim Höhlenbau aufgeworfen hatten, und sahen zu. Nun konnte er ein zweites anschießen, das weitere Tiere herauslockte, und danach ein drittes, bis die ganze Kolonie ein halbes Dutzend waidwunder Erdhörnchen beobachtete, die sich in ihre Höhlen zurückzuschleppen versuchten.

Nachdem er sechs oder sieben Tiere mit liegendem Anschlag angeschossen hatte, stand er auf, ging zu den Höhlen hinüber und erledigte sie mit seinem Taschenmesser. Manchmal balgte er sie noch lebend ab und schlug sie aus ihrer Haut, während sie zwischen seinen Händen strampelten. Später begann er, ihre Ohren auf eine Schnur zu fädeln, die er im Dachgebälk des Geräteschuppens versteckte. In einem einzigen Sommer hatte er über dreihundert Ohrenpaare aufgefädelt.

Den ersten Orgasmus seines jungen Lebens hatte er, als er am Rande einer Wiese im Heu lag und auf Erdhörnchen schoß. Der lange krampfartige Erguß war wie der Tod selbst. Danach zog er den Reißverschluß seiner Jeans auf, um die Samenflecken auf seiner Unterhose zu betrachten, und sagte laut: »Junge, das hat's gebracht... Junge, das hat's gebracht.« Das wiederholte er mehrmals, und seit diesem Tag packte ihn die Leidenschaft öfter, wenn er auf der Jagd unterwegs war.

Nehmen wir einmal an, dachte er, alles wäre anders gelaufen. Nehmen wir einmal an, ich hätte Spielgefährten gehabt, auch mit Mädchen gespielt, und wir hätten eines Tages in der Scheune Doktor gespielt. *Zeig mir deine, dann zeig ich dir meinen...* Hätte das etwas entscheidend beeinflußt? Er wußte es nicht. Als er dann vierzehn war, war es zu spät. Seine Psyche war unheilbar geschädigt.

Etwa eine Meile von ihm entfernt wohnte ein Mädchen, das fünf oder sechs Jahre älter war als er. Die Tochter eines echten Ranchers. Als sie eines Tages auf einem Heuwagen hinter dem von ihrer Mutter gelenkten Traktor an ihm vorbeifuhr, trug sie ein schmuddeliges, schweißnasses T-Shirt, unter dem sich ihre steifen Brustwarzen abzeichneten. Der Werwolf war damals vierzehn; er spürte leidenschaftliche Erregung und sagte laut: »Ich würde sie lieben und umbringen.«

Er war verrückt.

Während seines Jurastudiums las er von Männern, die ihm glichen, und stellte fasziniert fest, daß er Teil einer Gemeinschaft war. Er hielt sie für eine Gemeinschaft von Männern, die verstanden, welche Ekstase dieser Augenblick des Ergusses und des Todes auslösen konnte.

Aber es ging ihm nicht nur ums Töten. Nicht mehr. Inzwischen hatte sich ein intellektueller Reiz dazugesellt.

Der Werwolf hatte stets eine Vorliebe für Spiele gehabt. Für die Spiele, die sein Vater spielte, für die Spiele, die er allein in seinem Zimmer spielte. Phantasiespiele, Rollenspiele. Er war ein guter Schachspieler. Das High-School-Turnier gewann er drei Jahre hintereinander, obwohl er außerhalb der Turniere nur selten mit jemandem Schach spielte.

Aber es gab bessere Spiele. Zum Beispiel die, die sein Vater spielte. Aber selbst sein Vater war nur ein Ersatz für den wahren Spieler, der als zweiter Mann am Tisch saß: der Angeklagte. Die wahren Spieler waren die Cops und die Angeklagten. Der Werwolf wußte, daß er niemals ein Cop hätte sein können. Aber er konnte trotzdem mitspielen.

Und jetzt, in seinem siebenundzwanzigsten Jahr, erfüllte sich seine Bestimmung. Er spielte mit, und er mordete, und das Glück, das er dabei empfand, brachte seinen ganzen Körper zum Klingen.

*Das höchste Spiel. Der höchste Einsatz.*

Er wettete um sein Leben, daß sie ihn nicht schnappen würden. Und er gewann die Leben von Frauen – wie Pokerchips. Männer spielten stets um Frauen: das war seine Theorie. Bei den allerbesten Spielen wurde um Frauen gespielt.

Cops hatten natürlich kein Interesse an Spielen. Cops waren notorisch phantasielos.

Um ihnen zu helfen, den Sinn des Spiels zu erfassen, hinterließ er an jedem Tatort eine der von ihm aufgestellten Regeln. Sorgfältig aus einer Tageszeitung aus Minneapolis ausgeschnittene Wörter ergaben einen kurzen Satz, den er auf ein Blatt Notizpapier klebte. Beim ersten Großstadtmord lautete die Botschaft: *Niemals jemanden ermorden, den du kennst.*

Das würde ihnen schweres Kopfzerbrechen bereiten. Er legte den Zettel auf die Brust seines Opfers, damit außer Zweifel stand, wer ihn hinterlassen hatte. Aus einem fast scherzhaften nachträglichen Einfall heraus unterzeichnete er die Botschaft mit *Der Werwolf.*

Auf dem zweiten Zettel stand: *Niemals ein Tatmotiv haben.* Nun mußten sie wissen, daß sie's mit einem zielbewußten Mann zu tun hatten.

Obwohl die Cops bestimmt Blut und Wasser schwitzten, gelang es ihnen, die Story aus den Medien herauszuhalten. Aber der Werwolf sehnte sich nach Presseruhm. Sehnte sich danach, beobachten zu können, wie seine Anwaltskollegen den Gang der Ermittlungen in der Tagespresse verfolgten. Und zu wissen, daß sie mit ihm über ihn redeten, ohne zu ahnen, daß *er* der Täter war.

Der Gedanke daran war erregend. Mit diesem dritten Mord würde er's schaffen. Die Cops konnten die Story nicht für immer geheimhalten. Polizeipräsidien hatten normalerweise so viele undichte Stellen wie ein Sieb. Er war überrascht, daß die Geheimhaltung so lange geklappt hatte.

Bei seinem dritten Opfer würde die Nachricht lauten: *Niemals nach erkennbarem Schema handeln.* Er hatte sie auf einem Tischwebstuhl zurückgelassen.

Selbstverständlich lag in dieser Handlungsweise ein Widerspruch. Als Intellektueller hatte der Werwolf viel darüber nachgedacht. Er war geradezu fanatisch sorgfältig bemüht, keine Spuren zu hinterlassen – und trotzdem hinterließ er absichtlich welche. Aus seiner Wortwahl konnten die Polizei und ihre Psychiater bestimmte Rückschlüsse auf seine Persönlichkeit ziehen. Aus der Tatsache, daß er überhaupt Regeln aufstellte. Aus seinem Spieltrieb.

Aber das ließ sich nicht ändern.

Wäre es nur ums *Morden* gegangen, hätte er sich zugetraut, selbst als Massenmörder nicht geschnappt zu werden. Dallas hatte ihm gezeigt, wie leicht das war. Er konnte Dutzende ermorden. Hunderte. Nach Los Angeles fliegen, in einem Kaufhaus ein Messer kaufen, eine Nutte erstechen und am selben Abend heimfliegen. Jede Woche in einer anderen Stadt. Sie würden ihn niemals fassen. Sie würden nicht einmal *wissen*, daß ein Serientäter am Werk war.

Diese Vorstellung war reizvoll, aber letztlich intellektuell steril. Er wollte sich weiterentwickeln. Er wollte den *Wettstreit.* Er brauchte ihn.

Der Werwolf schüttelte im Dunkel den Kopf und sah aus dem hohen Fenster. Auf der regennassen Straße zogen Autos Wasserfontänen hinter sich her. Von der I-94, die zwei Blocks weiter nördlich verlief, kam Verkehrslärm als dumpfes Brausen herüber. Keine Fußgänger. Niemand, der mit Einkaufstüten beladen war.

Er wartete, ging vor den Fenstern auf und ab und behielt die Straße im Auge. Acht Minuten, zehn Minuten. Die Intensität, das Pulsieren, der Druck nahmen zu. Wo blieb sie? Er brauchte sie.

Dann sah er sie so hastig die Straße überqueren, daß ihr schwarzes Haar im Licht der Quecksilberdampflampen flog. Sie war allein und trug nur eine Einkaufstüte. Als sie genau unter ihm außer Sicht kam, trat er an die Mittelsäule und blieb dort stehen.

Der Werwolf trug Jeans, ein schwarzes T-Shirt, Chirurgenhandschuhe aus Latex und eine blaue Sturmhaube. Sobald er sie ans Bett gefesselt hatte und sich auszog, würde die Frau sehen, daß der Angreifer sich rasiert hatte: Er wies so wenig Schamhaar auf wie ein Fünfjähriger. Nicht etwa, weil er komisch veranlagt war, obwohl es sich... *interessant* anfühlte. Aber er kannte einen Fall, in dem Spurensicherer auf der Couch einer Frau ein halbes Dutzend Schamhaare eines Mannes gefunden und mit denen eines Verdächtigen verglichen hatten. Die Vergleichshaare hatten sie sich mit Hilfe eines Durchsuchungsbefehls verschafft. Ein cleverer Trick. Von der Berufungsinstanz bestätigt.

Ihn fröstelte. Es war unangenehm kühl. Er wünschte sich, er hätte eine Jacke angezogen. Als er aus dem Haus gegangen war, hatte das Thermometer vierundzwanzig Grad angezeigt. Inzwischen mußte die Temperatur um sieben, acht Grad gefallen sein. Dieses gottverdammte Minnesota!

Der Werwolf war weder groß noch sonderlich athletisch. In seiner Jugend hatte er sich für kurze Zeit für schlank gehalten, obwohl sein Vater ihn als *schmächtig* bezeichnet hatte. Jetzt war er dicklich, wie er seinem Spiegelbild eingestand. Einssechsundsiebzig, lockiges rotes Haar, leichtes Doppelkinn, beginnender Schmerbauch... Lippen wie rote Würmer...

Der Aufzug war alt und für Waren bestimmt. Er ächzte einmal, zweimal, bevor er sich nach oben in Bewegung setzte. Der Werwolf überprüfte seine Ausrüstung: Das Haushaltstuch, das er als Knebel benützen würde, steckte in seiner rechten Hüfttasche. Das Klebeband zur Befestigung des Knebels hatte seinen Platz in der linken. Der Revolver steckte unter seinem T-Shirt im Hosenbund. Die Waffe war klein, aber gefährlich: ein Smith & Wesson Model 15. Er hatte ihn von einem Todkranken gekauft, der kurz danach gestorben war. Vor dem Verkauf hatte der Sterbende erzählt, seine Frau wolle die Waffe zum Selbstschutz behalten. Er bat den Werwolf, ihr nicht zu sagen, daß er den Revolver gekauft hatte. Das solle ihr Geheimnis bleiben.

Das war perfekt. Niemand wußte, daß er diese Waffe besaß. Falls er sie jemals benützen mußte, ließ sich kein Besitzer nachweisen – oder nur der längst tote Vorbesitzer.

Er zog den Revolver, hielt ihn an sich gedrückt und ging in Gedanken nochmals den Ablauf durch: packen, die Waffe ans Gesicht halten, zu Boden drücken, mit dem Revolvergriff auf den Kopf schlagen, sich auf ihren Rücken knien, den Kopf nach hinten ziehen, das Tuch in den Mund stopfen, mit Klebeband befestigen, zum Bett schleppen, Arme am Kopfteil und Füße am Fußteil mit Klebeband fixieren.

Danach entspannen und zum Messer überwechseln.

Der Aufzug hielt, und die Schiebetür öffnete sich. Die Magennerven des Werwolfs verkrampften sich. Ein vertrautes, sogar angenehmes Gefühl. Schritte. Schlüssel im Türschloß. Sein Herz hämmerte. Tür offen. Licht. Tür zu. Der rauhe Revolvergriff in seiner Hand schien zu glühen. Jetzt kam die Frau an ihm vorbei...

Der Werwolf katapultierte sich aus seinem Versteck.

Sah augenblicklich, daß sie allein war.

Umklammerte sie von hinten, drückte ihr die Revolvermündung ans Gesicht.

Die Einkaufstüte platzte auf. Rot-weiße Büchsen mit Campbell's Soup rollten wie Würfel über den Holzboden; beige-rote Tiefkühlpackungen mit Hähnchenbeinen und Mikrowellen-Lasagne knirschten unter ihren Füßen.

»Wenn du schreist«, knurrte er mit barscher, am Kassettenrecorder eingeübter Stimme, »bring' ich dich um!«

Wider Erwarten entspannte sich die Frau und sank ein wenig zurück, und der Werwolf folgte unwillkürlich ihrem Beispiel.

Im nächsten Augenblick stampfte ihr Absatz auf seinen Innenrist. Der Schmerz war unerträglich, und als er den Mund öffnete, um aufzuschreien, drehte sie sich in seinen Armen um, ohne auf den Revolver zu achten.

»Aaaiii!« rief sie halblaut in einer Mischung aus Angst und Empörung.

Dann schien die Zeit für sie fast stillzustehen, als würden die Sekunden zu Stunden. Der Werwolf beobachtete, wie sie ihre Hand hob. Er hatte den Eindruck, sie sei ebenfalls bewaffnet, und spürte, wie seine Hand mit dem Revolver von ihrem Körper weggedrückt wurde, und dachte: *Nein!* Im nächsten kristallklaren Zeitfragment erkannte er, daß sie keine Schußwaffe, sondern einen schlanken silbernen Zylinder in der Hand hielt.

Sie sprühte ihm die chemische Keule ins Gesicht, und der Zeitstrom ging mit einem Ruck in irrsinniges Zeitraffertempo über. Er schrie auf und schlug mit dem Smith & Wesson nach ihr, wobei ihm der Revolver aus der Hand glitt. Er holte mit der anderen Hand aus, schlug und traf sie mehr aus Zufall am Unterkiefer. Sie ging zu Boden, rollte sich aber geschickt ab.

Der Werwolf suchte seinen Revolver: halbblind, die Hände vors Gesicht geschlagen, keuchend nach Atem ringend – er hatte Asthma, und die Sturmhaube war mit dem Reizstoff getränkt. Die Frau rollte sich ab, richtete sich mit der chemischen Keule in der Hand auf und kreischte jetzt: »Arschloch, Arschloch...«

Er trat nach ihr und verfehlte sie, und sie besprühte ihn erneut. Er trat wieder zu. Sie stolperte und fiel und rollte sich ab, ohne die Sprühdose zu verlieren, und er konnte den Revolver nicht finden und trat sie noch einmal. Zum Glück traf er die chemische Keule in ihrer Hand, so daß die kleine Sprühdose davonflog. Aus einer Platzwunde an der Stirn, wo er sie mit dem Korn des Revolvervisiers getroffen hatte, sickerte Blut und lief über ihr Gesicht bis in den Mund und färbte ihre Zähne, während sie kreischte: *»Arschloch, Arschloch!«*

Bevor er sie erneut angreifen konnte, bekam sie ein glänzendes Edelstahlrohr zu fassen und schwang es wie eine geübte Softballspielerin. Er wehrte den Angriff ab, wich dabei zurück und suchte weiter seinen Revolver, aber er war verschwunden. Sie drang weiter auf ihn ein, und der Werwolf traf die Entscheidung, die für ihn die natürlichste war.

Er flüchtete.

Er flüchtete, und sie verfolgte ihn und traf nochmals seinen Rücken. Er stolperte halb, drehte sich um und versetzte ihr mit der Innenfaust einen Hieb an den Unterkiefer – ein schwacher, wenig wirkungsvoller Schlag. Sie wich federnd zurück und griff erneut mit dem Stahlrohr an – mit aufgerissenem Mund und gefletschten Zähnen Blut und Speichel versprühend, während sie kreischte. Er schaffte es, durch die Tür zu kommen, und knallte sie hinter sich zu.

*»... Arschloch ...«*

Er lief den Korridor entlang zur Treppe, während er unter der Maske beinahe erstickte. Sie verfolgte ihn nicht, sondern blieb an der geschlossenen Tür stehen und stieß den durchdringendsten Schrei aus, den er jemals gehört hatte. Irgendeine Tür ließ sich öffnen, und er stolperte blindlings die Treppe hinunter. Unten riß er sich die Maske vom Gesicht, stopfte sie in eine Tasche und trat ins Freie.

Schlendern, dachte er. Spazierengehen.

Es war kalt. Dieses gottverdammte Minnesota! Hier konnte man im August erfrieren. Er hörte sie wieder kreischen. Zuerst nur leise, dann lauter. Die Schlampe hatte das Fenster aufgerissen. Und gleich gegenüber war ein Polizeirevier. Der Werwolf zog die Schultern hoch, ging etwas rascher zu seinem Wagen, setzte sich ans Steuer und fuhr davon. Auf halbem Wege zurück nach Minneapolis – noch immer in Todesangst und vor Kälte zitternd – fiel ihm ein, daß Autos Heizungen haben, und er stellte seine an.

Er war in Minneapolis, bevor er merkte, daß er verletzt war. Gottverdammtes Stahlrohr. Das gibt große blaue Flecken, dachte er, am Rücken und auf den Schultern. Wegen des Revolvers war nichts zu befürchten; der ließ sich nicht zu ihm zurückverfolgen.

Gott, diese Schmerzen!

## 2

Der Ladenbesitzer war hinter einem Wall aus Girlie-Magazinen verborgen. Zigaretten, Schokoriegel und Klarsichtpackungen mit Käsestangen, Taco-Chips, gerösteten Schweineschwarten und weiteren Karzinogenen gaben ihm Flankenschutz. Neben der Registrierkasse war ein Drehständer mit weißen Buttons behängt; jeder Button trug eine Botschaft, die das Credo jedes einzelnen Käufers verkünden sollte. *Save the Whales – Harpoon a Fat Chick* war ein großer Renner. Auch *No More Mr. Nice Guy – Down on Your Knees, Bitch* verkaufte sich glänzend.

Der Ladenbesitzer würdigte sie keines Blickes. Er hatte es satt, sie anzusehen. Er starrte aus zusammengekniffenen Augen durch das von Fliegen verdreckte Schaufenster und schüttelte den Kopf.

Lucas Davenport kam mit einer *Daily Racing Form* vom Zeitungsstand herübergeschlendert und legte zwei Dollar zwölf auf den Zahlteller.

»Scheißkids«, murmelte der Ladenbesitzer vor sich hin und verrenkte sich den Hals, um mehr von der Straße überblicken zu können. Dann hörte er das Geld auf den Zahlteller fallen und drehte sich um. Sein Basset-Gesicht versuchte zu grinsen und begnügte sich mit noch mehr Falten. »Wie geht's immer?« ächzte er.

»Was gibt's?« fragte Lucas und sah an ihm vorbei auf die Straße hinaus.

»'n paar Kids auf Skateboards.« Der Ladenbesitzer hatte Wasser in der Lunge und konnte nur in kurzen Sätzen sprechen. »Hängen sich an 'nen Bus.« Pfeifen. »Wenn da 'n Gullydeckel hochsteht...« Keuchen. »Dann sind sie tot.«

Lucas sah erneut hinaus. Auf der Straße waren keine Kids zu sehen.

»Längst weg«, sagte der Ladenbesitzer mürrisch. Er griff nach der *Racing Form* und las den ersten Absatz des Leitartikels. »Schon am Wühltisch gewesen?« Ächzen. »'n Kerl hat Gedichte gebracht.« Er sprach das Wort wie »Gediche« aus.

»Echt?« Lucas trat auf die andere Seite der Theke und begutachtete die Reihen abgegriffener Bücher auf dem Wühltisch. Zwischen zwei Hardcover-Bänden über die Literatur des 20. Jahrhunderts entdeckte er zu seinem Entzücken einen schmalen Leinenband mit Gedichten von Emily Dickinson. Lucas fahndete niemals nach Gedichtbänden; er kaufte auch niemals neue, sondern wartete auf Zufallsfunde, die sich überraschend oft einstellten: Findelkinder in halben Fachbibliotheken über Biochemie oder Elektrotechnik.

Diese *Emily Dickinson* hatte einen Dollar gekostet, als sie 1958 in einem obskuren Verlag in der Sixth Avenue in New York City erschienen war. Über drei Jahrzehnte später kostete sie in einem Zeitungsladen in der University Avenue in St. Paul nur noch 80 Cent.

»Wie steht's mit diesem Pony?« Gurgeln. »Diesem Wabasha Warrior?« Der Ladenbesitzer tippte auf die *Racing Form.* »In Minnesota gezüchtet.«

»Das ist's eben«, sagte Lucas.

»Was?«

»In Minnesota gezüchtet. Den sollten sie gleich zu Hundefutter verarbeiten. Aber die Sache hat natürlich einen Vorteil...«

Der Ladenbesitzer wartete. Für längere Dialoge war er zu kurzatmig.

»Falls viele auf Warrior setzen, weil er von hier stammt«, fuhr Lucas fort, »wird die Quote für den Sieger höher.«

»Und der ist...?«

»Versuchen Sie's mit Sun und Halfpence. Keine Garantie, aber die Zahlen stimmen.« Lucas schob die *Emily Dickinson* mit den 80 Cent und fünf Cent Verkaufssteuer über den Ladentisch. »Lassen Sie mich draußen sein, bevor Sie Ihren Buchmacher anrufen, okay? Ich hab' keine Lust, als Tipgeber geschnappt zu werden.«

»Wie Sie meinen.« Schnaufen. »Lieutenant.« Der Ladenbesitzer nickte dankend.

Lucas nahm die *Emily Dickinson* mit nach Minneapolis zurück und stellte seinen Wagen im Parkhaus gegenüber dem Rathaus ab. Er ging um den deprimierend häßlichen alten Bau aus rötlichem Granit herum, überquerte eine Straße und gelangte an einer Wasserfläche vorbei ins Hennepin County Government Center. Dort fuhr er mit der Rolltreppe in die Cafeteria hinunter, zog einen roten Apfel aus einem Verkaufsautomaten, fuhr wieder nach oben und betrat die Rasenfläche hinter dem Gebäude. Er setzte sich in der warmen Augustsonne unter weiße Birken ins Gras, verzehrte den Apfel und las:

*...but no man moved me till the tide*
*Went past my simple shoe*
*And past my apron and my belt*
*And past my bodice too,*
*And made as he would eat me up*
*As wholly as a dew*
*Upon a dendelion's sleeve*
*And then I started too.*

Lucas lächelte und biß in den Apfel, daß es knackte. Als er aufsah, überquerte eine schwarzhaarige junge Frau mit einem Zwillingskinderwagen die Plaza. Die Zwillinge trugen identische rosa Strampelanzüge und schwankten von einer Seite zur anderen, so energisch schob ihre Mutter den Wagen. Mama hatte große Brüste und eine schmale Taille, und ihr rabenschwarzes Haar glitt bei jedem Schritt wie ein seidener Vorhang über ihre rosigen Wangen. Zu einem pflaumenfarbenen Rock trug sie eine beige Seidenbluse und war so schön, daß Lucas, der eine Woge des Vergnügens in sich spürte, erneut lächelte.

Dann ging eine andere junge Frau in Gegenrichtung an ihm vorbei: eine Blondine mit punkigem Kurzhaarschnitt, die ein offenherziges Strickkleid trug und aufreizend flittchenhaft wirkte. Lucas beobachtete ihren wiegenden Gang und seufzte im Rhythmus dazu.

Lucas Davenport trug ein weißes Tennishemd, eine Khakihose, halblange blaue Socken und Bootsschuhe mit Lederschnürsenkeln. Das Tennishemd trug er über der Hose, damit seine Dienstwaffe nicht zu sehen war. Lucas war schlank und dunkelhäutig;

er hatte ungewelltes schwarzes Haar, das an den Schläfen grau zu werden begann, und eine lange Nase über vollen Lippen. Einem seiner oberen Vorderzähne fehlte eine Ecke, aber er hatte den Zahn nie überkronen lassen. Wären seine blauen Augen nicht gewesen, hätte er ein Indianer sein können.

Sein Blick war freundlich und verständnisvoll. Unterstrichen wurde diese Wärme durch eine senkrechte Narbe, die am Haaransatz begann, zum rechten Auge hinunterführte, die Augenhöhle übersprang und erst am Mundwinkel endete. Die Narbe verlieh seinem Gesicht einen ordinären Zug, hinter dem trotzdem noch eine gewisse Unschuld zu ahnen war – wie bei Errol Flynn in *Captain Blood.*

Lucas wünschte sich, er könnte jungen Frauen erzählen, die Narbe sei ein Andenken an eine Schlägerei in einer Bar in Subic Bay, wo er noch nie gewesen war, oder Bangkok, das er ebenfalls nicht kannte. Tatsächlich verdankte er die Narbe einem Reusendraht, der sich im St. Croix River unter Wasser verfangen hatte und bei zu großer Belastung gerissen war. Das erzählte Lucas freimütig. Einige der jungen Frauen glaubten ihm. Aber die meisten dachten, er wolle damit etwas kaschieren – zum Beispiel eine Schlägerei in einer Bar östlich von Suez.

Obwohl sein Blick freundlich war, verriet ihn sein Lächeln.

Einmal besuchte er mit einer Frau – zufällig eine Zoowärterin – einen Nachtclub in St. Paul, in dessen Kellertoiletten Kokain bereits an Kinder abgegeben wurde. Auf dem Parkplatz des Clubs stand Lucas plötzlich Kenny McGuinness gegenüber, den er im Gefängnis glaubte.

»Scheiße, lassen Sie mich in Ruhe, Davenport«, sagte McGuinness und trat einen Schritt zurück. Der Parkplatz schien plötzlich unter Hochspannung zu stehen: Alles, von Kaugummipapieren bis zu weggeworfenen leeren Kokainbriefchen, sprang in nadelspitzen Fokus.

»Ich hab' nicht gewußt, daß du draußen bist, Scheißkopf«, antwortete Lucas lächelnd. Die Zoowärterin beobachtete ihn aus weit aufgerissenen Augen. Lucas beugte sich etwas nach vorn, hakte zwei Finger in die Hemdtasche des anderen und zog leicht daran, als seien sie alte Freunde, die Erinnerungen austauschten. »Sieh zu, daß du verschwindest«, flüsterte er dabei heiser. »Geh nach New York. Geh nach Los Angeles. Wenn du nicht verschwindest, kriegst du's mit mir zu tun.«

»Ich bin zur Bewährung entlassen, ich darf den Staat nicht verlassen«, stammelte McGuinness.

»Dann gehst du eben nach Duluth. Oder nach Rochester. Ich gebe dir eine Woche Zeit«, flüsterte Lucas. »Red mit deinem Vater. Red mit deiner Oma. Red mit deinen Schwestern. Dann haust du ab, verstanden?«

Er drehte sich noch immer lächelnd nach der Zoowärterin um und schien McGuinness bereits vergessen zu haben.

»Du hast mir verdammte Angst eingejagt«, bekannte die junge Frau, als sie im Club waren. »Worum ist's überhaupt gegangen?«

»Kenny liebt kleine Jungen. Er tauscht Crack gegen zehnjährige Ärsche ein.«

»Oh.« Sie hatte von solchen Dingen gehört, glaubte sie jedoch nur, wie sie an ihre eigene Sterblichkeit glaubte: als entfernte Möglichkeit, mit der man sich noch nicht näher zu beschäftigen brauchte.

Später sagte sie: »Dieses Lächeln hat mir nicht gefallen. Dein Lächeln. Es hat mich an eines meiner Tiere erinnert.«

Lucas grinste sie an. »Tatsächlich? An welches denn? An einen Lemuren?«

Sie knabberte an ihrer Unterlippe. »Ich habe eher an einen Luchs gedacht«, antwortete sie.

Dieses eisige Lächeln, das die Wärme seines Blicks überlagerte, erschien nicht so häufig, daß es Lucas gesellschaftlich behindert hätte. Als er jetzt beobachtete, wie die punkige Blondine um die Ecke des Government Centers bog, sah sie sich im letzten Augenblick nach ihm um und lächelte ihm zu.

Verdammt noch mal! Sie hatte gewußt, daß er sie beobachtete. Das wußten Frauen immer. Steh auf, sagte er sich, und sieh zu, daß du sie einholst! Aber er tat es nicht. Es gab so viele Frauen – eine hübscher als die andere. Er ließ sich seufzend ins Gras zurücksinken und griff wieder nach *Emily Dickinson.*

Lucas war ein Bild der Zufriedenheit. Mehr als ein Bild.

Ein Foto.

Das Foto wurde durchs Heckfenster eines olivgrünen Lieferwagens gemacht, der auf der anderen Seite der South Seventh Street parkte. In seinem engen, stickig heißen Laderaum mit den von außen undurchsichtigen Scheiben bedienten zwei Cops aus dem Internal Affairs Department auf Stativen aufgebaute Foto- und Videokameras.

Der dienstältere Cop war fett. Sein Partner war mager. Ansonsten sahen sie sich ziemlich ähnlich: Bürstenhaarschnitt, rosa Gesicht, gelbes Uniformhemd mit kurzen Ärmeln, Drillichhose von J. C. Penney. Alle paar Minuten sah einer von ihnen durch das 300-mm-Teleobjektiv. Die dazugehörige Kamera, eine Nikon F3, war mit einem Data Back ausgerüstet – einer speziellen Rückwand, die auf jedem Negativ Datum und Zeitpunkt der Aufnahme festhielt. So konnte das Foto als Beweismittel für die Aktivitäten eines Verdächtigen vorgelegt werden.

Bei Beginn der Überwachung vor fast zwei Wochen hatte Lucas die beiden schon nach einer Stunde entdeckt. Obwohl er nicht wußte, weshalb er überwacht wurde, hörte er sofort auf, mit anderen Cops, seinen Freunden und seinen Spitzeln zu reden. Er lebte völlig isoliert, ohne zu wissen, warum. Aber das würde er noch herausbekommen. Unvermeidlich.

Bis dahin verbrachte er möglichst viel Zeit im Freien, um die Beobachter dazu zu zwingen, in ihrem stickig-heißen Fahrzeug zu bleiben, in dem sie weder richtig essen noch pissen konnten. Lucas grinste vor sich hin – wieder sein unangenehmes Lächeln, das Luchslächeln –, legte *Emily Dickinson* weg und griff nach der *Daily Racing Form.*

»Glaubst du, daß der Hurensohn ewig dort hocken bleiben will?« fragte der dicke Cop. Er krümmte sich unbehaglich.

»Sieht fast so aus.«

»Ich muß pissen wie 'n russisches Rennpferd«, klagte der Dicke.

»Hättst nich' soviel Coke trinken sollen. Das kommt vom Koffein.«

»Vielleicht kann ich mich kurz rausschleichen…«

»Haut er plötzlich ab, muß ich hinterher. Bleibst du dabei zurück, schneidet Bendl dir die Eier ab.«

»Nur wenn du petzt, Arschloch!«

»Ich kann nicht gleichzeitig fahren und fotografieren.«

Der dicke Cop wand sich unbehaglich und versuchte, seine Chancen auszurechnen. Er hätte gehen sollen, als Lucas sich auf dem Rasen niedergelassen hatte – aber da war es noch nicht so dringend gewesen. Jetzt, wo Lucas jeden Augenblick abhauen konnte, fühlte sich seine Blase wie ein Basketball an.

»Sieh dir den bloß an!« sagte er, während er Lucas durch ein Fernglas beobachtete. »Er sieht den Muschis nach. Glaubst du, daß wir ihn deswegen beobachten? Wegen der Muschis?«

»Keine Ahnung. Verdammt komische Sache. Schon wie wir den Auftrag gekriegt haben – ohne die geringste Erklärung.«

»Ich hab' gehört, daß Lucas irgendwas gegen den Chief in der Hand hat.«

»Muß er wohl. Ansonsten tut er nichts. Fährt mit seinem Porsche in der Stadt spazieren und geht jeden Tag zum Pferderennen.«

»Seine Akte sieht gut aus. Mit Belobigungen und allem.«

»Er hat 'n paar gute Fälle gelöst«, gab der magere Cop zu.

»Massenhaft«, sagte der Dicke.

»Yeah.«

»Hat auch 'n paar Kerle erschossen.«

»Fünf. Damit hält er bei uns den Rekord. Von den anderen hat keiner mehr als zwei.«

»Lauter einwandfreie Fälle von Notwehr.«

»Die Reporter sind ganz wild nach ihm – 'n gottverdammter Wyatt Earp.«

»Weil er Geld hat«, stellte der Dicke nachdrücklich fest. »Reporter haben 'ne Vorliebe für Leute mit Geld, für reiche Kerle. Hab' noch keinen Reporter kennengelernt, der nicht scharf auf Geld gewesen wäre.«

Sie dachten kurz über Reporter nach. Reporter hatten viel Ähnlichkeit mit Cops, aber ihr Mundwerk war schneller.

»Wieviel verdient er deiner Meinung nach? Davenport?« erkundigte sich der Dicke.

Der magere Cop schob die Lippen vor, während er über diese Frage nachdachte. Gehälter waren nicht unwichtig. »Bei seinem

Dienstgrad und seinem Dienstalter dürfte er von der Stadt zweiundvierzig, vielleicht sogar fünfundvierzig kriegen«, meinte er. »Dazu kommen die Spiele. Soviel ich gehört hab', verdient er an jedem, das ein Renner wird, kühle hundert Mille.«

»So viel?« fragte der Dicke erstaunt. »Mit soviel Geld würd' ich aufhören und mir eine Restaurant, vielleicht 'ne Bar an einem der Seen kaufen.«

»Aussteigen«, bestätigte der Magere. Sie hatten schon so oft über dieses Thema gesprochen, daß ihre Antworten ganz automatisch kamen.

»Warum ist er nicht zum Sergeanten degradiert worden? Als er aus dem Raubdezernat versetzt worden ist, mein' ich.«

»Soviel ich gehört hab', hat er mit Kündigung gedroht. Er wolle sich nicht zurückentwickeln, hat er gesagt. Und da sie ihn halten wollten – er hat in jeder Bar und bei jedem Friseur seine Informanten –, haben sie ihm seinen Dienstgrad lassen müssen.«

»Als Vorgesetzter ist er echt schlimm gewesen«, fuhr der Dicke fort.

Der dünne Cop nickte. »Alle sollten perfekt sein. Und keiner ist's gewesen.« Er schüttelte den Kopf. »Lucas hat mir selbst erzählt, daß das der schlimmste Job seines Lebens gewesen ist. Er hat gewußt, daß er's übertrieben hat, aber er hat nichts dagegen machen können. Jede geringste Verfehlung hat ihn auf die Palme gebracht.«

Sie machten eine Pause und beobachteten den Mann, von dem sie sprachen, durch die außen verspiegelte Scheibe. »Aber kein übler Bursche – wenn er nicht gerade dein Boß ist«, sagte der Dicke und wechselte das Thema. Für Überwachungsaufgaben eingesetzte Cops verstanden sich darauf, Konversation zu machen. »Mir hat er mal eines seiner Spiele geschenkt. Für meinen Jungen, das Computergenie. Auf der Packung sind außerirdische Lebewesen wie drei Meter große Küchenschaben abgebildet gewesen, die sich mit Strahlern bekämpft haben.«

»Hat's deinem Jungen gefallen?« fragte der magere Cop ohne wirkliches Interesse. Er hielt den einzigen Sohn des Dicken für verzogen und vielleicht sogar für schwul, obwohl er das niemals ausgesprochen hätte.

»Yeah. Ich hab's wieder mitgenommen und ihn um sein Autogramm gebeten. Gleich auf die Packung: Lucas Davenport.« Der Dicke wand sich unbehaglich. »Hör zu, ich muß wirklich dringend raus! Falls Davenport irgendwohin fahren will, muß er seinen Wagen holen. Wenn du nicht mehr hier bist, renn' ich los, und wir treffen uns vor der Rampe.«

»Na ja, mein Arsch ist's nicht«, sagte sein Partner mit einem Blick durchs Teleobjektiv. »Er hat gerade mit der *Racing Form* angefangen. Vielleicht hast du 'n paar Minuten Zeit.«

Lucas sah den dicken Cop aus dem Lieferwagen klettern und hastig im Pillsbury Building verschwinden. Er grinste in sich hinein. Am liebsten wäre er davongeschlendert, damit der andere Cop ihm nachfahren und den Dicken zurücklassen mußte. Aber das hätte nur Komplikationen mit sich gebracht. Ihm war es lieber, wenn er wußte, wo die beiden steckten.

Als der dicke Cop vier Minuten später zurückkam, war der Lieferwagen noch immer da. Sein Partner nickte ihm zu und sagte: »Nichts.«

Da Lucas bisher nichts unternommen hatte, waren die von ihm gemachten Fotos nie entwickelt worden. Sonst hätten sie auf vielen der Bilder seinen hochgereckten rechten Mittelfinger gesehen und daraus vermutlich geschlossen, er habe sie entdeckt. Aber das spielte jetzt keine Rolle mehr, weil diese Filme niemals entwickelt werden würden.

Als der dicke Cop schnaufend in den Wagen zurückkletterte und Lucas mit dem schmalen Gedichtband im Gras lag, waren sie dem Ende der Überwachungsaktion sehr nahe.

Lucas las ein Gedicht mit dem Titel *Die Schlange*, und der Dicke beobachtete ihn durchs Teleobjektiv der Nikon, als der Werwolf ein weiteres Opfer ermordete.

# 3

Zum ersten Mal hatte er sie vor etwa vier Wochen im Grundbuchamt des County Clerk's Office gesehen. Sie hatte rabenschwarzes Haar, das sie kurz trug, und braune Augen. An ihren zarten Ohrläppchen baumelten große Ohrringe. Sie trug einen Hauch Parfüm und ein rotes Kleid.

»Ich möchte die Akte Burkhalter-Mentor einsehen«, erklärte sie einem Angestellten. »Die Nummer habe ich leider nicht. Sie muß letzten Monat ergänzt worden sein.«

Der Werwolf beobachtete sie aus dem Augenwinkel heraus. Sie war fünfzehn bis zwanzig Jahre älter als er. Attraktiv.

Damals hatte der Werwolf noch nicht versucht, sich der Malerin zu bemächtigen. Gedanken an sie beherrschten seine Tage, und nachts standen ihm ihr Gesicht und ihr Körper vor Augen. Er wußte, daß sie ihm gehören würde; die Liebesmelodie hatte bereits eingesetzt.

Aber auch diese hier war interessant. Mehr als interessant. Er spürte, wie sein Bewußtsein sich erweiterte, und genoß das Spiel von Licht und Schatten im Flaum ihres schlanken Unterarms... Und nach der Malerin mußte es wieder eine geben.

»Wollen Sie die Akte wegen einer Grundschuldeintragung sehen?« fragte der Angestellte die Schwarzhaarige.

»Es handelt sich um Pfandrechte an einer Wohnanlage. Ich möchte sichergehen, daß sie abgelöst worden sind.«

»Okay. Das war Burkhalter...«

»Burkhalter-Mentor.« Sie buchstabierte ihm den Doppelnamen, und der Angestellte ging nach hinten ins Archiv. Sie ist Immobilienmaklerin, dachte der Werwolf. Die Schwarzhaarige fühlte seinen Blick und erwiderte ihn kurz.

»Sind Sie Immobilienmaklerin?« fragte er.

»Ja, das bin ich.« Ernsthaft, neutral, professionell. Nur ein Hauch rosa Lippenstift.

»Ich bin erst seit kurzem in Minneapolis«, sagte der Werwolf und trat etwas näher an sie heran. »Ich bin Anwalt in der Kanzlei Felsen-Gore. Hätten Sie ein paar Sekunden Zeit, mir eine Immobilienfrage zu beantworten?«

»Natürlich.« Das klang merklich freundlicher, interessierter.

»Ich habe mich an den Seen südlich von hier umgesehen – Lake of the Isles, Lake Nokomis und so weiter.«

»Oh, das ist eine sehr nette Wohngegend«, bestätigte sie enthusiastisch. Sie hatte volle Lippen, die perlweiße Zähne sehen ließen, wenn sie lächelte. »Dort sind im Augenblick viele Häuser zu verkaufen. Auf dieses Gebiet bin ich spezialisiert.«

»Nun, ich weiß eigentlich nicht, ob ich eine Eigentumswohnung oder ein Haus will...«

»Ein Haus verliert weniger leicht an Wert.«

»Ja, aber ich bin ledig, wissen Sie, und möchte keine Arbeit mit einem großen Garten haben...«

»Ideal für Sie wäre ein Bungalow auf einem kleinen Grundstück – ohne großen Garten. Dann hätten Sie mehr Platz als in einem Apartment und könnten für dreißig Dollar im Monat einen Rasenmäherdienst kommen lassen. Das wäre billiger als die Wartungsgebühr der meisten Eigentumswohnungen, und Sie würden sich den Wiederverkaufswert erhalten.«

Der Werwolf ließ sich seine Akte geben und wartete, bis sie ihre Fotokopien hatte. Sie gingen miteinander zum Aufzug und fuhren ins Erdgeschoß hinunter.

»Nun, äh, wissen Sie, in Dallas haben wir eine Mehrfachliste oder so ähnlich gehabt«, sagte der Werwolf. »Jedes Objekt ist gleich von mehreren Maklern angeboten worden...«

»Ja, das ist hier auch üblich«, bestätigte sie.

»Wenn ich also herumfahren und ein Haus sehen würde, das mir gefällt, könnte ich Sie anrufen, um es mir von Ihnen zeigen zu lassen?«

»Klar, so was mache ich dauernd. Augenblick, ich gebe Ihnen meine Karte.«

Jeannie Lewis. Er steckte ihre Geschäftskarte in seine Geldbörse. Sobald er sich abwandte und sie nicht mehr körperlich vor sich hatte, sah er wieder die Malerin vor sich: ihr Gesicht und ihren Körper, während sie durch St. Paul schritt. Er lechzte nach ihr, und die Immobilienmaklerin geriet fast in Vergessenheit. Aber nicht ganz.

Eine Woche lang sah er jedesmal ihre Karte, wenn er seine

Geldbörse aufklappte. Jeannie Lewis mit dem rabenschwarzen Haar. Ganz entschieden eine Kandidatin.

Und dann das Fiasko.

Am Morgen danach wachte er mit blauen Flecken und wie zerschlagen auf. Er schluckte ein halbes Dutzend Aspirin extrastark und verrenkte sich im Bad den Hals, um seinen Rücken im Spiegel betrachten zu können. Die Male waren schlimm: Sie zogen sich als lange blauschwarze Striemen über Rücken und Schultern.

Seine Besessenheit, die der Malerin gegolten hatte, war erloschen. Als er aus der Dusche kam, sah er im Spiegel ein fremdes Gesicht, das hinter der Kondenswasserschicht zu schweben schien. Er wischte den Spiegel mit einem Zipfel seines Handtuchs ab. Dabei kam die Lewis zum Vorschein, die ihn anlächelte und sich für seine Nacktheit interessierte.

Sie hatte ihr Büro im South Lake Distrikt in einem ehemaligen Laden mit großem Schaufenster. Er fuhr dort vorbei und hielt Ausschau nach einem Beobachtungsort. Als bester Platz erwies sich die vorderste Ecke des Parkstreifens gegenüber dem Ladenbüro der Immobilienmaklerin. Dort konnte er in seinem Wagen sitzen und durchs Schaufenster beobachten, wie sie telefonierte.

Er beobachtete sie eine Woche lang. Außer am Mittwoch kam sie jeden Tag zwischen zwölf Uhr dreißig und dreizehn Uhr und brachte sich ein Lunchpaket mit. Sie aß während der Arbeit am Schreibtisch und verließ ihr Büro selten vor vierzehn Uhr dreißig. Sie war wirklich bezaubernd. Am besten gefiel ihm ihr stolzer und trotzdem geschmeidiger Gang. Nachts träumte er davon, wie Jeannie Lewis nackt durchs Wüstengras auf ihn zuschritt...

Er beschloß, sich an einem Donnerstag Erleichterung zu verschaffen. Zuvor machte er ein hübsches Haus ausfindig, das sechs Blocks von ihrem Büro entfernt in einem wieder aufgewerteten Wohngebiet stand. Das Haus hatte kein direktes Gegenüber. Seine Einfahrt war etwas abgesenkt, und vom Garagentor aus führte eine Treppe hinter einer immergrünen Hecke zum Eingang hinauf. Wenn er bei der Lewis mitfuhr und in der Einfahrt nach rechts ausstieg, war er von der Straße aus praktisch unsichtbar.

Das Haus selbst schien unbewohnt zu sein. Er informierte sich in den Grundstückslisten, die die Ermittler bei Felsen-Gore benützten, und schrieb sich die Namen der Nachbarn heraus. Als er den ersten anrief, geriet er an einen schwatzhaften Alten, dem er erklärte, er wolle ein direktes Angebot für das Haus abgeben, um die Maklergebühr zu sparen. Ob der Nachbar wisse, wo die Eigentümer zu erreichen seien? Gewiß, in Arizona. Der Alte gab ihm ihre Telefonnummer und fügte hinzu, sie seien erst zu Weihnachten wieder da – und auch dann nur für zwei Wochen.

Der Werwolf erkundete die nähere Umgebung des Hauses und fand wenige Blocks weit entfernt einen kleinen Supermarkt gegenüber einer Standard-Tankstelle.

Am Donnerstag packte er seine Ausrüstung in den Kofferraum seines Wagens und schlüpfte in eine weite Tweedjacke mit großen Taschen. Nachdem er sich davon überzeugt hatte, daß die Lewis im Büro war, fuhr er zum Supermarkt, stellte seinen Wagen auf dem belebten Parkplatz ab und rief sie aus einer Telefonzelle an.

»Jeannie Lewis«, meldete sie sich. Ihre Stimme klang angenehm kühl.

»Miss Lewis, wir haben uns vor vier, fünf Wochen im County Clerk's Office kennengelernt«, erklärte der Werwolf. Er spürte sein Herz gegen die Rippen pochen. »Wir haben über Häuser im Seengebiet geredet…«

Kurzes Zögern am anderen Ende, so daß der Werwolf schon fürchtete, sie habe ihn vergessen. Aber dann sagte sie: »Oh… ja, ja, ich erinnere mich. Wir sind zusammen im Lift gefahren, stimmt's?«

»Ganz recht. Nun, um's kurz zu machen: Ich bin mit dem Wagen unterwegs gewesen, um mir ein paar Häuser anzusehen, und habe eine Panne gehabt. Ich bin gerade noch in eine Tankstelle gekommen, und dort haben sie gesagt, daß es ein paar Stunden dauern wird, weil die Wasserpumpe ausgewechselt werden muß. Deshalb habe ich einen kleinen Spaziergang gemacht und bin auf ein sehr interessantes Haus gestoßen.«

Er warf einen Blick auf den Zettel mit der Adresse, den er in der Hand hielt, und las sie ihr vor. »Ob wir wohl einen Besichtigungstermin vereinbaren könnten?«

»Sind Sie noch immer an der Tankstelle?«

»In einer Telefonzelle gegenüber.«

»Ich habe gerade nichts Dringendes zu erledigen und bin keine fünf Minuten von Ihnen entfernt. Ich könnte bei dem anderen Makler vorbeifahren – hat sein Büro ganz in der Nähe –, den Schlüssel mitnehmen und Sie dann abholen.«

»Ich möchte Ihnen keine Mühe machen...«

»Nein, kein Problem. Ich kenne dieses Haus. Es befindet sich in sehr gutem Zustand. Mich wundert's eigentlich, daß es nicht längst verkauft ist.«

»Nun...«

»Ich bin in zehn Minuten da.«

Sie brauchte eine Viertelstunde. Er kaufte sich im Supermarkt ein Eis, setzte sich damit auf die Bank an der Bushaltestelle neben der Telefonzelle und aß es langsam. Als die Lewis mit ihrem braunen Kombi vorfuhr, erkannte sie ihn sofort. Er sah ihre Zähne blitzen, als sie ihm hinter der getönten Windschutzscheibe zulächelte.

»Hallo, wie geht's?« fragte sie, als er die Beifahrertür öffnete. »Sie sind Rechtsanwalt, nicht wahr? Das ist mir eingefallen, als ich Sie eben gesehen habe.«

»Ja. Ich bin Ihnen wirklich dankbar, daß Sie sich sofort Zeit für mich genommen haben. Habe ich mich übrigens schon vorgestellt? Ich bin Louis Vullion.« Der Werwolf sprach den Nachnamen französisch aus, obwohl seine Eltern ihn amerikanisch betont hatten, als reime er sich auf »Onion«.

»Freut mich, Sie kennenzulernen.« Das klang aufrichtig.

Auf der dreiminütigen Fahrt zum Haus machte die Lewis ihn auf die Vorzüge dieses Wohngebiets aufmerksam. Die Seen waren so nahe, daß er abends zu ihnen hinunterjoggen konnte. Aber auch wieder so weit entfernt, daß keine Verkehrsbelästigung zu befürchten war. Die Schulen in der Nähe garantierten, daß der Wiederverkaufswert des Hauses hoch blieb. Andererseits waren sie nicht so nahe, daß Kids zu einem Problem werden konnten. Und die Nachbarschaftsverhältnisse waren so stabil, daß die Hausbesitzer einander kannten – und daß Fremde auffallen mußten.

»Im Vergleich zu anderen Wohngebieten der Stadt ist die Kriminalitätsrate hier ziemlich niedrig«, versicherte die Lewis ihm. In diesem Augenblick röhrte ein Verkehrsflugzeug tief über sie hinweg, um auf dem Minneapolis – St. Paul International Airport zu landen. Die Maklerin erwähnte es mit keinem Wort.

Auch Vullion ignorierte die Düsenmaschine. Er hörte gerade gut genug zu, um an den richtigen Stellen nicken zu können. Innerlich war er wieder dabei, sich den Tatablauf vorzustellen. Diesmal durfte ihm keine Panne wie bei der Malerin passieren.

O ja, diesen Mißerfolg mußte er sich selbst zuschreiben; daran führte kein Weg vorbei. Er hatte sich getäuscht und konnte von Glück sagen, daß ihm die Flucht geglückt war. Eine sportliche Frau mit etwa sechzig Kilogramm konnte eine ernst zu nehmende Gegnerin sein. Diese Lektion würde er nicht vergessen.

Was die Lewis betraf, durfte er sich keinen Ausrutscher erlauben. Sobald er sie angegriffen hatte, mußte sie sterben, weil sie sein Gesicht gesehen hatte und seinen Namen kannte. Deshalb hatte er den Angriff so gut wie möglich mit einem in seiner Wohnung an der Badezimmertür aufgehängten Basketball geübt – der Ball stellte ihren Kopf dar.

Und nun war er bereit. In der rechten Jackentasche hatte er eine Sportsocke, in der eine große Idaho-Kartoffel steckte. Sie beulte die Tasche etwas aus, aber das konnte auch ein dicker Terminkalender oder ein Sandwich sein. Ein Haushaltstuch, das Klebeband und die Chirurgenhandschuhe aus Latex hatte er in der linken Tasche. Bevor er die Handschuhe übergestreift hatte, würde er nichts berühren, an dem Fingerabdrücke haften konnten. Er dachte darüber nach, probte in Gedanken den genauen Ablauf und sagte zwischendurch »Interessant!« oder »Tatsächlich?«, wenn es ins Verkaufsgespräch der Lewis paßte.

Während sie weiterfuhren, fühlte er, daß seine Wahrnehmungsfähigkeit zunahm, und erkannte mit gewissem Widerwillen, daß die Lewis anscheinend rauchte. Sie hatte einen ganz leichten Nikotingeruch an sich.

Als sie in die Einfahrt abbogen, spürte er, wie seine Magennerven sich verkrampften – wie bei der Malerin und den anderen. »Von außen sieht's jedenfalls hübsch aus«, stellte er fest.

»Warten Sie nur, bis Sie's von innen sehen. Küche und Bad sind vollständig erneuert worden.«

Sie führte ihn zum Eingang, der zur Straße hin von einer immergrünen Hecke abgeschirmt war, sperrte auf und öffnete die Tür. Das Haus war vollständig eingerichtet, aber das Wohnzimmer machte den allzu aufgeräumten Eindruck, der auf lange geplante Abwesenheit schließen ließ. Die Luft war still und ein wenig moderig.

»Möchten Sie sich erst ein bißchen allein umsehen?« fragte die Lewis.

»Gute Idee.« Er warf einen Blick in die Küche, schlenderte durchs Wohnzimmer, ging die drei Stufen zur Schlafzimmerebene hinauf und besichtigte dort alle Räume. Als er zurückkam, stand die Lewis im Wohnzimmer und betrachtete interessiert eine Kristallampe auf dem Kaminsims.

»Wieviel verlangen sie dafür?«

»Hundertfünf.«

Er nickte und sah zur Kellertür neben der Küche hinüber.

»Geht's dort in den Keller?«

»Ja, das nehme ich an.«

Als sie sich nach der Tür umdrehte, zog er die Socke mit der Idaho-Kartoffel aus seiner Jackentasche. Die Lewis machte einen Schritt auf die Tür zu. Er schwang die Socke wie eine Keule und knallte sie ihr dicht über dem linken Ohr seitlich an den Kopf.

Der Schlag ließ sie torkelnd zu Boden gehen, und Vullion kniete sofort auf ihr und schlug nochmals zu. Die Lewis war nicht so sportlich wie die verdammte Malerin. Durch ihre Bürotätigkeit hatte sie keine Kraft in den Armen. Sie stöhnte benommen, aber dann packte er sie an den Haaren, riß ihren Kopf nach hinten und stopfte ihr das Tuch in den Mund. Als nächstes zog er seine Latexhandschuhe an, nahm das Klebeband aus der Jackentasche und befestigte damit den Knebel.

Als die Lewis sich endlich zu wehren versuchte, wälzte er sie auf den Rücken, legte ihre Handgelenke übereinander und fesselte sie mit Klebeband. Sie kam allmählich wieder zu Bewußtsein und hatte die Augen halb geöffnet, als er sie die Treppe hinaufschleppte und im ersten Schlafzimmer aufs Himmelbett warf. Ihre Handgelenke befestigte er mit Klebeband am Kopfende des Betts; danach fixierte er ihre gespreizten Beine an den Bettpfosten des Fußendes.

Er atmete keuchend, aber er spürte seine Erektion pochend wachsen, während Erregung ihm die Kehle zuschnürte.

Er trat einen Schritt zurück und blickte auf sie hinab. Ein Messer! dachte er. Hoffentlich finde ich ein gutes. Er ging hinunter, um in der Küche nachzusehen.

Auf dem Bett hinter ihm stöhnte Jeannie Lewis.

## 4

Die Pferderennbahn der Twin Cities sieht wie ein von einem Zuckerbäcker entworfener Busbahnhof aus. Dem dicken Cop, der kein Architekturkritiker war, gefiel sie. Er saß mit einer Peperoni-Pizza auf den Knien, einem Diät-Cola in einer Hand und einem Handfunkgerät in der anderen in der Sonne. Der Funkspruch kam unmittelbar vor dem zweiten Rennen.

»Gleich jetzt?«

»Gleich jetzt.« Trotz des Rauschens war die Stimme schneidend scharf und unverkennbar.

Der Dicke sah zu seinem mageren Partner hinüber.

»Scheiße, der verdammte Chief. Am *Funkgerät.*«

»Na ja, vorschriftsmäßig ist das nicht gerade.« Der magere Cop stopfte sich den Rest eines Hamburgers in den Mund. Er hatte sein Sportjackett mit Senf bekleckert und versuchte jetzt den Fleck mit der winzigen Serviette wegzuputzen.

»Er will Davenport sprechen«, brummte der Dicke.

»Dann muß was passiert sein«, sagte der Magere. Die beiden saßen auf der nicht überdachten Tribüne. Lucas hatte sich für den überdachten Teil schräg unter ihnen entschieden. Dort lümmelte er auf einer Bank genau vor dem Totalisator und keine zehn Meter vom dunklen Geläuf der Bahn entfernt. Am anderen Ende seiner Bank saß eine hübsche Frau mit Cowboystiefeln und trank Bier aus einem Plastikbecher. Die beiden Cops stiegen die Tribüne hinauf, folgten der Mitteltreppe nach unten und drängten sich durch die Menge am Fuß der Treppe.

»Davenport? Lucas?«

Lucas drehte sich um, erkannte sie und lächelte. »He, wie geht's? Mal beim Pferderennen ausspannen, was?«

»Der Chief will Sie sprechen. Sofort!« Bisher hatte der Dicke nicht darüber nachgedacht, aber jetzt fiel ihm ein, daß das nicht leicht zu erklären war.

»Die Überwachung ist aufgehoben?« fragte Lucas. Er grinste schief.

»Sie haben davon gewußt?« Der dicke Cop zog die Augenbrauen hoch.

»Schon seit einiger Zeit. Aber ich hab' mir keinen Grund dafür vorstellen können.« Er starrte sie erwartungsvoll an.

Der magere Cop zuckte mit den Schultern. »Wir wissen auch nicht mehr.«

»Hören Sie zu, wenn Sie mich verarschen wollen, Dick...« Lucas stand mit geballten Fäusten auf, und der Magere trat hastig einen Schritt zurück.

»Ehrlich, Lucas, wir wissen's nicht«, versicherte ihm der dicke Cop. »Alles ist streng geheim gewesen.«

Lucas drehte sich nach ihm um. »Gleich jetzt, hat er gesagt?«

»Richtig! Und das scheint sein Ernst gewesen zu sein.«

Lucas wandte sich ab und starrte blicklos übers Bahnoval zur Startmaschine für die 1200-Meter-Strecke hinüber. Jockeys trieben ihre Pferde ans Gatter heran, und die ersten Wetter versammelten sich an der Ziellinie.

»Es geht bestimmt um diesen Werwolf-Mörder«, sagte Lucas nach kurzer Pause.

»Yeah«, bestätigte der dicke Cop. »Das könnte möglich sein.«

»Muß so sein. Den will ich aber nicht, verdammt noch mal!« Er überlegte noch einige Sekunden, bevor er plötzlich lächelte. »Habt ihr schon Pferde für dieses Rennen, Jungs?«

Der dicke Cop zog ein unbehagliches Gesicht. »Äh, ich hab' zwei Dollar auf Skybright Avenger gesetzt.«

»Mein Gott, Bucky!« rief Lucas aufgebracht. »Sie riskieren zwei Dollar, um zwei Dollar vierzig zu gewinnen – falls sie siegt. Und das tut sie nicht.«

»Na, ich weiß auch nicht...«

»Wenn ihr nichts davon versteht...« Lucas schüttelte den Kopf. »Hört zu, ihr geht jetzt hin und setzt zehn Dollar auf Pembroke Dancer. Auf Sieg.«

Die beiden Cops starrten sich an.

»Echt?« fragte der Magere. »Das Pferd ist hier erst einmal gelaufen. Wie willst du da wissen, daß...«

»He, ob ihr meinen Tip befolgt oder nicht, ist eure Sache! Ich bleibe jedenfalls hier, bis das Rennen gelaufen ist.«

Die beiden Cops aus dem Internal Affairs Department wechselten einen Blick, starrten Lucas an, machten kehrt und hasteten zum nächsten Wettschalter. Der magere Cop setzte zehn Dollar. Der Dicke zögerte, starrte in seine Geldbörse, fuhr sich mit der Zungenspitze über die Lippen, zog drei Zehner heraus, leckte sich erneut die Lippen und schob das Geld unter dem Fenster hindurch. »Dreißig auf Pembroke Dancer«, sagte er heiser. »Auf Sieg.«

Lucas lümmelte wieder auf der Bank und hatte ein Gespräch mit der Frau mit den Cowboystiefeln angefangen. Als die Überwacher zurückkamen, rutschte er etwas näher an die Frau heran, wandte sich aber an die Cops.

»Habt ihr gewettet?« fragte er.

»Yeah.«

»Warum so nervös, Bucky? Wetten ist völlig legal!«

»Ja, ich weiß. Das ist's nicht...«

»Haben Sie ein Pferd?« Die hübsche Frau mit den Cowboystiefeln beugte sich nach vorn und starrte Lucas an. Sie hatte violette Augen.

»Bloß 'ne Vermutung«, antwortete Lucas träge.

»Eine strikt private Vermutung?«

»Wir haben alle ein paar Dollar auf Pembroke Dancer gesetzt«, erklärte Lucas ihr.

Die Frau mit den violetten Augen hatte eine *Daily Racing Form* auf der Bank neben sich liegen, aber anstatt danach zu greifen, sah sie zum Himmel auf, bewegte lautlos die Lippen und wandte sich dann an Lucas. »Bei zwölfhundert Metern hat sie sich verdammt anstrengen müssen. Die Bahn soll schnell gewesen sein, aber das braucht nicht zu stimmen.«

»Hmmm«, meinte Lucas.

Sie starrte sekundenlang den Totalisator an und sagte dann plötzlich: »Entschuldigung, ich muß mir mal die Nase pudern.«

Sie hastete davon. Der dicke Cop fuhr sich erneut mit der Zungenspitze über die Lippen und beobachtete den Totalisator. Die Quote für Pembroke Dancer lautete zwanzig zu eins. Drei andere Pferde – Stripper's Colors, Skybright Avenger und Tonite Delite – waren in den vergangenen Wochen mehrmals erfolgreich gewesen. Pembroke Dancer war erst vor zwei Wochen aus Arkansas heraufgebracht worden und hatte im ersten Rennen nur den sechsten Platz belegt.

»Warum gerade dieser Gaul?« fragte der dicke Cop.

»Ein Tip von einem Freund.« Lucas zeigte mit dem Daumen über die Schulter zur Pressebox hinauf. »Einer der Handikapper ist aus Las Vegas angerufen worden. Vor 'ner halben Stunde ist dort ein Kerl in einem Wettbüro aufgekreuzt und hat zehntausend Dollar auf Pembroke Dancer gesetzt. Irgend jemand weiß was.«

»Hmmm. Warum hat er dann sein letztes Rennen so jämmerlich verloren?«

»Sie.«

»Ha?«

»Sie. Dancer ist 'ne Stute. Und ich weiß nicht, warum sie verloren hat. Das kann alle möglichen Gründe haben. Vielleicht ist der Jockey zu lahmarschig gewesen.«

Die Totalisatoranzeige flimmerte, und die Quote für Pembroke Dancer stieg auf zweiundzwanzig zu eins.

»Wieviel haben Sie gesetzt, Lucas?« fragte der dicke Cop.

»Ich hab' Dancer auf Sieg und die übrigen acht Pferde auf Platz gewettet – bei 'nem Hunderter pro Pferd sind das neunhundert Dollar.«

»Jesus!« Der Dicke fuhr sich erneut mit der Zungenspitze über die Lippen. Er hatte noch zwei Zehner in der Geldbörse und überlegte, ob er sie ebenfalls setzen sollte. Auf der anderen Seite der Bahn wurde das erste Pferd in seine Startbox geführt. Der Dicke lehnte sich zurück. Die dreißig Dollar waren eigentlich schon zuviel. Falls er sie verlor, würde es eine Woche lang zum Mittagessen nur Cheetos geben.

»Hat's in letzter Zeit was Gutes gegeben?« fragte Lucas. »Wie ist das mit Billy Case und dem Neuen gewesen?«

Der dicke Cop lachte. »Dieser verdammte Case!«

»Aufgeflogen ist er durch 'ne Rechtsanwältin«, berichtete sein Partner. »Sie hat ihr Büro im rückwärtigen Teil eines alten Hauses, das in ein Bürogebäude umgewandelt worden ist. Von ihrem Fenster aus hat sie die Rückfront des nächsten Bürogebäudes vor sich und kann den Durchgang zwischen diesen beiden Gebäuden überblicken, der zur Straße hin durch eine Mauer mit einem kleinen Tor abgeschlossen ist. Von der Straße aus ist der Durchgang also nicht einzusehen – aber vom Büro dieser Anwältin aus, verstehen Sie? Jedenfalls wirft sie einen Blick dort runter und sieht einen Cop in voller Uniform, der sich von 'ner Schwarzen einen blasen läßt.

Die Anwältin beobachtet also, wie der Uniformierte kommt und seinen Reißverschluß zuzieht und mit der Schwarzen durchs Tor auf die Straße zurückgeht. Sie bleibt erst mal cool, weil sie glaubt, daß die beiden vielleicht ein Liebespaar sind. Aber am nächsten Tag sieht sie gleich *zwei* Cops in Uniform, die von der Schwarzen einen geblasen kriegen. Da platzt der Anwältin der Kragen. Sie leiht sich von ihrem Mann 'ne Riesenkamera mit Teleobjektiv, und am nächsten Tag sind die beiden prompt wieder da – diesmal mit 'ner Weißen. Die Anwältin macht also ein paar Fotos und knallt dem Chief den Kodachromefilm auf den Schreibtisch...«

Die beiden ersten Pferde befanden sich in ihren Startboxen. Die Frau mit den violetten Augen kam zurück und nahm wieder Platz. Der magere Cop schwatzte weiter.

»Der Chief schickt den Film also ins Labor runter«, berichtete er, »und dort zeigt sich, daß die Anwältin Spitzenfotos gemacht hat. Ich hätte sie jederzeit für 'nen Zehner pro Stück verkaufen können. Dann finden der Chief und seine Juristen, daß das Beweismaterial nicht ausreicht, und wir werden mit 'ner Videokamera im Büro dieser Anwältin stationiert. Die beiden kreuzen tatsächlich wieder auf! Aber diesmal mit der Schwarzen *und* der Weißen. Mann, das war wie in Cinemascope! Panavision.«

»Was ist mit den beiden passiert?« fragte Lucas.

Der Dicke zuckte mit den Schultern. »Rausgeflogen«, antwortete er lakonisch.

»Nach wie vielen Dienstjahren?«

»Case hat sechs Jahre gehabt, aber das ist mir scheißegal. Er ist nicht sauber gewesen. Wir glauben, daß er vor ein paar Monaten gemeinsam mit einem Wachmann Stereoanlagen aus einem Sears-Lagerhaus geklaut hat. Aber der Neue tut mir leid. Case hat ihm eingeredet, im Streifendienst wär's ganz normal, sich einen blasen zu lassen.«

Lucas schüttelte den Kopf.

»Auf offener Straße, am hellichten Tag!« sagte der dicke Cop.

Die Startbox des letzten Pferdes wurde verriegelt. Danach folgte eine kurze Pause, bevor die Absperrung hochschnellte und die Lautsprecherstimme des Ansagers verkündete: »Das Feld ist startbereit… und gestartet. Außen löst sich Pembroke Dancer, gefolgt von…«

Dancer deklassierte das Feld förmlich und hatte kurz vor der Kurve bereits zwei Längen Vorsprung, der bis ins Ziel auf fünfeinhalb anwuchs.

»Scheiße noch mal!« murmelte der dicke Cop andächtig. »Ich hab' über sechshundert Dollar gewonnen!«

Lucas stand auf. »Ich muß los«, sagte er. Er starrte den Totalisator an, schien zu rechnen, nickte zufrieden und drehte sich nach den Cops um. »Bleibt ihr hinter mir? Dann fahre ich langsam.«

»Nein, nein, wir sind fertig«, versicherte der Dicke ihm. »Danke, Lucas.«

»An eurer Stelle würd' ich jetzt aufhören«, riet Lucas ihnen. »Und noch was, Bucky…«

»Yeah?« Der dicke Cop sah von seinem Wettschein auf.

»Sie vergessen doch nicht, die sechshundert in Ihre Steuererklärung aufzunehmen?«

»Natürlich nicht!« sagte der Dicke gekränkt. Lucas nickte ihnen zu und marschierte grinsend davon. »Das könnte dir so passen!« murmelte der Dicke. Er warf erneut einen Blick auf seinen Wettschein und sah dann die Frau mit den violetten Augen hinter Lucas herhasten. Sie holte ihn unmittelbar vor dem Kassengebäude ein, und der dicke Cop sah Lucas lächeln, als sie miteinander hineingingen.

»Hast du das gesehen?« fragte er seinen Partner. Aber der magere Cop starrte den Totalisator an und bewegte dabei lautlos die Lippen. Der Dicke runzelte die Stirn. »Was gibt's?«

Der magere Cop hob eine Hand, um weitere Fragen abzuwehren, und rechnete stumm weiter. Dann bewegte er die Lippen nicht mehr, sondern drehte sich um und sah Lucas nach.

»Was?« fragte der Dicke und sah in dieselbe Richtung. Lucas und die Frau mit den violetten Augen waren verschwunden.

»Mit dem ganzen Wettscheiß kenn' ich mich nicht allzu gut aus«, gestand der magere Cop, »aber wenn ich richtig gerechnet habe, kassiert Davenport jetzt für seine Platz- und Siegwette zweiundzwanzigtausendzweihundertundfünfzig Dollar.«

Der Polizeipräsident hatte sein Eckbüro im ersten Stock der City Hall. Die Wände zur Straße bestanden nur aus Fenstern; die beiden anderen Wände verschwanden fast unter gerahmten Farb- und Schwarzweißfotos, die bis in die sechziger Jahre zurückreichten. Daniel mit seiner Familie. Mit den sechs letzten Gouverneuren von Minnesota. Mit fünf der sechs letzten Senatoren. Mit zahlreichen anonymen Gesichtern, die sich alle irgendwie ähnlich sahen: mit Gesichtern, die man bei den *Chicken Dinners*, die wichtige Politiker gaben, sehen konnte. Genau hinter dem Chief waren das Schild des Minneapolis Police Departments und eine Gedenktafel für Cops angebracht, die im Dienst ihr Leben gelassen hatten.

Lucas lümmelte in einem ledernen Besuchersessel vor dem Schreibtisch des Polizeipräsidenten. Obwohl er sich bemühte, sich nichts anmerken zu lassen, war er überrascht. Dabei hatte er sich seit langem eingebildet, nur noch Frauen könnten ihn überraschen.

»Sauer?« Quentin Daniel beugte sich über die Glasplatte seines Schreibtischs und starrte Lucas prüfend an. Daniel sah so sehr wie der Prototyp eines Polizeipräsidenten aus, daß einige seiner früheren politischen Gegner, die jetzt anderswo tätig waren, fälschlicherweise geglaubt hatten, er habe den Job nur wegen seines Gesichts bekommen. Das war ein Irrtum gewesen.

»Yeah, ziemlich. Aber eigentlich mehr überrascht.« Lucas mochte Daniel nicht besonders, hielt ihn aber für den wahrscheinlich cleversten Mann der hiesigen Polizei. Hätte er geahnt, daß der Chief ihn ebenso einschätzte, wäre er – wieder einmal – überrascht gewesen.

Daniel legte den Kopf schief, während er aus dem Fenster sah, ohne Lucas dabei ganz aus den Augen zu lassen.

»Den Grund dafür können Sie sich wohl denken«, sagte er.

»Sie haben mich für den Täter gehalten?«

»Ein paar Leute in der Mordkommission sind der Meinung gewesen, eine Überwachung könnte nicht schaden«, bestätigte Daniel.

»Fangen Sie lieber von vorn an«, verlangte Lucas.

Daniel nickte, schob seinen Sessel zurück, stand auf und ging zu einer der Fotowände hinüber. Er begutachtete Hubert Humphreys Gesicht so genau, als suche er darauf nach neuen Pickeln.

»Vor vierzehn Tagen hat unser Mann in St. Paul eine Frau überfallen, eine Malerin namens Carla Ruiz«, sagte er, während er Humphreys Gesicht weiter kritisch betrachtete. »Sie hat's geschafft, ihn in die Flucht zu schlagen. Als St. Paul am Tatort angekommen ist, hat der verantwortliche Sergeant sie mit einem Zettel in der Hand angetroffen. Darauf hat eine dieser Regeln gestanden, die er bei seinen Opfern zurückläßt.«

»Von dieser Ruiz hab' ich nie was gehört«, stellte Lucas fest.

Der Chief drehte sich um und schlenderte mit den Händen in den Hosentaschen auf seinen Platz zurück. »Yeah. Nun, dieser Sergeant ist ein cleverer Bursche, der von den Mitteilungen gewußt hat, die bei den beiden ersten Opfern gefunden worden sind. Er hat den Chef der Mordkommission in St. Paul verständigt, und dort ist strikte Geheimhaltung befohlen worden. Informiert sind lediglich mein Kollege in St. Paul, der Chef seiner Mordkommission, die beiden Uniformierten, die am Tatort gewesen sind, ein paar Leute aus unserer Mordkommission und ich. Und die Malerin. Und jetzt Sie. Und alle Beteiligten wissen, daß jeder, der nicht dichthält, in Zukunft draußen im Aufschüttungsgebiet auf Fußstreife geht.«

»Und wie bin ich in Verdacht geraten?« fragte Lucas.

»Eigentlich gar nicht. Zumindest nicht sofort. Aber unser Mann hat im Kampf mit der Malerin seinen Revolver verloren. Wir haben die Waffe sofort auf Fingerabdrücke überprüft und versucht, den Besitzer festzustellen. Fehlanzeige bei den Abdrücken, obwohl wir sogar die Patronen untersucht haben. Mit dem Besitzer haben wir mehr Glück gehabt – den haben wir binnen zehn Minuten ermittelt. Der Revolver ist an ein Waffengeschäft in der Hennepin Avenue geliefert worden; dort hat ihn ein gewisser David L. Losse gekauft...«

»*Unser* David L. Losse?«

»Sie erinnern sich an den Fall?«

»Der seinen Sohn erschossen und die Sache als Unfall hingestellt hat? Weil er ihn angeblich für einen Einbrecher gehalten hat?«

»Richtig! Er ist wegen Totschlags verurteilt worden, obwohl er den Jungen vermutlich ermordet hat. Von den sechs Jahren muß er nur vier absitzen. Außerdem hat er Berufung eingelegt. Wegen dieser Berufung hätte die Tatwaffe noch in der Asservatenkammer liegen müssen. Wir sind raufgegangen und haben nachgesehen. Der Revolver ist verschwunden – oder verschwunden gewesen, bis der Täter ihn verloren hat.«

»Scheiße!« Aus der Asservatenkammer war schon früher Beweismaterial verschwunden. Aus fünf Gramm Kokain waren vier geworden. Aus zwanzig Bondage-Magazinen waren fünfzehn geworden. Aber soviel Lucas wußte, war noch nie eine Schußwaffe geklaut worden.

»Sie sind mehrmals in der Asservatenkammer gewesen – zuletzt während der Ermittlungen im Fall Ryerson. Wir haben unsere Fahndungsergebnisse mit der Aussage der Zeugin kombiniert: Tatorte, Zeiten und die Personenbeschreibung. Frauen, die Zugang zur Asservatenkammer hatten, haben wir gleich ausklammern können. Das hat auch für Cops gegolten, die zur Tatzeit nachweislich Dienst gehabt haben. Das Auftreten des Täters hat sich auf alle drei Schichten verteilt…

Jedenfalls sind zuletzt praktisch nur Sie übriggeblieben. Sie haben die richtige Größe. Niemand weiß, wo Sie sich immer rumtreiben. Sie haben eine Schwäche für Spiele, und dieser Kerl scheint irgendein Spiel mit uns spielen zu wollen. Und der Revolver ist aus der Asservatenkammer geklaut worden. Ich habe Sie nie wirklich verdächtigt, aber… Okay, Sie sehen selbst, wie's dazu gekommen ist.«

»Ja, natürlich«, sagte Lucas mürrisch. »Besten Dank!«

»He, was hätten Sie an meiner Stelle getan?« fragte Daniel, in die Defensive gedrängt.

»Okay.«

»Jetzt wissen wir, daß Sie clean sind«, stellte der Polizeipräsident fest. Er lehnte sich zurück und schlug die Beine übereinander. »Unser Mann hat einen weiteren Mord verübt. Vor vier bis sechs Stunden. Also ziemlich genau zu dem Zeitpunkt, als Sie draußen auf dem Rasen gesessen und Ihren Apfel gegessen haben.«

Lucas nickte. »Wo liegt der Tatort?«

»Unten am Lake Nokomis. In den Hügeln westlich des Sees.«

»Läßt sich die Sache noch geheimhalten?«

»Nein.« Daniel schüttelte den Kopf. »Das ist Nummer drei. Mit unserer Geheimhaltung wär's spätestens in vierundzwanzig Stunden vorbei, darum ergreifen wir lieber gleich die Flucht nach vorn. Ich habe bereits für einundzwanzig Uhr eine Pressekonferenz einberufen – also rechtzeitig für die Fernsehnachrichten um zweiundzwanzig Uhr. Ich informiere über die Morde, bitte um Mithilfe bei der Fahndung und so weiter. Und ich setze Sie als Sonderermittler auf diesen Fall an.«

»Das will ich nicht«, wehrte Lucas ab. »Mordfälle langweilen mich. Man rennt den ganzen Tag rum und quetscht Leute aus, die absolut nichts wissen. Das können andere viel besser. Außerdem bin ich einem Crack-Ring auf der Spur. Ich kenne ein halbes Dutzend Kerle, die…«

»Ja, okay, einfach wunderbar, aber die Medien vierteilen uns, wenn wir diesen Verrückten nicht schnappen«, unterbrach Daniel ihn. »Erinnern Sie sich noch an den Fall vor ein paar Jahren, als zwei Frauen in Parkhäusern ermordet worden sind? Innerhalb von zwei, drei Wochen, aber von verschiedenen Tätern? Reiner Zufall? Wissen Sie noch, wie die Medien sich damals aufgeführt haben? Wie die Fernsehstationen Seminare für Selbstverteidigung veranstaltet haben? Wie sie jeden Abend über den Stand der Fahndung berichtet haben? Wissen Sie das alles noch?«

»Yeah.« Es war ein Alptraum gewesen.

»Dieser Fall ist weit schlimmer. Die Parkhausmörder haben wir innerhalb einer Woche nach dem zweiten Mord geschnappt. Trotzdem hat's fast eine Massenhysterie gegeben. Dieser Kerl hat vier Frauen überfallen, drei von ihnen vergewaltigt und erstochen und ist noch immer auf freiem Fuß!«

Lucas nickte und rieb sich sein Kinn mit den Fingerspitzen. »Sie haben recht«, gab er zu. »Da flippen sie aus...«

»Garantiert! So was darf in den Twin Cities einfach nicht passieren. Lassen Sie also Ihren beschissenen Crack-Ring sausen. Ich möchte, daß Sie diesen Fall selbständig bearbeiten – parallel zu den Ermittlungen der Mordkommission. Das wird den Medienleuten, die Sie alle für 'ne Art Genie halten, bestimmt gefallen.«

»Und was hält die Mordkommission davon?« erkundigte sich Lucas.

»Ein paar von den Jungs werden jammern, weil sie's immer tun, aber sie werden sich letztlich damit abfinden. Außerdem ist mir egal, was sie denken. Schließlich geht's nicht um ihren Job, aber um meinen. Ich möchte nächstes Jahr wiedergewählt werden – und da kann ich keinen Scheiß brauchen.«

»Ich habe Zugang zu allen Ermittlungsergebnissen?«

»Ich habe mit Lester gesprochen. Er ist bereit, mit Ihnen zusammenzuarbeiten. Dafür garantiere ich.«

Lucas nickte. Frank Lester, der als Deputy Chief die Kriminalpolizei unter sich hatte, kannte er als früheren Chef des Raubdezernats.

»Ich möchte möglichst rasch mit dieser Malerin reden«, sagte Lucas.

Daniel nickte. »Die Frau ist bettelarm. Wir haben ihr am Tag nach dem Überfall erst ein Telefon einrichten lassen müssen – für den Fall, daß der Kerl es noch mal versucht. Hier sind ihre Adresse und die Telefonnummer.« Er schob Lucas einen Zettel über den Schreibtisch.

Lucas steckte den Zettel ein. »Im Augenblick werden wohl die Spuren am Lake Nokomis gesichert?«

»Richtig.«

»Dann fahre ich am besten mal hin.« Lucas stand auf, ging zur Tür, blieb stehen und drehte sich halb um. »Haben Sie mir das wirklich zugetraut?«

Daniel schüttelte den Kopf. »Ich habe Sie im Umgang mit Frauen erlebt und mir nicht vorstellen können, daß Sie ihnen das antun könnten. Aber ich mußte sichergehen.«

Lucas wollte gehen, aber Daniel hielt ihn erneut auf.

»Noch was, Davenport.«

»Ja?«

»Seien Sie zur Pressekonferenz da, okay? In der gleichen Aufmachung wie jetzt: in Khakihose und Tennishemd. Haben Sie auch Jeans? Jeans wären vielleicht besser. Diese – wie heißen sie gleich wieder? – ›Acid-Jeans‹?«

»Ich könnte mich auf der Rückfahrt umziehen. Meine sind ›stone-washed‹.«

»Auch recht. Sie wissen ja, wie die Medienleute auf Straßencops stehen. Wie heißt Ihre Dienststelle gleich wieder?«

»Office of Special Intelligence.«

Der Polizeipräsident schnalzte mit den Fingern und kritzelte OSI auf seinen Notizblock. »Okay, dann bis einundzwanzig Uhr«, sagte er.

Jeannie Lewis lag mit über dem Kopf gekreuzten und mit Klebeband am Kopfende befestigten Händen auf dem schmalen Bett. Ihr Gesicht war zu einer grausigen Schreckensmaske erstarrt, das zwischen ihre Zähne gestopfte Tuch hielt ihren Mund noch im Tode offen, und die Augen waren so verdreht, daß unter den halb geschlossenen Lidern nur das Weiße der Augäpfel zu sehen war. Unter dem Druck der Fesseln war ihr Leib mit den kleinen Brüsten, deren Spitzen im Tode fast weiß waren, aufgebäumt. Ihre Knöchel waren mit Klebeband an den Bettpfosten befestigt, aber sie hatte es geschafft, die dünnen Beine in einem letzten Versuch, sich zu schützen, nach innen zu drehen. Das Messer, dessen Griff fast auf ihrem Magen auflag, steckte noch immer dicht unter dem Brustbein. Es war in spitzem Winkel hineingestoßen worden, um das Herz zu treffen, ohne von Knochen oder Muskeln behindert zu werden.

»Reingestoßen und hin und her bewegt«, erklärte der Assistent des Gerichtsmediziners. »Nach der Autopsie läßt sich mehr sagen, aber so sieht's vorläufig aus. Kleiner Einstich, aber großflächige Verletzungen des Herzens.«

»Professionell?« fragte Lucas. »Ein Arzt?«

»So weit würde ich nicht gehen. Ich will Sie nicht auf eine falsche Fährte bringen. Aber der Täter ist jemand, der seine Sache versteht. Er weiß genau, wo das Herz sitzt. Wir wollen das Messer steckenlassen, bis die Tote geröntgt ist, aber dem Griff nach scheint es die am besten geeignete Tatwaffe zu sein. Spitz zulaufend, scharf, starre Klinge, ziemlich dünn. Es muß glatt reingerutscht sein.«

Lucas trat ans Bett und betrachtete den Messergriff aus glattem Holz, in das *County Cork Cutlery* eingebrannt war.

»County Cork Cutlery?«

»Wertlos. In der Küche hängt ein ganzer Satz solcher Messer.«

»Dann hat er's sich hier geholt.«

»Das nehme ich an. Ich habe sein erstes Opfer, diese Lucy Sonstnochwie, untersucht. Sie hat er mit einem völlig anderen Messer mit Plastikgriff erstochen.«

»Wo ist der Zettel, den er hinterlassen hat?«

»In dem Plastikbeutel drüben auf der Kommode. Wir schicken ihn ins Labor, damit er auf Fingerabdrücke untersucht werden kann.«

Lucas betrachtete die Mitteilung des Täters. Gewöhnliches Notizpapier. Selbst wenn ein Verdächtiger sechs Blocks davon zu Hause gehabt hätte, wäre das kein Hinweis gewesen. Die

Buchstaben waren aus einer Zeitung ausgeschnitten und mit durchsichtigem Klebestreifen aufs Papier geklebt worden: *Niemals eine Waffe nach Gebrauch bei sich tragen.*

»Diese Regeln befolgt er eisern«, fuhr der Gerichtsmediziner fort. »Er hat das Messer nicht mitgenommen.«

»Kein Fingerabdruck, was?«

»Hmmm, vielleicht doch. Augenblick!« Der Gerichtsmediziner streifte seine Plastikhandschuhe ab, zog dünnere Latexhandschuhe an, öffnete den Klarsichtbeutel und zog den Zettel halb heraus.

»Sehen Sie diesen eigenartigen Halbkreis unter dem Klebestreifen?«

»Yeah. Fingerabdruck?«

»Könnte sein, aber wenn man genau hinsieht, kommen einem Zweifel. Trotzdem ist er klar umrissen. Deshalb glauben wir...« Er bewegte seine Finger vor Lucas' Gesicht. »...daß er Chirurgenhandschuhe getragen hat.«

»Auch das würde auf einen Arzt hinweisen.«

»Schön möglich. Oder auf einen Sanitäter, Krankenpfleger oder sonstiges Krankenhauspersonal. Und nachdem diese Dinger auch in Haushaltswarengeschäften verkauft werden, könnte der Täter genausogut ein einschlägiges Geschäft haben. Jedenfalls trägt er sogar Handschuhe, wenn er zu Hause diese Mitteilungen zusammenklebt. Das zeigt noch etwas: Er ist ein cleverer kleiner Schwanzlutscher.«

»Okay. Gut. Danke, Bill.«

Der Gerichtsmediziner schob den Zettel in den Klarsichtbeutel zurück. »Können wir sie mitnehmen?« fragte er und nickte zu der Lewis hinüber.

»Von mir aus, wenn die Kollegen mit ihr fertig sind.« Ein Beamter der Mordkommission namens Swanson saß mit einem Big Mac mit Fritten und einem Malzdrink am Küchentisch. Lucas trat an die Schlafzimmertür und rief zu ihm hinüber: »Ich bin fertig. Können Sie sie mitnehmen?«

»Klaro«, sagte Swanson mit dem Mund voller Fritten.

Swanson kam herübergeschlendert, während der Gerichtsmediziner den Abtransport überwachte. Zwei Männer hoben die

Lewis in den Leichensack, wobei sie darauf achteten, daß sich das Messer nicht verschob, und legten sie auf eine Krankentrage.

Wie einen Sandsack, dachte Lucas.

»Nichts unter ihr?« fragte Swanson.

»Gar nichts«, bestätigte der Gerichtsmediziner. Die Männer starrten sekundenlang das Bettlaken an; dann gab der Gerichtsmediziner seinen Leuten das Zeichen, die Krankentrage hinauszuschieben.

»Die Spurensicherung kommt mit einem Staubsauger. Die Möbel sind noch nicht auf Fingerabdrücke untersucht«, berichtete Swanson. Damit wollte er sagen: Hände weg! Lucas grinste. »Sie nimmt auch das Bettlaken zur Untersuchung mit.«

»Ich sehe keine Flecken darauf.«

»Nein, das Laken ist sauber – auch ohne Haare. Ich habe mir ihre Fingernägel genauer angesehen: keiner ist abgebrochen, und sie scheint weder Hautfetzen noch Blut darunter zu haben.«

»Scheiße.«

»Allerdings!«

»Ich will mich noch ein bißchen umsehen. Irgendwas Auffälliges?«

»Na ja, eine Kartoffel...«

»Kartoffel?«

»Eine Socke mit 'ner Kartoffel drin. Drüben im Wohnzimmer.« Lucas folgte ihm ins Wohnzimmer, wo Swanson mit der Fußspitze unter einen Klavierschemel deutete. Dort lag eine Sportsocke mit einem Klumpen an der Spitze.

»Wir glauben, daß er sie damit am Kopf getroffen und niedergeschlagen hat«, sagte Swanson. »Der erste Cop hat die Socke nach einem kurzen Blick für die Spurensicherung liegen gelassen.«

»Wie kommen Sie darauf, daß er sie damit niedergeschlagen hat?« erkundigte Lucas sich.

»Weil Kartoffeln in Socken dafür da sind«, antwortete der Kriminalbeamte. »So ist's jedenfalls früher gewesen.«

»Echt?« Lucas zog die Augenbrauen hoch.

»Na ja, das dürfte vor Ihrer Zeit gewesen sein. Vor Jahren hat's hier Kerle gegeben, die im Loring Park die Schwulen oder in der

Washington Avenue die Säufer ausgeraubt haben. Dafür haben sie 'ne Kartoffel dabeigehabt. Eine Kartoffel in der Tasche ist nicht strafbar – aber in einer Socke ist sie ein erstklassiger Totschläger. Und sie ist so weich, daß man keinen Schädelbruch riskiert, wenn man vorsichtig genug ist. Man hinterläßt keinen Toten und wird nicht steckbrieflich gesucht.«

»Woher weiß der Werwolf davon? Ist er schwul?«

Swanson zuckte mit den Schultern. »Schon möglich. Oder er ist ein Cop. Viele der alten Streifenbeamten kennen den Kartoffeltrick noch.«

»Das klingt irgendwie nicht richtig«, wandte Lucas ein. »Ich habe noch nie von einem *alten* Serienmörder gehört. Damit fangen sie früh an: Jugendliche, Zwanziger, höchstens noch Dreißiger.«

Swanson betrachtete ihn nachdenklich. »Sollen Sie in dieser Sache ermitteln?«

»Richtig«, bestätigte Lucas. »Probleme damit?«

»Nicht ich. Sie sind der einzige Kerl, den ich kenne, der ab und zu was rauskriegt. Ich hab' das Gefühl, daß wir Sie brauchen werden.«

»Was halten wohl die Kollegen in der Mordkommission davon?«

»Ein paar von den Neuen sind bestimmt der Meinung, daß Sie sich in fremde Angelegenheiten einmischen. Aber die Alten..., die wissen, daß uns ein Scheißesturm bevorsteht. Die wollen den Fall bloß zu Ende bringen. Von denen kriegen Sie keine Knüppel zwischen die Beine geworfen.«

»Freut mich«, sagte Lucas. Swanson nickte ihm zu und verschwand in Richtung Küche.

Jeannie Lewis war von einer Immobilienmaklerin im Gästezimmer aufgefunden worden. Als sie nicht zu einer vereinbarten Besichtigung erschienen war, hatte ihre Kollegin sich Sorgen um sie gemacht und war losgefahren, um sie zu suchen. Nachdem Lucas angekommen war und sich durch die betroffenen Nachbarn im Vorgarten gedrängt hatte, war er von Swanson über die Lewis informiert worden.

»Sie hat versucht, das Haus zu verkaufen«, erklärte der Kriminalbeamte abschließend.

»Wo sind die Eigentümer?«

»Das Haus gehört einem alten Ehepaar. Die Nachbarn sagen, daß die beiden in Phoenix leben. Sie haben sich dort unten ein Haus gekauft und wollen dieses hier verkaufen.«

»Ist schon jemand zum Haus der Lewis gefahren?«

»Ja – Nance und Shaw. Nichts zu finden. Nach Auskunft der Nachbarn ist sie nett und freundlich gewesen. Begeisterte Gärtnerin – sie hat einen großen Garten hinter dem Haus. Ihr Alter hat bei 3M gearbeitet und ist vor fünf, sechs Jahren nach einem Herzschlag gestorben. Dann hat sie als Maklerin angefangen – sogar mit gutem Erfolg, sagen die Nachbarn.«

»Freunde?«

»Irgendein Kerl. Eine Nachbarin kennt ihn angeblich, aber wir haben sie noch nicht erreicht. Nach Aussage einer anderen Nachbarin ist er Professor oder sonstwas an der Universität. Das prüfen wir gerade. Ansonsten tun wir das übliche: Wir fragen alle Nachbarn, ob sie irgendwelche Besucher gesehen haben.«

»Und ihre Garage?«

»Leer.«

»Was halten Sie davon?«

Swanson zuckte mit den Schultern. »Ich glaube, daß er sie angerufen und gebeten hat, ihn abzuholen, damit sie ihm dieses Haus zeigen kann. Er schafft's irgendwie, sie davon zu überzeugen, daß er okay ist, und sie fahren zusammen hierher. Nachdem er sie ermordet hat, fährt er mit ihrem Wagen weg, läßt ihn irgendwo stehen und verschwindet. Wir fahnden jetzt nach dem Wagen.«

»Hat sich jemand ihren Terminkalender im Büro angesehen?«

»Ja, aber der enthält nur den Nachmittagstermin, zu dem sie nicht mehr erschienen ist.«

»Wo ist ihre Handtasche?«

»Auf dem Fußboden vor der Kellertür.«

Bei seinem erneuten Rundgang durchs Haus wurde Lucas auf die Handtasche aufmerksam. Er beugte sich über sie, zog die Geldbörse der Lewis heraus und klappte sie auf. Etwas über vierzig Dollar in Münzen und Scheinen. Kreditkarten. Geschäftskarten. Lucas blätterte in den Plastikhüllen mit Fotos. Die Aufnahmen schienen nicht besonders neu zu sein. Lucas sah sich um, stellte fest, daß er nicht beobachtet wurde, und zog eines der Fotos heraus. Es zeigte Jeannie Lewis mit einer weiteren Frau; sie standen auf einer Rasenfläche und hielten eine Plakette hoch. Lucas klappte die Geldbörse zu, schob sie in die Handtasche zurück und steckte das Foto in seine Hosentasche.

Als er den Tatort verließ, war es kühl geworden. Lucas holte seine Nylonjacke aus dem Kofferraum, zog sie an, blieb noch einen Augenblick im Wagen sitzen und beobachtete die Schaulustigen. Keiner benahm sich irgendwie auffällig. Damit hatte er allerdings auch nicht ernstlich gerechnet.

Auf dem Rückweg fuhr er über St. Paul, hielt bei sich zu Hause, zog Jeans an und vertauschte die Nylonjacke mit einer sportlichen blauen Leinenjacke. Er stellte seinen Wagen ab und bewunderte beim Überqueren der Straße wieder einmal die makellose Häßlichkeit der City Hall. Er betrat sie durch den Hintereingang und ging zu seinem Dienstzimmer hinunter.

Nachdem er aus dem Raubdezernat ausgeschieden war, hatte die Verwaltung ein Plätzchen für ihn finden müssen. Als Lieutenant hatte er Anspruch auf ein eigenes Büro. Lucas hatte es schließlich selbst entdeckt: einen Kellerraum mit Stahltür. Die Verwaltung hatte ihn spärlich möblieren und eine Nummer an die Tür malen lassen. Sonst gab es keinen Hinweis darauf, wem dieses Büro gehörte. Das war Lucas gerade recht. Er sperrte auf, ging hinein und rief Carla Ruiz an.

»Carla«, meldete sie sich mit angenehm rauchiger Stimme.

»Hier ist Lucas Davenport«, sagte er. »Ich bin Lieutenant im Minneapolis Police Department. Ich muß Sie dringend sprechen. Je früher, desto besser.«

»Sorry, heute abend geht's wirklich nicht...«

»Es hat einen neuen Mord gegeben.«

»Nein! Wer ist ermordet worden?«

»Eine Immobilienmaklerin hier in Minneapolis. Das Fernsehen wird um zweiundzwanzig Uhr darüber berichten.«

»Ich hab' keinen Fernseher.«

»Hören Sie, was ist mit morgen? Könnte ich gegen dreizehn Uhr vorbeikommen?«

»Einverstanden. Mein Gott, das mit der anderen Frau ist schrecklich!«

»Yeah. Gut, dann bis morgen.«

»Wie erkenne ich Sie überhaupt?«

»Ich trage eine Rose zwischen den Zähnen«, sagte er. »Und habe eine goldene Plakette.«

Der Raum, in dem die Pressekonferenz stattfinden sollte, war voller Fernsehkameras, Stromkabel, fluchender Techniker und gelangweilter Cops. Kameramänner prüften die Lichtverhältnisse, Zeitungsreporter hielten schwatzend die Klappstühle besetzt, und Fernsehreporter waren auf der Suche nach Informationen oder Gerüchten unterwegs, die ihnen einen Wettbewerbsvorteil verschaffen konnten. Vor dem Podium an der Saalrückwand waren ein Dutzend Mikrofone aufgebaut, während die Fernsehkameras auf ihren Stativen im Hintergrund einen Halbkreis bildeten. Lucas blieb einen Augenblick am Eingang stehen, sah in der vorletzten Reihe einen freien Stuhl und bewegte sich darauf zu. Im nächsten Augenblick hielt ihn eine Hand am Ärmel fest.

Er drehte sich nach Annie McGowan um. Kanal acht. Schwarzes Haar, blaue Augen, Stupsnase. Ausdrucksvoller Mund. Erstklassige Beine. Wunderbare Aussprache. Dumm wie Bohnenstroh.

Lucas lächelte.

»Was gibt's diesmal, Lucas?« flüsterte sie, drängte sich gegen ihn und hielt seinen Arm umklammert.

»Der Chief kommt in fünf Minuten.«

»Unser nächster Nachrichtenblock beginnt in vier Minuten. Ich wäre dir *sehr* dankbar, wenn ich noch rechtzeitig anrufen könnte...« Sie lächelte schelmisch und deutete auf die zur Tür hinausführenden Kabel. Die Pressekonferenz wurde direkt in ihre Redaktion übertragen.

Lucas sah sich um. Niemand schien sonderlich auf sie zu achten. Er nickte zur Tür hinüber, und Annie folgte ihm nach draußen.

»Wenn du mich namentlich erwähnst, sitze ich in der Scheiße«, flüsterte er. »Diese Sache ist eine persönliche Vereinbarung zwischen dir und mir.«

»Abgemacht«, sagte sie errötend.

»Wir fahnden nach einem Serienmörder, der heute die dritte Frau ermordet hat. Er vergewaltigt sie und ersticht sie dann. Den ersten Mord hat er vor ungefähr sechs Wochen verübt, den zweiten vor einem Monat. Alle hier in Minneapolis. Wir haben die Morde geheimgehalten, weil wir gehofft haben, ihn fassen zu können, aber jetzt soll die Öffentlichkeit informiert werden.«

»O Gott!« rief Annie halblaut aus, machte auf dem Absatz kehrt und hastete den Korridor entlang davon.

»Was hast du der Schlampe erzählt?« Jennifer Carey stand plötzlich neben Lucas. Sie mußte Annie und ihn beobachtet haben. Jennifer, eine große Blondine mit grünen Augen und voller Unterlippe, hatte in Stanford Wirtschaftswissenschaft und an der Columbia University Journalismus studiert. Jetzt arbeitete sie für TV3.

»Nichts«, behauptete Lucas. Am besten stritt er alles ab.

»Unsinn! Unser nächster Nachrichtenblock beginnt in...« Sie sah auf ihre Uhr. »...in zweieinhalb Minuten. Ich weiß noch nicht, was ich tue, falls sie mir zuvorkommt, aber ich bin sehr clever, und du wirst's sehr, sehr bereuen.«

Lucas sah sich erneut um. »Okay«, murmelte er, »ich bin ihr einen Tip schuldig gewesen. Aber wenn du ihr sagst, daß du deine Informationen auch von mir hast, kriegst du nie wieder ein Wort aus mir raus.«

»Abgemacht«, sagte sie. »Was gibt's also?«

Später an diesem Abend lag Jennifer Carey bäuchlings auf Lucas' Bett und sah zu, wie er sich auszog und seine versteckte Pistole abschnallte.

»Benützt du die jemals – oder trägst du sie nur, um Frauen zu imponieren?« fragte sie.

»Dafür wäre sie zu unbequem«, log er. Jennifer machte ihn

manchmal nervös. Er hatte den Eindruck, sie könne seine Gedanken lesen. »Sie ist oft praktisch. Ich meine, wer in der Szene als Scheinaufkäufer auftritt, kann nicht mit 'ner Kanone rumlaufen. Die Dealer würden ihn für 'nen Cop oder 'nen schießwütigen Irren halten und keine Geschäfte mit ihm machen. Aber mit einer versteckten Waffe kann man sie hochnehmen, bevor sie merken, was man vorhat.«

»Klingt nicht nach Minneapolis.«

»Auch hier gibt's gefährliche Gangster. Wenn man erst mal soviel Geld hat...« Er streifte seine Socken ab und richtete sich in der Unterhose auf. »Duschen?«

»Klar doch.« Sie wälzte sich langsam zur Seite, stand auf und folgte ihm ins Bad. Ihr Bauch und die Oberschenkel zeigten Abdrücke des Blumenmusters der Tagesdecke.

»Du hättest heute auch die McGowan mitnehmen können, weißt du«, sagte sie, während er das Wasser aufdrehte und die Temperatur regelte.

»Sie hat in letzter Zeit ein Auge auf mich geworfen«, bestätigte Lucas.

»Warum also nicht? Schließlich bist du kein Feind von neuen Erfahrungen.«

»Sie ist doof.« Lucas richtete den Wasserstrahl auf ihren Rükken, ließ einen Spritzer Duschgel aus einer Plastikflasche folgen und schäumte ihr damit Rücken und Po ein.

»Das hat dich sonst nie abgehalten«, behauptete Jennifer.

Lucas rubbelte weiter. »Du kennst einige der Frauen, mit denen ich ausgegangen bin. Zeig mir eine, die doof ist.«

Jennifer dachte darüber nach. »Ich kenne nicht alle.«

»Aber genügend, um den Trend zu erraten«, sagte er. »Mit Dummerchen gehe ich nicht aus.«

»Dann red wie ein vernünftiger Mensch mit mir, Lucas. Hat der Killer die Frauen gefoltert, bevor er sie ermordet hat? Dazu hat sich Daniel nicht äußern wollen. Glaubst du, daß er sie gekannt hat? Wie wählt er seine Opfer aus?«

Lucas drehte sie zu sich um und legte ihr seinen Zeigefinger auf die Lippen.

»Jennifer, quetsch mich nicht aus, okay? Wenn du mich zu unüberlegten Äußerungen verleitest und sie verwendest, sitze ich wirklich in der Scheiße.«

Während ihm Wasser von der Brust spritzte, musterte sie ihn kritisch und erkannte die Wachsamkeit in seinen sanften blauen Augen. »Ich würde nie was verwenden, ohne dir vorher etwas davon zu sagen«, antwortete sie. »Aber bei dir gibt's keine unbedachten Äußerungen – außer denen, die du unter die Leute bringen willst. Du bist ein ganz gerissener Hundesohn, Davenport. Ich kenne dich jetzt seit drei Jahren und weiß noch immer nicht, wann du lügst. Und du spielst mehr gottverdammte Rollen als jeder Mensch, den ich kenne. Wahrscheinlich merkst du das nicht mal mehr.«

»Du hättest Psychologin werden sollen«, meinte er reumütig. Er stellte das Wasser ab und öffnete die Glasschiebetür. »Gib mir das große Badetuch, dann trockne ich dir die Beine ab.«

»Manchmal ist's hart an der Schmerzgrenze«, sagte Jennifer eine halbe Stunde später heiser.

»Das ist der Trick«, antwortete Lucas. »Eine Grenze, die man nicht überschreiten darf.«

»Du kommst ihr sehr nahe«, murmelte sie. »Du mußt sie oft überschritten haben, bevor du rausgekriegt hast, wo man aufhören muß.«

Zwei Stunden später öffnete Lucas in der Dunkelheit die Augen. Irgend jemand beobachtete ihn. Er dachte darüber nach. Die Pistole lag im Schreibtisch... Dann stieß Jennifer ihn an, und er merkte, wer ihn beobachtet hatte.

»Was?« flüsterte er.

»Bist du wach?«

»Jetzt schon.«

»Ich muß dich was fragen.« Sie zögerte leicht. »Magst du mich mehr als die anderen – oder sind wir alle bloß Spielzeug?«

»O Jesus!« ächzte er.

»Sag's schon!«

»Du weißt, daß ich's tue. Ich mag dich mehr. Und ich kann's beweisen.«

»Womit?«

»Mit deiner Zahnbürste. Außer meiner ist sie die einzige im Spiegelschrank.«

Danach folgte kurzes Schweigen, bis Jennifer sich an seinen Arm kuschelte. »Okay«, sagte sie. »Du kannst weiterschlafen.«

# 5

Zwanzig Klingelzeichen lang hoffte er, daß es aufhören würde. Beim einundzwanzigsten Klingeln stand er auf und nahm beim fünfundzwanzigsten Klingeln den Hörer ab.

»Ja?« knurrte er. Das Haus war kalt, und er hatte überall an seinem nackten Körper eine Gänsehaut.

»Hier ist Linda«, sagte eine affektierte Stimme. »Chief Daniel hat für Punkt acht Uhr eine Besprechung angesetzt, zu der Sie kommen sollen.«

»Okay.«

»Würden Sie das bitte wiederholen, Lucas?«

»Um acht Uhr beim Chief.«

»Ganz recht. Ich wünsche Ihnen einen schönen Morgen.« Daniels Sekretärin legte auf. Lucas starrte den Hörer kurz an, ließ ihn auf die Gabel fallen, gähnte und ging ins Schlafzimmer zurück.

Ein Blick auf den Wecker – 7:15 Uhr. Er beugte sich zu Jennifer hinüber, klatschte ihr auf den nackten Po und sagte dabei: »Tut mir leid, aber ich muß weg.«

»Okay«, murmelte sie.

Lucas ging, noch immer nackt, in die Diele hinaus, öffnete die Haustür einen Spaltbreit, vergewisserte sich, daß niemand in der Nähe war, stieß die Fliegentür auf und holte die Zeitung von der Veranda. In der Küche kippte er Cheerios in eine Schale, goß Milch darüber und schlug die Zeitung auf.

Der Werwolf war eine zweizeilige Schlagzeile auf der Titelseite gleich unter dem Namenszug *Pioneer Press* wert. Die Story wurde ohne Ausschmückungen und einigermaßen zutreffend erzählt, ohne Carla Ruiz zu erwähnen. Der Polizeipräsident hatte nicht berichtet, daß es eine Überlebende gab. Er hatte sogar gelogen, als er gesagt hatte, bisher seien nur drei Überfälle des Täters – eben die drei Morde – bekannt. Auch die Regeln des Killers hatte er mit keinem Wort erwähnt.

Ein kurzer Separatbericht befaßte sich mit Lucas Davenport und seinem Sonderauftrag im Rahmen der Ermittlungen. Er würde unabhängig von der Mordkommission, aber parallel zu ihr arbeiten. Eine kontroverse Gestalt. Hatte im Dienst schon fünf Männer erschossen. Mehrfach belobigt. Bekannter Spiele-Erfinder. Der einzige Cop Minnesotas, der mit einem Porsche zum Dienst fuhr.

Lucas wurde mit der Story und den Cheerios gleichzeitig fertig, gähnte erneut und marschierte ins Bad. Jennifer, die sich im Spiegelschrank betrachtete, drehte sich nach ihm um, als er hereinkam.

»Männer haben's leicht, wenn's ums Aussehen geht, weißt du.«

»Stimmt.«

»Das ist mein Ernst.« Sie drehte sich um und streckte ihrem Spiegelbild die Zunge heraus. »Meine Kollegen würden ausflippen, wenn sie mich so sehen könnten. Das Gesicht mit Make-up verschmiert. Eine Frisur wie der Wolfmann. Und mein Hintern tut mir weh. Ich weiß nicht, was...«

»Okay, laß mich jetzt rein, ich muß mich rasieren.«

Sie hob einen Arm und betrachtete die dunklen Stoppeln in ihrer Achselhöhle. »Ich auch«, sagte sie mürrisch.

Zur Besprechung kam Lucas zehn Minuten zu spät. Daniel runzelte die Stirn, als er hereinkam, und deutete auf den freien Stuhl. Frank Lester, Daniels Stellvertreter und Chef der Kriminalpolizei, saß ihm gegenüber. Zu den sechs Teilnehmern aus der Mordkommission gehörten Lyle Wullfolk, ihr übergewichtiger Chef, und Harmon Anderson, sein spindeldürrer Assistent.

»Wir erstellen gerade einen Plan«, erläuterte Daniel. »Unserer Ansicht nach muß wenigstens einer über alle Ermittlungen informiert sein. Lyle hat seine Abteilung zu leiten, deshalb kommt nur Harmon in Frage.«

Daniel nickte dem stellvertretenden Chef der Mordkommission zu. Anderson bohrte sich mit einem roten Plastikzahnstocher in den Zähnen. Jetzt hörte er gerade lange genug damit auf, um das Nicken zu erwidern.

»Sie unterstehen ihm nicht, Lucas, Sie arbeiten selbständig«, fuhr Daniel fort. »Falls Sie was brauchen, kann Harmon Ihnen sagen, ob wir's haben.«

»Wie ist's heute morgen mit den Medien gewesen?« erkundigte sich Lucas.

»Die sind überall – wie Läuse. Ich sollte zu 'ner Morgenshow kommen, aber ich habe mich mit dieser Besprechung entschuldigt. Daraufhin wollten sie die Besprechung filmen! Ich hab' ihnen gesagt, was sie mich können.«

»Der Oberbürgermeister ist im Frühstücksfernsehen interviewt worden«, berichtete Wullfolk. »Er hat behauptet, wir gingen ganz bestimmten Spuren nach und er erwarte die Festnahme des Mörders binnen weniger Tage.«

»Verdammter Schwachkopf!« knurrte Anderson.

»Sie haben leicht reden«, sagte Daniel mürrisch. »Sie sind kein Wahlbeamter.«

»Sie haben doch gute Beziehungen zum Fernsehen«, stellte Anderson mit einem Blick zu Lucas hinüber fest.

Lucas nickte und wechselte das Thema. »Was ist mit dem Revolver aus der Asservatenkammer?«

Anderson hörte auf, in seinen Zähnen zu stochern. »Wir haben eine Liste aufgestellt«, sagte er. »Auf der stehen vierunddreißig Leute – Cops und Zivilisten –, die ihn geklaut haben könnten. Wahrscheinlich sind's noch ein paar mehr, von denen wir nichts wissen. Zum Beispiel gehen die gottverdammten Hausmeister dort ein und aus. Alle behaupten natürlich, rein gar nichts damit zu tun zu haben. Wir haben das IAD auf sie angesetzt.«

»Ich möchte mit den vierunddreißig Leuten reden«, sagte Lucas. »Mit allen gemeinsam. Und der Gewerkschaftsmensch soll auch dabeisein.«

»Warum?« fragte Wullfolk.

»Ich sage ihnen, daß ich wissen muß, wohin die Waffe verschwunden ist, und daß ich alle Informationen streng vertraulich behandle. Und daß der Chief bereit ist, die IAD-Ermittlungen abzublasen, so daß keiner was zu befürchten hat. Sollte sich niemand melden, lassen wir die Schnüffler weiterfahnden, bis wir wissen, wer der Kerl ist. Dann sorgen wir dafür, daß der Hundesohn als Komplice des Mörders in Stillwater landet.«

Anderson schüttelte den Kopf. »Ich an seiner Stelle würd' Ihnen nicht trauen.«

»Trauen Sie sich zu, den Dieb zu überzeugen?« fragte Daniel.

Lucas nickte. »Ich erkläre ihnen, wie ich mir die Befragung vorstelle – ohne daß ich sie über ihre Rechte belehre. Selbst wenn sie dann angeklagt würden, wären sie arglistig getäuscht worden, und die Anklage würde gar nicht zugelassen. Ich bin sicher, daß ich das überzeugend verkaufen kann.«

Anderson und Daniel wechselten einen Blick, dann zuckte Anderson mit den Schultern. »Ein Versuch kann nicht schaden. Unter Umständen kommen wir so am schnellsten weiter. Ich rufe möglichst viele der Leute am Spätnachmittag zusammen. Um sechzehn Uhr?«

»Gut«, nickte Lucas.

»Wir haben in meinem Büro eine Datenbank eingerichtet«, fuhr Anderson fort, »und eines unserer Mädchen tippt alles und macht die Ausdrucke. Jeder Ermittler bekommt einen Ordner mit sämtlichen Ergebnissen, sämtlichen Protokollen. Wir sammeln alles, was über diese Leute zu erfahren ist. Falls es Gemeinsamkeiten oder Verbindungen zwischen ihnen gibt, kriegen wir sie raus. Alle Ermittler studieren jeden Abend den Ordner. Wer etwas entdeckt, kommt damit zu mir, damit wir die Akte ergänzen können.«

»Was haben wir bis jetzt?« fragte Lucas.

Anderson zuckte mit den Schultern. »Nicht gerade viel. Angaben zur Person, mögliche Übereinstimmungen und solchen Scheiß. Nummer eins war die neunzehnjährige Serviererin Lucy Bell. Nummer zwei war eine Hausfrau: Shirley Morris, sechsunddreißig. Nummer drei war die Malerin Carla Ruiz, die ihn in die Flucht geschlagen hat. Sie ist zweiunddreißig. Und Nummer vier war diese Immobilienmaklerin Lewis, sechsundvierzig. Eine Verheiratete, drei Ledige, davon eine – die Malerin – geschieden. Die Maklerin war verwitwet. Die Serviererin war ein Rockfan, eine Punkerin. Die Maklerin ging mit ihrem Freund in klassische Konzerte. Und so geht's weiter... Die einzige Gemeinsamkeit scheint zu sein, daß sie alle Frauen sind.«

Alle dachten einige Zeit darüber nach.

»Wie groß ist der zeitliche Abstand zwischen den Morden?« erkundigte sich Lucas.

»Angefangen hat's mit der Bell am 14. Juli«, antwortete Anderson. »Dann neunzehn Tage später die Morris, am 2. August, fünfzehn Tage später die Ruiz, am 17. August, und vierzehn Tage später die Lewis, am 31. August.«

»Die Intervalle werden kürzer«, stellte einer der Cops fest.

»Richtig«, bestätigte Wullfolk. »Das ist die Tendenz bei sadistischen Killern – falls er einer ist.«

»Wenn er häufiger zuschlägt, muß er mehr improvisieren und kann weniger sorgfältig planen«, warf ein anderer Cop ein.

»Das wissen wir nicht«, widersprach Anderson. »Vielleicht wählt er seine Opfer ein halbes Jahr vorher aus. Möglicherweise hat er einen ganzen Ordner voll davon.«

»Haben die Tage irgendwas gemeinsam?« fragte Lucas.

»Ja, es sind nur Wochentage. Ein Donnerstag, ein Dienstag, ein Mittwoch und noch ein Mittwoch. Keine Wochenenden.«

»Nicht viel Übereinstimmung«, murmelte Daniel.

»Oder haben die Frauen was gemeinsam?« wollte Lucas wissen. »Alle sehr groß? Alle mit großen oder kleinen Titten? Was?«

»Alle sehen gut aus. Das ist meine Einschätzung, aber die dürfte zutreffen. Alle haben dunkles Haar, drei davon schwarzes – die junge Bell, die sich das Haar gefärbt hat, die Ruiz und die Lewis. Die Morris ist dunkelbraun gewesen.«

»Hmmm, bei uns sind die Hälfte aller Frauen blond bis brünett«, meinte einer der anderen Kriminalbeamten. »Das könnte ein Hinweis sein.«

»Möglichkeiten gibt's endlos viele«, sagte Anderson, »aber wir dürfen uns nicht von zufälligen Übereinstimmungen täuschen lassen. Achtet jedenfalls auf solche Hinweise. Ich lasse sie in einer eigenen Liste zusammenstellen. Bringt jeden Nachmittag eure Ordner her, um sie ergänzen zu lassen. Und lest die Nachträge!«

»Was ist mit dem Labor?« fragte Wullfolk. »Schlafen die Kerle, oder was?«

»Die tun, was sie können. Sie untersuchen die Klebebänder, mit dem er die Frauen gefesselt hat, analysieren den Mist, den sie mit dem Staubsauger gesammelt haben, und suchen überall nach Fingerabdrücken. Bisher sind sie noch nicht fündig geworden.«

»Sollte einer dieser Ordner in die Medien gelangen, baumeln ein paar Leute am Galgen«, drohte Daniel. »Ist das allen klar?«

Die Cops nickten wie ein Mann.

»Ich rechne wie immer mit ein paar undichten Stellen«, fügte Daniel hinzu. »Aber *niemand* erzählt Außenstehenden von den Mitteilungen, die der Killer am Tatort zurückläßt. Sollte jemand die Medien darüber informieren, spüre ich den Hundesohn auf und schmeiße ihn raus. Wir haben die Ermittlungen bisher unter Ausschluß der Öffentlichkeit geführt – und dabei soll's bleiben!«

»Wir brauchen eine eindeutige Identifizierungsmöglichkeit, von der die Öffentlichkeit nichts weiß«, erklärte Anderson seinen Leuten. »Wie bei ›The Son of Sam‹, der in dem Augenblick identifiziert gewesen ist, als die Fahnder durchs Fenster seines Apartments Bekennerbriefe gesehen haben, die er an die Cops und die Medien geschrieben hatte.«

»Wir alle werden ziemlich unter Druck stehen«, sagte Daniel. »Ich versuche, euch den Rücken freizuhalten, aber falls dieses Arschloch weitermordet, werden die Reporter einzelne Cops interviewen wollen. Das werden wir so lange wie möglich verhindern. Sollte es nicht mehr zu vermeiden sein, berät euch ein Anwalt, damit ihr wißt, was ihr sagen dürft und was nicht. Aber jedes Interview muß von mir genehmigt werden, verstanden?«

Die Cops nickten wieder.

»Okay, an die Arbeit!« drängte Daniel. »Lucas, Sie bleiben noch einen Augenblick da.«

Nachdem die anderen Cops gegangen waren, schloß Daniel die Tür.

»Sie sind unser Verbindungsmann zu den Medien, wenn wir inoffizielle Hinweise veröffentlichen lassen wollen. Sie geben einer der Zeitungen und vielleicht einer Fernsehstation vertrauliche Tips, und wenn die anderen eine Bestätigung verlangen, übernehme ich die Sache. Okay?«

»Wird gemacht. Ich hab' einen guten Draht zu beiden Zeitungen und allen Fernsehstationen. Das größte Problem besteht darin, sie nicht merken zu lassen, daß ich sie alle mit Tips versorge.«

»Ihnen wird schon was einfallen. Sie sind doch sonst ein heller Kopf. Aber wir brauchen diesen Zugang zu den Medien. Nur so glauben sie uns.«

»Ich möchte niemanden belügen«, wandte Lucas ein.

»Darüber machen wir uns Gedanken, wenn's soweit ist. Aber wenn Sie jemand ans Kreuz nageln müssen, nageln Sie ihn ans Kreuz. Für zarte Rücksichtnahmen ist dieser Fall zu ernst.«

»Okay.«

»Haben Sie schon ein Gespräch mit der Malerin vereinbart?«

»Ja, für heute nachmittag.« Lucas sah auf seine Uhr. »Ich muß meine Leute benachrichtigen, daß die anderen Ermittlungen vorläufig eingestellt sind, und bis sechzehn Uhr wieder hier sein. Also muß ich mich beeilen.«

Der Polizeipräsident nickte. »Ich habe ein wirklich mieses Gefühl bei dieser Sache. Die Mordkommission schnappt den Kerl nur mit Riesenglück. Ich verlasse mich ganz auf Sie, Davenport. Spüren Sie diesen Hundesohn auf!«

Lucas verbrachte den Rest des Vormittags auf der Straße, in Bars, in Telefonzellen, vor Zeitungskiosken und bei Friseuren. Er sprach mit einem halben Dutzend Dealern zwischen vierzehn und siebenundsechzig Jahren und dreien ihrer Kunden. Darüber hinaus sprach er mit zwei Buchmachern, einem ältlichen Ehepaar, das einen illegalen Wettshop betrieb, mehreren Wachmännern, einem bestechlichen Cop, einem echten Siouxkrieger und einem Trinker, den er in Verdacht hatte, zwei Leute, die es verdient hatten, umgebracht zu haben. Die Botschaft war überall die gleiche: Ich bin für einige Zeit fort, aber ihr vergeßt mich hoffentlich nicht, denn ich komme wieder.

Die zeitweilige Stillegung seines Informantennetzes machte Lucas Sorgen. Für ihn glichen seine Straßenspitzel einem Garten, der ständige Pflege brauchte – Geld, Drohungen, Immunität, sogar Freundschaft –, damit das Unkraut der Versuchung nicht zu wuchern begann.

Mittags rief Lucas Anderson an, der ihm bestätigte, daß die Besprechung stattfinden würde.

»Sechzehn Uhr?«

»Richtig.«

»Ich komme vorher bei Ihnen vorbei. Wir müssen die Sache durchsprechen.«

»Okay.«

Beim Mittagessen teilte er sich im McDonald's in der University Avenue einen Tisch mit einem Junkie, dem ständig die Augen zufielen, bis er zuletzt auf seinen Fritten einschlief. Lucas ließ ihn über dem Tisch zusammengesunken liegen. Der picklige Jugendliche hinter der Theke beobachtete den Stadtstreicher mit dem blasierten Blick eines Sechzehnjährigen, der schon alles gesehen hat und gut auf solche Erlebnisse verzichten kann.

Das Lagerhaus-Atelier der Ruiz war nur zehn Minuten entfernt: ein heruntergekommenes Klinkergebäude mit Industriefenstern, die wie schmutzige Schachbretter aussahen. Der einzige Aufzug war als Lastenaufzug ausgelegt und wurde von einem Jugendlichen bedient, der sich nur für die Musik aus seinem Ghetto Blaster interessierte. Lucas fuhr in den vierten Stock hinauf, fand die richtige Tür und klopfte an. Als Carla Ruiz die Tür mit eingehängter Sperrkette öffnete, wies er seine goldfarbene Plakette vor.

»Wo ist die Rose?« fragte sie. Lucas hielt die Plakette in einer Hand und seinen Aktenkoffer in der anderen.

»Die hab' ich vergessen! Die sollte ich zwischen den Zähnen tragen, stimmt's?« sagte Lucas grinsend. Sie lächelte zurückhaltend und hakte die Sperrkette aus, um ihn einzulassen.

»Ich sehe schrecklich aus«, entschuldigte sie sich, während sie die Tür öffnete. Ihr schulterlanges schwarzes Haar umrahmte ein ovales Gesicht mit dunklen Augen und perlweißen Zähnen. Über ihrem bunten mexikanischen Rock trug sie eine rustikale Bluse. Die von dem Revolver herrührende Platzwunde auf ihrer Stirn hatte genäht werden müssen und war noch nicht verheilt. Die blauen Flecken unter ihren Augen und auf einer Gesichtshälfte schimmerten jetzt grünlichgelb.

Lucas trat über die Schwelle und steckte seine Plakette ein. Während sie die Tür schloß, musterte er prüfend ihr Gesicht und hob dabei ihr Kinn mit dem Zeigefinger hoch.

»Alles okay«, sagte er. »Sobald sie grün und gelb werden, klingen sie ab. In ein, zwei Wochen sind sie weg.«

»Aber die Narbe auf der Stirn bleibt.«

»Sehen Sie sich meine an«, forderte Lucas sie auf und berührte die Narbe, die sich senkrecht über sein Gesicht zog. »Als das passiert ist, hat sich ein Reusendraht praktisch in mein Gesicht eingegraben. Jetzt sieht man nur noch eine dünne Linie. Ihre wird auch dünner. Unter ein paar Stirnfransen fällt sie überhaupt nicht auf.«

Dann merkten sie plötzlich, wie dicht sie sich gegenüberstanden. Die Ruiz wich einen Schritt zurück und ging um Lucas herum ins Atelier voraus.

»Ich bin mindestens sechsmal ausgequetscht worden«, klagte sie und berührte ihre vernarbende Stirnwunde. »Ich weiß gar nicht mehr, was ich noch erzählen soll.«

»Schon in Ordnung«, versicherte Lucas ihr. »Ich arbeite ein bißchen anders als die anderen. Deshalb stelle ich auch andere Fragen.«

»Ich hab' in der Zeitung von Ihnen gelesen«, sagte sie. »In dem Bericht hat's geheißen, Sie hätten schon fünf Leute erschossen.«

Lucas zuckte mit den Schultern. »Bestimmt nicht gern.«

»Fünf sind viel, finde ich. Mein ehemaliger Schwiegervater ist Polizeibeamter gewesen. Er hat in seiner gesamten Dienstzeit nie auf einen Menschen geschossen.«

»Was soll ich dazu sagen?« fragte Lucas. »Ich habe Fälle bearbeitet, bei denen so was vorkommt. Wer Einbrüche oder Morde aufklärt, braucht vielleicht nie zu schießen. Bei Drogenfahndern oder im Sittendezernat, sieht's anders aus.«

»Okay.«

Sie zog einen Stahlrohrstuhl unter einem Tisch hervor, bot ihn Lucas mit einer Handbewegung an und setzte sich ihm gegenüber. »Was wollen Sie also wissen?«

»Fühlen Sie sich sicher?« fragte er, während er seinen Aktenkoffer auf den Tisch legte und aufklappte.

»Einigermaßen. Der Kerl soll hier mit einem Nachschlüssel reingekommen sein, deshalb hat der Hausbesitzer neue Schlösser anbringen lassen. Ein Polizeibeamter hat sie begutachtet und für gut befunden. Und ich habe jetzt ein Telefon und einen speziellen Alarmcode für 911. Ich brauche bloß ›Carla‹ zu sagen, und schon kommen die Cops angerannt. Das Polizeirevier ist gleich gegenüber. Alle hier Beschäftigten wissen, was passiert ist, und achten auf Unbekannte. Aber ... na ja, richtig wohl fühle ich mich trotzdem nicht.«

»Ich glaube nicht, daß er zurückkommt«, beruhigte Lucas sie.

»Das haben die anderen Cops ... äh, die anderen Polizeibeamten auch gesagt.«

»Sie dürfen uns ruhig Cops nennen«, lachte Lucas.

»Okay.« Sie lächelte zurück, und er bewunderte ihre ebenmäßigen weißen Zähne. Sie war eigentlich nicht hübsch, aber außerordentlich attraktiv. »Das Dumme ist nur, daß ich die einzige Zeugin bin. Das macht mir angst. Ich traue mich kaum noch auf die Straße.«

»Unserer Ansicht nach ist er ein echter Freak«, erklärte Lucas. »Ein bösartiger Freak – im Gegensatz zu vielen harmlosen Spinnern. Er scheint clever zu sein. Er geht überlegt vor. Er scheint nie die Beherrschung zu verlieren. Wir halten es für unwahrscheinlich, daß er zurückkommt, weil er sich damit in Gefahr bringen würde.«

»Mir ist er verrückt vorgekommen«, meinte die Ruiz.

»Dann erzählen Sie mir davon. Was hat er getan, als er Sie überfallen hat?« fragte Lucas. Er blätterte in seinen Kopien der Befragungen durch Beamte der Mordkommission aus St. Paul und Minneapolis. »Wie ist alles abgelaufen? Was hat er gesagt?«

Eine Dreiviertelstunde lang brachte er sie durch geschickte Fragen dazu, ihm sämtliche Einzelheiten des Überfalls zu schildern, bis jede Sekunde besprochen war. Während sie alles noch einmal durchlebte, beobachtete er ihr Gesicht. Zuletzt hob sie abwehrend die Hände.

»Das macht mich fertig«, gestand sie. »Ich hab' schon Alpträume gehabt. Ich will nicht, daß sie wiederkommen.«

»Das will ich auch nicht, aber Sie sollten sich genau an alles erinnern, alles noch mal durchleben. Jetzt möchte ich, daß Sie etwas anderes tun. Kommen Sie bitte her.«

Er klappte den Aktenkoffer zu und gab ihn ihr. »Das sind Ihre Einkaufstüten. Gehen Sie von der Tür aus auf die Säule zu.«

»Hören Sie, ich...«

»Los!« knurrte Lucas.

Sie ging langsam zur Tür, drehte sich um und hielt den Aktenkoffer mit beiden Armen vor der Brust. Lucas trat hinter die Säule.

»Gehen Sie jetzt an mir vorbei, ohne mich anzusehen.«

Sie ging an ihm vorbei, und Lucas sprang hinter der Säule hervor und schlang einen Arm von hinten um ihren Hals.

»Ahhh...«

»Rieche ich wie er? Ja oder nein?«

Sie schnüffelte an seinem Arm. »Nein.«

»Wie hat er gerochen?«

Sie drehte sich halb nach ihm um. »Woher soll ich... er hat irgendein Duftwässerchen benützt.«

»Hat er nach Schweiß gerochen? Ist seine Kleidung frisch gewaschen gewesen? Haben seine Sachen gestunken?«

»Nein. Er hat nach Rasierwasser gerochen, glaub' ich.«

»Hat er meine Größe gehabt? Ist er stark gewesen?« Als Lucas sie fest an sich zog, ließ sie seinen Aktenkoffer fallen und begann, sich zu wehren. Im nächsten Augenblick entspannte sie sich plötzlich. Lucas packte noch fester zu.

»Scheiße!« sagte sie und wehrte sich wieder, aber diesmal kräftiger, bis Lucas sie losließ. Sie drehte sich mit blitzenden, weit aufgerissenen Augen nach ihm um. »Hände weg! Lassen Sie mich in Ruhe!« Sie war nahe daran, in Panik zu geraten.

»Ist er stärker gewesen?«

»Nein, er hat nicht so fest zugepackt. Er hat weiche Hände gehabt. Und als ich mich entspannt habe, hat sein Griff sich gelokkert. Dann hab' ich ihm mit aller Kraft auf den Innenrist getreten.«

»Wo haben Sie das gelernt?«

»Von meinem ehemaligen Schwiegervater. Er hat mir ein bißchen Unterricht in Selbstverteidigung gegeben.«

»Kommen Sie her.«

»Nein.«

»Kommen Sie her, verdammt noch mal!«

Sie trat mit blassem, ängstlichem Gesicht widerstrebend auf ihn zu. Lucas drehte sie wieder um und legte ihr seinen Arm um den Hals, ohne zuzudrücken.

»Als er Sie so gepackt hat, hat er Sie gewarnt, nicht zu kreischen, sonst würde er Sie umbringen. Hat das so geklungen?« Lucas verstärkte seinen Druck, riß sie hoch, bis sie nur noch auf den Zehenspitzen stand, und sagte heiser: »Wenn du schreist, bring' ich dich um!«

Als die Schwarzhaarige sich erneut zu wehren begann, ließ Lucas sie los und sagte: »Denken Sie nach!« Er stieß sie von sich fort und entfernte sich, bis er an der Tür stand. Carla Ruiz hielt sich mit beiden Händen den Hals und starrte ihn mit vor Entsetzen geweiteten Augen an.

»New Mexico«, sagte sie.

»Was?« Lucas spürte einen Funken.

»Er könnte aus New Mexico sein, glaub' ich. Das ist mir erst jetzt eingefallen, aber er hat *nicht* ganz wie die Menschen hier oben geredet. Das hat nicht an der Ausdrucksweise gelegen. Er hat auch nicht Dialekt gesprochen. Ich hab's irgendwie *gespürt*, daß er nicht von hier ist. Eine ganz unbewußte Wahrnehmung. Ein irgendwie heimischer Tonfall.«

»Sie stammen aus New Mexico?«

»Ja. Ich lebe seit sechs Jahren hier.«

»Okay. Und er hat nach Rasierwasser gerochen? Nach teurem Rasierwasser?«

»Bloß nach Rasierwasser. Damit kenn' ich mich nicht aus.«

»Könnte es Haarpomade gewesen sein?«

»Nein, das glaube ich nicht. Es muß ein Rasierwasser gewesen sein. Ziemlich leicht, nicht aufdringlich.«

»Aber er hat nicht gestunken? Ungewaschen?«

»Nein.«

»Er hat ein schwarzes T-Shirt getragen. Sie haben gesagt, er sei weiß gewesen. Wie weiß?«

»Richtig weiß. Weißer als Sie. Ich meine, ich bin ziemlich dunkel, Sie sind sonnengebräunt weiß, er ist richtig weiß gewesen.«

»Sonnenbräune?«

»Nein, das glaube ich nicht. Den Eindruck hab' ich nicht gehabt. Er hat diese Handschuhe getragen, und ich erinnere mich, daß seine Haut fast so weiß wie die Handschuhe gewesen ist.«

»Bei der Befragung durch die Kollegen aus St. Paul haben Sie angegeben, er hätte Sportschuhe getragen. Wissen Sie noch, was für welche?«

»Nein. Er hat mich niedergeschlagen, und als ich mich aufgerappelt habe, sind mir seine Schuhe mit dem kleinen Blasending an der Seite aufgefallen...« Sie machte eine Pause und runzelte die Stirn. »Den anderen Beamten habe ich nichts von diesem Blasending erzählt.«

»Von welchem Blasending?«

»Sie kennen doch diese durchsichtigen Blasendinger, durch die man in die Schuhsohle sehen kann?«

»Ja, ich weiß, was Sie meinen. Kommen Sie oft ins St. Paul Center?«

»Manchmal«, sagte sie.

»Falls Sie nachher Zeit haben, möchte ich Sie bitten, hinzugehen und sich Sportschuhe anzusehen. Vielleicht finden Sie das Modell, das er getragen hat. Okay?«

»Klar. Mein Gott, ich hab' nicht gedacht, daß...«

Lucas zog die Lederhülle mit seiner Plakette aus der Tasche, nahm eine Geschäftskarte heraus und gab sie ihr. »Rufen Sie mich an, wenn Sie was gefunden haben.«

Sie sprachen noch zehn Minuten miteinander, ohne daß sich weitere Hinweise ergaben. Lucas machte sich einige abschließende Notizen auf seinem Stenoblock und warf den Block mit dem Ermittlungsordner in seinen Aktenkoffer.

»Sie haben mir angst gemacht«, bekannte die Ruiz, als er den Aktenkoffer zuklappte.

»Ich will diesen Kerl fassen«, antwortete Lucas. »Ich habe vermutet, daß es Details geben würde, an die Sie sich nur erinnern können, wenn Sie alles noch mal durchleben.«

»Davon bekomme ich bestimmt Alpträume.«

»Vielleicht auch nicht. Selbst die schlimmsten lassen im Laufe der Zeit nach. Tut mir leid, aber das konnte ich Ihnen nicht ersparen.«

»Ich weiß.« Sie zupfte an ihrem Rock. »Ich meine nur...«

»Ja, ich verstehe. Hören Sie, ich müßte mal telefonieren, okay?«

»Klar.« Sie ging zu dem Hocker vor ihrem Webstuhl, setzte sich und ließ die Hände zwischen ihren Knien ruhen. Sie wirkte eingeschüchtert, fast deprimiert. Lucas beobachtete sie, während er die Auskunft wählte, sich die Nummer des St. Anne's Colleges geben ließ, auflegte und die neue Nummer wählte.

»Versuchen Sie, an was ganz anderes zu denken«, riet er.

»Ich versuch's schon, aber ich kann's nicht«, antwortete sie. »Ich muß immer wieder daran denken. Mein Gott, er hat mich hier drinnen überfallen und...«

Lucas hob die freie Hand, um sie zu veranlassen, kurz zu schweigen. »Psychologie-Department... Danke... Schwester Mary Joseph... Detective Lieutenant Lucas Davenport möchte sie sprechen...« Er sah wieder zu Carla Ruiz hinüber, die jetzt aus dem Fenster starrte.

»Hallo? Lucas?«

»Elle, ich muß mit dir reden.«

»Über den Werwolf?« fragte sie.

»Richtig.«

»Ich habe deinen Anruf fast erwartet. Wann willst du vorbeikommen?«

»Ich bin jetzt in St. Paul. Um sechzehn Uhr muß ich zu einem Termin in Minneapolis sein. Ich hatte gehofft, du hättest jetzt kurz Zeit für mich.«

»Wenn du sofort kommst, können wir noch ein Eis essen gehen. In einer Dreiviertelstunde habe ich eine Dozentenbesprechung.«

»Okay, ich bin in zehn Minuten vor der Fat Albert Hall.« Lucas legte den Hörer auf.

»Kommen Sie zurecht?« fragte er, während er zur Tür ging. »Ich bin nicht gerade zartfühlend gewesen...«

»Ja.« Sie starrte weiter aus dem Fenster, und er blieb mit einer Hand auf der Türklinke stehen.

»Tun Sie mir den Gefallen, sich die Schuhe anzusehen?«

»Klar.« Sie seufzte und drehte sich nach ihm um. »Ich muß hier raus. Wenn Sie einen Augenblick warten, hole ich meine Handtasche. Sie können mich nach unten begleiten.«

Carla Ruiz war sofort fertig, und sie fuhren mit dem alten Aufzug ins Erdgeschoß hinunter. Obwohl der Fahrstuhlführer jetzt einen Kopfhörer trug, füllte der Sound von Heavy Metal die kleine Kabine.

»Von dem Scheiß kannst du impotent werden«, warnte Lucas ihn. Der Jugendliche reagierte nicht darauf, sondern nickte weiter im Takt des dröhnenden Beats.

»Dieser Kerl im Aufzug...«, begann Lucas, als sie aus der Kabine traten. In seinem Tonfall lag eine Frage.

»Ausgeschlossen!« antwortete Carla. »Randy ist so ausgebrannt, daß er kaum die richtigen Stockwerke findet. Er wäre gar nicht imstande, jemanden zu überfallen.«

»Okay.« Er hielt ihr die Tür auf und trat hinaus.

»Schön, mal wieder rauszukommen«, meinte sie. »Die Sonne tut richtig gut.« Lucas hatte seinen Wagen einen Block weit entfernt in Richtung Town Center geparkt, und sie schlenderten nebeneinander darauf zu.

»Hören Sie«, sagte sie, als er neben dem Porsche stehenblieb, »ich komme ungefähr einmal in der Woche nach Minneapolis. Ich stelle dort in einer Galerie aus. Würden Sie mich über den Stand der Dinge informieren, wenn ich mal vormittags vorbeikäme? Ich könnte vorher anrufen.«

»Klar. Ich bin im Keller der alten City Hall. Sie parken gegenüber und...«

»Ich weiß, wo Ihr Büro ist«, unterbrach sie ihn. »Ich komme mal vorbei. Und ich rufe Sie später wegen der Schuhe an.«

Sie ging den Gehsteig entlang davon, und Lucas stieg ein und ließ den Motor an. Als er ihr durch die Windschutzscheibe nachstarrte, sah Carla sich um und lächelte.

Er grunzte. Dann rollte er die Straße hinunter, bis er neben ihr war, hielt am Randstein und öffnete das Beifahrerfenster.

»Haben Sie was vergessen?« fragte sie und beugte sich ins Fenster.

»Was für Musik hören Sie gern?«

»Was?« Sie wirkte leicht verwirrt.

»Mögen Sie Rock?«

»Klar.«

»Wollen Sie morgen abend Aerosmith hören? Mit mir? Damit Sie mal wieder unter Leute kommen?«

»Oh... Gut, okay. Um welche Zeit?« Obwohl sie nicht lächelte, war sie eindeutig interessiert.

»Ich hole Sie um sechs ab. Wir gehen erst noch 'nen Happen essen.«

»Klar«, sagte sie. »Bis morgen.« Sie trat vom Auto zurück und winkte ihm zu. Lucas ignorierte den durchgezogenen Mittelstreifen, wendete und fuhr in Richtung Interstate davon. Beim Anfahren sah er in den Rückspiegel und stellte fest, daß Carla ihm nachschaute. Die Idee war unsinnig, aber er hatte das Gefühl, daß ihre Blicke sich trafen.

Schwester Mary Joseph war im Norden von Minneapolis ganz in der Nähe von Lucas aufgewachsen – damals noch als Elle Kruger. Sie waren im selben Herbst eingeschult und von ihren Müttern an der Hand über von Rissen durchzogene Gehsteige und an hohen Hecken vorbei durch den aus Ziegeln gemauerten Torbogen der St. Agnes Elementary School geführt worden. Lucas träumte noch immer gelegentlich von Elle. Sie war ein bildhübsches, schlankes blondes Mädchen gewesen: intelligent, bei allen Lehrern und Mitschülern sehr beliebt und die schnellste Läuferin ihres Jahrgangs.

Nach dem Tod seines Vaters hatte Lucas St. Agnes in der fünften Klasse verlassen. Er war mit seiner Mutter auf die South Side gezogen und hatte eine Privatschule besucht. Einige Jahre später hatte er an einem Eishockeyturnier teilgenommen und das Warmlaufen unterbrochen, um einen Stiefel anders zu schnüren. Dabei hatte er Elle inmitten einer Gruppe von Mädchen aus der Holy Spirit High-School gesehen. Sie beachtete ihn nicht oder hatte ihn unter seinem Helm nicht erkannt. Lucas stand vor Entsetzen wie gelähmt da.

Ihre letzte Begegnung lag sechs Jahre zurück. Andere Mädchen, die so schlaksig gewesen waren wie sie schön, waren aufgeblüht. Nur Elle nicht. Ihr von Aknenarben gezeichnetes Gesicht glich einem Kraterfeld. Kinn, Stirn und Wangen waren von Infektionen gerötet. Die nicht mit Narben bedeckten kleinen Flecken waren nach Behandlungsversuchen rauh wie Sandpapier.

Lucas, der weiter Elles Gesicht vor Augen hatte, setzte das Aufwärmen benommen fort. Wenige Minuten später wurden die Spieler beider Mannschaften vorgestellt, und als er zur Mittellinie lief, während sein Name über den Lautsprecher verkündet wurde, *mußte* er zu ihr hinübersehen, und er stellte fest, daß ihre grauen Augen ihm folgten.

Nach dem gewonnenen Spiel stapfte er auf den Tunnel zu den Garderoben zu, als er plötzlich Elle hinter der Barriere stehen sah. Sie erwiderte seinen Blick mit einem Winken, und er blieb stehen, ergriff ihre Hand und fragte: »Kannst du auf mich warten? In zwanzig Minuten draußen?«

»Ja.«

Nach einer Rundfahrt durch den Süden und Westen von Minneapolis brachte er sie nach Hause. Sie redeten miteinander, wie sie's als Kinder getan hatten, und lachten in dem halbdunklen Wagen. Vor ihrem Haus stieg Elle rasch aus und lief zur Haustür. In diesem Augenblick flammte Licht auf, und ihr Vater erschien auf der Veranda.

»Dad, erinnerst du dich an Lucas Davenport, der früher in unserer Straße gewohnt hat?«

»Klar. Wie geht's denn, junger Mann?« fragte ihr Vater mit traurigem Unterton. Lucas wurde hereingebeten und unterhielt sich eine halbe Stunde mit den Krugers, bevor er sich verabschiedete.

Als er zum Auto ging, rief Elle aus dem Fenster ihres im ersten Stock gelegenen Zimmers nach ihm. Hinter ihr brannte eine Lampe, die nur die Umrisse ihrer Gestalt ahnen ließ.

»Lucas?«

»Ja?«

»Komm bitte nicht wieder«, sagte Elle und schloß das Fenster.

Danach dauerte es eineinhalb Jahre, bis er wieder etwas von ihr hörte. Eine Woche vor der High-School-Abschlußfeier rief sie ihn an, um ihm mitzuteilen, daß sie beschlossen habe, ins Kloster zu gehen.

»Steht dein Entschluß fest?«

»Ja. Ich fühle mich berufen.«

Viele Jahre später – und zwei Tage nachdem Lucas als Polizeibeamter zum ersten Mal einen Menschen erschossen hatte – rief Elle ihn an. Sie erklärte ihm, sie sei eine Art Therapeutin. Ob sie ihm helfen könne? Nein, nicht wirklich, aber er wolle sie gern wiedersehen. Sie gingen zusammen ein Eis essen. Sie war inzwischen Psychologieprofessorin geworden, sagte sie. Faszinierend, dieses Studium des Menschen.

Fühlt sie sich berufen? überlegte Lucas. Oder ist der eigentliche Grund ihr Gesicht – dieses Kreuz, das sie zu tragen hat? Er wagte nicht, sie danach zu fragen, aber als sie sich verabschiedeten, legte sie ihm ihre Hand auf den Arm und sagte lächelnd: »Ich habe meine Berufung, Lucas.«

Ein Jahr später verkaufte er sein erstes Spiel, das sofort ein Erfolg wurde. Die *Star-Tribune* brachte einen Bericht darüber, und Elle rief ihn erneut an. Sie sei eine leidenschaftliche Spielerin, erklärte sie ihm. Im College gebe es eine Spielgruppe, die regelmäßig zusammenkomme...

Seit dieser Zeit sahen sie sich praktisch jede Woche einmal. Elle, eine andere Nonne, ein Lebensmittelhändler und ein Buchmacher, beide aus St. Paul, ein Strafverteidiger aus Minneapolis und zwei, drei Studenten vom St. Anne's College oder der University of Minnesota bildeten die auf Kriegsspiele spezialisierte

Gruppe. Sie trafen sich in einem Anbau der Turnhalle in einem nicht mehr benützten Raum, den sie mit einem halben Dutzend Stühlen, einer Tischtennisplatte für Landkarten-Spielbretter, gebrauchten Hängelampen – eine Spende eines Billardsalons – und einer schlechten Stereoanlage, die Lucas von der Straße mitgebracht hatte, eingerichtet hatten.

Die Gruppe traf sich jeden Donnerstag. Im Augenblick erprobte sie Lucas Davenports großartigste Schöpfung: eine Reprise der Schlacht von Gettysburg, die er niemals würde verkaufen können. Das Spiel war einfach zu kompliziert. Nur um die Ergebnisse ausrechnen zu können, hatte er seinen tragbaren Computer programmieren müssen.

Elle war General Lee.

Lucas parkte seinen Porsche unterhalb der Albertus Magnus Hall und ging durch die ersten fallenden Blätter den Hügel hinauf. Elle trat aus dem Gebäude, als er die Treppe vor dem Eingang erreichte. Ihr Gesicht war unverändert; auch ihre Augen waren stets gleich: grau und ernst, aber mit gelegentlich aufblitzendem Humor.

»Er kann nicht mehr aufhören«, erklärte sie Lucas, während sie dem Gehsteig folgten. »Der Werwolf gehört zur Kategorie der sadistischen Mörder, wie Polizeipsychologen sie nennen. Er mordet aus Vergnügen. Er befolgt keine Gebote Gottes; er hört keine Stimmen, die ihm zu töten befehlen. Gewiß, er ist besessen, aber nicht in dem Sinn, daß er nicht mehr Herr seiner selbst wäre. Nach herkömmlichen Begriffen läßt er durchaus Selbstbeherrschung erkennen. Er arbeitet Pläne aus und trifft Vorkehrungen für Notfälle. Möglicherweise ist er sehr intelligent.«

»Wie wählt er seine Opfer aus?«

Sie zuckte mit den Schultern. »Vielleicht bei ganz zufälligen Begegnungen. Oder vielleicht sucht er sie sich aus dem Telefonbuch heraus. Aber wahrscheinlich lernt er sie persönlich kennen und bevorzugt einen bestimmten Typ – allerdings vielleicht unbewußt. Möglicherweise ist das die Folge eines kindlichen Schlüsselerlebnisses mit seiner Mutter, mit einer Freundin seiner Mutter... mit irgendeiner Frau, deren sexuelle Identität sich in seine Psyche eingebrannt hat.«

»Diese Frauen sind alle klein und dunkel – dunkles Haar, dunkle Augen. Eine von ihnen ist halb Amerikanerin, halb Mexikanerin...«

»Genau! Begegnet er also einer Frau dieses Typs, prägt sie sich ihm irgendwie ein. Weshalb er bei so vielen Möglichkeiten gerade auf diesen Typ fixiert ist, kann ich nicht beurteilen. Sobald er sie gefunden hat, kommt er jedenfalls nicht mehr von ihr los. Seine Phantasien kreisen nur noch um sie. Er ist förmlich von dieser Frau besessen. Irgendwann... überfällt er sie, um seine Phantasien auszuleben.«

In der Eisdiele bestellte sie das Übliche: Hot-Fudge mit einer Maraschinokirsche. Einige der Gäste starrten die Nonne in ihrer schwarzen Ordenstracht und den großen, gutaussehenden Mann, der ganz offensichtlich ihr Freund war, neugierig an. Die beiden ignorierten dieses zum Glück nur flüchtige Interesse.

»Wie lange dauert es wohl, bis er auf eine bestimmte Frau fixiert ist? Oder kann das eine Augenblicksentscheidung sein?«

»Auch das ist möglich. Wahrscheinlicher ist allerdings irgendeine Begegnung: ein Kennenlernen, ein Gespräch. Vermutlich schätzt er dabei ihre Verwundbarkeit ein. Du darfst nicht vergessen, daß er möglicherweise hochintelligent ist. Irgendwann wird sein Trieb jedoch unkontrollierbar. Er ist auf die jeweilige Frau fixiert und kann ihrem Bild in seiner Phantasie sowenig entkommen wie sie seinem Überfall.«

»Jesus! Äh, Entschuldigung.«

Elle lächelte verständnisvoll. »Du hast bloß nicht genug abbekommen, glaube ich. Wer weiß, was aus dir geworden wäre, wenn du noch zwei, drei Jahre in St. Agnes geblieben wärst. Dann wärst du jetzt vielleicht Pater Lucas.«

Lucas mußte lachen. »Kannst du dir vorstellen, wie ich eine Horde kleiner Wadenbeißer zur Erstkommunion führe?«

»Ja«, antwortete sie. »Sogar recht gut.«

Das Telefon klingelte, als Lucas in sein Büro zurückkam. Carla war am Apparat. Sie glaubte, der Werwolf habe Sportschuhe des Modells Nike Air getragen. Allerdings wußte sie nicht genau, welche Ausführung es gewesen war.

»Aber das Blasending an der Sohle stimmt«, sagte sie. »Es gibt keinen anderen Schuh, der so ein Ding hat.«

»Danke, Carla. Bis morgen abend.«

Lucas verbrachte noch einige Minuten am Telefon, um sich bei Schuhgeschäften nach Preisen zu erkundigen, und stieg danach die Treppe zur Mordkommission hinauf. Anderson hockte in seinem winzigen Büro und blätterte in Akten.

»Bleibt's bei der Besprechung?« fragte Lucas.

»Klar. Ich hab' so ziemlich alle zusammengetrommelt«, sagte Anderson. Er war ein hagerer Mann mit kleinen Schweinsaugen und nikotinfleckigen Zähnen, der unter Mundgeruch litt und schlechtsitzende Anzüge mit grellbunten Krawatten trug. Aber seine Kollegen störte das nicht weiter. Andersons Aufklärungsrate war die höchste der ganzen Mordkommission, und er entwickelte in seiner Freizeit einschlägige Software, die landesweit Absatz fand. »Vier fehlen allerdings, aber die kommen eigentlich nur am Rande in Frage. Wenn Sie unbedingt wollen, können Sie später mit ihnen reden.«

»Wie steht's mit der Gewerkschaft?«

»Die haben wir überzeugt. Ein Gewerkschaftsmensch sagt ein paar Worte, bevor Sie loslegen.«

»Das klingt gut«, stimmte Lucas zu. Er nahm seinen Notizblock aus dem Aktenkoffer. »Ich habe ein paar Details für den Ermittlungsordner.«

»Okay.« Anderson drehte sich um und schaltete seinen IBM-Computer ein. »Es kann losgehen.«

»Der Täter ist sehr hellhäutig, was vermutlich bedeutet, daß er blond oder aschblond ist. Wahrscheinlich angestellter oder selbständiger Akademiker mit ziemlich gutem Einkommen. Möglicherweise im Südwesten geboren – New Mexico, Arizona, Texas oder so ähnlich. Ist unter Umständen noch nicht allzu lange hier.«

Nachdem Anderson alles eingegeben hatte, blickte er stirnrunzelnd auf. »Jesus, Davenport, wo haben Sie das her?«

»Ich habe mit der Ruiz gesprochen. Das sind alles nur Vermutungen, aber ich halte sie für zutreffend.« Nach einer kurzen Pause fuhr Lucas fort: »Lassen Sie jemand die Postämter abklappern und die Nachsendeanträge aller Leute raussuchen, die aus diesen Staaten zugezogen sind. Oklahoma gehört auch dazu. Uns interessieren alle, die aus dem Südwesten in unsere Counties umgezogen sind.«

»Das müssen Hunderte sein.«

»Richtig, aber viele können wir gleich aussortieren. Alte Leute, Frauen, Schwarze, Arbeiter, Einheimische, die nur zurückgekommen sind... Außerdem sind Hunderte besser als Millionen, mit denen wir's jetzt zu tun haben. Sobald wir eine Liste haben, können wir sie mit anderen vergleichen – falls wir noch weitere zusammenstellen.«

Anderson schob die Unterlippe vor und nickte dann. »Okay, ich schicke jemanden los«, versprach er. »Bessere Hinweise haben wir nicht.«

Die Besprechung fand in dem Saal statt, in dem am Abend zuvor die Pressekonferenz abgehalten worden war. Etwa dreißig Cops und Zivilisten, ein städtischer Jurist und drei Gewerkschaftsvertreter hatten sich versammelt. Sie alle verstummten, als Lucas den Raum betrat.

»Okay«, sagte er und blieb vor der ersten Sitzreihe stehen. »Diese Sache ist verdammt ernst. Wir möchten, daß die Gewerkschaft ein paar Worte dazu sagt.«

Einer der drei Funktionäre stand auf, räusperte sich, sah auf seinen Spickzettel, faltete ihn zusammen und steckte ihn ein.

»Normalerweise wäre die Gewerkschaft mit dem vorgesehenen Ablauf nicht einverstanden. Aber wir haben mit dem Chef darüber gesprochen und erheben keine Einwände. Wenigstens bis jetzt nicht. Niemand wird beschuldigt, irgendwas getan zu haben. Niemand wird dazu gezwungen, irgendwas zu tun. Wir finden, daß wir uns im Interesse der gesamten Polizei mal anhören sollten, was Davenport zu sagen hat.«

Er nahm Platz, und die Aufmerksamkeit der Cops galt wieder Lucas.

Lucas ließ seinen Blick über die Versammlung gleiten. »Jemand hat aus der Asservatenkammer eine Kanone geklaut. Einen Smith & Wesson Model 15. Aus der Box mit den Sachen von

David L. Losse. Ihr erinnert euch vielleicht noch an den Fall Losse? Der Vater, der seinen Sohn umgelegt hat? Er hat behauptet, es sei ein Unfall gewesen. Er wurde wegen Totschlags verknackt.«

Mehrere Cops nickten zustimmend.

»Wie sich herausgestellt hat, dürfte die Waffe von einem der Anwesenden gestohlen worden sein. Die Mehrzahl der Leute mit Zugang zur Asservatenkammer sind hier. Den geklauten Revolver hat der Werwolf-Killer benutzt. Uns interessiert, wie er zu der Waffe gekommen ist. Wir glauben nicht, daß einer von euch der Werwolf ist. Aber irgend jemand hat ihm den Revolver aus der Asservatenkammer in die Hände gespielt.«

Mehrere Cops wollten gleichzeitig sprechen, aber Lucas hob eine Hand und brachte sie zum Schweigen.

»Augenblick! Hört euch erst den Rest an. Es kann alle möglichen Gründe geben, die jemanden bewegen, einen Revolver mitgehen zu lassen. Der Smith & Wesson ist eine gute Waffe, und vielleicht hat jemand eine Reservekanone gebraucht. Oder er hat sie seiner Frau als Verteidigungswaffe mitgebracht, und sie ist ihr geklaut worden. Das spielt keine Rolle. Jedenfalls hat der Werwolf sie zuletzt gehabt, und wir suchen nach Querverbindungen.

Der Chief ist entschlossen, das IAD auf diesen Fall anzusetzen, und ihr müßt damit rechnen, einzeln vernommen zu werden. Die Jungs vom IAD sollen sich ausschließlich auf den Waffendiebstahl konzentrieren, bis sie den Dieb aufgespürt haben.«

Lucas machte eine Pause und sah sich erneut um.

»Es sei denn«, sagte er, »jemand meldet sich und erzählt mir, was passiert ist. In diesem Fall garantiere ich folgendes: Von mir erfährt kein Mensch, wer die Waffe geklaut hat. Ich arbeite nicht mit dem IAD zusammen. Und sobald wir wissen, was sich abgespielt hat... nun, dann hat der Chief eigentlich keinen Grund mehr, die Ermittlungen voranzutreiben. Wir haben Wichtigeres zu tun, als jemanden zu verfolgen, der eine Waffe geklaut hat.«

Lucas nickte dem städtischen Anwalt zu. »Erklären Sie ihnen die für Disziplinarverfahren geltenden Bestimmungen.«

Der Jurist trat vor und räusperte sich. »Bevor der Polizeipräsident eine Disziplinarstrafe verhängen kann, muß er den Grund dafür nennen. Wird dem Betroffenen eine angebliche Straftat vorgeworfen, muß der Chief nach unseren Bestimmungen gerichtsverwertbare Beweise vorlegen können. Mit weniger geben wir uns nicht zufrieden. Er kann also nicht einfach sagen: ›Joe Smith, ich degradiere Sie, weil Sie gestohlen haben.‹ Statt dessen muß er diese Straftat ebenso zweifelsfrei beweisen wie vor Gericht – er muß praktisch für eine Verurteilung garantieren können.«

Lucas ergriff wieder das Wort.

»Ich mache folgenden Vorschlag: Der Betreffende ruft mich an und sagt mir, wann wir uns treffen können. Wenn er will, kann er einen Anwalt mitbringen. Ich werde mich weigern, ihn über seine Rechte zu belehren, und zugeben, ihn arglistig getäuscht zu haben. Ich bin bereit, alles Zumutbare zu tun, was meine Aussage vor Gericht entwerten würde. Auf diese Weise könnte der Täter dann nicht verurteilt werden – auch nicht, wenn ich nicht dichthalten würde. Aber ich halte ganz sicher den Mund.

Ihr kennt mich alle und wißt, daß ich's nicht darauf anlege, euch Schwierigkeiten zu machen. Und wir müssen diesen Mörder fassen. Ich verteile jetzt meine Karten mit meiner privaten Telefonnummer. Jeder von euch steckt eine ein, damit der Mann, der sie braucht, nicht auffällt. Ich bin den ganzen Abend zu Hause.«

Lucas gab einem Cop in der ersten Reihe einen Stapel Karten. Der Mann nahm sich eine, halbierte den Stapel und gab die Karten nach rechts und links weiter.

»Erzählen Sie ihnen auch den Rest, Davenport«, verlangte der Gewerkschaftsvertreter.

»Yeah, den Rest«, sagte Lucas. »Falls sich keiner meldet, macht das IAD bei seinen Ermittlungen Druck, und wir machen bei den Ermittlungen wegen der Morde Druck. Früher oder später identifizieren wir den Burschen, der die Waffe geklaut hat. Und wenn wir's auf diese Weise tun müssen ...«

Lucas versuchte, nacheinander alle anzusehen, bevor er sagte: »... dann finden wir auch eine Straftat, die wir ihm anhängen können, um ihn nach Stillwater zu bringen.«

Aufgebrachtes Murmeln erfüllte den Raum.

»He, macht keinen Scheiß!« sagte Lucas mit erhobener Stimme. »Der Werwolf hat drei Frauen auf grausamste Weise abgeschlachtet. Fragt bei der Mordkommission nach, wenn ihr Einzelheiten erfahren wollt. Aber kommt mir bloß nicht mit Bruderschaftsscheiß. Mir gefällt diese Sache nicht besser als euch. Aber ich muß wissen, wie der Mörder an den Revolver gekommen ist.«

Nach der Besprechung hielt Anderson ihn im Korridor auf.

»Na, wie sieht's aus?«

Lucas deutete mit dem Kopf auf den Korridor, wo ein halbes Dutzend seiner Karten auf dem Boden verstreut lagen.

»Die meisten haben ihre Karte behalten. Ich kann nur nach Hause fahren und warten.«

## 6

Durch seinen Kopf flatterten Fledermäuse: kleine Monster mit rasiermesserscharfen Flügeln. Leicht verwundbar, aber praktisch durchsichtig wie Glasscherben und bei Nacht im Dornengestrüpp außerhalb des dunklen Schlosses fast nicht zu erkennen...

Lucas sah zur Wanduhr hinüber. Dreiundzwanzig Uhr vierzig. Scheiße. Falls der Cop, der den Revolver geklaut hatte, anrufen wollte, hätte er's längst tun können. Lucas starrte das Telefon an, als wolle er es hypnotisieren.

Es klingelte. Vor Überraschung wäre er fast vom Zeichenhokker gefallen.

»Ja?«

»Lucas? Ich bin's – Jennifer.«

»He, ich erwarte einen Anruf. Die Leitung muß frei bleiben.«

»Ein Freund hat mir einen Tip gegeben«, erklärte Jennifer ihm. »Er sagt, daß es eine Überlebende gegeben hat, die den Killer in die Flucht geschlagen hat. Ich will wissen, wer das gewesen ist.«

»Wer hat dir diesen Scheiß erzählt?«

»Gib dir keine Mühe, Lucas. Der Tip kommt aus todsicherer Quelle. Die Frau ist 'ne Chicana oder so was.«

Lucas zögerte – und erkannte im nächsten Augenblick, daß er sich durch sein Zögern verraten hatte. »Hör zu, Jennifer, das stimmt, aber ich bitte dich, die Sache für dich zu behalten. Du mußt erst mit dem Chief darüber sprechen.«

»Das ist 'ne verdammt gute Story, Lucas. Ich käme mir wie ein Trottel vor, wenn sie mir jemand vor der Nase wegschnappen würde.«

»Sie gehört dir, okay? Falls wir damit an die Öffentlichkeit müssen, kriegst du sie als erste. Aber vorläufig wollen wir nicht, daß der Täter wieder an sie denkt. Wir wollen ihn nicht herausfordern.«

»Komm schon, Lucas...«

»Jennifer. Hör mir genau zu.«

»Ja.«

»Wenn du diesen Tip verwertest, bevor du mit dem Chief gesprochen hast, sorge ich dafür, daß dir das schlecht bekommt. Ich gebe an alle Medien weiter, daß du einem geistesgestörten Killer den Namen und die Adresse einer Unschuldigen preisgegeben und sie zur Zielscheibe von Vergewaltigung und Mord gemacht hast. Ich sorge dafür, daß du in die Kontroverse hineingezogen wirst, was bedeutet, daß du deine Informationen nicht mehr auswerten kannst. In Zukunft berichtest du dann von Brainerd aus über Hundeschlittenrennen.«

»Soviel ich weiß, hat er sie in ihrer Wohnung überfallen und weiß also bereits...«

»Klar. Und nach ungefähr einer Woche heftiger Auseinandersetzungen würde vielleicht auch diese Tatsache bekannt. Aber bis dahin haben dich die hiesigen Feministinnen zerfleischt, und du hättest keine Chance, irgendwo östlich der Sowjetunion einen neuen Job zu kriegen.«

»Zum Teufel mit dir, Lucas! Wann ist Daniel zu sprechen?«

»Wann willst du mit ihm reden?«

»Morgen früh um neun.«
»Okay, ich rufe ihn gleich an. Sei um neun Uhr da.«

Er legte auf, starrte den Hörer sekundenlang an, griff erneut danach und wählte Daniels Privatnummer. Die Frau des Polizeipräsidenten meldete sich und holte ihren Mann an den Apparat.

»Haben Sie ihn?« Die Stimme des Chiefs klang undeutlich.

»Klar doch«, antwortete Lucas trocken. »Wenn Sie vor der City Hall warten, liefere ich ihn in zwanzig Minuten ab. Machen Sie sich keine Sorgen, wenn ich mich ein bißchen verspäte. Sie brauchen bloß auf mich zu warten.«

Daniel brauchte einige Sekunden, um zu merken, daß er auf den Arm genommen worden war. »Verdammt komisch, Davenport. Was wollen Sie?«

»Eben hat Jennifer Carey angerufen. Sie hat einen Tip wegen der Ruiz bekommen.«

»Scheiße! Aber nicht von Ihnen, stimmt's?«

»Nein.«

»Irgend jemand hat mir erzählt, daß Sie mit der jungen Dame bumsen.«

»Hören Sie, das...«

»Okay, okay. Entschuldigung. Was schlagen Sie vor?«

»Ich habe dafür gesorgt, daß sie vorläufig den Mund hält. Morgen um neun Uhr kommt sie zu Ihnen ins Büro. Mir wär's am liebsten, wenn wir sie wenigstens noch für ein paar Tage von der Ruiz fernhalten könnten. Aber wenn sie einen Tip gekriegt hat, kommt die Sache bald raus.«

»Und?«

»Und deshalb möchte ich, daß Sie ihr morgen ein Interview mit Carla Ruiz versprechen, wenn sie noch ein paar Tage dichthält. Falls die Ruiz einverstanden ist, vereinbaren wir ein Interview für achtzehn Uhr und lassen es Jennifer für die Spätnachrichten aufzeichnen. Während ich mit ihr drüben bin, berufen Sie eine Pressekonferenz für zwanzig Uhr oder zwanzig Uhr dreißig ein. Dazu bringe ich die Ruiz mit, damit die Fernsehreporter sie eine halbe Stunde lang ausquetschen und Material für ihre Sendungen um zweiundzwanzig Uhr mitnehmen können.«

»Ist die Carey nicht sauer, wenn sie ihren Tip nicht exklusiv auswerten kann?«

»Nö, das kriege ich schon hin. *Ihr* sage ich, daß Sie keinen Exklusivbericht zulassen wollten, aber daß sie als einzige Reporterin Gelegenheit zu einem persönlichen Interview bekommt. Die anderen Stationen müssen sich mit dem zufriedengeben, was sich auf der Pressekonferenz ergibt. Den *anderen* Stationen sagen wir, daß wir machtlos gewesen sind, weil Jennifer einen bombensicheren Tip bekommen hat – aber weil Sie ein Freund der Medien sind, haben Sie sich zu einer Pressekonferenz entschlossen. Auf diese Weise sind uns zuletzt alle verpflichtet.«

»Aber wie steht's mit den Zeitungen? Die haben nicht sehr viel davon.«

»Die Pressemenschen lassen wir beim ersten Interview mit der Ruiz zuhören, damit sie an Hintergrundinformationen kommen. Ihre Artikel erscheinen erst am nächsten Morgen, so daß Jennifer trotzdem einen Exklusivbericht senden kann. Den beiden Zeitungen erkläre ich, daß diese Chance eine spezielle Vergünstigung von Ihrer Seite ist. Und ich lasse anklingen, daß die Vorzugsbehandlung gefährdet wäre, wenn wir Schwierigkeiten mit ihnen bekämen.«

»Okay. Morgen um neun rede ich also mit der Carey, halte sie nach Möglichkeit hin und gebe ihr vielleicht sogar ein paar Informationen. Die weiteren Einzelheiten können wir im Laufe des Tages besprechen.«

»Gut, dann bis morgen.«

»Vergessen Sie die Besprechung nicht.«

Nachdem Lucas den Hörer aufgelegt hatte, rieb er sich die Augen und beugte sich wieder über den Zeichentisch. Von einem gelben Notizblock las er mit Bleistift geschriebene Zahlenkolonnen ab, die er in seinen Taschenrechner eingab. Neben ihm stand eine fast leere Kaffeetasse. Er nahm einen kleinen Schluck und verzog das Gesicht.

Lucas erfand Spiele. Phantasievolle Rollenspiele, Rekonstruktionen des Bürgerkriegs und Schlachten aus dem Zweiten Weltkrieg, aus Korea und Vietnam: Stalingrad, Monte Cassino, die Ardennenoffensive, Taipan, Puch Bowl, Bloody Ridge, Dien Bien Phu, Tet.

Vertrieben wurden die Spiele durch einen New Yorker Produzenten, der ihm so viele abnahm, wie er liefern konnte – im allgemeinen zwei pro Jahr. Im Augenblick arbeitete er an einem Fantasy-Abenteuer. Dieses Genre brachte das meiste Geld, aber es war eigentlich am wenigsten interessant.

Lucas sah erneut auf die Wanduhr. Zehn Minuten nach Mitternacht. Er trat an die Stereoanlage, wählte eine CD aus, schob sie in den Player und tippte weiter Zahlen ein, während Eric Clapton mit »I Shot the Sheriff« begann.

Die Story dieses Fantasy-Spiels war ziemlich kompliziert. Irgendwann in naher, aber nicht genauer präzisierter Zukunft kämpfte ein Zug einer amerikanischen Panzerkompanie im Mittleren Osten. Der Zug wurde vor einer anfliegenden Cruise Missile, die mit einem Atomsprengkopf ausgerüstet war, gewarnt und grub sich so gut wie möglich ein.

Im Augenblick der erwarteten Detonation zuckte ein greller Lichtblitz herab, und der Zug fand sich – mitsamt seinen Panzern M3 – in Everwhen wieder: einem Land mit Wasserfällen, Farnen und riesigen Eichen, in dem Zauberei wirkte und nachts auf Waldwiesen seelenlose Elfen tanzten.

Das Ganze war dazu angetan, bei Lucas Kopfschmerzen hervorzurufen. In jedem Fantasy-Spiel der Welt, dachte er, laufen mit Schwertern bewaffnete Computerfreaks durch Landschaften, die von Edgar Allan Poe stammen könnten und mit rothaarigen, vollbusigen, sommersprossigen Schönheiten bevölkert sind...

Aber damit ließ sich gutes Geld verdienen, und Lucas fühlte sich den präpubertären Intellektuellen verpflichtet, die eines Tages vielleicht sein Meisterstück *The Grove of Trees* kaufen würden. Er dachte kurz an sein Spiel über die Schlacht bei Gettysburg nach, das er bei den wöchentlichen Sitzungen im St. Anne's College vervollkommnete. Für Grove brauchte man einen PC, einen eigenen Raum und zwei Teams von Spielern. Allein der Aufbau dauerte einen ganzen Abend. Als Spiel war es viel zu kompliziert und unpraktisch. Aber faszinierend.

Lucas tippte sich mit einem Bleistift an die Vorderzähne und starrte blicklos über den Zeichentisch hinweg. Am fünften Spielabend hatte Jeb Stuart noch keinen Kontakt mit Lee, der die langsam nach Norden in Richtung Gettysburg marschierende Unionsarmee weit ausholend im Osten umritt. So war es damals tatsächlich gewesen, aber diesmal rückte Stuart – der Lebensmittelhändler aus St. Paul – aggressiver vor und konnte Gettysburg so rechtzeitig erreichen, daß ihm noch Zeit blieb, das gute Gelände südlich der Stadt zu erkunden.

Inzwischen hatte Lee seine Schlachtordnung geändert. Auf dem Marsch durch die Berge nach Gettysburg bildete Picketts unablässig weiterdrängende Division die Vorhut. Selbst wenn Reynolds – einer der Studenten – vor Stuart eintraf und es schaffte, im Gegensatz zu damals am Leben zu bleiben, konnte der aggressive Pickett ihn abdrängen, so daß die Konföderierten die Ausläufer der Cemetery Ridge oder sogar die gesamte Hügelkette besetzen konnten. In diesem Fall mußte sich die Nordstaatenarmee zwischen einer Offensive oder dem Rückzug nach Washington entscheiden...

Lucas seufzte und zwang sich dazu, nach Everwhen zurückzukehren, in dem natürlich die Kräfte des Bösen die Oberhand zu gewinnen drohten. Die amerikanische Einheit war von einem guten Zauberer hergeholt worden, der dem schon fast verlorenen Krieg durch Einsatz modernster Technologie eine Wende geben wollte. Nachdem der Zug von den Guten angeworben worden war, marschierte er mit seinen Panzern zur wolkenverhangenen Burg des Bösen.

Die Story war nicht sonderlich originell. Und die mühsame Arbeit, aus Details ein logisches Spiel zu machen, war oft eine Qual.

Zum Beispiel die Panzer M3. Woher bekamen sie Treibstoff und Ersatzteile? Durch Zauberkraft. Wie erhielten die Soldaten magische Kräfte? Durch Heldentaten. Die Befreiung einer Jungfrau aus der Gewalt eines Drachen erhöhte den Zauberquotienten. Eine Niederlage im Kampf mit dem Drachen ließ ihn dagegen sinken.

Die Lebewesen, die Everwhen bevölkerten, waren ein lästiges

Problem. Sie mußten gefährlich, interessant und einigermaßen originell sein. Darüber hinaus mußten sie exotisch, aber vertraut genug sein, um verständlich zu bleiben. Die besten waren morphologisch mit Tieren auf der Erde verwandt: Echsen, Schlangen, Ratten, Spinnen. Lucas verbrachte Dutzende von Winterabenden mit einem Schreibblock auf den Knien in dem Ledersessel in seiner Bibliothek und dachte sie sich aus.

Die Schlitzer gehörten zu diesen Phantasiewesen. Sie waren eine Kreuzung zwischen einer Fledermaus und einer messerscharfen Glasscheibe. Schlitzer griffen nachts an und zerschlitzten ihre Opfer in Fetzen. Sie waren zu dumm, als daß ihnen mit Zauberei beizukommen gewesen wäre, aber es war einfach, sie mit den richtigen Waffen zu erlegen. Zum Beispiel mit Schrotflinten.

Aber wie konnte man sie überhaupt sehen? Okay, sie benützten wie Fledermäuse eine Art Sonar. Durch den richtigen Zauber ließen die amerikanischen Funkgeräte sich darauf einstellen. Konnte man sie alle abschießen? Vielleicht. Andernfalls mußten Trefferquoten festgelegt werden, damit feststand, wie viele Treffer tödlich waren. Lucas mußte darauf achten, daß die im Spiel vorkommenden Gestalten nicht allzu leicht starben. Das ließen sich die Spieler nicht gefallen. Andererseits durfte das Spiel auch nicht zu leicht sein. Es kam darauf an, das richtige Gleichgewicht zu finden und die Spieler tiefer und tiefer in eine sorgfältig ausgearbeitete Märchenwelt zu locken...

Lucas bewohnte am Mississippi Boulevard dreißig Meter über dem Fluß ein aus Naturstein und Zedernholz erbautes Ranchhaus mit drei Schlafzimmern. Wenn die Bäume im Herbst und Winter kein Laub hatten, konnte er von seinem Wohnzimmer aus die Lichter von Minneapolis sehen.

Das Haus war sehr geräumig. Anfangs hatte er befürchtet, es sei zu groß, und mit dem Gedanken gespielt, statt dessen eine Eigentumswohnung zu kaufen. Irgendeine hübsche Wohnung an einem der Seen, von der aus er Jogger, Segler und Schlittschuhläufer beobachten konnte.

Aber er hatte das Haus gekauft und diesen Kauf nie bereut. Im Jahre 1980 hatte er hundertzwanzigtausend Dollar in bar dafür bezahlt; jetzt war es das Doppelte wert. Und obwohl er seitdem die Dreißiger überschritten hatte und manchmal überlegte, wie es sein würde, vierzig zu werden, dachte er insgeheim noch immer an Kinder und ein großes Haus für sie.

Außerdem hatte sich gezeigt, daß der viele Platz leicht auszufüllen war. Zu dem zwei Jahre alten Porsche in der Doppelgarage gesellte sich ein verbeulter Ford-Geländewagen. Der Hobbyraum wurde sein Gymnastikraum mit Hanteln, Sandsack und Holzboden fürs Kata-Training mit rituellen Karate-Übungen.

Das ausgebaute Dachgeschoß verwandelte er in eine Bibliothek mit über tausendsechshundert Romanen und Sachbüchern sowie weiteren zweihundert kleinen Gedichtbänden. Ein bequemer Ledersessel mit Fußschemel und eine Stehlampe, die gutes Licht gab, waren die wichtigsten Einrichtungsgegenstände in diesem Raum. Für Abende, an denen er keine Lust zum Lesen hatte, standen ihm ein Farbfernseher mit 69-cm-Bildröhre, ein Videorecorder und eine große Stereoanlage zur Verfügung.

Der Keller diente ihm als Waschküche, Werkstatt und Lager für Sportgeräte. In einer Ecke des komplett eingerichteten Werkraums stand sein Waffenschrank, der in Wirklichkeit ein Geldschrank aus der Zeit um die Jahrhundertwende war. Ein erfahrener Tresorknacker hätte ihn in zwanzig Minuten öffnen können, aber Lucas rechnete nicht mit dem Besuch solcher Fachleute in seinem Keller. Ein gewöhnlicher Einbrecher hätte sich an dem alten Panzerschrank die Zähne ausgebissen.

Lucas besaß insgesamt fünfzehn Schußwaffen. Am häufigsten verwendete er eine 9-mm-Heckler-&-Koch P7 mit einem Magazin für dreizehn Patronen. Gelegentlich benützte er auch eine 9-mm-Beretta 92F. Diese beiden Waffen und die kleine Pistole, die er in einem Knöchelhalfter trug, lagen bei Nichtgebrauch in einem Geheimfach seines Arbeitstischs.

Der Geldschrank im Keller enthielt zwei Colts Gold Cup Kaliber 45, die ein texanischer Büchsenmacher für Wettbewerbe unter Einsatzbedingungen weiter verbessert hatte, drei Kleinkaliberpistolen – darunter eine Ruger Mark II mit vierzehn Zentimeter langem Kugellauf –, eine Browning International Medalist und als einzige nichtautomatische Waffe eine Anschütz Exemplar mit Repetiermechanismus. Im unteren Fach des Tresors lagen vier sorgfältig gereinigte, konservierte und luftdicht verpackte Pistolen, die Lucas im Dienst in die Hände gefallen waren. Auf der Straße sichergestellte Waffen, deren ursprüngliche Besitzer nicht mehr zu ermitteln gewesen waren. Die letzte Schußwaffe, die er ebenfalls im Panzerschrank aufbewahrte, war eine doppelläufige 20er Schrotflinte Browning Citori Upland, mit der er auf die Jagd ging.

Was den Rest des Hauses betraf, standen nur in den beiden kleineren Schlafzimmern tatsächlich Betten.

Das ehemalige Elternschlafzimmer hatte er sich mit einem großen Zeichentisch, Zeichengerät und dem IBM-PC als Arbeitszimmer eingerichtet. Zwei der Wände verschwanden hinter Bücherregalen mit Biographien, die von Alexander dem Großen und Napoleon über Lee und Stuart bis zu Hitler und Mao reichten, Sachbüchern, die Themen wie Waffen der Bronzezeit und russische Panzer behandelten, und SF-Romanen, in denen von zielsuchenden Granaten, Plasmagewehren und Novabomben die Rede war – alles Ideen, die Lucas für seine Spiele brauchen konnte. Die Schlitzer huschten als Phantome durch seinen Kopf, während er weiter Zahlen eintippte.

Als das Telefon klingelte, zuckte Lucas zusammen. Es klingelte selten, weil nur wenige Leute seine Nummer kannten. Seit gestern sind's allerdings über dreißig mehr, dachte er mit einem Blick auf die Wanduhr, die null Uhr zweiundzwanzig anzeigte. Er stand auf, stellte den CD-Player leiser, schaltete den Kassettenrecorder ein, mit dem er Telefongespräche aufnehmen konnte, und nahm den Hörer ab.

»Ja?«

»Davenport?« Ein Mann mittleren Alters oder etwas darüber.

»Yeah.«

»Nehmen Sie unser Gespräch auf?« Die Stimme kam Lucas irgendwie bekannt vor.

»Nein.«

»Woher weiß ich das?«

»Sie wissen's nicht. Was kann ich für Sie tun?«

Der Anrufer machte eine kurze Pause, bevor er sagte: »Ich hab' den Smith mitgenommen, aber ich möchte persönlich mit Ihnen darüber reden.«

»Okay, dann aber sofort«, stimmte Lucas zu. »Die Sache ist verdammt dringend.«

»Was Sie gestern nachmittag gesagt haben, gilt weiterhin?«

»Natürlich«, bestätigte Lucas. »Unser Gespräch bleibt streng vertraulich.«

Wieder eine Pause, dann fragte der Mann: »Kennen Sie den Taco-Schuppen an der I-94 gegenüber dem Martin Luther College?«

»Yeah.«

»In zwanzig Minuten. Und kommen Sie allein, verdammt noch mal!«

Lucas schaffte es in achtzehn Minuten. Der Parkplatz des Schnellrestaurants war leer. Drinnen hockte ein einziger Gast bei einer Tasse Kaffee vor dem Pappteller mit den Überresten seiner Mahlzeit und starrte aus dem Fenster. Eine Angestellte, die den Boden aufwischte, drehte sich nach Lucas um, als er hereinkam. Das Mädchen hinter der Theke, vermutlich eine Studentin, lächelte ihm nervös entgegen.

»Geben Sie mir ein Diät-Coke«, verlangte Lucas.

»Sonst noch was?« Sie beobachtete ihn weiter mißtrauisch. Lucas merkte, daß er mit seiner ledernen Bomberjacke, Jeans, Stiefeln und Eintagebart leicht bedrohlich wirken konnte.

»Nein. Keine Angst, ich bin ein Cop.« Er grinste, zog das Lederetui aus der Brusttasche und zeigte ihr seine Plakette. Sie erwiderte sein Lächeln.

»Hier gibt's gelegentlich Probleme«, sagte sie.

»Überfälle?«

»Letzten Monat und im Monat davor. Vor vier Monaten sogar zwei. Meistens sind's Biker.«

Als der Cop hereinkam, erkannte Lucas ihn sofort. Graues Haar, beige Windjacke und braune Hose. Roe, dachte er, Harold Roe. Seit vielen Jahren Cop. Dürfte bald pensionsreif sein.

Roe sah sich um, blieb an der Theke stehen, ließ sich einen Kaffee geben und kam herüber.

»Sie?« fragte Lucas.

»Sind Sie verdrahtet?«

»Nein.«

»Eine Aufzeichnung unseres Gesprächs wäre arglistige Täuschung.«

»Das gebe ich zu. Wenn ich das täte, würde ich Sie arglistig täuschen. Aber ich tu's nicht.«

»Belehren Sie mich über meine Rechte.«

»Nein.«

»Hmmm. Trotzdem ist das alles beschissen«, sagte Roe und nahm einen Schluck Kaffee. »Wenn Sie vor Gericht aussagen müßten, würden Sie vielleicht 'ne ganz andere Story erzählen.«

»Ich sage nicht vor Gericht aus, Harry. Ich könnte sofort aufstehen, zu Daniel gehen und ihm erklären: ›Harry Roe ist unser Mann.‹ Binnen drei Tagen hätte das IAD die nötigen Beweise gegen Sie zusammengetragen. Sie wissen selbst, wie das geht, wenn der Anfang erst mal gemacht ist.«

»Ja, natürlich.« Roe sah sich um und schüttelte müde den Kopf. »Mann, wie mir das zuwider ist!«

»Okay, packen Sie schon aus.«

»Da gibt's nicht viel auszupacken. Ich dachte, den Revolver würde kein Mensch vermissen und er würde nie wieder auftauchen...« Er trank noch einen Schluck. »In meiner Straße hat jemand gewohnt – ein gewisser Larry Rice –, der mit mir aufgewachsen ist. Er hat als Wartungstechniker bei der Stadt gearbeitet. Ich bin ihm oft in der City Hall begegnet. Sie haben ihn dort wahrscheinlich selbst gesehen. Ein stämmiger, hinkender Kerl, der immer 'ne gestreifte Lokführermütze getragen hat.«

»Ja, an den erinnere ich mich.«

»Jedenfalls ist der arme Kerl ganz langsam an irgendeinem Krebs gestorben. Die Krankheit ist in seinem Körper hochgewandert. Erst hat er nicht mehr gehen können, dann hat er die Kontrolle über seine Blase verloren und so weiter. Seine Frau ist in die Arbeit gegangen, und er hat zu Hause im Rollstuhl gesessen. Eines Tages ist eine Bande von Jugendlichen ins Haus gekommen und hat ihm den Fernseher und die Stereoanlage vor der Nase weggeklaut. Er hat sich nicht wehren und sie auch nicht identifizieren können, weil sie sich Papiertüten über die Köpfe gestülpt hatten... diese Arschlöcher!«

»Und deshalb haben Sie ihm den Revolver besorgt?«

»Na ja, nach diesem Überfall ist seine Frau zu uns rübergekommen und hat meine Frau gefragt, ob ich eine Schußwaffe für ihn hätte. Aber ich hatte keine. Ich bin kein Waffennarr... Entschuldigung, ich weiß, daß Sie einer sind, aber ich bin keiner.«

»Okay, schon gut.«

»Deshalb bin ich in die Asservatenkammer gegangen, um die Waffe zu holen, von der ich wußte, weil ich den Fall mitbearbeitet hatte. Ich hab' mir ausgerechnet, daß der Revolver nie wieder gebraucht werden würde.«

»Und Sie haben ihn mitgenommen?«

Roe trank einen Schluck Kaffee. »Stimmt.«

»Und dieser Rice...«

»Der ist vor zwei Monaten gestorben.«

»Scheiße! Was ist mit seiner Frau?«

»Die wohnt noch immer dort. Heute nach unserer Besprechung bin ich bei ihr gewesen und habe sie nach der Waffe gefragt. Sie hat sie gesucht, aber der Revolver war nirgends zu finden. Sie hat mir erzählt, daß Larry in den letzten Wochen vor seinem Tod eine Menge persönliche Sachen zu Geld gemacht hat. Er hat immer gefürchtet, daß sie nach seinem Tod mittellos dasteht. Auf diese Weise hat er fast tausend Dollar in bar hinterlassen.«

»Und sie weiß nicht, wer den Revolver gekauft hat?«

»Nein. Ich habe sie gefragt, wie er das Zeug verkauft hat, und sie hat gesagt, daß er's an Freunde und Verwandte abgegeben hat. Er hat ein Schild ins Fenster gehängt, aber keine Verkaufsanzeige aufgegeben. Allerdings hätten auch Vorbeikommende das Schild sehen können.« Roe schob einen Zettel über den Tisch. »Ich hab' ihr gesagt, daß Sie sie vermutlich sprechen wollen. Hier ist ihre Adresse.«

»Danke.« Lucas trank sein Coke aus.

»Was passiert jetzt?« fragte Roe.

»Nichts – wenn Sie die Wahrheit gesagt haben.«

»Das hab' ich getan«, beteuerte Roe ernsthaft. »Ich komm' mir beschissen vor, wenn ich daran denke, wer den Revolver in die Hände gekriegt hat.«

»Ja, das ist wirklich Pech gewesen. Die Sache bleibt unter uns, obwohl ich glaube, daß jemand auf die richtige Fährte kommen könnte, wenn wir Mrs. Rice aussagen lassen müssen. Aber selbst dann hätten Sie nichts zu befürchten.«

»Danke, Mann. Dafür bin ich Ihnen 'nen Gefallen schuldig.«

Roe, der es plötzlich eilig hatte wegzukommen, ging als erster. Nachdem Lucas beobachtet hatte, wie sein Wagen wegfuhr, stand er auf und trat an die Theke.

»Darf ich Ihnen einen guten Rat geben?« fragte er die Bedienung.

»Bitte!« Sie lächelte höflich.

»Sie sind zu hübsch, um hier zu arbeiten. Das ist kein Annäherungsversuch, sondern eine Feststellung. Sie sind eine Attraktion. Wenn Sie hierbleiben, passiert Ihnen irgendwann was Unangenehmes.«

»Ich brauche das Geld«, sagte sie mit gepreßter Stimme.

»Sie brauchen es nicht so dringend.«

»Mein Studium an der Universität dauert noch zwei Jahre; dazu kommen ein Jahr für den Bachelor of Arts und neun Monate für den Master of Arts.«

Lucas schüttelte den Kopf. »Wenn ich wüßte, wer Ihre Eltern sind, würde ich sie anrufen. Aber ich kenne sie nicht, deshalb sag' ich's Ihnen. Sehen Sie zu, daß Sie einen anderen Job finden.«

Er wandte sich ab und marschierte zum Ausgang davon.

»Danke!« rief sie ihm nach. Aber er wußte, daß sie nichts unternehmen würde. Draußen blieb er stehen, überlegte kurz, dann ging er wieder hinein.

»Wie viele Tacos könnten Sie ausgeben, ohne daß jemand was davon merkt? Jede Nacht, meine ich. Ein paar Dutzend?«

»Warum?«

»Wenn Sie jeden Streifenpolizisten, der zwischen zweiundzwanzig und sechs Uhr vorbeikäme, zu 'ner Tasse Kaffee und 'nem Taco einladen würden, wären nachts fast immer Cops hier. Das wäre ein gewisser Schutz für Sie.«

Die junge Frau war interessiert. »Aber wir müßten nicht gleich mit Hunderten von Cops rechnen, stimmt's?«

»Nein, nein. Höchstens mit zwanzig bis dreißig.«

»Abgemacht!« sagte sie fröhlich. »Der Besitzer findet sowieso kaum Leute, die hier arbeiten wollen. Er sitzt ziemlich in der Klemme. Ich glaube, daß ich die Tacos nicht mal klauen müßte. Ich denke, daß er einverstanden wäre.«

Lucas gab ihr seine Geschäftskarte. »Das ist meine dienstliche Telefonnummer. Rufen Sie mich morgen an. Falls Ihr Boß einverstanden ist, sorge ich dafür, daß die Einladung zu Kaffee und Tacos die Runde macht. Dann können Sie mit Cops aus ganz St. Paul und Minneapolis rechnen.«

»Ich rufe Sie morgen an«, versprach sie. »Nochmals herzlichen Dank!«

Lucas nickte wortlos und ging. Falls diese Sache klappte, hatte er eine weitere Informantin gewonnen.

Seine Spiele entwarf Lucas auf Zeichenkarton, um logische Querverbindungen zwischen den einzelnen Elementen darstellen zu können. Die bildliche Darstellung half ihm, Unstimmigkeiten zu vermeiden, die ihm jugendlich sarkastische Zuschriften von Teenagern eingebracht hätten.

Nach seiner Rückkehr holte er sich vier Bogen Zeichenkarton, ging damit ins unbenützte Schlafzimmer und befestigte sie mit Reißzwecken an der Wand. Mit einem breiten Filzschreiber schrieb er auf jeden Bogen den Namen einer der Überfallenen: Bell, Morris, Ruiz, Lewis. Unter diese Namen schrieb er die Daten; unter den Daten führte er die hoffentlich relevanten persönlichen Eigenschaften der Opfer auf.

Als Lucas fertig war, legte er sich mit einem Kissen unter dem Kopf aufs Bett und starrte diese Zusammenstellungen an. Aber ihm fiel nichts dazu ein. Er stand auf, holte einen fünften Bogen, den er mit *Werwolf* bezeichnete. Darunter notierte er:

*Wohlhabend: Trägt Nike Airs. Saubere Kleidung. Rasierwasser. Hat Immobilienmaklerin davon überzeugt, daß er sich ein teures Haus leisten könnte.*

*Möglicherweise erst zugezogen: Hat Akzent, hat in Augustnacht T-Shirt getragen.*

*Könnte aus dem Südwesten stammen: Ruiz hat Akzent wiedererkannt.*

*Bürotätigkeit: Hände & Körper weich, Arme weiß. Unsportlich, kein Kämpfertyp.*

*Hellhäutig: Arme sehr blaß. Wahrscheinlich blond.*

*Sexfreak? Spielertyp? Beides? Keines davon?*

*Intelligent. Hinterläßt keine Spuren. Trägt sogar Handschuhe, wenn er seine Mitteilungen vorbereitet oder eine Waffe lädt.*

Lucas dachte kurz nach und fügte dann *Hat Larry Rice gekannt?* hinzu.

Nachdem er die Aufstellung begutachtet hatte, unterstrich er *Immobilienmaklerin* und *Hat Larry Rice gekannt?*.

Falls er erst vor kurzem zugezogen war, suchte er möglicherweise tatsächlich ein Haus. Vielleicht hatte er die Lewis auf diese Weise kennengelernt. Eine Befragung der Immobilienmakler konnte sich also lohnen.

Und er konnte Larry Rice gekannt haben. Aber das stand im Widerspruch zu der Annahme, daß er erst vor kurzem hierhergezogen war – der seit langem schwerkranke Rice hatte bestimmt nicht mehr viele neue Freundschaften geschlossen.

Im Krankenhaus? Ein Krankenhausarzt? Das war denkbar. Zugleich hätte das eine Erklärung für den geschickten Umgang des Werwolfs mit Messern sein können. Und ein Mediziner hätte weiche Hände und wäre wohlhabend. Und die Mobilität bei Ärzten, vor allem bei jüngeren, war hoch. Alle diese Frauen konnten bei einem Arzt gewesen sein…

Lucas ging in seine Bibliothek, nahm eine Geschichte des Verbrechens aus dem Regal und blätterte darin. Ärzte als Mörder wurden in einem eigenen Kapitel geschildert.

Mitte des 19. Jahrhunderts hatte der Arzt Dr. William Palmer in England mindestens sechs, vielleicht sogar ein Dutzend Menschen ermordet, um an ihr Geld zu kommen. Dr. Thomas Cream hatte in Kanada, den USA und England ein halbes Dutzend Patientinnen mit verpfuschten Abtreibungen und durch Gift getötet; Dr. Bennett Hyde in Kansas City hatte mindestens drei Morde verübt; Dr. Marcel Petiot hatte mindestens dreiundsechzig Juden ermordet, denen er versprochen hatte, sie aus dem von Deutschen besetzten Frankreich herauszubringen; Dr. Robert Clements in England hatte seine vier Ehefrauen ermordet, bevor er gefaßt wurde. Der »Folterarzt« von Chicago, der ein Medizinstudium begonnen, aber nie abgeschlossen hatte, hatte bis zu zweihundert junge Frauen ermordet, die 1893 zur Weltausstellung in die Großstadt gekommen waren. Am schlimmsten hatten natürlich die Nazis gehaust: Deutsche Lagerärzte hatten Tausende von Häftlingen umgebracht.

Die Liste von Ärzten, die nur einen oder zwei Morde verübt hatten, war ziemlich lang und enthielt auch mehrere berühmte Fälle, die sich seit den fünfziger Jahren in den USA ereignet hatten.

Lucas klappte das Buch zu, dachte darüber nach und sah auf seine Armbanduhr. Fast zwei Uhr dreißig. Viel zu spät für einen Anruf. Er marschierte auf und ab und sah erneut auf die Uhr. Zum Teufel damit! Er ging ins Arbeitszimmer hinüber, holte die Nummer der Ruiz aus seinem Aktenkoffer und wählte sie. Carla meldete sich nach dem siebten Klingeln.

»Hallo?« Das klang verschlafen.

»Carla?«

»Ja?« Noch immer schläfrig, aber eher mißtrauisch.

»Hier ist Lucas... der Kriminalbeamte. Tut mir leid, daß ich Sie geweckt habe, aber ich arbeite noch und muß Sie was fragen. Okay? Sind Sie wach?«

»Äh, ja.«

»Wann und wo sind Sie zum letzten Mal bei einem Arzt gewesen?«

»Hmmm...« Sie machte eine lange Pause. »Vor ein paar Jahren, schätze ich. Bei einer Ärztin in der Poliklinik auf der West Side.«

»Wissen Sie bestimmt, daß das Ihr letzter Arztbesuch gewesen ist? Auch keine Krankenhausbesuche, nichts dergleichen?«

»Nein.«

»Vielleicht mit einer Freundin.«

»Nein, nichts dergleichen. Ich bin seit, na ja, seit über fünfzehn Jahren in keinem Krankenhaus mehr gewesen – seit dem Tod meiner Mutter nicht mehr.«

»Kennen Sie irgendwelche Ärzte?«

»Manchmal kommen welche in die Galerie, nehme ich an. Aber persönlich kenne ich keine. Außer von flüchtigen Gesprächen bei Vernissagen, meine ich.«

»Okay, Sie können wieder ins Bett gehen. Bis heute abend. Und vielen Dank.«

Lucas knallte den Hörer auf die Gabel. »Scheiße!« fluchte er laut. Was er sich zurechtgelegt hatte, war möglich, aber eher unwahrscheinlich. Er nahm sich vor, die Stammkundschaft der Galerie auf Ärzte zu überprüfen. Aber das schien nicht sonderlich vielversprechend zu sein.

Er starrte seine Aufstellungen noch minutenlang an, gähnte, machte das Licht aus und ging in sein Schlafzimmer. Der Kerl war gerissen. Verrückt, aber gerissen. Ein Spieler? Möglich. Vielleicht ein Spieler.

## 7

Lucas schob sich in den Konferenzraum – wieder einmal verspätet.

»Wo haben Sie gesteckt, verdammt noch mal?« fragte Daniel aufgebracht.

»Bin spät ins Bett gekommen«, sagte Lucas.

»Setzen Sie sich.« Der Chief sah sich am Tisch um, an dem ein halbes Dutzend Kriminalbeamte in ihren Fallordnern blätterten. »Ich fasse zusammen: Wir haben ungefähr dreihundert Seiten Ermittlungsunterlagen, die praktisch unbrauchbar sind. Oder täusche ich mich? Kann jemand mir sagen, daß ich mich täusche?«

Harmon Anderson schüttelte den Kopf. »Ich sehe nichts. Zumindest noch nicht. Es kann drinstecken, aber ich seh's einfach nicht.«

»Wie steht's mit deinen Informationen, Lucas?« fragte einer der Kriminalbeamten. »Sind die zuverlässig?«

Lucas zuckte mit den Schultern. »Ja, so ziemlich. Vieles ist nur kombiniert, aber die Angaben dürften stimmen.«

»Okay, wie geht's also weiter?« fragte Daniel. »Wir fahnden nach einem mittelgroßen Weißen, der in einem Büro arbeitet. Das engt den Kreis der Verdächtigen auf eine halbe Million Kerle ein – ohne St. Paul.«

»Der vor kurzem aus dem Südwesten gekommen ist«, ergänzte Lucas. »Damit können wir weitere vierhundertneunundneunzigtausend Kerle streichen.«

»Aber das braucht nicht zu stimmen!« schnaubte der Polizeipräsident. »Wahrscheinlich trifft's nicht zu.«

»Vielleicht wissen wir in ein paar Stunden mehr«, beruhigte Lucas. Daniel zog die Augenbrauen hoch. »Der Revolverdieb hat gestern abend angerufen. Ich weiß jetzt, wohin die Waffe gekommen ist.«

»Mann, das müssen Sie doch melden!« explodierte Daniel.

Lucas schüttelte den Kopf. »Machen Sie sich keine zu großen Hoffnungen.« Er erläuterte, wie Larry Rice, der jetzt tot war, zu dem Revolver gekommen war. »Seine Frau hat meinem Informanten erklärt, daß sie keine Ahnung hat, was aus der Waffe geworden ist. Wahrscheinlich ist sie verkauft worden. Sie könnte aber auch gestohlen worden sein, nehme ich an.«

»Okay, das ist immerhin etwas«, meinte Daniel. »Wie lange hat er den Revolver gehabt? Ungefähr ein halbes Jahr? Und er hat ihn vermutlich an einen Bekannten verkauft.«

Der Chief deutete auf Anderson. »Sie setzen Ihren besten Mann – den besten Vernehmer – auf Mrs. Rice an. Wir quetschen sie gründlich aus. Es geht um sämtliche Besucher, die ihr Alter im letzten halben Jahr gehabt hat. Sie muß die meisten davon kennen. Mit etwas Glück steht unser Killer auf der Liste.«

»Ich rede heute nachmittag mit ihr«, sagte Lucas mit einem Blick zu Anderson hinüber. »Um dreizehn Uhr. Wenn Ihr Mann sich dort mit mir trifft, gehen wir gemeinsam rein.«

»Erfahren wir jetzt, wer den Revolver geklaut hat?« erkundigte sich Daniel.

Lucas schüttelte den Kopf. »Nein. Ich habe Vertraulichkeit zugesichert. Wahrscheinlich können Sie den Namen aus Mrs. Rice rauskriegen, aber er sollte Sie eigentlich nicht interessieren. Der Mann hat einem Freund einen Gefallen tun wollen. Ansonsten ist er ein anständiger Kerl.«

Daniel musterte ihn prüfend und nickte dann. »Okay. Aber falls der Diebstahl eine Rolle spielt…«

»Den Namen können Sie aus Mrs. Rice rauskriegen«, wiederholte Lucas. »Aber nicht aus mir.«

Nach einer kurzen Pause winkte Daniel ab. »Wir haben ein weiteres Problem«, sagte er. »Irgend jemand hat Jennifer Carey einen Tip gegeben, daß ein Opfer den Mordanschlag überlebt hat. Sie kommt in zehn Minuten zu mir, und ich werde versuchen, die Sache abzubiegen. Weiß hier jemand, von wem sie den Tip gekriegt hat?«

Keiner antwortete.

»So kann's nicht weitergehen«, stellte Daniel klar.

Einer der Kriminalbeamten räusperte sich. »Ich… äh… ich wüßte 'ne Möglichkeit.«

»Ja?«

»Erinnern Sie sich an den Dokumentarfilm, den sie über Cops in St. Paul gedreht hat? Der im PBS gezeigt worden ist? Sie hat drüben unglaublich gute Quellen.«

»Okay. Vielleicht hat sie den Tip von dort gekriegt. Also reden wir mit Cops aus St. Paul ab sofort nur noch das Notwendigste. Seid höflich, aber…« Daniel suchte das richtige Wort. »Zugeknöpft.« Er sah sich um. »Noch was?«

Lucas klappte seinen Ordner auf, in dem er sich einige Notizen gemacht hatte.

»Mich interessieren jetzt Ärzte. Haben diese Frauen zufällig den gleichen Arzt gehabt? Die Ruiz ist zuletzt bei einer Ärztin gewesen, aber unter Umständen gehören zu den Stammkunden ihrer Galerie ein paar Ärzte. Sie könnte dem Mörder dort begegnet sein. Das sollten wir prüfen.«

»Okay, wird gemacht«, versprach Anderson.

»Wie steht's mit den Nachsendeanträgen?«

»Das wird schwierig«, antwortete Anderson. »Wir haben mit

der Post telefoniert und erfahren, daß es keine Karteikarten für neue Bürger gibt. Bloß für Leute, die wegziehen. Um Neuzugänge überprüfen zu können, müßten wir mit allen Namen aus den Twin Cities und den Vororten zu sämtlichen Postämtern im Südwesten gehen.«

»Die Anträge laufen nicht über einen Computer?«

»Nein. Dafür sind die einzelnen Postämter zuständig.«

»Scheiße.« Lucas sah zu Daniel hinüber. »Wieviel Männer bräuchten wir, um alle Großstädte dort unten überprüfen zu lassen – zehn Mann für drei Wochen? Oder so ähnlich?«

»Eher für drei Monate«, mutmaßte Anderson. »Im Telefonbuch sind allein für Minneapolis und Umgebung – ohne St. Paul! – achtzig Postämter verzeichnet. Ich habe mir die in Frage kommenden Großstädte angesehen und schätze, daß es dort mindestens zweitausend Postämter gibt. Und wir müßten auf jedem nach sämtlichen Postämtern hier oben fragen. Selbst bei guter Zusammenarbeit mit der Post könnten wir von Glück sagen, wenn ein Mann pro Tag drei oder vier schafft.«

»Vielleicht kann uns die Post weiterhelfen«, schlug Daniel vor. »Wir besorgen uns die Adressen aller Postämter, bereiten ein Formular vor, das sie ausfüllen können, und verschicken es. In einem Begleitschreiben erläutern wir, wie wichtig ihre Auskunft ist, und haken dann telefonisch nach, damit alle Vordrucke zurückkommen...«

»Dann kämen wir wahrscheinlich mit zwei, drei Mann aus«, bestätigte Anderson.

»Und die bräuchten nicht mal Cops zu sein«, ergänzte Daniel. »Arbeiten Sie einen Vordruck aus, damit ich mit der Post reden kann. Zur Prüfung der Rückmeldungen schicke ich ein paar Angestellte hinüber.«

»Führerscheine?« fragte einer der Kriminalbeamten.

»Was?«

»Falls er erst vor kurzem hierhergezogen ist, hat er sich vermutlich einen neuen Führerschein ausstellen lassen müssen. Dafür muß man den alten abgeben.«

»Ausgezeichnet!« lobte Daniel. »Solche Ideen brauchen wir. Überprüfen Sie das.«

Der Kriminalbeamte nickte.

»Noch was?« fragte der Chief. »Lucas?«

Lucas schüttelte den Kopf.

»Okay«, sagte Daniel. »An die Arbeit!«

»Lieutenant Davenport!«

Lucas drehte sich um und sah Carla Ruiz lächelnd auf sich zukommen.

»Hallo! Was führt Sie hierher?«

Sie verzog das Gesicht. »Scheidungsprobleme. Als ich ausgezogen bin, sollte mein Ehemaliger unser Haus verkaufen und den Erlös mit mir teilen. Aber er hat's nicht verkauft, und wir versuchen jetzt, ihn rauszuklagen.«

»Unangenehm.«

»Ja, dadurch zieht sich alles nur in die Länge. Ich bin schon zum sechsten Mal hier. Das kriegt man allmählich satt.«

»Haben Sie Zeit für eine Tasse Kaffee?« fragte Lucas und nickte zur Cafeteria hinüber.

»Nein, leider nicht.« Sie sah auf ihre Uhr. »Mein Termin ist in zwölf Minuten.«

»Dann begleite ich Sie ein Stück«, schlug Lucas vor. Sie gingen nebeneinanderher auf die zum County Courthouse führende Passage zu. »Tut mir leid, daß ich Sie heute nacht mit meinem Anruf geweckt habe.«

»Oh, das macht nichts. Heute morgen hab' ich ihn fast für einen Traum gehalten. Hat er was genützt?«

»Ja, in gewisser Beziehung. Ich hatte den Verdacht, ein Arzt könnte der Täter sein. Alle Frauen hätten den gleichen Arzt haben können. Aber durch Ihre Information ist diese Möglichkeit so ziemlich ausgeschlossen.«

»Das hat Sie sicher gefreut.« Sie lächelte wieder.

»In Maßen«, gestand er und blieb stehen. »Aber es gibt vielleicht ein Problem, das Sie betrifft.«

»Oh?« Sie war plötzlich ernst.

»Eine der Fernsehstationen hat einen Tip in bezug auf Sie bekommen. Jennifer Carey, die Reporterin, spricht gerade mit dem Polizeipräsidenten. Sie will ein Interview.«

»Gibt er ihr meinen Namen?«

»Nein. Er versucht, sie hinzuhalten, aber das funktioniert nicht lange. Die Carey hat drüben in St. Paul gute Quellen. Früher oder später kriegt sie Ihren Namen raus und macht Ihnen dann die Hölle heiß.«

»Was soll ich also tun?«

»Wir haben uns überlegt, daß es vielleicht besser wäre, ihr ein Interview zu geben und für die übrigen Stationen eine Pressekonferenz zu veranstalten. Dann haben Sie's hinter sich. Auf diese Weise läuft die Sache kontrolliert ab. Sie brauchen nicht zu befürchten, überraschend mit Reporterfragen konfrontiert zu werden.«

Carla Ruiz wirkte deprimiert, während sie nachdachte.

»Ich traue diesen Leuten nicht.«

»Jennifer Carey gehört zu den Besten«, versicherte Lucas. »Sie ist mit mir befreundet, um es ehrlich zu sagen. Ich habe ihr allerdings nichts von Ihnen erzählt. Woher sie diesen Tip bekommen hat, weiß ich nicht. Vielleicht aus St. Paul.«

»Ist sie wirklich in Ordnung?«

»Sie geht vermutlich am schonendsten mit Ihnen um. Danach würden wir Sie für ein paar Tage auswärts unterbringen. Sobald sich die erste Aufregung gelegt hat, könnten Sie unauffällig zurückkommen und hätten wahrscheinlich nichts zu befürchten.«

»Kann ich darüber nachdenken?« fragte Carla.

»Natürlich. Wahrscheinlich ruft der Chief Sie wegen dieser Sache an.«

»Übernimmt die Stadt die Reisekosten? Ich bin nämlich nicht gerade reich.«

»Keine Ahnung. Das müssen Sie den Chief fragen. Sie können auch in mein Ferienhaus ziehen, wenn Sie wollen. Ich habe ein hübsches Blockhaus an einem See in Wisconsin. Dort oben lebt man ganz ruhig und ungestört.«

»Klingt nicht schlecht«, stimmte sie zu. »Lassen Sie mich darüber nachdenken.«

»Klar.«

Während sie weitergingen, entstand eine lange Pause, bis Lucas fragte: »Wie lange sind Sie schon geschieden?«

»Seit fast drei Jahren. Mein Ehemaliger ist Fotograf. Eigentlich kein übler Typ. Er hat sogar Talent, aber er macht nichts daraus. Er tut überhaupt nichts. Er sitzt bloß rum. Andere Leute arbeiten, er hockt in seiner Bude. Ich bin so scharf auf das Geld aus dem Hausverkauf, weil das Haus mit meinem Geld gekauft worden ist.«

»Ah! Ein guter Grund.«

»Ich freue mich auf heute abend und Aerosmith«, sagte sie. »Ich meine, falls die Einladung noch gilt.«

»Natürlich gilt sie noch«, versicherte Lucas ihr. Er blieb am nächsten Seitengang stehen. »Ich biege hier ab. Sehen wir uns um sechs?«

»Ja. Und ich denke über die Sache mit dem Interview nach.« Carla setzte sich in Bewegung, winkte ihm noch einmal zu und ging rasch weiter. Nett! dachte er, während er ihr nachsah.

Mary Rice wirkte nicht sonderlich intelligent. Sie hockte zusammengesunken auf einem Küchenstuhl und starrte Lucas Davenport und Harrison Sloan, den zweiten Kriminalbeamten, nervös an. Sloan hatte die aufdringlich gewinnende Art eines Staubsaugervertreters.

»Es ist wirklich sehr, sehr wichtig, daß wir von Ihnen eine vollständige Liste bekommen«, säuselte er, während er seinen Stuhl etwas näher an Mrs. Rice heranrückte. Er sieht wie der Frauenarzt einer nachmittäglichen Kitschserie aus, dachte Lucas. »Am besten nehmen wir einen Kalender zu Hilfe, damit wir Woche für Woche und Tag für Tag festlegen können, wer Ihren Mann besucht hat.«

»Aus mir kriegen Sie nicht raus, wer mir den Revolver gegeben hat«, sagte sie mit zitternder Unterlippe.

»Machen Sie sich deswegen keine Sorgen«, beruhigte Lucas sie. »Ich habe gestern abend mit dem Mann gesprochen, der Ihnen die Waffe gegeben hat, und die Sache in Ordnung gebracht. Jetzt müssen wir wissen, wer die übrigen Besucher Ihres Mannes gewesen sind.«

»Ach, das sind nicht viele gewesen. Ich meine, wir haben nie viele Freunde gehabt, und in den letzten Jahren sind ein paar gestorben. Als Larry dann Krebs bekommen hat, sind manche nicht mehr hier aufgetaucht. Er hat einen Beutel an seiner Seite tragen müssen, wissen Sie...«

Lucas zuckte zusammen. »Ich weiß«, murmelte er.

»Trotzdem bleiben noch ziemlich viele Leute übrig«, warf Sloan ein. »Postboten, Nachbarn, Ärzte oder Krankenpfleger, die ins Haus gekommen sind...«

»Bloß 'ne Krankenschwester«, sagte sie.

»Aber das sind genau die Leute, die wir suchen!«

Lucas hörte einige Minuten zu, wie Sloan sich bemühte, ihre Verkrampfung zu lösen, und schaltete sich dann ein.

»Ich muß weiter«, erklärte er Mrs. Rice. »Detective Sloan bleibt hier und plaudert noch ein bißchen mit Ihnen, aber ich möchte Ihnen rasch ein paar Fragen stellen. Okay?«

Sie sah zu Sloan hinüber und lächelte, als er ihr aufmunternd zunickte.

»Ich suche einen Weißen, der ungefähr meine Größe hat und vermutlich in einem Büro arbeitet. Möglicherweise hat er einen leichten Akzent und redet wie jemand aus dem Südwesten – ein bißchen wie ein Cowboy. Und wahrscheinlich ist er einigermaßen wohlhabend. Weckt diese Beschreibung irgendwelche Erinnerungen bei Ihnen? Können Sie sich an einen Mann dieses Typs erinnern?«

Sie runzelte die Stirn, starrte ihre Hände an, blickte zu Sloan hinüber und sah sich in der Küche um. Zuletzt erwiderte sie Lucas' Blick und schüttelte den Kopf. »Tut mir leid, den kenne ich nicht. Alle unsere Freunde sind Weiße. Bei uns sind nie Farbige ins Haus gekommen. Und auch keiner, den man wohlhabend nennen könnte.«

»Okay«, sagte Lucas mit schlecht verborgener Ungeduld.

»Ich versuche nur, mich zu erinnern«, wandte sie gekränkt ein.

»Ja, natürlich«, sagte Lucas. »Ist Ihr Mann von Leuten besucht worden, die Sie nicht gekannt haben?«

»Nun, er hatte ein Schild ins Fenster gehängt, daß er ein paar Dinge verkaufen wollte. Vor allem diese kleinen Figuren, die er aus dem Krieg gegen die Japse mitgebracht hatte. Die kennen Sie doch? Die hat dann auch jemand gekauft. Für fünfzehn dieser Schnitzereien hat mein Mann fünfhundert Dollar bekommen. Sie sind wirklich niedlich gewesen. Kleine, ganz zusammengerollte Schweine, Ratten und andere Tiere.«

»Sie wissen nicht zufällig, wer sie gekauft hat?«

»Doch, ich müßte irgendwo 'ne Art Quittung haben.«

Sie sah sich erneut in der Küche um.

»Haben Sie den Mann, der sie gekauft hat, selbst gesehen?«

»Nein, nein, aber ich glaube, daß er älter gewesen ist. Sie wissen schon: in Larrys Alter. Den Eindruck hab' ich gehabt.«

»Okay. Versuchen Sie bitte, die Quittung zu finden, und geben Sie sie Detective Sloan mit. Ist sonst noch jemand zu Ihnen gekommen?«

»Der Postbote hat sich manchmal ein bißchen mit Larry unterhalten. Er ist jünger, so um die Vierzig. Und vom Sozialamt ist ein jüngerer Mann vorbeigekommen. Wir haben keine Sozialhilfe bezogen«, fügte sie hastig hinzu, »aber wir hatten Anspruch auf Krankenkostenbeihilfe...«

»Klar«, nickte Lucas. »Hören Sie, ich bin wirklich in Eile. Wir sind Ihnen für alle Auskünfte dankbar, die Sie Detective Sloan geben können.«

Lucas verließ das Haus durch den Hinterausgang, ließ die Tür ins Schloß fallen und ging die wenigen Stufen hinunter. Als er am Küchenfenster vorbeiging, hörte er Mrs. Rice sagen: »...aber dieser andere gefällt mir nicht sehr. Er macht mich nervös.«

»Da würden Ihnen viele Leute zustimmen, Mrs. Rice«, antwortete Sloan beschwichtigend. »Darf ich Mary zu Ihnen sagen? Lieutenant Davenport...«

»Setzt andere Menschen unter Druck«, unterbrach sie ihn.

»Mit dieser Meinung stehen Sie nicht allein, Mary. Hören Sie, ich hoffe wirklich, daß Sie uns helfen können, den Mörder zu schnappen...«

Lucas grinste, ging zu seinem Wagen, öffnete die Fahrertür, knallte sie wieder zu und ging ins Haus zurück.

Sloan und Mrs. Rice saßen in der Küche vor einem Stenoblock, auf dem der Kriminalbeamte einige Namen notiert hatte. Beide sahen auf, als Lucas wieder hereinkam.

»Darf ich mal telefonieren?« fragte Lucas.

»Ja, das Telefon ist gleich...« Sie deutete auf die Wand neben der Tür.

Lucas warf einen Blick in sein Notizbuch und wählte. Carla Ruiz hob nach dem zweiten Klingeln ab.

»Hier ist Lucas. Wie oft sind Sie wegen Ihrer Scheidung im Gerichtsgebäude gewesen?«

»Oh, vier- oder fünfmal. Warum?«

»Waren Sie kurz vor dem Überfall dort?«

»Augenblick, ich hole meine Handtasche. Die Daten stehen in meinem Terminkalender.«

Während der andere Hörer auf den Tisch gelegt wurde, sah Lucas zu Mrs. Rice hinüber.

»Mrs. Rice, noch mal zu diesem Mann vom Sozialamt. Hat er Sie hier besucht, oder haben Sie ihn im County Courthouse aufsuchen müssen?«

»Nein, nein, Larry ist schwer behindert gewesen, als wir erfahren haben, daß wir Anspruch auf diese Beihilfe hatten – deshalb ist er hergekommen. Er ist sogar zweimal gekommen. Ein netter junger Mann. Aber ich glaube, daß Larry ihn von der Arbeit her gekannt hat.«

»Das Sozialamt gehört zum County. Ich dachte, Ihr Mann hat bei der Stadt Minneapolis gearbeitet?«

»Richtig, das hat er, aber die Leute sind ständig zwischen Rathaus und Gerichtsgebäude unterwegs. Und Larry hat praktisch jeden gekannt. Wenn irgendwas kaputt war, ist immer er gerufen worden, weil er alles reparieren konnte. Auch... den Polizisten, von dem wir den Revolver gekriegt haben, hat er aus der Cafeteria gekannt.«

Carla Ruiz meldete sich wieder.

»Ich bin drei und vier Wochen vorher dort gewesen«, berichtete sie.

»Bevor Sie überfallen worden sind?«

»Ja.«

»Danke. Hören Sie, wir sehen uns um sechs, aber Sie versuchen bis dahin, sich an alle zu erinnern, denen Sie im Courthouse begegnet sind, okay?«

»Fündig geworden?« fragte Sloan, als Lucas auflegte.

»Schwer zu sagen. Haben Sie die Telefonnummer des Maklerbüros, bei dem die Lewis gearbeitet hat?«

»Augenblick...« Sloan schlug seinen Fallordner auf, suchte die Nummer heraus und diktierte sie Lucas. Der Lieutenant wählte sie, ließ sich den Chef geben und erklärte ihm, worum es ging.

»...Hat sie manchmal dort zu tun gehabt?«

»Klar, sogar ziemlich oft. Pro Woche einmal. Sie hat eine Menge Papierkram für uns erledigt.«

»Also auch, kurz bevor sie ermordet worden ist?«

»Klar. Ihre Leute haben ihren Terminkalender mitgenommen, aber ich weiß auch so, daß sie wenigstens einmal pro Woche im Gerichtsgebäude zu tun gehabt hat.«

»Danke.« Lucas legte auf.

»Na?« fragte Sloan.

»Ich weiß nicht recht«, antwortete Lucas. »Zwei der Überfallenen sind kurz vorher im Gerichtsgebäude gewesen. Sogar die Frau aus St. Paul – obwohl Leute aus St. Paul nur selten im Hennepin County Courthouse zu tun haben dürften. Und Mr. Rice ist ständig dort gewesen. Das wäre ein verdammt merkwürdiger Zufall, finde ich.«

»Eine der anderen Frauen, diese Bell, die punkige Serviererin, ist bei Target in der Lake Street als Ladendiebin geschnappt worden«, sagte Sloan. »Das steht irgendwo im Fallordner. Ich möchte wetten, daß im Courthouse gegen sie verhandelt worden ist. Ob die Morris auch dort zu tun gehabt hat, weiß ich allerdings nicht.«

»Ich erkundige mich nach der Morris«, verkündete Lucas. »Vielleicht ist an dieser Theorie was dran.«

»Ich habe ihre Privatnummer – vielleicht ist ihr Mann zu Hause.« Sloan blätterte in seinen Unterlagen und gab Lucas die Nummer. Lucas wählte sie, ließ es zwanzigmal klingeln und legte wieder auf.

»Scheint im Büro zu sein«, mutmaßte Lucas.

»Soll ich den Mann vom Sozialdienst überprüfen?«

»Das könnte nicht schaden.« Lucas wandte sich an Mrs. Rice.

»Hatte der Mann vom Sozialamt irgendeinen Akzent? Möglicherweise einen ganz schwachen?«

»Nein, ich kann mich nicht daran erinnern. Ich weiß, daß er aus Minnesota ist. Das hat er mir erzählt.«

»Schade«, murmelte Lucas.

»Könnte ein Svenska sein«, stellte Sloan fest. »Viele dieser Schweden und Deutschen aus Zentral-Minnesota haben noch immer einen Akzent. Den könnte die Ruiz irrtümlich für einen Südweststaatenakzent gehalten haben.«

»Okay, das lohnt eine Überprüfung«, entschied Lucas.

Von seinem Dienstzimmer aus rief er Anderson an und ließ sich Morris' Büronummer geben. Der Ehemann der Ermordeten meldete sich beim ersten Klingeln.

»Ja, sie ist dort gewesen«, bestätigte er. »Ungefähr vier Wochen vor... Sie hat oft im Fitneß-Center in der Hennepin Avenue trainiert und praktisch jede Woche ein Strafmandat wegen Falschparkens gekriegt. Die Zettel hat sie einfach ins Handschuhfach geworfen und dort vergessen. Sie muß zwölf bis fünfzehn davon gehabt haben. Eines Tages hat sie eine Mitteilung bekommen, daß ein Haftbefehl gegen sie erlassen würde, wenn sie nicht vorbeikommt und die aufgelaufenen Geldstrafen bezahlt. Sie ist dann hingefahren und hat einen halben Tag gebraucht, um wieder alles ins Lot zu bringen.«

»Ist das ihr einziger Besuch im Courthouse gewesen?«

»Nun, zumindest der einzige, von dem ich weiß.«

Nach dem Gespräch mit Morris rief Lucas im Gerichtsgebäude an und ließ sich das Datum der Verhandlung gegen Lucy Bell wegen Ladendiebstahls geben. Sie hatte am 27. Mai vor Gericht gestanden. Er sah auf seinen Kalender. Etwas mehr als vier Wochen vor dem Tag, an dem sie ermordet worden war.

Also waren sie alle im Gerichtsgebäude gewesen. Den Revolver aus der City Hall hatte ein Mann weitergegeben, der häufig in der Cafeteria des Gerichtsgebäudes gewesen war. Lucas fuhr zu Anderson hinauf.

»Okay, was schließen Sie daraus?« fragte Anderson. »Daß er sie dort anspricht?«

»Oder sie sich auch nur aussucht«, antwortete Lucas. »Drei von ihnen sind in Verfahren verwickelt gewesen, über die es Akten geben muß. Vielleicht verschafft unser Mann sich daraus seine Informationen.«

»Ich lasse prüfen, wer diese Akten eingesehen hat«, entschied Anderson.

»Okay, tun Sie das.«

»Was glauben Sie?« wollte Anderson wissen.

»Das ist zu leicht gewesen«, meinte Lucas. »So leicht geht uns dieser Mann nicht ins Netz.«

Aerosmith war ein voller Erfolg. Lucas saß zurückgelehnt da und verfolgte amüsiert, wie Carla Ruiz begeistert mitging, zu ihm herüberlachte und gemeinsam mit fünfzehntausend kreischenden Fans die Faust hochreckte, als wolle sie der Gruppe auf dem Podium damit drohen...

Danach lud sie ihn ein, auf eine Tasse Kaffee mit hinaufzukommen.

»Soviel Spaß habe ich seit... nun, ewig lange nicht mehr gehabt!« versicherte sie ihm, während sie zwei Tassen Wasser in den Mikrowellenherd stellte.

Lucas machte einen Rundgang durchs Atelier und begutachtete dabei ihre Webarbeiten. »Wie lange machen Sie schon so etwas?«

»Seit fünf, sechs Jahren. Ich habe mit Malerei angefangen, später als Bildhauerin gearbeitet und bin dann irgendwie auf diese Sachen gekommen. Meine Großmutter hat einen Webstuhl gehabt, an dem ich mich schon als Kind versucht habe.«

»Und was ist mit solchen Plastiken?« fragte er und deutete auf tintenfischartige Hängeplastiken.

»Ach, ich weiß nicht recht. Ich glaube, daß ich nur versucht habe, einem Trend zu folgen. Damals sind sie mir ganz gut vorgekommen, aber jetzt glaube ich, daß ich mir nur was vorgemacht habe. Irgendwie sind sie alle gleich gewesen. In letzter Zeit webe ich nur noch.«

»Schwieriges Geschäft. Kunst, meine ich.«

»Mann, das können Sie laut sagen!« Als der Mikrowellenherd

piepste, nahm Carla die Tassen heraus, kippte in jede einen Teelöffel löslichen Feinschmeckerkaffee und rührte um.

»Zimtkaffee«, erklärte sie und gab ihm seine Tasse.

Er kostete einen Schluck. »Heiß – aber gut.«

»Ich wollte Sie was fragen«, begann sie zögernd.

»Ja?«

»Als ich diesen Kerl abgewehrt habe, bin ich der Meinung gewesen, ich hätte mich recht gut gehalten.«

»Das haben Sie auch«, bestätigte Lucas.

»Aber ich hab' noch immer Angst. Ich weiß, daß Sie neulich gesagt haben, daß er wahrscheinlich nicht zurückkommt. Aber ich hab' beim ersten Mal Glück gehabt. Er ist nicht auf Gegenwehr gefaßt gewesen. Falls er zurückkommt, hab' ich vielleicht weniger Glück.«

»Also?«

»Ich überlege, ob ich mir eine Schußwaffe besorgen soll.«

Lucas dachte darüber nach und nickte dann.

»Das wäre eine Möglichkeit«, stimmte er zu. »Den meisten Leuten würde ich abraten. Sobald sie eine Waffe kaufen, sind sie augenblicklich selbst in Gefahr. Kaum weniger gefährdet sind Ehepartner und Kinder. An dritter Stelle kommen die Nachbarn. Aber Sie haben weder einen Ehepartner noch Kinder, und Sie bekommen wahrscheinlich auch keinen Krach mit den Nachbarn. Und ich halte Sie für cool genug, um eine Waffe vernünftig zu gebrauchen.«

»Soll ich mir also eine kaufen?«

»Das kann ich Ihnen nicht empfehlen. Tun Sie's, sind Sie ihr wahrscheinlichstes Opfer – zumindest statistisch gesehen. Andererseits sind Statistiken bei manchen Leuten Unfug. Wenn Sie nicht leichtsinnig sind, keine Selbstmordgedanken hegen oder eine Waffe nicht für ein Spielzeug halten, sollten Sie vielleicht eine kaufen. Natürlich besteht die Chance, daß dieser Kerl zurückkommt. Sie sind die einzige Augenzeugin eines Überfalls.«

»Ich wüßte gern, was ich kaufen soll«, sagte Carla. Sie trank einen kleinen Schluck Kaffee. »Viel könnte ich allerdings nicht ausgeben. Und ich müßte irgendwie lernen, damit umzugehen.«

»Wenn Sie möchten, kann ich Ihnen eine Waffe leihen, bis wir den Kerl geschnappt haben«, antwortete Lucas. »Halten Sie Ihre Hand hoch.«

Sie hielt ihre Hand mit gespreizten Fingern hoch. Er legte seine Handfläche an ihre und verglich die Fingerlängen.

»Kleine Hände«, stellte er fest. »Ich habe einen älteren Charter Arms Special Kaliber 38, der genau richtig sein müßte. Und wir können Munition mit etwas weniger Durchschlagskraft kaufen, damit Sie nicht sämtliche Nachbarn umlegen, wenn Sie mal schießen müssen.«

»Wie meinen Sie das?«

»Die Wände hier bestehen aus Gipskarton«, erklärte Lucas. Er lehnte sich zurück und klopfte an die Trennwand. »Mit zu starker Munition stanzen Sie ein Loch durch sämtliche Räume. Und durch jeden, der im Weg steht.«

»Daran hab' ich nicht gedacht.« Sie wirkte besorgt.

»Das kriegen wir schon! Ganz in Ihrer Nähe hat die Polizei von St. Paul ihren Schießstand. Ich kenne ihn von Wettbewerben her. Wahrscheinlich läßt es sich machen, daß ich Ihnen dort Unterricht gebe.«

»Ich will erst mal darüber schlafen«, sagte sie. »Aber es bleibt dabei, glaub' ich.«

Als Lucas ging, schloß Carla die Tür bis auf einen winzigen Spalt und rief hinter ihm her: »He, Davenport!«

Er blieb stehen. »Ja?«

»Gehen Sie mal wieder mit mir aus?«

»Klar – wenn Sie mich ertragen können.«

»Ich kann«, sagte sie und schloß die Tür. Auf dem Weg zum Aufzug pfiff Lucas vor sich hin, und sie lehnte innen an der Tür, hörte ihn pfeifen und lächelte darüber.

Später lag Lucas in dem unbenützten Schlafzimmer auf dem Bett und betrachtete die an der Wand hängenden Zeichenkartons. Nach einiger Zeit stand er auf und schrieb in die untere Zeile des Killerbogens: *Treibt sich im Gerichtsgebäude herum.*

# 8

Die Tageszeitungen begeisterten ihn.

Er wußte, daß er sie an sich nicht aufheben durfte. Wenn die Cops sie bei ihm fanden... Aber wenn ein Cop sie hier in seinem Apartment sah, war ohnehin alles zu spät. Dann wußten sie Bescheid. Und wie konnte er sie nicht aufheben? Die drei Zentimeter hohen Buchstaben waren Labsal für seine Seele.

SERIENKILLER ERMORDET DREI FRAUEN AUS DEN CITIES hieß es in der *Star-Tribune*. Die Schlagzeile der *Pioneer Press* war größer und besser: SERIENMÖRDER LAUERT FRAUEN AUS DEN TWIN CITIES AUF. Das Wort »auflauern« gefiel ihm. Es deutete einen weitergehenden, nicht schon abgeschlossenen Vorgang an und ließ auf zielbewußte Arbeit schließen.

An dem Abend, an dem die Story bekannt wurde, sah er zufällig eine Ankündigung in den Neunuhrnachrichten. Die Starreporterin der Station, eine große Blondine in einem Trenchcoat, fauchte das harte Wort »Mord« in ein vor der City Hall aufgebautes Mikrofon. Eine Stunde später zeichnete er die Zehnuhrnachrichten von TV3 mit Ausschnitten aus der Pressekonferenz des Polizeipräsidenten auf.

Die Pressekonferenz hatte chaotisch geendet. Der nervöse Polizeipräsident Daniel gab nur kurze Antworten. Auch die ersten Fragen waren knapp gewesen. Als dann jemand mit erhobener Stimme einen anderen Reporter unterbrach, geriet die ganze Veranstaltung außer Kontrolle. Zuletzt standen Bildreporter vor den Fernsehkameras auf Stühlen und überfielen den Chief und das halbe Dutzend Cops auf dem Podium mit einem regelrechten Blitzlichtgewitter.

Atemberaubend! Er sah sich die Aufzeichnung immer wieder an und kostete jede Nuance aus. Wenn sie die Pressekonferenz nur ganz gezeigt hätten, dachte er – das wäre verantwortungsvoller Journalismus gewesen. Nach kurzer Überlegung rief er bei der Station an. Aber die Leitung war so überlastet, daß er erst nach zwanzig Minuten durchkam. Als es dann endlich soweit war, ließ die Telefonistin ihn einen Augenblick warten, bevor sie ihm mitteilte, »im Augenblick« sei nicht beabsichtigt, die gesamte Pressekonferenz zu übertragen.

»Kann sich das ändern?« fragte er.

»Keine Ahnung«, antwortete sie irritiert. »Schon möglich. Wir kriegen dauernd Anrufe deswegen. Am besten sehen Sie morgen früh die *Wake Up Show* an. Falls wir die Pressekonferenz bringen, wird sie dann angekündigt.«

Nachdem der Werwolf aufgelegt hatte, ließ er sich mit der Gebrauchsanweisung seines Videorecorders auf die Knie nieder und programmierte ihn mühsam.

Bevor er ins Bett ging, sah er sich die Aufnahme nochmals an und achtete dabei vor allem auf Lucas Davenport. Der Lieutenant war kurz gezeigt worden, wie er mit übergeschlagenen Beinen auf einem Klappstuhl saß. Er hatte Jeans und ein teuer aussehendes Sportjackett getragen. Angeblich war er der cleverste Kriminalbeamte von Minneapolis. Diesen Fall bearbeitete er unabhängig von der Mordkommission.

Am nächsten Morgen stand der Werwolf früh auf, um sich die *Wake Up Show* anzusehen, die aber lediglich Ausschnitte aus den Abendnachrichten brachte. Als er dann später die Morgenzeitungen las, fand er in dem Blatt aus St. Paul eine Kurzbiographie Lucas Davenports mit einem kleinen Foto. Er hatte bereits fünf Menschen erschossen? Und erfand *Spiele*? Wunderbar! Der Werwolf studierte das Foto eingehend. Ein energisches, fast grausames Kinn, fand er. Ein harter Mann.

Der Werwolf konnte an diesem Tag kaum arbeiten, sondern ging den Stapel langweiliger Immobilien- und Erbschaftsfälle auf seinem Schreibtisch mit routinemäßiger Eile durch. Er befaßte sich einige Minuten mit den beiden unbedeutenden Strafverfahren, die er bearbeitete, und schob diese Akten dann ebenfalls weg. Eigentlich bevorzugte er Strafsachen – aber leider kamen nicht allzu viele auf seinen Schreibtisch. Innerhalb der Kanzlei war der Werwolf als penibler Sachbearbeiter bekannt, aber es hieß bereits, sein Auftreten vor Gericht lasse zu wünschen übrig. Irgend etwas an ihm war... nicht in Ordnung. Niemand sprach öffentlich darüber, aber alle Kollegen wußten es.

Der Werwolf war unverheiratet und wohnte in der Nähe der University of Minnesota in einer um die Jahrhundertwende erbauten Villa, die in vier Eigentumswohnungen umgewandelt worden war. Nach der Arbeit fuhr er eilig nach Hause, um die Achtzehnuhrnachrichten nicht zu verpassen. Es gab praktisch keine neuen Informationen, aber TV3 hatte mehrere Kamerateams entsandt, die in der ganzen Stadt Passanten befragt hatten. Die Leute auf der Straße sagten übereinstimmend, sie vertrauten darauf, daß die Polizei den Täter bald fassen würde.

Ein Cop in einem Streifenwagen verriet, daß er das Rufzeichen »Werwolf« habe, und die Nachrichtensprecher gingen auf diese Tatsache ein. Das gefiel dem Werwolf.

Nach den Nachrichten verbrachte er eine Stunde damit, sein penibel ordentliches Apartment zu putzen und aufzuräumen. Im allgemeinen verbrachte er die Abende vor dem Fernseher oder sah sich auf seinem Videorecorder Leihfilme an. Aber an diesem Abend konnte er nicht stillsitzen. Schließlich fuhr er in die Innenstadt, schlenderte von Bar zu Bar und suchte Zerstreuung in der Menge. In einer Disco, die im Augenblick »in« war, sah er eine James-Dean-Imitation, einen breitschultrigen jungen Mann mit langen schwarzen Haaren, einem T-Shirt unter der schwarzen Lederjacke und einem gekünstelt grausamen Lächeln. Er sprach mit einer jungen Frau, deren sehr tief ausgeschnittenes weißes Minikleid so kurz war, daß es ihre Beine bis fast zu den Pobacken sehen ließ.

*Du bildest dir ein, er sei gefährlich,* erklärte der Werwolf ihr in Gedanken, *aber er tut nur so. Ich bin der Gefährliche. Mit meinem Sportjackett und meiner Krawatte nimmst du mich nicht einmal wahr, aber ich bin der Gefährliche. Ich bin der Gefährliche!*

Es wurde wieder Zeit, daß er sich auf die Suche machte. Das Bedürfnis würde ihm von Tag zu Tag stärker zusetzen. Inzwischen kannte er die Entwicklung. In zehn Tagen oder zwei Wochen würde es unerträglich stark sein.

Bisher hatte er sich eine Serviererin, eine Hausfrau und eine Immobilienmaklerin ausgesucht. Wie wäre es mit einer, die ganz anders war? Eine, bei der die Cops wirklich ausflippen würden?

Eine Nutte wie in Dallas? Noch war die Sache nicht eilig, aber es konnte nicht schaden, darüber nachzudenken.

Er schlenderte tief in Gedanken versunken weiter, als eine Stimme seinen Namen rief.

»He, Louie! Louie! Hinter dir!«

Er drehte sich langsam um. Großer Gott, Bethany Jankalo! Eine Kollegin aus der Kanzlei. Groß, blond, leichtes Pferdegebiß. Aufdringlich. Und ständig auf Männerfang, wie er gehört hatte. Sie hatte einen Professorentyp untergehakt, der groß und schweigsam dastand, an seiner Pfeife nuckelte und den Werwolf verächtlich musterte.

»Wir gehen zur Eröffnung der *Mélange*«, trompetete die Jankalo. Sie hatte einen zu großen Mund, der grellrosa geschminkt war. »Komm doch mit, das wird bestimmt lustig.«

Jesus, dachte er, und so was ist Rechtsanwältin!

Aber er marschierte fügsam neben den beiden her. Die Jankalo schwatzte unaufhörlich, und ihr Begleiter nuckelte an seiner Pfeife, die leer zu sein schien, und gab schmatzende Geräusche von sich. Gemeinsam gingen sie einen Block weit zu der Galerie, die sich in einem grauen Klinkergebäude etabliert hatte. Auf dem Gehsteig davor stand bereits ein rundes Dutzend Gäste. Die Jankalo drängte sich durch die Menge und setzte dabei ihre Schultern wie ein Footballspieler ein. Drinnen wanderten Profis aus der Kunstszene mit Weißwein in Plastikbechern vor den Ölgemälden, die an eierschalenfarbenen Wänden hingen, hin und her.

»Wer hat die Pizza fallen lassen?« lachte die Jankalo, als sie vor dem ersten Bild standen. Ihr Begleiter zuckte zusammen. »Mein Gott, ist das ein Haufen Scheiß!«

Nicht alle Bilder waren schlecht.

Der Werwolf verstand nichts von Kunst; sie interessierte ihn nicht. In seinem Büro hingen zwei Drucke, die Enten aus der jährlich erscheinenden Briefmarkenserie mit Vogelmotiven zeigten. Er hatte sich sagen lassen, sie seien eine gute Investition.

Nun wurden ihm jedoch die Augen geöffnet. Die meisten Gemälde waren tatsächlich miserabel. Aber Larson Deiree malte fesselnde Akte vor bizarren Hintergründen. Die verkrümmten Leiber waren in deutlich sichtbar sexuell verlockenden Posen dargestellt, und die Männer, denen diese Angebote galten – Männer in Mänteln, mit breitkrempigen Hüten und abgewandten Gesichtern –, wurden als teilnahmslose Fremde gezeigt. Diese Bilder versinnbildlichten Machtausübung, und die Frauen waren uneingeschränkte Beutestücke. Der Werwolf war fasziniert.

»Hier hast du 'nen Wein und ein paar Kräcker, Louie«, sagte die Jankalo und reichte ihm einen Plastikbecher mit einer fast farblosen Flüssigkeit und einen kleinen Stapel jetongroßer Kräkker.

»Fast wie ›Ich habe in meinem Living Bra vor dem Obersten Gerichtshof plädiert‹, was?« fragte sie und deutete auf das Deiree-Gemälde hinter ihm.

»Ich...« Der Werwolf suchte nach Worten.

»Ha?« Die Jankalo machte große Augen. »Gefällt dir das etwa?«

»Nun...«

»Louie, du bist pervers!« sagte sie mit so lauter Stimme, daß der Werwolf glaubte, daß alle diese Worte gehört hatten. Er sah sich um. Kein Mensch achtete auf sie. »Ein Mann nach meinem Herzen!«

»Mir gefällt's, weil er einen neuen Blickwinkel herausarbeitet«, antwortete der Werwolf. Das überraschte ihn selbst, denn so hatte er bisher nicht gedacht.

»Unsinn, Louie!« trompetete die Jankalo. »Die nackten Weiber malt er bloß, um mehr Bilder zu verkaufen.«

Der Werwolf wandte sich ab.

»Louie...«

Er dachte daran, sie zu ermorden. Ganz plötzlich spielte er mit dem Gedanken, sie zu ermorden.

Dieser Mord hätte eine gewisse künstlerische Spontaneität für sich gehabt. Da er weder berechnet noch vorausgeplant gewesen wäre, hätte er in gewisser Beziehung zu seiner Maxime gepaßt, jegliches Schema zu vermeiden. Und die Tat wäre bestimmt amüsant gewesen, denn die Jankalo hätte zweifellos bis zu dem

Augenblick mitgemacht, in dem er mit dem Messer zustieß. Er spürte ein Ziehen im Unterleib.

»Louie, du kannst ein unglaubliches Arschloch sein«, erklärte die Jankalo und ließ ihn stehen. Sie hatte gesagt: *Louie, du bist pervers... ein Mann nach meinem Herzen!* Ein Angebot? Falls diese Vermutung zutraf, hatte er zu lange gewartet. Jetzt war sie bereits wieder zu ihrem Professor unterwegs. Der Werwolf war in Gesellschaft unbeholfen. Er aß einen Kräcker, sah sich um und begegnete Carla Ruiz' Blick.

Er sah weg.

Er wollte ihr nicht in die Augen sehen. Der Werwolf glaubte, daß jeder Blickkontakt ihn verraten könnte: Sie könnte ihm in die Augen sehen und plötzlich *wissen*, wer er war. Schließlich hatten sie gemeinsam eine sehr intime Situation erlebt.

Er sorgte dafür, daß er sie aus dem Gedränge heraus unter verschiedenen Blickwinkeln beobachten konnte. Die Platzwunde auf ihrer Stirn sah schlimm aus, und die blauen Flecken hatten sich gelblich verfärbt. Der Werwolf hatte selbst noch immer Striemen auf dem Rücken und an einem Arm.

Sollte er vielleicht auf sie zurückkommen?

Nein. Das wäre ein Verstoß gegen allzu viele Regeln gewesen. Und das Bedürfnis, sich ihrer zu bemächtigen, war inzwischen abgeklungen.

Aber die Versuchung war groß, sie aus Rache zu töten – wie die Rancherstochter, die er vom Pferd geschossen hatte. Der Gedanke an einen Mord ließ ihn wie einen Nikotinsüchtigen erzittern, der zu lange keine Zigarette mehr geraucht hat.

Das Bedürfnis würde stärker werden. Am besten sah er sich ab Montag nach einem geeigneten Opfer um. Spätestens ab Montag.

# 9

Jennifer Carey starrte ihn in der Dunkelheit an. Sie schwieg, und doch glaubte er sie zu hören.

»Was?« fragte er.

»Wieso was?«

»Du starrst mich an.«

»Woher willst du das wissen?« fragte sie. »Du kehrst mir den Rücken zu.«

»Ich spür's aber.« Lucas drehte sich halb um, bis er sie sehen konnte. Jennifer saß im Bett und blickte auf ihn herab. Die dünne Sommerdecke war heruntergerutscht, und das flackernde Kerzenlicht ließ ihre Haut rosig schimmern.

»Ich bin dreiunddreißig«, sagte sie.

»Mein Gott!« ächzte er in sein Kissen.

»Ich lasse mir unbezahlten Urlaub geben. Ich arbeite halbtags als Produzentin und freiberufliche Autorin.«

»Dabei kannst du verhungern«, meinte Lucas.

»Ich hab' Geld gespart.« Ihre Stimme klang nüchtern, ungewohnt ernst. »Ich arbeite seit meinem einundzwanzigsten Lebensjahr. Meine Eltern haben mir ein kleines Vermögen hinterlassen. Und ich bin wenigstens noch halbtags bei der Station. Ich komme schon zurecht.«

»Worauf willst du eigentlich hinaus?«

»Auf die alte biologische Uhr«, antwortete sie. »Ich habe beschlossen, ein Baby zu bekommen.«

Lucas schwieg und rührte sich nicht. Jennifer grinste. »Ah, der nervöse Junggeselle, der bereits nach Fluchtwegen Ausschau hält.«

Er antwortete nicht gleich. »Daran liegt's nicht«, sagte er schließlich. »Es kommt nur etwas plötzlich. Ich meine, ich mag dich wirklich. Willst du aussteigen? Sollte ich fragen, wer der Glückliche ist?«

»Nein. Siehst du, ich hab' mir überlegt, daß du vielleicht nicht bereit sein würdest, bei meinem kleinen Plan mitzumachen. Andererseits begegnet man als Frau nicht allzu häufig einem Mann, der intelligent, körperlich annehmbar, heterosexuell *und* ungebunden ist. Deshalb habe ich beschlossen, diese Sache selbst in die Hand zu nehmen, wenn du weißt, was ich meine.«

Lucas drehte sich auf den Rücken und starrte die Zimmerdecke an. Sie bemerkte, daß sich seine Bauchmuskeln strafften; dann hob er mit plötzlich geweiteten Augen den Kopf und richtete sich halb auf.

»Jennifer...«

»Ja. Ich bin schwanger.«

Er ließ sich auf sein Kissen zurückfallen.

»Oh.«

Sie lachte. »Manchmal bist du einer der komischsten Männer, die ich kenne.«

»Wieso das?«

»Ich habe mir überlegt, was du wohl sagen würdest, wenn ich dir diese Mitteilung mache. Auf alles bin ich gekommen – nur auf ›Oh‹ nicht.«

Er setzte sich mit ernstem Gesicht wieder auf. »Wir müssen heiraten. Gleich morgen! Die Sache mit der Blutuntersuchung kann ich hinbiegen, damit wir...«

Jennifer lachte wieder. »Langsam, Davenport! Ich heirate nicht.«

»Aber warum nicht?«

»Gerade vorhin hast du gesagt, daß du mich bloß gern hast. Schon das spricht dagegen. Außerdem will ich dich nicht heiraten.«

»Jennifer...«

»Hör zu, Lucas, ich finde dein Angebot rührend. Ich bin mir nicht sicher gewesen, ob du's überhaupt machen würdest. Und du wärst ein wunderbarer Vater. Aber als Ehemann wärst du unausstehlich, und das könnte ich nicht aushalten.«

»Jennifer...«

»Ich hab' mir alles genau überlegt.«

»Was ist mit mir, verdammt noch mal?« fragte Lucas aufgebracht. Er schleuderte seine Decke fort und richtete sich mit geballten Fäusten auf. Sie wich vor ihm zurück, ließ sich zurücksinken und hatte zum ersten Mal Angst vor ihm. »Das ist auch mein Kind, stimmt's? Ich meine, es *ist* doch von mir?«

»Ja.«

»Und ich will nicht, daß mein Kind ein verdammter kleiner Bastard wird!«

»Was hast du also vor? Willst du mich zum Traualtar prügeln?«

Er starrte seine geballten Fäuste an und öffnete sie ruckartig. »Nein, natürlich nicht«, antwortete er leise und sank neben ihr aufs Bett.

»Hör zu, ich bin entschlossen, dieses Kind zu bekommen«, erklärte Jennifer ihm. »Falls du nicht willst, daß ich dich als Vater angebe, ist das auch in Ordnung. Wenn's dir recht ist, hätte ich gern, daß wir uns gemeinsam um das Kind kümmern. Ich habe vor, weiter in den Cities zu leben. Und ich nehme an, daß du ebenfalls hier bleibst.«

»Yeah.«

»Das bedeutet, daß wir nach wie vor zusammen sind.«

»Nein, du müßtest ständig hier sein. Hör zu, ich werde die kommenden neun Monate damit verbringen, dich...«

»Sieben Monate.«

»... die kommenden sieben Monate damit verbringen, dich zu überreden, mich zu heiraten. Und was hältst du davon, wenigstens hier einzuziehen?«

»Lucas, dein Haus ist der reinste Herrenclub. Hier fehlen nur noch die Spucknäpfe.«

»Hör zu, wir können...«

»Lucas, wir haben monatelang Zeit, alles genau zu planen. Und im Augenblick bin ich irgendwie scharf auf dich. Das muß an deiner Reaktion liegen. Sie ist viel netter ausgefallen, als ich erwartet hatte.« Einige Minuten später sagte sie: »Lucas, du bist nicht bei der Sache.«

Wiederum einige Minuten später gab sie auf. »Ich komme mir vor, als versuchte ich, ein Seil zu lieben. Ein kurzes Stück Seil. Nimm's mir nicht übel.«

Er lachte nicht, sondern sagte: »Mein Gott, ich kriege ein Kind!« Dann legte er eine Hand auf ihren Bauch. »Ich habe mir schon immer ein Kind gewünscht. Am liebsten zwei oder drei.« Er musterte sie prüfend. »Ob's vielleicht Zwillinge werden?«

Am nächsten Morgen betrachtete Jennifer sich im Spiegel über dem Waschbecken, als Lucas an der Tür stehenblieb und ihr zunickte.

»Man sieht nichts«, stellte er fest.

»Erst im nächsten Monat«, antwortete Jennifer. Sie drehte sich nach ihm um. »Hör zu, ich will das Interview mit dieser Chicana.«

»Der Chief...«

»Der Chief ist mir egal! Ich habe inzwischen weitere Informationen über sie zusammengetragen und verwende sie als Hintergrundmaterial, wenn du mir kein Interview mit ihr beschaffst. Heute abend, morgen abend.«

»Okay, ich sehe zu, was sich machen läßt.«

Sie sah wieder in den Spiegel und streckte sich die Zunge heraus. »Das wird eine verrückte Sache«, meinte sie dann.

Als Lucas sich angezogen hatte, stand Jennifer unter der Dusche. Er hastete ans Telefon in der Küche, fand Carlas Nummer in seinem Terminkalender und wählte sie. Das Wasserrauschen hörte genau in dem Augenblick auf, in dem am anderen Ende der Hörer abgenommen wurde.

»Carla? Hier ist Lucas.«

»Oh, hallo. Was gibt's?«

»Wir werden wegen des Interviews mit Ihnen verdammt unter Druck gesetzt. Jennifer Carey hat irgendwo einen Informanten. Sie weiß ziemlich gut über Sie Bescheid, und es ist nur noch eine Frage der Zeit, bis irgend jemand Sie aufspürt. Vielleicht wär's besser, wenn Sie ihr ein Interview geben, solange wir die Sache noch einigermaßen kontrollieren können.«

Am anderen Ende herrschte sekundenlang Schweigen.

»Okay, wenn Sie meinen...«

»Die beste Zeit für das Interview wäre nachmittags oder am frühen Abend. Ich melde mich vorher wieder.«

»Soll ich schon mal einen Koffer packen?«

»Oh... ja, natürlich. Ich *kann* den Chief fragen, ob wir ein Hotel bezahlen – oder möchten Sie's mit meinem Wochenendhaus versuchen?«

»Wie wär's mit dem Haus? Ich bin gern an den Seen.«

»Gut, sehen Sie zu, daß der Koffer gepackt ist. Wir fahren heute abend hin.«

Lucas legte auf, nahm erneut den Hörer ab und wählte Daniels Nummer.

»Linda? Ich brauche den Chief.«

»Er ist ziemlich beschäftigt, Lucas. Augenblick, ich frage mal nach.«

»Jennifer Carey ist entschlossen, die Story mit der Überlebenden auszuschlachten.«

»Bleiben Sie bitte dran.«

Jennifer kam in die Küche, rubbelte sich ihr nasses Haar mit einem Badehandtuch trocken und holte sich eine Zimtrolle aus dem Kühlschrank.

Lucas hielt die Sprechmuschel mit einer Hand zu. »Irgendwas ist los«, sagte er halblaut.

Sie hörte zu kauen auf. »Was?«

»Keine Ahnung.«

Jennifer zog einen Stuhl unter dem Küchentisch hervor und nahm Platz, als Linda sich erneut meldete. »Ich stelle Sie jetzt durch«, verkündete die Sekretärin.

Eine Sekunde später meldete Daniel sich. »Lucas? Ich wollte Sie gerade anrufen. Sehen Sie lieber zu, daß Sie herkommen.«

»Was ist los?«

»Sie wissen doch, daß Sloan Mrs. Rice wegen der Waffe befragt hat?«

»Ja, ich bin anfangs dabeigewesen.«

»Mrs. Rice hat diesen jungen Mann vom Sozialdienst erwähnt. Sloan hat das mit Ihrer Idee kombiniert, daß er sich seine Opfer im Gerichtsgebäude sucht, und ein paar Auskünfte eingeholt. Dieser Mann vom Sozialamt – er heißt übrigens Smithe – erfüllt ziemlich viele Voraussetzungen. Er ist schwul. Er hat das richtige Alter und die richtige Größe. Und stellen Sie sich vor: Er ist Kunstliebhaber. Sloan hat eine seiner Kolleginnen ausgehorcht, die sehr bedauert hat, daß ein großer, gutaussehender Mann wie er nichts von Frauen hält. Sie ist auf einer Vernissage gewesen und hat ihn dort mit seinem Freund beobachtet. Sloan hat bei der Ruiz nachgefragt und erfahren, daß sie ebenfalls dort gewesen ist – eine Woche vor dem Überfall auf sie!«

»Hmmm.« Lucas überlegte kurz. »Ich weiß nicht recht...«

»Was?«

»Augenblick. Jennifer Carey sitzt hier neben mir.« Lucas bedeckte die Sprechmuschel erneut mit einer Hand. »Geh wieder ins Bad und mach die Tür zu.«

»He, ich...«

»Jennifer, bitte keine Diskussion, ja? Ich führe ein privates Gespräch. Für die Zukunft müssen wir irgendwelche Regelungen ausarbeiten, aber im Augenblick...«

»Schon gut!« Sie stand gekränkt auf, patschte barfuß den Flur entlang und knallte die Badezimmertür hinter sich zu.

Er nahm seine Hand von der Sprechmuschel.

»Ich hab' sie ins Bad geschickt«, berichtete er. »Sie ist natürlich stinksauer... Wissen Sie, was ich finde, Chief? Die Sache kommt mir viel zu einfach vor. Der Kerl ist zu clever, um sich so leicht schnappen zu lassen. Und lediglich eine Woche Vorbereitungszeit zwischen Kennenlernen und Überfall ist verdammt kurz.«

»Sicher, aber wir sind ihm nur durch Zufall auf die Spur gekommen. Er hat nicht vorgehabt, den Revolver am Tatort zu verlieren.«

»Weshalb sind an den Patronenhülsen dann keine Fingerabdrücke gefunden worden? Zum Laden der Waffe muß er Handschuhe getragen haben.«

»Klar, aber ich gehe jede Wette ein, daß er nicht gewußt hat, woher der Revolver ursprünglich kommt – und daß wir seine Spur verfolgen können. Und der Bursche ist schwul. Die Psychologen sagen übereinstimmend, daß der Täter schwul sein könnte.«

Lucas dachte darüber nach. »Das ist ein Argument«, gab er zu. »Okay. Wahrscheinlich lohnt sich eine Überprüfung.«

»Aber wir dürfen keinen Fehler machen. Am besten versuchen Sie, ...ein paar Informationen über ihn zu sammeln.«

»Okay.« Daniel wollte, daß er die Wohnung des Verdächtigen durchsuchte – natürlich inoffiziell. »Hören Sie, Jennifer Carey will unbedingt mit der Ruiz sprechen. Ich glaube, daß ich ihr ein Interview verschaffen sollte. Das würde sie von dieser anderen Sache ablenken.«

»Was hält die Ruiz davon?«

»Sie scheint einverstanden zu sein. Zumindest könnte ich sie dazu überreden. Wir sollten die Sache so arrangieren, wie wir sie besprochen haben. Dann wäre die Reportermeute abgelenkt, während wir uns mit Smithe befassen.«

»Einverstanden. Und sehen Sie zu, daß Sie herkommen. Wir treffen uns um zehn.«

»Du kannst wieder rauskommen!« rief er nach draußen. Als niemand antwortete, trat er auf den Flur und sah, daß die Badezimmertür offenstand. Er lief zum Schlafzimmer und stieß die Tür auf. Jennifer war dabei, die Sprechkapsel seines auf dem Nachttisch stehenden Telefons festzuschrauben.

»In zehn Sekunden wäre ich fertig gewesen«, sagte sie, ohne den Versuch zu machen, sich zu entschuldigen.

»Verdammt noch mal, Jennifer!« rief Lucas aufgebracht.

»Wenn's um Nachrichten geht, lasse ich mir nichts befehlen«, stellte sie klar. »Nicht von Cops.« Sie legte den Hörer auf.

»Wir müssen irgendeine Vereinbarung treffen«, sagte er mit in die Hüften gestemmten Armen. »Was hast du mitgekriegt?«

»Ihr habt einen Verdächtigen. Er ist schwul. Mehr nicht. Und den Teil mit der Ruiz.«

»Hör zu, diese Informationen kannst du nicht verwerten.«

»Versuch ja nicht, mir...«

»Womöglich bildest du dir ein, das Mithören privater Telefongespräche sei etwas, das zum Image einer hartgesottenen Reporterin gehört, aber dein Anwalt findet das bestimmt nicht sehr amüsant. Und der Sender erst recht nicht, wenn die Verantwortlichen erst mal drüber nachgedacht haben. Außerdem kannst du dich darauf verlassen, daß der Medienrat dir eine Mißbilligung ausspricht. Und ich sage dir ganz ehrlich, daß ich vermute, daß dieser Schwule nicht unser Täter ist. Falls er's nicht ist und du ihn durch den Dreck ziehst, ist er nach der Entscheidung über seine Verleumdungsklage der neue Besitzer eures Senders.«

»Gut, ich denke darüber nach.«

»Jennifer, wenn wir unser gemeinsames Kind haben wollen, darfst du nicht mehr versuchen, mich zu überlisten. Ich muß dir vertrauen können. Informationen über Fälle, die ich bearbeite, verwendest du nur mit meiner Erlaubnis.«

»Auf so was lass' ich mich nicht ein!«

»Gewöhn dich lieber daran, sonst haben wir ständig Ärger. Dann sitzen wir herum und trauen uns nicht mehr, miteinander zu reden. Außerdem würde das nur für Fälle gelten, die ich bearbeite.«

Sie dachte darüber nach. »Wir finden schon irgendeinen Modus«, meinte sie, ohne sich festzulegen. »Ich denke nicht daran, deinetwegen den Mund zu halten. Falls ich einen Tip aus anderer Quelle kriege, verwende ich ihn auch.«

»Okay.«

»Das Problem stellt sich kaum noch, sobald ich als Produzentin anfange«, sagte Jennifer. »Dann konzentriere ich mich auf langfristigere Geschichten. Nicht mehr auf Polizeistories.«

»Das wäre für uns beide besser. Aber was ist mit dieser Sache? Verzichtest du darauf, sie sofort auszuwerten?«

»Was ist mit dieser Ruiz?«

»Die habe ich angerufen, während du unter der Dusche gestanden hast. Sie ist bereit, dir ein Interview zu geben. Das müßte sich für heute abend arrangieren lassen. Wie du selbst gehört hast, ist Daniel damit einverstanden.«

Jennifer dachte nach und nickte zuletzt. »Okay, abgemacht. Ich halte mich, was den Verdächtigen betrifft, zurück, wenn du mir versprichst, mich als erste zu informieren, sobald sich irgendwas Neues ergibt.«

»Ich verspreche dir, dich nicht zu benachteiligen.«

»Verdammt noch mal, Lucas...«

»Jennifer...«

»Das wird schwierig«, stellte sie fest. »Okay. Ich kündige unsere Abmachung rechtzeitig, wenn ich mir die Sache anders überlege.«

Er nickte. »Ich rufe die Ruiz noch mal an und vereinbare einen Termin mit ihr.«

»Der Kerl heißt Jimmy Smithe«, erklärte Anderson ihm auf dem Weg zu Daniels Büro. »Ich habe mir seine elektronisch gespeicherte Personalakte übermitteln lassen und die Angaben mit dem von unseren Psychologen erstellten Persönlichkeitsprofil des Täters und den bisher zusammengetragenen Informationen verglichen. Dabei haben sich etliche Übereinstimmungen ergeben.«

»Wie sieht's mit Unstimmigkeiten aus?« fragte Lucas. »Kommt er aus dem Südwesten?«

»Nein. Soviel ich weiß, ist er in Minnesota geboren, hier aufgewachsen, hat an der University of Minnesota studiert und ist nach Aufenthalten in Detroit und New York hierher zurückgekommen, um beim Sozialamt zu arbeiten.«

»Vorstrafen?«

»Nicht der Rede wert. Als Siebzehnjähriger hat er sich mit einer kleinen Menge Marihuana erwischen lassen und eine Geldstrafe gezahlt.«

»Welchen Ruf hat er beim Sozialamt?«

»Sloan sagt, daß er einen ziemlich guten hat. Smithe ist schwul, das stimmt; er gibt sich keine Mühe, diese Tatsache zu verbergen, macht aber auch nicht Reklame dafür. Ein cleverer Bursche. Mit anderen kommt er gut aus – auch mit den Kerlen. Er steht vor der Beförderung zum Abteilungsleiter.«

»Ich weiß nicht recht, Mann. Das klingt zu ausgeglichen.«

»Jedenfalls existiert er. Und wir können ihm eine Verbindung zu zwei der Frauen nachweisen.«

Als Lucas und Anderson den Raum betraten, sprach Daniel bereits mit acht anderen Kriminalbeamten.

»Ich verlange, daß diese Ermittlungen unter uns bleiben«, sagte der Polizeipräsident. »Wir müssen den Kerl genau unter die Lupe nehmen, ohne daß jemand was merkt.«

Sein dicker Zeigefinger deutete auf Sloan.

»Sie hören sich in der Nachbarschaft um. Den Leuten erzählen Sie, daß es sich um eine Sicherheitsüberprüfung vor seiner möglichen Übernahme in den Polizeidienst handelt. Falls Nachfragen kommen, erzähle ich irgendeine Geschichte über einen Verbindungsoffizier zwischen Polizei und hiesigen Schwulen – wegen Aids und anderer Probleme. Wie die Polizei aufklärend und vorbeugend wirken kann. Das müßte glaubhaft klingen.«

»Okay.« Sloan nickte.

»Eigentlich wäre das keine schlechte Idee«, stellte Lucas fest.

»Wir haben genügend eigene Schwule, ohne uns draußen nach welchen umsehen zu müssen«, wehrte Daniel ab. Er deutete auf Anderson und den neben ihm sitzenden Kriminalbeamten. »Sie sammeln weitere Informationen und überprüfen sie in bezug auf die übrigen Opfer. Die Verbindung zur Ruiz ist bereits hergestellt. Vielleicht gibt's noch weitere.

Und jetzt zu euch, Jungs«, fuhr der Chief fort, indem er sich an die restlichen sechs Kriminalbeamten wandte. »Ihr beschattet ihn mit jeweils zwei Mann Tag und Nacht. Überstunden sind kein Problem. Solltet ihr sehen, wie eine Achtzigjährige aus der Gesellschaft von einer Jugendbande vergewaltigt wird, meldet ihr die Sache telefonisch und vergeßt sie sofort wieder. Ihr laßt diesen Hurensohn keine Sekunde aus den Augen, verstanden? Smithe ist der *einzige*, auf den's ankommt. Und ich verlange viertelstündliche Standortmeldungen – tagsüber an Anderson, nachts an den Wachhabenden.«

Die Cops nickten.

Als die Versammlung auseinanderging, forderte der Polizeipräsident Lucas zum Bleiben auf.

»Haben Sie die Sache mit der Ruiz arrangiert?«

»Ja. Ich habe mit ihr gesprochen, bevor ich zum Dienst gefahren bin. Das Interview wird heute um achtzehn Uhr bei ihr aufgezeichnet. Sie macht mit, weil's vielleicht nützt, und Jennifer Carey ist auf diese Weise ruhiggestellt.«

»Hoffentlich bringt Ihr Schwanz Sie bei dieser Frau nicht in Schwierigkeiten.«

»Alles unter Kontrolle«, versicherte Lucas. »Ich gebe den Medienleuten den Tip, daß Sie eine Pressekonferenz geben werden. Und ich sorge dafür, daß die Journalisten ihre Interviews gleichzeitig mit der Carey machen können. Gegen einundzwanzig Uhr sind wir dann zur Pressekonferenz hier. Danach fahre ich für ein paar Tage in mein Blockhaus. Mir steht noch Urlaub für Überstunden zu.«

»Jetzt ist aber ein verdammt ungünstiger Urlaubstermin!«

»Ich habe für alles vorgesorgt. Sollten Sie mich brauchen, hat der Wachhabende meine Telefonnummer.«

»Okay, aber bringen Sie der Ruiz bei, daß sie zur Zusammenarbeit mit uns aufrufen soll, okay? Die übliche Masche.« Daniel lehnte sich in seinen Sessel zurück, legte die Füße auf den Schreibtisch, starrte eine seiner Fotowände an und wechselte das Thema. »Sie wissen, was wir brauchen.«

»Ja.«

»Ich sorge dafür, daß Anderson Sie über die Ermittlungen auf dem laufenden hält. Wir wissen bereits, daß Smithe allein ein kleines Haus am Lake Harriet bewohnt.«

»Nicht weit vom Arbeitsplatz der Lewis entfernt.«

»Daran haben wir schon gedacht«, bestätigte Daniel. »Aber er hat es nicht bei ihrer Firma gekauft.«

»Hören Sie, hängen Sie sich mit dieser Sache nicht zu weit aus dem Fenster, okay! Sie persönlich, meine ich«, sagte Lucas. »Sollten die Medien einen Tip bekommen, erklären Sie ihnen, daß wir uns für einen Mann interessieren – und daß Sie den Verdacht für dünn halten.«

»Sie glauben nicht daran?«

»Ich hab' ein schlechtes Gefühl dabei.«

»Können Sie heute nachmittag etwas unternehmen? Vielleicht würde uns das weiterhelfen.«

»Ich sehe mal zu, was sich machen läßt.«

Keiner der beiden erwähnte, daß damit die illegale Durchsuchung von Smithes Haus gemeint war.

Von seinem Büro aus telefonierte Lucas mit Redaktionen und Fernsehstationen, um seinen Freunden den Tip zu geben, daß Daniel eine Pressekonferenz einberufen wollte. Dann sprach er mit den Chefs vom Dienst der beiden Zeitungen und schlug ihnen vor, für den Spätnachmittag einen auf den sanften Touch spezialisierten Reporter bereitzuhalten, da gegen achtzehn Uhr ein guter Aufmacher für den nächsten Tag zu erwarten sei.

Danach ließ er sich von Anderson Smithes Adresse und Telefonnummer geben und suchte die Straße auf einem Stadtplan. Dieses Wohngebiet kannte Lucas. Er schob die Unterlippe vor, während er kurz darüber nachdachte, zog dann die unterste Schreibtischschublade auf, griff weit hinein und ertastete den elektrischen Dietrich. Das batteriegetriebene Gerät war nur halb so groß wie ein Handbohrer mit Akku, und wo der Bohrer hätte sitzen sollen, ragten ein gerader und ein gebogener Stift heraus. Lucas schraubte die Bodenkappe ab, drehte die Batterien in Arbeitsposition und drückte auf den Knopf. Als sich die Stifte eine Sekunde lang bewegten, nahm er den Finger vom Knopf und atmete auf.

Zu Smithes hellbeige gestrichenem Haus gehörte ein briefmarkengroßer Vorgarten mit fünf Meter hohen Wacholderbäumen auf beiden Seiten des zur Haustür führenden Weges aus Betonplatten. Auf den Straßen des ruhigen Wohnviertels waren nur vereinzelt Fußgänger unterwegs. Lucas fuhr zweimal am Haus vorbei und hielt dann neben einer Telefonzelle.

»Anderson.«

»Davenport. Wo ist Smithe im Augenblick?«

»Eben bin ich angerufen worden. Er sitzt an seinem Schreibtisch.«

»Danke.«

Als nächstes wählte er Smithes Privatnummer und ließ das Telefon klingeln. Nach dem dreißigsten Klingeln zog er einen Seitenschneider aus seiner Jeansjacke, sah sich um, knipste den Hörer ab und versteckte ihn unter der Jacke, als er zum Auto zurückging. Da der Hörer fehlte, war es wenig wahrscheinlich, daß jemand, der telefonieren wollte, überhaupt die Zelle betrat, die Gabel herunterdrückte und dadurch die Verbindung unterbrach.

Der Porsche war zu auffällig, als daß Lucas ihn vor Smithes Haus hätte parken können. Statt dessen ließ er ihn einen Block entfernt stehen und ging mit dem elektrischen Dietrich in der Jackentasche zu Fuß weiter. Hinter ihm radelte ein Zehnjähriger über den Gehsteig. Lucas ging absichtlich etwas langsamer, damit der Junge ihn überholen konnte. Vor Smithes Haus bog er ab und folgte dem Plattenweg zum Eingang, ohne sich umzusehen.

Durch die Haustür hindurch war zu hören, wie das Telefon klingelte. Das originelle Türschloß stammte vermutlich noch aus den fünfziger Jahren. Der elektrische Dietrich öffnete es in weniger als einer Minute. Lucas stieß die Tür mit dem Ellbogen einen Spalt auf und steckte den Kopf hindurch. »Hierher!« rief er dabei. »Platz!« Er pfiff halblaut. Als kein Hund anschlug, trat er über die Schwelle und schloß die Tür hinter sich.

In dem stillen Haus roch es schwach nach irgendeiner Chemikalie. Wonach? Holzpolitur? Bohnerwachs? Lucas machte rasch einen Rundgang durchs Erdgeschoß und blieb dabei nur stehen, um den Telefonhörer abzunehmen und wieder aufzulegen, damit das Klingeln aufhörte.

Das Wohnzimmer war mit einer italienischen Sitzgarnitur, einem gläsernen Nierentisch aus den fünfziger Jahren und futuristischen Stehlampen spärlich, aber geschmackvoll eingerichtet. Die Küche war ein heller, sonniger Raum mit gelben Kacheln und einem halben Dutzend Topfpflanzen auf dem Fensterbrett. Ebenfalls im Erdgeschoß lagen das Bad mit einer Gußbadewanne und ein kleines Gästezimmer mit einem in die Ecke geschobenen Doppelbett, einer Kommode mit leeren Schubläden und einem Schreibtisch, an dem Smithe offenbar gelegentlich arbeitete. Lucas zog die Schreibtischschubfächer auf und sah darin Rechnungen, Kontoauszüge und Durchschriften von Einkommensteuererklärungen.

Das sogenannte Elternschlafzimmer im Erdgeschoß war mit einer Stereoanlage mit riesigen Lautsprechern und einem Fernsehgerät mit 69-cm-Bildschirm vor einem bequemen Sofa als Medienraum eingerichtet. Eine seiner Wände verschwand fast unter gerahmten Fotos. Auf einem stand Smithe neben einem lächelnden älteren Paar – offenbar seinen Eltern. Eine weitere Aufnahme zeigte ihn mit zwei Jugendlichen, die seine Brüder sein mußten; alle drei trugen Ringertrikots und protzten vor der Kamera mit ihren Muskeln. Weitere Bilder zeigten Smithe mit seinem Vater bei der Heuernte, mit seinem Diplom und engumschlungen mit einem Freund auf einer New Yorker Avenue.

Wo war das Schlafzimmer? Lucas verließ den Raum und stieg in den ersten Stock hinauf. Smithes Schlafzimmer nahm das gesamte Obergeschoß ein und wurde von einem übergroßen französischen Bett beherrscht, das ungemacht war. Jeans, Unterwäsche und andere Kleidungsstücke lagen auf Sesseln verstreut. In einem Bücherregal standen einige Dutzend Bücher, vor allem Science-fiction-Titel, und eine kleine Sammlung von Homosexuellen-Magazinen. Lucas warf einen Blick in die Schublade des rechten Nachttischs. Schlüssel, eine Flasche Eau de toilette, eine Geldscheinspange mit dem Wappen von Ducks Unlimited, eine kleine Schmuckschatulle und ein Foto, das Smithe mit einem Mann zeigte: beide mit nacktem Oberkörper und um die Schultern gelegten Armen.

Lucas zog die Schublade des zweiten Nachttischs auf. Sie enthielt zwei etwa halbvolle Schachteln Präservative mit und ohne Gleitmittel. Er nahm eines der beschichteten Kondome heraus und steckte es ein. Hinter den Schachteln fand er ein mit einem Gummiband zusammengehaltenes Bündel Briefe, die Smithe von einem gewissen Rich erhalten hatte. Lucas überflog zwei davon: redselige Erzählungen eines ehemaligen Geliebten. Keine Vorwürfe, keine Drohungen.

Dann war der Einbaukleiderschrank an der Reihe. Fünf Paar Sportschuhe. Adidas, Adidas, Adidas, Adidas und Adidas. Keine Nike Airs. Wieder die Treppe hinunter ins Bad. Der Spiegelschrank enthielt Toilettenartikel und vier Medikamente: zwei Penicillinpräparate, eines davon mit überschrittenem Verfallsdatum, ein schwaches Schmerzmittel und Augentropfen.

Durch die Küche zur Kellertreppe und nach unten. Der Keller war noch unausgebaut. Eine Hobbywerkstatt mit einem Gewehrständer mit drei Schrotflinten. Im zweiten Raum ein regelrechtes Fitneß-Studio mit Hanteln und einer Drückbank. An den Wänden Großfotos von muskelbepackten Gewichthebern in voller Aktion. Ein handgeschriebener Trainingsplan mit Kästchen, die jeden Tag abgehakt werden sollten. Nur wenige Häkchen fehlten.

Im vorderen Kellerraum: ein Wandschrank – mit weiteren Schußwaffen? Aber der Schrank enthielt nur Heimwerkermaschinen. Die Treppe hinauf, zurück ins Wohnzimmer. An einer Wand drei geschmackvolle Aktzeichnungen von schlanken, sehnigen Frauen. Ein Blick auf die Uhr: Lucas war seit neun Minuten im Haus.

Dann ins Arbeitszimmer. Schubfächer mit Steuerunterlagen und einigen Briefen. Nichts Interessantes. Lucas schaltete den IBM-Computer ein, lud Word Perfect und sah sich auf der Festplatte um. Briefe, Geschäftskorrespondenz, ein paar Spiele. Smithe arbeitete offenbar viel zu Hause. Keine tagebuchartigen Aufzeichnungen.

Ein letzter Blick auf die Fotos an der Wand des Medienraums. Glücklich und zufrieden, dachte Lucas. Er wirkt glücklich und zufrieden.

Wieder ein Blick auf die Uhr: siebzehn Minuten. Er verließ ohne Eile das Haus.

Lucas betrat Daniels Büro, ohne anzuklopfen.

»Was gibt's?« Der Polizeipräsident sah irritiert auf.

Lucas zog das verpackte Kondom aus seiner Tasche und warf es auf den Schreibtisch. Daniel musterte es prüfend.

»›Share‹«, las er von der Packung ab. Er blickte zu Lucas auf. »Die Ermittlungsordner enthalten eine vom Labor erstellte Liste von Kondomen, die mit dem bei den Frauen gefundenen Gleitmittel beschichtet sind.«

»Stimmt.«

»Steht diese Marke auf unserer Liste?«

»Yeah.«

»Verdammt noch mal! Haben wir irgendwas, mit dem wir einen Haussuchungsbefehl beantragen könnten?«

»Die Begründung wäre fadenscheinig.«

Daniel drückte auf einen Knopf seiner Gegensprechanlage. »Linda, versuchen Sie, Detective Sloan ans Telefon zu bekommen. Harmon Anderson müßte wissen, wo er zu erreichen ist. Ich möchte ihn sofort sprechen.«

Er ließ den Sprechknopf los und betrachtete Lucas. »Irgendwelche Probleme dort draußen?«

»Nein.«

»Ich möchte, daß Sie ein paar Tage nicht im Fernsehen erscheinen. Halten Sie sich bei dieser Pressekonferenz für den Fall, daß jemand Sie da draußen gesehen hat, ganz im Hintergrund.«

»Okay. Aber ich bin nicht gesehen worden.«

»Mann, wenn das der Täter ist, sehen wir gut aus! In Los Angeles jagen sie solche Kerle oft jahrelang, und manche erwischen sie nie.« Daniel fuhr sich mit den Fingern einer Hand durchs Haar. »Smithe *muß* der Täter sein!«

»So dürfen Sie nicht denken«, widersprach Lucas eindringlich. »Bleiben Sie cool! Sobald wir jemanden festnehmen, flippen die Medien aus. Ist er's dann nicht gewesen, werden Sie gelyncht. Vor allem die Schwulenorganisationen würden Ihren Kopf fordern.«

»Schon gut, schon gut!« murmelte Daniel unbehaglich. Er machte eine Handbewegung, als wehre er Schnaken ab. Dann klingelte sein Telefon, und er riß den Hörer von der Gabel.

»Ja? Okay, stellen Sie das Gespräch durch.« Er sah zu Lucas hinüber und formte mit den Lippen den Namen »Sloan«, bevor er mit dem Anrufer sprach. »Haben Sie die Liste der von der Lewis verkauften Häuser schon überprüft?... Ja. Wie viele?... Und wie sieht's mit Verabredungen aus?... Hmmm. Gut, bleiben Sie dran, versuchen Sie, möglichst viele aufzuspüren. Reden Sie mit ihrem Freund, lassen Sie sich erzählen, in welchen Bars sie gewesen sind, wo sie Smithe über den Weg gelaufen sein könnte... Ja, wir versuchen vielleicht, einen Haftbefehl zu erwirken... Was?... Augenblick.«

Daniel sah zu Lucas hinüber.

»Morgen kommt die Müllabfuhr, sagt Sloan. Er will wissen, ob er sich die Abfälle grapschen soll, falls Smithe welche vor die Tür stellt.«

»Gute Idee. Seinen Müll können wir ohne Haussuchungsbefehl sicherstellen. Vielleicht finden wir darin etwas, das einen Durchsuchungsbefehl rechtfertigt.«

Daniel nickte und sprach wieder ins Telefon. »Okay, holen Sie sich den Müll. Gut gemacht, Sloan!... Ja, natürlich.« Er knallte den Hörer auf die Gabel.

»Die Lewis hat ein Haus im übernächsten Block verkauft – sieben Wochen vor ihrer Ermordung.«

»Ach, ich weiß nicht recht...«

»Augenblick, hören Sie erst mal zu! Sloan hat mit Leuten aus der Nachbarschaft gesprochen. Smithe ist ein großer Jogger und läuft fast jeden Abend eine Runde, die genau an diesem Haus vorbeiführt.«

»Das besagt nicht viel.«

»Lucas, wenn noch irgendwas – irgendein Verdachtsmoment – dazukommt, beantrage ich einen Durchsuchungsbefehl. Richter Laushaus würde uns sogar einen ausstellen, der uns zur Durchsuchung der Unterwäsche des Gouverneurs berechtigt. Auch wenn der Gouverneur noch drinsteckt.«

»Der Durchsuchungsbefehl ist nicht das Problem. Ich mache mir Sorgen wegen der Reaktion der Öffentlichkeit.«

»Damit komme ich schon zurecht. Wir sind ganz vorsichtig.«

Lucas schüttelte den Kopf. »Ich weiß nicht recht... Ich habe das Gefühl, daß alle plötzlich nur noch dieser Spur folgen.« Er sah auf seine Uhr. »Ich muß wegen des Interviews mit der Ruiz telefonieren. Bleiben Sie cool, bitte!«

Lucas sprach mit dem Chef vom Dienst der *Pioneer Press*: »Wally? Lucas Davenport.«

»He, Lucas, wie hängt der Hammer?«

»Sehr witzig, Wally. Wo hast du das aufgeschnappt?«

»Ich dachte, so reden die Bullen. Entschuldigung, ich meine, die Cops. Ich wollte bloß freundlich sein.«

»Schon gut. Hör zu, kannst du einen deiner Zeitungsschmierer abstellen, der sich um achtzehn Uhr im Polizeipräsidium von St. Paul mit mir trifft?«

»Was gibt's denn?«

»Es gibt eine Frau, die einen Überfall des Werwolfs überlebt hat, und wir wollen mit ihr an die Öffentlichkeit gehen.«

»Halt! Augenblick!«

Am anderen Ende war gedämpftes Stimmengewirr zu hören, bevor sich eine weibliche Stimme meldete: Denise Ring, die Lokalredakteurin.

»Lucas, hier ist Denise. Wer ist diese Frau?«

»Hallo, Denise. Wie hängt der Hammer?«

»Was?«

»Wally hat mich eben gefragt, wie der Hammer hängt. Ist das etwa keine Redensart bei euch Presseleuten?«

»Der Teufel soll dich holen, Lucas. Und Wally auch! Was ist mit diesem Opfer?«

»Wir haben sie bisher unter Verschluß gehalten, weil wir sie erst ausquetschen wollten. Aber Jennifer Carey hat davon erfahren...«

»Von dir?«

»Nein. Ich weiß nicht, wer ihr den Tip gegeben hat. Cops aus St. Paul, vermute ich.«

»Du schläfst mit ihr.«

»Mein Gott, lesen denn alle meine Post?«

»Das wissen alle. Ich meine, das ist doch nur eine Frage der Zeit gewesen. Sie ist die letzte verfügbare Frau in den Twin Cities gewesen. Wenn du sie verschmäht hättest, dann hättest du dir eine außerhalb des Staates suchen müssen.«

»Hör zu, Denise, willst du diese Story oder nicht?«

»Klar doch. Nur keine Aufregung!«

»Jennifer hätte die Story selbst gegen unseren Willen gebracht, deshalb haben wir mit der Frau geredet, und sie ist bereit, zur Mithilfe bei der Fahndung aufzurufen. Daniel hat allerdings widersprochen, als Jennifer Exklusivrechte beansprucht hat. Er hat mich angewiesen, euch und die *Star-Tribune* anzurufen – und das tue ich hiermit.«

»Um achtzehn Uhr? Ich schicke Cammeretta hin. Wie sieht's mit Bildern aus?«

»Du kannst einen Fotografen mitschicken. Jennifer interviewt sie vor der Kamera.«

»Ist das auch das Thema dieser für einundzwanzig Uhr angesetzten Pressekonferenz?«

»Richtig. Die Überlebende beantwortet dann Fragen der übrigen Sender, aber ihr, TV3 und die *Strib* haben das Exklusivmaterial des Interviews um achtzehn Uhr.«

»Das ist kein Exklusivmaterial. Jennifer hat's zuerst.«

»Aber sie hat weniger...«

»Und die *Strib* ist auch daran beteiligt.«

»Ihr macht bestimmt was Besseres draus.«

»Das tun wir immer«, behauptete die Redakteurin. »Gut, bis achtzehn Uhr. Wie heißt sie gleich wieder?«

Lucas lachte. »Susan B. Anthony. Augenblick... vielleicht ist das doch nicht der richtige Name. Um achtzehn Uhr weiß ich ihn genau.«

»Bis später«, sagte die Lokalredakteurin.

Lucas drückte die Gabel herunter, wählte die Nummer der *Star-Tribune*, erzählte dort die gleiche Story und rief dann Carla an.

»Sie sind auch dabei, stimmt's?« Ihre Stimme klang besorgt.

»Ja. Ich komme gegen siebzehn Uhr, und wir besprechen, was Sie sagen sollen. Um achtzehn Uhr fahre ich zum Präsidium und lotse die Presseleute zu Ihnen. Die Gruppe besteht aus Jennifer Carey, einem Kameramann, zwei Reportern und zwei Pressefotografen. Ich kenne sie alle und garantiere Ihnen, daß sie in Ordnung sind. Das Interview dauert ungefähr eine Stunde. Danach gehen wir einen Happen essen und fahren zur Pressekonferenz nach Minneapolis. Den weiteren Ablauf besprechen wir unterwegs.«

»Okay, ich wasche mir noch die Haare. Was sonst?«

»Am besten tragen Sie eine einfarbige Bluse. Keine gelbe. Hellblau wäre gut. Auch Jeans sind in Ordnung. Kein Make-up, nur etwas Lippenstift. Jennifer ist eine gute Interviewerin. Bei ihr brauchen Sie keine Angst zu haben.«

»Ich bin Jennifer Carey. Wie geht's?«

»Danke gut. Ich kenne Sie aus den Nachrichten...«

Lucas verfolgte das Gespräch der beiden, während sich Jennifers Kameramann, die beiden Reporter und die Pressefotografen neugierig im Atelier umsahen. Jennifer beobachtete Carla aufmerksam, schätzte ihre Reaktionen ab, lächelte und ermutigte sie dazu, frei zu reden.

»Okay, hört mal zu, Leute«, sagte Jennifer schließlich zu den Reportern. »Ich brauche Bildmaterial, deshalb schlage ich vor, daß Carla euch ihre Story erzählt. Die filmen wir, und ihr könnt Fotos machen. So kann Carla sich schon mal überlegen, was sie vor der Kamera sagen will. Danach nehmen wir das Interview auf.«

»Ich möchte beim Interview dabeisein«, sagte der *Star-Tribune*-Reporter. Sein Kollege von der *Pioneer Press* nickte.

»Kein Problem, aber keine Unterbrechungen, okay?«

Lucas hörte Carla zu, die den beiden Reportern ihre Story erzählte. Bei dieser freundlichen Befragung lockerte sich ihre anfängliche Verkrampfung so weit, daß sie fast redselig wurde, als sie schilderte, wie sie den Killer in die Flucht geschlagen hatte. Nach einer Viertelstunde bat Lucas um eine kurze Pause.

»Wir müssen um einundzwanzig Uhr zur Pressekonferenz«, erklärte er Jennifer. »Am besten fängst du jetzt an.«

»Am besten wär's, wenn Sie uns vorführen würden, wie's gewesen ist, als der Kerl Sie überfallen hat«, sagte einer der Pressefotografen zu Carla. »Das müßte gute Bilder geben.«

Carla ging bereitwillig darauf ein. Sie durchquerte ihr Atelier und spielte eine Frau, die Einkaufstüten trägt und plötzlich angefallen wird. Während sie zunehmend erregt den Überfall nachstellte, deckten die Fotografen sie von allen Seiten mit einem regelrechten Blitzlichtgewitter ein.

Als die beiden fertig waren, verlangte Jennifer, daß Carla den Überfall erneut nachstellte, wobei sie die Rolle des Angreifers übernahm. Dann nahmen Carla und Jennifer zum Interview Platz, bei dem der Kameramann sie aus allen möglichen Blickwinkeln aufnahm.

»Okay, haben wir was vergessen?« fragte Jennifer. Sie sah auf ihre Uhr.

»Nein, das war's eigentlich«, sagte Carla.

»Seid ihr fertig, Jungs?« fragte sie die Reporter. Beide nickten zustimmend.

»Okay, Schluß für heute«, entschied Lucas. »Keine zusätzlichen Fragen. Sollte euch was einfallen, das ihr haben *müßt*, haltet euch an eure Kollegen, die bei der Pressekonferenz gewesen sind. Okay? Alles klar?«

Fünf Minuten später begleitete er Carla hinaus.

»Was halten Sie davon?« fragte er Carla, als sie allein waren.

»Es ist interessant gewesen«, sagte sie, und ihre Augen glänzten.

»Ja, aber die Pressekonferenz läuft anders ab. Eine Frage nach der anderen, manche vielleicht bösartig. Kein Wort über dieses Interview, sonst flippen die anderen Fernsehleute aus. Bis sie TV3 sehen, müssen Sie längst untergetaucht sein.«

»Wie lange kennen Sie Jennifer Carey schon?« fragte Carla auf der Fahrt zur Pressekonferenz.

Lucas sah zu ihr hinüber. »Jahrelang. Warum?«

»Sie hat an Ihrer Stelle die Initiative übernommen. Und Sie haben's nicht gemerkt. Meistens läßt das auf... ziemlich enge Vertrautheit schließen.«

»Wir sind seit langem befreundet«, sagte Lucas ausdruckslos.

»Schlafen Sie mit ihr?«

»Wir kennen uns nicht gut genug, um solche Themen zu diskutieren«, wehrte er ab.

»Das klingt wie ein großes *Ja*, finde ich«, stellte Carla fest.

»Jesus!«

»Hmmm.«

Die Pressekonferenz war kurz, laut und zum Schluß unerfreulich. Nach Carla beantwortete der Polizeipräsident an ihn gestellte Fragen.

»Haben Sie schon einen Verdächtigen?« rief ein Reporter.

»Wir verfolgen alle Spuren, die...«

»Also keinen!« stellte der Reporter fest.

»Nein, das wollte ich damit nicht sagen«, widersprach Daniel. Lucas fuhr zusammen.

»Dann *haben* Sie also einen Verdächtigen?« erkundigte sich eine Journalistin.

»Das habe ich nicht gesagt.«

»Können Sie uns sagen, *was* Sie sagen wollen? Mit wenigen Worten?«

Als sie eine Stunde nach der Pressekonferenz in Lucas' Porsche auf der I-35 nach Norden rasten, war Carla Ruiz noch immer aufgedreht. »Sie nehmen Jennifers Interview also auf?«

»Ja, der Recorder ist programmiert. Sie können sich die Aufzeichnung ansehen, wenn Sie zurückkommen.«

»Auf der Pressekonferenz war ganz schön was los, nachdem der Chief diesen einen Kerl als Schwachkopf bezeichnet hat«, meinte Carla.

Lucas lachte. »Mir hat's gefallen! Der Kerl ist wirklich ein Schwachkopf. Aber Daniel hat damit keine Punkte gemacht.«

»Und Sie sind nicht bereit, mir von dem Verdächtigen zu erzählen?«

»Nein.«

Die Fahrt zum Wochenendhaus dauerte drei Stunden. Kurz vor dem Ziel hielten sie bei einem General Store, um Lebensmittel einzukaufen, und Lucas fachsimpelte mit dem Besitzer übers Angeln. »Letzte Woche sind's zwei Große gewesen«, erzählte der Ladenbesitzer.

»Wie groß?«

»Sie kennen doch Hennig, den Doktor, der mit Ruderboot und Schleppangel unterwegs ist? Aus dem Seegras vor der Insel hat er einen mit einszwanzig Länge rausgezogen. Schätzungsweise zweiunddreißig Pfund. Und drüben am anderen Ufer hat ein Tourist aus Chicago, der bei Wilson gewohnt hat, einen Achtundzwanzigpfünder rausgeholt.«

»Hat Hennig ihn freigelassen?«

»Yeah. Er sagt, daß er keinen behält, der nicht vielleicht doch vierzig wiegt.«

»Darauf muß er unter Umständen lange warten. In den North Woods gibt's nicht viele Angler, die einen vierzigpfündigen Muskinonge an der Wand haben.«

»Wunderschön!« sagte Carla und blickte über den See.

»Natürlich ist's gut, daß wir Vollmond haben. Eigentlich fast kitschig. Sieht wie 'ne Bierreklame aus.«

»Wunderschön«, wiederholte sie. »Welches Schlafzimmer soll ich nehmen?«

»Das große«, antwortete Lucas. »Sie können es ruhig benutzen, denn ich bin sowieso nicht da. In der Garage steht ein Fahrrad. Der General Store ist eine halbe Meile entfernt; bis in die Stadt sind's drei Meilen. Unten am Steg liegt ein Boot. Kennen Sie sich mit Außenbordmotoren aus?«

»Klar. Früher bin ich jeden Sommer mit meinem Mann zum Angeln gefahren. Wenigstens vom Fischen hat er was verstanden.«

»In einem Gestell auf der Veranda stehen ein halbes Dutzend Angelruten, und unter der Hollywoodschaukel finden Sie zwei Geräteboxen. Am Rand des Bilsenkrauts vor der Landzunge dort drüben stehen immer ein paar gute Brassen.«

»Okay. Fahren Sie gleich wieder zurück?«

»Ein bißchen später. Wenn ich die Einkäufe im Kühlschrank verstaut habe, hole ich mir ein Bier und setze mich noch eine Weile auf die Veranda.«

»Ich möchte duschen und mich umziehen«, sagte Carla.

Lucas saß in der Hollywoodschaukel und bewegte sie sacht, indem er sich mit einem Fuß von der niedrigen Fensterbank unter dem Fliegengitter abstieß. Die Nächte wurden allmählich kühl, und eine leichte Brise ließ die Tannen rauschen und brachte Harzduft mit sich. Ein Waschbär trottete auf dem Weg zu den Mülltonnen durch den Lichtschein eines benachbarten Wochenendhauses. Einige Grundstücke weiter auf der anderen Seite lachte eine Frau; dann planschte jemand im Wasser. Im Haus hinter ihm verstummte das Plätschern der Dusche. Wenig später erschien Carla in einem rosa Bademantel auf der Veranda.

»Möchten Sie noch ein Bier?«

»Mmm. Ja, noch eines.«

»Ich trinke eines mit.«

Carla brachte ihm ein Bier, setzte sich neben ihm auf die Hollywoodschaukel und zog die Beine unter sich. Ihr Haar war feucht, und die Wassertropfen glitzerten in dem aus den Fenstern fallenden indirekten Licht wie Diamanten.

»Schon ein bißchen kühl«, meinte sie. »Kommen Sie auch im Winter hierher?«

»Ich nutze jede Gelegenheit, um herzukommen. Im Winter bin ich zum Langlaufen hier. Dann gibt's überall Loipen, auf denen man meilenweit laufen kann.«

»Klingt großartig.«

»Sie sind jederzeit eingeladen«, sagte Lucas prompt.

Während sie sich unterhielten, fühlte er die Wärme, die ihr vom Duschen erhitzter Körper abstrahlte.

»Ist Ihnen nicht kalt?«

»Noch nicht. Vielleicht in ein paar Minuten. Im Augenblick ist's angenehm frisch.« Sie drehte sich etwas zur Seite und lehnte ihren Kopf an seine Schulter. »Eigentlich komisch, daß ein Cop wie Sie hier draußen ein Haus hat. Ich meine, ein Drogenfahnder, der einen Porsche fährt.«

»Das Haus hat mir der Arzt verschrieben«, sagte er, »weil ich zuviel gearbeitet habe.« Er legte seinen Arm um sie. »Ich bin den ganzen Tag und manchmal die halbe Nacht auf der Straße unterwegs gewesen und habe danach zu Hause an meinen Spielen gearbeitet. Dabei bin ich so überdreht gewesen, daß ich nicht mehr schlafen konnte, selbst wenn ich todmüde war. Dann bin ich zum Arzt gegangen, um mir ein Schlafmittel verschreiben zu lassen, aber er hat mir erklärt, daß ich eigentlich eine Gelegenheit zum Ausspannen brauche. Hier draußen arbeite ich nie – jedenfalls nicht für Geld. Ich hacke Holz, renoviere die Garage, überhole den Steg und so weiter.«

»Raten Sie mal«, sagte Carla.

»Was?«

»Ich habe unter diesem Bademantel keinen gottverdammten Faden am Leib.« Sie trank kichernd einen Schluck Bier.

»Donnerwetter! Splitterfasernackt, wie?«

»Genau. Ich hab' mir gedacht: Warum eigentlich nicht?«

»Darf ich das als offizielle Einladung betrachten?«

»Willst du lieber nicht?«

»Nein, nein, nein.« Lucas beugte sich nach vorn und küßte sie unter dem Ohr auf den Hals. »Ich habe mich verzweifelt bemüht, meine Chancen auszurechnen. Nachdem ich immer so nett gewesen bin, wär's mir peinlich gewesen, plötzlich zudringlich zu werden.«

»Darum hab' ich beschlossen, den ersten Schritt zu tun«, flüsterte sie. »Weil du mich nicht gedrängt hast wie manche anderen Männer.«

»Jetzt muß ich schlafen«, erklärte sie viel später. »Allmählich spüre ich den langen Tag doch.«

»Nur noch eine Frage«, sagte er in der Dunkelheit. »Als wir den Überfall in deinem Atelier nachgestellt haben, hast du gesagt, der Kerl, der dich überfallen hat, habe sich weicher als ich angefühlt. Findest du das noch immer?«

Carla überlegte kurz. »Ja«, antwortete sie dann. »Ich hatte den klaren Eindruck, daß er ein bißchen... nicht dicklich, aber schwammig gewesen ist. Ein bißchen zuviel Fett, nicht allzu kräftige Muskeln. Ich meine, er ist natürlich stärker als ich gewesen, aber ich wiege nur knapp fünfzig Kilo. Er ist bestimmt nicht sportlich oder durchtrainiert.«

»Scheiße.«

»Hat das irgendwas zu bedeuten?«

»Vielleicht. Ich fürchte, ja.«

Am nächsten Morgen ging Lucas zu seinem Porsche hinaus, griff unter den Fahrersitz, holte einen Charter Arms Kaliber 38 in einem schwarzen Nylonhalfter und zwei Schachteln Munition hervor und brachte sie ins Haus.

»Was ist das?« fragte Carla, als er damit hereinkam.

»Ein Revolver. Du hast gesagt, du könntest vielleicht einen brauchen.«

»Hmmm.« Carla kniff ein Auge zu und musterte ihn mit dem anderen. »Du hast ihn mitgebracht, aber gestern abend nicht rausgeholt. Das läßt darauf schließen, daß du damit gerechnet hast, hier zu übernachten.«

»Ein Thema, das wir jetzt nicht näher erörtern wollen«, wehrte Lucas grinsend ab. »Zieh dir Schuhe an. Wir machen einen Waldspaziergang.«

Sie überquerten die Straße hinter dem Blockhaus, folgten im Wald einem kleinen Bach bis zu seinem sumpfigen Quellgebiet und bogen in eine Schlucht ein, die am Fuß eines steilen Hügels endete und sich dort zu einem grasbewachsenen Kessel mit sandigen Kieswänden erweiterte.

»Wir schießen in den Kies«, entschied Lucas. »Wir fangen mit drei Metern Entfernung an und gehen dann auf fünf, sechs Meter zurück.«

»Warum so kurze Entfernungen?«

»Weil du weglaufen oder um Hilfe rufen kannst, wenn du weiter entfernt bist«, antwortete Lucas. »Schießen solltest du nur aus kürzester Entfernung, wenn du verzweifelt bist.« Er sah sich um und deutete auf einen umgestürzten Baumstamm. »Komm, wir sprechen die Sache erst mal durch.«

Sie setzten sich auf den Baumstamm, und Lucas zerlegte die Waffe, demonstrierte die Funktion aller Teile und zeigte Carla, wie sie geladen und entladen wurde. Als er die Patronen in die Trommel schob, hörten sie ein Keckern über sich. Lucas hob den Kopf und sah ein rotes Eichhörnchen.

»Okay«, flüsterte er. »Paß gut auf!«

Er drehte sich langsam auf dem Baumstamm um und zielte auf das kleine Tier.

»Was hast du vor?«

»Ich will dir zeigen, welche Durchschlagkraft ein Achtunddreißiger hat«, antwortete er, ohne das Eichhörnchen aus den Augen zu lassen. Es war halb hinter einem dicken Ast einer Rottanne verborgen, zeigte sich aber gelegentlich ganz.

»Warum? Warum willst du's erschießen?« fragte Carla mit weit aufgerissenen Augen. Sie war blaß geworden.

»Was eine Kugel anrichtet, weißt du erst, wenn du's gesehen hast. Du mußt deine Finger in die Wunde stecken können. Wie der ungläubige Thomas, weißt du?«

»He, laß das!« forderte sie ihn auf. »Laß den Unsinn, Lucas!«

Er zielte weiter auf das Eichhörnchen.

»Man braucht die kleine Bestie nur zwischen den Augen zu treffen, dann spürt sie überhaupt nichts...«

»Lucas!« Carlas Stimme klang schrill, und sie umklammerte seinen Arm mit beiden Händen und zog ihn herunter. Sie war sichtlich bestürzt.

»Warum so entsetzt?«

»Mein Gott, das Eichhörnchen hat dir doch nichts getan!«
»Hast du Angst?«
Sie ließ seinen Arm los und rückte von ihm ab. »Soll das eine Art Lektion sein?«
»Richtig«, bestätigte er und kehrte dem Eichhörnchen den Rücken zu. »Bewahr dir das Gefühl, das du gerade gehabt hast. Du hast Mitleid mit einem Eichhörnchen gehabt. Jetzt stell dir vor, du würdest mit einem Achtunddreißiger auf einen Menschen schießen.«
»Mein Gott, Lucas...«
»Du triffst den Kerl in die Brust, nicht durchs Herz, sondern nur in die Brust, und er liegt da und schnaubt hellrotes Blut mit kleinen Luftblasen, und seine Augen sehen meistens wächsern aus. Er wirft sich vielleicht von einer Seite auf die andere, und er liegt im Sterben. Ihm kann kein Mensch mehr helfen, nur noch der liebe Gott...«
»Ich will keinen Revolver«, sagte sie plötzlich.
Lucas hielt die Waffe hoch. »Schreckliche Dinger«, stellte er fest. »Aber es gibt etwas, das noch schrecklicher ist.«
»Was denn?«
»Das Eichhörnchen zu sein.«
Er gab ihr Schießunterricht in Nahkampfentfernung und ließ sie auf in den Sand gezeichnete menschliche Umrisse schießen. Nach etwa dreißig Schuß begann sie, die Silhouetten regelmäßig zu treffen. Nach fünfzig begann sie, den Revolver zu verreißen.
»Du verreißt die Waffe«, erklärte Lucas ihr.
Sie drückte erneut ab und verriß wieder. »Nein, überhaupt nicht!«
»Ich seh's aber.«
»Ich nicht!«
Lucas klappte die Trommel heraus, steckte drei Patronen in willkürlich gewählte Kammern und gab Carla die Waffe zurück.
»Probier's noch mal.«
Sie drückte erneut ab, verriß wieder und schoß daneben.
»Weiter!«
Diesmal fiel der Hammer auf eine leere Kammer. Der Schuß blieb aus, aber Carla verriß den Revolver trotzdem.

»Das nennt man Mucken«, sagte Lucas.

Sie übten eine Stunde weiter und machten zwischendurch immer wieder Pausen, um über Sicherheitsvorschriften, das beste Waffenversteck in ihrem Atelier und Selbstverteidigungstechniken zu sprechen.

»Ein wirklich guter Schütze wird man nur durch verdammt viel Übung«, sagte Lucas, während sie den Revolver in ihrer Hand betrachtete. »Wir versuchen nicht, dich dazu auszubilden. Aber du mußt lernen, ein Ziel zuverlässig aus drei bis fünf Meter Entfernung zu treffen. Das dürfte kein Problem sein. Solltest du jemals in die Lage geraten, auf jemanden schießen zu müssen, zielst du einfach mit dem Revolver und drückst ab, bis die letzte Patrone verschossen ist. Mach dir keine Gedanken wegen Notwehrüberschreitung oder dergleichen. Drück einfach immer wieder ab.«

Nachdem Carla fünfundneunzig der hundert Patronen verschossen hatte, erklärte Lucas die Ausbildung für beendet und gab ihr den mit den letzten fünf Patronen geladenen Revolver.

»So, jetzt hast du eine schußbereite Waffe im Haus«, sagte er dabei. »Nimm sie mit und leg sie an einen Platz, den du schnell erreichen kannst. Du wirst merken, daß sie eine Belastung darstellt. Ab jetzt weißt du, daß du ein Stück Tod im Haus hast.«

»Ich brauche mehr Übung«, antwortete sie einfach.

»Ich habe noch dreihundert Schuß im Auto. Du gehst jeden Tag hierher und verschießt fünfundzwanzig bis fünfzig. Sieh zu, daß du dir das Mucken abgewöhnst.«

»Die Waffe macht mich nervöser, als ich je gedacht hätte«, gestand Carla auf dem Rückweg zum Blockhaus. »Aber zugleich...«

»Was?«

»Der Revolver liegt gut in der Hand«, meinte sie nachdenklich. »Wie ein Pinsel oder dergleichen.«

»Schußwaffen sind großartige Werkzeuge«, sagte Lucas. »Unglaublich wirkungsvoll. Es ist ein Genuß, sie wie eine Leica oder einen Porsche zu benützen. Ein Vergnügen ganz eigener Art. Das Dumme ist nur, daß man jemanden töten muß, damit sie ihren Zweck erfüllen.«

»Ein netter Gedanke«, gab Carla zurück.

Lucas zuckte mit den Schultern. »Mit Samurai-Schwertern ist's nicht anders. Sie sind Kunstwerke, die erst vollständig sind, wenn sie den Tod bringen.«

Als sie die Straße hinter dem Wochenendhaus überquerten, fragte Carla: »Mußt du wirklich weg?«

»Yeah. Ich muß zu einem Spiel.«

»Das verstehe ich nicht«, sagte sie. »Immer diese Spiele!«

»Ich auch nicht«, versicherte Lucas ihr lachend.

Auf der Rückfahrt in die Twin Cities ließ er sich Zeit, genoß die Landschaft und dachte bewußt nicht an den Werwolf. Er kam nach achtzehn Uhr an, fragte nach Anderson und hörte, daß er schon nach Hause gefahren war.

»Sloan ist noch irgendwo unterwegs«, sagte der Wachhabende. »Mir hat keiner aufgetragen, auf irgendwas Besonderes zu achten.«

Lucas fuhr weiter, zog sich zu Hause um, aß in St. Paul in einem Restaurant in der Grand Avenue zu Abend und schlenderte dann zum St. Anne's College hinüber.

»Ah, da kommt Longstreet – langsam wie immer«, sagte Elle, die selbst als General Robert E. Lee ihre dunkle, frisch gestärkte Ordenstracht trug. Eine andere Nonne in unauffälliger Straßenkleidung, die General George Pickett spielte, blätterte in einem Stapel Computerausdrucke. Der Rechtsanwalt – Generalleutnant George Gordon Meade, der Oberbefehlshaber der Unionsarmeen – und der Buchmacher, Kavalleriekommandeur General John Buford, studierten ihre Position auf der Karte. Ein Student, der die Rolle von General John Reynolds übernommen hatte, fütterte den Computer mit Informationen. Er sah auf, als Lucas hereinkam, und nickte ihm zu. Der Lebensmittelhändler, der Jeb Stuart spielte, war noch nicht da.

»Spielmäßig gesehen«, sagte der Buchmacher zu Lucas, »müssen Sie etwas gegen Stuart unternehmen. Vielleicht verordnen Sie ihm 'ne Zwangspause. Er macht sich aus jeder Umklammerung frei, und wenn er Lee den feindlichen Aufmarsch meldet, kann sich alles ändern.«

Lucas ging bereitwillig auf die geäußerten Bedenken ein. Hier fühlte er sich in seinem Element. Nachdem der Lebensmittelhändler zehn Minuten später eingetroffen war und sich für seine Verspätung entschuldigt hatte, begann das Spiel. Es stand schlecht für die Unionstruppen. Stuart schickte einige seiner Späher als Kuriere zurück, so daß Lee erfuhr, daß die Blauröcke im Anmarsch waren. Er rückte schneller als historisch belegt nach Gettysburg vor, und Picketts Division – die an der Spitze marschierte, anstatt die Nachhut zu bilden – drängte Bufords Kavallerie zurück, stieß durch Gettysburg hindurch vor und eroberte Culp's Hill und das Nordende der Cemetery Ridge.

Hier wurde das Spiel abgebrochen. Als sie dann zusammensaßen und über den Spielfortgang dieses Abends diskutierten, brachte der Rechtsanwalt das Gespräch auf den Werwolf.

»Was ist mit diesem Kerl?« wollte er wissen.

»Suchen Sie einen Mandanten?« fragte Lucas.

»Nur wenn er reichlich Kohle hat«, sagte der Anwalt. »Das ist ein Fall, der in ganz Minnesota Staub aufwirbeln wird. Aber ein interessanter Fall. Tatsächlich könnt ihr in Beweisnot geraten, wenn ihr ihn nicht gerade auf frischer Tat ertappt. Aber der Kerl, der ihn freikriegt... von dem nimmt dann kein Hund mehr ein Stück Brot.«

»Das müßtet ihr Rechtsverdreher doch gewöhnt sein«, warf der Lebensmittelhändler ein. Er war in aufgeräumter Stimmung. Er rehabilitierte den guten alten J. E. B. Stuart und machte ihn wieder zum Helden.

Der Anwalt verdrehte die Augen. »Wie steht's also?« fragte er Lucas. »Faßt ihr ihn?«

»Wir kommen nicht recht weiter«, gestand Lucas und rollte sich in der fettigen Pappschachtel ein Stück kalte Pizza zusammen. »Wie sollen wir einen Verrückten erwischen? Mit normalen Methoden ist er nicht aufzuspüren. Sein Verstand arbeitet nicht wie der eines gewöhnlichen Verbrechers. Er mordet nicht etwa aus Habgier. Er tut's nicht, weil er drogensüchtig ist, sich an jemand rächen will oder irgendeinem Impuls nachgibt. Er mordet aus Vergnügen – und läßt sich dabei Zeit. Vielleicht tötet er nicht ganz willkürlich: Wir haben einige Übereinstimmungen gefunden, die uns aber praktisch nur wenig helfen. Wie die Tatsache, daß er dunkelhaarige Frauen überfällt. Das sind vielleicht nur dreißig oder vierzig Prozent der Frauen in den Cities, was ziemlich gut klingt, bis man genauer darüber nachdenkt. Selbst wenn man Kinder und alte Frauen ausklammert, bleiben noch eine Viertelmillion Dunkelhaarige übrig, versteht ihr?«

Der Buchmacher und der Lebensmittelhändler nickten. Die Nonne in Straßenkleidung und der Student kauten ihre Pizza. Elle, die mit den Perlen des Rosenkranzes an ihrer Seite gespielt hatte, sagte plötzlich: »Vielleicht könntest du ihn dazu bringen, zu dir zu kommen.«

Lucas starrte sie an. »Wie?«

»Das weiß ich nicht. Er ist auf einen bestimmten Typ fixiert, den wir kennen – das wäre eine Möglichkeit. Das Problem ist nur, wie du erfährst, ob er den von dir ausgelegten weiblichen Köder wahrgenommen hat. Wenn du einen Köder in seine Nähe bringen könntest, wär's vielleicht möglich, einen Überfall unter Beobachtung zu provozieren.«

»Sie denken häßliche Sachen, Schwester«, meinte der Buchmacher.

»Das ist ein häßliches Problem«, gab sie zurück. »Aber...«

»Ja?« Der Anwalt beobachtete sie mit schwachem Lächeln.

»Interessant«, sagte sie.

# 10

»Daniel sucht nach Ihnen.« Anderson fuhr sich nervös mit der flachen Hand über sein schütter werdendes blondes Haar, während er in Lucas' Büro trat. Lucas war eben gekommen und ließ seine Schlüssel in der geschlossenen Faust klappern.

»Gibt's was Neues?«

»Wir beantragen vielleicht einen Haftbefehl.«

»Gegen Smithe?«

»Richtig. Sloan hat heute nacht seinen Müll sortiert. Er hat einige Packungen von Kondomen gefunden, die mit dem bei den Opfern festgestellten Gleitmittel beschichtet sind. Und ein ganzes Bündel Einladungen zu Kunstausstellungen. Wir gehen davon aus, daß er diese Ruiz *kennt.*«

»Ich muß mit dem Chief reden.«

»Wo haben Sie gesteckt?« wollte Daniel wissen.

»In meinem Wochenendhaus. Ich hab' die Ruiz dort untergebracht«, antwortete Lucas.

Daniel schnalzte mit den Fingern. »Ich hab' nicht gewußt, daß Sie sie wegbringen. Was hat sie in Ihrem Wochenendhaus zu suchen?«

Lucas zuckte mit den Schultern. »Das Interview hat sie nur unter der Voraussetzung gegeben, daß wir sie danach vor den Reportern verstecken. Statt einen Antrag auf Übernahme ihrer Hotelkosten zu stellen, habe ich sie der Einfachheit halber bei mir untergebracht.«

Daniel kniff die Augen zusammen; dann nickte er Lucas kaum merklich zu. »Wie lange fährt man dorthin – drei Stunden?«

»Richtig.«

»Okay, Sie können gleich wieder umkehren. Wir möchten, daß Sie ihr Fotos vorlegen, um zu sehen, ob sie Smithe identifizieren kann. Dafür kriegen Sie den Hubschrauber.«

»Anderson hat gesagt, daß Sie einen Haftbefehl beantragen wollen«, entgegnete Lucas.

»Vielleicht. Wir haben seinen Müll von Sloan genau untersuchen lassen. Tatsächlich hat er einige leere Kondompackungen der Marke Share gefunden. Seine Verbindung mit Rice ist klar, wir wissen, daß er dieselben Ausstellungen wie die Ruiz besucht hat, und er kann ohne weiteres die Lewis gesehen haben. Und diese junge Punkerin hat sich in Clubs an der Hennepin Avenue rumgetrieben, die auch von Schwulen besucht werden, so daß er sie dort kennengelernt haben kann. Und wir haben das Gleitmittel. Er hatte Gelegenheit, allen Opfern hier im Gerichtsgebäude zu begegnen. Und der Kerl ist schwul. Je nachdem, was die Befragung der Ruiz ergibt, können wir einen Haftbefehl beantragen. Laushaus ist bereit, uns einen auszustellen.«

»Wir könnten zwanzig Kerle finden, die diese Voraussetzungen erfüllen.«

»Warum sehen Sie bloß immer Probleme, Davenport?« fragte Daniel irritiert. »Andere Kerle haben Sie schon mit zehnmal weniger Beweismaterial verhaftet.«

»Klar. Aber ich habe gewußt, daß ich recht hatte. Diesmal könnten wir uns irren. Wir haben nichts als leicht beschaffbare Indizienbeweise in der Hand. Ich glaube, daß Smithe ein sportlicher und durchtrainierter Typ ist; die Ruiz hat den Täter als weich und unsportlich geschildert. Smithe stammt aus Minnesota; die Ruiz hat einen Südweststaatenakzent gehört. Der Täter hat Nike Airs getragen; Smithe besitzt fünf Paar Sportschuhe, aber keine Nike Airs.«

»Er benützt die richtigen Kondome.«

»Das ist ein Verdachtsmoment, mehr nicht.«

»Er kennt sich mit Waffen aus.«

»Nicht mit Faustfeuerwaffen. Zu Hause hat er nur Schrotflinten.«

»Legen Sie einfach der Ruiz die Bilder vor«, forderte Daniel. »Die Fotos können Sie sich unten im Labor abholen.«

»Beantragen Sie den Haftbefehl etwa selbst? Oder überlassen Sie das der Mordkommission?«

»Ich bin ziemlich in diesen Fall eingestiegen«, antwortete der Chief. »Da möchte ich die Verantwortung nicht auf andere abwälzen.«

»Lassen Sie die Mordkommission den Antrag stellen«, drängte Lucas. »Dann können Sie sich die Sache noch immer anders überlegen, falls es Probleme gibt. Und noch was: Vielleicht sollten Sie veranlassen, daß die Kollegen den Haftbefehl vorläufig in der Tasche behalten. Laden Sie den Kerl vor, besorgen Sie ihm einen Anwalt, und sagen Sie ihm, daß Sie einen Haftbefehl gegen ihn haben. Kann er sich dann glaubhaft entlasten, werfen Sie den Haftbefehl weg und schütteln Smithe die Hand.«

»Vielleicht läßt er sich nicht darauf ein.«

»Mann, ich hab' ein verdammt schlechtes Gefühl bei dieser Sache!«

»Bei uns werden Frauen ermordet«, sagte Daniel. »Was ist,

wenn wir mit unserem Verdacht recht haben und zulassen, daß er weitermordet?«

»Lassen Sie ihn schärfer überwachen. Versucht er's wieder, schnappen wir ihn.«

»Was ist, wenn er sich drei Wochen Zeit läßt? Haben Sie die Fernsehberichterstattung gesehen? Wie damals während der Geiselnahme im Iran! ›Der fünfzehnte Tag der Schreckensherrschaft des Werwolfs.‹ Das kommt als nächstes!«

»Verdammt noch mal, Chief...«

Daniel winkte ab. »Okay, ich denke darüber nach. Sie fliegen los und legen der Ruiz die Fotos vor. Rufen Sie mich an, sobald Sie ihre Aussage haben.«

Lucas versuchte, Carla von seinem Büro und vom Flughafen aus anzurufen, aber sie meldete sich nicht.

»Haben Sie sie erreicht?« fragte der Pilot.

»Nein. Aber ich finde sie, wenn wir dort sind.«

Der Hubschrauberflug zum Wochenendhaus dauerte weniger als eine Stunde und führte in niedriger Höhe über Laubwälder mit beginnender Herbstfärbung, eine Übergangszone und das dunkle Grün der North Woods hinweg. Der Pilot landete dreihundert Meter vom Haus entfernt neben einer Straßenkreuzung und begleitete Lucas, der einen großen Umschlag mit Fotos unter dem Arm trug. Carla erwartete sie auf der rückwärtigen Veranda.

»Ich bin mit dem Boot unterwegs gewesen, aber sofort zurückgekommen, als ich den Hubschrauber gehört habe. Was ist passiert?« Sie sah neugierig von einem zum anderen.

»Wir möchten, daß du dir ein paar Bilder ansiehst«, erwiderte Lucas, während sie hineingingen. Er deutete auf seinen Begleiter. »Das hier ist Tony Rubella. Er ist der Hubschrauberpilot, aber auch ein Cop. Die Befragung möchte ich aufzeichnen.«

Lucas stellte den mitgebrachten Kassettenrecorder auf den Tisch, sprach einen Testsatz, spulte die Kassette zurück und überzeugte sich davon, daß die Aufnahme einwandfrei war. Danach begann er erneut, indem er Ort, Datum und Uhrzeit aufs Band sprach.

»Durchgeführt wird die Befragung von Lieutenant Lucas Davenport, Minneapolis Police Department, in Anwesenheit von Officer Anthony Rubella, Minneapolis Police Department. Die Befragte ist Miss Carla Ruiz aus St. Paul. Carla Ruiz ist Lieutenant Davenport persönlich bekannt. Sie wurde in ihrem Atelier von einem Mann überfallen, der in Minneapolis vermutlich eine Reihe von Morden begangen hat. Wir legen Miss Ruiz jetzt zwölf Fotos von Männern vor und fragen sie, ob sie einen oder mehrere der Abgebildeten erkennt.«

Lucas kippte den Inhalt des Umschlags auf den Tisch: Auf der Straße gemachte Fotos von jungen Männern, die sich in Größe, Kleidung und Aussehen vage ähnlich waren. Elf von ihnen waren Polizeibeamte oder Verwaltungsangestellte im Polizeipräsidium; der zwölfte Mann war Smithe. Nachdem Lucas die Aufnahmen in einer Reihe angeordnet hatte, beugte Carla sich über sie, um sie zu begutachten.

»Den hier kenne ich ganz bestimmt«, sagte sie und tippte auf einen der Polizeibeamten. »Er ist ein Cop. Außer Dienst arbeitet er als Wachmann in dem Supermarkt.«

»Okay«, sagte Lucas ins Mikrofon. »Miss Ruiz hat das Foto eines Mannes identifiziert, den sie kennt und für einen Polizeibeamten hält. Aus unseren Unterlagen geht hervor, daß er ein Polizeibeamter ist. Ich werde Miss Ruiz jetzt bitten, dieses Foto auf der Rückseite mit einem großen A, dem Datum und ihrer Unterschrift zu kennzeichnen. Miss Ruiz, tun Sie das bitte jetzt?«

Carla unterschrieb auf der Rückseite des Fotos und sah sich die restlichen Aufnahmen an. »Dieser hier kommt mir bekannt vor«, sagte sie und tippte auf Smithes Foto. »Ich habe ihn in der Kunstszene gesehen. Sie wissen schon – auf Parties, bei Vernissagen, auf Ausstellungen. Ich kann mich natürlich irren, aber ich halte ihn aus irgendeinem Grund für schwul.«

»Wissen Sie bestimmt, daß Sie ihn kennen?«

»Ziemlich bestimmt.«

»Okay. Miss Ruiz hat soeben die Aufnahme von Jimmy Smithe identifiziert. Ich werde Miss Ruiz jetzt bitten, dieses Foto mit einem großen B, dem Datum und ihrer Unterschrift zu kennzeichnen.«

Nachdem Carla ihre Unterschrift auf die zweite Aufnahme gesetzt hatte, forderte Lucas sie auf, sich die restlichen Bilder anzusehen.

»Sonst kommt mir keiner bekannt vor«, sagte sie schließlich.

»Ich zeige Miss Ruiz jetzt sieben weitere Fotos von Jimmy Smithe und frage sie, ob sie ihre Identifizierung des Mannes aus der Zufallsserie aufrechterhält.«

Carla betrachtete die neuen Aufnahmen und nickte zustimmend.

»Ja, ich kenne ihn.«

»Miss Ruiz bestätigt, daß sie Jimmy Smithe erkennt. Darüber hinaus hat sie weitere Einzelheiten genannt: Sie hält ihn für homosexuell, kennt ihn als Besucher von Galerien und glaubt sich zu erinnern, daß er ihr einmal vorgestellt worden ist. Miss Ruiz, fällt Ihnen zu Mr. Smithe noch irgendwas ein?«

»Tut mir leid, ich kenne ihn nicht wirklich. Ich erinnere mich nur an ihn, weil er gut aussieht und einen intelligenten Eindruck gemacht hat.«

»Okay. Noch was?«

»Nein.«

»Gut, damit ist die Befragung beendet. Danke, Miss Ruiz.« Er drückte die Stoptaste, spulte die Aufnahme zurück, hörte sie sich an, nahm die Kassette aus dem Recorder, schob sie in ihre schützende Box und steckte sie ein.

»Was passiert jetzt?« wollte Carla wissen.

»Ich muß telefonieren«, erklärte Lucas. Er ließ sich mit dem Polizeipräsidium verbinden.

»Davenport? Was gibt's?«

»Sie kennt ihn«, antwortete Lucas. »Sie hat ihn problemlos rausgepickt.«

»Dann verhaften wir ihn!«

»Wenn's sein muß – aber auf meine Weise, Chief.«

»Ich weiß nicht, ob das noch geht, Lucas. Die Medien haben Wind von der Sache bekommen.«

»Wer?«

»Don Kennedy von TV3.«

»Scheiße.« Kennedy arbeitete eng mit Jennifer Carey zusammen. »Okay, ich bin in eineinhalb Stunden zurück. Wann wollen Sie ihn verhaften lassen?«

»Wir haben nur auf Ihren Anruf gewartet. Von unseren Überwachungsleuten wissen wir, daß er an seinem Schreibtisch im County Building sitzt. Wir brauchen lediglich rüberzugehen und ihn abzuholen.«

»Wer hat den Haftbefehl beantragt?«

Daniel antwortete nicht gleich. »Lester«, sagte er dann.

»Sehr gut! Bleiben Sie dabei.«

Lucas legte auf und wandte sich an Rubella. »Lassen Sie den Hubschrauber an. Wir müssen schnellstens zurück.«

Als Rubella gegangen war, griff Lucas nach Carlas Händen. »Die anderen wollen Smithe in die Mangel nehmen, aber das gefällt mir nicht. Ich glaube, daß sie damit einen Fehler machen. Du bleibst schön brav hier, verstanden? Ich rufe dich jeden Abend an. Sobald sich die Aufregung gelegt hat, komme ich für ein paar Tage her.«

»Okay«, sagte Carla. »Paß gut auf dich auf.«

Lucas küßte sie zum Abschied und lief dann hinter Rubella her.

Der Rückflug und die Fahrt vom Flughafen ins Präsidium dauerten zwei Stunden. Als Lucas eintraf, saß Anderson hinter seinem Schreibtisch. Er hatte die Füße hochgelegt und starrte geistesabwesend einen Wandkalender an.

»Wo ist er?« fragte Lucas.

»Unten im Vernehmungsraum.«

»Mit seinem Anwalt?«

»Richtig. Deswegen kann's Probleme geben.«

»Wie das?«

»Weil sein Anwalt dieses Arschloch McCarthy ist«, erwiderte Anderson.

»Verdammt noch mal!« Lucas fuhr sich mit den Händen durchs Haar. »Der übliche Scheiß?«

»Klar, was sonst?«

»Ich gehe mal runter.«

»Der Chief ist auch unten.«

»Wir kriegen nichts aus ihm raus.« Daniel lehnte neben der Tür des Vernehmungsraums an der Wand. »Dieser Arsch McCarthy läßt ihn kein Wort sagen.«

»Er wittert die große Chance«, stellte Lucas fest. »Sollte er Smithe vor Gericht freikriegen, kann er seinen Job beim County aufgeben und mit einer privaten Anwaltspraxis richtig Geld scheffeln.«

»Was haben Sie also vor?« fragte Daniel.

»Ich trete als guter Kerl auf. Als richtig guter Kerl. Und ich kriege einen Wutanfall und mache McCarthy fertig.«

»Aber nicht zu sehr. Das könnte gefährden, was wir bisher haben.«

»Ich will nur gewisse Zweifel wecken.«

Daniel zuckte mit den Schultern. »Versuchen können Sie's ja mal...«

Lucas zog seine Jacke aus, lockerte die Krawatte, zerzauste sich das Haar, holte tief Luft und stürmte durch die Tür. Die beiden Vernehmungsbeamten, der Rechtsanwalt und Smithe, die an einem Tisch saßen, blickten erstaunt auf.

»Entschuldigung, ich hatte Angst, ich könnte Sie verpassen«, behauptete Lucas. Er nickte McCarthy zu. »Hallo, Del – Sie sind wohl sein Anwalt?«

»Scheißt der Papst in den Wald?« McCarthy war ein untersetzter Mann in einem ausgebeulten braunen Anzug. Sein aschblondes Haar umgab seinen Kopf in einem Afrohaarschnitt, und lange Koteletten rahmten sein quadratisches Gesicht ein. »Ist ein Bär ein Katholik?«

»Schon gut.« Lucas sah zu den Vernehmungsbeamten hinüber. »Daniel weiß, daß ich hier bin. Was dagegen, wenn ich ein paar Fragen stelle?«

»Nur zu, wir kriegen sowieso nichts aus ihm raus«, sagte der dienstältere Cop und schwenkte den ölig aussehenden Kaffeerest in seinem Styroporbecher.

Lucas nickte verständnisvoll und wandte sich an Smithe. »Eines will ich Ihnen im voraus sagen: Ich habe zu den Leuten gehört, die mit dem Opfer des dritten Überfalls gesprochen haben. Ich glaube nicht, daß Sie's gewesen sind.«

»Spielen Sie mal wieder den netten Kerl, Davenport?« fragte McCarthy, kippte seinen Stuhl zurück und grinste amüsiert.

»Nein, keineswegs.« Lucas deutete auf Smithe. »Das wollte ich Ihnen als erstes sagen. Punkt Nummer zwei: Ich werde jetzt eine Zeitlang reden. Dabei wird McCarthy Ihnen irgendwann raten, nicht mehr zuzuhören. Das würde ich lieber nicht tun, denn...«

»Augenblick!« protestierte McCarthy und ließ seinen Stuhl ruckartig nach vorn krachen.

Aber Lucas ließ sich nicht unterbrechen. »...was kann es schaden, einfach nur zuzuhören, wenn Sie nichts zugeben? Und die Prioritäten Ihres Anwalts sind nicht unbedingt mit Ihren eigenen identisch.«

McCarthy stand auf. »Das war's dann. Mein Mandant verweigert weitere Aussagen.«

»Ich will hören, was er zu sagen hat«, warf Smithe plötzlich ein.

»Ich rate Ihnen dringend...«

»Ich will hören, was er zu sagen hat«, wiederholte Smithe. Er nickte zu McCarthy hinüber, ohne Lucas aus den Augen zu lassen. »Warum sind seine Prioritäten nicht mit meinen identisch?«

»Ich zweifle seine moralische Integrität keineswegs an«, erklärte Lucas, »aber falls Sie vor Gericht kommen, wird daraus einer der größten Prozesse dieses Jahrzehnts. Hier in Minnesota gibt's einfach keine Serienmörder. Gelingt es ihm, Sie freizubekommen, ist er ein gemachter Mann. Andererseits sind Sie dann restlos vernichtet – selbst wenn Sie freigesprochen werden. Das ist bedauerlich, aber leider wahr. Sie sind lange genug im Gerichtsgebäude tätig, um zu wissen, daß ich recht habe.«

»Jetzt reicht's aber!« polterte McCarthy los. »Sie präjudizieren den Fall.«

»Nein, das tue ich nicht. Ich habe nur von Ihrer Rolle in diesem Verfahren gesprochen. Und ich werde sie nicht wieder erwähnen. Ich will nur...«

McCarthy trat zwischen Lucas und Smithe, kehrte Lucas den Rücken zu und beugte sich zu seinem Mandanten hinunter.

»Hören Sie, ich habe nichts dagegen, wenn Sie sich einen anderen Anwalt nehmen. Aber ich rate Ihnen dringend davon ab, jetzt mit ihm zu reden oder...«

»Ich will zuhören, sonst nichts«, unterbrach Smithe ihn. »Sie können hierbleiben und auch zuhören. Oder Sie verschwinden, und ich nehme mir einen anderen Anwalt.«

McCarthy wich kopfschüttelnd einen Schritt zurück. »Ich hab' Sie gewarnt!«

Der Lieutenant trat etwas zur Seite, damit Smithe ihn wieder sehen konnte.

»Falls Sie ein Alibi – vor allem ein gutes Alibi – für eine der Tatzeiten haben, sollten Sie's jetzt auf den Tisch legen«, empfahl Lucas dringend. »Das ist der beste Rat, den ich Ihnen geben kann. Mit einem Alibi, das Sie erst vor Gericht preisgeben, könnten Sie uns vielleicht demütigen, aber Sie hätten's dann verdammt schwer, wieder einen Job zu kriegen. Irgendwas würde immer hängenbleiben. Und Ihre Verhaftung bliebe gespeichert. Stellen Sie sich vor, Sie würden von einer New Yorker Autobahnstreife angehalten: Der Cop fragt beim National Crime Information Center an und bekommt die Auskunft, daß Sie einmal wegen Serienmordes verhaftet worden sind. Und es gibt noch eine weitere Möglichkeit...«

»Welche?«

»Daß Sie als Unschuldiger verurteilt werden. Selbst wenn Sie ein gutes Alibi haben, besteht immer die Möglichkeit, daß die Geschworenen Sie schuldig sprechen. So was passiert. Das wissen Sie selbst. Die Geschworenen denken: Zum Teufel mit seinem Alibi – wenn er nicht schuldig wäre, hätten die Cops ihn nicht verhaftet. Das kann McCarthy Ihnen bestätigen.«

Smithe nickte erneut zu McCarthy hinüber. »Er hat mich davor gewarnt, Alibis anzugeben, weil Sie Ihre Leute losschicken würden, um zu versuchen, sie zu widerlegen.«

Lucas beugte sich über den Vernehmungstisch. »Damit hat er völlig recht. Das würden wir tun. Und wenn wir sie nicht widerlegen können, garantiere ich Ihnen, daß Sie freigelassen werden, ohne daß irgendwas passiert. Sie sind noch nicht in Untersuchungshaft. Sie würden nie in Haft genommen werden. Im Augenblick reichen die Verdachtsmomente für eine Vernehmung, vielleicht sogar für eine Anklage aus. Ich weiß nicht, was die Kollegen Ihnen erzählt haben, aber ich kann Ihnen sagen, daß wir Kontakte mit zweien der Opfer und einem für den Fall wichtigen Mann beweisen können – und daß es einige physische Beweise gibt. Aber ein gutes Alibi würde die ganze Anklage in sich zusammenstürzen lassen.«

Smithe wurde blaß. »Physische Beweise kann's nicht geben! Ich meine...«

»Sie wissen nicht, was wir haben«, ergänzte Lucas. »Aber wir haben etwas. Okay. Ich schlage vor, daß Sie und McCarthy sich ein paar Minuten lang im Flur unterhalten und dann zurückkommen.«

»Ja, das tun wir«, stimmte McCarthy zu.

Die beiden kamen nach fünf Minuten zurück.

»Wir haben die Sache besprochen«, verkündete McCarthy zufrieden.

Lucas starrte Smithe an. »Sie machen einen schlimmen Fehler.«

»Er hat gesagt...«, begann Smithe, aber McCarthy packte ihn am Arm und schüttelte energisch den Kopf.

»Sie versuchen, uns reinzulegen«, sagte der Anwalt zu Lucas. »Nach allem, was Sie gesagt haben, gibt's nur zwei Möglichkeiten: Sie haben keine Beweise und suchen verzweifelt welche. Dann nehmen Sie ihn nicht in Untersuchungshaft. Oder Sie haben Beweise. Dann nehmen Sie ihn in Untersuchungshaft, egal, was wir sagen, und verwenden seine Aussagen gegen ihn.«

»McCarthy, ein Kollege draußen im Flur hat Sie als Arschloch bezeichnet«, antwortete Lucas müde. »Er hat recht gehabt. Sie sind so dämlich, daß Sie die dritte Möglichkeit, wegen der wir alle Blut und Wasser schwitzen, nicht mal sehen.«

»Und die wäre?«

»Daß wir gute Beweise haben, bei denen einigen von uns unwohl ist. Wir wollen bloß *wissen*, wo Ihr Mandant sich aufgehalten hat. In zwei Fällen können wir die Tatzeit ziemlich genau eingrenzen; beim dritten ist sie praktisch auf die Minute bekannt. Wenn Mr. Smithe verreist gewesen wäre, mit Klienten gesprochen hätte oder den ganzen Tag im Büro gewesen wäre, könnte der Verdacht gegen ihn nicht aufrechterhalten werden. Wie kann es ihm schaden, uns jetzt Auskunft zu geben, bevor wir ihn in Untersuchungshaft nehmen und...«

»Sie haben nur Angst, ihn einzubuchten, weil Sie wissen, was passiert, wenn Sie den Falschen erwischt haben.«

»Richtig! Die Polizei sieht dann beschissen aus. Und auch für Smithe geht die Sache voll in die Hosen, wenn Sie diesen Ausdruck entschuldigen wollen.«

»He, was soll das heißen, verdammt noch mal?«

»Er weiß, daß ich schwul bin«, warf Smithe ein.

»Das ist eine Vorverurteilung, die...«

»Scheiße!« rief einer der Vernehmungsbeamten. »Ich hab' genug!«

Er stampfte hinaus. Eine Minute später kam Daniel herein.

»Keine Einigung?« fragte er Lucas.

Der Lieutenant zuckte mit den Schultern.

»Keine Einigung«, bestätigte McCarthy.

»Bringen Sie ihn rauf, und nehmen Sie ihn in Haft«, wies Daniel den zweiten Vernehmungsbeamten an.

»Augenblick«, sagte Smithe.

»Nehmen Sie ihn in Haft!« knurrte Daniel. Er stürmte hinaus.

»Gut gemacht, McCarthy, Sie haben Ihrem Mandanten gerade ein Kreuz gezimmert«, stellte Lucas fest.

McCarthys Grinsen war eher ein Zähnefletschen. »Rutschen Sie mir den Buckel runter, Davenport.« Die drei gingen als Gruppe: Smithe, McCarthy und der Vernehmungsbeamte, der sich an der Tür nach Lucas umdrehte.

»Kennen Sie den Unterschied zwischen einem totgefahrenen Stinktier auf der Landstraße und einem totgefahrenen Rechtsanwalt auf der Landstraße?«

»Nein. Woraus besteht er?«

McCarthy drehte sich halb um.

»Vor dem Stinktier sind Bremsspuren zu sehen«, sagte der Cop. Lucas lachte, und McCarthy fletschte erneut die Zähne.

»Sehen Sie sich die dort unten an – wie Flöhe auf 'nem Straßenköter«, sagte Anderson mürrisch und stocherte mit einem Plastikzahnstocher zwischen seinen Zähnen herum. Zwischen vor der City Hall geparkten Übertragungswagen wimmelte es von Fernsehreportern, Kameramännern und Technikern.

»Yeah. Lester kriegt ein volles Haus, schätze ich.« Lucas sah, daß Jennifer sich in Richtung Eingang durch die Menge drängte. »Okay, ich muß weiter«, sagte er.

Lucas fing Jennifer dicht hinter dem Eingang ab, schleppte die Protestierende in sein Büro, stieß sie in den Schreibtischsessel und schloß die Tür.

»Du hast Kennedy von dem Schwulen erzählt«, warf er Jennifer vor. »Dabei hattest du mir versprochen, nichts zu verraten.«

»Den Tip hat er nicht von mir, Lucas, das schwöre ich dir!«

»Glaubst du, ich lass' mich von dir verarschen?« fragte Lucas aufgebracht. »Das wäre nicht der erste Tip, den ihr euch gegeben habt. Ich weiß genau, wie das bei euch läuft! Sobald Daniel mir erzählt hat, daß Kennedy einen Tip bekommen hat, wußte ich, daß er von dir gekommen ist.«

»Und was willst du dagegen machen, Lucas?« Sie war jetzt wütend. »Schließlich lebe ich von meiner Arbeit. Oder hältst du mich für 'ne Hobbyjournalistin?«

»Wundervoll, sich so den Lebensunterhalt zu verdienen!«

»Immer noch besser, als sich als SA-Mann zu verdingen.«

Lucas stemmte die Arme in die Hüften und beugte sich über den Schreibtisch. Jennifer wich keinen Zentimeter vor ihm zurück. »Weißt du, was du getan hast, bloß um eine Story zu kriegen? Du hast uns keine andere Möglichkeit gelassen, als einen Unschuldigen in Haft zu nehmen – das wird den armen Kerl vermutlich erledigen. Er arbeitet beim Sozialamt mit lauter Kolleginnen, die ihm selbst bei erwiesener Unschuld nie mehr trauen werden. Okay, er ist verdächtig, aber ich glaube nicht, daß er's gewesen ist. Ich hab' versucht, die Sache runterzuspielen, aber dein verdammter Tip hat Daniel und Lester dazu gezwungen, ihn in Haft zu nehmen.«

»Wenn sie nicht glauben, daß er's gewesen ist, hätten sie ihn nicht verhaften dürfen.«

Lucas schlug sich mit der flachen Hand an die Stirn. »Mein Gott, glaubst du etwa, daß die Sache so einfach ist? Smithe kann schuldig sein. Er kann aber auch unschuldig sein. Ich kann mich in ihm täuschen, und wenn ich erreiche, daß er entlassen wird, könnte er sofort wieder losziehen und die nächste Frau abschlachten. Vielleicht habe ich aber auch recht, und wir vernichten den armen Kerl, während der wahre Mörder die nächste Tat plant. Wir hätten nur noch etwas Zeit gebraucht, und du hast ein Gespräch an meinem Privattelefon abgehört.«

»Und?«

Lucas richtete sich auf. »Ich muß mir überlegen, ob ich überhaupt noch mit dir rede«, sagte er kühl.

»Ich hätte dein Telefongespräch gar nicht abzuhören brauchen«, behauptete Jennifer. »Diese Informationen hätte ich auch von anderer Seite bekommen. Ich habe hier Quellen, die du nicht für möglich halten würdest. Ich brauche dich nicht, Lucas. Ich könnte dich einfach zum Teufel schicken!«

»Okay, das muß ich riskieren. Ich kann's nicht vertragen, ausspioniert zu werden. Ich überlege, ob ich meinen Anwalt anrufe, damit er sich mit deinem Chef in Verbindung setzt, ihm mitteilt, wie du zu den Informationen gekommen bist, und dem Sender eine Klage wegen Diebstahls vertraulicher Informationen androht.«

»Lucas...«

»Los, verschwinde!«

»Lucas...« Sie brach plötzlich in Tränen aus, und Lucas wich zwei Schritte zurück.

»Tut mir leid«, murmelte er betroffen. »Ich kann's bloß nicht vertragen, von dir... Jennifer... hör auf, verdammt noch mal!«

»Gott, wie ich aussehe... mein Make-up! So kann ich nicht zur Pressekonferenz. Kann ich mal bei dir telefonieren?« Sie tupfte sich das Gesicht mit einem Papiertaschentuch ab. »Ich muß die Station anrufen, damit Kathy Lettice mich hier vertritt. Mein Gott, ich sehe gräßlich aus...«

»Jesus, hör zu weinen auf und telefonier schon«, sagte Lucas verzweifelt.

Sie schnüffelte noch immer, als sie nach dem Hörer griff und wählte. Im nächsten Augenblick klang ihre Stimme plötzlich wieder fest. »Don? Jennifer. Der Kerl heißt Smithe, arbeitet beim Sozialamt und...«

»Verdammt noch mal, Jennifer!« brüllte Lucas. Er riß ihr den Hörer aus der Hand und knallte ihn auf die Gabel.

»Weinen kann ich gut, was?« fragte sie grinsend und flüchtete aus der Tür.

»Davenport, Davenport«, ächzte Daniel. Er raufte sich die Haare, während er verfolgte, wie Jennifer Carey ihre Reportage beendete.

»...den manche für den intelligentesten Beamten der hiesigen Polizei halten, hat mir selbst erzählt, daß er nicht glaubt, daß Smithe die spektakulären Morde verübt hat, und daß er befürchtet, die vorzeitige Verhaftung könnte das Ende von Smithes hoffnungsvoller Karriere im Sozialamt bedeuten...«

»Hoffnungsvolle Karriere? Solche Ausdrücke sollten Fernsehleute gar nicht gebrauchen dürfen«, murmelte Lucas.

»Was nun?« fragte Daniel aufgebracht. »Wie haben Sie das bloß tun können?«

»Ich wußte gar nicht, daß ich's tue«, antwortete Lucas gelassen. »Ich dachte, das sei ein Privatgespräch.«

»Ich hab' Sie gewarnt, daß Ihr Schwanz Sie bei dieser Frau in Schwierigkeiten bringen würde!« stellte Daniel fest. »Zum Teufel, wie soll ich das Lester erklären? Während er vor den Kameras gestanden und seine Argumente vorgebracht hat, haben Sie hinter seinem Rücken mit dieser Mieze gesprochen. Sie haben ihm die Beine unter dem Leib weggezogen. Jetzt hat er's bestimmt auf Ihren Kopf abgesehen!«

»Sagen Sie ihm, daß Sie mich vom Dienst suspendiert haben. Zunächst für zwei Wochen. Dann appelliere ich an den Disziplinarausschuß. Selbst wenn er die Dienstenthebung bestätigt, vergehen bis dahin Monate. Diese Entscheidung müßte sich hinausschieben lassen, bis der Fall so oder so gelöst ist.«

»Gut, das müßte reichen«, seufzte Daniel und nickte. Plötzlich lachte er hämisch und schüttelte den Kopf. »Jesus, bin ich froh, daß die Medien nicht mich in die Mangel genommen haben!

Und Sie verschwinden lieber, bevor Lester kommt, sonst müssen wir ihn wegen Körperverletzung einsperren.«

Kurz vor zwei Uhr klingelte das Telefon. Lucas sah vom Zeichentisch auf, an dem er an Everwhen arbeitete, streckte die Hand aus und nahm den Hörer ab.

»Hallo?«

»Noch immer wütend?« fragte Jennifer.

»*Du Biest!* Daniel hat mich vom Dienst suspendiert. In Zukunft gebe ich jedem Interviews, bloß euch nicht! Mit Arschlöchern will ich nichts...«

»Pfui, was für Ausdrücke!«

Er knallte den Hörer auf die Gabel. Sekunden später klingelte das Telefon wieder. Er beobachtete es wie eine Kobra, nahm dann aber doch ab, weil er der Versuchung nicht widerstehen konnte.

»Ich komme rüber«, kündigte sie an und legte auf. Lucas wollte sie anrufen und auffordern wegzubleiben, aber dann ließ er langsam den Hörer sinken.

Jennifer trug eine schwarze Lederjacke, Jeans, schwarze Stiefel und Fahrerhandschuhe. Ihr japanisches Coupé stand wie ein rotlackiertes Muskelpaket in der Einfahrt. Lucas öffnete die innere Tür und nickte ihr durchs Glas der Sturmtür zu.

»Darf ich reinkommen?« fragte sie. Statt ihrer Kontaktlinsen trug sie diesmal eine goldgeränderte Brille. Hinter den Gläsern wirkten ihre Augen groß und feucht.

»Klar«, sagte Lucas verlegen und fummelte das Schloß auf. »Du siehst wie 'ne Heavy-Metal-Queen aus.«

»Oh, vielen Dank!«

»Das ist ein Kompliment gewesen.«

Sie musterte ihn prüfend, entdeckte wider Erwarten keinen Sarkasmus, streifte ihre Jacke ab und schlenderte zur Couch im Wohnzimmer.

»Kaffee?« fragte Lucas, während er die Tür schloß.

»Nein, danke.«

»Bier?«

»Nein, ich möchte nichts. Aber laß dich nicht stören.«

»Gut, dann trinke ich ein Bier.« Als er zurückkam, ruhte Jennifer halb liegend auf einem zweisitzigen Sofa und hatte ein Bein über die Lehne ausgestreckt. Lucas setzte sich ihr gegenüber auf die Couch und beobachtete sie über den niedrigen Marmortisch hinweg.

»Was jetzt?« fragte er nach einem Schluck aus seiner Bierflasche.

»Ich hab's satt«, antwortete Jennifer müde.

»Die Story? Den Werwolf? Mich?«

»Das Leben, glaub' ich«, antwortete sie trübselig. »Das Baby ist vielleicht ein Versuch gewesen, ins Leben zurückzufinden.«

»Jesus!«

»Die kleine Szene in deinem Büro... Gott, manchmal weiß ich selbst nicht, was ich tue. Ich versuche, gute Miene zum bösen Spiel zu machen, verstehst du? Muß schnell sein, muß findig sein, muß dickfellig sein, wenn was schiefgeht. Darf mich von niemandem rumkommandieren lassen. Manchmal komme ich mir vor wie ein... Erinnerst du dich an den kleinen Chevrolet, den kleinen Nova, den ich zu Schrott gefahren habe, bevor ich den ZX gekauft habe?«

»Natürlich.«

»So fühlt mein Brustkorb sich manchmal an. Völlig eingedrückt. Alles noch ganz hart, aber restlos verbogen. Zusammengedrückt, zerschmettert.«

»Dieses Gefühl kennen Cops auch.«

»Nicht wirklich. Das kann ich mir nicht vorstellen.«

»Hör zu, zeig mir einen Mann, der seit zehn oder fünfzehn Jahren auf der Straße ist, ohne...«

Sie brachte ihn mit erhobener Hand zum Schweigen. »Ich behaupte nicht, daß der Dienst nicht schwer ist und die Leute nicht auslaugt. Cops erleben schreckliche Dinge. Aber es gibt auch Tage, an denen nichts passiert, an denen man sich Zeit lassen kann. Ich habe niemals Zeit. Passiert mal nichts, muß ich was *erfinden*, verdammt noch mal! Zeig mir einen ruhigen Tag, an dem ein Cop sich ein bißchen treiben lassen kann, und ich zeige dir einen Tag, an dem Jennifer Carey unterwegs ist, um ein kleines

Mädchen zu interviewen, das vor zwei Monaten oder zwei Jahren schreckliche Verbrennungen erlitten hat, nur weil wir bis achtzehn Uhr irgendwas haben *müssen*! Und wir haben keine Zeit, darüber nachzudenken. Wir tun's einfach. Wenn wir nicht recht haben, zahlen wir später dafür. Tu's jetzt, zahle später. Und das schlimmste daran ist, daß es keine Regeln gibt. Man erfährt erst später, ob man richtig gelegen hat. Manchmal erfährt man's überhaupt nicht. Und was heute richtig ist, kann morgen grundfalsch sein.«

Sie schwieg erschöpft. Lucas trank einen Schluck Bier und beobachtete sie nachdenklich. »Weißt du, was du brauchst?« fragte er schließlich.

»Was? Einen guten Fick?« erkundigte sie sich sarkastisch.

»Das wollte ich nicht sagen.«

»Was dann?«

»Du solltest im Beruf eine Zeitlang Pause machen, heiraten und hier einziehen.«

»Glaubst du, daß alles wieder gut wird, wenn ich Hausfrau spiele?« Jennifer wirkte beinahe amüsiert.

»Von Hausfrau habe ich nicht gesprochen. Davon hast *du* angefangen. Ich wollte vorschlagen, daß du hier einziehst und erst mal gar nichts tust. Beleg irgendeinen Kursus. Laß dir alles durch den Kopf gehen. Mach eine Reise nach Paris, bevor das Kind auf die Welt kommt. Irgendwas. Unser Streit von heute nachmittag, diese künstlichen Tränen... mein Gott, das ist fast unmenschlich gewesen.«

»Meine Tränen sind nicht künstlich gewesen«, widersprach sie. »Ich habe sie nur für meine Zwecke genutzt. Ich dachte immer, bei der Arbeit nicht zusammenbrechen und heulen zu dürfen. Als ich dann heimgekommen bin, hab' ich mir überlegt: Warum eigentlich nicht? Ich meine, ich bin schließlich nicht dumm. Du hast mir einen kleinen Vortrag über Smithe gehalten – aber glaubst du, daß ich nicht weiß, daß ich ihm vielleicht geschadet habe? Das gebe ich zu. Möglicherweise ist er jetzt erledigt. Aber das steht keineswegs fest. Ich bin...«

»Wofür hast du dir diesen Streß überhaupt gemacht?« unterbrach Lucas sie. »Du hast Kennedy den Namen des Verdächtigen durchgegeben – und wozu? Um zehn Minuten Vorsprung vor den übrigen Reportern zu haben? Jesus!«

»Ich weiß, das weiß ich alles. Deswegen bin ich hergekommen. Ich bin ganz durcheinander. Ich kann nicht sagen, daß ich etwas falsch gemacht habe, aber ich bin mir nicht sicher, ob ich recht hatte. Ich tappe im dunkeln und kann doch nicht aufhören.«

Lucas schüttelte den Kopf. »Ich weiß nicht, was ich da tun soll.«

»Augenblick.« Sie nahm ihr Bein von der Sofalehne. »Kannst du herkommen und dich kurz neben mich setzen?«

»Hmmm...« Lucas stand auf, ging um den Tisch herum und setzte sich neben sie.

»Leg deinen Arm um meine Schulter.«

Er legte seinen Arm um ihre Schulter, und sie drückte ihr Gesicht an seine Brust.

»Bist du darauf gefaßt?« fragte Jennifer mit seltsam hoher, quietschender Stimme.

Lucas versuchte, etwas von ihr abzurücken und ihr ins Gesicht zu sehen, aber sie klammerte sich an ihn. »Worauf gefaßt?«

Sie drückte ihr Gesicht noch fester an seine Brust und begann Sekunden später zu weinen.

Keinen Sex, sagte sie später. Nur Schlaf. Lucas war schon fast eingeschlafen, als sie flüsterte: »Ich bin froh, daß du der Daddy bist.«

# 11

Louis Vullion war sauer.

Da er an dem Abend, an dem Smithes Verhaftung bekanntgegeben worden war, erst spät nach Hause gekommen war, hatte er versäumt, sich die Videoaufzeichnungen anzusehen, und die Nachricht erst am nächsten Morgen in der *Star-Tribune* gelesen.

»Das ist nicht recht«, murmelte er und stand wie gelähmt mitten in seinem Wohnzimmer. Er trug einen Schlafanzug und Lederpantoffeln. Aus seinem noch ungekämmten Haar ragte ein Schopf senkrecht in die Höhe.

»Das ist *nicht recht*«, fauchte er, knüllte die Zeitung zusammen und schleuderte sie in die Küche.

»Diese Leute sind Idioten!« kreischte der Werwolf.

Er schaltete den Videorecorder ein, sah sich die Aufzeichnung der Pressekonferenz an und wurde dabei immer wütender. Danach Jennifer Carey mit ihrem Bericht. Sie behauptete, daß Lieutenant Lucas Davenport, anderer Auffassung sei und glaube, die Polizei habe den Falschen in Haft genommen.

»Ja«, rief er. »Ja!«

Er spulte die Aufnahme zurück und ließ sie erneut ablaufen. »Ja.«

»Ich sollte ihn anrufen«, sagte er sich. Er sah auf die Uhr. »Keine Eile. Ich muß erst darüber nachdenken«, sagte er.

Er durfte jetzt keinen Fehler machen. War das vielleicht eine Falle, die der Spielemacher ihm stellte? Nein. Das war ganz ausgeschlossen. Auch bei diesem Spiel ohne Grenzen gab es *einige* Regeln. Davenport – oder die anderen Cops – durften nicht wagen, diesen Mann, diesen Schwulen, zu kreuzigen, nur um dem Werwolf eine Falle zu stellen. Aber weshalb war er dann verhaftet worden? Außer dem Spielemacher Davenport schien die Polizei zu glauben, daß das Beweismaterial für eine Verurteilung ausreichte. Wie konnten diese Leute sich so täuschen?

»So dumm«, sagte der Werwolf zu seinen eierschalenweißen Wänden. »Sie sind so gottverdammt dumm.«

Er konnte an nichts anderes denken. Er saß an seinem Schreibtisch und starrte blicklos die dort liegenden Akten an, bis seine Sekretärin, die er sich mit Kollegen teilte, ihn fragte, ob er sich unwohl fühle.

»Ja, ein bißchen, fürchte ich; ich muß was Falsches gegessen haben, glaube ich«, behauptete er. »Ich gehe noch zur Anklageerhebung im Fall Barin und nehme die restliche Arbeit dann mit nach Hause. Dort hab' ich's ein bißchen näher... äh... wenn's mal eilig ist.«

Barin war ein jugendlicher Rowdy, der betrunken mit seinem Wagen in eine an einer Fußgängerampel wartende Menschengruppe gerast war. Wie durch ein Wunder war niemand getötet worden, aber mehrere Unfallopfer hatten ins Krankenhaus eingeliefert werden müssen. Schon vor diesem Unfall war Barin einmal der Führerschein wegen Trunkenheit am Steuer entzogen worden, und der Junge hatte zwei Tage Haft absitzen müssen.

Diesmal war die Sache ernster. Minnesota erlebte zur Zeit eine rigorose Kampagne gegen Alkohol am Steuer. Auch mehrere Prominente, deren Verfahren noch vor einem Jahr routinemäßig niedergeschlagen worden wären, saßen hinter Gittern.

Und Barin war ein kleiner Fiesling mit einer großen, vorlauten Klappe. Bedauerlicherweise hatte er einen Vater, der Besitzer einer Firma für Computer-Hardware war, die der Anwaltskanzlei des Werwolfs ein sehr hohes jährliches Pauschalhonorar zahlte. Der Vater verlangte, daß man seinem Sohn aus der Patsche helfen sollte.

Aber Barin junior war nicht zu helfen. Das wußte der Werwolf genau. Auch der Rest der Firma war sich darüber im klaren – deshalb hatte er den Fall übernehmen dürfen. Der junge Barin würde drei bis sechs Monate sitzen müssen, vielleicht sogar länger. Daraus konnte dem Werwolf niemand einen Vorwurf machen. In diesem Fall war nichts zu machen. Das hatten die Seniorpartner dem Vater bereits geduldig auseinandergesetzt, und der Werwolf, der solchermaßen gegen Mißerfolg gefeit war, hoffte im stillen, daß der Richter das kleine Arschloch für ein Jahr einbuchten würde.

Der Fall Barin sollte an diesem Vormittag als letzter aufgerufen werden. Der Werwolf kam frühzeitig und setzte sich unauffällig auf eine der hinteren Zuhörerbänke. Der Richter blickte auf ein Mädchen in Jeans und weißer Bluse hinab.

»Wie alt sind Sie, Miss Brown?«

»Achtzehn, Richter.«

Der Richter seufzte. »Miss Brown, wenn Sie sechzehn wären, wäre ich sehr überrascht.«

»Nein, Sir, ich bin seit drei Wochen achtzehn und...«

»Schweigen Sie, Miss Brown.« Der Richter blätterte in ihrer Akte, während Staatsanwalt und Verteidiger geduldig hinter ihren Tischen saßen. Die junge Angeklagte hatte große Rehaugen, sehr schön, aber ihr Teint war pickelig, und ihr langes braunes Haar hing strähnig um schmale Schultern. Das schönste an ihr sind die Augen, dachte der Werwolf. Ängstlich, aber wissend. Er beobachtete, wie sie von einem Fuß auf den anderen trat und mehrmals rasch zu ihrem Pflichtverteidiger hinübersah.

Der Richter nickte dem Staatsanwalt zu. »Eine Vorstrafe, gleiches Delikt?«

»Wegen des gleichen Delikts, Euer Ehren. Vor acht Monaten. Sie ist inzwischen zu Hause gewesen, aber ihre Mutter hat sie wieder rausgeworfen. Der Bewährungshelfer sagt, daß ihre Mutter drogenabhängig ist.«

»Was würden Sie tun, wenn ich Sie freiließe, Miss Brown?« fragte der Richter.

»Ich habe mich mit meiner Mutter ausgesöhnt und möchte Geld verdienen, um im nächsten Quartal aufs College gehen zu können. Ich möchte Physiotherapeutin werden.«

Der Richter blätterte in der Akte, und der Werwolf hatte den Verdacht, daß er Mühe hatte, ein Lächeln zu verbergen. Dann hob er den Kopf, seufzte wieder und sah zum Staatsanwalt hinüber, der mit den Schultern zuckte.

»Jugendamt?« fragte der Richter ihn.

»Letztes Mal ist sie zu Pflegeeltern gekommen, aber nach ein paar Tagen hat die Pflegemutter sie nicht mehr haben wollen«, erläuterte der Staatsanwalt.

Der Richter schüttelte den Kopf und las weiter in der Akte.

Auf ihre eigene Art ist sie sinnlich, überlegte der Werwolf, während er beobachtete, wie sie sich nervös mit der Zungenspitze über die Lippen fuhr. Ein geborenes Opfer – ein Wesen, das einen Wolf zum Angriff verleiten würde.

Zuletzt gelangte der Richter zu dem Schluß, daß in diesem Fall nichts zu machen war. Er verurteilte sie zu hundertfünfzig Dollar Geldstrafe, weil sie sich schuldig bekannt hatte, in der Öffentlichkeit zur Prostitution aufgefordert zu haben.

Barin, der junge Verkehrsrowdy, kreuzte erst auf, als die Anklageverlesung schon begonnen hatte. Als der Werwolf eine halbe Stunde später in die Verwaltungsstelle kam, lag die Akte Heather Brown im Rücklauf. Er zog sie heraus, blätterte darin und stellte fest, daß sie auf der South Hennepin Avenue geschnappt worden war. Heather Brown hieß in Wirklichkeit Gloria Amundsen und verdiente sich ihr Geld seit mindestens einem Jahr auf dem Strich. Der Aussage des Cops, der sie verhaftet hatte, entnahm der Werwolf mit Interesse, daß Heather sich zur Erfüllung jeglicher Wünsche – auch zu Fesseln oder Wasserspielen – erboten hatte.

Der Werwolf nahm seine Arbeit mit nach Hause, aber er brachte nichts zustande. Nach einem hastigen Abendessen – Schinken auf Vollkornbrot, etwas Obst – setzte er sich ins Auto, fuhr in die Stadt, stellte den Wagen ab und ging zu Fuß weiter. Durch den Loring Park mit seinen Schwulen, deren kleine Gruppen sich ständig auflösten, um dann neu zu entstehen. Zur Hennepin Avenue hinüber und weiter nach Süden, fort von der Innenstadt. Überall Punker, die ihn im Vorbeigehen anstarrten. Ein Junge mit einem Mohawk-Haarschnitt und einer schmutzigen schwarzen Jacke lag bewußtlos auf einem Stapel alter Teppichbodenstücke vor einem Drugstore. Skinheads mit in die Kopfhaut tätowierten Hakenkreuzen und Kids aus den Vororten trieben sich hier herum und versuchten mit Hilfe von Zigaretten und schwarzem Make-up älter zu wirken.

Zwischendurch ein paar Nutten. Nicht allzu aufdringlich, nicht am Straßenrand stehend, um Autos anzuhalten, aber für jeden da, der ihre Dienste brauchte.

Er begutachtete sie im Vorbeigehen. Alle sehr jung. Dreizehn, vierzehn, fünfzehn, dachte er. Wenige sechzehn, noch weniger achtzehn. Ganz wenige noch älter. Die Älteren gehörten zur Schnell-im-nächsten-Hauseingang-einen-blasen-Kategorie: menschliche Wracks, die außerstande waren, ihr Gewerbe irgendwo in geschlossenen Räumen, in einer Sauna, in einem Hinterzimmer auszuüben. Sie waren wenig mehr als feuchte, gedankenlos warme Punkte in der Nacht, die jeder mißbrauchen konnte, wie es ihm einfiel.

Der Werwolf entdeckte Heather Brown vor einem Schnellrestaurant. Die meisten Nutten waren Blondinen – von Natur aus oder gefärbt. Mit ihrem dunklen Haar erinnerte Heather ihn an... Wen? Er wußte es nicht, obwohl irgendeine schemenhafte Gestalt durch seine Erinnerungen geisterte. Bei Nacht und außerhalb der grellen Neonbeleuchtung des Gerichtssaals war sie hübscher.

Bis auf ihre Augen. Im Gerichtssaal hatten ihre Augen gelebt. Hier draußen hatten sie den starren Tausendmeterblick eines abgekämpften Soldaten mit Kriegsneurose. Sie trug eine schwarze Seidenbluse, einen schwarzen Minirock, vorn offene hochhakkige Pumps und eine übergroße schwarze Umhängetasche. Ihr Körper, ihr Gesicht *sprachen* zu ihm. Ihr *Äußeres* lockte ihn an.

»Hallo«, sagte sie, als er näher kam und vor ihr stehenblieb. »Was gibt's?«

»Ich mache nur einen kleinen Spaziergang«, antwortete er freundlich.

»Schöner Abend dafür, Officer.« Ihr grüner Lidschatten war mit einer Spachtel aufgetragen.

Der Werwolf lächelte. »Ich bin kein Cop. Ich werde nicht mal versuchen, Sie anzumachen. Wer weiß, vielleicht sind *Sie* einer. Ein Cop, meine ich.«

»Klar doch«, sagte sie und bewegte eine Hüfte, so daß ihr Minirock nach oben glitt.

»Viel Erfolg!« wünschte er ihr.

»Schiffe, die sich nachts begegnen«, murmelte sie und sah bereits wieder an ihm vorbei die Straße entlang.

»Aber nehmen wir mal an, ich käme demnächst wieder vorbei... Machst du deine Abendrunden immer in dieser Gegend?«

Sie drehte sich um und musterte ihn mit neu erwachtem Interesse. »Klar«, sagte sie. »Das hier ist sozusagen mein Revier.«

»Hast du'n Zimmer, in das wir gehen könnten?«

»Wozu?« fragte sie vorsichtig.

»Wahrscheinlich für Halb-und-halb, wenn's nicht mehr als 'nen Fünfziger kostet. Oder vielleicht weißt du was Aufregenderes...«

Sie atmete auf. Er hatte sie angesprochen, eine bestimmte Variante erwähnt und ihr Geld angeboten – folglich war er kein Cop.

»Kein Problem, Honey. Ich kenne alle möglichen Tricks, um 'nen Jungen anzutörnen. Ich bin fast jeden Abend hier, bloß am Donnerstag nicht, weil mein Mann da mit mir ausgeht. Und sonntags auch nicht, weil's keine Action gibt.«

»Ausgezeichnet. Vielleicht morgen oder übermorgen, was? Und du hast ein Zimmer, in das wir gehen können?«

»Wer Kies hat, kriegt 'n Bett«, versprach sie ihm.

»Wie heißt du übrigens?«

Darüber mußte sie kurz nachdenken. »Heather«, antwortete sie schließlich.

»Du machst einen Fehler!« sagte sich der Werwolf am nächsten Abend. Er ging im Wohnzimmer auf und ab. »Das ist bestimmt ein Fehler!«

Aber der Gedanke war verlockend. Er starrte das MPD-Telefonverzeichnis auf dem Couchtisch an. Davenport, Lucas. Seine Dienstnummer, seine Privatnummer. Der Anruf konnte ein Fehler sein – aber was sollte dabei schiefgehen? Wenn er Davenport spätabends zu Hause anrief, konnte er ihn überrumpeln. Und dort gab es keine automatische Tonbandaufzeichnung hereinkommender Gespräche.

Er dachte darüber nach, schrieb sich die Telefonnummer auf einen Zettel, ging wieder zu seinem Wagen, fuhr zur übernächsten Telefonzelle und wählte. Das Telefon am anderen Ende klingelte nur einmal. Dann meldete sich ein völlig klarer Bariton. Die Stimme klang nicht im geringsten verschlafen.

»Lieutenant Davenport?«

»Ja. Wer sind Sie?«

»Ein Informant... Ich habe gestern abend die Fernsehberichterstattung über Ihre Differenzen mit Ihrem Vorgesetzten verfolgt und möchte Ihnen eines versichern: Sie haben absolut recht, was den Werwolf-Killer betrifft. Der Schwule ist's nicht gewesen. *Dieser Schwule ist's nicht gewesen.* Haben Sie verstanden?«

»Wer sind Sie?«

»Das verrate ich Ihnen aus verständlichen Gründen nicht,

aber ich weiß, daß Sie den Falschen verhaftet haben. Wenn Sie ihn nach den Mitteilungen fragen, die der Killer hinterlassen hat, weiß er nichts davon, stimmt's? Er kann Ihnen nicht sagen, daß man niemals jemanden ermorden soll, den man kennt. Daß man niemals ein Tatmotiv haben soll. Und daß man niemals nach erkennbarem Schema handeln soll. Sie sollten etwas unternehmen, um diesen Fehlgriff zu korrigieren, sonst laufen Sie Gefahr, bloßgestellt zu werden. Der Werwolf wird die Unschuld dieses Mannes irgendwann in naher Zukunft beweisen. Haben Sie das alles verstanden, Lieutenant? Hoffentlich, denn mehr habe ich nicht zu sagen. Leben Sie wohl!«

»Augenblick...«

Der Werwolf hängte ein, hastete zu seinem Wagen und fuhr davon. Gleich nach der ersten Kreuzung mußte er vor Aufregung kichern. Diese Woge freudiger Erregung kam unerwartet, aber er spürte sie, als hätte er ein Duell siegreich bestanden. Und in gewisser Beziehung stimmte das auch. Er hatte das Gesicht seines Feindes berührt.

## 12

Lucas saß mit einem Computerausdruck mit den Regeln für Everwhen vor sich am Zeichentisch. Er rieb sich nachdenklich seinen Mitternachtsbart. Die Regeln. Der Mann hatte von den Regeln des Killers gewußt. Und er hatte mit dem richtigen Akzent gesprochen. Kaum wahrnehmbar, aber trotzdem vorhanden. Texas. New Mexico.

Er griff nach dem Telefonhörer und wählte Daniels Nummer.

»Davenport«, meldete er sich.

Daniel war schlaftrunken. »Davenport? Wissen Sie eigentlich, wie spät es ist?«

Lucas sah auf seine Uhr. »Ja – zwölf Minuten nach zwei.«

»Zum Teufel, was...«

»Eben hat mich der Werwolf angerufen.«

»Was?« Der Chief war plötzlich hellwach.

»Er hat die Regeln zitiert, die der Mörder hinterlassen hat. Er hat mit dem richtigen Akzent gesprochen. Und er hat glaubwürdig gewirkt.«

»Scheiße!« Eine kurze Pause. »Was hat er gesagt?«

Lucas wiederholte, was der Anrufer vorgebracht hatte.

»Und er hat glaubwürdig geklungen?«

»Hundertprozentig. Sogar mehr als das – er ist stinksauer gewesen. Er hat den Bericht der Carey über meine Zweifel an Smithes Täterschaft gesehen. Er will, daß ich diesen Irrtum berichtige. Mann, er will als der Täter *anerkannt* werden!«

Am anderen Ende herrschte langes Schweigen. »Chief?«

Daniel ächzte. »Wir haben Smithe eingelocht, und der Werwolf ist auf der Suche nach dem nächsten Opfer!«

»Was Smithe betrifft, müssen wir sofort leiser treten. Am besten versuchen Sie morgen, dem Anwalt gut zuzureden. McCarthy sitzt seinem Mandanten wie ein Blutegel im Nacken. Wenn es uns gelingt, ihn wegzubekommen, können wir Smithe vielleicht zur Vernunft bringen und sein Alibi erfahren. Falls er's angibt – wenn er überhaupt eins hat –, können wir ihn entlassen.«

»Und wenn nicht?«

»Dann müssen wir uns was einfallen lassen. Aber wenn der Kerl, der mich angerufen hat, tatsächlich der Werwolf ist – und darauf gehe ich jede Wette ein –, hat Smithe garantiert ein Alibi. Er kennt jetzt das Hennepin County Detention Center von innen, und Sie wissen selbst, wie's dort zugeht.«

»Okay, so machen wir's. Ich rede morgen mit dem Verteidiger und versuche, mich mit ihm zu einigen. Und Sie schauen morgen früh bei der Mordkommission vorbei und geben das Telefongespräch zu Protokoll. Der Haftprüfungstermin ist für Montag angesetzt, stimmt's? Wenn wir die Sache abbiegen wollen, müssen wir schnell handeln. Oder der Werwolf nimmt uns die Arbeit ab. Dann säßen wir erst recht in der Scheiße.«

»Unser Mann war bis jetzt immer Mitte der Woche aktiv«, stellte Lucas fest. »Heute haben wir Donnerstag. Behält er seine Gewohnheit bei, tut er's heute abend – oder er wartet bis nächste Woche.«

»Am Telefon hat er ›in naher Zukunft‹ gesagt?«

»Richtig. Es hat nicht so geklungen, als sei er schon jetzt zum nächsten Mord bereit. Aber vielleicht hat er versucht, mich... irrezuführen.«

»Guter Ausdruck.«

»Damit hat *er* angefangen. Ich sitze hier und versuche zu rekonstruieren, was er genau gesagt hat. Er hat ein paar gute Ausdrücke wie ›Differenzen‹ und ›Fehlgriff‹ gebraucht. Er ist intelligent – und gebildet.«

»Freut mich«, seufzte Daniel müde. »Der Teufel soll ihn holen! Wir reden morgen weiter.«

Nachdem Lucas aufgelegt hatte, konnte er sich nicht mehr auf das Spiel konzentrieren und hörte schließlich auf, daran zu arbeiten. Er schlenderte in die Küche, holte sich ein Bier aus dem Kühlschrank und schaltete das Licht aus. In dieser Sekunde fiel ihm ein gelb-weißes Rechteck ins Auge, das irgend etwas bedeutete. Er trat noch einen Schritt in den Korridor hinaus, runzelte die Stirn, kehrte um und machte wieder Licht. Das gelb-weiße Etwas war ein Telefonbuch.

»Woher hat er meine Nummer?« fragte Lucas laut.

Lucas Davenport stand nicht im Telefonbuch.

»Aus dem gottverdammten Telefonverzeichnis im Präsidium! Das ist die einzige Möglichkeit.«

Er wählte erneut Daniels Nummer, aber diesmal war sie besetzt. Er legte auf, ging eine Minute lang ruhelos auf und ab und wählte dann wieder.

»Was gibt's?« knurrte der Chief.

»Hier ist noch mal Davenport. Mir ist eben was Häßliches eingefallen.«

»Los, raus damit!« verlangte Daniel irritiert. »Das macht meine Alpträume farbiger.«

»Wissen Sie noch, wie Sie mich haben beobachten lassen? Weil Sie glaubten, der Täter könnte ein Cop sein – und weil Sie ein paar Gründe dafür gehabt haben?«

»Yeah.«

»Mir ist eben was eingefallen. Dieser Kerl hat mich zu Hause angerufen. Meine Privatnummer steht aber nur in unserem Telefonverzeichnis im Präsidium. Und Carla Ruiz hat einen der Männer auf den Fotos als Cop identifiziert...«

»Hmmm.« Wieder längeres Schweigen. »Lucas, gehen Sie ins Bett. Ich hab' Anderson geweckt, um ihm von dem Anruf zu erzählen. Ich rufe ihn noch mal an und sage ihm, welchen Verdacht Sie haben. Morgen überlegen wir uns dann was.«

»Die Leute würden uns für Idioten halten, wenn wir ignoriert hätten, daß Carla Ruiz den Kerl auf unseren Fotos erkannt hat.«

»Nein, noch schlimmer: Die Leute würden uns für Komplicen des Werwolfs halten!«

Das Telefon klingelte noch einmal, und Lucas öffnete mühsam die Augen. Tageslicht. Er warf einen Blick auf seinen Wecker. Punkt acht Uhr dreißig.

»Hallo, Linda«, sagte er, nachdem er den Hörer abgenommen hatte.

»Woher haben Sie gewußt, daß ich anrufe, Lucas?«

»Weil ich das Gefühl habe, daß die Hölle los ist.«

»Der Chief möchte Sie sofort sprechen. Sie sollen was Anständiges anziehen und so schnell wie möglich herkommen.«

Als Lucas hereinkam, steckten Daniel und Anderson am Schreibtisch des Chiefs die Köpfe zusammen. Lester saß in einem Sessel und blätterte in einer Akte.

»Was ist passiert?«

»Das wissen wir nicht«, antwortete Daniel. »Aber als ich heute morgen reingekommen bin, hat sofort das Telefon geklingelt. McCarthy ist am Apparat gewesen. Smithe will *Sie* sprechen.«

»Klasse. Haben Sie was von dem Anruf von heute nacht gesagt?«

»Kein Wort. Aber falls er bereit ist, ein Alibi zu liefern, können wir die Sache vielleicht auf McCarthy abwälzen. Dank Smithes Kooperation mit uns konnten wir ihn als Verdächtigen eliminieren... oder so ähnlich. Wenn wir's geschickt anfangen, stehen wir zum Schluß glänzend da.«

»Falls wir ihn eliminieren können«, warf Anderson ein.

»Was ist mit dem Cop?« fragte Lucas. »Mit dem, den Carla Ruiz erkannt hat?«

»Ich bin heute nacht gleich nach dem Anruf vom Chief hergefahren«, erzählte Anderson, »und hab' die Dienstpläne kontrolliert. Als die Ruiz überfallen worden ist, hat er mit seinem Partner Streifendienst im Nordwesten gemacht. Das hat sein Partner bestätigt. Die beiden haben sich zu dieser Zeit mehrmals über Funk gemeldet. Wir haben die Tonbandaufzeichnungen abgehört, und seine Stimme ist tatsächlich drauf.«

»Dann kommt er also nicht in Frage«, stellte Lucas fest.

»Immerhin *ein* Lichtblick«, meinte Daniel. »Sehen Sie zu, daß Sie ins Detention Center kommen und mit Smithe reden. Er wartet schon auf Sie.«

McCarthy und Smithe saßen in einem kleinen Vernehmungsraum. Die Einrichtung war schlicht und dafür bestimmt, Körperflüssigkeiten abzustoßen. Der Anwalt rauchte, und Smithe hockte auf einem gepolsterten Wartezimmerstuhl, rieb sich nervös die Hände und starrte seine Füße an.

»Mir gefällt nicht, wie mein Mandant behandelt wird, und ich werde mich schriftlich darüber beschweren!« fauchte McCarthy, als Lucas hereinkam.

»Schon recht.« Er nickte Smithe zu. »Würden Sie mal kurz aufstehen?«

»Augenblick! Wir wollten mit Ihnen reden...«, begann der Anwalt, aber Smithe winkte ab und stand auf.

»Ich hasse diesen Bau«, sagte er. »Er ist weit schlimmer, als ich es mir vorgestellt hatte.«

»Tatsächlich ist's ein ziemlich gutes Gefängnis«, antwortete Lucas gelassen.

»Das hab' ich auch schon gehört«, bestätigte Smithe trübselig. »Warum soll ich aufstehen?«

»Spannen Sie Ihre Brust- und Bauchmuskeln an.«

»Ha?«

»Spannen Sie Ihre Brust- und Bauchmuskeln an. Und sorgen Sie dafür, daß Sie gut stehen.«

Smithe machte ein verständnisloses Gesicht, aber er ließ die Schultern hängen und spannte die Muskeln an. Lucas stieß mit den gespreizten Fingern einer Hand kräftig gegen Smithes Brustkorb, ließ dann die Hand sinken und tastete seine Bauchmuskeln. Beide Muskelpartien fühlten sich steinhart an.

»Machen Sie Krafttraining?«

»Ja, ziemlich intensiv.«

»Was soll das alles?« fragte McCarthy.

»Es geht um die Aussage des Opfers. Der Killer hat sie von hinten angefallen und umklammert. Sie hat ausgesagt, er habe sich weich und dicklich angefühlt.«

»Nicht ich!« sagte Smithe mit neuerwachtem Selbstbewußtsein. »Drehen Sie sich um!«

Lucas gehorchte. Smithe trat hinter ihn und umklammerte ihn mit beiden Armen. »Versuchen Sie mal loszukommen«, forderte er Lucas auf.

Der Lieutenant drehte und wand sich, aber die muskelbepackten Arme des anderen hielten ihn eisern umklammert. Obwohl Lucas sich alle Mühe gab, konnte er sich nicht aus Smithes Griff befreien.

»Okay«, sagte Lucas schweratmend.

Smithe ließ ihn los. »Wenn ich sie hätte, käme sie nicht mehr frei«, versicherte er selbstbewußt. »Beweist das irgendwas?«

»Für mich schon«, bestätigte Lucas. »Aber es würde nicht viele andere Leute überzeugen.«

»Ich hab' den Fernsehbericht gesehen. Es heißt, daß Sie mir glauben«, sagte Smithe. »Und ich halte dieses Gefängnis nicht länger aus. Deshalb habe ich beschlossen, Ihnen zu vertrauen. Ich habe ein Alibi – sogar zwei.«

»Das alles könnten wir beim Haftprüfungstermin vorbringen«, warf McCarthy ein.

»Der ist in vier Tagen«, wehrte Smithe scharf ab. Er wandte sich wieder an Lucas. »Wann komme ich raus, wenn meine Alibis in Ordnung sind?«

Lucas zuckte mit den Schultern. »Wenn sie was taugen und nachprüfbar sind, können wir Sie bis heute nachmittag rausholen.«

»Okay.« Smithe gab sich einen Ruck. »McCarthy hat mir meinen Terminkalender mitgebracht. An dem Tag, an dem die Lewis ermordet worden ist, bin ich auf einem Fachlehrgang gewesen. Von neun Uhr morgens bis siebzehn Uhr. Wir sind ein Dutzend Lehrgangsteilnehmer gewesen und haben gemeinsam zu Mittag gegessen. Das ist noch nicht lange her, deshalb werden die anderen sich an mich erinnern.

Und der Tag, an dem Shirley Morris, die Hausfrau, ermordet worden ist? Da bin ich um sieben Uhr morgens nach New York geflogen. Ich habe das Ticket noch, und ein Freund hat mich zum Flughafen gefahren und gesehen, wie ich an Bord gegangen bin. Auch die New Yorker Hotelrechnung mit Uhrzeit und Datum habe ich aufbewahrt. Die Morris ist nachmittags umgebracht worden – und ich bin nachmittags im Hotel angekommen.

Ich gehe jede Wette ein, daß sie sich dort an mich erinnern, denn als ein Page mich aufs Zimmer begleitet und die Bettdecke zurückgeschlagen hat, ist darunter eine Ratte zum Vorschein gekommen! Wir haben beide vor Schreck aufgeschrien. Dabei sollte das ein gutes Hotel sein! Ich bin zur Rezeption runtergefahren und habe sofort ein anderes Zimmer bekommen, aber ich möchte wetten, daß sie sich an die Ratte erinnern. Das alles können Sie mit ein paar Anrufen nachprüfen. Das Flugticket und die Hotelrechnung hat McCarthy in seinem Büro.«

»Das hätten Sie uns früher erzählen sollen«, warf ihm Lucas vor.

»Ich hab' Angst gehabt. Mr. McCarthy hat gesagt...« Beide drehten sich um und starrten den Anwalt an.

»Das ist alles ein bißchen viel auf einmal gewesen«, behauptete McCarthy. »Sie haben ihn in die Mangel genommen, alle sind ganz heiß und aufgeregt gewesen, deshalb mußten wir cool bleiben, sonst hätten wir Fehler gemacht.«

»Wir wir's angefangen haben, ist's auch nicht richtig gewesen«, wandte Smithe ein. »Meine Familie wußte, daß ich schwul bin – meine Eltern, meine Geschwister und ein paar alte Freunde daheim –, aber die meisten unserer Nachbarn wußten nichts davon...«

Er ließ sich auf seinen Stuhl fallen und begann plötzlich zu schluchzen. »Jetzt wissen's alle! Können Sie sich vorstellen, wie's ist, wenn ich wieder auf die Farm heimkomme?«

McCarthy stand auf und versetzte seinem Stuhl einen Tritt.

Der Lieutenant telefonierte aus der Eingangshalle des Detention Centers.

»Lucas Davenport«, sagte er. »Können wir uns irgendwo unauffällig treffen? Sofort?«

»Klar«, antwortete sie. »Wo denn?«

Er schlug ein schäbiges kleines Antiquariat an der Nordseite des Loops vor. Als sie ankam, fiel Lucas auf, daß sie hier ziemlich fehl am Platz zu sein schien. Mit perfekter Frisur und makellosem Make-up wanderte sie wie Alice im Wunderland zwischen den Bücherstapeln umher und schien über die Vielfalt verwirrender Artefakte zu staunen. Annie McGowan. Der Stolz des Now Reports in Channel Eight.

»Lucas«, flüsterte sie, als sie ihn sah.

»Annie.« Er trat auf sie zu, und Annie streckte die Hände aus, als erwarte sie, daß Lucas sie umarmte. Statt dessen ergriff er ihre Hände und zog sie an sich.

»Was ich dir jetzt erzähle, muß unser Geheimnis bleiben. Das mußt du mir versprechen, sonst kann ich's dir nicht verraten«, sagte er und sah sich um. *Kurs 1043, Systematische Einführung in die Schauspielkunst, sechs Abende.*

»Ja, natürlich«, hauchte sie. Ihr Atem duftete nach Zimt und Gewürznelken.

»Es geht um diesen Schwulen, der wegen der Werwolf-Morde verhaftet worden ist«, flüsterte Lucas. »Er ist es nicht gewesen. Er hat zwei ausgezeichnete Alibis, die in diesem Augenblick überprüft werden. Wahrscheinlich wird er noch heute nachmittag entlassen. Außerhalb der Polizei weiß bisher niemand davon – nur du, Annie. Wenn du bis kurz nach fünfzehn Uhr wartest, kannst du wahrscheinlich seinen Anwalt abfangen. Du kennst doch McCarthy, den Pflichtverteidiger?«

»Ja, den kenne ich«, bestätigte sie atemlos.

»Du kannst ihn vor dem Detention Center abfangen, wenn er seinen Mandanten abholt. Am besten legst du dich gegen fünfzehn Uhr auf die Lauer. Ich glaube nicht, daß Smithe früher entlassen wird.«

»O Lucas, das ist riesig von dir!«

»Schon gut. Sieh zu, daß du meinen Tip für dich behältst. Ich kann dir noch einen geben, der aber ebenfalls ›aus gutunterrichteter Quelle‹ kommen muß...«

»Ja?«

»Die Opfer des Werwolfs dürften vergewaltigt worden sein, aber bisher hat sich niemals Sperma nachweisen lassen. Deshalb wird vermutet, daß der Täter irgendeinen... Gegenstand benützt, weil er impotent ist.«

»Ach, der Ärmste!«

»Äh, ja.«

»Was für einen Gegenstand?«

»Äh, nun, das weiß niemand genau.«

»Meinst du einen dieser riesengroßen Gummischwänze?« Aus ihrem schönen Mund klang dieser Ausdruck so unpassend, daß Lucas spürte, wie ihm der Mund offenstehen blieb.

»Äh, nun, das wissen wir nicht. Irgendwas. Wenn du die Sache richtig aufziehst und mich nicht verrätst, habe ich weitere Exklusivtips für dich. Aber jetzt muß ich verschwinden. Wir dürfen nicht zusammen gesehen werden.«

»Jedenfalls noch nicht«, ergänzte sie. Sie wandte sich ab, schien gehen zu wollen, besann sich aber anders und kam wieder zurück.

»Hör zu, wenn du mich im Sender anrufst, wissen die anderen, wer meine Quelle ist, sobald du deinen Namen nennst. Wenn du mich nicht erreichst, meine ich.«

»Yeah?«

»Vielleicht wär's besser, wenn wir einen Decknamen benützen würden.«

»Gute Idee«, stimmte Lucas etwas verwirrt zu. Er zog eine seiner Karten aus der Geldbörse und schrieb seine Privatnummer darauf. »Du kannst mich im Dienst oder zu Hause zurückrufen. Wenn ich anrufe, bin ich entweder hier oder dort. Sollte ich dich nicht erreichen, sage ich: ›Nachricht für McGowan, Red Horse anrufen.‹«

»›Red Horse‹«, flüsterte Annie, als müßte sie den Namen auswendig lernen. »Wie'n richtiger Indianerhäuptling?«

»Genau!« bestätigte Lucas. Annie trat rasch an ihn heran und küßte ihn auf die Lippen; dann hastete sie mit blitzenden Augen und wehendem, hochmodischem Mantel zwischen den Bücherstapeln davon.

Der Ladenbesitzer, ein unromantischer Dicker, der frühe Ausgaben von Mark Twains *Life on the Mississippi* sammelte, tauchte in dem halbdunklen Gang auf und fragte: »Jesus, Lucas, schmust du etwa hier hinten rum?«

Auf dem Rückweg schaute Lucas bei Daniel vorbei und berichtete ihm von Smithes Alibis. Dann gingen sie zur Mordkommission hinunter, um Lester und Anderson zu informieren.

»Ihre Leute sollen alles andere stehen und liegen lassen und seine Alibis überprüfen«, wies Daniel Lester an. »Schicken Sie einen Mann zum Sozialamt; er soll sich nach diesem Lehrgang erkundigen. Das ist dann ein erster Hinweis. Danach sehen Sie sich das Flugticket und seine Hotelrechnung an und führen ein paar Telefongespräche. Falls seine Aussagen stimmen, worauf ich wette, vereinbaren wir für dreizehn oder vierzehn Uhr einen Termin mit der Staatsanwaltschaft. Wir müssen gemeinsam überlegen, was zu tun ist.«

»Ob die Anklage niedergeschlagen werden soll, meinen Sie«, entgegnete Lester.

»Richtig. Wahrscheinlich.«

»Dann zerreißen uns die Medien in der Luft«, warf Anderson ein.

»Nicht, wenn wir's richtig anfangen. Wir sagen ihnen, daß Smithe nur zu Davenport Vertrauen gehabt hat, daß er nur ihm seine Geschichte erzählen wollte. Davenport ist damit zu uns gekommen, und wir haben unseren Irrtum eingesehen.«

»Klingt nicht gerade umwerfend«, murmelte Lester.

»Mehr haben wir nicht«, erwiderte Daniel. »Immer noch besser, als wenn McCarthy uns damit fertigmacht.«

Lester war blaß geworden. »Ich habe den Haftbefehl beantragt. Jetzt werden sie über mich herfallen.«

»Könnte schlimmer sein«, meinte Daniel gelassen.
»Wie denn?«
»Sie könnten über mich herfallen.«
Lucas und Anderson begannen zu lachen. Daniel stimmte ein, und zuletzt lächelte auch Lester.
»Ja, das wäre eine Katastrophe«, bestätigte er.

Den restlichen Vormittag verbrachte Lucas in seinem Büro, um mit Informanten in den Twin Cities zu telefonieren. Allerdings war nicht viel los. Gerüchteweise verlautete, auf der Northeast Side sei bei einem Pokerspiel um hohe Einsätze ein Mann erschossen worden, aber Lucas kannte ein ähnliches Gerücht seit drei Wochen und neigte dazu, es für unbewiesen zu halten. In den Cities waren mehrere hundert geklaute Visa-Karten in Umlauf gebracht worden, und die am meisten geschädigten Geschäftsleute standen in Verhandlungen mit dem Oberbürgermeister. Ein weiteres Gerücht besagte, von Landeplätzen im Red River Valley aus würden automatische Waffen außer Landes gebracht. Das war merkwürdig und mußte überprüft werden. Und der Besitzer eines Striplokals beschwerte sich darüber, daß eine benachbarte Bar junge Talente auftreten ließ: »Das ist unfair, diese Mädchen sind noch nicht alt genug, um Haare an der Muschi zu haben. Alle anderen Geschäfte leiden darunter, weil die ganzen Kerle in Frankie's hocken.« Lucas versprach ihm, sich darum zu kümmern.

»Smithes Alibis scheinen zu stimmen«, sagte Daniel. »Wir haben sein Foto nach New York gefaxt, und die Kollegen sind damit ins Hotel gefahren. Der Page kann sich an ihn und die Ratte erinnern. Das genaue Datum hat er vergessen, aber er weiß, in welcher Woche das gewesen ist. Es ist die richtige Woche.«
»Und die Sache mit dem Lehrgang?«
»Die stimmt auch. Daran gibt's nicht den geringsten Zweifel. Sobald wir danach gefragt haben, hat das ganze Sozialamt gewußt, daß wir Scheiß gebaut haben. Bis heute abend wissen dort drüben alle Bescheid.«
»Und?«

»Um vierzehn Uhr findet eine Besprechung mit dem Staatsanwalt und Smithes Anwalt statt«, antwortete der Chief. »Wir werden vorschlagen, die Anklage fallenzulassen. Heute abend geben wir dann eine Pressekonferenz.«

»Smithe klagt garantiert auf Schadenersatz«, warf Anderson ein.

»Wir verlangen eine Verzichterklärung«, sagte Daniel.

»Aussichtslos«, meinte Lucas. »Der Kerl ist stinksauer.« Er sah zu Daniel hinüber. »Wahrscheinlich ist's besser, wenn ich heute abend nicht zur Pressekonferenz komme.«

»Wahrscheinlich.«

»Falls jemand nach mir fragt – ich bin im Urlaub. Ich nehme mir ein paar Tage frei und fahre nach Norden.«

Um fünfzehn Uhr verließ Lucas die City Hall, schlenderte zum Detention Center hinüber und kaufte sich unterwegs eine Tüte Popcorn. Annie McGowan und ein Kameramann warteten vor dem Gefängniseingang. Lucas setzte sich in diskreter Entfernung auf die Bank einer Bushaltestelle und wartete. Nach einer halben Stunde sah er, daß McCarthy mit Smithe auf die Straße trat. Die beiden wurden von einem älteren Ehepaar begleitet, das Lucas nach den Fotos, die er bei Smithe gesehen hatte, als seine Eltern erkannte. Annie McGowan schoß wie ein Blitz auf sie los, und nach kurzer Diskussion erklärten sie sich offenbar zu einem Interview vor der Kamera bereit. Lucas knüllte die leere Popcorntüte zusammen, warf sie unter die Bank und lächelte.

»Pressekonferenz um neunzehn Uhr«, sagte Anderson, als Lucas ihm in der Eingangshalle über den Weg lief.

»Ich hab' heute abend was anderes vor«, wehrte Lucas ab. »Und ich versuche, mich für eine Weile unsichtbar zu machen.«

Bevor Lucas ging, vereinbarte er mit dem Streifendienst Verstärkung für den Abend und fuhr dann nach Hause, um sich die Achtzehnuhrnachrichten anzusehen. Annie McGowan sah wundervoll aus, als sie ihren Exklusivbericht ankündigte. Nach dem zweiminütigen Interview vor dem Detention Center zeigten die Kameras sie wieder im Studio.

»Darüber hinaus hat Now Report Eight erfahren, daß die Polizei den wahren Mörder für impotent hält und vermutet, daß er die Frauen mit irgendeinem stumpfen Gegenstand vergewaltigt hat.«

Sie sah zum Moderator. »Fred?«

»Danke für diesen Exklusivbericht, Annie...«

Lucas schaltete auf Channel Four um. Dort endete die Nachrichtensendung mit offenbar aus Annies Bericht geklauten Informationen: »Wie wir soeben erfahren, ist Jimmy Smithe, der im Zuge der Ermittlungen wegen der Ermordung von drei Frauen aus den Twin Cities in Haft genommen worden war, aus der Untersuchungshaft entlassen worden, da die Polizei ihn anscheinend nicht mehr für den Täter hält...«

Fünf Minuten später war Jennifer am Telefon.

»Lucas, hat sie diesen Tip von dir gekriegt?«

»Wem soll ich welchen Tip gegeben haben?« fragte Lucas gespielt ahnungslos.

»Hast du der McGowan den Tip mit Smithes Entlassung gegeben?«

»Ist er denn entlassen worden?«

»Hör zu, du Dreckskerl, wenn ich nächstes Mal rüberkomme, trägst du am besten einen Supporter aus Stahl, denn ich bringe ein Messer mit!«

Später fuhr Lucas in einem neutralen Dienstwagen die Lake Street entlang, beobachtete Passanten, Trinker und Nutten und hielt Ausschau nach irgendeinem von einem Dutzend Gesichtern. Kurz vor zweiundzwanzig Uhr entdeckte er eines.

»Harold. Los, steig ein!«

»Hören Sie, Lieutenant...«

»Steig ein, verdammt noch mal!« Harold, der mit Amphetaminen handelte, stieg widerstrebend ein.

»Harold, du bist mir einen Gefallen schuldig«, erinnerte ihn Lucas. Harold, der keine sechzig Kilo wog, zog seine olivgrüne Feldjacke fester um sich.

»Was wolln Sie von mir, Mann?« winselte er. »Ich hab' mit keinem geredet, der...«

»Ich möchte, daß du zu Frankie's gehst und ein bißchen was trinkst. Auf meine Rechnung. Wein oder Bier, aber keine harten Sachen. Ich will nicht, daß du dich besäufst.«

»Wo ist der Haken?« fragte Harold, der plötzlich munterer wirkte.

»Dort lassen sie 'ne junge Stripperin tanzen. Ganz jung. Sobald sie dran ist, kommst du raus und sagst es mir. Ich bleibe hier stehen. Du kommst raus, sobald sie auftritt, verstanden? Nicht etwa zwei Minuten später, sondern wirklich sofort.« Er drückte Harold einen Zehner in die Hand.

»Zehn? Ich soll dort drinnen mit 'nem Zehner auskommen?« beschwerte sich Harold.

Lucas packte ihn vorn an seiner Feldjacke und schüttelte ihn kurz durch. »Hör zu, Harold, du kannst von Glück sagen, daß ich dir nichts für dieses Vergnügen abknöpfe, okay? Und jetzt schiebst du ab, bevor ich böse werde!«

»Jesus, Lieutenant...« Harold stieg aus, und Lucas sank auf seinem Sitz zusammen und beobachtete die Passanten. Die meisten waren auf einer Sauftour oder schon betrunken. Einige schienen unter Drogeneinfluß zu stehen. Dann kam ein Zuhälter mit einem seiner Pferdchen vorbei. Lucas, der ihn kannte, rutschte noch etwas tiefer und versteckte sein Gesicht hinter einer Hand. Aber der Zuhälter sah nicht einmal zu ihm herüber. Danach ein Pusher, noch ein Pusher, ein dicklicher junger Mann, der frisch vom Land gekommen zu sein schien, und ein betrunkener Vertreter. Lucas beobachtete die Vorbeiziehenden eine halbe Stunde lang, bevor Harold ans offene Beifahrerfenster trat.

»Gerade tritt eine auf, die wirklich jung ist«, flüsterte er.

»Okay. Verschwinde!« Nachdem Harold in der Menge untergetaucht war, forderte Lucas über Funk wie vereinbart Verstärkung an, setzte einen schmalkrempigen Tweedhut und eine Fensterglasbrille auf, stieg aus, sperrte den Wagen ab und machte sich auf den Weg zu Frankie's Bar.

In Frankie's roch es nach abgestandenem Bier und billigem Wein. Die vordere Salonbar war leer bis auf zwei unglücklich dreinblickende Frauen, die sich in einer der Nischen auf roten

Kunstlederbänken gegenübersaßen. Der Barkeeper polierte Gläser und beobachtete ohne sonderliches Interesse, wie Lucas zwischen den freien Tischen hindurch auf den bogenförmigen Durchgang zum Hinterzimmer zusteuerte.

Das verqualmte Hinterzimmer war überfüllt. Dort drängten sich dreißig bis vierzig Männer und etwa ein halbes Dutzend Frauen, die den Takt der Rockmusik aus einer Musicbox mitklatschten. Die auf der Bar tanzende Stripperin trug nur noch einen winzigen Büstenhalter und einen durchsichtigen blauen Slip. Lucas arbeitete sich durch die Menge nach vorn und erkannte Frankie, der selbst am Zapfhahn stand und Plastikgläser mit Bier füllte, so schnell es nur ging.

Lucas sah zu der Tänzerin auf. Elf Jahre? Zwölf? Sie wackelte mit den Hüften, biß sich mit fast professionellem Lächeln auf die Unterlippe und griff sich mit einer Hand hinter den Rücken. Die Begeisterung des Publikums schien sie anzustacheln. Während sie weitertanzte, löste sie den BH-Verschluß, schälte sich langsam aus dem Büstenhalter und bedeckte ihre knospenden Brüste dabei sorgfältig mit den Unterarmen. Nach einigen weiteren Tanzschritten schleuderte sie den BH hinter die Theke und steigerte ihr Tempo, wobei ihre nackten Brüste im flackernden Schein der Lichtorgel wippten.

»Hös-chen! Hös-chen! Hös-chen!« skandierte das Publikum, und die Stripperin hakte beide Daumen in den oberen Rand ihres Slips, zog ihn scheinbar widerstrebend mal hier, mal da ein kleines Stück herunter, kehrte ihrem Publikum den Rücken zu, bückte sich, sah zwischen den Beinen hindurch, richtete sich auf, streifte langsam ihren Slip ab, drehte sich wieder um und tanzte nackt weiter.

In diesem Augenblick brüllte der Barkeeper aus dem vorderen Raum: »Achtung, die Cops kommen!«

»Verschwindet!« rief Frankie laut. Während die Gäste sich an den beiden Ausgängen drängten, streckte er eine Hand aus und packte die Nackte am Knöchel. Lucas warf sich nach vorn, zog seine Pistole, stützte beide Ellbogen auf die Theke und drückte die Mündung an Frankies Wange.

»Vorsicht, damit kein Unfall passiert, Frankie«, sagte er dabei.

»Dieser Abzug ist verdammt leichtgängig.« Der Barbesitzer erstarrte. Drei uniformierte Cops kamen hereingestürmt und drückten die Gäste links und rechts an die Wand. Mindestens ein Dutzend Plastikbeutelchen mit Klemmverschluß, die Crack oder Kokain enthielten, flogen auf den Fußboden. Lucas sah zu der Nackten auf. »Komm runter!« befahl er.

Sie beugte sich nach vorn und spuckte ihm ins Gesicht.

»Was habt ihr mit der Kleinen angefangen?« erkundigte sich Carla. Sie saßen auf dem Bootssteg und ließen die Beine über dem Wasser baumeln. Es war eine Stunde vor Sonnenuntergang, und sie waren gerade von ihrem Schießplatz im Wald zurückgekommen. Der Spätnachmittag war kühl und still, und das dunkle Blau des Himmels spiegelte sich im See. Etwa hundert Meter weit draußen schleppte ein Maskinonge-Angler einen Oberflächenköder über die Randzone einer Untiefe. Das Wasser war spiegelglatt, und sie konnten das raddampferartige Klappern des Köders hören, als der Angler ihn einholte.

»Wir haben sie beim Jugendamt abgeliefert«, sagte Lucas. »Sie versuchen rauszukriegen, wer ihre Eltern sind, und schaffen sie zu ihnen zurück. In zwei Wochen reißt sie dann wieder aus und bringt sich mit Anschaffen, Tanzen oder sonstwas durch. In ihrem Alter sind das die einzigen Jobs, die sie kriegen kann.«

»Und was ist mit Frankie?«

»Den haben wir wegen sämtlicher Delikte angezeigt, die uns eingefallen sind. Irgendwas können wir ihm bestimmt anhängen. Er wird einige Zeit sitzen und seine Konzession verlieren.«

»Geschicht ihm recht! Das muß man sich mal vorstellen… eine Zwölfjährige!«

Lucas zuckte mit den Schultern. »Das Durchschnittsalter der Strichmädchen dürfte bei vierzehn liegen. Je jünger sie sind, desto besser verdienen sie. Die Freier wollen nur junges Gemüse.«

»Männer sind so pervers!« sagte Carla, und Lucas lachte.

»Was willst du tun – zum Angeln rausfahren oder reingehen und ein bißchen rumblödeln?« fragte er.

Carla rümpfte die Nase. »Geangelt habe ich heute schon«, antwortete sie.

## 13

Innerhalb der Anwaltsfirma fungierte die Sekretärin des Werwolfs als Gerüchtezentrale. Das hätte ihm in der Büropolitik nützen können – wenn er sich an ihr beteiligt hätte –, aber er kam mit seiner Sekretärin nicht gut aus. Er neigte dazu, sie nicht anzusehen, wenn er mit ihr sprach. Er war sich dieser Angewohnheit bewußt und versuchte, sie abzulegen und seiner Sekretärin in die Augen zu schauen. Das wollte ihm jedoch nicht gelingen, deshalb hatte er sich angewöhnt, ihren Nasensattel anzustarren. Sie wußte, daß er ihr nicht in die Augen sehen konnte.

Noch schwieriger wurde die Situation durch ihre äußere Erscheinung. Sie war viel zu hübsch für den Werwolf. Sie hatte ihm schon kurz nach seinem Eintritt in die Firma klargemacht, daß Annäherungsversuche unerwünscht waren.

Dafür war er ihr auf seine Weise dankbar. Hätte sie sich an ihn rangemacht und dann zu den Auserwählten gehört, hätte er sie umbringen müssen – und das wäre ein Verstoß gegen eine der Hauptregeln gewesen: Niemals jemanden ermorden, den du kennst.

Als er ins Büro kam, standen drei weitere Frauen schwatzend um ihren Schreibtisch.

»Haben Sie schon gehört, Louis?« sprach ihn eine Frau aus diesem Quartett an. Sie hieß Margaret Wilson, war als Anwältin auf Schmerzensgeldklagen spezialisiert und sollte zu den bestbezahlten Angestellten der Firma gehören, obwohl sie noch keine dreißig Jahre alt war. Sie hatte hellbraune Augen, war vollbusig und hatte dicke Beine. Der Werwolf fand, daß sie zuviel lachte; tatsächlich hatte er ein bißchen Angst vor ihr. Jetzt blieb er stehen.

»Was gehört?« fragte er.

»Von dem Schwulen, den sie verhaftet haben, weil sie ihn für den Werwolf-Killer gehalten haben? Er ist's nicht gewesen.«

»Ja, das habe ich gestern abend in den Nachrichten gesehen. Wirklich schade. Ich dachte, sie hätten den Täter geschnappt«, antwortete der Werwolf so beherrscht wie möglich. Die Pressekonferenz der Polizei, die er in TV3 verfolgt hatte, hatte ihn regelrecht entzückt.

»Angeblich kann er ihn nicht hochkriegen«, lachte die Wilson.

Er blieb verwirrt stehen. »Wie bitte?«

»Sie kennen doch Annie McGowan von Channel Eight? Die Reporterin mit der kurzen Pagenfrisur wie diese Eiskunstläuferin Soundso? Sie hat mit jemandem von der Polizei gesprochen. Sie glauben, daß er impotent ist – daß ihn das zu den Morden treibt«, fuhr sie fort. Wollte sie ihn herausfordern? Lag in ihrer Stimme ein spöttischer Unterton?

»Nun, sie haben sich auch mit dem Schwulen getäuscht...«, begann der Werwolf zögernd.

»Das ist bloß wieder typisches Psychologengeschwätz«, bemerkte seine Sekretärin verächtlich. »Alle anderen sagen, daß er sie vergewaltigt. Wie soll er das können, wenn er ihn nicht hochkriegt?«

»Sie haben niemals Sperma gefunden«, antwortete die Wilson. »Deshalb glauben sie, daß er irgendwas benützt.«

Die Frauen wechselten wissende Blicke. »Hmmm«, sagte der Werwolf, verschwand in seinem Büro und schloß die Tür hinter sich.

Er blieb einen Augenblick vor Wut wie gelähmt stehen. Impotent? Benützt irgendwas? Wovon redeten sie überhaupt?

Von draußen drang Gelächter herein, und er wußte, daß sie über ihn lachten. Benützt irgendwas. Wahrscheinlich wie der alte Louis, was der wohl benützt? sagten sie jetzt. Sie wußten nicht, wer er war, was er war; sie ahnten nicht, welche Macht er besaß. Und sie lachten über ihn.

Er trat an den Schreibtisch, warf seine Aktentasche darauf, ließ sich in den Sessel fallen und starrte den Entendruck an der Wand an. Drei Stockenten, die in der Abenddämmerung in einen schilfbestandenen Sumpf einfielen. Der Werwolf starrte sie an, ohne sie wirklich zu sehen, und fühlte seinen Zorn wachsen. Draußen im Vorzimmer wurde erneut gelacht. Hätte er eine Pistole bei sich gehabt, hätte er die Tür aufgerissen und sie alle erschossen.

Gegen elf Uhr dreißig verließ er sein Büro und fuhr nach Hause, um sich die Mittagsnachrichten anzusehen. Im allgemeinen bevorzugte er TV3, weil er glaubte, das bißchen Sorgfalt, mit dem Fernsehnachrichten heutzutage noch recherchiert wurden, sei am ehesten dort zu finden.

Falls diese McGowan jedoch über besondere Quellen verfügte, würde er wohl oder übel zu Channel Eight wechseln müssen.

Er ließ seinen Wagen in der Einfahrt stehen und hastete ins Haus. Wie sich herausstellte, hatte er noch Zeit, sich vor den Zwölfuhrnachrichten eine Dosensuppe zu wärmen. Danach saß er im Wohnzimmer in seinem Sessel und schlürfte die salzige, heiße Flüssigkeit, und als die Nachrichten kamen, war Annie McGowans Story der Aufhänger.

Der Bericht war offenbar zum größten Teil eine Wiederholung ihrer Story vom Vorabend: Die McGowan wurde gezeigt, wie sie den entlassenen Schwulen vor dem Gefängniseingang interviewte, und sie wiederholte dann die Behauptung der Polizei, der Täter sei vermutlich impotent. Ihr schönes, feingeschnittenes Gesicht war vom Ernst ihrer Information durchdrungen. Als die Kamera es zuletzt noch einmal in Großaufnahme zeigte, erschien sie ihm sehr attraktiv, obwohl sein Zorn sich bereits wieder regte.

Der Werwolf versuchte schweratmend, die Kontrolle über sich zu bewahren, und stellte mit wütendem Knopfdruck den Fernseher ab.

Annie McGowan. Er bildete sich ein, ihr Gesicht noch immer auf dem jetzt leeren Bildschirm zu sehen. Ein interessanter Typ. Viel besser als die Blondine in TV3.

Die Morgenausgabe der *Star-Tribune* lag noch auf seinem Küchentisch. Er blätterte sie erneut durch. Über Smithes Entlassung wurde in großer Aufmachung berichtet, aber von der angeblichen Impotenz des Werwolfs stand in der Zeitung kein Wort.

Weshalb hatte die Polizei der McGowan erzählt, er sei impotent? Sie mußte wissen, daß das nicht stimmte. Sie mußte wissen, daß das eine Lüge war. Konnte das ein Versuch sein, ihn aus seiner Reserve zu locken? Ein Versuch, ihn bewußt zu reizen?

Aber das wäre doch... verrückt! Die Polizei mußte alles vermeiden, was ihn reizen konnte. Oder etwa nicht?

Als er wieder ins Büro zurückfuhr, war sein Zorn keineswegs abgeklungen. Er war versucht, Heather aufzuspüren, um sie sogleich zu opfern. Nein, noch nicht, entschied er, während er über einem Schriftsatz brütete. Er fühlte die Kraft wachsen, aber sie hatte noch nicht das drängende Stadium erreicht, das allein jenes transzendente Erlebnis garantierte, auf das er angewiesen war.

Wenn er Heather jetzt ermordete, könnte er der Polizei einen Schlag versetzen, aber dieser Mord würde sein Bedürfnis nach ihr unangenehm... beeinträchtigen. Er würde der Entwicklung vorauseilen, und das wäre nur enttäuschend. Nein, er mußte noch warten.

Der Werwolf arbeitete das ganze Wochenende lang und spürte, wie sein Bedürfnis nach dem Mädchen wuchs, wie es in ihm aufblühte.

Er fühlte sich wohl dabei. Am Samstagnachmittag und erst recht am Sonntag hatte er die Kanzlei ganz für sich allein, wie's ihm am liebsten war. Und er hatte einen interessanten Fall entdeckt. Da es zu einer Verhandlung kommen sollte, war der Werwolf nicht dafür zuständig, aber der Seniorpartner, der den Angeklagten verteidigen würde, hatte ihn über das in der Firma eingeführte Delegationssystem beauftragt, den Fall für ihn zu recherchieren.

Der Angeklagte hieß Emil Gant. Er hatte seine Exfrau und ihre jetzigen Freunde belästigt. Er hatte sie verfolgt, sie beschimpft und ihnen schließlich Gewalt angedroht. Die Drohungen waren glaubhaft gewesen.

Gant war im Augenblick auf Bewährung entlassen, nachdem er dreißig von fünfundvierzig Monaten wegen schwerer Körperverletzung abgesessen hatte. Seine geschiedene Frau war ernstlich besorgt.

Gant war erneut angeklagt worden, nachdem er in der Garage seiner Exfrau, die in dieser Nacht allein zu Hause gewesen war, erwischt worden war. Ein Nachbar hatte beobachtet, daß sich Gant in die offene Garage geschlichen hatte. Der Nachbar hatte die Exfrau angerufen, die Frau hatte 911 gewählt, und die Cops waren wenige Minuten später dagewesen. Gant war, hinter einem Auto versteckt, aufgespürt worden.

Früher wäre er wegen Auflauerns eingebuchtet worden. Diesen Straftatbestand gab es jedoch nicht mehr. Gant konnte nicht wegen tätlichen Angriffs angeklagt werden, weil er niemanden angegriffen hatte. Auch wegen Einbruchs konnte man ihn nicht drankriegen, weil er nicht in die Garage eingebrochen war. Die Anklage lautete schließlich auf unbefugtes Betreten.

Tatsächlich war es der Staatsanwaltschaft ziemlich egal, wie die Anklage lautete. Jede Verurteilung wegen irgendeines Delikts würde bewirken, daß Gant die restlichen fünfzehn Monate seiner Haftstrafe im Stillwater State Prison absitzen mußte.

Beim Studium des Staatsgesetzes über unbefugtes Betreten entdeckte der Werwolf jedoch eine winzige Lücke. Dieses Gesetz sollte nicht vor strafbaren Belästigungen, sondern vor Jägern schützen, die Farmland widerrechtlich betraten. Aber niemand wollte jeden Herbst Tausende von Jägern festnehmen. Die meisten von ihnen waren Wähler. Deshalb enthielt das Gesetz mehrere Spezialklauseln.

Am wichtigsten war die Bestimmung, daß der Unbefugte gewarnt und zum Verlassen des Grundstücks aufgefordert werden mußte. Erst wenn er sich weigerte – oder dieser Aufforderung absichtlich nur langsam nachkam –, war der Straftatbestand erfüllt. Der Werwolf studierte die polizeilichen Vernehmungsprotokolle. Kein Mensch hatte mit Gant gesprochen, bevor die Cops gekommen waren. Niemand hatte ihm eine Chance gegeben, freiwillig zu verschwinden.

Der Werwolf lächelte und begann den Sachverhalt niederzuschreiben. In diesem Fall würde es nie zur Verhandlung kommen: Gant hatte die in Minnesota geforderten Tatvoraussetzungen nicht erfüllt. Er war kurz vor Mitternacht in einer Privatgarage erwischt worden? Und wenn schon! Niemand hatte ihn zum Weggehen aufgefordert...

Als der Werwolf am Sonntag nachmittag die Kanzlei verließ, legte er diese Darstellung des Sachverhalts im Fall Gant auf den Schreibtisch seiner Sekretärin. Am Montag morgen benützte er zufällig den gleichen Aufzug wie der Seniorpartner, für den er recherchiert hatte. Dessen Assistent war auch dabei. Die beiden nickten dem Werwolf zu, wandten sich ab und beobachteten die aufleuchtenden Stockwerksanzeigen.

Auf halber Strecke räusperte sich der Assistent. »Ich hab' was für Sie im Fall Gant«, sagte er.

»Wirklich?« Olsen wirkte stets elegant. Graue Zweireiher, Seidenkrawatten, perlweiße Zähne und müheloses Lächeln. »Ich dachte, der Bursche sei praktisch schon wieder in Stillwater gelandet.«

»Nicht unbedingt, o großer Meister«, antwortete der Assistent. »Ich hab' mir Gedanken über das Gesetz über unbefugtes Betreten gemacht und bin am Wochenende hiergewesen, um darin nachzulesen. Tatsächlich enthält es sehr interessante Bestimmungen...«

Danach zitierte der junge Mann Absatz für Absatz aus der Ausarbeitung des Werwolfs. Als sie oben ankamen, lachte Olsen begeistert, klopfte seinem Assistenten auf die Schulter und krähte: »Verdammt noch mal, Billy, ich hab' gewußt, warum ich Sie angestellt habe!«

Der Werwolf stand wie gelähmt an der Kabinenrückwand. Keiner der beiden anderen nahm von ihm Notiz. Nach einer halben Stunde tobte er innerlich vor Wut. Er konnte nicht zu Olsen gehen und Anerkennung für seine Arbeit beanspruchen. Das hätte kleinlich gewirkt. Der Assistent hätte einfach behauptet, er sei auf dieselbe Idee gekommen.

So war es immer gewesen. Er war stets übergangen worden. Diese Wut ließ sein Bedürfnis nach dem Mädchen wachsen. Sein Zorn braute sich wie ein Gewitter zusammen, und er fuhr nach Hause, weil das Bedürfnis übermächtig wurde.

Heather Brown war an ihrem Standplatz. Sie trug ihren Lederminirock und eine vorn bis zum Gürtel hinunter offene türkisgrüne Bluse. Eine mehrreihige Glasperlenkette baumelte zwischen ihren kleinen sommersprossigen Brüsten; ein gerolltes Seidentuch faßte ihr Haar zusammen.

Der Werwolf kam den Gehsteig entlang auf sie zu und ließ seinen Blick über ihren Körper gleiten. Seine Aufmachung war sorgfältig überlegt – sorgfältiger als bei seinen bisherigen Morden, denn diesmal mußte er die Auserwählte in der Öffentlichkeit ansprechen und mußte damit rechnen, dabei beobachtet zu werden.

Der Werwolf trug Jeans und Stiefel, eine rote Nylonsportjacke und eine John-Deere-Schirmmütze. Damit wirkte er auf der Hennepin Avenue leicht fehl am Platz. Seine Aufmachung war nicht gerade lächerlich, aber doch so ungewöhnlich, daß irgend jemand sich vielleicht an ihn erinnern würde. Er war schlicht und einfach ein Farmer. In einer Menge aus Farmern wäre er nicht im geringsten aufgefallen, dachte er, solange er den Mund hielt.

In eine der Jackentaschen hatte er ein Loch geschnitten, und die lange, rasiermesserscharfe Klinge mit dem Markenzeichen Chicago Cutlery steckte im Innenfutter der Jacke.

»Heather«, sagte er, als er vor ihr stand. Er sah sich um und stellte fest, daß niemand in der Nähe war. Der nächste mögliche Augenzeuge war ein Schwarzer, der auf der anderen Straßenseite auf der Bank einer Bushaltestelle saß. Er kehrte ihm den Rücken zu. Heather hatte an ihm vorbeigeblickt; jetzt konzentrierte sie sich auf ihn.

»Wie geht's, Honey?«

»Ich hab' neulich abend mit dir gesprochen...«

»Tut mir leid, ich erkenn' dich nicht wieder.«

»Ich hab' dir fünfzig für Halb-und-halb geboten...«

»Ah, richtig!« Sie betrachtete ihn stirnrunzelnd. »Heute siehst du ganz anders aus.«

Der Werwolf schaute an sich hinab, nickte kurz und wechselte das Thema. »Du hast gesagt, du wüßtest noch aufregendere Dinge, wenn ich genug Geld mitbringe.«

»Wieviel hast du dabei?«

»Ich hab' hundert Dollar.«

»Wie hättest du's denn gern, Cowboy?«

Das Motel war erfreulich heruntergekommen. Heather verschwand in der Rezeption, holte den Schlüssel und war nach einer Minute wieder da. Als die Tür hinter ihnen ins Schloß gefallen war, sah der Werwolf sich um und schnüffelte. Desinfektionsmittel. Wahrscheinlich sprühen sie den Raum damit aus, dachte er. Das Bad war winzig, der Teppichboden hatte abgetretene Stellen, und die dünne Tagesdecke auf dem Bett war verschlissen.

»Wollen wir nicht gleich das Finanzielle regeln?« schlug Heather Brown vor.

»Ja, natürlich! Hundert?« Der Werwolf zog die Scheine aus der Hosentasche und warf sie auf den Toilettentisch. Fünf Zwanziger. »Und wenn du mich wirklich... du weißt schon... dann hab' ich noch 'nen Fünfziger.«

»Mann, du gefällst mir!« sagte Heather mit strahlendem Lächeln. »Was hältst du davon, wenn wir dort reingehen und alles besprechen, während wir ein bißchen duschen?«

»Fang schon an«, antwortete er, »ich komme gleich nach.« Er schlüpfte aus seiner Jacke, und als Heather ins Bad ging, zog er das Messer heraus und legte es unters Bett.

Das gemeinsame Duschen war eine Qual. Heather wusch sorgfältig sein Glied, und als nichts passierte, erkundigte sie sich: »Gibt's da 'n kleines Problem?« Sie runzelte die Stirn. Die Impotenten waren nicht die unangenehmsten Freier, aber sie konnten einen verdammt lange aufhalten.

»Nein, nein, nein, nicht, wenn wir...«

Sie hatte Seidenschals in ihrer Handtasche: vier Seidenschals, je zwei für Handgelenke und Fußknöchel.

»Bind sie nicht zu fest«, forderte sie ihn auf.

»Ich komme schon zurecht«, knurrte er aus zusammengebissenen Zähnen. Als erstes fesselte er ihre Füße mit gespreizten Beinen ans untere Bettende. Danach band er ihre Handgelenke links und rechts an die Seitenteile des Betts.

»Wie geht's dir, Honey?«

»Gut«, sagte er und drehte sich nach ihr um. Sein inzwischen halbsteifes Glied stand von seinem Körper ab.

»Wenn du 'ne Minute zu mir raufkommen willst, kann ich dir weiterhelfen«, bot Heather ihm an.

»Nein, nein, mir geht's gut, aber ich möchte einen Gummi nehmen... Entschuldige bitte...«

»Nein, das ist völlig in Ordnung«, sagte sie aufmunternd. Er wandte sich ab, hob seine Jacke vom Fußboden auf, nahm ein Kondom aus der Tasche, riß die Umhüllung auf und streifte den Gummi über. Dann zog er das Vliestuch aus der anderen Jackentasche und legte sich neben Heather aufs Bett.

»Mach den Mund weit auf«, verlangte er.

Sie spürte, daß etwas nicht in Ordnung war, versuchte sich aufzusetzen und öffnete den Mund, um zu schreien. Der Werwolf packte sie mit beiden Händen an der Kehle, schnürte ihr die Luft ab und drückte sie aufs Bett. Sie strampelte, so gut es ging, warf sich hin und her und zerrte an den Seidenschals, die sie festhielten. Je mehr er ihr die Kehle zudrückte, desto weiter öffnete sich ihr Mund. Es gelang ihr noch, ein Stöhnen auszustoßen, nicht laut genug, um in einem Motel wie diesem Aufmerksamkeit zu erregen, und dann stopfte er ihr das Vliestuch als Knebel in den Mund.

Als es drinnen war, hielt er ihr mit einer Hand den Mund zu, angelte mit der anderen nach seiner Jacke, fand die Gummihandschuhe und streifte sie nacheinander über. Heather, die sich noch immer von ihren Fesseln zu befreien versuchte, beobachtete ihn mit vor Entsetzen geweiteten Augen. Nachdem er seine Handschuhe angezogen hatte, holte er das Klebeband aus der anderen Jackentasche und fixierte den Knebel mit zwei um ihren Kopf führenden Lagen. Danach kontrollierte er die Fesseln, die tadellos hielten.

»Sieh ihn dir jetzt an«, forderte er Heather auf, während er über ihr kniete. »Riesig, was? Und da behaupten sie, ich wäre impotent!«

Sie hatte ihre Befreiungsversuche aufgegeben, machte sich so klein wie möglich und beobachtete ihn.

»So, jetzt wollen wir uns ein bißchen amüsieren«, fuhr er fort. Er tastete nach seinem Messer, holte es unter dem Bett hervor und zeigte ihr die im Lampenlicht schimmernde Stahlklinge. »Es tut nicht allzu weh; ich verstehe mich sehr gut darauf«, sagte er. »Laß möglichst die Augen offen, wenn ich's reinstoße; ich beobachte dabei am liebsten die Augen.«

Heather sah weg. Dann erfüllte plötzlich ein seltsamer Geruch den Raum, und er blickte an ihr hinab und erkannte, daß sie sich naß gemacht hatte.

»Pfui Teufel!« schimpfte er. Aber in Wirklichkeit war er entzückt. Sie hatte sich vor Angst naß gemacht. Sie erkannte seine Macht.

Aber er würde sie jetzt nicht vergewaltigen. Die Vorstellung, in kaltem Urin zu liegen, war ihm widerwärtig. Und eine Vergewaltigung war ohnehin nicht erforderlich. Der Werwolf streckte sich neben Heather aus, beugte sich zu ihr hinüber und küßte die entsetzt vor ihm Zurückweichende sanft auf die Wange. »Es dauert nur eine Sekunde«, versprach er ihr. Sie begann verzweifelt an ihren Armfesseln zu reißen. Er drückte die Spitze des Messers gegen einen Punkt unterhalb ihres Brustbeins und spürte den Orgasmus in sich hochsteigen, während er das Messer hineinstieß. Heathers Augen weiteten sich mehr und mehr, um dann schließlich zu brechen. Der Werwolf starrte in ihre leblos werdenden Augen, fühlte seinen Orgasmus abklingen und spürte, wie der Druck, der bisher auf ihm gelastet hatte, allmählich wich.

Alles hat wunderbar geklappt, dachte er. Ganz wunderbar.

Er trat vom Bett zurück und blickte auf sie hinab. Nicht einmal hübsch, dachte er, aber in ihrer Haltung liegt Schönheit. Er streifte das Kondom ab, warf es ins WC und spülte es hinunter. Danach begann er sich anzuziehen und machte häufig Pausen, um das Werk seiner Hände zu bewundern. Innerlich jubelte er.

Als er angezogen war, betrachtete er sie mit einem langen letzten Blick, streichelte ihr Bein, das sich bereits kühl anfühlte, und wollte zur Tür gehen.

»Hoppla!« ermahnte er sich laut. »Die Mitteilung darfst du nicht vergessen.« Er zog sie aus der Innentasche seiner Jacke und ließ sie auf die Leiche fallen.

Draußen war ein wundervoll klarer, kühler Herbstabend angebrochen. Der Werwolf ging über den asphaltierten Parkplatz und riskierte einen raschen Blick zur Rezeption hinüber. Hinter dem Fenster war ein Angestellter sichtbar, der jedoch nur Augen für den eingeschalteten Fernseher hatte. Der Werwolf ging mit abgewandtem Kopf weiter, folgte dem Gehsteig, bog um die nächste

Ecke und zog dort seine Jacke aus. Er wickelte seine Mütze in die Jacke und klemmte sich das kleine Paket unter den Arm.

Wenige Minuten später erreichte er seinen Wagen. Er stieg ein und warf die zusammengerollte Jacke zwischen den Sitzen auf den Wagenboden. Falls ihn jemand einsteigen gesehen hatte, würde er sich keinesfalls an einen Mann mit roter Sportjacke und Schirmmütze erinnern.

Er fuhr sechs Blocks weit zum Loop und ging dort in eine Bar. Als er beim ersten Drink war, raste draußen ein Streifenwagen – mit rotem Blinklicht, aber ohne Sirene – die Hennepin Avenue hinunter. Der Werwolf ließ sich Zeit mit seinem Drink und machte dem Barkeeper dann ein Zeichen, er solle ihm noch einen bringen. Als er aus der Bar trat, war eine Stunde verstrichen, seitdem er das Motelzimmer verlassen hatte.

»Ein weiteres unnötiges Risiko«, sagte er sich. »Ich fahre auch nicht daran vorbei. Nur nahe genug heran, um sehen zu können, was dort passiert.«

Von der Ampel an der nächsten Kreuzung aus konnte er mindestens vier Streifenwagen vor dem Motel sehen. Während der Werwolf darauf wartete, daß die Ampel grün wurde, fuhr ein Übertragungswagen vor dem Motel vor. Auf der Beifahrerseite stieg eine Dunkelhaarige aus, die er sofort erkannte: Annie McGowan, die Frau, die ihn als impotent bezeichnet hatte.

Als hinter ihm jemand hupte, warf er einen Blick in seinen Rückspiegel und sah dann zur Ampel auf, die grün geworden war. Er bog nach rechts ab und hielt am Randstein. Die McGowan sprach mit einem Polizeibeamten, der den Kopf schüttelte. Von den Blinklichtern und dem Übertragungswagen angelockte Neugierige liefen am Auto des Werwolfs vorbei.

Der Werwolf war versucht, sich ihnen anzuschließen, aber er verzichtete dann doch darauf. Zu gefährlich; er hatte schon genug riskiert. Außerdem waren die angenehmen Nachwirkungen des Mordes noch so stark, daß er lieber heimfuhr, um sich zu entspannen und sie zu genießen. Ein langes heißes Bad, die Augen schließen und sich an seine Gefühle erinnern, als Heather Browns Augen gebrochen waren.

## 14

Hinter ihnen lag eines der schönsten Wochenenden des Jahres mit warmen Tagen und klaren, kühlen Nächten. In den Wäldern leuchtete es herbstlich bunt, und der schwache Geruch brennender Birkenholzscheite hing in der Luft.

»Das Laub hält sich noch mindestens eine Woche«, bemerkte Carla. »Vielleicht auch zwei.« Die Ahorne am Nordufer des Sees leuchteten in feurigem Orange. »Nur schade, daß du nicht mehr Ahorne hast.«

»Darüber habe ich nachgedacht, als ich das Haus gekauft habe«, antwortete Lucas. »Ich wollte keine Ahorne. Sie sind hübsch, aber ich wollte Tannen. Nur sie erzeugen die richtige North-Woods-Atmosphäre. Weiter südlich, wo's Ahorne und Eichen gibt, kommt man sich wie im Farmland vor.«

Sie ließen das Boot am Ufer entlangtreiben und warfen ihre künstlichen Fliegen zwischen Bilsenkraut, Stegen und ins Wasser gestürzten Bäumen aus. »Manche Leute behaupten, für die Fliegenfischerei sei's jetzt schon zu spät, aber ich bin anderer Meinung«, sagte Lucas. »Außerdem macht es mehr Spaß, sie auszuwerfen.«

In drei Stunden fingen sie fünf Hechte und hatten zweimal beinahe einen Maskinonge an der Angel.

»Schlechter Tag für Muskies, was?« fragte Carla, als sie zum Steg zurückfuhren.

»Ich sag's nicht gern, aber das gilt als guter Tag. Zwei Chancen sind in Ordnung. Oft kriegt man überhaupt keinen zu sehen.«

»Großartiger Sport.«

»So müssen wir nicht so viele Fische ausnehmen«, stellte er grinsend fest.

»Wann muß ich von hier weg?« erkundigte sie sich.

»Wieso *mußt* du weg?«

»Ich nehme an, daß die Fernsehleute sich jetzt nicht mehr sonderlich für mich interessieren. Ich könnte also wieder zurück. Aber ich hab' in meinem Atelier mit 'ner Kochplatte gehaust, weißt du. Mir graut davor, dorthin zurückzugehen.«

»Meinetwegen kannst du noch einen Monat bleiben«, versicherte Lucas. »In zwei, drei Wochen muß ich noch den Steg rausziehen. Danach ist nicht mehr viel zu tun, bis Eis und Schnee kommen.«

»Ich nehme die Einladung dankend an«, lachte Carla. »Vielleicht nicht für einen Monat, aber für ein paar Wochen. Du kannst dir nicht vorstellen, wie sehr ich das genieße. Ich habe Zeichenblöcke und Pastellkreiden mitgebracht und find's herrlich, hier zu zeichnen und mich zu entspannen!«

»Gut. Dafür ist das Haus da.«

Sie sah zu ihm hinüber. »Ich bin froh, daß du noch einen Tag länger bleiben konntest. Hier ist's immer ruhig, aber an den Wochenenden sind doch ein paar Leute da. Heute haben wir den See für uns allein gehabt.«

Nach dem Abendessen machte Lucas im offenen Kamin Feuer mit Birkenscheiten, die seit dem Herbst letzten Jahres lagerten. Als das Feuer brannte, saßen sie auf der Couch, unterhielten sich, schalteten den Fernseher ein und sahen sich zuletzt den Videofilm *The Big Chill* an.

Gegen Ende des Films begann Lucas, sich mit ihren Blusenknöpfen zu beschäftigen. Als das Telefon klingelte, hatte er ihr die Bluse abgestreift, und Carla saß im Reitsitz auf ihm und kitzelte ihn. Er blickte zu ihr auf und sagte plötzlich verstimmt: »Am liebsten würde ich mich gar nicht melden. Er hat wieder jemanden ermordet.«

Carla hörte zu kichern auf, drehte sich halb um, nahm den Hörer ab und hielt ihn Lucas hin. Er starrte ihn eine Sekunde an, bevor er widerstrebend danach griff.

»Davenport«, meldete er sich und setzte sich auf.

»Lucas«, sagte Anderson, »er hat wieder eine umgebracht.«

»Scheiße!« Er sah zu Carla hinüber und nickte.

»Am besten kommen Sie gleich her.«

»Wer ist's diesmal?«

»Eine Stricherin. Vorerst kennen wir nur ihren Straßennamen – Heather Brown. Schätzungsweise fünfzehn. Erstochen wie die anderen. Auch diesmal hat der Täter eine Mitteilung hinterlassen.«

»Heather Brown? Der Name sagt mir nichts. Haben Sie Smithe überprüft?«

»Ja, der ist auf der Farm seiner Eltern. Unserer Schätzung nach ist sie gegen neunzehn Uhr ermordet worden. Ein Fernsehteam hat Smithe auf die Farm begleitet und ihn kurz vor achtzehn Uhr gefilmt. Er ist noch immer dort; er kommt nicht als Täter in Frage.«

»Was ist mit dem Zuhälter des Mädchens?«

»Nach dem fahnden wir noch. Deshalb brauchen wir Sie hier – Sie sollen sich das Mädchen ansehen, ob Sie's vielleicht kennen, und vielleicht ein paar Leute aus ihrem Umfeld in die Mangel nehmen.«

»Arbeitet die Sitte schon daran?«

»Klar. Sie kennen das Mädchen, aber sie haben noch keinen brauchbaren Hinweis liefern können.«

»Wo ist's passiert?«

»In Randy's Motel an der South Hennepin Avenue.«

»Das kenne ich. Okay, ich komme so schnell wie möglich.«

Er legte auf, wandte sich an Carla, die ihre Bluse wieder zuknöpfte, und drückte eine Handfläche an ihre Brust.

»Tut mir leid, aber ich muß fort«, sagte er.

»Wen hat's diesmal erwischt?« Ihre Stimme klang leise, deprimiert.

»Eine Nutte in einem Stundenhotel. Alles deutet auf unseren Mann hin, aber die Sache ist irgendwie... unheimlich. Er scheint fast spontan gehandelt zu haben. Und dies ist das erste Mal, daß er sich für eine Nutte interessiert hat.« Lucas zögerte. »Ich möchte dich um einen Gefallen bitten, den du mir aber nicht übelnehmen darfst.«

Carla zuckte mit den Schultern. »Los, raus mit der Sprache!« verlangte sie stirnrunzelnd.

»Könntest du für ein paar Minuten einen kleinen Spaziergang zum Steg machen?«

»Klar doch.«

»Ich müßte mal telefonieren und...« Er machte eine hilflose Handbewegung. »Es ist nicht so, daß ich dir nicht traue, aber es wäre besser, wenn ich ungestört telefonieren könnte. Manchmal tue ich Dinge, die sich am Rande der Legalität bewegen. Wenn es zu einer Schwurgerichtsverhandlung käme... Ich möchte nicht, daß du einen Meineid leistest oder auch nur denkst, du müßtest für mich lügen.«

Carla lächelte unsicher. »Schon gut. Ich gehe also spazieren. Kein Problem.«

»Mir kommt's wie ein Problem vor.« Lucas fuhr sich mit allen zehn Fingern durchs Haar. »Jede Frau, mit der ich in diese Situation gerate, glaubt sofort, ich hätte kein Vertrauen zu ihr.«

»Hast du das schon oft erlebt?« fragte sie.

»Mehrmals. Das macht mich ganz verrückt.«

»Okay. Du bist eben ein Cop.«

Sie griff nach einem seiner langärmeligen Flanellhemden, das sie an kühlen Abenden getragen hatte, und lächelte Lucas zu. »Mach dir um Himmels willen keine Sorgen deswegen. Ich bin unten am Steg. Du brauchst nur zu rufen, wenn du fertig bist.«

Er beobachtete, wie Carla das Haus verließ, und sah dann ihre Silhouette vor dem dunklen Wasser, als sie auf den Steg hinaustrat. Erst jetzt nahm er den Hörer ab und wählte eine Nummer.

»Ich muß dringend Annie McGowan sprechen. Es handelt sich um einen Notfall.«

»Und wer möchte sie sprechen?«

»Sagen Sie ihr, daß Red Horse anruft.«

Sekunden später war die McGowan am Apparat.

»Annie, der Werwolf hat wieder eine Frau ermordet. Weißt du das schon?«

»Nein.« Sie sprach hastig, aufgeregt. »Wo ist's passiert?«

»In Randy's Motel in der South Hennepin Avenue. Eine junge Prostituierte, die sich auf der Straße Heather Brown genannt hat. Unsere Leute sind jetzt am Tatort, und ich schlage vor, daß du mit einem Kamerateam hinfährst. Und ich kann dir noch einen Tip geben, den unsere Psychologen erarbeitet haben. Der Chief und die anderen Kriminalbeamten werden ihn vermutlich abstreiten, weil solche vertraulichen Informationen nicht für die Öffentlichkeit bestimmt sind, aber wir haben damit gerechnet, daß er eine Stricherin ermorden würde.«

»Mein Gott, warum?«

»Unsere Psychologen sagen, daß der Kerl wahrscheinlich so häßlich, für Frauen so unattraktiv ist, daß er nicht nur impotent ist, sondern auch keine Freundin kriegen kann. Vermutlich trägt eines zum anderen bei. Aber wir wissen nicht, ob das an seinem Aussehen liegt. Vielleicht an seiner Körperchemie oder so ähnlich. Wer weiß, vielleicht stinkt er entsetzlich...«

»Wow!«

»Okay, du weißt, was ich meine. Richtig widerwärtig – wie eine menschliche Echse. Diesen Tip würde ich keinem anderen Reporter geben, aber mir hat gefallen, wie du meinen Hinweis auf seine Impotenz in deine Story eingearbeitet hast. Nachdem er jetzt eine Stricherin ermordet hat, ist dieser Tip vielleicht geeignet, den Leuten, die den Now Report sehen, einen exklusiven Einblick in die Psyche eines Serienmörders zu geben, denke ich.«

»Das ist wirklich heavy, Lu... äh, Red Horse. Ich muß sofort hin, aber ich melde mich später wieder. Kann ich dich zu Hause erreichen?«

»Nein, ich bin drei Stunden weit weg im Norden. Ich fahre jetzt los und dürfte kurz vor Mitternacht ankommen. Vermutlich bin ich irgendwann nach ein Uhr zu Hause und bis gegen drei Uhr wach. Das wäre die beste Zeit, falls du zurückrufen mußt.«

»Okay. Danke, Red Horse.«

Carla stand, in das Flanellhemd gewickelt, auf dem Bootssteg.

»Fährst du jetzt?«

»Ja.«

»Ich begleite dich zum Auto.«

»Ich wäre gern länger geblieben«, sagte er.

»Du kannst ja zurückkommen.«

»Sobald es geht.« Er nahm sie in die Arme und küßte sie zum Abschied. Sie klammerte sich sekundenlang an ihn, machte sich dann frei und ging ins Haus zurück. Lucas setzte sich in seinen Porsche, wendete und fuhr in Richtung Twin Cities davon.

Es war aufregend, auf schmalen Straßen durch die North Woods zu rasen, aber im allgemeinen tat Lucas das lieber bei Tageslicht. Nachts schienen die Bäume an den Straßenrändern näher zusammenzurücken, so daß die Fahrbahn noch schmaler wirkte. Er fuhr zu schnell, als daß er innerhalb der Reichweite seiner Scheinwerfer hätte bremsen können, und nahm die vorbeiflitzenden Strom- und Telefonmasten kaum noch wahr.

Nach etwa dreißig Meilen – die Grenze Minnesotas lag schon hinter ihm – röhrte er an einem Rastplatz vorbei und sah rote Blinklichter hinter sich, als ein Streifenwagen auf die Straße hinausfuhr. Lucas bremste, hielt am Straßenrand und stieg mit bereitgehaltener Plakettenhülle aus. Der Streifenpolizist stand bereits auf der Fahrbahn, seine rechte Hand lag an der Waffe, in der anderen hielt er eine lange Stabtaschenlampe.

»Ich bin ein Cop aus Minneapolis, der dringend in die Cities zurück muß«, erklärte Lucas dem Uniformierten, während er ihm seine Plakette hinstreckte. »Lieutenant Lucas Davenport. Der Werwolf-Killer hat heute abend eine junge Nutte ermordet. Ich muß so schnell wie möglich in meine Dienststelle.«

»Aha«, sagte der Streifenpolizist. Er betrachtete die Plakette und den Dienstausweis im Licht seiner Taschenlampe und richtete den Lichtstrahl kurz auf Lucas' Gesicht.

»Wenn Sie Ihren Dispatcher rufen, kann er sich von unserem bestätigen lassen, daß ich...«

»Ich kenne Sie aus dem Fernsehen«, unterbrach ihn der Uniformierte. Er gab Lucas die Plakette zurück. »Von mir kriegen Sie keinen Strafzettel, aber einen guten Rat, okay? Ich hab' Sie mit dreiundachtzig Stundenmeilen gestoppt. Wenn Sie von hier aus bis zur Interstate mit fünfundfünfzig statt dreiundachtzig fahren, verlieren Sie nur zwei Minuten. Prallen Sie mit dreiundachtzig mit einem Hirsch oder Bären zusammen, sind Sie tot. Sie können von Glück sagen, daß Sie noch keinen Zusammenstoß gehabt haben. Vor allem die Bären sind jetzt unterwegs. Mit Ihrem Wagen wäre ein Zusammenprall mit 'ner alten Bärin so gut, als würden Sie gegen 'ne Mauer fahren.«

»Ja, ich weiß. Ich bin nur verdammt in Druck.«

»Gut, aber lassen Sie sich trotzdem Zeit«, riet der Streifenpolizist. »Ich funke die Kollegen auf der Interstate an und sage ihnen, daß Sie ein bißchen Zeit aufholen wollen. Fahren Sie nicht schneller als hundert, dann kriegen Sie auf der Interstate keine Schwierigkeiten.«

»Danke, Mann.« Lucas ging zu seinem Wagen zurück.

»He, Davenport!«

Lucas drehte sich bei halbgeöffneter Tür um. »Ja?«

»Sehen Sie zu, daß Sie den Scheißkerl schnappen!«

Das Motel war ein ebenerdiges, schäbiges L-förmiges Gebäude, an dessen Rezeption ein handgemaltes Schild »Zimmer frei!« hing. Als Lucas vorfuhr, parkten dort ein halbes Dutzend Polizeifahrzeuge und vier Übertragungswagen verschiedener Stationen. Er sah Jennifer und – etwas weiter weg – Annie McGowan, beide mit Kameramännern. Er quetschte den Porsche zwischen zwei Streifenwagen, stieg aus, schloß ab und ging auf das gelbe Trassierband zu, mit dem die Moteleinfahrt abgesperrt war.

»Lucas!«

»He Jennifer...«

»Du Hundesohn, du hast ihr schon wieder 'nen Tip gegeben!«

»Wem?«

»Das weißt du genau – der McGowan.« Jennifer sah aufgebracht zu ihrer Konkurrentin hinüber.

»Von mir hat sie keinen Tip gekriegt«, log Lucas. »Ich bin im Blockhaus gewesen, verdammt noch mal!«

»Okay, aber irgend jemand versorgt sie mit erstklassigen Informationen. Damit ist sie uns allen eine Nasenlänge voraus.«

»So geht's manchmal in der Branche, was?« Er bückte sich, um unter dem gelben Band hindurchzuschlüpfen. »Ruf mich morgen an. Vielleicht hab' ich dann einen Tip für dich.«

»He, Lucas, bist du etwa noch sauer? Wegen der Sache mit Smithe?«

»Wir müssen miteinander reden«, stellte er fest. »Wir müssen eine Vereinbarung treffen. Hast du morgen abend frei?«

»Ja, klar.«

»Gut, dann lade ich dich irgendwohin zum Essen ein. Wir werden uns schon einigen.«

»Großartig!« stimmte sie lächelnd zu. Lucas wandte sich ab und sah Anderson, von Reportern umringt, vor der Rezeption stehen.

»Okay, was ist passiert?« fragte er und legte eine Hand auf Andersons Arm.

»Am besten sehen Sie's sich selbst an.« Anderson ging über den asphaltierten Parkplatz voraus.

»Wer hat sie gefunden?«

»Der Nachtportier.« Anderson wies mit dem Daumen nach hinten. »Die Kleine hat jeweils beim Kommen und Gehen an sein Fenster geklopft. Auch diesmal hat sie angeklopft, als sie gekommen ist, aber das zweite Klopfen ist ausgeblieben. Nach einiger Zeit hat er seinen Kopf aus dem Fenster gesteckt und einen hellen Lichtschein unter ihrer Tür gesehen. Der Mörder hatte sie offenbar nicht ganz geschlossen. Das hat den Nachtportier so neugierig gemacht, daß er hingegangen ist und angeklopft hat. Und dann hat er sie aufgefunden.«

»Hat er den Täter gesehen?«

»Nein. Er hat nicht mitgekriegt, mit wem sie gekommen ist.«

»Ist der Nachtportier Vinnie Short?«

»Keine Ahnung, wie er heißt«, sagte Anderson. »Aber falls das ein Spitzname ist, paßt er gut, denn der Kerl ist ziemlich klein.«

Heather Brown war wie alle Opfer des Werwolfs gefesselt, aber im Gegensatz zu den anderen waren ihre Arme rechtwinklig ausgestreckt, als sei sie gekreuzigt worden. Unter dem Brustbein steckte ein Messer bis zum Heft im Körper. Ihr Kopf mit den weit aufgerissenen Augen war etwas zur Seite gedreht. An den Oberschenkeln hatte sie mehrere lange dünne Narben, die sich sogar unter ihrer allzu gleichmäßigen Sonnenbankbräune weiß abzeichneten.

»Kenn' ich nicht«, sagte Lucas. Ein Kollege vom Sittendezernat kam herein. »Kennen Sie das Mädchen?«

»Ich hab' sie ein paarmal gesehen, sie ist seit ein paar Jahren auf der Straße«, antwortete der Cop. »Sie hat auf der University Avenue in St. Paul gearbeitet, aber dann ist ihr Alter an 'ner Überdosis Crack draufgegangen, und sie ist für einige Zeit untergetaucht.«

»Sie reden von Louis the White?«

»Richtig. Sehen Sie die Narben an ihren Beinen? Die sind sein Markenzeichen gewesen. Er hat seine Mädchen mit Drahtkleiderbügeln geschlagen. Angeblich hat er diese Behandlung nie wiederholen müssen.«

»Aber er ist tot«, stellte Lucas fest.

»Seit acht Monaten. Um Louis ist's nicht schade. Aber ich kann Ihnen eines sagen: Seine Mädchen sind auf Besonderheiten spezialisiert gewesen. Wasserspiele. Fesselspiele, S/M-Spiele und so weiter. Vielleicht hat der Täter sie von daher gekannt. Wie sie gefesselt ist... so kann man nur eine fesseln, die freiwillig mitmacht.«

»Eure Jungs wissen nicht, für wen sie zuletzt gearbeitet hat?«

»Nein. Ich hab' sie schon länger nicht mehr gesehen«, antwortete der Cop vom Sittendezernat.

»Wir haben mit dem Nachtportier gesprochen. Er behauptet, praktisch nichts von ihr zu wissen«, sagte Anderson. »Seiner Aussage nach ist sie seit etwa drei Wochen hergekommen. Sie ist abends in der Rezeption erschienen, hat das Zimmer für die Nacht bezahlt und ist wieder gegangen. Pro Nacht ist sie dann mit zwei, drei Kerlen zurückgekommen und hat jedesmal beim Kommen und Gehen ans Fenster geklopft. Das Bett hat sie immer selbst in Ordnung gebracht.«

»Wieviel hat sie fürs Zimmer bezahlt?«

»Keine Ahnung«, sagte der Cop vom Sittendezernat. »Aber das kann ich feststellen.«

»Normalerweise ist bei jedem Freier der Zimmerpreis aufs neue fällig. Die Zimmer werden nicht für die ganze Nacht vermietet. Bestimmt nicht in einschlägigen Motels. Und nicht, wenn die Leute wissen, was in den Zimmern passiert.«

»Das weiß dieser Kerl genau«, erwiderte der Cop.

»Ist der Nachtportier Vinnie Short?«

»Yeah.«

»Wir kennen uns schon lange. Ich rede mal mit ihm«, meinte Lucas. Er sah sich erneut in dem schäbigen Motelzimmer um. »Nichts, was?«

»Nicht viel – bis auf die Mitteilung, die er hinterlassen hat.«

»Wie lautet sie?«

»›Niemals eine Waffe nach Gebrauch bei sich tragen.‹«

»Dieser Scheißkerl! Viel hinterläßt er nicht gerade.«

Anderson ging wieder hinaus. Nachdem Lucas die Tote erneut betrachtet hatte, griff er nach ihrer Handtasche und sah sich den Inhalt an. Eine billige Plastikgeldbörse enthielt fünfzehn Dollar, einen Führerschein, eine Sozialversicherungskarte und ein halbes Dutzend Fotos. Er zog das deutlichste heraus und ließ es in die Handtasche gleiten. In dem Seitenfach entdeckte er zwei Papierbriefchen. Kokain.

»Hier stecken ein paar Viertelgrammportionen«, teilte Lucas dem Cop vom Sittendezernat mit. »Habt ihr den Tascheninhalt schon aufgenommen?«

»Noch nicht.«

»Tun Sie mir 'nen Gefallen und rufen Anderson her?«

Während der andere Cop vor die Tür trat, steckte Lucas das Foto aus der Geldbörse ein.

»Was gibt's?« Anderson erschien auf der Schwelle.

»Ich hab' zwei Koksbriefchen gefunden. Versiegeln Sie die Handtasche lieber in einem Beweismittelbeutel, bevor sie verschwindet.«

Vincent Short war klein, hatte langes, schütteres rotes Haar und bildete sich ein, wie Woody Allen auszusehen. Er wußte von nichts. Er kratzte sich den Kopf, schüttelte ihn, kratzte sich erneut. Schuppen rieselten wie Schneeflocken auf seinen schwarzen Rollkragenpullover. Zwei Cops aus dem Sittendezernat versuchten ihn auszuquetschen, als Lucas hereinkam.

»Lieutenant«, sagte er nervös.

»Vincent, mein Freund, wir müssen miteinander reden«, verkündete Lucas fröhlich. Er nickte den beiden Cops zu. »Kann ich unter vier Augen mit ihm reden? Wir sind alte Freunde.«

»Kein Problem«, antwortete einer der Cops.

»Habt ihr die Anmeldung des Mädchens gefunden?«

»Ja, die ist hier.«

Einer der Cops gab ihm die Meldekarte, und Lucas warf einen Blick auf die Endsumme: dreißig Dollar. »Danke. Bis später.«

Als die beiden gegangen waren, wandte sich Lucas an Short, der sich in seinen Sessel drückte.

»Vielleicht sollten wir ins Präsidium fahren, damit wir ungestört reden können«, schlug der Lieutenant vor.

»Davenport, Sie Scheißkerl...« Short begann zu weinen.

Lucas beugte sich über seinen Sessel und sprach freundlich weiter. »Vincent, du weißt, wer Heather Browns Zuhälter ist. Jetzt mußt du dir überlegen, vor wem du mehr Angst hast – vor ihm oder vor mir? Und ich will dir einen Tip geben. Wir fahnden hier nach einem Serienmörder. Für mich steht mein Job auf dem Spiel. Darum solltest du ganz entschieden mehr Angst vor mir haben.«

»Scheißkerl...«

»Und vielleicht solltest du daran denken, was der Boß sagen würde, wenn er erführe, daß du 'ner Nutte ein Zimmer für die ganze Nacht für nur dreißig Dollar gegeben hast. Für dich ist dabei ein Nebenverdienst rausgesprungen, stimmt's? Vielleicht ein bißchen Pussy, vielleicht eine kleine Provision? Hab' ich recht, Vincent?«

»Verdammter Scheißkerl...«

Lucas sah zu den auf die Straße hinausführenden Fenstern. Von draußen blickte niemand herein. Er packte Shorts Nasenscheidewand zwischen Daumen und Zeigefinger der rechten Hand und bohrte den Daumennagel hinein. Short warf den Kopf zurück, als sitze er auf dem elektrischen Stuhl, aber Lucas ließ nicht los und drückte Short seinen linken Daumen gegen den Kehlkopf, damit der andere nicht schreien konnte. Dieser stumme Kampf dauerte einige Sekunden; dann ließ Lucas los und trat einen halben Schritt zurück, während Short zusammensackte und laut stöhnend die Hände vors Gesicht schlug.

Lucas beugte sich über ihn und wischte Daumen und Zeigefinger an Shorts Pullover ab.

»Wer ist ihr Zuhälter?« fragte er halblaut.

»Lassen Sie mich in Ruhe, Davenport!«

»Wenn du glaubst, daß das weh getan hat, weiß ich noch ein paar Stellen, auf die du gar nicht kommen würdest«, drohte Lucas. »Auch dort bleiben keine Spuren zurück.«

»Sparks«, murmelte der andere fast unhörbar leise. »Aber sie dürfen ihm nicht verraten, wer's Ihnen gesagt hat.«

»Wer?«

»Jefferson Sparks. Sie arbeitet für Sparks.«

»Sparky? Verdammt noch mal!« Lucas klopfte Short auf die Schulter. »Danke, Vincent. Die Polizei weiß die Mithilfe unserer Bürger zu schätzen.«

Short starrte ihn mit rotgeränderten Augen und tränennassem Gesicht an.

»Hau ab, Arschloch!«

»Sollte das nicht stimmen, sollte Sparky nicht der Richtige sein, komme ich zurück«, versprach Lucas. Er lächelte Short zu. »Schönen Abend noch.«

Draußen wurde gerade die Tote abtransportiert und im grellen Licht der Fernsehscheinwerfer zum Leichenwagen gefahren. Als Lucas herankam, bildeten die Cops vom Sittendezernat eine kleine Gruppe, die den Abtransport vom Gehsteig aus beobachtete.

»Na, hat Ihr alter Freund Ihnen was verraten?«

»Sie hat für Jefferson Sparks gearbeitet«, berichtete Lucas.

»Sparky!« rief einer der Cops aus. »Ich weiß, wo er sich rumtreibt, glaub' ich.«

»Nehmt ihn fest«, sagte Lucas. »Am besten gleich wegen Zuhälterei. Morgen früh reden wir im Präsidium mit ihm.«

Anderson sprach mit dem Gerichtsmediziner. Dann kam er kopfschüttelnd zu Lucas herüber.

»Nichts?« fragte Lucas.

»Gar nichts.«

»Lassen Sie die Umgebung nach Zeugen abklappern?«

»Meine Leute sind überall unterwegs. Aber mit Ergebnissen ist nicht vor morgen zu rechnen.«

»Wir wissen, wer ihr Zuhälter gewesen sein soll«, erzählte Lucas. »Die Jungs von der Sitte wollen ihn sich schnappen. Wahrscheinlich haben sie ihn morgen.«

»Hoffentlich weiß er was«, sagte Anderson. »Langsam wird die Sache peinlich.«

Lucas arbeitete eine halbe Stunde an seinem Spiel und korrigierte Handlungsabläufe. Das war der schlimmste Teil der Arbeit an einem neuen Spiel. Mit dem letzten Schliff wurde man niemals fertig. Und da ihn der Mord an Heather Brown beschäftigte, konnte er sich nicht auf seine Arbeit konzentrieren.

Gegen zwei Uhr hörte er auf, aß einen Becher Erdbeerjoghurt, kontrollierte die Fenster und löschte das Licht. Er lag erst zehn Minuten im Bett, als es an der Haustür klingelte. Lucas stand leise auf und ging auf Zehenspitzen ins Arbeitszimmer, von dem aus er die Vorderfront des Hauses überblicken konnte.

Als er aus dem Fenster sah, klingelte es erneut. Vor der Haustür stand Annie McGowan, die im Licht der Straßenlampe leicht verlegen wirkte. Lucas rutschte mit dem Rücken zur Wand auf den Teppichboden und starrte in den dunklen Raum. Jennifer war schwanger. Carla wartete im Wochenendhaus. Lucas liebte Frauen, neue Frauen, unterschiedliche Frauen. Er liebte es, mit ihnen zu reden, ihnen Blumen zu schicken, sich nachts mit ihnen auszutoben. Annie McGowan war eine Schönheit – eine Frau mit dem Gesicht einer Helena, und sie hatte bestimmt einen herrlichen Körper mit rosa Brustspitzen und blasser Haut über festem Fleisch.

Aber sie war leider strohdumm. Lucas rieb sich den Nasenrükken, während er darüber nachdachte.

Draußen wartete Annie McGowan noch eine Minute lang, bevor sie sich abwandte und zu ihrem Wagen zurückging. Lucas stand auf und beobachtete durch den Spalt zwischen Wand und Vorhang, wie sie die Autotür öffnete, zögerte und sich noch einmal umsah. Das Fenster, an dem er stand, ließ sich hochkurbeln. Seine Hand lag auf der Kurbel; er hätte nur Sekunden gebraucht, um das Fenster zu öffnen und ihren Namen zu rufen, bevor sie davonfuhr. Aber Lucas blieb unbeweglich stehen. Sie setzte sich ans Steuer, knallte ihre Tür zu und stieß rückwärts aus der Einfahrt.

Im nächsten Augenblick war sie verschwunden. Lucas ging in sein Schlafzimmer zurück, legte sich hin und versuchte einzuschlafen.

Visionen von Annie...

# 15

Lucas' Bürotür war offen. Der Cop vom Sittendezernat schlenderte herein und ließ sich auf einen Besucherstuhl fallen.

»Sparky ist weg«, verkündete er.

»Verdammt noch mal!« sagte Lucas. »Kann denn nichts einfach sein?«

»Wir haben die Wohnung am Dupont Boulevard gefunden, aber er ist letzte Nacht abgehauen«, sagte der Cop. »Von dem Kerl, der über ihm wohnt, wissen wir, daß Sparky gegen Mitternacht heimgekommen ist, sein Zeug ins Auto geworfen hat und mit einer seiner Ladys weggefahren ist. Als ob er nicht wiederkommen wollte, hat der Mann gesagt.«

»Er hat von der Brown gewußt«, mutmaßte Lucas, kippte seinen Stuhl zurück und legte die Füße auf den Schreibtisch.

»Sieht ganz so aus.«

»Wohin ist er abgehauen?«

Der Cop vom Sittendezernat zuckte mit den Schultern. »Wir sind dabei rumzufragen. Er hat noch ein paar andere Frauen. Wir haben gehört, daß sie in einer Sauna draußen in der Lake Street anschaffen. Früher haben sie im Iron Butterfly gearbeitet, aber dieser Club hat zugemacht. Wir müssen eben weitersuchen.«

»Verwandte?«

»Keine Ahnung.«

»Wann haben wir ihn zuletzt drangekriegt?« fragte Lucas.

»Vor ungefähr einem Jahr – wegen Anstiftung zur Prostitution.«

»Hat er gesessen?«

»Drei Monate im Arbeitshaus.«

»Haben wir seine Akte oben?«

»Yeah. Ich könnte sie raussuchen.«

»Schon gut«, sagte Lucas. »Ich hab' im Augenblick nichts zu tun. Ich gehe selbst rüber und lasse sie mir geben.«

»Wir suchen weiter«, versprach der Cop. »Daniel sitzt uns allen im Nacken.«

Lucas stellte den Hebel des Schlosses seiner Bürotür um und wollte sie von außen schließen, als das Telefon klingelte. Er ging wieder hinein und nahm den Hörer ab.

»Lucas? Hier ist Jennifer. Gehen wir heute abend aus?«

»Klar. Um neunzehn Uhr?« Vor seinem inneren Auge erschien Carla: ihr Rücken gewölbt, ihre Brüste flach, ihr Mund halb geöffnet.

Carla Ruiz.

Jennifer Carey, schwanger. »Okay, einverstanden. Holst du mich hier ab?«

»Gut, dann bis später.«

Als Lucas hereinkam, wartete der Werwolf in der Verwaltungsstelle des Gerichts auf Akten. Der Werwolf erkannte ihn sofort und zwang sich dazu, wieder in die Akte in seiner Hand zu blikken. Lucas achtete nicht auf ihn. Er stieß die niedrige Schwingtür auf, durchquerte den Raum hinter der Absperrung und trat an den Glaskasten, indem die Leiterin der Verwaltungsstelle saß. Er steckte seinen Kopf durch die Tür und sagte etwas, das der Werwolf nicht ganz verstand. Die Leiterin sah auf und lachte, und Lucas ging hinein und setzte sich auf die Kante ihres Schreibtisches.

Der Lieutenant hatte eine lockere Art, um die der Werwolf ihn beneidete. Die Leiterin der Verwaltungsstelle war eine stahlgepanzerte Gerichtsveteranin, der nichts mehr imponieren konnte, aber in Davenports Gegenwart wurde sie zu einem kichernden Backfisch. Während er die beiden beobachtete, drehte Lucas sich plötzlich um und starrte ihn an, so daß ihre Blicke sich kurz begegneten. Der Werwolf erholte sich rasch und blätterte wieder in seiner Akte.

»Wer ist der Laffe an der Theke?« fragte Lucas.

Sie blickte an ihm vorbei zu dem Werwolf hinüber, der die Akte in den Rücklaufkorb gelegt hatte und jetzt zur Tür ging. »Rechtsanwalt. Die Firma fällt mir gerade nicht ein, aber er ist in letzter Zeit oft hier. Er hatte was mit dem Fall des jungen Barin zu tun – Sie wissen schon, der reiche Junge, der mit dem Auto in eine Fußgängergruppe gerast ist...«

»Yeah.« Der Werwolf verschwand nach draußen, und Lucas kam zur Sache. »Jefferson Sparks. Übler Bursche. Zuhälter. Ich brauche die neuesten Informationen über ihn.«

»Ich suche sie Ihnen gleich raus. Sie können sich an Loris Schreibtisch setzen. Sie ist heute krank«, sagte die Leiterin und deutete auf einen freien Schreibtisch vor der Absperrung.

Von Sparks existierten drei neuere Akten, die jeweils einen dünnen Stapel Durchschläge enthielten. Lucas studierte sie und fand ein halbes Dutzend Hinweise auf den Silk Hat Health Club. Er griff nach dem Telefon, rief das Sittendezernat an und ließ sich mit dem Kriminalbeamten verbinden, mit dem er vorhin gesprochen hatte.

»Wird der Silk Hat noch immer von Shirley Jensen geführt?« fragte er, als der andere sich meldete.

»Ja.«

»In Sparkys Akte kommt er mehrmals vor. Halten Sie's für möglich, daß seine Frauen dort arbeiten?«

»Leicht möglich. Dabei fällt mir übrigens ein, daß Shirley im Butterfly die Bücher geführt hat.«

»Danke. Ich fahre mal raus.«

»Halten Sie uns auf dem laufenden.«

Lucas legte auf, warf die Akten in den Rücklaufkorb und sah auf seine Armbanduhr. Kurz nach zwölf Uhr. Um diese Zeit arbeitete Shirley vermutlich.

Die schwarze Ladenfront des Silk Hats war zwischen einem Second-hand-Kleiderladen und einem Möbelverleih eingezwängt. Die Leuchtschrift im Schaufenster verkündete *Silk Hat Health Club,* und das Glas in Tür und Fenster war so schwarz gestrichen wie die übrige Fassade. Über dem Eingang hing eine kleine schmiedeeiserne Lampe, die irgendein Witzbold rot angesprüht hatte. Oder vielleicht kein Witzbold, dachte Lucas, sondern der Besitzer.

Lucas stieß die Tür auf und betrat den kleinen Warteraum. Hinter einem Couchtisch standen zwei Plastiksessel auf einem hochflorigen roten Teppich. Ein Aquarium mit Guppys nahm die Fensterbank hinter der schwarzgestrichenen Scheibe ein. Auf dem Couchtisch lagen einige abgegriffene *Penthouse*-Hefte.

Den Sesseln gegenüber befand sich eine zwei Meter lange Theke, die wie aus einer Arztpraxis geklaut aussah. Neben der Theke führte eine Tür in die hinteren Ladenräume.

Als Lucas den Warteraum betrat, hörte er einen Türsummer, und Sekunden später erschien eine junge Frau in einem tief ausgeschnittenen schwarzen Kleid hinter der Theke. Sie kaute einen Kaugummi, und auf der sanften Erhebung ihrer linken Brust war gerade noch ein tätowierter Junikäfer sichtbar. Sie sah aus wie Betty Boop, aber sie roch wie Juicy Fruit.

»Yeah?«

»Ich möchte mit Shirley reden«, sagte Lucas.

»Ich weiß nicht, ob sie da ist.«

»Sagen Sie ihr, daß Lucas Davenport auf sie wartet – und daß ich Kleinholz aus ihrer Bude mache, wenn sie ihren fetten Arsch nicht schnellstens hier rauswuchtet.«

Die junge Frau betrachtete ihn gelassen und kaute weiter; sie war nicht beeindruckt. »Ganz schön wild«, meinte sie lakonisch. »Ich hab' 'nen Kerl hier, mit dem Sie vielleicht reden sollten. Bevor Sie Kleinholz aus der Bude machen.«

»Wer?«

Sie musterte ihn und gelangte zu dem Schluß, daß ihm der Name vielleicht etwas sagen könnte. »Bald Peterson.«

»Bald? Okay, der soll auch rauskommen!« sagte Lucas unbekümmert, griff unter seine Jacke und zog die P7 heraus. Die junge Frau machte große Augen und hob erschrocken die Hände, als wolle sie eine Kugel abwehren. Lucas grinste sie an, trat gegen die Vorderfront der Theke, daß das dünne Holz splitterte, und holte zum nächsten Tritt aus. Die Schwarzgekleidete machte auf dem Absatz kehrt und verschwand eilig in den hinteren Räumen.

»Bald, du Schwanzlutscher, komm dort raus!« rief Lucas nach hinten. Er griff über die Theke, bekam die Unterseite der Abdeckplatte zu fassen, zerrte daran und riß sie knarrend hoch. Dann ließ er die schrägstehende Platte los, trat erneut gegen die Vorderfront und hörte Holz splittern. »Bald, du Hurensohn...«

Bald Peterson war einsfünfundneunzig groß und wog hundertzwanzig Kilo. Nach einer wenig erfolgreichen Laufbahn als

Boxer war er mit besserem Erfolg Berufsringer gewesen. In der Lake Street hielten ihn manche für einen Psychopathen, aber Lucas wußte sicher, daß er keiner war. Vor vielen Jahren, als Lucas noch Streifenpolizist gewesen war, hatte Bald ihn einmal auf dem Parkplatz eines Nachtclubs tätlich angegriffen. Bald hatte seine Fäuste gebraucht. Lucas hatte sich mit einer lederumhüllten Stahlrute gewehrt und ihn damit nach sechs Sekunden der ersten Runde k. o. geschlagen.

Während sie auf einen Krankenwagen gewartet hatten, war Bald wieder aufgewacht, und Lucas hatte ihn am Hemd gepackt und ihm gedroht, ihm bei der nächsten Schwierigkeit die Nase, die Zunge und den Schwanz abzuschneiden. Lucas wurde für einige Wochen vom Dienst suspendiert, bis die Ermittlungen wegen des Verdachts übermäßiger Gewaltanwendung im Sande verlaufen waren. Bald lag vier Monate im Krankenhaus und mußte anschließend ein weiteres halbes Jahr im Rollstuhl verbringen.

Wäre Bald tatsächlich ein Psychopath gewesen, dachte Lucas, hätte er ihn mit einem Messer oder einem Revolver überfallen – oder mit den Fäusten, wenn er wirklich verrückt gewesen wäre –, sobald er wieder laufen konnte. Aber das hatte er nicht getan. Seit damals hatte Bald stets einen weiten Bogen um Lucas gemacht.

»Bald, du Scheißkerl!« brüllte Lucas. Sein nächster Tritt ließ ein weiteres Feld der Holzfront der Theke zersplittern. Hinter der Tür polterte jemand die Treppe herunter, dann kam Shirley Jensen in den Warteraum gestürzt. Lucas steckte seine P7 weg.

»Du Arschloch!« kreischte die Jensen.

»Halt's Maul, Shirley«, sagte Lucas. »Wo ist Bald?«

»Er ist nicht da.«

»Die andere Fotze hat gesagt, daß er da ist.«

»Er ist nicht da, Davenport. Verdammt noch mal, sieh dir diesen Scheiß an...« Shirley Jensen war Ende Vierzig und hatte ein faltiges Gesicht, in dem jahrelange Überdosen von Bourbon, Zigaretten, Höhensonne und Kartoffelchips deutliche Spuren hinterlassen hatten. Sie hatte mindestens fünfzig Kilo Übergewicht. Das Fett schwabbelte unter ihrem Kinn, an Schultern und Oberarmen und unter ihrem breiten Goldlamégürtel. Jetzt verzog sie das Gesicht, und Lucas dachte, sie würde in Tränen ausbrechen.

»Ich will wissen, wohin Sparky getürmt ist.«

»Ich hab' gar nicht gewußt, daß er fort ist«, behauptete sie und starrte weiter ihre zertrümmerte Theke an.

Lucas beugte sich nach vorn, bis sein Gesicht nur mehr eine Handbreit von ihrer Nasenspitze entfernt war. Ihr pfannkuchenartiges Make-up war rissig wie ein ausgetrockneter Salzsee. »Shirley, ich mache Kleinholz aus deiner Bude. Wenn ich diesen Werwolf-Killer nicht fasse, geht's mir an den Kragen, und Sparky könnte Informationen haben, die ich brauche. Ich warte hier...« Er sah auf seine Armbanduhr. »...genau fünf Minuten. Wenn du bis dahin nicht weißt, wo er ist, komme ich hinter die Theke.«

»Sparky weiß was über den Werwolf?« Diese Idee verblüffte sie sichtlich.

»Gestern nacht ist eines seiner Mädchen ermordet worden. Der Werwolf macht sich jetzt an Nutten ran. Das ist einfacher, als andere Frauen auszukundschaften.«

»Okay, aber laß meinen Laden in Ruhe«, sagte Shirley. Sie wandte sich ab, watschelte hinaus und knallte die Tür hinter sich zu.

Sekunden später wurde die Eingangstür von der Straße aus geöffnet. Lucas wich zurück und trat zugleich einen Schritt zur Seite. Ein blasser, hagerer, schmalbrüstiger Mann in einem Siebzigdollaranzug kam herein, starrte blinzelnd die zertrümmerte Theke an und sah dann zu Lucas hinüber.

»Großer Gott, was ist hier los?«

»Hier findet eine Polizeirazzia statt«, erklärte Lucas unbekümmert. »Aber wenn Sie sich nur fit halten wollen – mit Liegestützen, Orangensaft und so –, können Sie ruhig nach hinten gehen.«

Als der Hagere trocken schluckte, hüpfte sein Adamsapfel zweimal auf und ab. »Okay, schon gut«, murmelte er dann und verschwand nach draußen. Lucas zuckte mit den Schultern, ließ sich in einen der Plastiksessel fallen und griff nach einem *Penthouse*-Heft. *»Ich hätte nie geglaubt, daß so was tatsächlich pas-*

*siert«, las er, »aber bevor ich davon erzähle, sollte ich mich vielleicht kurz vorstellen. Ich studiere an einer großen Universität im Mittleren Westen, und meine Mitstudentinnen hier finden, daß ich ziemlich gut bestückt bin. Eine Freundin hat mich mal vermessen und ist auf zweiundzwanzig Zentimeter steinharten...«*

»Davenport!« Shirley kam aus den hinteren Räumen zurück.

»Yeah?« Er warf das Magazin auf den Tisch.

»Ich weiß nicht, wo er genau ist – in welchem Hotel, meine ich«, sagte sie, »aber er scheint in Cedar Rapids in irgendeinem Hotel in der Innenstadt zu sein.«

»Iowa?«

»Richtig. Das Gebiet dort unten grast er ein paarmal pro Jahr ab. Sioux City, Des Moines, Waterloo, Cedar Rapids. Eines seiner Mädchen sagt, daß er dort ist; sie weiß nicht, in welchem Hotel, aber es muß in der Innenstadt sein.«

»Okay.« Lucas nickte. »Sollte er nicht dort sein...«

»Du Scheißkerl, du hast meine Theke demoliert!«

Jennifer Carey gefielen die Blumen. Auf jedem Tisch standen zwei Nelken, eine rote und eine weiße, in einer hohen Glasvase. Das Restaurant wurde von einer vietnamesischen Flüchtlingsfamilie geführt, der in Saigon ein französisches Restaurant gehört hatte. Der Alte und seine Frau finanzierten es, ihre Söhne waren für Küche und Geschäftsführung zuständig, die Schwiegertöchter bedienten, standen hinter der Bar und saßen an der Kasse, die zehnjährigen Enkel räumten Tische ab und spülten Geschirr.

»Einen großen Nachteil hat dieses Restaurant«, sagte Jennifer, »daß es nämlich bald entdeckt werden wird.«

»Warum nicht?« meinte Lucas. »Sie haben's verdient.«

»Schon möglich.« Jennifer betrachtete den Rotwein in ihrem Glas, in dem sich Lichtreflexe der Straßenbeleuchtung spiegelten. »Wie geht's mit uns weiter?« fragte sie nach kurzer Pause.

Lucas lehnte sich zurück und schlug die Beine übereinander. »Wie bisher kann's nicht weitergehen«, entschied er. »Du hast mir wirklich einen Tiefschlag verpaßt. Daniel weiß von unserer Beziehung, und sobald die Medien irgend etwas erfahren, hat er mich im Visier. Sogar wenn's sich um Channel Eight handelt.«

»Ich arbeite nicht mehr als Reporterin, zumindest vorläufig nicht«, antwortete Jennifer. Sie legte den Kopf schief, so daß ihre Haare vom Gesicht wegfielen, und Lucas bewunderte die sanfte Linie ihres Kinns und glaubte, in sie verliebt zu sein.

»Ja, aber wenn du einen Hinweis bekommst... Sag bloß, daß du ihn nicht an deine Kollegen weitergeben würdest!« wandte er ein.

Jennifer trank einen Schluck, stellte das Weinglas auf den Tisch, fuhr mit einem Finger über den Glasrand, hob plötzlich den Kopf und sah Lucas in die Augen. »Hast du mit der McGowan geschlafen?«

»Verdammt noch mal, Jennifer!« sagte Lucas irritiert. »Ich hab's nicht getan!«

»Okay. Aber ich bin mir deiner nicht ganz sicher«, stellte sie fest. »Irgend jemand versorgt sie mit Informationen – und dieser Irgendwer kennt die Ermittlungsergebnisse aus erster Hand.«

»Ich bin's nicht«, versicherte Lucas. Er beugte sich nach vorn. »Außerdem sind diese Tips, die sie kriegt...« Er machte eine Pause, biß sich auf die Unterlippe. »Ich könnte dir was erzählen, aber ich habe Angst, daß du das verwendest und mich damit wirklich in Schwierigkeiten bringst.«

»Hast du 'ne Story für mich?«

Lucas überlegte. »Es könnte eine werden. Sie wäre ziemlich ungewöhnlich. Und du würdest Annie McGowan damit eines auswischen.«

Jennifer schüttelte den Kopf. »Das täte ich nie. Wir beim Fernsehen tun so was nicht. Das wäre zu gefährlich, weil es einen Krieg auslösen könnte. Erzähl mir, was du weißt, Lucas. Wenn es wirklich so ist, wie du sagst, behalte ich deine Informationen für mich. Das verspreche ich dir!«

Lucas musterte sie prüfend. »Wirklich?«

»Wirklich.«

»Weißt du«, sagte er beiläufig, als messe er diesem Thema keine besondere Bedeutung zu, »ich habe schon früher damit gedroht, nie mehr mit dir zu reden, aber irgendwie hat's immer Gründe gegeben, dich wieder zu treffen. Ich könnte in jedem Fall eine Entschuldigung für das finden, was du getan hast.«

»Das ist riesig von dir.«

»Augenblick! Laß mich erst ausreden. Diesmal hast du mir etwas versprochen. Sollten diese Informationen rauskommen, weiß ich sofort, wer sie verbreitet hat. Und dann weiß ich auch, daß es keine Basis für ein Vertrauensverhältnis zwischen uns gibt. Niemals! Auch mit dem Kind nicht. Ich spiele jetzt kein Spiel – das ist bitterer Ernst.«

Jennifer lehnte sich zurück, blickte zur Decke und sah dann wieder zu Lucas hinüber. »Als kleines Mädchen habe ich mit meinem Vater ein Abkommen getroffen«, sagte sie langsam. »Wenn etwas wirklich wichtig war und er die ganze Wahrheit wissen mußte, habe ich sie ihm gesagt und ›Pfadfinderehrenwort!‹ hinzugefügt. Und wenn er mir etwas wirklich Wichtiges mitzuteilen hatte, hat er ›Pfadfinderehrenwort!‹ dazugesagt und das Pfadfinderzeichen gemacht, damit ich wußte, daß er's ernst meinte. Das mag komisch klingen, aber wir haben dieses Ehrenwort eisern gehalten.«

»Und du versprichst mir, nichts...«

»Pfadfinderehrenwort!« unterbrach Jennifer ihn und machte mit drei Fingern das Pfadfinderzeichen. »Mein Gott, wir wirken bestimmt lächerlich!«

»Okay«, sagte Lucas, »ich wollte dir folgendes erzählen: Ich weiß nicht, woher die McGowan ihre Informationen hat, aber sie sind zum größten Teil falsch. Sie sagt, wir würden glauben, daß der Kerl impotent ist, nicht gut riecht oder gräßlich aussieht – aber das stimmt alles nicht! Das sind nur Latrinenparolen. Wir vermuten, daß ihr Informant ein ahnungsloser Cop ist, der lediglich am Rande mit den Ermittlungen befaßt ist.«

»Das ist alles Unsinn?« fragte Jennifer ungläubig.

»Richtig! Das mag verblüffend klingen, aber es ist trotzdem wahr. Sie hat eine sensationelle Meldung nach der anderen verbreitet – und alle sind Quatsch gewesen! Wenn du mich fragst, erfindet sie vielleicht alles selbst.«

»Und du schwindelst nicht, Davenport?« Sie starrte Lucas durchdringend an, und er erwiderte gelassen ihren Blick.

»Nein«, beteuerte er.

»Hast du mit der McGowan geschlafen?«

»Nein, ich habe nicht mit ihr geschlafen«, antwortete Lucas. Er machte mit drei Fingern das Pfadfinderzeichen. »Pfadfinderehrenwort«, fügte er hinzu.

Sie spielte mit dem Stiel ihres Weinglases und beobachtete, wie sich der Wein im Glas drehte. »In nächster Zeit muß ich über dich nachdenken, Davenport. Ich bin schon manchmal... verliebt gewesen. In andere Männer, meine ich. Aber diese Sache scheint sich ganz anders zu entwickeln.«

Am nächsten Morgen schliefen sie aus. Jennifer las die *Pioneer Press,* und Lucas machte das Frühstück, als das Telefon klingelte.

»Hier ist Anderson.«

»Yeah?«

»Aus Cedar Rapids hat ein Cop angerufen. Sie haben Sparky wegen Anstiftung zur Ausübung der Prostitution festgenommen und müssen...«

»Anstiftung zu was?«

»Irgendein erfundener Tatbestand. Er hat gesagt, daß der Staatsanwalt sie in den Hintern tritt, wenn er das erfährt. Sie müßten's ihm spätestens heute nachmittag kurz vor Dienstschluß melden. Wir haben Ihnen für zehn Uhr einen Flug gebucht, so daß Sie noch eine Stunde Zeit haben, um zum Flughafen zu kommen. Das Ticket liegt für Sie bereit.«

»Wie lange fährt man dorthin?«

»Fünf bis sechs Stunden. Das schaffen Sie nie, bevor der Staatsanwalt verständigt werden muß. Dann müssen die Kollegen Sparky vermutlich laufenlassen.«

»Schon gut, sagen Sie mir die Fluggesellschaft.« Lucas notierte sich die Einzelheiten, legte auf und ging ins Schlafzimmer, um Jennifer zu informieren.

»Ich frage lieber nicht, warum«, sagte sie grinsend.

»Wenn du willst, erzähl' ich's dir. Aber dann brauche ich dein Pfadfinderehrenwort, daß du nichts weitersagst.«

»Danke, ich halt's auch so aus«, wehrte Jennifer ab. Sie grinste noch immer. »Und wenn du fliegen mußt, machst du am besten den Bourbon auf.«

Die zwischen dem Twin Cities International Airport und Cedar Rapids verkehrende Fluggesellschaft war absolut zuverlässig. Sie hatte noch keinen Absturz zu verzeichnen. Damit warb sie sogar in ihren Anzeigen. Trotzdem umklammerte Lucas die Armlehnen seines Sitzes geradezu krampfhaft. Die alte Dame neben ihm beobachtete ihn neugierig.

»Dies ist bestimmt nicht Ihr erster Flug«, sagte sie zehn Minuten nach dem Start.

»Nein, leider nicht«, antwortete Lucas.

»Fliegen ist viel sicherer als Autofahren«, beschwichtigte ihn die alte Dame. »Es ist sicherer, als über die Straße zu gehen.«

»Ja, ich weiß.« Lucas starrte angestrengt geradeaus. Er wünschte der Alten einen Schlaganfall. Irgendwas, damit sie die Klappe hielt.

»Diese Gesellschaft fliegt wunderbar sicher. Sie hat noch keine Maschine durch Absturz verloren.«

»Mmm.« Lucas nickte.

»Na, machen Sie sich keine Sorgen, in einer Stunde sind wir da.«

Lucas drehte langsam den Kopf zur Seite. Er hatte das Gefühl, daß seine Halswirbel eingerostet waren. »In einer Stunde? Wir sind doch schon ziemlich lange unterwegs.«

»Erst zehn Minuten«, sagte die alte Dame heiter.

»Großer Gott!«

Der Polizeipsychologe hatte ihm auseinandergesetzt, daß er Angst vor dem Verlust an Kontrolle hatte.

»Sie werden nicht mit der Vorstellung fertig, daß Ihr Leben in der Hand anderer liegt – und seien sie noch so kompetent. Aber Sie müssen daran denken, daß Ihr Leben stets in der Hand anderer liegt. Sie könnten auf die Straße treten und von einem Besoffenen in einem Cadillac niedergewalzt werden. Das ist viel wahrscheinlicher als ein Flugzeugabsturz.«

»Okay, aber einen Besoffenen würde ich vielleicht kommen sehen. Ich könnte spüren, daß er auf mich losfährt. Ich könnte mich zur Seite werfen. Ich könnte irgendwie Glück haben. Aber wenn ein Flugzeug nicht mehr fliegt…« Lucas' Handbewegung imitierte eine abstürzende Maschine. »Finito!«

»Das ist irrational«, entgegnete der Psychologe.

»Das weiß ich«, bestätigte Lucas. »Ich will herausfinden, was ich dagegen tun kann.«

Der Psychologe zuckte mit den Schultern. »Nun, Sie könnten's mit Hypnose versuchen. Und es gibt einige Bücher, die helfen sollen. Aber an Ihrer Stelle würde ich mir einfach ein paar Drinks genehmigen. Und versuchen, möglichst nicht zu fliegen.«

»Was ist mit Medikamenten?«

»Sie könnten's mit Beruhigungsmitteln versuchen, aber von denen werden Sie bloß benommen. Nicht empfehlenswert, wenn Sie am Ziel Ihrer Reise einen klaren Kopf brauchen.«

Auf dem Flug nach Cedar Rapids wurden keine alkoholischen Getränke serviert. Lucas hatte keine Beruhigungspillen bei sich. Als das Fahrwerk ausgefahren wurde, glaubte er, daß sein Herz aussetzen müßte.

»Das sind bloß die Räder, die rauskommen«, sagte die alte Dame beruhigend.

»Das weiß ich«, knurrte Lucas.

Lucas ließ sich den Rückflugpreis erstatten.

»Dabei verlieren Sie aber Geld«, warnte ihn die Hosteß.

»Das ist mein geringstes Problem«, versicherte Lucas. Er mietete einen Wagen, den er in Minneapolis zurückgeben konnte, und ließ sich den Weg zum Polizeirevier erklären. Die Station war ein älteres Gebäude, ein vierkantiger Betonklotz, bei dem die Funktion wichtiger als die Form war. Eigentlich typisch Iowa, dachte er. Ein Cop namens MacElreney erwartete ihn dort.

»Caroll MacElreney«, stellte er sich vor. Er hatte ein Pferdegebiß und einen Schnurrbart. Zu seinem grünmelierten Tweedsakko trug er eine braune Hose und braun-weiße Golfschuhe.

»Lucas Davenport.« Sie schüttelten sich die Hände. »Sie haben uns einen großen Gefallen getan. Wir sitzen wirklich in der Scheiße.«

»Ja, ich hab' davon gelesen. Sergeant Anderson hat gesagt, daß Sie Sparks nicht für den Täter halten – aber daß er vielleicht was weiß. Das stimmt doch?«

»Yeah. Vielleicht.«

»Mal sehen, was dabei rauskommt.« MacElreney ging zum Vernehmungsraum voraus. »Mr. Sparks ist nicht gern bei uns. Er fühlt sich unfair behandelt.«

»Der Kerl ist ein Arschloch«, stellte Lucas fest. »Haben Sie sein Mädchen aufgegriffen?«

»Ja. Ziemlich jung.«

»Sind sie das nicht alle?«

Sparks saß auf einem der drei Metallbürostühle, als Lucas mit dem Cop aus Cedar Rapids in den Vernehmungsraum kam. Er wird alt, dachte Lucas, während er ihn musterte. Er kannte Sparks seit den frühen siebziger Jahren von der Straße her. Damals hatte Sparks noch pechschwarzes Haar und einen imposanten Afrohaarschnitt gehabt. Jetzt war er ergraut und hatte tiefe Falten im Gesicht. Seine Nase war breitgeschlagen, und seine nikotingelben Zähne standen schief. Er wirkte sorgenvoll.

»Davenport«, sagte er ausdruckslos. Das Weiße seiner Augen war fast so gelb verfärbt wie seine Zähne.

»Sparky. Tut mir leid, daß sie dich wieder mal geschnappt haben.«

»Sparen Sie sich den Scheiß, und sagen Sie schon, was Sie wollen!«

»Wir wollen wissen, warum du eine Viertelstunde, nachdem einer deiner Ladys das Herz aus dem Leib geschnitten worden ist, aus der Stadt getürmt bist.«

Sparks zuckte zusammen. »Das Herz...«

»Erzähl keinen Scheiß, Sparky. Uns interessiert nur, wo du das Messer versteckt hast.« Lucas machte eine Pause und sah zu MacElreney hinüber. »Haben Sie ihn über seine Rechte belehrt?«

»Nur wegen der Prostitutionssache.«

»He, dann wird's aber Zeit, dazu brauch' ich meine Karte...« Als Lucas nach seiner Brieftasche griff, unterbrach ihn Sparks.

»Augenblick, Davenport!« Sparks wirkte jetzt noch sorgenvoller. »Verdammt noch mal, ich hab' Zeugen dafür, daß ich nix in dieser Art gemacht hab'. Ich hab' das Mädchen geliebt.«

Lucas schob seine Geldbörse wieder in die Tasche.

»Aber du hast gesehen, wer's getan hat?«

»Nun, ich weiß nicht recht...«

Lucas beugte sich nach vorn. »Ich persönlich glaube nicht, daß du's gewesen bist, Sparky. Aber du mußt mir was Brauchbares in die Hand geben. Irgendwas, das ich auf den Tisch legen kann. Die Jungs von der Sitte wollen dir was anhängen. Weißt du, was sie sagen? Klar, sagen sie, wahrscheinlich ist er's nicht gewesen, aber er ist schon längst fällig, und diese Sache können wir ihm anhängen. Wenn wir den alten Sparky nach Stillwater verfrachten, haben wir 'ne Menge Probleme weniger. *Das* sagen sie. Außerdem hat deine Lady Koks in der Handtasche gehabt, was auch nicht gerade gut ankommt...«

Sparks leckte sich die Lippen. »Dann hat die Schlampe also doch gekokst!«

»Mir ist das egal, Sparky. Was hast du mitgekriegt?«

»Ich hab' diesen Kerl gesehen...«

»Augenblick, ich schalte nur meinen Recorder ein«, sagte Lucas.

Sparks war süchtig nach Crack und brauchte deswegen ständig Geld. An dem Abend, an dem Heather Brown ermordet worden war, hatte er auf der Bank einer Bushaltestelle auf der anderen Straßenseite gesessen und darauf gewartet, daß sie Geld ranschaffte. Er hatte beobachtet, wie ihr letzter Freier sie ansprach.

»Ist's nicht schon ziemlich dunkel gewesen?«

»Yeah, aber dort unten stehen diese großen bläulichen Lampen.«

»Okay.«

Der Werwolf hatte nichts wirklich Auffälliges an sich gehabt. Mittelgroß. Weiß. Regelmäßige Züge, rundliches Gesicht. Okay, vielleicht ein bißchen Übergewicht. Er war geradewegs auf sie zugesteuert; die beiden schienen nicht lange verhandelt zu haben.

»Glaubst du, daß sie ihn gekannt hat?«

»Schon möglich, aber davon weiß ich nichts. Ich hab' ihn vorher nie gesehen, und sie hat schon einige Zeit auf der Straße gestanden. Stammkunde war er keiner – jedenfalls nicht, seitdem sie für mich gearbeitet hat.«

»Ist sie noch immer auf dem S/M-Trip gewesen?«

»Yeah, ein paar Jungs sind extra ihretwegen vorbeigekommen.« Er hob abwehrend die Hände. »Ich hab' sie nie dazu gezwungen. Ihr hat's gefallen, ein bißchen geschlagen zu werden. Und damit hat sie gutes Geld verdient.«

»Okay, bleiben wir bei diesem Kerl. Wie war er angezogen? Modisch?«

»Nein, überhaupt nicht«, antwortete Sparks. »Er hat wie 'n Farmer ausgesehen?«

»Wie ein Farmer?«

»Yeah. Er hat eine dieser Schirmmützen getragen, Sie wissen schon, mit irgend'nem Reklamescheiß über dem Schirm. Und er hat eine dieser billigen Jacken angehabt, die man an Tankstellen kriegt. Baseballjacken.«

»Weißt du bestimmt, daß der Kerl ihr letzter Freier gewesen ist?«

»Yeah, der muß es gewesen sein. Sie ist mit ihm ins Motel gegangen, und ich hab' mir'n Bier gekauft. Als nächstes hab' ich die Sirenen auf der Straße gehört.«

»Farmer klingt nicht richtig«, stellte Lucas fest.

»Nun...« Sparks kratzte sich am Kopf. »Er hat auch nicht wie einer ausgesehen. Er hat irgendwas an sich gehabt...«

»Was?«

»Keine Ahnung. Aber irgendwas ist's gewesen.« Er kratzte sich erneut am Kopf.

»Hast du seinen Wagen gesehen?«

»Nö.«

Lucas bohrte weiter, aber mehr fiel Sparks nicht ein.

»Würdest du ihn wiedererkennen?«

»Hmmm.« Sparks starrte nachdenklich den Fußboden zwischen seinen Füßen an. »Wahrscheinlich nicht. Vielleicht. Ich meine, wenn er nachts mit denselben Klamotten vor mir herginge, würde ich sofort sagen: ›Da, das ist der Bastard!‹ Aber bei 'ner Gegenüberstellung würde ich ihn wohl nicht erkennen. Ich hab' auf der anderen Straßenseite gesessen. Und die Beleuchtung war nicht gerade toll.«

»Okay.« Lucas stellte den Kassettenrecorder ab. »Wir wollen

dich in den Cities zurückhaben, Sparky. Du kannst deine Pferdchen traben lassen. Keiner belästigt dich, bis wir diesen Kerl gefaßt haben. Sobald wir ihn aufgespürt haben, mußt du ihn dir ansehen. Für alle Fälle.«

»Ich werd' nicht eingelocht?«

»Nicht, wenn du cool bleibst.«

»Okay. Und was ist mit dem Scheiß, wegen dem sie mich hier festhalten?«

MacElreney schüttelte den Kopf. »Wenn Mineapolis Sie nicht will, können wir Sie binnen zehn Minuten entlassen.«

»Wir wollen ihn nicht«, bestätigte Lucas. Er wandte sich erneut an Sparks. »Aber wir wollen dich in den Cities zurückhaben. Falls du auf dem Rückweg weitere Städte in Iowa abgrast, wirst du überall verjagt. Sieh zu, daß du nach Minneapolis zurückkommst.«

»Klar. Mit Vergnügen! Für Leute wie mich geht's hier viel zu bäurisch zu.« Sparks sah zu MacElreney hinüber. »Ich wollte aber niemanden beleidigen, Officer.«

MacElreney schien beleidigt zu sein.

Lucas hatte gerade die Tür des Mietwagens aufgesperrt, als MacElreney von der Treppe vor dem Polizeirevier aus seinen Namen rief. Sparks tauchte hinter ihm auf, und die beiden kamen gemeinsam heran.

»Mir ist eingefallen, was an dem Burschen so komisch gewesen ist«, sagte Sparks. »Sein Haarschnitt ist's gewesen!«

»Sein Haarschnitt?«

»Yeah. Wissen Sie, als die beiden ins Motel abmarschiert sind, hat er die Mütze abgenommen. Sein Gesicht konnte ich dabei nicht sehen, bloß den Hinterkopf. Aber ich dachte noch, daß er keinen richtigen Farmerhaarschnitt hat. Sie wissen doch, daß bei Farmern immer die Ohren rausstehen? Oder daß sie aussehen, als hätte ihre Alte ihnen 'nen Topf aufgesetzt und die Haare rundum abgeschnitten? Aber seine Frisur ist richtig *gestylt* gewesen. Wie Ihre – oder wie bei 'nem Arzt oder Anwalt oder Geschäftsmann oder so jemand. Topmodisch. Nicht wie bei 'nem echten Farmer. So 'nen Farmer hab' ich noch nie gesehen.«

Lucas nickte. »Okay. Und er ist blond gewesen, stimmt's?«

Sparks schüttelte den Kopf. »Nö, echt dunkel.«

Lucas runzelte die Stirn. »Sparky, weißt du das bestimmt? Irrtum ausgeschlossen?«

»Nö, der Kerl war dunkelhaarig.«

»Scheiße.« Lucas dachte darüber nach. Irgendwie paßte das nicht. »Sonst noch was?« fragte er schließlich.

Sparks schüttelte den Kopf. »Nur, daß Sie allmählich alt werden. Ich weiß noch, wie ich Sie kennengelernt hab', als Sie Bald Patterson krankenhausreif geschlagen haben. Damals ist Ihr Gesicht glatt wie'n Babyarsch gewesen. Man sieht's, daß Sie verdammt viele Meilen draufhaben.«

»Danke, Sparky«, sagte Lucas. »Das hab' ich gebraucht.«

»Wir werden alle nicht jünger.«

»Klar. Das mit deiner Lady tut mir übrigens leid.«

Sparks zuckte mit den Schultern. »Frauen werden manchmal umgebracht. Und an Huren hat's schließlich keinen Mangel.«

Der Rest des Tages ging für die Rückfahrt drauf. Nachdem Lucas noch in Iowa gehalten hatte, um einen Cheeseburger mit Fritten zu essen, stellte er den Tempomat auf fünfundsiebzig und rollte kurz nach zwanzig Uhr über den Minnesota River nach Minneapolis hinein. Er gab den Mietwagen am Flughafen zurück, fuhr mit einem Taxi nach Hause und fühlte sich nach der langen Fahrt verspannt und schmuddelig. Eine siedendheiße Dusche befreite ihn von seinen Rückenschmerzen. Als er wieder angezogen war, holte er sich ein Bier aus dem Kühlschrank, ging damit ins zweite Schlafzimmer, stellte die Dose neben dem Bett auf den Fußboden, streckte sich aus und betrachtete die großen Blätter an der Wand.

Bell, Morris, Ruiz und Lewis. Der Werwolf. Die Daten. Eigenschaften. Lucas las sie durch, seufzte, stand auf, heftete ein sechstes Blatt an die Wand und schrieb mit seinem Magic Marker *Brown* darauf.

*Stricherin. Jung. Dunkelhaarig, dunkle Augen.* Die Personenbeschreibung paßte. Aber sie war in einem Motel ermordet worden, nachdem der Werwolf sie auf der Straße angesprochen hatte. Alle anderen waren in ihren Wohnungen überfallen worden – oder wie die Lewis in einem unbewohnten Haus, das sie hatte verkaufen wollen.

Er ging die übrigen Details des Falls Brown durch – auch ihr Erscheinen vor Gericht. Konnte der Werwolf ein Rechtsanwalt sein? Oder sogar ein Richter? Ein Gerichtsreporter? Wie stand es mit dem Protokollführer oder einem anderen Justizangestellten? Von denen gab es Dutzende...

Und dann fiel ihm das Messer auf. Diesmal hatte der Werwolf die Tatwaffe mitgebracht. Chicago Cutlery war eine teure gängige Marke, die in den Twin Cities nur die besten Department Stores und Spezialgeschäfte führten. Konnte er ein Feinschmekker sein? Ein begeisterter Hobbykoch? War es möglich, daß er das Messer erst vor kurzem gekauft hatte – und daß sich bei einer Überprüfung dieser Geschäfte jemand melden würde, der einem etwas dicklichen Weißen ein einzelnes Messer verkauft hatte?

Lucas begutachtete die Angaben auf dem Werwolf-Blatt. Vermutlich wohlhabend, vielleicht noch nicht lange hier. Aus Südwesten gekommen. Bürojob. Sparks hatte bestätigt, daß er hellhäutig war. Die Sache mit dem dunklen Haar war problematisch; Carla wußte bestimmt, daß seine Haut sehr hell gewesen war – und das ließ eigentlich auf helles Haar schließen. Lucas schüttelte den Kopf und schrieb »dunkles Haar?« dazu. Ganz unten auf die Liste notierte er: »Teurer Haarschnitt. Dunkelhaarig? Perücke? Verkleidet sich (Farmer). Feinschmecker?«

Danach sank er wieder aufs Kopfkissen zurück, nahm einen Schluck Bier, ließ die Dose auf seiner Brust stehen und las die Listen erneut durch.

Lucas sah auf seine Armbanduhr. Viertel vor zehn. Er stand auf, nahm das Bier mit, ging ins Arbeitszimmer und nahm den Telefonhörer ab. Nach kurzem Zögern wählte er die Nummer von Channel Eight.

»Sagen Sie Annie, daß Red Horse anruft«, verlangte er. Zehn Sekunden später war die McGowan am Apparat.

»Red Horse?«

»Yeah. Hör zu, Annie, hier ist ein Exklusivtip für dich. Im Fall

Brown gibt's einen Augenzeugen, der den Werwolf beobachtet hat. Er sagt, daß er wie ein Farmer ausgesehen hat. Er hat eine dieser Schirmmützen getragen, wie Farmer sie bei der Arbeit aufhaben. Deshalb ist's möglich, daß er vom Land in die Stadt kommt.«

»Ein Killer als Pendler?«

»Ja, so könnte man's ausdrücken.«

»Das heißt, er kommt in die Twin Cities, um Frauen zu ermorden, und fährt dann wieder heim, wo er ein gewöhnlicher Farmer ist, der Kartoffeln klaubt oder so ähnlich?«

»Nun, äh, wir glauben, daß er vielleicht Schweinezüchter ist. Unser Mann – der Augenzeuge – ist an ihnen vorbeigegangen, weil ihn interessiert hat, was ein Farmer mit 'ner Mieze wie der Brown zu schaffen hat. Jedenfalls hat er ausgesagt, daß dieser Farmer ziemlich gestunken hat, wenn du weißt, was ich meine.«

»Du meinst nach... Schweinescheiße?«

»Äh, nach Schweinemist, ja. Das bestätigt gewissermaßen, was wir ursprünglich angenommen haben.«

»Ausgezeichnet, Red Horse! Können wir den Mann vielleicht vor der Kamera interviewen?«

»Nein, bestimmt nicht. Sollte sich daran was ändern, bekommst du Bescheid, aber vorerst halten wir seine Identität geheim. Wenn der Werwolf erfährt, wer er ist, würde er ihn möglicherweise umbringen.«

»Okay. Laß mich wissen, falls sich was ändert. Sonst noch was?«

»Nein, das war's für heute.«

»Danke, Red Horse. Ich meine, ich bin dir wirklich sehr, sehr dankbar.«

Dann folgte kurzes, vielsagendes Schweigen. Lucas setzte sich innerlich dagegen zur Wehr.

»Äh, ja«, murmelte er. »Also bis bald.«

## 16 Ein Schweinefarmer?

Der Werwolf tobte durch sein Apartment. Sie behaupteten, daß er ein Schweinefarmer war. Sie behaupteten, daß er nach Schweinemist stank.

Es fiel ihm schwer, sich aufs eigentliche Problem zu konzentrieren.

Das eigentliche Problem. Er mußte an das eigentliche Problem denken: Irgend jemand hatte ihn gesehen und erinnerte sich an seine Kleidung.

Hatte dieser Augenzeuge auch sein Gesicht gesehen? War ein Künstler dabei, ein Phantombild für Steckbriefe zu zeichnen? Konnten sie schon morgen überall im Gerichtsgebäude aushängen?

Der Werwolf biß auf seinem Daumennagel herum, während er ruhelos auf und ab lief.

Dann durchzuckten Schmerzen seine Hand. Er starrte sie an und stellte fest, daß er ein Stück Nagel abgerissen hatte, so daß die rosa Haut darunter sichtbar war. Blut quoll aus der Rißwunde. Er stolperte fluchend ins Bad, fand die Nagelschere und versuchte, den Daumennagel glatt abzuschneiden, wobei seine Hand zitterte. Als er damit fertig war, pochte sein Daumen noch immer; er verarztete ihn mit Heftpflaster und ging ins Wohnzimmer zum Fernseher zurück.

Sport. Er spulte die Videokassette zurück und verfolgte Annie McGowans Exklusivbericht. Schweinefarmer, sagte sie. Kommt vom Lande, um in den Twin Cities zu morden. Riecht nach Schweinemist, was seine Unfähigkeit, normale Beziehungen zu Frauen aufzunehmen, erklären könnte. Er schaltete den Ton ab und starrte nur ihre Erscheinung an: ihr schwarzes Haar mit den in die Stirn fallenden Ponyfransen, ihre unergründlichen dunklen Augen.

Jetzt sprach sie ihn an. Sie sah aus wie... wer? Irgend jemand, den er vor langer Zeit gekannt hatte. Er drückte auf die Stopptaste, spulte die Aufnahme zurück und spielte sie erneut ohne Ton ab. Ja, sie war auserwählt.

Annie McGowan. Das erforderte einige Recherchen, aber er hatte Zeit. Sie war aus mehreren Gründen eine gute Wahl. Sie würde befriedigend sein – und dieser Mord konnte den anderen eine Lektion erteilen. Er war keiner, den man auslachte. Er war keiner, den man als Schweinefarmer bezeichnete. In den Cities würde sich Entsetzen breitmachen; niemand würde mehr lachen. Dann mußten sie seine Macht anerkennen. *Alle* würden sie spüren! Er ging ruhelos in seinem Wohnzimmer auf und ab, beobachtete das Gesicht der McGowan, spulte die Aufnahme zurück und sah sie sich wieder an. Eine Phantasie. Eine Lektion.

Eine Lektion für später, denn es gab noch eine andere Auserwählte. Sie glitt durch seine Träume und Tagträume. Sie ging nicht; sie *glitt dahin.* Sie wohnte keine zwei Blocks von ihm entfernt. Er hatte sie schon mehrmals gesehen, wenn sie in ihrem Rollstuhl den Gehsteig entlangfuhr. Ein Verkehrsunfall im letzten Studienjahr, wie er gehört hatte. Ein Mitstudent war mit ihr in seinem frisierten Sportwagen durch die Nacht gerast. Er hatte sich beim Aufprall gegen den Brückenpfeiler das Genick gebrochen; sie hatte schwere Rückenverletzungen erlitten. Ihre Bergung hatte über eine Stunde gedauert. Beide Zeitungen hatten den Unfall gemeldet.

Aber sie hatte sich nicht unterkriegen lassen, und beide Zeitungen brachten später Berichte über ihre Genesung.

Nachdem sie die Business School absolviert hatte, begann sie ein Jurastudium. Noch eine Juristin; die gab es jetzt in Massen. Am Rollstuhl hatte sie einen Rucksack hängen, in dem sie ihre Bücher transportierte. Den Rollstuhl bewegte sie mit der Kraft ihrer eigenen Arme vorwärts – folglich mußte sie stark sein. Sie wohnte allein in einem Apartment in einem etwas heruntergekommenen Haus sechs Blocks von der Law School entfernt.

Der Werwolf hatte ihre Wohnung bereits ausgekundschaftet. Das Haus gehörte einer alten Frau, einer Witwe, die mit einem halben Dutzend dreifarbiger Katzen in der vorderen Parterrewohnung hauste. Den ersten Stock bewohnte ein noch studierendes Ehepaar. Die Behinderte wohnte nach hinten hinaus. Über eine ebenerdige Rampe konnte sie direkt in die Küche ihrer

Zweizimmerwohnung fahren. In den Zeitungsausschnitten hieß es, sie schätze ihre Selbständigkeit, ihre Unabhängigkeit. An einer Kette um den Hals trug sie einen Stahlring, der ihrem tödlich verunglückten Freund gehört hatte. Sie müsse jetzt für sie beide leben, sagte sie.

Der Werwolf hatte seine Recherchen in der Stadtbibliothek angestellt, ihren Namen im Register gefunden und diese Zeitungsberichte auf Mikrofilm gelesen. Zuletzt war er sich sicher: Sie war auserwählt.

Falls er noch Gelegenheit hatte, sich ihrer zu bemächtigen. Aber er war gesehen worden. Möglicherweise erkannt worden. Was würde der Morgen bringen? Er ging eine Stunde lang im Apartment auf und ab, zog dann seinen Mantel an und trat auf die Straße. Kalt. Es herrschte bestimmt Frost. Der Winter kündigte sich an.

Mit raschem Schritt brachte er einen Block, dann den zweiten hinter sich und ging am Haus der Behinderten vorbei. Im ersten Stock brannte Licht. Die vordere Parterrewohnung, in der die alte Dame lebte, war dunkel. Er spazierte weiter, sah sich nach der Rückseite des Hauses um und stellte fest, daß die Fenster der Behinderten ebenfalls dunkel waren. Ein Blick auf seine Armbanduhr: ein Uhr fünf. Sie hatte eine der besten Examensnoten ihres Jahrgangs, hieß es in den Zeitungsausschnitten. Er fuhr sich mit der Zungenspitze über die Lippen und fühlte den schneidend kalten Wind danach um so stärker. Er brauchte diese Frau. Er brauchte sie wirklich.

Er setzte den nächtlichen Spaziergang fort: über die Straße, den nächsten Block entlang, noch einen Block weiter. Ständig mit grellen Visionen von der Behinderten vor seinem inneren Auge. Und mit Angst im Herzen. Er war gesehen worden. Würden die Morgenausgaben der Zeitungen sein Phantombild bringen? Würde jemand die Polizei anrufen? Kam der Anruf vielleicht gerade jetzt? Die Cops konnten in diesem Augenblick zu seinem Apartment unterwegs sein, um ihn zu verhaften ... Er zitterte, als er weiterging. Er dachte wieder an die Behinderte. Irgendwann später stand er plötzlich vor einem Studentenwohnheim. Ein neues Klinkergebäude mit einem Münztelefon an der Rückwand der Eingangshalle. Davenport.

Der Werwolf betrat das Studentenwohnheim wie im Trancezustand. Eine blonde Studentin in einem weißen Sweatshirt mit dem Emblem eines Skiteams musterte ihn flüchtig, als er die innere Tür aufstieß und an der Empfangstheke vorbeiging. Das Telefon war ein Wandapparat gegenüber den Toiletten. Er preßte seine Stirn an das kühle Ziegelmauerwerk. Was er vorhatte, war dumm und gefährlich. Er tastete in seiner Hosentasche nach einem Quarter.

»Hallo?«

»Davenport?« Er fühlte die plötzliche Spannung am anderen Ende.

»Yeah.«

»Was soll dieser Unsinn? Diese Sache mit den Schweinen?«

»Hören Sie, wer…«

»Sie wissen genau, wer ich bin! Und ich will Sie warnen: Ich habe das nächste Opfer ausgewählt. Mit Ihren Spielen erzürnen Sie den Einzigen, und die Auserwählte muß dafür büßen. Ich gehe jetzt, um sie zu betrachten. So nahe bin ich ihr schon. Ich werde sie genau betrachten.« In seinen eigenen Ohren klangen diese Worte angenehm förmlich. Würdevoll.

Er hängte den Hörer ein, durchquerte die leere Eingangshalle und stieß die ins Freie führende Glastür auf. Schweinefarmer. Als seine Augen zu tränen begannen, senkte er den Kopf und marschierte heimwärts.

Unterwegs wechselten sich neue Visionen von der Behinderten und Annie McGowan mit aufblitzenden Erinnerungen an Davenport in der Verwaltungsstelle des Gerichts ab – wie der Lieutenant den Kopf gehoben, wie er ihn angesehen hatte. Der Werwolf achtete nicht darauf, wohin er ging, bis er sich unerwartet vor seinem Haus wiederfand. Seine Füße hatten den Weg selbst gefunden; er kam sich vor, als sei er aus einem Traum erwacht. Er ging hinein, wollte seinen Mantel ausziehen, zögerte, griff nach dem Telefonbuch, suchte eine Nummer heraus und rief die *Star-Tribune* an.

»Lokalredaktion.« Die Stimme klang barsch und gehetzt.

»Wann kommt Ihre Zeitung heraus?«

»Müßte schon auf der Straße sein. So um diese Zeit.«

»Danke.« Am anderen Ende wurde aufgelegt, bevor er dieses Wort ganz ausgesprochen hatte.

Der Werwolf ging zu seinem Auto hinaus, ließ den Motor an und fuhr über die Washington Street Bridge in die Stadtmitte. Vor dem Redaktionsgebäude der *Star-Tribune* standen zwei grüne Zeitungsautomaten. Er parkte in der Nähe, stieg aus, warf seine Quarter ein und starrte die Titelseite an: WERWOLF EIN SCHWEINEFARMER? TV-STORY SAGT »JA«.

Die Meldung war direkt von Annie McGowans Reportage abgeschrieben. Sie war lediglich durch ein kurzes Telefoninterview mit dem Polizeipräsidenten ergänzt worden: »Ich weiß nicht, woher sie diese Information hat – mir ist jedenfalls nichts davon bekannt«, hatte Daniel gesagt. Er hatte jedoch nicht bestritten, daß der Täter ein Farmer sein könnte. »In diesem Stadium ist alles möglich«, hatte er hinzugefügt.

Die *Star-Tribune* brachte kein Phantombild. Auch keine Personenbeschreibung.

Er ging zum Auto zurück, setzte sich ans Steuer und blätterte rasch die Zeitung durch. Auf Seite drei wurde nochmals über die Morde berichtet; der Artikel verglich sie mit einer ähnlichen Mordserie in Utah. Das war alles. Er starrte nochmals die Titelseite an. Schweinefarmer – so hieß es dort.

Das konnte er nicht zulassen.

## 17

Daniel saß weit zurückgelehnt in seinem Schreibtischsessel, hielt den Radiergummi, der sich am Ende eines gelben Bleistifts befand, gegen die unteren Schneidezähne gedrückt und beobachtete Sloan. Anderson und Lester hockten nebeneinander in Besuchersesseln. Davenport ging ruhelos auf und ab.

»Das heißt also, daß wir nichts haben«, meinte Daniel, als der Kriminalbeamte mit seinem Bericht fertig war.

»Nichts, womit wir den Kerl fassen können«, bestätigte Sloan. »Aber wenn wir ihn haben, können wir ihn damit festnageln. Wir könnten ihn sogar an Jefferson Sparks vorbeiführen, um zu sehen, ob er sich an den Kerl erinnert. Aber wir haben nichts, was auf seine Identität hinweist.«

»Wie steht's mit den Führerscheinen? Ist dabei was rausgekommen?«

Anderson schüttelte den Kopf. »Neue Einwohner, die ihren Führerschein umschreiben lassen, werden nicht namentlich erfaßt.«

Lucas marschierte weiter auf und ab. »Wie sieht's mit den Postämtern aus?«

»Wir haben schon einige Rückmeldungen. Eigentlich zu viele. Bisher sind's hundertsechsunddreißig Umzüge in den vergangenen zwei Jahren – und die sind von Postämtern gemeldet worden, die für rund ein Zehntel der dortigen Bevölkerung zuständig sind. Bleibt es bei dieser Rücklaufquote, müssen wir mit bis zu vierzehnhundert Namen rechnen. Außerdem hat sich gezeigt, daß ledige junge Männer am ehesten umziehen. In diese Kategorie fallen mindestens ein Drittel der Meldungen – was ungefähr fünfhundert Verdächtige ergibt. Und das alles basiert auf der Idee, daß der Täter einen Südweststaatenakzent haben könnte.«

»Und falls er nicht in den letzten zwei Jahren, sondern schon vor drei Jahren hergezogen ist, haben wir sowieso Pech«, knurrte Daniel.

»Aber das ist wenigstens etwas«, widersprach Lucas. »Wie viele dieser Leute sind ledige Männer? Wenn wir voraussetzen, daß der Täter aus dieser Gruppe kommt?«

»Achtunddreißig der hundertsechsunddreißig. Aber etliche von ihnen sind mit einer Frau hergezogen, seither mit einer Frau zusammengezogen oder einfach zu alt. Nach einer flüchtigen Überprüfung der Namen sind zweiundzwanzig Männer übriggeblieben, die alle Grundvoraussetzungen erfüllen: jung, ledig, ungebunden.«

»Angestellte?« fragte Lucas.

»Bis auf zwei«, bestätigte Anderson. »Arbeiter ziehen nur selten hierher. In Texas gibt's mehr Jobs – und wärmer ist's dort auch.«

»Wovon reden wir also?« erkundigte sich Daniel.

»Wir reden davon, diese zweiundzwanzig Kerle zu überprüfen. Mindestens die Hälfte müßten wir lediglich durch Augenschein eliminieren können. Danach konzentrieren wir uns ganz auf den Rest. Allerdings kommen natürlich ständig neue Namen dazu.«

»Lucas? Noch irgendwas?«

Der Lieutenant kehrte am Ende des Raums um. Er hatte Daniel nachts angerufen, um ihm von dem Anruf des Werwolfs zu erzählen, und die anderen zu Beginn dieser Besprechung darüber informiert. Er hatte den Anruf auf Band aufgenommen. Er nahm jetzt sämtliche Anrufe auf. An diesem Morgen war er als erstes in die Universität gefahren und hatte zwei Sprachwissenschaftler gebeten, sich die Aufnahme anzuhören. Sie hatten vorhin bei Daniel angerufen. Texas, hatte der eine gesagt. Der andere hatte sich nicht so exakt festlegen wollen. Texas oder vielleicht der Osten New Mexicos um White Sands herum. Oklahoma und Arkansas schieden aus. »Wir glauben, daß er schon eine Zeitlang hier lebt«, hatte einer der Linguisten hinzugefügt. »Nicht lange genug, um seinen Akzent völlig abgelegt zu haben, aber doch lange genug, daß er die hiesige Klangfärbung angenommen hat.«

»Äh«, sagte Lucas. Er merkte, daß die anderen ihn neugierig anstarrten. »Gestern abend habe ich mir die Nachrichten in Channel Eight angesehen. Die McGowan hat verbreitet, der Täter sei möglicherweise ein Schweinefarmer – und eine Dreiviertelstunde später ist der Werwolf am Telefon gewesen. Ich habe bei der *Pioneer Press* und der *Star-Tribune* nachgefragt, wann ihre Morgenausgaben erschienen sind, denn beide haben diese Meldung von der McGowan übernommen. Die Zeitungen sind erst erschienen, als der Werwolf schon angerufen hatte.«

»Okay, dann hat er ferngesehen«, schloß Anderson.

»Und ich habe über Annie McGowan nachgedacht«, fuhr Lucas fort. »Sie entspricht dem Typ, auf den's der Werwolf abgesehen hat…«

»Was soll das wieder heißen?« fragte Daniel.

»Dieser Anruf hat mich nervös gemacht. Die ›Auserwählte‹, von der er spricht, hat irgend etwas Besonderes an sich. Das spüre ich.«

»Glauben Sie, daß er daran denkt, die McGowan zu überfallen?«

»Er beobachtet sie im Fernsehen. Äußerlich entspricht sie dem von ihm bevorzugten Typ. Und sie hat lauter irre Stories über ihn verbreitet. Der Kerl scheint auf Anerkennung aus zu sein, aber aus seiner Sicht hat sie bisher nur Negatives gesagt. Er will der ›Einzige‹ sein, und sie behauptet, daß er impotent ist, nach Mist stinkt und Schweine züchtet. Letzte Nacht ist er verdammt sauer gewesen.«

»Das genügt!« entschied Daniel mit hochrotem Kopf. »Ich verlange, daß Annie McGowan ab sofort Tag und Nacht bewacht wird.«

»Jesus, Chief...«, begann Anderson.

»Wie viele Leute Sie dafür brauchen, ist mir egal. Lassen Sie ein paar die Uniform ausziehen, wenn's sein muß. Ich verlange, daß sie tagsüber begleitet und nachts ihr Haus bewacht wird.«

»Aber unauffällig!« warf Lucas ein.

»Was?«

»Durch sie haben wir eine Chance, ihn zu fassen«, antwortete Lucas. Er hob die Rechte, um Einwände abzuwehren. »Ich weiß, ich weiß, wir müssen vorsichtig sein und dürfen sie nicht gefährden. Das weiß ich alles. Aber vielleicht ist das unsere beste Gelegenheit.«

»Wenn Sie recht haben, macht er sich vielleicht gerade an sie heran«, sagte Lester. »In dieser Minute!«

»Ich glaube nicht, daß er's tagsüber versuchen wird. Sie ist immer mit Leuten zusammen. Der für ihn ideale Zeitpunkt wäre nachts. Wenn sie heimfährt oder zu Hause ist. Er könnte tagsüber bei ihr einbrechen und ihr auflauern. Darauf müssen wir vorbereitet sein.«

»Sie haben wohl schon darüber nachgedacht?« fragte Daniel und kniff die Augen zusammen.

Lucas zuckte mit den Schultern. »Yeah. Vielleicht ist das bloß

’ne verrückte Idee. Aber wir sollten’s versuchen, wie Sie’s mit meiner Überwachung versucht haben.«

»Okay.« Daniel drückte auf eine Taste seiner Gegensprechanlage. »Linda, rufen Sie bei Channel Eight an, und sagen Sie dem Stationsmanager, daß ich ihn dringend sprechen möchte.« Er ließ die Taste los. »Lucas, Sie bleiben noch einen Augenblick. Ihr anderen macht euch an die Arbeit! Fangt an, die neuen Bürger zu überprüfen. Das bringt nichts, falls der Kerl schon länger hier ist, aber wir dürfen keine Chance auslassen. Anderson, ich möchte, daß Sie alle Ermittlungsakten erneut daraufhin überprüfen, ob wir vielleicht irgendwas übersehen haben.«

Während die anderen den Raum verließen, lehnte Lucas an der Wand und starrte den Teppich an.

»Also?« fragte Daniel.

»Dieser Kerl ist anders verrückt, als ich bisher gedacht habe. Er ist kein nüchterner, eiskalter Killer. Irgendwie ist er nicht ganz richtig im Kopf. Wie er von dem ›Einzigen‹ und der ›Auserwählten‹ gesprochen hat...«

»Was bedeutet das für uns?«

»Schwer zu sagen. Vielleicht ist so schwieriger zu erraten, was er als nächstes vorhat. Möglicherweise reagiert er ganz anders, als wir erwarten.«

»Wie auch immer«, sagte Daniel wegwerfend. »Ich wollte Sie was anderes fragen: Von wem kriegt Annie McGowan diesen Scheiß, den sie in Channel Eight verbreitet?«

Lucas zuckte mit den Schultern. »Wahrscheinlich von einem Uniformierten, der genug mitbekommt, um Tips geben zu können, aber nicht so viel, daß er richtige Informationen weitergeben kann.«

»Gestern sind Sie also in Cedar Rapids gewesen, wo erstmals seit Beginn der Ermittlungen das Wort ›Farmer‹ gefallen ist. Und als nächstes höre ich die Gowan im Fernsehen sagen, daß der Werwolf ein Farmer ist!«

»Daß er ein *Schweinefarmer* ist. Das ist was anderes. Der Tipgeber versucht anscheinend, den Täter in Rage zu bringen. Sparks hält den Werwolf übrigens gar nicht für einen Farmer. Ich auch nicht. Ich habe von unterwegs angerufen und Sparks’ Aussage durchgegeben, damit Anderson sie in den Ermittlungsordner aufnehmen konnte. Danach? Weiß der Teufel! Irgendwo ist ein Leck, aber die Informationen werden entstellt weitergegeben.«

»Okay«, brummte Daniel.

Er ist mißtrauisch, dachte Lucas – mehr als mißtrauisch. Er weiß Bescheid und redet nur, um seinen Einspruch zu Protokoll zu geben.

»Ich will Sie nicht weiter nach diesem Zufall fragen. Aber ich möchte bemerken, daß dieses Spiel, das hier vielleicht gespielt wird, verdammt gefährlich sein kann.«

»Wir spielen schon lange ein gefährliches Spiel«, antwortete Lucas. »Der Werwolf läßt uns keine andere Wahl.«

Lucas verbrachte den Nachmittag auf den Straßen, sprach mit Freunden, Informanten und Kontaktpersonen und ließ sie wissen, daß er noch lebte. Angeblich war ein Kolumbianer in Minneapolis gewesen, um einen Kokaindealerring für die Twin Cities aufzubauen. Dieser Ring sollte von drei Männern und einer Frau – alle mit eigenen Territorien und Zuständigkeiten – geleitet werden. Falls einer von ihnen versuchte, in die Territorien anderer einzudringen, würde der Kolumbianer den Unruhestifter von der weiteren Belieferung ausschließen.

Diese Sache interessierte Lucas. Das meiste Kokain in den Twin Cities kam in Portionen zu höchstens drei Unzen aus dem Zwischenhandel in Detroit und Chicago, seltener aus Los Angeles. Schon früher hatte es Gerüchte über Direktverbindungen nach Kolumbien gegeben, die sich jedoch nie bewahrheitet hatten.

Weitere Gerüchte betrafen Aktivitäten hiesiger Gangsterbanden, die sich durch Anwerbungen in Chicago und Los Angeles verstärkt haben sollten. In den Twin Cities wuchs das organisierte Verbrechen nur langsam. Die zu seiner Bekämpfung in beiden Städten aufgestellten Sonderkommissionen hatten mit systematischer Arbeit Erfolg und brachten die einheimischen Gangster so oft und so lange hinter Gitter, daß alle jungen Männer mit einem IQ über 90 sich von den Gangs fernhielten.

Indianer auf der Franklin Avenue sprachen von einer Frau, die von der Franklin Avenue Bridge gesprungen war – oder ins Wasser geworfen worden war. Bisher hatte man keine Leiche gefunden. Lucas nahm sich vor, die River Patrol des Sheriffs anzurufen.

Als er am späten Nachmittag wieder an seinem Schreibtisch saß, rief Annie McGowan an.

»Lucas? Ist das nicht wundervoll?« sprudelte sie heraus.

»Was?«

»Du weißt schon, wegen dieser Sache mit dem Werwolf. Ich soll Tag und Nacht überwacht werden!«

»Yeah, ich hab' gehört, daß der Chief sich deswegen mit dir in Verbindung setzen wollte.«

»Nun, ich hab' mich mit der Überwachung einverstanden erklärt – allerdings nur, wenn wir Teile davon aufnehmen dürfen. Wir arbeiten selbstverständlich mit der Polizei zusammen, weißt du, aber wenn's mal natürlich aussieht, schaffen wir eine Kamera ins Haus und nehmen mich auf, wie ich koche oder nähe oder sonstwas tue. Sie wollen einen Beobachtungsposten auf der anderen Straßenseite und einen weiteren hinter meinem Haus einrichten. Wir dürfen dann mit der Kamera hin und die Cops mit ihren Fernrohren und der ganzen übrigen Ausrüstung filmen.«

Sie ist nicht nur begeistert, dachte Lucas. Sie ist geradezu ekstatisch.

»Jesus, Annie, das ist keine Sportveranstaltung! Du wirst natürlich beschützt, aber dieser Kerl ist ein Wahnsinniger!«

»Das ist mir egal«, sagte sie bestimmt. »Sollte er's auf mich abgesehen haben, geht die Story über die großen Sender. Dann erscheine ich in ganz Amerika in jeder Nachrichtensendung, und ich verspreche dir: Wenn ich diese Chance richtig wahrnehme, bin ich keine sechs Wochen später in New York!«

»Eine hübsche Vorstellung, aber der Tod könnte dich verdammt zurückwerfen«, stellte Lucas fest.

»Ausgeschlossen!« meinte Annie zuversichtlich. »Ich werde Tag und Nacht von acht Cops bewacht. An mich kommt er nicht ran!«

Oder falls er's doch schafft, kann er uns unmöglich entkommen, dachte Lucas. »Du bekommst hoffentlich eine Art Notfallalarm?«

»Ja, natürlich. Wir sind gerade dabei, ihn einzurichten. Ich kriege eine Art Piepser, den ich am Gürtel tragen kann. Ich lege ihn niemals ab. Sobald ich draufdrücke, kommen alle angerannt.«

»Werd bloß nicht leichtsinnig! Du weißt, daß Carla Ruiz ihn gar nicht gesehen hat, bevor sie angefallen worden ist. Hätte sie sich nicht nachts allein auf der Straße gefürchtet und eine chemische Keule in der Handtasche gehabt, wäre sie jetzt tot.«

»Sei unbesorgt, Lucas, mir passiert nichts.« Annie senkte vertraulich die Stimme. »Ich würde mich gern nach der Arbeit mit dir treffen, weißt du. Ich wollte dir schon was vorschlagen, aber wenn ich jetzt Tag und Nacht überwacht werde...«

»Klar«, stimmte Lucas hastig zu. »Es wäre nicht gut, wenn der Chief oder auch nur deine Leute wüßten, wie eng unsere Beziehung ist.«

»Großartig!« sagte sie. »Bis dann, guter alter Red Horse.«

»Paß gut auf dich auf.«

Kriminalbeamte von Drogenfahndung und Sittendezernat richteten die direkte Überwachung ein und wurden von Streifenpolizisten in Zivil unterstützt, die in den Straßen um Annie McGowans Haus in neutralen Dienstwagen Wache hielten. In der ersten Nacht, als die Posten eingerichtet wurden, hielt Lucas sich absichtlich fern. Ein ständiges Kommen und Gehen zu vieler Cops konnte die Nachbarschaft mißtrauisch machen. In der zweiten Nacht inspizierte er die Vorkehrungen mit einem Sittencop namens Henley.

»Kennst du ihr Haus?« fragte Henley.

»Nein. Hübsches Haus?«

»Nicht übel. Ein kleines Haus jenseits der Straße vom Minnehaha Creek. Zweigeschossig. Eineinhalb Parzellen. Nach Osten schließt sich ein großer Garten mit Apfelbäumen an, und im Westen steht das Nachbarhaus rund zehn Meter entfernt – alles ohne Zaun. Muß mindestens hundert Riesen gekostet haben.«

»Geld hat sie bestimmt«, meinte Lucas.

»Mit ihrem Gesicht beim Fernsehen... kein Wunder.«

»Und ihr seid auf beiden Seiten?«

»Yeah, wir haben das Haus genau gegenüber auf der anderen Straßenseite und eines hinten an der Garagenzufahrt«, sagte Henley. »In beiden beobachten wir vom Dachboden aus.«

»Zahlen wir Miete?«

»Der Hausbesitzer der anderen Straßenseite will kein Geld; er meint, das sei doch selbstverständlich. Als wir erzählt haben, daß wir uns vielleicht für ein paar Monate einquartieren, hat er gesagt, das sei kein Problem.«

»Nett von ihm.«

»Der alte Knabe ist ein ehemaliger Architekt im Ruhestand. Ich glaube, daß er froh ist, Gesellschaft zu haben. Wir dürfen unser Zeug im Kühlschrank aufbewahren und die Küche mitbenützen.«

»Und nach hinten raus?«

»Dort wohnt ein altes Ehepaar. Die beiden wollten uns ihren Dachboden kostenlos überlassen, aber sie sehen aus, als könnten sie das Geld brauchen, deshalb haben wir ihn gemietet. Zweihundert Dollar im Monat, zwei Monate Vorauszahlung. Die beiden haben sich ehrlich gefreut.«

»Komisch, hier wohnen doch eigentlich nur reiche Leute«, meinte Lucas.

»Ich habe mit den beiden gesprochen. Ihnen geht's finanziell nicht besonders. Der Alte behauptet, sie hätten zu lange gelebt. Sie haben sich in den sechziger Jahren zur Ruhe gesetzt – beide mit einer guten Rente – und geglaubt, ausgesorgt zu haben. Aber dann ist die Inflation gekommen. Alles ist teurer geworden – sogar die Steuern sind gestiegen. Den beiden steht das Wasser bis zum Hals.«

»Hmmmm. Wohin sind wir jetzt unterwegs?«

»Zu dem Architekten. Wir parken am anderen Ufer, gehen auf einer Brücke über den Minnehaha Creek, bleiben am Wasser und kommen von hinten in sein Haus. So brauchen wir uns nicht auf der Straße vor dem Schuppen der McGowan rumzutreiben.«

Das geräumige Haus des Architekten war mit Parkettböden,

Orientteppichen, antiken Möbeln, Stahl- und Bronzeskulpturen, Radierungen und japanischen Farbholzschnitten luxuriös eingerichtet. Henley führte Lucas drei Treppen hoch in den schwach beleuchteten, nicht fertig ausgebauten Dachboden. Auf Klappstühlen saßen dort zwei Cops, die ein Telefon auf dem Fußboden vor sich und ein Fernglas sowie ein Nachtsichtgerät auf einem Tischchen zwischen sich hatten. In einer Ecke des Raums lag eine Matratze auf dem Fußboden. Daneben spielte ein Ghetto Blaster seichte Unterhaltungsmusik.

»Na, wie geht's?« fragte einer der Cops. Der andere nickte Lucas wortlos zu.

»Irgendwas los?« erkundigte sich Lucas.

»Ein Nachbar hat seinen Hund ausgeführt.«

Lucas trat ans Fenster und sah hinaus. Die Fensterscheibe war innen mit einer dünnen spiegelnden Plastikfolie beklebt. Von der Straße aus wirkte das Fenster durchsichtig; dahinter Stehende waren nicht zu erkennen.

»Ist sie zu Hause?«

»Noch nicht. Sie moderiert die Nachrichten um zweiundzwanzig Uhr, schminkt sich ab und geht meistens noch eine Kleinigkeit essen. Wenn sie keine Verabredung hat, fährt sie danach heim. In den nächsten Wochen kommt sie direkt aus dem Studio nach Hause.«

Lucas setzte sich auf die Matratze. »Sollte er's auf sie abgesehen haben, kommt er vermutlich nachts, aber vor Mitternacht. Er ist vorsichtig. Er will nicht auffällig spät unterwegs sein, aber er braucht die Dunkelheit, um nicht erkannt zu werden. Ich rechne damit, daß er versuchen wird, in ihrer Abwesenheit ins Haus zu gelangen und sie zu überfallen, wenn sie zurückkommt. So hat er's bei der Ruiz gemacht. Möglich wäre auch, daß er sie abzufangen versucht, wenn sie die Tür aufschließt. Nach einem Schlag über den Schädel bräuchte er sie nur noch reinzustoßen. Wenn er's richtig anfängt, sieht das so aus, als hätte er sich vor der Haustür mit ihr getroffen.«

»Wir schätzen, daß er's mit 'nem Trick versucht«, sagte einer der Cops. »Daß er bei ihr klingelt und sich als Bote vom Sender oder sonstwas ausgibt. Damit sie ihm die Tür aufmacht.«

»Auch das ist möglich«, stimmte Lucas zu. »Trotzdem vermute ich, daß er...«

»Sie kommt!« sagte der Cop am Fenster.

Lucas stand auf, trat ans Fenster und sah hinaus. Am Randstein vor dem Haus gegenüber hielt ein roter Toyota-Sportwagen. Sekunden später stieg Annie McGowan mit einer Einkaufstüte aus. Sie sah sich bewußt nicht um, sondern stelzte zur Haustür, schloß auf und verschwand nach drinnen.

»Sie ist drin«, sagte der erste Cop. Sein Kollege richtete den Strahl einer winzigen Taschenlampe auf seine Armbanduhr und zählte mit. Eine halbe Minute. Eine Minute. Eineinhalb Minuten. Eine Minute und 45 Sekunden.

Dann klingelte das Telefon. Der erste Cop nahm den Hörer ab.

»Miss McGowan? Alles okay? Gut. Aber lassen Sie den Piepser an, bis sie ins Bett gehen, ja? Gute Nacht!«

»Kommst du jeden Abend her?« fragte Henley beiläufig.

»Um die Wochenmitte herum«, antwortete Lucas. »Drei, vier Stunden, von einundzwanzig Uhr bis Mitternacht oder ein Uhr, irgendwas in dieser Art.«

»Bloß nicht zu lange, sonst stirbt dir das Gehirn ab.«

»Und wenn's die Überwachung nicht schafft, erledigt diese beschissene Aufzugmusik den Rest!« behauptete Lucas. Aus dem Kassettenrecorder quoll weiter seichte Unterhaltungsmusik.

Der zweite Cop grinste und nickte zu seinem Partner hinüber. »Kompromiß«, erklärte er. »Ich mag Rock, er kann ihn nicht ausstehen. Er mag Country, ich kann das Hillbilly-Gejaule nicht vertragen. Darum haben wir uns auf diesen Kompromiß geeinigt.«

»Könnte schlimmer sein«, warf Henley ein.

»Unmöglich!« sagte Lucas.

»Schon mal New Age gehört?«

»Du hast recht«, gab Lucas zu. »Es könnte schlimmer sein.«

»Verdammt noch mal, Jungs, sie macht's wieder!«

»Was?« Lucas stand von der Matratze auf und trat ans Fenster.

»Zuerst haben wir geglaubt, sie hätte den Spalt zwischen den

Vorhängen vielleicht nicht bemerkt«, antwortete der Cop. Sein Partner, der das Haus der McGowan durchs Fernglas beobachtete, sagte: »Komm schon, Baby!« Lucas schob den ersten Cop vom Nachtsichtgerät weg und blickte hindurch. Es war auf einen Spalt zwischen den Vorhängen im ersten Stock gerichtet. Anfangs war nichts zu erkennen, aber dann trat Annie McGowan in den aus der Badezimmertür fallenden Lichtschein. Sie bürstete sich mit erhobenen Armen das Haar. Dabei trug sie einen weißen Baumwollslip. Sonst nichts.

»Seht euch das an!« flüsterte der Cop mit dem Fernglas.

»Her mit dem Scheißding!« verlangte Henley und versuchte, es dem anderen wegzureißen.

»Solche gottverdammten, hundertprozentig allamerikanischen Titten«, sagte der Cop andächtig, während er Henley das Fernglas überließ. »Glaubt ihr, daß sie weiß, daß wir sie beobachten?«

Sie weiß es, dachte Lucas mit einem Blick auf ihr Gesicht. Es war rosig überhaucht. Annie McGowan war angetörnt. »Wahrscheinlich nicht«, sagte er laut.

Die ersten fünf Überwachungstage verliefen ergebnislos. Keine verdächtigen Autos vor dem Haus, keine Annäherungsversuche auf offener Straße. Nur fallendes Herbstlaub und ein kalter Wind, der die Dachziegel des Architektenhauses klappern ließ. Der Vorhangspalt wurde nie geschlossen.

»Red Horse?« Es war kurz nach Mittag, und Lucas telefonierte von daheim aus.

»Yeah, Annie. Dies ist kein brandheißer Tip, aber mir ist unterwegs was aufgefallen, das dich interessieren könnte. In einem Women's Business Club hält ein Psychologe und Universitätsdozent einen Vortrag über – so steht's auf dem Handzettel – ›Die Wechselwirkung zwischen sexuell-sozialer Unzulänglichkeit und antisozialem Verhalten. Mit Anmerkungen über den Serienmörder, der augenblicklich die Twin Cities terrorisiert.‹ Klingt nicht übel, was? Du könntest hinfahren und den Mann interviewen, bevor er seinen Vortrag hält.«

»Hmmm, scheint ziemlich relevant zu sein. Gibst du mir die Adresse von diesem Psychologen?«

»Lucas?« Das war Jennifer, deren Stimme etwas atemlos klang.
»Jennifer! Ich wollte dich eben anrufen. Wie geht's dir?«
»Mir ist jeden Morgen ein bißchen schlecht.«
»Bist du schon beim Arzt gewesen?«
»Jesus, Lucas, mir fehlt nichs. Das ist bei Schwangeren normal. Aber hoffentlich wird's nicht schlimmer! Es hat mich fast mein Frühstück gekostet.«
»Kein Wunder bei dem Frühstück, das du normalerweise ißt! Du mußt dir diesen Eier-Würstchen-Butter-Toast-Scheiß abgewöhnen, bevor er dich ins Grab bringt. Dein Cholesterinwert liegt vermutlich bei sechshundertacht. Kauf dir Haferflocken oder Malt-O-Meal. Sieh zu, daß du genügend Vitamine kriegst. Warum du nicht schon hundert Kilo wiegst, ist mir ein Rätsel. Um Himmels willen, du mußt endlich vernünftig werden!«
»Ja, ja, schon gut. Hör zu, ich rufe nicht an, um mir von dir Feinschmeckertips geben zu lassen. Dies ist ein offizieller Anruf. Ich habe merkwürdige Gerüchte gehört. Im Fall des Werwolfs soll es bedeutsame Fortschritte geben. Ihr wißt angeblich, wer er ist, und beschattet ihn.«
»Hundertprozentig falsch«, entgegnete Lucas ausdruckslos. »Beweisen kann ich natürlich nichts, aber es stimmt nicht.«
»Ich verlange kein Pfadfinderehrenwort, denn das wäre eine persönliche Sache, und dies ist ein offizieller Anruf.«
»Hör zu, ich will nicht, daß die zukünftige Mutter meines Kindes rumläuft und sich bis zur Erschöpfung abrackert, kapiert? Deshalb erkläre ich dir rein persönlich auf Pfadfinderehrenwort, daß wir keine Ahnung haben, wer er ist.«
»Aber ihr tut irgendwas?«
»Das ist eine offizielle Frage. Jetzt darf ich wieder lügen.«
Jennifer lachte, und Lucas fand ihre Fröhlichkeit ansteckend. »Ich kann in dir lesen wie in einem Buch«, behauptete sie. »Und ich wette, daß ich dir binnen einer Woche auf die Schliche komme.«
»Alles Gute, Dickerchen!«

Anderson und Lucas unterhielten sich in Lucas' Büro, als Daniel hereinkam. Der Polizeipräsident hatte dieses Büro noch nie gesehen. »Gar nicht übel«, meinte er. »Fast so groß wie mein Garderobenschrank.«

»Hinter der Rückwand liegt mein riesiges Luxusbüro, aber ich versenke sie nur, wenn ich allein bin«, behauptete Lucas. »Ich will die Plebejer nicht neidisch machen.«

»Wir besprechen gerade den Fall«, sagte Anderson, wobei er zu Daniel aufsah. »Der letzte Mord des Werwolfs liegt jetzt zehn Tage zurück. Wenn die Psychologen recht behalten, müßte bald wieder einer fällig sein. Wahrscheinlich nächste Woche.«

»Verdammt noch mal, wir müssen was unternehmen!« verlangte Daniel. Er rang die Hände, und Lucas fand, daß er in letzter Zeit magerer geworden war. Sein sonst so korrekt gescheiteltes Haar sah aus, als hätte er mit beiden Händen darin gewühlt. Der Werwolf setzte ihm schwer zu.

»Keine Erkenntnisse aus der Überwachung der McGowan?« erkundigte er sich.

»Keine.«

»Lucas. Wissen Sie was Neues?«

»Leider nichts Bestimmtes. Vielleicht können wir die Medien beschwichtigen. Ich überlege, ob wir einige Informationen über ihn veröffentlichen sollten. Irgendwas, das es ihm erschwert, sich an seine Opfer ranzumachen.«

Daniel überlegte. »Was zum Beispiel?«

»Ich denke an einen Handzettel mit Angaben zu dem Frauentyp, auf den er's abgesehen hat: dunkles Haar, dunkle Augen, junges bis mittleres Alter, attraktiv. Dazu vielleicht ein paar Hinweise zu ihm. Daß er hellhäutig, dunkelhaarig, ein bißchen übergewichtig und möglicherweise erst vor kurzem aus dem Südwesten zugezogen ist. Daß er sich mindestens einmal als Farmer verkleidet hat, obwohl wir glauben, daß er ein Angestellter ist. Zum Schluß die Aufforderung an Frauen seines Typs, sich bei uns zu melden, falls sie von einem Mann angesprochen oder belästigt werden, auf den die Personenbeschreibung paßt.«

»Großer Gott, können Sie sich vorstellen, wie viele Anrufe wir da kriegen würden?« fragte Anderson.

»Läßt sich nicht ändern«, sagte Lucas. »Im Moment treten wir auf der Stelle, und falls er nächste Woche weitermordet... In den Medien kommen wir besser weg, wenn der Eindruck entsteht, daß wir wenigstens etwas unternehmen.«

Daniel schob die Unterlippe vor und starrte blicklos die Rauhfasertapete hinter Lucas' Schreibtisch an. Zuletzt nickte er. »Okay, wir machen's. Dann tun wir wenigstens was.«

»Und nächste Woche könnten wir erhöhte Alarmbereitschaft anordnen«, schlug Lucas vor. »Wir schicken einen Haufen zusätzlicher Cops auf die Straße. Die Medien werden informiert, aber gebeten, nicht darüber zu berichten. Daran halten sie sich vermutlich nicht, aber sie können sich einbilden, ins Vertrauen gezogen worden zu sein.«

»Keine schlechte Idee«, bestätigte Daniel mit eisigem Lächeln. »Und wenn alles vorbei ist, treffen wir uns im Fernsehen wieder und debattieren über Medienethik – ob's richtig gewesen ist, mit den Cops zusammenzuarbeiten.«

»Genau!« sagte Lucas. »Auf diesen Scheiß stehen sie doch alle.«

Lucas rief sie von einer Telefonzelle aus an.

»Red Horse?«

»Hör zu, Annie, Daniel hat Anderson – den kennst du doch? – beauftragt, eine Liste mit persönlichen Merkmalen der Opfer und des Werwolfs zusammenzustellen und an die Medien zu verteilen. Wahrscheinlich irgendwann heute nachmittag. Einige Details sind längst bekannt, aber andere haben wir bisher unter Verschluß gehalten.«

»Wenn ich sie in zehn Minuten habe, komme ich damit noch in die Mittagsnachrichten.«

»Ich kann dir nicht alles sagen, aber wir glauben, daß er noch nicht allzu lange hier wohnt. Wir nehmen an, daß er erst vor ein paar Jahren aus dem Südwesten gekommen ist.«

»Meinst du aus Worthington, Marshall oder so?«

»Nein, nein, nicht aus Südwest-Minnesota, aus dem Südwesten der Vereinigten Staaten. Vielleicht aus Texas. Oder aus New Mexico. Irgendwo von dort unten. Daniel wird bestätigen, daß er als Farmer gesehen worden ist, wie du berichtet hast. Aber wir glauben jetzt, daß er in Wirklichkeit ein Angestellter ist und sich nur verkleidet hat.«

»Großartig! Wirklich großartig, Red Horse. Was noch?«

»Auf der Liste steht mehr, aber das sind die wichtigsten Punkte. Und noch was: Bevor du auf Sendung gehst, rufst du Anderson an und fragst ihn danach. Er erzählt dir garantiert alles. Er ist jetzt in seinem Büro zu erreichen.« Er gab ihr Andersons Durchwahlnummer. »Danke. In einer Viertelstunde sehen wir uns am Bildschirm wieder.«

Früher Nachmittag. Lucas, der nach dem Mittagessen faul war, griff träge nach dem Telefonhörer.

»Lucas?«

»Wie geht's dir, Jennifer?«

»Was läuft mit Annie McGowan?«

»Jennifer, verdammt noch mal, ich…«

»Nein, nein, ich frage nicht, ob du sie gebumst hast. Das hast du bereits auf Pfadfinderehrenwort bestritten. Ich will wissen, wer die Überwachung der McGowan angeordnet hat. Weshalb wird sie von Cops beobachtet?«

Lucas zögerte, bevor er antwortete, und wußte sofort, daß das ein Fehler gewesen war.

»Aha, ihr überwacht sie also tatsächlich!« triumphierte Jennifer.

»Jennifer, weißt du noch, wie ich dich gebeten habe, mit dem Chief zu sprechen, bevor du etwas wegen Carla Ruiz unternommen hast? Jetzt bitte ich dich, wieder mit ihm zu reden.«

Abend. Die Sonne ging jetzt merklich früher unter. Der Sommer war vorbei. Lucas wartete in Daniels Vorzimmer. Er saß schon eine Viertelstunde dort, als Daniel von draußen hereinkam.

»Also los!« forderte er Lucas auf. Er zog seinen Mantel aus und warf ihn auf die Couch. »Ich frage Sie geradeheraus: Hat Jennifer Carey den Tip mit der Überwachung von Ihnen gekriegt?«

»Garantiert nicht. Sie hat ihre eigenen Quellen. Sie hat mich angerufen, und ich habe sie an Sie verwiesen.«

Der Zeigefinger des Chiefs schien ihn durchbohren zu wollen. »Sollte sich was anderes rausstellen, können Sie sich auf was gefaßt machen!«

»Ich bin's nicht gewesen. Was ist passiert, als sie angerufen hat?«

»Ich habe den Stationsmanager angerufen, mich mit der Carey und ihm zusammengesetzt und ihnen die Aufruhrakte vorgelesen. Als die Carey mit diesem Medienethikscheiß angefangen hat, ist sie von ihrem Stationsmanager aufgefordert worden, die Klappe zu halten. Er will nicht, daß seinen Sender eine Mitschuld trifft, wenn der Werwolf einen Star einer anderen Station ermordet.«

»Ist das alles gewesen?«

»Sie wollten gleichberechtigten Zugang mit Channel Eight. In der flauen Zeit übers Wochenende wollen sie mit einer Kamera in ihr Haus gehen und die McGowan beim Bügeln oder Kochen aufnehmen. Außerdem lassen wir sie für ein paar Minuten in den Beobachtungsposten. Aber nur einmal!«

»Und sie halten den Film zurück, bis wir den Werwolf geschnappt haben?«

»Das ist vereinbart.«

»Nicht übel«, meinte Lucas anerkennend. »Wie hat Jennifer Carey sich dazu geäußert?«

»Sie ist unzufrieden, aber sie macht mit«, sagte Daniel. »Übrigens ist sie die Produzentin des Interviews mit der McGowan. Das Interview führt dann irgendein Jungreporter... Wenn Sie meine Meinung hören wollen, ist sie eifersüchtig. Ich glaube, daß sie sich wünscht, an Annie McGowans Stelle zusein.«

»Erinnerst du dich noch an das schreckliche Gedicht, das du für mich geschrieben hast, nachdem wir uns kennengelernt hatten? Über das Kind, das ich dir schenken sollte?«

»So schrecklich ist's wieder nicht gewesen«, widersprach Lucas und richtete sich auf einem Ellbogen auf. Sein Tonfall klang leicht gereizt. »Ich hab's für ziemlich kunstvoll gehalten.«

»Kunstvoll? Es hat wie 'ne schlechte Rock-'n'-Roll-Ballade aus den fünfziger Jahren geklungen!«

»Hör zu, ich weiß, daß du meine Gedichte nicht besonders findest, aber…«

»Nein, nein, mir hat's wunderbar gefallen! Ich hab's mir aufgehoben und in mein Schreibmaschinenfach geklebt. Ich lese es ungefähr einmal pro Woche. Gerade heute hab' ich's wieder gelesen und mir dabei gedacht: Siehst du, jetzt bekommst du wirklich ein Kind von ihm!«

Lucas drückte sein Ohr an Jennifers nackten Bauch.

»Müßte ich schon was hören?«

»Hörst du wirklich gut hin?«

»Yeah.« Er preßte sein Ohr noch fester auf ihre Haut.

»Nun, wenn du ganz genau hinhorchst…«

»Yeah?«

»Dann hörst du vielleicht das Budweiser, das ich vorhin getrunken habe.«

Am Samstag abend kam Lucas so früh am See an, daß er den Sonnenuntergang noch genießen konnte. Carla war mit dem Rad unterwegs, aber eine halbe Stunde später kam sie mit einer Tüte mit Lebensmitteln und einer Flasche Rotwein zurück. Lucas verbrachte den Samstagabend, den ganzen Sonntag und den größten Teil des Sonntagabends mit ihr. Gegen zwei Uhr morgens küßte er Carla zum Abschied, fuhr in die Cities zurück und sank kurz nach fünf Uhr ins Bett. Zur Besprechung am nächsten Morgen kam er wieder zu spät.

»Was ist übrigens aus der Liste mit Leuten geworden, die wir von Mrs. Rice bekommen haben?« fragte Lucas am Montag morgen im Büro des Chiefs. Die Hälfte der Kriminalbeamten wirkte nach einem anstrengenden Wochenende übermüdet. »Ihr wißt, was ich meine: Wir wollen rauskriegen, wer ihrem Mann den Revolver abgekauft hat.«

»Nun, wir haben alle überprüft, an die sie sich erinnern konnte«, antwortete Sloan, der Mrs. Rice befragt hatte.

»Ergebnislos?«

»Wir haben nicht alle vernommen. Auf Leute, die aus dem Raster gefallen sind, haben wir verzichtet. Frauen, Jungen, alte

Männer – die haben wir aussortiert. Alle, die dem Profil in etwa entsprochen haben, sind vernommen worden. Leider ergebnislos. Später wollten wir uns den Rest vornehmen, aber dazu ist's nicht mehr gekommen, als Jimmy Smithe als Hauptverdächtiger gegolten hat. Ab dann hat sich alles nur noch auf ihn konzentriert.«

»Wir sollten uns alle noch mal vorknöpfen«, schlug Lucas vor. Er wandte sich an Daniel. »Wir wissen, daß dieser gottverdammte Revolver entscheidend wichtig ist! Vielleicht hat ihn jemand gekauft und weiterverkauft. Ich bin dafür, daß wir jeden überprüfen: Frauen, Jungen, alte Männer, alle.«

»Sorgen Sie dafür«, wies Daniel Anderson an. »Ich dachte, das sei bereits geschehen.«

»Nun...«

»Sorgen Sie einfach dafür.«

Lucas saß auf dem Dachboden auf der Matratze.

»Mittwoch. Ich hätte nicht geglaubt, daß wir's bis Mittwoch aushalten würden«, sagte einer der wachhabenden Cops. »Er ist überfällig.«

»Verflucht kalt hier drinnen«, stellte Lucas fest. »Man spürt den Wind durchkommen.«

»Yeah. Wir lassen die Tür auf, aber hier oben kommt wenig Wärme rauf. Wir haben schon überlegt, ob wir einen Infrarotstrahler aufstellen sollen.«

»Gute Idee.«

»Das Dumme ist nur, daß unsere Dienststelle nicht dafür zahlen will. Und wir haben keine Lust, selbst auf den Kosten sitzenzubleiben.«

»Ich rede mit Daniel darüber«, versprach Lucas.

»Auto kommt«, meldete der zweite Cop.

Der Wagen kam die Straße entlang, wurde unter ihnen langsamer, rollte weiter und verschwand um die Ecke.

»Haben Sie das Kennzeichen?«

»Dafür ist der Kollege zuständig, der am Ende der Straße in einem Auto sitzt. Er hat auch ein Nachtsichtgerät.«

Das Funkgerät neben der Matratze piepste plötzlich.

»Hast du ihn?« fragte der Cop.
»Yeah. Nachbar.«
»Vor ihrem Haus ist er langsamer gefahren.«
»Der Bursche ist sechsundsechzig, aber ich schreib's auf«, sagte die Stimme aus dem Funkgerät.
»Wie ist's bei dir?«
»Kalt«, antwortete der Mann im Auto lakonisch.
Sie warteten weiter.
»Alle Mann auf Gefechtsstation!« sagte der erste Cop eine Viertelstunde später. »Ich kriege das Nachtsichtgerät.«
Lucas setzte das Fernglas an die Augen. Die McGowan trug ein spitzenbesetztes rosa Negligé mit einem dazu passenden winzigen Slip. Sie erschien, verschwand und erschien wieder hinter dem zwanzig Zentimeter breiten Vorhangspalt – unvergleichlich reizvoller als jede professionelle Stripperin.
»Sie muß es einfach wissen«, sagte der zweite Cop.
»Das glaube ich nicht«, widersprach Lucas. »Wahrscheinlich hat sie sich so an diesen Spalt gewöhnt, daß sie nicht mehr merkt, wenn...«
»Blödsinn! Sehen Sie sich bloß an, wie sie sich jetzt räkelt. Sie bringt sich zur Geltung. Aber sie zeigt nie alles. Sie läuft oben ohne herum, aber man kriegt sie nie ohne ihr Höschen zu sehen – auch nach dem Duschen nicht. Sie legt's darauf an, uns den Mund wäßrig zu machen. Ich behaupte, daß sie genau weiß, daß wir...«
Sie diskutierten noch darüber, als der Werwolf die Behinderte umbrachte.

## 18

Der Werwolf erhielt den Handzettel im County Clerk's Office: einen rosa Zettel, der ihm beim Hinausgehen in die Hand gedrückt wurde. Er überflog den Text, während er auf den Lift wartete.

Dieser Handzettel enthielt nicht einmal den Versuch eines Phantombildes und keine brauchbare Personenbeschreibung. Im Text hieß es, der Täter sei vermutlich ein im Hennepin County Government Center oder in der Minneapolis City Hall angestellter Akademiker. Hellhäutig. Südweststaatenakzent, möglicherweise aus Texas. Einmal als Farmer gekleidet aufgetreten, aber das sei wahrscheinlich eine Verkleidung gewesen.

Der Werwolf faltete den Zettel zusammen, steckte ihn ein und beobachtete die Stockwerksanzeige des Lifts. Als die Tür sich öffnete, trat er in die Kabine, nickte den beiden anderen Mitfahrern zu, wandte sich ab und starrte die Tür an. Er hätte nicht geglaubt, daß er einen Akzent hatte. Stimmte das wirklich? Soviel er beurteilen konnte, redete er wie alle anderen. Er hatte *gewußt,* daß es ein Fehler war, Davenport anzurufen. Vielleicht mußte er jetzt dafür büßen.

Was konnten sie daraus machen? Okay, er hatte also einen Akzent. Den hatten Tausende von Menschen. Er war Angestellter. Das waren die meisten Einwohner der Twin Cities. Und er hatte oft im Government Center zu tun. Dort wimmelte es tagtäglich von Zehntausenden von Menschen, die zum Teil nur die Skyways als Durchgänge benützten.

Eine Verurteilung? Aussichtslos. Oder nahezu aussichtslos. Allerdings mußte er eine gewisse Marge für die Unberechenbarkeit von Geschworenen einkalkulieren. Aber würde er sich für ein Schwurgericht entscheiden? *Das* war etwas, was sorgfältig überlegt sein wollte. Sollte er geschnappt werden, konnte er verlangen, vor einen Einzelrichter gestellt zu werden. Kein Richter würde ihn allein aufgrund der Hinweise auf dem Handzettel verurteilen. Aber was hatte die Polizei noch? Der Werwolf biß sich auf die Unterlippe.

Was noch?

Während er sich Sorgen machte, wuchs sein Bedürfnis nach einem weiteren Opfer, bis er glaubte, das Gesicht der Jurastudentin vor der Edelstahltür schweben zu sehen. Diese Vision verzauberte ihn so sehr, daß er zusammenzuckte, als die Tür zur Seite glitt, was ihm einen erstaunten Blick der neben ihm stehenden Frau eintrug. Der Werwolf hastete aus der Kabine, die

Skyways entlang und in sein Büro zurück. Seine Sekretärin war irgendwo unterwegs. Als er an ihrem Schreibtisch vorbeikam, fiel ihm ein Stück rosa Papier auf, das unter einem Ordner hervorragte. Er blieb stehen, sah sich rasch um und zog es heraus. Einer der Handzettel! Er schob ihn zurück. Wo steckte sie?

Er verschwand in seinem Büro, stellte den Aktenkoffer neben seinen Schreibtisch, ließ sich in den Sessel fallen und verbarg sein Gesicht in den Händen. Er saß noch immer so da, als zögernd angeklopft wurde. Er blickte auf, stellte fest, daß seine Sekretärin ihn durch das schmale senkrechte Fenster neben der Tür beobachtete, und winkte sie herein.

»Ist Ihnen nicht gut? Ich habe Sie dasitzen sehen...«

»Schlimmer Tag«, murmelte der Werwolf. »Hier bin ich eigentlich fertig. Ich schieb' nach Hause ab, glaub' ich.«

»Okay«, meinte sie. »Mr. Wexler hat die Akten des Scheidungsfalls Carlson hergeschickt, aber das scheint ein Routinefall zu sein. Außerdem brauchen Sie den nicht vor Ende der Woche zu bearbeiten.«

»Danke«, sagte er. »Wenn Sie nichts Wichtiges mehr zu tun haben, können Sie sich den Nachmittag freinehmen.«

»Oh... Okay«, stimmte sie freudig überrascht zu.

Auf dem Weg zu seinem Wagen dachte er über diese harmlose Unterhaltung nach. Er hatte gesagt: »Schlimmer Tag.« Er hatte gesagt: »Hier bin ich eigentlich fertig. Ich schieb' nach Hause ab, glaub' ich.« Oder bildete er sich nur ein, das gesagt zu haben. Hatte seine Sekretärin die gedehnte Sprechweise eines Texaners gehört. War »abschieben« ein texanischer Ausdruck – oder war er hier ebenfalls üblich?

Redete er wie Lyndon Johnson?

Zu Hause sah der Werwolf in die Tiefkühltruhe, nahm ein Fertiggericht heraus, stellte die Schaltuhr des Mikrowellenherdes ein und drückte auf den Startknopf. Sein Gesicht spiegelte sich in der Frontscheibe des Herdes. Lippen wie rote Würmer. Er steckte eine Hand in die Jackentasche, stieß auf den Handzettel, zog ihn heraus und las ihn erneut durch.

Die Opfer, so hieß es da, gehörten alle zu einem bestimmten

Frauentyp. Dunkles Haar, dunkle Augen. Attraktiv. Junges bis mittleres Alter.

Er dachte darüber nach. Das stimmte natürlich. Vielleicht sollte er nächstes Mal eine Blondine auswählen. Aber Blondinen reizten ihn nicht. Die blasse Haut, das helle Haar. Farblose Menschen. Und er wollte keine alte Frau. Diese Vorstellung war widerwärtig. Alte Frauen hätten zuviel über ihren bevorstehenden Tod gewußt. Seine Frauen sollten zum erstenmal in ihrem Leben mit dieser Möglichkeit konfrontiert werden.

Ich ändere nichts, beschloß er. Das war auch nicht wirklich erforderlich. In den Twin Cities lebten über eine Million Frauen: vermutlich rund eine Viertelmillion entsprachen seinem »Typ«. Eine Viertelmillion Frauen, die auserwählt werden konnten. Angesichts dieser Tatsache war die Beschreibung eines »Typs« praktisch wertlos. Die Polizei hatte keine Chance. Er fühlte neues Selbstbewußtsein in sich aufsteigen: Die Handzettelaktion war bedeutungslos für ihn. Obwohl er von einer Frau in die Flucht geschlagen und mit Heather Brown von einem Augenzeugen beobachtet worden war, wußte die Polizei weniger, als er erwartet hatte. Falls sie wirklich alles preisgegeben hatte...

Als der Mikrowellenherd piepste, nahm er das Fertiggericht heraus und brachte es zum Tisch. Sollten sie mich eines Tages fassen, überlegte er sich, während er einsam aß, könnte ich mich mit Mikrowellen verteidigen. Wie der Angeklagte, der behauptet hat, der überschüssige Zucker zu vieler Twinkies habe ihm den Verstand geraubt. Die Twinkie-Verteidigung; meine wäre die Täter-Tot-Verteidigung. Er spießte eine Kartoffelkrokette auf, betrachtete sie und schob sie in seinen Mund.

Heute abend, dachte er. Ich kann nicht länger warten.

Kurz nach achtzehn Uhr rief er die Behinderte an, aber sie meldete sich nicht. Um neunzehn Uhr wählte er ihre Nummer erneut. Wieder keine Antwort. Um zwanzig Uhr meldete sie sich dann.

»Phyllis?« fragte er mit möglichst hoher Stimme.

»Nein. Sie müssen sich verwählt haben.« Er hörte zum ersten Mal ihre Stimme. Ein angenehm melodischer Alt.

»Ach, du lieber Gott!« rief er aus. Das sollte schusselig klingen; jedenfalls nicht nach einem Killer. Er gab eine Telefonnummer an, deren Endziffer sich von ihrer unterschied.

»Dann haben Sie die falsche Nummer«, sagte sie. »Ich habe fünf-vier-sieben-sechs-eins-*drei.*«

»Oh, tut mir leid«, antwortete er und legte auf. Sie war zu Hause.

Der Werwolf bereitete sich sorgfältig vor, während seine Erregung wuchs, aber weiter unter Kontrolle blieb. Die Erregung eines Jägers, die Vorfreude eines Jägers. Er würde seine beste Tweedjacke, den schwarzen Kaschmirmantel und schwarze Slipper tragen. Dazu einen schwarzen weichen Filzhut.

Der Mantel hatte große Taschen. Darin war Platz für eine Kartoffel – die Kartoffel hatte sich neulich sehr gut bewährt. Er trat an den Küchenschrank und nahm ein Tuch aus der Schachtel, die er vor einem Vierteljahr gekauft hatte. Klebeband. Latexhandschuhe unter seinen ledernen Fahrerhandschuhen. Ein Schal, der seine untere Gesichtshälfte zum Teil verhüllte, konnte ihn vielleicht davor bewahren, erkannt zu werden. Schließlich war dies etwas Neues: Die Auserwählte wohnte in seiner näheren Umgebung. Du mußt bereit sein, das Unternehmen abzubrechen, ermahnte er sich. Vergiß es, falls du vor ihrer Tür gesehen wirst.

Messer? Nein. Sie würde eines haben.

Als er fertig war, betrat er die vom Haus aus zugängliche Anbaugarage, setzte sich ans Steuer seines Wagens, öffnete das ferngesteuerte Garagentor, stieß rückwärts auf die Straße hinaus, schloß das Tor wieder, fuhr zwei Blocks weit und parkte dort. Vom Rücksitz holte er einen großen braunen Umschlag, öffnete die Klappe und warf einen Blick hinein. Ein halbes Dutzend Vordrucke von einem der Stände im Erdgeschoß des Government Centers. Vordrucke für Stellenbewerber.

Auf dem Weg zu ihrem Haus wurde seine Erregung fast unerträglich. Ich komme! jubelte er innerlich. Ich gehe zur Auserwählten; der Einzige kommt. Er spürte den kalten Wind im Gesicht und genoß dieses Gefühl, den Geruch des Nordwestens, den bevorstehenden Winter.

Er marschierte rasch zu ihrem Haus – ein Geschäftsmann, der geschäftlich unterwegs war – und bog in die Einfahrt ab, ohne langsamer zu gehen. In die Wohnungstür waren genau in Kopfhöhe vier kleine Scheiben eingesetzt, die zur Hälfte hinter Spitzenstores verschwanden. Er konnte in ihre Küche blicken. Die Behinderte war nirgends zu sehen. Der Werwolf klopfte an die Tür.

Und wartete. Er klopfte erneut. Diesmal glaubte er, etwas zu hören. Dann sah er sie in ihrem Rollstuhl übers Linoleum rollen. Keine reiche Frau, aber ein wundervoll frisches Gesicht für einen Menschen, der so viel durchlitten hatte. Das Gesicht einer Optimistin.

Sie öffnete die innere Tür halb und ließ die äußere noch geschlossen.

»Ja?«

»Miss Wheatcroft? Ich bin Louis Vullion, Anwalt bei Felsen-Gore und Mitglied des Stipendienausschusses der hiesigen Anwaltskammer.« Er zog eine Geschäftskarte seiner Firma aus der Innentasche seines Mantels, öffnete die äußere Tür und überreichte sie ihr. Die Behinderte las die Karte und fragte neugierig: »Ja?«

Er deutete auf den braunen Umschlag. »Ich habe vorhin drüben in der Law School mit Dekan Jensen gesprochen. Tatsächlich bin ich bei ihm gewesen, um die Bewerbungen für die Felsen-Gore Legal Residencies abzuholen, und Dekan Jensen hat mir erzählt, daß Sie versäumt haben, Ihre Bewerbung abzugeben. Oder ist sie vielleicht verlorengegangen?« Er hielt den braunen Umschlag hoch und begann, die weißen Bewerbungsvordrucke herauszuziehen.

»Von denen habe ich nichts gewußt«, antwortete sie. »Ich habe nie von ihnen gehört.«

»Nie von ihnen gehört?« Der Werwolf spielte den Erstaunten. Wie konnte sie nie von ihnen gehört haben? »Entschuldigung, aber ich habe angenommen, alle guten Studenten wüßten von unseren Stipendien. Sie sind finanziell sehr attraktiv, wissen Sie, und bei uns bekommt man Einblick in Schadenersatz- und Schmerzensgeldklagen auf höchster Ebene. Sie sind mindestens so begehrt wie Praktika bei Gericht, zumal unsere Vergütung weit höher ist.«

Sie zögerte, musterte sein Gesicht, seine Kleidung, den braunen Umschlag und die Geschäftskarte. »Vielleicht kommen Sie lieber rein, Mr....?«

»Vullion«, sagte er, während er eintrat. »Louis Vullion. Scheußliches Wetter, was?«

Dieser Mord war anders. Beinahe gemütlich. Er nahm sich fast zwanzig Minuten Zeit, sie umzubringen, lag dabei nackt neben ihr auf dem Bett, und das engsitzende Kondom verhinderte ungewollte Spermaverluste. Er kam einmal, während er sich mit ihr befaßte, und ein zweites Mal, als er endlich das Messer unter dem Brustbein in ihren Körper stieß, so daß sie sich aufbäumte und ihn verließ.

Und er fühlte sich schläfrig, während er sie betrachtete, und legte seinen Kopf auf ihre Brust.

Kalt. Steif. Er setzte sich auf, blickte um sich. Mein Gott, er hatte geschlafen! Panik erfaßte ihn. Er starrte die Tote an, die bereits kühl wurde, und sah sich dann wild im Schlafzimmer um. Wie lange? Wie lange? Er warf einen Blick auf seine Armbanduhr. Einundzwanzig Uhr fünfzig.

Er stand auf, riß sich das Kondom ab und spülte es im WC hinunter. Sein Körper war mit Blut bedeckt. Er trat in dem winzigen Bad unter die Dusche und spülte das Blut ab. Dabei ließ er die Latexhandschuhe an, denn er wollte keine Fingerabdrücke hinterlassen. Nicht jetzt – nicht in seiner bisher größten Stunde.

Nachdem er das Blut einigermaßen abgespült hatte, trat er aus der Dusche, ließ das Wasser aber weiterlaufen. Falls er in der Duschkabine Haare verloren hatte, konnte der Wasserstrahl sie hinunterspülen. Er griff nach einem Handtuch, legte es jedoch wieder weg. Auch daran konnten Haare zurückbleiben. Er trocknete sich mit seinem Unterhemd ab und stopfte es in die Manteltasche, sobald er einigermaßen trocken war.

Der quälende Gedanke an verlorene Haare ließ ihm keine Ruhe. Sein Schamhaar war wie immer abrasiert, aber er fürchtete, er könnte Brust- oder Kopfhaare verloren haben. Er holte sein Klebeband, wickelte sich ein Stück um die Hand und tupfte damit die Betthälfte ab, auf der er gelegen hatte. Als er danach das Klebeband absuchte, entdeckte er mehrere Härchen, die er nicht zuordnen konnte, und zwei schwarze Schamhaare, die von der Frau stammten. Keine roten Haare. Er stopfte das Klebeband in die Tasche mit dem feuchten Unterhemd, ging ins Bad, stellte die Dusche ab und zog sich an.

Als er fertig war, sah er sich prüfend um. Er trug noch immer die Latexhandschuhe. Tweedsakko, Mantel, Hut, Schal, Lederhandschuhe. Hatte er irgendwas vergessen? Die Geschäftskarte! Er fand sie auf dem Fußboden. Das war alles. Die Socke mit der Kartoffel blieb an der Tür liegen. Auf die Brust der Toten legte er seine Mitteilung: *Niemals riskieren, zufällig entdeckt zu werden.* Fertig. Er tätschelte ihren Bauch und ging.

Er trat ins Freie, folgte der Zufahrt ums Haus und streifte unterwegs seine Latexhandschuhe ab. Die Wohnung der alten Frau war dunkel. Im ersten Stock brannte Licht, aber dort stand niemand am Fenster. Er marschierte rasch den Gehsteig entlang. Als er unter einer Straßenlampe vorbeikam, entdeckte er auf dem linken Handrücken einen dunklen Fleck. Er zögerte, während er ihn anstarrte. Blut? Er berührte ihn mit der Zungenspitze. Blut. Süß. Auf dem Weg zu seinem Auto begegnete ihm niemand. Er sperrte die Fahrertür auf, stieg ein und fuhr davon.

Auf die I-94 hinaus. Druck hinter seinen Augen. Er würde es tun. Eine Telefonzelle neben einem Waschsalon, in dem nur ein Kunde hockte, der zeitunglesend darauf wartete, daß seine Wäsche fertig wurde. Es war vorher ein Fehler gewesen; es würde wieder ein Fehler sein. Aber er brauchte dieses Erlebnis. Er brauchte es, wie er die Frauen brauchte, mit jemandem reden zu können. Mit jemandem, der Verständnis für ihn hatte. Der Werwolf hielt vor dem Waschsalon und wählte Davenports Privatnummer.

Diesmal meldete sich ein Anrufbeantworter. »Hinterlassen Sie eine Nachricht«, knurrte Davenports Stimme, ohne seinen Namen zu nennen. Danach ein Signalton. Der Werwolf war enttäuscht. Das war nicht das gleiche wie menschlicher Kontakt. Er kostete mit der Zungenspitze von dem Blutfleck auf seinem Handrücken, genoß den süßlichen Geschmack und sagte: »Ich hab' wieder eine umgebracht.«

Die Verbindung bestand weiter, und er fuhr sich mit der Zungenspitze über die Lippen.

»Es war herrlich«, fügte er hinzu.

## 19

»Es war herrlich.«

Lucas fühlte seine Verzweiflung wachsen, während er sich die Aufnahme zum zweiten Mal anhörte.

»Scheißkerl!« flüsterte er.

Er spulte das Band zurück und hörte sich die Aufnahme erneut an.

»Es war herrlich.«

»Scheißkerl!« Er sank in den Schreibtischsessel, stützte einen Ellbogen auf und ließ seine Stirn in der Handfläche ruhen. So blieb er zwei, drei Minuten sitzen, ohne einen klaren Gedanken fassen zu können. Das Haus umgab ihn: dunkel, beschützend, still. Draußen fuhr ein Auto vorbei; Scheinwerferlicht wanderte über die Wand hinter Lucas. Dann raffte er sich endlich auf, rief das MPD an und verlangte den Wachhabenden.

»Uns liegt keine Meldung vor«, erfuhr er. In St. Paul war es nicht anders. Auch Bloomington wußte von keinem Mord. Es gab zu viele Vororte, als daß er alle hätte anrufen können. Außerdem hielt Lucas es für wahrscheinlich, daß der Werwolf diesmal in seinem Zuständigkeitsbereich gemordete hatte. Sie standen jetzt im Wettstreit miteinander. Ganz eindeutig.

»Lucas?« In Daniels Stimme schwang ein häßlicher Unterton mit.

»Ich hab' einen Anruf bekommen. Er sagt, daß er wieder eine umgebracht hat.«

»Großer Gott!« rief Daniel aus. Im Hintergrund hörte Lucas

Mrs. Daniel fragen, ob es wieder einen Mord gegeben habe – und wo er passiert sei.

»Wo, weiß ich nicht«, antwortete Lucas. »Das hat er nicht erzählt. Er hat nur gesagt, es sei herrlich gewesen.«

Die Jurastudentin wurde zwei Tage später gegen Abend aufgefunden. Sie versäumte kaum jemals eine Vorlesung. Als sie am ersten Tag fehlte, wurde ihre Abwesenheit registriert, ohne jedoch Nachforschungen auszulösen. Als sie am zweiten Tag erneut ohne Begründung, ohne ein Wort der Entschuldigung wegblieb, rief eine Freundin bei ihr an – natürlich erfolglos. Die Freundin kam um die Abendessenszeit vorbei und sah in ihrer Wohnung Licht brennen. Sie klopfte an, warf einen Blick durchs Fenster und sah die Fußstütze des Rollstuhls aus der Schlafzimmertür ragen. Da ihr das Sorgen machte, ging sie zu der alten Frau, die mit dem Schlüssel kam. Gemeinsam fanden sie die Auserwählte.

»Ich hatte Angst, der Werwolf könnte sie ermordet haben«, schluchzte die Freundin, als die ersten Cops eintrafen. »Auf der Fahrt hierher hab' ich mir überlegt: Was ist, wenn er sie umgebracht hat?«

»Red Horse?«

»Annie, er hat wieder eine ermordet«, sagte Lucas. Er gab ihr die Adresse an. »Drüben bei der Universität. Eine Jurastudentin, körperbehindert. Sie heißt Cheryl...«

»Bitte buchstabieren!«

»Wheatcroft, C-h-e-r-y-l W-h-e-a-t-c-r-o-f-t. Soviel ich weiß, hat die *Strib* mehrmals über sie berichtet.«

»Das kann ich prüfen. Wir haben eine On-line-Bibliothek.«

»Am besten siehst du auch in der *Pioneer Press* nach. Sie ist im letzten Studienjahr gewesen und hat zu den Jahrgangsbesten gehört. Ihre Eltern leben drüben in St. Paul auf der East Side. Bisher weiß noch niemand davon, aber das bleibt nicht mehr lange so. Auf der Straße vor ihrem Haus sind ständig Cops unterwegs. Und der Gerichtsarzt ist auch dort. Nachbarn und Studenten laufen bereits zusammen. Aber wenn du dich beeilst und mit einem

Kamerateam rüberfährst, müßtest du die Eltern erwischen, wenn sie rauskommen.«

»Fünf Minuten«, sagte sie und legte auf.

»Cheryl Wheatcroft«, sagte Daniel. Er stand in der Küche: ohne Hut, ohne Mantel, zornig. »Was hat sie getan, um so enden zu müssen, Davenport? Hat sie gesündigt? Hat sie nachts gevögelt? Hat sie am Sonntag die Messe versäumt? Was hat sie getan, verdammt noch mal?«

Lucas ließ Daniels Ausbruch mit gesenktem Kopf über sich ergehen und versuchte, ihn durch eine Frage abzubiegen. »Was haben Sie ihren Angehörigen gezeigt?«

»Nur ihr Gesicht. Ihre Mutter hat mehr sehen wollen, aber ich hab' ihren Alten gebeten, sie rauszuschaffen. Er ist fast so schlimm wie die alte Dame gewesen, aber er hat wenigstens kapiert, was ich meine, und sie weggebracht. Draußen sind sie gleich von einer Fernsehkamera empfangen worden. Jesus, diese Leute sind Tiere, die Scheiß-Fernsehleute sind so schlimm wie der Scheiß-Werwolf!«

Die in der Wohnung arbeitenden Kriminalbeamten hielten ihre Köpfe gesenkt, als biete diese Demutshaltung einen gewissen Schutz vor Daniels Zorn. Sie sprachen nur flüsternd miteinander. Auch nachdem Daniel gegangen war, wurde weitergeflüstert. Als er das Haus verließ, fingen die Fernsehkameras auf der anderen Straßenseite sein Gesicht ein. Chief Daniels wie zu Eis erstarrtes Profil diente Channel Eight danach eine Woche lang als Aufmacher für die Abendnachrichten.

Lucas blieb am Tatort, während die Spurensicherer weiterarbeiteten. »Fällt irgendwas aus dem Rahmen?« fragte er den Gerichtsmediziner.

Diesmal war der Chef der Gerichtsmedizinischen Abteilung selbst am Tatort. Er sah zu Lucas auf und nickte kaum merklich. »Ja, er hat sie abgeschlachtet. Die anderen hat er mit chirurgischer Präzision erledigt. Aber diese hier hat er bei lebendigem Leibe zerstückelt.«

»Sex?«

»Ob er sie vergewaltigt hat, meinen Sie? Nein, sieht nicht danach aus. Sie hat zahlreiche Stichwunden im Beckenbereich, in der Scheide, im Analbereich und an der ganzen Körpervorderseite. Als ob er... Heilige Muttergottes!« Der Gerichtsmediziner fuhr sich mit beiden Händen durch sein graumeliertes Haar.

»Sam...«

»Als ob er rauszukriegen versucht hätte, wo die Schmerzen anfangen. Sie hat einen dicken Ordner mit ihrer Krankheitsgeschichte, und soviel ich feststellen konnte, hat die Rückgratverletzung, die sie gelähmt hat, ziemlich hoch gelegen. Oberhalb der Hüfte, unterhalb der Brust. Dadurch muß die... Mein Gott, Lucas, das ist ein zu scheußliches Thema! Können Sie nicht auf meinen Bericht warten?«

»Nein. Ich will's jetzt hören.«

»Nun, Rückgratverletzte büßen in unterschiedlichem Ausmaß die Beweglichkeit ihrer Muskeln und das Schmerzempfinden in der unteren Körperhälfte ein. Das kann von leichter Behinderung bis zu völliger Lähmung reichen, wie's bei ihr der Fall gewesen ist. Und je nachdem, an welcher Stelle das Rückgrat verletzt ist, werden unterschiedlich große Teile des Körpers gefühllos. Man empfindet dort keine Schmerzen mehr. Der Täter scheint ihren Körper systematisch erforscht zu haben, um herauszubekommen, wo die Schmerzen einsetzen.«

»Was ist mit den Stichwunden im Vaginalbereich?«

»Wie ich gerade sagen wollte, passen sie nicht zu den übrigen. Sie scheinen sexuell bedingt zu sein. Und das erleben wir bei Sexualmorden häufig. Darüber hinaus hat er angefangen, ihr die Haut von den Brüsten abzuziehen...«

»Was?«

»Er hat ihr die Haut abgezogen. Ich vermute, daß er damit aufgehört hat, als er gemerkt hat, daß sie bald sterben würde. Erst dann hat er mit dem Messer zugestoßen, um es selbst zu tun. Ihr den Tod zu geben, meine ich.«

Spurensicherer trampelten herein und hinaus. Lucas interessierte sich für den Schreibtisch der Behinderten und entdeckte in einer Schublade ein halbes Dutzend Fotos, die sie bei der Entgegennahme ihres High-School-Diploms zeigten. Er steckte eines davon ein und verließ den Tatort.

Lucas war wach, als die Zeitung gegen seine Fliegengittertür flog. Er blieb noch einige Sekunden mit geschlossenen Augen liegen, gab dann auf und ging hinaus, um die Zeitung reinzuholen.

Eine zweizeilige Schlagzeile zog sich über die Titelseite, die von einem vierspaltigen Farbfoto beherrscht wurde, das die zugedeckte Ermordete beim Abtransport zum Leichenwagen des Gerichtsmediziners zeigte. Der Reporter hatte ein Superweitwinkelobjektiv benützt, das die Gesichter der Männer an der fahrbaren Krankentrage verzerrte. KÖRPERBEHINDERT hieß es in der Schlagzeile. GEFOLTERT hieß es darin. Lucas schloß die Augen und lehnte sich an die Wand.

Die Besprechung begann in gereizter Stimmung, die sich nicht wesentlich besserte.

»Es gibt also nichts Handgreifliches?« Sie waren im Büro des Chiefs versammelt: Daniel, Lucas, Anderson, Lester, ein halbes Dutzend der wichtigsten Kriminalbeamten.

»Wie bei den anderen auch«, bestätigte Anderson. »Er hat uns nichts hinterlassen.«

»Solche Antworten will ich nicht mehr hören!« brüllte Daniel plötzlich los. Er schlug mit der flachen Hand krachend auf die Schreibtischplatte und funkelte Anderson zornig an. »Ich will diesen Scheiß über...«

»Das ist kein Scheiß!« brüllte Anderson ebenso laut. »Das ist alles, was wir haben. Wir haben eben nichts! Und ich hab' keine Lust, mir von Ihnen oder Davenport Vorträge über die Reaktion der beschissenen Medien halten zu lassen. Davon haben Sie gleich angefangen, als wir reingekommen sind: Was ist mit den Scheißmedien? Meinetwegen soll sie der Teufel holen! Wir tun unser Bestes, verdammt noch mal, und ich denk' nicht daran, mich hier zusammenscheißen zu lassen...« Er sprang auf und stürmte hinaus.

Daniel, dessen eigener Ausbruch durch Andersons Explosion unterbrochen worden war, sank in seinen Sessel zurück. »Okay, jemand soll rausgehen und ihn zurückholen«, verlangte er nach einer Minute.

Als Anderson zurückkam, nickte Daniel ihm zu. »Entschuldigung«, sagte er. »Ich bin eben auch mit den Nerven am Ende. Aber mit gegenseitigen Vorwürfen kommen wir nicht weiter. Wir müssen diesen Kerl fassen. Ideen! Ich brauche Ideen!«

»Die Überwachung der McGowan darf auf keinen Fall eingestellt werden«, warf Lucas ein. »Ich glaube, daß wir da noch immer eine Chance haben.«

»Sie ist prompt wieder am Tatort Wheatcroft aufgekreuzt«, sagte einer der Kriminalbeamten. »Wie hat sie davon erfahren? Sie ist eine halbe Stunde vor den übrigen Medien dagewesen.«

»Das braucht nicht unsere Sorge zu sein«, knurrte Daniel. »Und ich will, daß sie so scharf überwacht wird, daß nicht mal 'ne Ameise an sie rankönnte. Okay? Was noch? Irgendwas? Irgendwer? Was ist mit der Überprüfung der Leute, denen Rice den Revolver verkauft haben könnte?«

»Da hat sich was Merkwürdiges ergeben«, antwortete Sloan. »Rice ist unmittelbar nach dem Zweiten Weltkrieg als Besatzer in Japan gewesen und hat als Andenken kleine Elfenbeinschnitzereien mitgebracht. Netsuke – oder wie die Dinger heißen. Jedenfalls hat er einem Nachbarn davon erzählt, und dieser Mann hat ihm von einer auf fernöstliche Kunst spezialisierten Galerie erzählt. Der Galeriebesitzer ist zu ihm gegangen und hat die Schnitzereien gekauft. Für fünfzehn Stück hat Rice fünfhundert Dollar gekriegt. Die Empfangsquittung dafür haben wir. Ich bin hingefahren, um mit dem Mann zu reden. Er heißt Alan Nester und hat seine Galerie in der Nicollet Avenue.«

»Die kenne ich«, warf Anderson ein. »Alan Nester – Objets d'Art Orientaux. Im Erdgeschoß des Balmoral Buildings.«

»Ziemlich teure Adresse«, meinte Lucas.

»Das stimmt!« bestätigte Sloan. »Jedenfalls hat der Kerl mich ziemlich abgewimmelt. Er hat mir erklärt, er hätte keine fünf Minuten mit Rice gesprochen und wäre dann wieder gegangen. Er hat keine Ahnung von dem Revolver, hat keinen gesehen und will auch nichts davon wissen.«

»Und?« fragte Daniel. »Verdächtigen Sie ihn, unser Mann zu sein?«

»Nein, er ist zu groß – mindestens einsneunzig – und ziemlich hager. Und er ist zu alt, um der Täter sein zu können. Gut über fünfzig. Eines dieser wirklich hochnäsigen Arschlöcher, die statt 'ner Krawatte so 'n Halstuch tragen…«

»Plastron?«

»Yeah, so heißen die Dinger wohl. Ich halte ihn nicht für verdächtig, aber er ist auffällig nervös gewesen und hat mich wahrscheinlich angelogen. Ich bezweifle, daß er was über den Werwolf weiß, aber seine Nervosität muß irgendeinen Grund gehabt haben.«

»Okay, sehen Sie zu, was sich rauskriegen läßt«, sagte Daniel. »Wie steht's mit den übrigen Leuten?«

»Sechs sind noch zu überprüfen«, antwortete der Kriminalbeamte. »Das sind die am wenigsten Verdächtigen.«

»Fangen Sie gleich mit ihnen an. Vielleicht springt einer von ihnen auf und versucht, Sie in den Hintern zu beißen.« Daniel sah sich um. »Noch irgendwas?«

»Ich habe nichts«, sagte Lucas. »Ich kann nicht mehr klar denken. Heute nachmittag gehe ich auf die Straße, um draußen auf dem laufenden zu bleiben; danach fahre ich aufs Land zurück. Hier kann ich im Augenblick nichts ausrichten.«

»Bleiben Sie noch eine Minute hier, ja?« forderte Daniel ihn auf. »Okay, das wär's, Leute. Tut mir leid, daß ich vorhin so ausfallend geworden bin, Andy. Ich wollte nicht brüllen.«

»Ich auch nicht«, sagte Anderson und lächelte bedauernd. »Der Werwolf macht uns alle noch ganz fertig.«

»Anderson will nicht über die Medien sprechen«, sagte Daniel und schlug mit der flachen Hand auf den Zeitungsstapel auf seinem Schreibtisch, »aber wir müssen irgendwas unternehmen. Und ich will nicht darauf hinaus, wie unsere Jobs zu retten sind. Wenn wir Pech haben, entsteht in der Öffentlichkeit eine Panik. In Los Angeles mögen solche Mordserien alltäglich sein, aber hier… Bei uns hat's das nie gegeben. Die Leute haben Angst.«

»Was verstehen Sie unter einer *Panik?* Ausbrüche von Massenhysterie? Dazu kommt's garantiert nicht. Die Leute ducken sich eher ängstlich und…«

»Ich rede davon, daß Männer in der Öffentlichkeit bewaffnet

rumlaufen. Ich rede von einem Studenten, der spät nachts heimkommt, wenn die Eltern ihn nicht erwarten, und von seinem Alten mit dem Colt der Familie abgeknallt wird. *Davon* rede ich! Sie sind wahrscheinlich zu jung, um sich daran zu erinnern, aber als Charlie Starkweather in Nebraska gemordet hat, sind auf den Straßen von Lincoln Männer mit Schrotflinten unterwegs gewesen. So was können wir nicht brauchen. Und wir können nicht brauchen, daß die National Rifle Association solche Ängste schürt und für ein Gewehr in jedem Haus, einen Panzer in jeder Garage plädiert.«

»Wir sollten mit den Zeitungsverlegern und den Stationsmanagern oder -besitzern sprechen«, empfahl Lucas, nachdem er kurz nachgedacht hatte. »Sie können ihre Redaktionen *anweisen,* die Berichterstattung zu mäßigen.«

»Glauben Sie, daß sie's tun?«

Lucas überlegte erneut. »Ja, wenn wir's richtig anfangen. Medienleute werden allgemein verabscheut, aber sie sind wie jedermann sonst: Sie möchten geliebt werden. Geben Sie ihnen eine Chance, ihre Loyalität zu beweisen, dann küssen sie Ihnen die Stiefel. Aber die Initiative muß von Ihnen ausgehen. Sozusagen von Boß zu Boß. Und am besten nehmen Sie die Deputy Chiefs mit. Vielleicht sogar den Oberbürgermeister. Das schmeichelt ihnen, es zeigt ihnen, daß sie geachtet werden. Natürlich werden sie fragen: ›Verlangen Sie etwa, daß wir uns selbst zensieren?‹ Darauf müssen Sie antworten: ›Nein, natürlich nicht. Wir möchten Sie nur auf die Gefahr einer Panikreaktion der Öffentlichkeit aufmerksam machen; wir möchten, daß Sie dafür sensibel sind.‹«

»Muß ich diese Überlegungen mit ihnen *teilen?*« erkundigte Daniel sich sarkastisch.

Lucas hob abwehrend die Hand. »Das lassen Sie gefälligst!« sagte er scharf. »Keinen Humor. Sie haben's mit der Presse zu tun. Natürlich sagen Sie *teilen.* Davon reden die Medienleute auch dauernd. ›Ich möchte diese Überlegungen mit Ihnen teilen‹.«

»Und darauf lassen sie sich ein?«

»Warum nicht? So haben die Zeitungen Gelegenheit, Verantwortungsbewußtsein zu beweisen. Das können sie, weil sie ohnehin nichts an dieser Sache verdienen. Mordgeschichten bringen keine zusätzlichen Anzeigenkunden. Und von kurzzeitigen Auflagensteigerungen haben sie nicht allzuviel. Die können sie auch nicht in Werbeeinnahmen umsetzen.«

»Und das Fernsehen?«

»Das ist ein größeres Problem, denn dort *ändern* sich die Einschaltquoten – und *die* zählen. Soviel ich mich erinnere, hat letzte Woche in der Zeitung gestanden, daß demnächst wieder Zuschauerzahlen ermittelt werden. Wenn wir uns nicht irgendwie mit den Sendern einigen, walzen sie diese Werwolfstory erst recht aus.«

Der Chief ächzte. »Einschaltquoten! Jesus, wir sind doch bei der Polizei! Wir haben den Auftrag, Verbrecher zu fangen – und ich sitze hier und schwitze wegen Einschaltquoten!«

»Ich stelle Ihnen eine Liste mit den Namen der Leute zusammen, mit denen Sie reden sollten«, sagte Lucas. »In ungefähr einer Stunde gebe ich sie Linda. Mit den Telefonnummern. Am besten rufen Sie sie direkt an. Dann glauben sie, Sie wüßten, wer sie sind.«

»Okay. Eine Besprechung? Oder zwei? Eine für die Presse, eine fürs Fernsehen?«

»Eine genügt. Die Fernsehleute sind gern bei Diskussionen mit der Presse dabei. Dann kommen sie sich wie richtige Journalisten vor.«

»Was ist mit dem Rundfunk?« fragte Daniel.

»Den können Sie vergessen.«

Anderson lehnte am Türrahmen von Lucas' Büro.

»Gibt's was Neues?«

»Möglicherweise fährt er einen dunklen Thunderbird, letztes oder vorletztes Modell, wahrscheinlich mitternachtsblau«, sagte Anderson mit unüberhörbarer Befriedigung in der Stimme.

»Von wem habt ihr das?« erkundigte sich Lucas.

»Okay. Der Gerichtsarzt hat festgestellt, daß sie irgendwann am Dienstag abend ermordet worden ist. Wir wissen, daß sie kurz nach neunzehn Uhr noch gelebt hat, weil sie um diese Zeit mit einer Freundin telefoniert hat. Einer ihrer Nachbarn, der Spätschicht hatte, ist um dreiundzwanzig Uhr zwanzig heimgekommen und hat gesehen, daß bei ihr noch Licht gebrannt hat. Das ist ihm aufgefallen, weil sie sonst immer früh ins Bett gegangen ist.«

»Woher hat er das gewußt?«

»Dazu komme ich gleich. Der Mann arbeitet draußen bei 3-M im Schichtdienst. Wenn er Frühschicht von sieben bis fünfzehn Uhr gehabt hat, ist er ihr auf dem Weg zur Arbeit oft auf dem Gehsteig begegnet. Einmal hat er sie gefragt, warum sie so früh aufgestanden ist, und sie hat ihm erklärt, daß sie das jeden Tag macht, weil sie am besten morgens arbeiten könnte. Abends würde sie nichts zustande bringen. Deshalb ist ihm das Licht aufgefallen, und er dachte, daß sie vielleicht für ein wichtiges Examen lernt!«

»Und...«

»Wir glauben, daß sie zu diesem Zeitpunkt bereits tot gewesen ist, denn gegen zweiundzwanzig Uhr – vielleicht fünfzehn Minuten früher oder später – ist einem jungen Mann auf dem Nachhauseweg ein Kerl aufgefallen, der auf der anderen Straßenseite in dieselbe Richtung gegangen ist. Mittelgroß. Hut und dunkler Mantel. Auf der Straße unterwegs, die am Haus der Wheatcroft vorbeiführt. Okay, die beiden gehen also ein paar Blocks weit, ohne daß der junge Mann sich sonderlich um den Kerl kümmert. Aber Sie wissen doch, daß man unwillkürlich ein wenig mehr auf andere Passanten achtet, wenn man nachts zu Fuß unterwegs ist.«

»Yeah.«

»So ist's hier gewesen. Die beiden gehen ein paar Blocks weit, bis der Kerl dann bei seinem Thunderbird stehenbleibt. Der junge Mann erinnert sich an den Wagen, weil er ihm gefallen hat. Der Kerl sperrt also auf, steigt ein und fährt weg. Als der junge Mann danach von der Wheatcroft hört, fällt ihm ein, daß der Kerl sich irgendwie komisch benommen hat. Dort gibt's massenhaft Parkplätze – warum hatte er also in einer ganz anderen Straße geparkt und ist zwei, drei Blocks weit durch die Kälte gelaufen?«

»Cleverer Junge.«

»Yeah.«

»Haben Sie ihn überprüft?« fragte Lucas.

»Ja. Er ist okay. Maschinenbaustudent an der Universität. Lebt mit seiner Freundin zusammen. Der Nachbar scheint ebenfalls in Ordnung zu sein.«

»Hmpf.« Lucas rieb sich die Unterlippe.

Anderson zuckte mit den Schultern. »Das ist keine heiße Spur, aber immerhin etwas. Wir überprüfen die Versicherungsunterlagen von Thunderbirds auf die Namen von Leuten, die ihren Wagen in den letzten drei Jahren hierher umgemeldet haben. Zum Beispiel aus Texas.«

»Viel Erfolg!«

Die Besprechung fand am nächsten Vormittag im Konferenzraum der *Star-Tribune* statt. Die Damen trugen Kostüme, die Herren Anzüge mit Krawatte. Die meisten hatten Schreibmappen aus Leder aufgeschlagen vor sich liegen. Den Oberbürgermeister und Daniel sprachen sie mit Vornamen an.

»Sie verlangen also, daß wir uns selbst zensieren«, sagte der Chefredakteur der *Star-Tribune.*

»Nein, natürlich nicht – wir würden das nicht einmal versuchen, weil wir wissen, daß Sie's nicht täten«, behauptete Daniel mit öligem Lächeln. »Wir versuchen nur, unsere Besorgnis wegen einer möglichen allgemeinen Panik mit Ihnen zu *teilen.* Dieser Mann, dieser Killer, ist geistesgestört. Wir tun, was in unseren Kräften steht, um ihn zu identifizieren und zu verhaften, und ich will die... die Abscheulichkeit – ist das der richtige Ausdruck? – seiner Verbrechen durchaus nicht bagatellisieren. Aber ich möchte darauf hinweisen, daß er bisher genau fünf der insgesamt fast drei Millionen Menschen in den Twin Cities ermordet hat. Mit anderen Worten: Die Wahrscheinlichkeit, bei einem Großbrand umzukommen, von einem Angehörigen ermordet zu werden oder als Verkehrsopfer zu sterben – von einem plötzlichen Herzschlag ganz zu schweigen –, ist weit höher als die Chance, diesem Killer zu begegnen. Worauf will ich damit hinaus? Eine Panik auslösende Berichterstattung ist unverantwortlich und sogar kontraproduktiv...«

»In welcher Beziehung kontraproduktiv?« fragte ein Redakteur der *Star-Tribune.* »Wenn's darum geht, ob Sie Ihren Job behalten?«

»Unverschämtheit!« knurrte Daniel.

»Ich glaube, diese Frage ist nicht ganz angemessen gewesen«, kommentierte der Herausgeber der *Star-Tribune* mild.

»Um seinen Job braucht er sich ohnehin keine Sorgen zu machen«, stellte der unten am Tisch sitzende Oberbürgermeister von Minneapolis fest. »Chief Daniel leistet ganz hervorragende Arbeit, und ich beabsichtige, ihn unabhängig vom Ergebnis dieser Ermittlungen für eine weitere Amtszeit wieder zu ernennen.«

»Für uns sehe ich da ein Problem«, sagte der Stationsmanager von TV3. »Auf lokaler Ebene ist das im Augenblick die Topstory. So was hab' ich noch nie erlebt! Schränken wir unsere Berichterstattung bewußt ein, ohne daß die Kollegen von Channel Six, Channel Eight und Channel Twelve mitziehen, kann uns das bei den Einschaltquoten schaden. Bei uns zählt nicht die verkaufte Auflage: wir sind auf Einschaltquoten angewiesen. Und da wir die höchsten haben...«

»Nur um zweiundzwanzig Uhr, nicht um achtzehn Uhr!« warf der Manager von Channel Eight ein.

»Und da wir die insgesamt höchsten Einschaltquoten haben«, fuhr der Manager von TV3 unbeirrt fort, »haben wir am meisten zu verlieren. Ich bezweifle ehrlich gesagt, daß wir eine Vereinbarung treffen können, an die sich dann alle halten. Dazu steht zuviel auf dem Spiel.«

»Wie wär's, wenn ein paar Cops und ich bei allen Kollegen die Runde machen und jedem auseinandersetzen würden, welchen Schaden die Berichterstattung eines bestimmten Senders zufügen kann?« erkundigte sich Lucas. »Wie wär's, wenn wir sämtliche Cops vom Wachleiter abwärts auffordern würden, nicht mehr mit Leuten von diesem Sender zu sprechen? Mit anderen Worten: Wenn wir eine Station von allen Kontakten mit der Polizei abschneiden würden? Würde sich das auf die Einschaltquoten auswirken?«

»Hören Sie, das ist eine gefährliche Vorstellung!« rief der Vertreter der *Pioneer Press.*

»Nein, eine durch die Medien erzeugte Panik – *das* ist eine gefährliche Vorstellung«, widersprach Lucas. »Wer ist im Grunde genommen schuld daran, wenn ein sonst im Wohnheim lebender Student nachts unangemeldet nach Hause kommt und von seinem Alten, der ihn für den Werwolf hält, über den Haufen geschossen wird? Sind daran nicht die Leute schuld, die eine künstliche Angst geschürt haben?«

»Das ist nicht fair!« protestierte der Manager von TV3.

»Doch«, sagte Lucas. »Sie wollen's bloß nicht wahrhaben.«

»Schon gut, Lieutenant«, wehrte der Oberbürgermeister ab. Er sah sich am Tisch um. »Hören Sie, wir wollen nur, daß Sie Ihre Berichterstattung etwas zurückschrauben. Gestern abend habe ich bei Channel Eight mitgestoppt: Sie haben in vier Abschnitten insgesamt *sieben* Minuten lang über diesen Fall berichtet! Was Fernsehnachrichten anbelangt, ist das ein Overkill, finde ich. Die übrigen Stories sind völlig in den Hintergrund gedrängt worden. Ich schlage lediglich vor, daß sich jeder von Ihnen bei jeder Meldung fragt: ›Ist sie notwendig? Erhöht sie wirklich die Einschaltquoten? Und was passiert, wenn Chief Daniel, der Oberbürgermeister und die Abgeordneten wirklich zornig sind, sich über verantwortungslose Medien beschweren und dabei Namen nennen? Erhöht *das* die Einschaltquoten?«

»Schließlich und endlich heißt das also: ›Ärgern Sie uns nicht!‹«, präzisierte der Nachrichtendirektor von Channel Twelve.

»Schließlich und endlich heißt das: ›Handeln Sie verantwortungsbewußt!‹ Wenn Sie's nicht tun, müssen Sie vielleicht dafür büßen.«

»Das klingt wie eine Drohung«, behauptete der Nachrichtendirektor.

Der Oberbürgermeister zuckte mit den Schultern. »Sie sehen die Dinge sehr dramatisch.«

Auf dem Rückweg durch die Eingangshalle des Redaktionsgebäudes sprach Daniel den Oberbürgermeister an.

»Ich bin Ihnen für die Sache wegen meiner Wiederernennung dankbar«, sagte er.

»Ziehen Sie aber noch nicht los, um sie zu feiern«, knurrte der Oberbürgermeister. »Vielleicht überleg' ich's mir anders, wenn Sie dieses Arschloch nicht bald fassen.«

## 20

Die zwei Tage zwischen der Tat und der Entdeckung der Leiche waren Tage köstlicher Vorfreude gewesen. Die Verkrampfung des Werwolfs löste sich; er lächelte sogar. Seine Sekretärin fand ihn beinahe charmant. Beinahe. Bis auf die Lippen.

Der Werwolf sah sich immer wieder seine Aufzeichnungen an, auf denen die McGowan vom Tatort im Mordfall Wheatcroft berichtete.

»Dies ist Annie McGowan mit einem Bericht vom Tatort eines weiteren Mordes aus der Serie des Mannes, der sich Werwolf nennt«, sagte sie, wobei ihre Lippen sinnliche Os bildeten. »Polizeipräsident Quentin Daniel aus Minneapolis ist persönlich in diesem Haus, das nur drei Blocks von der University of Minnesota entfernt liegt. Hier ist die als einer der klügsten Köpfe ihres Jahrgangs gefeierte körperbehinderte Jurastudentin Cheryl Wheatcroft von einem Mann, der nach Darstellung der Polizei kaum mehr als eine wilde Bestie ist, gefoltert, erstochen und verstümmelt worden…«

Das gefiel ihm. Sogar die »wilde Bestie« gefiel ihm. Kein »Schweinefarmer« mehr; der war vergessen. Er genoß die Presseberichte, las sie wieder und wieder, lag auf seinem Bett und schwelgte in Erinnerungen an das Sterben der Wheatcroft. Während er masturbierte, hatte er Annie McGowans Gesicht vor Augen.

Die zum Wochenende hin anschwellende Medienreaktion kulminierte in dreiseitiger Berichterstattung in der Sonntagsausgabe der *Star-Tribune* aus Minneapolis und einer kürzeren, aber analytischeren Reportage der *Pioneer Press* aus St. Paul. Am

Montag ging die Berichterstattung jedoch schlagartig zurück. Zur Verwunderung des Werwolfs brachten die Medien kaum noch etwas. War ihr Interesse bereits abgeflaut?

An diesem Nachmittag erschien er auf dem Grundbuchamt und stellte sich höflich als mit Recherchen wegen Grundsteuerfragen beauftragter Rechtsanwalt vor. Nachdem er seine Geschäftskarte vorgelegt hatte, wurde er in die Benützung der computergespeicherten Steuerakten eingewiesen. McGowan? Die Namen liefen über den Bildschirm: McGowan, Aaron, Abel, Abner, Abigail, Adam, Adeline, Adrian, Aileen, Alastair, Alexis, Alister, Alonzo, Anna, Annie... Das war sie! Haus und Grundstück gehörten ihr allein. Eine gute Wohngegend.

Der Computer nannte ihm die Grundstücksfläche und den Quadratmeterpreis. Aber das genügte ihm nicht. Er verließ seinen Platz am Bildschirm, suchte den Katasterplan heraus und betrachtete ihn stirnrunzelnd.

»Falls Sie Luftaufnahmen brauchen, finden Sie sie in den Planschränken dort drüben«, erklärte die Angestellte ihm lächelnd. »Sie sind nach dem gleichen System geordnet.«

Luftaufnahmen? Um so besser! Er begutachtete sie, suchte das Haus der McGowan heraus und stellte fest, wie es zu den Nachbarhäusern, den Geräteschuppen und der abseits liegenden Garage stand. Sein Zeigefinger verfolgte die Garagenzufahrt hinter dem Haus. Kam er von Norden, konnte er auf diesem Weg den Hintereingang erreichen, die Tür aufbrechen und ins Haus gelangen. Wenn er eindrang, während die McGowan noch im Studio war, blieb ihm genügend Zeit, sich darin umzusehen.

Aber was war, wenn sich jemand in ihrem Haus aufhielt? Das ließ sich leicht feststellen – dafür gab es schließlich das Telefon. Er würde tagsüber und abends während Annie McGowans Sendezeit anrufen und auf eine fremde Stimme achten; ihre war ihm inzwischen sehr vertraut. Vielleicht wohnte sie mit einer Freundin zusammen? Er schloß kurz die Augen, während er darüber nachdachte. Das war seine Chance für eine Dublette! Zwei zur selben Zeit.

Aber das wäre irgendwie nicht richtig gewesen. Eine Ermordung war etwas sehr Persönliches zwischen zwei Menschen.

Eine Erfahrung, die sich teilen, nicht jedoch vervielfältigen ließ. Die Anwesenheit Dritter hätte nur gestört.

Der Werwolf verließ das Grundbuchamt, spazierte durch einen weiteren strahlend schönen Herbsttag zur Stadtbibliothek und machte sich daran, aus dem Katalog Bekenntnisbücher ehemaliger Einbrecher herauszusuchen. Sie sollten, behaupteten die Verfasser, Hauseigentümern helfen, ihren Besitz zu schützen.

Aus anderer Sicht stellten sie zugleich einen Schnellkurs in der Kunst des Einbruchs dar. Er hatte einige von ihnen gelesen, bevor er ins Atelier der Ruiz eingedrungen war. Sie hatten ihm viel geholfen. Der Werwolf hatte eine hohe Meinung von Bibliotheken.

Er blätterte in den Büchern und suchte die vier besten Titel heraus, die er noch nicht gelesen hatte. Während er zwischen den Regalen mit langen Reihen von Büchern über Verbrechen und Verbrecher hervortrat, fiel ihm der Name »Sam« ins Auge. *Son of Sam.* Er hatte viel über Sam gelesen, aber dieses Buch kannte er nicht. Er nahm es ebenfalls mit.

Draußen im Sonnenschein holte der Werwolf tief Luft und beobachtete die Vorbeihastenden. Ameisen, dachte er. Aber es fiel ihm schwer, diesen Gedanken allzu ernst zu nehmen. Dafür war dieser Tag zu schön. Wie der Vorfrühling in Texas. Der Werwolf war nicht unempfänglich für solche Empfindungen.

Die von ehemaligen Einbrechern geschriebenen Bücher lieferten ihm Stoff zum Nachdenken; das Buch über Sam noch mehr.

Sam hätte nicht geschnappt werden dürfen – nicht auf diese Weise.

Bei seiner letzten Mission, wie der Werwolf sie für sich nannte, hatte er auf ein junges Paar geschossen und eine Tote und einen Blinden zurückgelassen. Seinen Wagen hatte er in der Nähe vor einem Hydranten geparkt. Das hatte ihm eine Verwarnung wegen Falschparkens eingebracht.

Eine Frau, die ihren Hund spazierenführte, hatte gesehen, wie die Verwarnung ausgestellt wurde, und später einen Mann beobachtet, der zu diesem Wagen rannte und damit wegfuhr. Als die

Medien dann über Sams neuesten Mord berichteten, rief sie die Polizei an. In dem betreffenden Stadtteil waren an diesem Abend nur wenige Verwarnungen ausgestellt worden – und nur eine wegen Parkens vor einem Hydranten. Die Polizei konnte das Kennzeichen von der Durchschrift der Verwarnung ablesen. So wurde Sam gefaßt.

Der Werwolf las im Bett. Er ließ das Buch auf seine Brust sinken und starrte die Zimmerdecke an. Obwohl er diese Story kannte, hatte er sie inzwischen vergessen. Er dachte an seine letzte Mitteilung, die er auf der toten Wheatcroft zurückgelassen hatte. *Niemals riskieren, zufällig entdeckt zu werden.* Und er dachte an seinen Wagen. Im schlimmsten Fall genügte eine Verwarnung. Bei näherer Überlegung war ihm klar, daß die Polizei bestimmt alle in der Nähe der Tatorte ausgestellten Verwarnungen kontrollierte.

Er warf das Buch aufs Bett, ging barfuß in die Küche, stellte den Teekessel mit Wasser auf und machte sich einen Becher Fertigkakao. Kakao gehörte zu seinen liebsten Getränken. Sobald er den zartbitteren Schokoladengeschmack auf der Zunge spürte, sah er sich wieder auf der Ranch in der Küche stehen... mit wem nur? Er schüttelte diesen Gedanken ab und ging ins Schlafzimmer zurück.

Im Fall Wheatcroft hatte er richtig gehandelt. Er war mit dem Auto gefahren, um nicht aufzufallen, wenn er das Haus zu Fuß verließ. Er hatte in einiger Entfernung geparkt und war von dort aus weitergegangen, damit sein Wagen nicht in Tatortnähe gesehen werden konnte.

Zu Fuß zum Tatort. Das Auto weit entfernt parken. Sicherstellen, zweimal kontrollieren, daß der Wagen nicht im Park- oder Halteverbot stand. Trotzdem so nahe am Tatort parken, daß er in ein bis zwei Minuten zu erreichen war, wenn man im Notfall fliehen mußte, aber doch so weit entfernt, daß etwaige Augenzeugen sich nicht sofort an ein unbekanntes Auto in Tatortnähe erinnern würden.

Fünf Blocks weit entfernt? Was bedeuteten fünf Blocks? Er holte sich Papier und Bleistift, um die Straßenblocks aufzuzeichnen. Okay, parkte er fünf Blocks weit entfernt, mußten die

Cops über fünfzig Blocks absuchen, bevor sie seinen Wagen erreichten.

Parkte er jedoch sechs Blocks von Annie McGowans Haus entfernt, mußten sie schon zweiundsiebzig Blocks kontrollieren. Diese Zahl hätte sich verdoppelt, wenn der verdammte Minnehaha Creek auf der anderen Straßenseite nicht gewesen wäre.

Er starrte stirnrunzelnd seine Skizze an. Parkte er nördlich ihres Hauses, lagen sechs der zum Straßenende hin schmaleren Endblocks zwischen ihm und dem Tatort. Außerdem konnte er die Garagenzufahrten zwischen den Endblocks benützen, die gute Verstecke boten, falls er sich verbergen mußte.

Aus den Katasterplänen ging hervor, daß die Parzellen fünfundzwanzig Meter tief mit fünf Meter breiten Zufahrten waren. Die Straßen waren neun Meter breit. Er zählte die Entfernungen zusammen. Knapp zweihundert Meter. Die mußte er in weniger als einer Minute laufen können. Er stand auf, trat an seinen Schreibtisch, holte den Stadtplan aus einer Schublade und zählte die sechs Blocks ab.

Nicht sechs Blocks, dachte er. Fünf Blocks wären besser. Parkte er fünf Blocks weit entfernt, stand er auf einer zur Interstate 35 hinausführenden Straße. Selbst wenn er die Geschwindigkeitsbegrenzung einhielt, konnte er in knapp einer Minute auf der Schnellstraße sein.

Er schloß die Augen und stellte sich diese Situation vor. In höchster Eile – in einer Paniksituation – waren es zwei Minuten von ihrem Haus bis zur I-35. Dann weitere acht Minuten bis zu seiner Garage. Damit würde er sich noch beschäftigen müssen.

Die Telefonnummer der McGowan verschaffte sich der Werwolf aus einem für Anwälte zugänglichen städtischen Verzeichnis. Er rief sie zu Hause an, sprach mit ihr: »Phyllis? ... Entschuldigung, ich muß mich verwählt haben.« Später rief er nochmals an. Und ein drittes Mal. Ein Anrufbeantworter, aber nie eine fremde Stimme.

Der Werwolf entschloß sich zu einer Erkundungsfahrt, die er in seinem mitternachtsblauen Thunderbird durchführte.

Sonntagnachmittag. Annie McGowan besuchte ihre Eltern in

Brookings, South Dakota. Am Montag mußte sie wieder arbeiten. Ihr Haus wurde weiter von Cops überwacht, die davor – bei dem Architekten – und dahinter – bei dem alten Ehepaar – postiert waren. Die etwas weiter entfernt in neutralen Autos Wache haltenden Cops waren abgezogen worden, solange die McGowan verreist war.

In Abwesenheit der McGowan war es schwierig, die Überwachung ernst zu nehmen. Der Cop auf dem Posten hinter dem Haus schmökerte in einem Stapel Comics aus den fünfziger Jahren, die er auf dem Speicher entdeckt hatte, und überlegte, ob er sie klauen sollte. Vielleicht waren sie eine Menge wert, und das alte Ehepaar schien sich nichts aus ihnen zu machen oder gar nicht mehr zu wissen, daß sie hier lagen. Alle zwei bis drei Minuten sah der Cop zu Annie McGowans Haus hinüber. Andererseits war allgemein bekannt, daß der Werwolf niemals an Wochenenden mordete. Deshalb paßte der Cop nicht wirklich gut auf.

Als der Werwolf draußen vorbeifuhr, las er gerade ein *Superman*-Heft. Hätte der Werwolf auch die Garagenzufahrt hinter dem Haus benützt, hätte der Cop ihn bestimmt bemerkt – er hätte das Auto hören müssen – und anhalten oder sofort identifizieren können. Aber in der Einfahrt lag eine umgestürzte Mülltonne. Der Werwolf sah sie, als er von der Straße abbiegen wollte, starrte sie kurz an und legte den Rückwärtsgang ein. Es war zu gefährlich, tagsüber außerhalb des Wagens gesehen zu werden, wie er sich an fremden Mülltonnen zu schaffen machte.

Der Cop im Haus des Architekten, das dem der McGowan gegenüberlag, hätte ihn auf der Straße vorbeifahren sehen müssen. Auch er wußte, daß der Werwolf vermutlich einen dunklen Thunderbird fuhr. Aber als der Werwolf vorbeifuhr, stand er unten vor dem Kühlschrank und überlegte, ob er zu seinem kalorienarmen Diät-Coke einen Joghurt oder eine Banane essen sollte. Er hatte es nicht eilig, auf den Dachboden zurückzukommen. Dort oben war es langweilig.

Insgesamt war er eine Viertelstunde lang nicht auf seinem Posten, obwohl er glaubte, nur vier bis fünf Minuten in der Küche gewesen zu sein. Als er zurückkam, riß er den Joghurt auf und sah wieder aus dem Fenster. Vor einem der Nachbarhäuser wusch ein Junge das Auto seines Alten. Ein Hund beobachtete ihn dabei. Sonst war niemand zu sehen. Der Werwolf war längst wieder fort.

Und der Werwolf nahm sich vor: Morgen abend.

## 21

Als Lucas ankam, saß Carla, in eine alte Strickjacke gehüllt, mit ihrem Zeichenblock auf den Knien vor dem Haus. Er stieg aus, kam durch raschelndes Herbstlaub auf sie zu und atmete dabei die kristallklare Luft der North Woods tief ein.

»Herrlicher Tag«, sagte er. Dann setzte er sich neben sie und warf einen Blick auf den Zeichenblock. Sie skizzierte die vielfältigen Formen abgefallener Blätter mit Rötelstift auf blaugetöntem Papier. »Und das ist hübsch.«

»Ich glaube – ich weiß es nicht bestimmt –, aber ich glaube, daß aus diesen Vorlagen meine bisher besten Webarbeiten entstehen werden«, sagte Carla. Sie runzelte die Stirn. »Eines der Probleme der Form ist, daß die beste symbolisch ist, während die beste Kunst antisymbolisch ist.«

»Genau«, bestätigte Lucas. Er ließ sich ins Laub zurücksinken und sah zu dem wolkenlos blauen Himmel auf. Leichter Südwind kräuselte die Seefläche.

»Klingt nach Stuß, was?« fragte Carla mit Lachfältchen in den Augenwinkeln.

»Klingt nach Kunsttheorie«, antwortete er. Dann setzte er sich auf. »Willst du noch immer nach Hause?«

»Ja«, sagte sie bedauernd. »Ich muß leider wieder arbeiten. Ich habe weit über hundert Zeichnungen gemacht, mit denen ich was anfangen muß. Und ich habe meine Galerie in Minneapolis angerufen und erfahren, daß ich ein paar gute Stücke verkauft habe. Dort wartet Geld auf mich.«

»Dann könntest du beinahe anfangen, von der Kunst zu leben«, meinte Lucas trocken.

»Beinahe. Wie ich gehört habe, hat ein Mann aus Chicago – ein Galeriebesitzer – einige meiner Sachen gesehen. Er will, daß ich bei ihm ausstelle. Schon deshalb muß ich wieder nach Minneapolis.«

»Du kannst wieder herkommen. Jederzeit.«

Carla hörte kurz zu zeichnen auf und tätschelte sein Bein. »Danke, Lucas. Ich würde vielleicht gern im Frühjahr zurückkommen. Du kannst dir nicht vorstellen, wieviel dieser Monat für mich bedeutet hat. Gott, jetzt habe ich mehr Arbeit, als ich überblicken kann! Das habe ich gebraucht.«

»Fahren wir am Dienstag abend zurück?«

»Einverstanden.«

Lucas stand auf, schlenderte zum Steg hinunter und begutachtete sein Boot: ein etwas über vier Meter langes Glasfaserboot mit einem 25 PS starken Johnson-Außenbordmotor. Ein kleines, ungedecktes Boot, das sich ideal zum Fischen eignete. Da es in diesem Herbst fast nie benützt worden war, hatten sich an der Wasserlinie Algen angesetzt.

»Bevor wir fahren, muß ich das Boot rausholen«, sagte Lucas, als er vom Steg zurückkam. »Es ist in letzter Zeit kaum benützt worden. Der Werwolf hat auch diesen Herbst gekillt.«

»Und ich bin zu beschäftigt gewesen, die Wälder zu erkunden, um auf den See rauszufahren«, sagte Carla einfach.

»Fahren wir zum Angeln raus? Gleich jetzt?«

»Klar. In zehn Minuten bin ich fertig.« Sie hob den Kopf und blickte über den See. »Gott, was für ein Tag!«

Nach dem Mittagessen gingen sie in den Wald zu ihrem improvisierten Schießplatz. Carla trug den Revolver am Gürtel. Diesmal schaffte sie es, eine handtellergroße Fläche aus zwanzig Meter Entfernung achtzehnmal nacheinander zu treffen. Die Treffer lagen mitten in der menschlichen Silhouette, die sie in den Kies gezeichnet hatte. Nach dem letzten Schuß hob sie die Mündung der Waffe an ihre Lippen und blies nonchalant nichtvorhandenen Rauch weg.

»Das ist brauchbar gewesen«, lobte Lucas.

»Nur brauchbar? Ich hab's für großartig gehalten!«

»Nein, nur brauchbar«, wiederholte Lucas. »Solltest du jemals schießen müssen, mußt du diese Entscheidung blitzschnell treffen – vielleicht nachts, vielleicht während der Kerl sich auf dich stürzt. Dann sieht alles anders aus.«

»Jesus, was soll ich dann überhaupt mit 'ner Waffe?«

»Augenblick!« sagte Lucas hastig. »Ich wollte dich nicht runtermachen. Du hast großartig geschossen. Aber das darf dir nicht zu Kopf steigen.«

»Also *doch* großartig!« Carla blickte lächelnd zu ihm auf. »Wie gefällt dir das Halfter? Hübsch, was?« In die schwarze Nylonklappe hatte sie eine Rose gestickt.

Viel später an diesem Abend blies sie in seinen Bauchnabel, sah auf und meinte: »Mit den kommenden Tagen könnte dies der beste Urlaub werden, den ich je gemacht habe. Ich möchte dir eine Frage stellen, aber ich will den Urlaub nicht ruinieren.«

»Frag nur! Ich wüßte keine Frage, die ihn verderben könnte.«

»Hmmm. Okay, zuerst das Vorwort.«

»Ich liebe Vorworte! Und ich hoffe, daß du ein Nachwort anhängst. Sogar ein Register wäre in Ordnung – oder vielleicht ein...«

»Halt die Klappe! Ich habe hier nicht nur Urlaub gemacht, sondern auch unheimlich viel gearbeitet. Ich habe den Durchbruch geschafft, glaub' ich. Vielleicht werde ich jetzt eine bessere Künstlerin als je zuvor. Aber ich kenne Männer wie dich – in St. Paul lebt ein Maler, der dir in mancher Beziehung verdammt ähnlich ist – und weiß, daß du nach mir andere Frauen haben wirst. Darüber bin ich mir im klaren; das ist in Ordnung. Die Frage ist nur: Können wir selbst dann Freunde bleiben? Kann ich nach wie vor hierherkommen?«

Lucas lachte. »Ein bißchen Ehrlichkeit genügt, um einen beginnenden Steifen abschlaffen zu lassen!«

»Der wird schon wieder«, tröstete sie. »Aber ich möchte wissen, ob...«

»Hör zu, wie unser Verhältnis sich entwickeln wird, weiß ich nicht. Im Laufe der Jahre habe ich... etliche Beziehungen gehabt – und bin noch heute mit vielen dieser Frauen befreundet. Einige kommen sogar manchmal übers Wochenende her. Manchmal schlafen wir miteinander. Manchmal tun wir's auch nicht, wenn das Verhältnis sich geändert hat. Wir kommen bloß her, um ein geruhsames Wochenende zu erleben. Deshalb...«

»Gut!« sagte Carla. »Ich verspreche dir, mich zu beherrschen, wenn wir uns trennen. Außerdem werde ich so viel Arbeit haben, daß ich vielleicht gar keine Beziehung in Gang halten könnte. Aber ich würde gern wieder hierherkommen.«

»Selbstverständlich! Darum bezeichnen meine Freunde dieses Haus als ›Miezenfalle‹, die... Autsch! Autsch, laß los, verdammt noch mal!«

»Haben Sie 'ne Minute Zeit?« Sloan lehnte mit einer Ersatzzigarette aus Plastik am Türrahmen.

»Klar.«

Lucas war so völlig entspannt nach Minneapolis zurückgekommen, daß er das Gefühl hatte, kein Rückgrat mehr zu haben. Dieses Gefühl hatte noch genau eine Viertelstunde vorgehalten, als er im Präsidium mit Anderson geredet und seinen Ermittlungsordner auf den neuesten Stand gebracht hatte. Auf dem Weg in sein Büro war seine aus den North Woods mitgebrachte gute Laune dann ganz verflogen. Als er die Tür aufsperrte, erschien Sloan am Ende des Korridors, sah ihn und kam heran.

»Erinnern Sie sich, daß ich von dem Kerl erzählt habe, der mit fernöstlicher Kunst handelt?« fragte Sloan, während er im Besuchersessel Platz nahm.

»Yeah. Ist was dran?«

»Irgendwas. Ich weiß nicht, was. Ob Sie mal mit ihm reden könnten?«

»Wenn Sie meinen, daß das was hilft.«

»Das meine ich«, sagte Sloan. »Ich verstehe mich darauf, die Leute sanft einzuwickeln. Aber dieser Kerl muß fester angepackt werden.«

Lucas sah auf seine Uhr. »Jetzt?«

»Klar, wenn Sie Zeit haben.«

Als sie hereinkamen, stand Alan Nester mit dem Rücken zu ihnen über eine kleine Porzellanschale gebeugt. Lucas sah sich neugierig um. Auf dem Parkettboden lag ein kostbarer Orientteppich. In beleuchteten Eichenholzvitrinen waren einige wenige Kunstgegenstände aus Jade, Keramik und Porzellan ausgestellt. Die Spärlichkeit dieses Angebots ließ auf ein größeres Lager anderswo schließen. Beim Türgong drehte sich Nester um und verzog sein blasses, hageres Gesicht abweisend.

»Sergeant Sloan«, sagte er irritiert, »ich habe Ihnen unmißverständlich erklärt, daß ich Ihnen nicht helfen kann.«

»Ich dachte, Sie sollten mal mit Lieutenant Davenport reden«, antwortete Sloan. »Vielleicht kann er Ihnen die Situation besser verdeutlichen.«

»Sie wissen, in welcher Sache wir ermitteln, und Sergeant Sloan hat den Eindruck, daß Sie etwas verheimlichen«, begann Lucas. Er nahm eine hauchdünne chinesische Vase in die Hand und betrachtete sie aus zusammengekniffenen Augen. »Das können wir uns wirklich nicht bieten lassen... Oh, tut mir leid, das sollte nicht so streng klingen. Aber wir sind tatsächlich auf jedes Wort angewiesen. Wenn Sie etwas verheimlichen, muß es irgendwie wichtig sein, sonst würden Sie's uns nicht verheimlichen. Ist das Erklärung genug für unsere Einstellung?«

»Aber ich verheimliche nichts!« rief Nester irritiert aus. Er stand auf – ein großer, aber sehr hagerer Mann, der Lucas an einen Blaureiher erinnerte –, kam über den Orientteppich und nahm Lucas die Vase aus der Hand. »Fassen Sie hier bitte nichts an. Diese Sachen sind sehr zerbrechlich.«

»Yeah?« fragte Lucas. Während Nester die Vase hinstellte, griff er nach einer kleiner Porzellanschale.

»Uns interessiert nur, was sich bei Ihrem Besuch bei Rice ereignet hat«, sagte er. »Sobald wir alles wissen, gehen wir wieder. Kein Problem.«

Nester kniff die Augen zusammen, während er beobachtete, wie Lucas die Schale am äußersten Rand hielt.

»Entschuldigen Sie mich für einen Augenblick.« Er trat an seinen Schreibtisch, nahm den Telefonhörer ab und wählte.

»Alan Nester. Geben Sie mir bitte Mr. Lindsay. Schnell!« Er

wartete, ohne Lucas aus den Augen zu lassen. »Paul? Hier ist Alan. Die Kriminalbeamten sind wieder da, und einer von ihnen hält eine siebzehntausend Dollar teure Schale aus der Sung-Dynastie am äußersten Rand, als wolle er sie gleich auf den Boden fallen lassen. Könntest du gleich runterkommen?... Oh? Ja, das wäre gut. Die Nummer hast du ja.«

Nester legte auf. »Das ist mein Anwalt gewesen«, sagte er. »Wenn Sie einen Augenblick warten, können Sie mit einem Anruf des Polizeipräsidenten oder des Ersten Bürgermeisters rechnen.«

»Hmpf!« Lucas lächelte sein Luchslächeln. »Hier sind wir tatsächlich nicht willkommen, was?« Er stellte die Schale behutsam ab und wandte sich an Sloan. »Kommen Sie, wir gehen!«

Draußen warf Sloan ihm einen enttäuschten Blick zu. »Das ist kein großer Erfolg gewesen«, meinte er.

»Wir kommen zurück«, antwortete Lucas ungerührt. »Sie haben völlig recht: Dieser Hurensohn verheimlicht uns etwas. Das ist eine gute Neuigkeit. Im Fall des Werwolfs hat irgend jemand irgendwas zu verheimlichen – und wir wissen davon.«

Sie riefen Mary Rice aus einer Telefonzelle an. Sie war bereit, mit ihnen zu reden. Sloan ging zur Haustür voraus und klingelte.

»Mrs. Rice?«

»Sie sind die Polizisten.«

»Ja. Wie geht's Ihnen?« Mary Rice war um Jahre gealtert; ihre Gesichtshaut war gelbbraun und schrumpelig wie die Schale einer Orange, die zu lange im Kühlschrank gelegen hat.

»Kommen Sie rein, bevor das Haus ganz auskühlt!« forderte sie die beiden in weinerlichem Tonfall auf. Obwohl es im Haus unerträglich heiß war, trug Mrs. Rice eine Wollhose und hatte sich mit einer dicken Strickjacke vermummt. Ihre Nase war rot und geschwollen.

»Wir haben mit dem Mann gesprochen, der Larry die Elfenbeinschnitzereien abgekauft hat«, berichtete Sloan, als sie am Küchentisch saßen. »Und er scheint nicht ganz koscher zu sein. Hat Ihr...«

»Glauben Sie, daß er der Mörder ist?« fragte sie.

»Nein, nein, wir versuchen nur, etwas mehr über ihn rauszukriegen«, antwortete Sloan. »Hat Ihr Mann Ihnen irgendwas über ihn erzählt, das interessant oder ungewöhnlich geklungen hat?«

Sie runzelte nachdenklich die Stirn. »Nein..., bloß daß er diese kleinen Schnitzereien gekauft und Larry gefragt hat, ob er noch andere Sachen hat. Alte Schwerter und so 'n Zeug. Aber Larry hat nichts gehabt.«

»Haben die beiden über irgendwas anderes geredet?«

»Davon weiß ich nichts... Larry hat gesagt, daß der Mann es so eilig hatte, daß er nicht mal 'nen Kaffee trinken wollte. Er hat ihm bloß das Geld gegeben und ist wieder weggefahren.«

Sloan sah zu Lucas hinüber. Der Lieutenant wandte sich an Mrs. Rice. »Wie haben diese Schnitzereien eigentlich ausgesehen?«

»Ich hab' noch eine«, erklärte sie. »Die allerletzte. Larry hat sie mir als Andenken geschenkt, als wir geheiratet haben. Ich kann sie Ihnen zeigen.«

»Das wäre sehr freundlich.«

Mary Rice verließ die Küche. Als sie nach einigen Minuten zurückkam, streckte sie Lucas ihre Hand hin. In der Handfläche saß eine winzige Elfenbeinmaus. Lucas griff danach, betrachtete sie und holte tief Luft.

»Okay«, sagte er dann. »Können wir sie mal mitnehmen, Mrs. Rice? Sie bekommen eine Empfangsbestätigung dafür.«

»Sicher. Aber ich brauch' keine Empfangsbestätigung. Sie sind schließlich Cops.«

»Okay. Ich bringe sie Ihnen dann wieder zurück.«

Sloan wartete, bis sie das Haus verlassen hatten. »Was?«

»Ich glaube, daß wir unseren Freund Alan Nester jetzt am Kragen haben, aber ich glaube auch zu wissen, in welcher Beziehung er lügt. Und das hat nichts mit dem Werwolf zu tun«, antwortete Lucas bedrückt. Er öffnete seine Hand, um die Elfenbeinmaus zu betrachten. »Was ich von Kunst verstehe, hätte auf der Rückseite einer Briefmarke Platz. Aber sehen Sie sich dieses kleine Kunstwerk an! Nester hat fünfzehn davon für fünfhundert Dollar gekauft. Ich gehe jede Wette ein, daß allein dieses Ding fünfhundert Dollar wert ist. Sollte ich nicht recht haben, küsse ich Ihnen auf dem Rasen vor dem Gerichtsgebäude den Hintern.«

Beide Männer starrten in seine Hand. Die winzigen Vorder- und Hinterpfoten der Maus umklammerten einen Strohhalm, so daß zwischen den Beinen ein Loch entstand. »Anscheinend ist sie als Knopf oder dergleichen gebraucht worden«, sagte der Lieutenant.

Als Sloan jetzt den Kopf hob, drehte Lucas sich um. Ganz in ihrer Nähe hielt ein Streifenwagen, dessen zwei Mann Besatzung sie durchs Fahrerfenster anstarrten.

»Sie halten uns für Dealer«, lachte Sloan. Er zog seine Plakette aus der Tasche und trat an den Wagen. Als der Fahrer sein Fenster herunterkurbelte, rief Lucas den beiden zu: »Wollt ihr mal 'ne hübsche Maus sehen?«

Als sie von Mrs. Rice kamen, hatte das Institute of Art bereits geschlossen, so daß Lucas die Maus über Nacht mit nach Hause nahm. Sie saß in seinem Arbeitszimmer auf einem Bücherstapel und beobachtete ihn während er die letzten Punktetabellen des Everwhen-Spiels zusammenstellte.

»Verdammt noch mal, dich hätte ich gern!« sagte Lucas, bevor er ins Bett ging. Am nächsten Morgen stand er früh auf und sah als erstes nach der Maus. Er hatte Angst, sie könnte nachts weggelaufen sein.

Es dauerte einige Zeit, sich über sie zu informieren. Lucas holte Sloan zu Hause ab. Mrs. Sloan kam mit vor die Tür und sagte: »Ich habe schon so viel von Ihnen gehört, daß ich das Gefühl habe, Sie längst zu kennen.«

»Doch hoffentlich nur Gutes?«

Sie lachte, und Lucas fand sie sympathisch. »Passen Sie gut auf Sloan auf«, ermahnte sie ihn und ging wieder hinein.

»Sogar meine Frau nennt mich Sloan«, knurrte Sloan, als Lucas anfuhr.

Ein Kurator im Institute of Art warf einen Blick auf die Maus, stieß einen leisen Pfiff aus und sagte: »Erstklassiges Stück! Kommen Sie, wir schlagen mal in Fachbüchern nach.«

»Woher wissen Sie, daß das ein erstklassiges Stück ist?« fragte Lucas, während sie dem Kurator folgten.

»Weil sie aussieht, als könnte sie nachts rumlaufen«, antwortete der andere.

Das Nachschlagen dauerte seine Zeit. Sloan besichtigte die Fotogalerie, als Lucas zurückkam.

»Na?« fragte der Kriminalbeamte.

»Achttausend«, antwortete Lucas.

»Wofür? Für die Maus oder für alle fünfzehn?«

»Für die Maus. Das ist eine sehr konservative Schätzung. Auf einer Auktion könnte sie das Doppelte bringen. Falls die anderen ebenso gut sind, hat Nester einem sterbenden Krebskranken für Netsuke, die zwischen hundertzwanzigtausend und einer viertel Million Dollar wert sind, ganze fünfhundert Dollar gezahlt.«

»Langsam!« Sloan war verwirrt. Diese Beträge waren ihm zu hoch. »Heißen sie so – Netsuke?«

»Der Kurator hat sie so genannt.«

»Das hab' ich nicht gewußt.«

»Alan Nester weiß es bestimmt.«

Sie fuhren bei Mary Rice vorbei.

»Achttausend Dollar?« fragte sie mit schwacher Stimme. Aus einem Augenwinkel quoll ihr eine Träne. »Aber er hat fünfzehn davon gekauft...«

»Mrs. Rice, ich nehme an, daß Ihr Mann Mr. Nester nur zu sich gebeten hat, um die Schnitzereien im Hinblick auf einen späteren Verkauf schätzen zu lassen, das haben Sie uns doch erzählt, nicht wahr?« fragte Lucas.

»Nun, ich weiß nicht mehr genau, was er...«

»Ich erinnere mich daran, daß Sie das bei der ersten Befragung gesagt haben«, stellte Sloan nachdrücklich fest.

»Ja, schon möglich«, meinte sie zweifelnd.

»Dann hat Nester Sie nämlich betrogen«, fügte Lucas eindringlich hinzu. »Damit hat er sich strafbar gemacht, und Sie könnten sie zurückverlangen.«

»Richtig, deswegen ist er hergekommen – um sie zu schätzen«, sagte Mary Rice, deren Gedächtnis sich plötzlich besserte, energisch nickend. Ihr Zeigefinger berührte die Maus in ihrer Handfläche fast zärtlich. »Achttausend Dollar.«

»Was tun wir jetzt – einen Durchsuchungsbefehl beantragen?« fragte Sloan, als sie wieder auf dem Gehsteig standen.

»Noch nicht«, sagte Lucas. »Ich weiß nicht, ob wir schon genug in der Hand haben. Ich bin dafür, daß wir uns Nester erst mal vorknöpfen. Wir legen auf den Tisch, was wir haben, und fordern ihn zur Zusammenarbeit in dieser Sache mit dem Revolver auf. Verhält er sich kooperativ, sind wir bereit, Mrs. Rice zu raten, sich über einen Anwalt zivilrechtlich mit ihm zu einigen. Wenn er uns Schwierigkeiten macht, besorgen wir uns einen Durchsuchungsbefehl, stellen seine Bude auf den Kopf und bringen den Fall in die Medien. Wie er einen Krebskranken im letzten Stadium, der seiner Frau noch ein bißchen was hinterlassen wollte, betrogen hat...«

»Ooooh, wie häßlich!« meinte Sloan grinsend. »Das gefällt mir.«

»Wo ist Nester?«

Der Mann hinter dem Schreibtisch war klein, dunkelhaarig und viel jünger als Nester.

»Nicht da«, antwortete der Mann. Die Atmosphäre war frostig; Davenport und Sloan sahen nicht wie Kunden aus.

»Polizei. Wir müssen mit ihm reden.«

»Das können Sie leider nicht«, sagte der junge Mann, indem er die Augenbrauen hochzog. »Er ist mittags nach Chicago geflogen. Jetzt ist er bereits dort, und ich habe keine Ahnung, wo er übernachtet.«

»Scheiße!« sagte Sloan.

»Wann kommt er zurück?« fragte Lucas.

»Am Dienstag. Er dürfte mittags wieder im Geschäft sein.«

»Führen Sie Netsuke?« wollte Sloan wissen.

Der junge Mann zog erneut die Augenbrauen hoch. »Ich glaube, daß wir einige haben, aber danach müssen Sie Alan fragen. Für die wirklich teuren Stücke ist er zuständig.«

# 22

Lucas zog seinen Mantel aus und warf ihn auf die Matratze. Die beiden wachhabenden Cops, einer groß, einer klein, saßen sich auf Klappstühlen gegenüber und hatten einen dritten Stuhl zwischen sich. Sie spielten Rommé und benützten den mittleren Stuhl als Spieltisch. Immer wenn einer sein Blatt begutachtete, behielt der jeweils andere die Straße im Auge. Obwohl die beiden zur wichtigsten Zeit Dienst hatten, klappte das tadellos.

»Nichts?« fragte Lucas.

»Nichts«, bestätigte der große Cop.

»Irgendwas von den Wagen?«

»Überhaupt nichts.«

»Mit wem sind sie besetzt?«

»Davey Johnson und York stehen im Norden hinter dem Haus der McGowan. Sally Johnson und Sickles sind im Osten stationiert. Blaney ist mit Cochrane – einem Neuen, den ich nicht kenne – drüben im Westen.«

»Cochrane ist dieser große Blonde, dieser Baseballstar«, warf der kleine Cop ein. Er breitete seine Karten fächerartig aus, warf sie auf die Sitzfläche des Stuhls zwischen ihnen und sagte: »Gewonnen!«

Das auf dem Boden stehende Radio spielte Golden Oldies der Rockmusik. Das Funkgerät daneben war stumm.

»Allmählich ist er wieder fällig«, sagte Lucas mit einem Blick auf die Straße hinaus.

»Diese Woche«, bestätigte der Kleine. »Eigentlich merkwürdig, wenn man darüber nachdenkt.«

»Was ist merkwürdig?«

»Nun, in einer seiner Mitteilungen hat es geheißen: ›Nie erkennbar schematisch handeln‹ – oder so ähnlich. Und was tut er jetzt? Er bringt alle zwei Wochen jemanden um. Ist das etwa kein Schema?«

»Er mordet, wenn er den Drang danach verspürt«, erklärte Lucas. »Dieser Drang wird allmählich stärker, bis er ihm nicht mehr widerstehen kann.«

»Und das dauert jeweils zwei Wochen?«

»Sieht ganz danach aus.«

Das Funkgerät piepste, und die drei drehten sich nach ihm um. »Auto«, meldete eine Stimme. Sekunden später sagte sie: »Hier ist Cochrane. Der Wagen ist ein roter Pontiac Bonneville.«

Der große Cop lehnte sich zurück und griff nach dem Mikrofon des Funkgeräts. »Weiter beobachten«, verlangte er. »Die Größe stimmt, auch wenn's die falsche Farbe ist.«

»Der Wagen fährt in eure Richtung«, antwortete Cochrane. »Wir haben sein Kennzeichen und lassen es überprüfen.«

Lucas und die beiden Cops beobachteten, wie das Auto weiterfuhr und vor dem übernächsten Haus hielt. Als es über eine Minute lang mit eingeschaltetem Licht dagestanden hatte, entschied Lucas: »Ich gehe mal runter.«

Er war schon an der Treppe, als der große Cop sagte: »Sie können dableiben.«

»Warum?«

»Anscheinend holt er das Mädchen ab.«

»Eine Schülerin, die dort wohnt«, warf der kleine Cop ein. »Sie kommt gerade aus dem Haus. Muß 'ne Verabredung sein.«

Als Lucas das Fenster erreichte, sah er das Mädchen einsteigen. Dann fuhr der Wagen ab.

»Mit ihrem Telefon scheint irgendwas faul zu sein«, sagte der kleine Cop einige Zeit später. Für die Telefonüberwachung war der zweite Posten hinter Annie McGowans Haus zuständig.

»Mit dem Telefon der McGowan?« fragte Lucas.

»Letzte Woche und übers Wochenende ist sie mehrmals nacheinander angerufen worden. Jeweils mehrere Anrufe in Abständen von ungefähr einer halben Stunde. Aber der oder die Anrufer haben keine Nachricht auf dem Anrufbeantworter hinterlassen. Sie haben einfach aufgelegt.«

»Das tut doch jeder – bei Anrufbeantwortern auflegen, meine ich«, sagte Lucas.

»Yeah, aber dieser Fall liegt etwas anders. Erstens hat's vorher noch nie mehrere Anrufe nacheinander gegeben. Zweitens steht ihre Nummer nicht im Telefonbuch. Wär's ein Freund gewesen, hätte er doch wohl eine Nachricht auf Band gesprochen, anstatt immer wieder anzurufen.«

»Als ob jemand kontrollieren wollte, ob sie zu Hause ist«, sagte der große Cop.

»Läßt sich nicht feststellen, woher die Anrufe kommen?«

»Es klingelt zweimal, dann macht's *klick!*, und er hat aufgelegt.«

»Vielleicht sollten wir den Anrufbeantworter umstellen«, schlug Lucas vor.

»Gute Idee. Wann kommt sie heim? In ungefähr eineinhalb Stunden?«

»So etwa.«

»Bei der Gelegenheit könnten wir das Gerät auf fünf Klingelzeichen umstellen.«

Lucas ging zur Matratze zurück, und die beiden Cops begannen ein neues Spiel.

»Wieviel bin ich dir schuldig?« fragte der Große.

»Hundertvierzigtausend«, antwortete der Kleine.

»Spielen wir um doppelt oder nichts?«

Lucas grinste, schloß die Augen und versuchte, über Alan Nester nachzudenken. Der Kerl hatte irgendwas zu verheimlichen. Wahrscheinlich fürchtete er, die Sache mit den Netsuke könnte auffliegen. Sein Kauf war fast betrügerisch. Mehr steckte vermutlich nicht dahinter. Verdammt noch mal! Was gab es noch?

Eine halbe Stunde später piepste das Funkgerät erneut.

»Hier ist Davey«, sagte eine leicht aufgeregt klingende Stimme. »Jetzt geht's rund, Leute!«

Lucas kam auf die Beine, und der große Cop griff hinter sich nach dem Mikrofon.

»Was gibt's, Davey?«

»Wir haben einen einzelnen Weißen zu Fuß in dunkler Hose, dunkler Jacke, schwarzen Handschuhen, schwarzer Wollmütze und schwarzen Schuhen«, meldete Davey Johnson. Johnson war jahrelang im Streifendienst gewesen. Er war nicht leicht aus der Ruhe zu bringen, aber jetzt war seine Aufregung unüberhörbar. »Er kommt die Straße entlang auf euch zu, genau auf euch zu. Falls er zur McGowan will, müßte er in einer Minute vom rückwärtigen Posten aus zu sehen sein. Dieser Kerl hat irgendwas vor, Mann, der macht nicht bloß 'nen Abendspaziergang!«

»Ist York bei dir?«

»Er ist zu Fuß los, hinter dem Kerl her, hält sich aber außer Sicht. Ich bleibe im Wagen am Funk. Verdammt noch mal, er marschiert weiter, jetzt überquert er die Straße, ihr anderen in den Kulissen, bewegt euch, verdammt noch mal...«

»Wir sehen ihn aus dem Seitenfenster unseres Hauses«, sagte eine neue Stimme.

»Das ist Kennedy auf dem anderen Posten«, erklärte der große Cop Lucas.

Lucas machte kehrt und hastete zur Treppe. »Ich gehe runter!«

»Er verschwindet in der Garagenzufahrt«, hörte er Kennedy melden, während er die Treppe hinunterrannte. »Er ist hinter ihrem Haus. Los, los, bewegt euch, sonst...«

Lucas lief die drei Treppen hinunter, drängte sich an dem weißhaarigen Architekten vorbei, der mit Pfeife und Zeitung in der Diele stand, und stürmte über die Straße.

Der Werwolf parkte seinen Wagen fünf Blocks vom Haus der McGowan entfernt mit Fahrtrichtung zur Interstate. Er überzeugte sich davon, daß er dort legal parkte. Auf dieser Straßenseite standen viele Autos.

Das Wetter hatte sich seit dem frühen Morgen verschlechtert. Nachmittags war eine Zeitlang ein kalter Regen gefallen, der dann aufgehört, später wieder eingesetzt und erneut aufgehört hatte. Jetzt schien Schnee in der Luft zu liegen. Der Werwolf ließ seinen Wagen unabgesperrt stehen. In dieser Gegend war das kein großes Risiko.

Er ging in raschem Tempo den noch feuchten Gehsteig entlang. Sein linker Arm schwang dabei vor und zurück, während der rechte ein kurzes Brecheisen an seinen Körper drückte. Genau das richtige Werkzeug für eine Hintertür.

Den ersten Block entlang, dann den zweiten, dritten und vierten bis zu dem Block mit dem Haus der McGowan. Als in einiger Entfernung ein Auto anfuhr, ging der Werwolf langsamer und horchte in diese Richtung. Aber der Wagen schien abgebogen zu sein. Er sah sich rasch um – nur einmal, denn er wußte, daß allzuviel Aufmerksamkeit an sich bereits Verdacht erregen konnte. Wie vor jeder Tat verspürte er ein angenehmes Ziehen im Unterleib. Diese Tat würde ein Meisterstück werden. Sie würde die Twin Cities schockieren. Sie würde ihn berühmter als Sam, berühmter als Manson machen.

Vielleicht nicht berühmter als Manson, dachte er.

Er bog in die Garagenzufahrt ab. Im Hintergrund wurde ein Motor angelassen. Zwei Autos? Er folgte der Zufahrt, erreichte die Rasenfläche hinter dem Haus der McGowan, sah sich erneut um und trat auf den Rasen. Dann quietschten einen Block entfernt am anderen Ende der durchgehenden Zufahrt die Reifen eines scharf abgebremsten Wagens.

Cops!

In diesem Augenblick, als die Autoreifen auf dem Asphalt quietschten, ahnte er instinktiv, daß er in eine Falle geraten war.

Er wußte es! Cops.

Er rannte den Weg zurück, den er gekommen war.

Ein weiteres Fahrzeug am anderen Ende dieses Blocks. Hinter ihm ein gewaltiges Scheppern und Krachen; einer der Wagen mußte gegen etwas gefahren sein. Noch mehr Cops. Auf der anderen Straßenseite fiel eine Tür ins Schloß. Gleich danach eine zweite irgendwo hinter dem Haus der McGowan.

Er rannte aus der Zufahrt, ohne darauf zu achten, daß die Brechstange unter seiner Jacke hervorglitt und ins Gras fiel, spurtete über den Rasen des Nachbarhauses, trampelte Spiräen nieder, hetzte weiter durch die Nacht, verfing sich in einem Fliederbusch, stürzte, rappelte sich auf und hörte Männer rufen: »Stehenbleiben, stehenbleiben, stehenbleiben...«

»Scheiße!« fluchte Cochranes Partner laut, als der junge Cop am Steuer unabsichtlich die Reifen quietschen ließ, während er scharf bremste, um nach links in die Garagenzufahrt abzubiegen, und dann sahen sie den Werwolf hastig wie eine flüchtende Ratte in der Zufahrt vor ihnen verschwinden. Cochrane gab wieder Gas, rammte zwei leere Mülltonnen, die zur Seite flogen, und nahm die Verfolgung auf.

Während der Werwolf zwischen benachbarten Häusern weiterlief, röhrte ein zweites Fahrzeug aus der Gegenrichtung auf sie zu, und Cochrane hätte es beinahe gerammt. Die Türen des anderen Wagens flogen auf, und die beiden Cops sprangen heraus, um den Werwolf zu verfolgen, und Cochranes Partner Blaney brüllte: »Los, los, weiter, auf die Straße zurück!«, und Cochrane fuhr um das stehende Auto herum in Richtung Straße weiter.

Sally Johnson sprang aus dem Wagen, sah Lucas über die Straße rennen, wandte sich ab und folgte ihrem Partner Sickles zwischen die Häuser, während Cochrane um ihr stehendes Auto herum in Richtung Straße weiterfuhr.

Der Werwolf hatte bereits die nächste Straße überquert. Sally Johnson riß ihr Funkgerät aus der Gürtelhalterung und versuchte, ihre Kollegen zu benachrichtigen, aber sie fand keine Worte, während sie fünf Meter hinter Sickles herlief, der seinen Revolver gezogen hatte. Ein weiterer Cop – York – erschien mit ebenfalls schußbereitem Revolver seitlich hinter ihr. Auch Sally Johnson versuchte, ihren Revolver zu ziehen, und sah, wie der Werwolf vor ihnen auf der anderen Straßenseite über einen Bretterzaun setzte.

Der Werwolf, den Angst und Adrenalin so blendeten, daß er nur mehr einen tunnelförmigen, von Cops freien Raum vor sich wahrnahm, sprintete schneller als je in seinem Leben über die Straße, erreichte den Bretterzaun und überwand ihn mit einem einzigen Satz. Bei klarem Verstand wäre er nie dazu imstande gewesen, denn der massive Zaun war fast brusthoch, aber er nahm ihn wie ein Leistungssportler und landete in einem Garten mit einem leeren Swimming-pool, einem kleinen Boot unter einer Segeltuchplane und einer Hundehütte.

Diese Hundehütte hatte zwei getrennte Abteilungen, deren Türen aus vorgehängten Teppichbodenstücken bestanden, und in jeder hauste ein schwarzer Dobermann: die Hündin July und der Rüde August.

August hörte den Lärm, spitzte die Ohren und steckte seinen Kopf ins Freie. In diesem Augenblick setzte der Werwolf über den Zaun, stolperte, rappelte sich auf, spurtete durch den Garten und sprang über den rückwärtigen Zaun. Beide Hunde hätten ihn stellen können, wenn sein plötzliches Auftauchen sie nicht so überrascht hätte. So bekam July, die aus ihrer Hütte hervorbrach, nur ein Bein des Mannes zu fassen und schlug ihre Zähne hinein, aber dann war der Eindringling über den Zaun verschwunden. Trotzdem gab es gleich wieder etwas zu tun. July hatte eben erst von ihrem Opfer abgelassen, als schon der zweite Mann über den vorderen Zaun kam.

Der Werwolf sah den Dobermann erst, als das Tier von schräg hinten auf ihn zuschoß. Und das war gut so, denn sonst hätte er vielleicht gezögert. Erst dicht vor dem Zaun sah er das Tier als dunklen Schatten zu seinen Füßen und spürte dann einen reißenden Schmerz in seiner Wade, als er über den hinteren Zaun sprang.

Carl Werschel und seine Frau Lois wollten eben ins Bett gehen, als die Hunde im eingezäunten Garten hinter ihrem Haus anschlugen.

»Was war das?« fragte Lois. Sie war eine nervöse Frau und litt unter der Angstvorstellung, sie könnte auf einer einsamen Landstraße in den North Woods von einer Gang schwarzer Biker vergewaltigt werden, obwohl weder sie noch sonstwer jemals eine schwarze Biker-Gang in den North Woods gesehen hatte. Trotzdem sah sie diese Szene in ihren Träumen ganz deutlich: Am dunkler werdenden Himmel kreisten Raben, während die Biker sich zusammenrotteten, um ihr auf der Motorhaube einer Limousine, die ein 1947er Cadillac hätte sein können, Gewalt anzutun. »Das klingt fast wie...«

»Du bleibst hier«, befahl Carl. Er war ein übermäßig dicker Mann, der sich auch Sorgen wegen schwarzer Biker-Gangs machte und für diesen Tag mit reichlich Munitionsvorrat und Tarnanzügen vorgesorgt hatte. Er holte seine großkalibrige Remington-Schrotflinte unter dem breiten Ehebett hervor, watschelte zur Hintertür des Hauses und hebelte dabei schon mal die erste Patrone in die Kammer.

Für einen kurzen Augenblick empfand Sickles, der fünfundvierzig war, eine gewisse Befriedigung, als er über den Bretterzaun sprang. Er war fünfzehn Meter und einen Zaun weit hinter dem Werwolf; er war gut in Form. Mit etwas Glück würden seine Kollegen und er den Kerl...

Die Hunde fielen ihn wie ein Wirbelsturm an, und er ging zu Boden, wobei er den Revolver festhielt, aber die Taschenlampe aus der anderen Hand verlor. Die Hunde schnappten nach Armen und Schultern, knurrten zähnefletschend, kläfften wie verrückt, zerfleischten seine Hände, seinen Nacken...

Sally Johnson sprang über den Zaun und wäre beinahe in dem knurrenden, zähnefletschenden Tierknäuel um Sickles herum gelandet. Einer der Hunde ließ mit speicheltriefenden Lefzen von dem Mann ab, um sich auf sie zu stürzen, und Sally Johnson streckte ihn mit zwei Schüssen nieder. Dann kam der andere auf sie zu, und sie warf sich herum, zielte erneut, sah Sickles auf allen vieren nach links kriechen so daß sie genügend Schußfeld hatte, und drückte wieder ab: einmal, zweimal...

Carl Werschel kam mit seiner Schrotflinte aus dem Haus gelaufen und sah einen jungen Kerl in Jeans und schwarzer Jacke, der auf seine Hunde schoß, der sie niederschoß. Er brüllte: »Stop!« – aber in Wirklichkeit meinte er: »Stirb!«, als er mit atavistischem Kriegerinstinkt die Waffe hochriß und Sally Johnson aus zehn Meter Entfernung eine Schrotladung in den Kopf jagte. Die junge Polizeibeamtin sah noch, wie der lange Lauf seiner Waffe in die Höhe zuckte, und wünschte sich, sie könnte über Funk etwas sagen, um abzuwenden, was jetzt kommen würde...

Sickles spürte, daß die Hunde von ihm abließen, und wollte sich, vor Blut halbblind, auf den Bauch wälzen, als der lange Flammenfinger nach Sally griff und seine Partnerin, die ihn vor den Hunden gerettet hatte, zurücktaumeln ließ. Sickles wußte nur, daß er gerettet war. Dann blitzte der Flammenfinger wieder auf, und Sally brach zusammen.

Sickles war lange genug Cop, um »Schrotflinte!« zu denken. Er drückte dreimal ab. Der erste Schuß durchschlug Werschels Bauch, zerfetzte seine Leber und warf ihn gegen die Hauswand; der zweite traf sein Herz. Werschel war tot, bevor er den Boden berührte, obwohl sein Verstand noch einige Sekunden lang arbeitete. Die dritte Kugel ging durch die Hauswand, durchschlug im Geschirrschrank des Eßzimmers einen Stapel Teller, trat durch die gegenüberliegende Wand aus und wurde nie mehr gefunden.

Als Werschel mit der Schrotflinte das Feuer eröffnete, hatte der Werwolf die Straße überquert und war in den Schacht einer Kanalbaustelle gefallen. Ihr Boden bestand aus knietiefem nassem Lehm. Über und über mit Schlamm bedeckt, kletterte er auf der anderen Seite heraus, ohne zu begreifen, weshalb er noch nicht geschnappt worden war.

Und er wäre auch gestellt worden, aber das von Norden kommende Fahrzeug, in dem Davey Johnson saß, erreichte den Block gerade, als der Schrotschuß die Nacht erhellte. Johnson ließ sofort den Wagen stehen und lief auf die Stelle zu, wo der Schuß gefallen war. Sein Partner York, der zu Fuß unterwegs war, hatte den Richtungswechsel des Werwolfs nicht mitbekommen und trabte hinter Sickles und Sally Johnson her – unmittelbar vor Lucas, der quer durch den Garten der McGowan gehetzt war.

Cochrane und Blaney hatten die Garagenzufahrt verlassen, um nach Norden abzubiegen – wohin der Werwolf rannte –, als das Feuergefecht begann. Diese Schießerei war wichtiger als alles andere. Die beiden vermuteten, Sickles und Sally Johnson hätten den Werwolf gestellt, der sich seinen Fluchtweg freizuschießen versuchte. Und wenn der Böse eine Schrotflinte hatte... Wie Davey Johnson ließen sie den Wagen stehen und rannten weiter.

Lucas war gerade mit seinem Revolver in der Faust über den Zaun geklettert und brüllte, jemand solle Krankenwagen und

Verstärkung anfordern, als sich der Werwolf aus dem Graben zog, durch einen weiteren dunklen Garten lief, eine Einfahrt überquerte, den nächsten Garten hinter sich ließ und weiterhastete. Vierzig Sekunden später erreichte er seinen Wagen. Nach einer weiteren Minute war er kurz vor der Interstate. Hinter ihm waren keine Scheinwerfer zu sehen. Irgend etwas war passiert – aber was?

Im Garten der Werschels preßte Lucas sein Hemd auf Sally Johnsons zerfetzten Hals, obwohl er wußte, daß das sinnlos war, und Sickles jammerte monoton *O mein Gott, o mein Gott.* Cochrane sprang mit schußbereitem Revolver über den Zaun und rief *Was ist passiert, was ist passiert?* und zeigte auf den toten Werschel und brüllte *Ist er das?*

Lois Werschel trat aus der Hintertür des Hauses und rief: »Carl?«

Schon wenige Sekunden nach der Schießerei forderte Blaney über Funk einen Notarztwagen und Verstärkung an. Die später für die Medien freigegebene Tonbandaufzeichnung bewies, daß Lucas sich sechs Minuten später mit Cochranes Funkgerät gemeldet und verlangt hatte, alle dunklen Thunderbirds neuerer Bauart in South Minneapolis anzuhalten und ihre Insassen zu überprüfen.

Als die Dispatcherin hörte, daß ein Cop angeschossen worden war, verlor sie für kurze Zeit den Überblick, fragte nach Namen und Zustand und konzentrierte sich darauf, den Notarztwagen und Verstärkung zu informieren. Da sie annahm, daß dieser Funkverkehr Vorrang habe, gab sie Lucas' Befehl, sämtliche Thunderbirds anzuhalten, erst zwei Minuten später weiter. Zu diesem Zeitpunkt durchquerte der Werwolf bereits die Innenstadt. Zwei Minuten später erreichte er seine Ausfahrt und wartete nach knapp einer weiteren Minute vor seiner Garage, deren ferngesteuertes Tor sich öffnete.

Der Notarztwagen erreichte das Haus der Werschels, bevor der Werwolf in seine Garage einfuhr, aber für Sally Johnson und Carl Werschel kam jede Hilfe zu spät. Notarzt und Sanitäter stellten mit einem Blick fest, daß Werschel tot war, aber Sally hatte noch etwas Puls, deshalb schlossen sie die Schwerverletzte an einen Tropf an, bemühten sich, die Blutung aus der Halswunde durch eine Kompresse zum Stehen zu bringen, versorgten die schreckliche Kopfverletzung, schafften Sally in den Rettungswagen, wo ihr Puls aussetzte, injizierten ein herzstärkendes Mittel und rasten zum Hennepin Medical Center zurück, aber Sallys Pupillen waren starr vergrößert. Sie bemühten sich weiter um sie, obwohl sie genau wußten, daß ihr schwacher Lebensfunken erloschen war...

Lucas wußte, daß sie tot war. Als sie abtransportiert wurde, stand er auf der Straße vor dem Haus der Werschels und beobachtete die Blinklichter, bis sie verschwanden. Dann ging er langsam in den Garten zurück, wo Lois Werschel und Sickles, die jetzt beide in einen Schock versanken, von zwei weiteren Sanitätern versorgt wurden. Carl Werschel, der an einen angeschwemmten Wal erinnerte, lag in einem Beet mit vom Nachtfrost braunen Ringelblumen auf dem Rücken.

»Wer war das mit dem Wagen, der die Reifen hat quietschen lassen?« fragte Lucas ruhig. Blaney sah kurz zu Cochrane hinüber. Lucas bemerkte diesen Blick, und Cochrane öffnete den Mund zu einer Erklärung, kurz bevor Lucas' Gerade seine Nase traf. Cochrane ging zu Boden, und dann wurden sie von Halogenlicht überflutet. Lucas packte Cochrane an der Jacke und riß ihn halb hoch, dann traf er mit der anderen Faust seinen Mund, und York umschlang Lucas von hinten und zerrte ihn mühsam weg.

»Du Scheißkerl, du hast Sally auf dem Gewissen, du dämliches Arschloch!« kreischte Lucas, und das Licht blendete ihn. York brüllte: »Aufhören! Aufhören!« Cochrane hielt sein gebrochenes Nasenbein und die ausgeschlagenen Zähne mit einer Hand bedeckt, während er sich mit der anderen hochzustemmen versuchte, wobei die Augen in seinem Lucas zugewandten Gesicht vor Angst geweitet waren. Lucas wehrte sich einige Sekunden gegen Yorks Haltegriff; dann gab er nach und sackte zusammen, und York stieß ihn von sich fort. Lucas drehte sich um und sah die auf die Menschen im Garten gerichtete Fernsehkamera und die Scheinwerfer am Zaun. Die Gestalten dahinter waren nur schemenhaft zu erkennen, aber als er sich in Bewegung setzte, um die Scheinwerfer umzureißen, trat Annie McGowan hinter ihnen hervor und fragte: »Lucas? Habt ihr ihn erwischt?«

Als die Besprechung zu Ende ging, brach draußen bereits der Tag an. Daniel wirkte überanstrengt, vor Müdigkeit fast ausgemergelt. Er war unrasiert und trug keine Krawatte. Lucas hatte ihn im Dienst noch nie ohne Krawatte gesehen. Die beiden Deputy Chiefs rutschten nervös in ihren Sesseln hin und her.

»...begreife nicht, weshalb wir nicht automatisch sämtliche Thunderbirds angehalten haben, als diese Sache losgegangen ist«, sagte Daniel.

»Das hätten wir tun sollen, aber keiner hat sich zuständig gefühlt«, antwortete der Chef des Überwachungsteams. »Als die Schießerei angefangen und Blaney nach Krankenwagen und Verstärkung gerufen hat, hat niemand mehr daran gedacht. Lucas hat den Befehl ziemlich schnell gefunkt – nur sechs Minuten später...«

»Sechs Minuten – Jesus!« Daniel lehnte sich mit geschlossenen Augen in seinen Sessel zurück. Er sprach ruhig, aber seine Stimme zitterte. »Wenn eines der Überwachungsteams das Auftauchen des Werwolfs sofort gemeldet hätte, wäre der Befehl an alle Streifenwagen weitergegeben worden, bevor Blaneys Meldung eingegangen wäre. Damit wäre die Fehlentscheidung der Dispatcherin vermieden worden – und wir wären acht bis neun Minuten schneller gewesen. Falls der Werwolf – wie Lucas vermutet – in der Nähe der Einfahrt zur Interstate geparkt hatte, hat er zu dem Zeitpunkt, als die Fahndung nach seinem Wagen angelaufen ist, bereits irgendwo in einer Stadt bei einem Drink gesessen.«

Alle schwiegen bedrückt.

»Was ist mit diesem Carl Werschel?« fragte einer.

Daniel öffnete ein Auge und sah zu dem städtischen Juristen hinüber, der mit seinem Aktenkoffer zwischen den Füßen im Hintergrund saß.

»Das müssen wir noch prüfen«, sagte der Rechtsanwalt. »Es dürfte zum Prozeß kommen, aber wir sind eindeutig berechtigt gewesen, sein Grundstück in Verfolgung eines Mörders zu betreten. Theoretisch hätte er so bissige Hunde trotz des hohen Zauns in einem geschlossenen Zwinger halten müssen. Und als er aus dem Haus gekommen ist und das Feuer eröffnet hat, ist Sickles eindeutig berechtigt gewesen, seine Partnerin und sich zu verteidigen. Er hat richtig gehandelt.«

»Da gibt's also keine Probleme?« fragte der andere Deputy Chief.

»Kann sein, daß die Geschworenen der Ehefrau ein paar Dollar Schadenersatz zusprechen, aber darüber würde ich mir keine Sorgen machen«, antwortete der Jurist.

»Unser Problem besteht daraus«, stellte Daniel ausdruckslos fest, »daß dieser Killer noch immer auf freiem Fuß ist, während wir wie Clowns aussehen, die kopflos rumlaufen und Unbeteiligte abknallen. Von Prügeleien nach Mißerfolgen ganz zu schweigen.«

Danach entstand wieder eine Pause. »Okay, machen wir uns wieder an die Arbeit«, sagte Daniel schließlich. »Lucas? Ich möchte mit Ihnen reden.«

»Was haben Sie noch?« fragte er, als sie wieder allein waren.

»Nichts, überhaupt nichts. Bei dieser Sache mit der McGowan hab' ich irgendwie geahnt, daß...«

»Reden Sie keinen Scheiß, Lucas! Wir wissen beide genau, daß Sie sie als Köder benützt haben, und ich sage Ihnen, daß ich sofort wieder zustimmen würde, wenn wir diese Chance noch einmal hätten. Das hätte klappen müssen! Dieser Scheißkerl!« Daniel schlug mit einer Faust auf den Schreibtisch. »Wir haben den Burschen praktisch in der Hand gehabt. Wir haben diesen verdammten Hurensohn so gut wie gehabt!«

»Ich hab' versagt«, gestand Lucas trübselig. »Als die Schießerei angefangen hat, bin ich über den Zaun gesprungen und habe Werschel dort liegen sehen und gleich gewußt, daß er nicht der Werwolf sein konnte, weil der Werwolf ganz schwarz gekleidet war. Sally hat stark blutend dagelegen, aber Sickles und die anderen Jungs hätten sich um sie kümmern können. Ich hätte die Verfolgung nicht abbrechen dürfen. Ich hätte den Werwolf über den hinteren Zaun verfolgen und Sally den anderen Jungs überlassen müssen. Daran dachte ich auch. Ich hatte den Impuls, den Kerl weiterzuverfolgen, aber Sally blutete stark, und von den anderen rührte sich keiner...«

»Sie haben richtig gehandelt«, unterbrach Daniel ihn, um Lucas' Bekenntnis zu beenden. »Sally ist praktisch vor Ihren Augen niedergeschossen worden! Da ist's bloß menschlich, sich um sie zu kümmern.«

»Ich hab' versagt«, murmelte Lucas.

»Ich kann hören, wie die Medien ihre Nägel zurechtlegen. Sie werden uns ans Kreuz schlagen«, sagte Daniel.

»Ziemlich schwer, sich noch für diesen Scheiß zu interessieren«, knurrte Lucas.

»Warten Sie nur ab! In ein paar Tagen interessiert er sie bestimmt wieder.« Der Chief zögerte. »Channel Eight hat Aufnahmen von Cochrane und Ihnen, sagen Sie?«

»Yeah. Verdammt noch mal, das tut mir leid! Der Junge ist noch neu. Ich hab' einfach die Nerven verloren.«

»Soviel ich gehört habe, wird's schwierig sein, Ihre Vorwürfe zurückzunehmen. Die meisten der Cops, die dabei waren, finden, daß Sie recht hatten. Sally ist bei den Kollegen sehr beliebt gewesen. Wenn Cochrane ruhig geblieben wäre, hätte er die Garagenzufahrt abriegeln können, ohne daß der Werwolf etwas gemerkt hätte. Ihr hättet ihn zwischen euch eingekesselt, und keiner hätte diesen Garten mit den Scheißhunden betreten müssen.«

»Die Gewißheit, ihn nur knapp verfehlt zu haben, hilft uns auch nicht weiter«, stellte Lucas fest.

»Schlafen Sie ein paar Stunden, und kommen Sie nachmittags wieder her«, riet Daniel. »Dann müßte ein wenig mehr Klarheit herrschen. Bis dahin wissen wir auch, was wir von den Medien zu erwarten haben. Und wir können uns überlegen, wie wir weitermachen wollen.«

»Ich kann Ihnen keinen Rat geben«, sagte Lucas. »Ich bin völlig ausgelaugt.«

# 23 Sie holten ihn nicht ab.

Irgendwo im Hinterkopf konnte er kaum fassen, daß sie ihn nicht abholten.

Er torkelte durch die Verbindungstür zwischen Garage und Wohnung, trat einen Schritt ins Wohnzimmer, merkte dann, daß er klebrigen gelben Lehm an den Schuhen hatte, und blieb stehen. Er verharrte eine Minute lang unbeweglich, während seine keuchenden Atemzüge sich beruhigten, trat danach vorsichtig auf den gefliesten Küchenboden zurück und zog sich aus. Er streifte sämtliche Kleidungsstücke ab – auch die Unterwäsche – und ließ sie in einem Stapel auf dem Boden liegen.

Sein Bein blutete, und er saß auf dem Rand der Badewanne, um es zu betrachten. Die Bißwunde war nicht allzu tief, aber an den Rändern ausgefranst. Unter normalen Umständen hätte er eine Notfallambulanz aufgesucht, um diese Wunde nähen zu lassen. Das konnte er jetzt nicht. Er biß die Zähne zusammen und wusch die Wunde sorgfältig mit Seife und heißem Wasser aus. Danach zog er den Duschvorhang zu und säuberte auch den Rest seines Körpers, seine Hände, sein Haar und sein Gesicht. Vor allem bürstete er sich die Fingernägel, unter denen Lehmspuren zurückgeblieben sein konnten.

Noch während er unter der Dusche stand, verlor er plötzlich die Selbstbeherrschung und begann zu würgen. Er lehnte ängstlich und nervös an der gekachelten Wand. Aber er durfte sich nicht gehenlassen. Dieser Luxus blieb ihm versagt. Auch den Luxus, über seine Lage nachzudenken, konnte er sich nicht leisten. Er mußte handeln.

Der Werwolf rang um Selbstbeherrschung. Er duschte zu Ende, trocknete sich mit einem rauhen Badetuch ab und verband die Bißwunde mit einem Mullpolster und Heftpflaster. Danach zog er im Schlafzimmer saubere Sachen an und ging in die Küche zurück.

Alle Kleidungsstücke, die er an diesem Abend getragen hatte, waren überall erhältlich: Jeans, ein schwarzer Rollkragenpullover, eine schwarze Skijacke aus einem Sportgeschäft. Jockey-

Unterwäsche. Eine schwarze Wollmütze ohne Markenzeichen. Joggingschuhe. Er leerte seine Jackentaschen aus. Das Tuch, die Handschuhe, das Klebeband, die Socke, die Kartoffel und die Kondompackung bildeten einen kleinen Haufen auf dem Fußboden.

Das Brecheisen hatte er auf der Flucht verloren, aber darauf waren bestimmt keine Fingerabdrücke zu finden; die Cops konnten nichts damit anfangen. Er raffte die Kleidung zusammen, steckte sie mitsamt den Schuhen in die Waschmaschine und stellte sie an.

Während die Maschine lief, ging er mit dem Staubsauger in die Garage und saugte den Wagen aus. An einigen Stellen war der Lehm noch feucht und klebte zäh im Teppichboden. Er ging ins Haus zurück, holte einen Plastikeimer mit Wasser, dem er etwas Spülmittel zusetzte, und machte sich daran, die schmutzigen Stellen sorgfältig auszuwaschen. Falls die Cops den Wagen in einem kriminaltechnischen Labor untersuchen ließen, waren bestimmt noch Lehmpartikel zu finden. Darüber mußte er noch nachdenken. Und um ganz sicherzugehen, würde er den Teppichboden nochmals absaugen, sobald die feuchten Stellen trokken waren.

Nachdem der Werwolf mit dem Wagen fertig war, ging er ins Haus zurück, sah nach der Waschmaschine, deren Waschvorgang beendet war, und steckte Kleidung und Schuhe in den Trockner.

Dann zog er ein Paar Latexhandschuhe an. Unter dem Ausguß holte er eine Rolle mit großen schwarzen Müllbeuteln hervor, riß einen davon ab, öffnete ihn, nahm den Filterbeutel aus dem Staubsauger und warf ihn hinein. Danach folgten die Sachen aus den Jackentaschen sowie die angebrochene Packung Haushaltstücher aus dem Putzschrank.

Noch etwas? Die Kartoffeln? Aber das wäre lächerlich gewesen. In jedem Haushalt gab es Kartoffeln. Andererseits war es vielleicht möglich, durch genetische Untersuchungen nachzuweisen, daß sie alle vom selben Feld stammten. Die Kartoffeln wanderten in den Müllbeutel.

Seine Kleidungsstücke waren noch im Trockner. Der Werwolf

ging ins Schlafzimmer zurück und nahm die Klarsichthülle mit Zeitungsausschnitten aus der Kommode. Die oberste Schlagzeile hieß: SERIENMÖRDER LAUERT FRAUEN AUS DEN TWIN CITIES AUF. Auf dem Weg ins Bad zog er den Ausschnitt aus der Klarsichthülle und überflog ihn ein letztes Mal. Dann zerriß er einen Ausschnitt nach dem anderen in winzige Fetzen, die er in der Toilette hinunterspülte.

Als seine Sachen trocken waren, kamen sie in einen weiteren Müllbeutel. Um dreiundzwanzig Uhr hatte er seine gesamte Ausrüstung und alle Kleidungsstücke, die er bei dem Unternehmen McGowan getragen hatte, in zwei Müllbeuteln verpackt. Er rief eine Leihwagenfirma am Flughafen an und erfuhr, daß ihr Schalter bis Mitternacht geöffnet war. Er ließ sich einen Wagen auf seine Visa-Karte reservieren, telefonierte nach einem Taxi, fuhr zum Flughafen, übernahm den Mietwagen und fuhr damit nach Hause zurück. Er hielt es für besser, sein eigenes Auto eine Zeitlang nicht zu benützen. Der Lärm vor dem Haus der McGowan und die Schießerei mußten die gesamte Nachbarschaft geweckt haben. Falls jemand beobachtet hatte, wie er weggefahren war... Und die Cops waren womöglich verzweifelt genug, um jeden Thunderbird auf der Straße anzuhalten und die Insassen zu überprüfen.

Zu Hause verstaute er die Müllbeutel mit Kleidungsstücken und seiner Ausrüstung im Kofferraum des Leihwagens. Wenige Minuten nach Mitternacht war er auf der Interstate 95 nach Osten unterwegs, durchquerte St. Paul und fuhr nach Wisconsin. Er hielt an jedem Rastplatz zwischen St. Paul und Eau Claire, um einzelne Kleidungsstücke und Ausrüstungsgegenstände in verschiedene Abfallbehälter zu werfen.

Von der Skijacke, die hundertsechzig Dollar gekostet hatte, trennte er sich nur ungern. Aber auch sie mußte weg. Möglicherweise waren in den Gewebeporen auch nach dem Waschen mikroskopisch kleine Lehmpartikel zurückgeblieben. Aber er konnte sie nicht einfach in die nächste Mülltonne stopfen. Dazu war sie zu teuer. Irgend jemand konnte sich fragen, weshalb sie weggeworfen worden war – und die Medien würden in sensationeller Aufmachung über den Anschlag des schwarzgekleideten

Werwolfs auf Annie McGowan berichten. Er ließ die Jacke in einem Fernfahrertreff auf der Toilette hängen, als hätte jemand sie dort vergessen. Mit etwas Glück würde sie in Boise, Idaho, landen.

Ähnlich problematisch waren die Schuhe: neue, modisch mattschwarze Reeboks, die sich gut trugen. Er warf sie mit über einer Meile Abstand einzeln durchs offene Autofenster in den Straßengraben. Als Ersatz würde er sich neue Sportschuhe kaufen müssen. Für den Fall, daß die Cops im Lehm seine Abdrücke fanden und die Schuhe als Reeboks identifizierten, blieb er jedoch am besten bei Nike Airs.

In Eau Claire nahm der Werwolf sich in einem etwas abgelegenen Motel ein Zimmer und zahlte mit seiner Visa-Karte. Die Quittung trug keinen Zeiteindruck. Sollte die Polizei eines Tages hinter ihm her sein, würde der verschlafene Jüngling an der Rezeption sich bestimmt nicht mehr an ihn erinnern – und erst recht nicht an seine Ankunftszeit. Und die Quittung konnte unter Umständen beweisen, daß er zum Zeitpunkt des Überfalls auf die McGowan in Eau Claire gewesen war.

In seinem Zimmer zog er sich aus, duschte noch einmal und verband die Bißwunde neu. Gegen drei Uhr lag er endlich im Bett, schaltete die Nachttischlampe aus und zog seine Decke bis unters Kinn hoch.

Jetzt konnte er nachdenken. Er lag hellwach in der Dunkelheit und rief sich seinen Weg vom Auto zum Haus der McGowan ins Gedächtnis zurück. Schwach beleuchtete Nebenstraßen entlang. Ein anspringender Automotor. Wo war er zu diesem Zeitpunkt gewesen? Der Werwolf war noch nicht auf die Garagenzufahrt abgebogen. Dann ein zweiter Wagen, dessen Motor plötzlich ansprang.

Die Polizei hatte das Haus der McGowan überwacht, darüber war er sich jetzt im klaren. Sie hatte dem Werwolf eine Falle gestellt, die eigentlich hätte zuschnappen müssen. Davenport? Höchstwahrscheinlich. Der Lieutenant hatte ihn – vermutlich mit der Frau als Komplizin – förmlich zu diesem Überfall getrieben.

Der Werwolf wußte, daß er eines Tages gefaßt werden würde.

In dieser Beziehung machte er sich keine Illusionen. Aber er hatte stets angenommen, daß unkontrollierbare und unvorhersehbare Umstände ihn ans Messer liefern würden. In wach erlebten Alpträumen hatte er sich den Kampf mit einer Frau vorgestellt – vielleicht wie der Kampf mit Carla Ruiz. Und das Dazwischentreten eines Mannes oder sogar einer Menschenmenge, die ihn lynchen wollte.

In diesen Visionen schien der Mob ihn durch ein Kaufhaus zu verfolgen, wobei Kundinnen kreischten, Kleiderständer durcheinanderfielen und Vitrinen zu Bruch gingen. Die Idee war lächerlich, aber sie wirkte durchaus real: Der Werwolf sah sich durch scheinbar endlose Alleen von Kleiderständern flüchten, während der Mob ihm dicht auf den Fersen war und allmählich aufholte.

Aber er hatte sich nicht vorgestellt, überlistet, hereingelegt zu werden. Er hatte sich nicht vorgestellt, *das Spiel zu verlieren, weil der Gegner zu unfairen Mitteln griff.*

Trotzdem hatte er beinahe verloren.

Im Hinterkopf konnte er noch immer nicht glauben, daß sie nicht gekommen waren, um ihn abzuholen. Daß sie nicht wußten, wer er war.

In Gedanken ging er nochmals die Vernichtung des Beweismaterials in seinem Apartment durch. Er war davon überzeugt, gute Arbeit geleistet zu haben – aber war irgendwo eine verräterische Lehmspur zurückgeblieben? War es möglich, daß jemand sich sein Autokennzeichen gemerkt hatte?

Die Videokassette! Verdammt noch mal, er hatte die Videokassette mit den Nachrichtensendungen vergessen! Augenblick: Da nicht feststand, wann über den Werwolf berichtet werden würde, hatte er vorsichtshalber ganze Sendungen aufgezeichnet. In manchen – die in den letzten Wochen allerdings selten gewesen waren – war er überhaupt nicht erwähnt worden. Deshalb war die Videokassette vermutlich nicht verräterisch. Auf ihr befanden sich keine so deutlichen Hinweise auf den Werwolf, wie die Zeitungsausschnitte sie enthalten hatten.

Wegen der Vernichtung der Zeitungsausschnitte empfand er ein gewisses Bedauern. Vielleicht hätte er sie doch behalten sollen; vielleicht hätte er sie mitnehmen und morgen in Eau Claire in einem Bankschließfach deponieren sollen.

Zu spät! Und vermutlich zu gefährlich. Wenn er mit den Frauen fertig war, wenn er die Twin Cities verließ – vielleicht wurde es allmählich Zeit –, konnte er sich in der Stadtbibliothek Fotokopien besorgen.

Während die nächtlichen Ereignisse vor seinem inneren Auge kaleidoskopartig wechselnde Formen annahmen, zog der Werwolf, dessen Wade jetzt wie Feuer brannte, die Bettdecke etwas höher und wartete auf den Morgen.

## 24

Auf dem Heimweg schaute Lucas noch einmal bei Annie McGowan vorbei. Vor Werschels Haus standen ein halbes Dutzend Streifenwagen, drei neutrale Dienstwagen und der Laborwagen der Spurensicherer. Zwei weitere Streifenwagen parkten unmittelbar vor dem Haus der McGowan. Ein Übertragungswagen von Channel Eight mit einer Satellitenantenne auf dem Dach war rückwärts auf ihren Rasen gefahren; fünf oder sechs schwarze Kabel schlängelten sich aus dem Fahrzeug aufs Haus zu und verschwanden darin.

Ein Lieutenant vom Streifendienst sah ihn kommen und stieg aus seinem Wagen.

»Lucas! Ich dachte, Sie sind heimgefahren«, sagte er.

»Bin dorthin unterwegs. Wie sieht's aus?«

»Wir suchen die ganze Umgebung ab. Im Kanalschacht haben wir Fußabdrücke gefunden, als sei er dort reingefallen. Dabei könnte er sich verletzt haben.«

»Blutspuren?«

»Nein. Aber wir haben alle Krankenhäuser alarmiert und die Personenbeschreibung auf dem Handzettel um einen Hinweis auf mögliche Lehmspuren ergänzt. In den Krankenhäusern halten sie jetzt die Augen offen.«

»Gut. Habt ihr jemanden gefunden, der ihn gesehen hat, nachdem er aus dem Graben geklettert ist? Weiter im Norden?«

»Bisher noch nicht. Wir wollen sechs, sieben Blocks weit von Haus zu Haus gehen und...«

»Konzentriert euch auf die zur Interstate führende Straße. Ich gehe jede Wette ein, daß er dort geparkt hat.«

Der Lieutenant nickte. »Das haben wir bereits getan. Zum Teil haben wir die Leute schon vor Tagesanbruch aus den Betten geholt. Ergebnislos.«

»Was ist mit den Fußabdrücken? Sind sie brauchbar?«

»Yeah, sie sind ziemlich gut. Sie stammen von...«

»Nike Airs«, warf Lucas ein.

»Nein«, sagte der Lieutenant stirnrunzelnd. »Er hat Reeboks getragen. Als wir den Fund gemeldet haben, ist ein Techniker mit einem Sohlenkatalog gekommen und hat die Abdrücke verglichen. Er macht jetzt Abgüsse davon, damit sie im Labor identifiziert werden können, aber die Marke steht eindeutig fest. Er hat ladenneue Reeboks ohne Abnützungsspuren an den Sohlen getragen.«

Lucas kratzte sich am Kopf. »Reeboks?«

Annie McGowan strahlte. Obwohl es erst sieben Uhr war, machte sie den Eindruck, schon stundenlang wach zu sein.

»Lucas!« rief sie, als sie ihn an der Haustür stehen sah. »Komm doch rein!«

»Große Show heut abend?«

»Eher mittags, nachmittags *und* abends. Im Augenblick bereiten wir eine Übertragung zur *Good-Morning-Show* vor.« Sie warf einen Blick auf ihre Uhr. »In einer Viertelstunde.«

Ein Produzent kam aus dem Wohnzimmer, erkannte Lucas und hastete auf ihn zu. »Lieutenant, wie sind die Aussichten für ein kurzes Interview mit Ihnen?«

»Worüber?«

»Über die Sache von heute nacht. Wie alles gelaufen ist, was schiefgegangen ist.«

Lucas zuckte mit den Schultern. »Wir haben Scheiß gebaut. Soll ich das vor der Kamera sagen?«

»Wenn Sie's sagen wollen, würden wir's wahrscheinlich so senden«, antwortete der Produzent.

»Haben Sie vor, die Aufnahmen von der Schlägerei zu verwenden?«

Der Produzent kniff die Augen zusammen. »Die bringen unglaublich Action rein«, bekannte er.

»Wenn Sie die verwenden, sage ich kein Wort«, erklärte Lucas. »Wenn Sie darauf verzichten, kriegen Sie das Interview.«

»Ich kann Ihnen nichts versprechen«, antwortete der Produzent. »Aber ich rede mit dem Nachrichtendirektor darüber.«

»Okay«, sagte Lucas müde, »ich gebe ein kurzes Interview. Aber ich will vorher wissen, welche Fragen kommen, und dulde keine Tricks, verstanden?«

»Großartig!«

»Und Sie versuchen, die Aufnahmen von der Schlägerei zurückzuhalten?«

»Yeah, klar.«

Die Aufzeichnung des Interviews dauerte – durch die Direktübertragung mit Annie McGowan unterbrochen – fast eine Stunde. Als Lucas heimkam, stöpselte er das Telefon aus und ließ sich aufs Bett fallen, ohne sich erst auszuziehen. Er wachte von einem Hämmern gegen die Haustür auf, setzte sich auf und sah auf den Wecker. Es war kurz vor dreizehn Uhr.

Das Hämmern verstummte. Lucas setzte die Füße auf den Boden, rieb sich den Nacken und stand auf. Dann klirrte etwas gegen sein Schlafzimmerfenster. Er runzelte die Stirn hob die Jalousie an und sah Jennifer Carey auf dem Rasen stehen.

»Mach auf!« rief sie laut. Er nickte, ließ die Jalousie herunterfallen und ging zur Haustür.

»Ich hab's geahnt«, sagte Jennifer aufgebracht. »Ich weiß nicht, warum ich nicht gleich draufgekommen bin, aber sowie der versuchte Überfall gemeldet worden ist, hab' ich's genau gewußt.« Sie behielt ihren Mantel an und blieb in der Diele stehen, anstatt wie sonst in die Küche weiterzugehen.

»Was gewußt?« fragte Lucas verschlafen.

»Du hast Annie McGowan als Köder benützt. Absichtlich. Du

hast ihr die verrückten Tips gegeben, um den Werwolf in Rage zu bringen und auf sie zu hetzen.«

»Mein Gott, Jennifer.«

»Ich hab' recht, stimmt's?«

Er winkte ab und wollte ins Wohnzimmer gehen.

»Na, jedenfalls hat sie's dir kräftig heimgezahlt«, spottete Jennifer.

Lucas drehte sich um. »Was soll das heißen?«

»Zuerst deine gräßliche Beichte vor der Kamera. Du weißt schon –, daß alles deine Schuld gewesen ist. Und anschließend die Szene, in der du diesen armen Jungen zusammenschlägst.«

»Das wollten sie nicht zeigen«, murmelte Lucas betroffen. »Wir hatten eine Abmachung...«

»Worüber?«

»Ich habe ihnen das Interview gegeben, und der Produzent wollte mit dem Nachrichtendirektor reden, damit die Aufnahmen nicht gesendet werden.«

Jennifer schüttelte den Kopf. »Mein Gott, Lucas, manchmal bist du so *naiv!* Dabei kennst du dich angeblich mit den Medien aus. Diese Aufnahmen *mußten* sie doch verwenden! Mann, das war tolle Action: erst eine Riesenschießerei mit zwei Toten und dann ein Lieutenant, der einen jungen Kollegen zusammenschlägt, der an allem schuld gewesen sein soll. Wahrscheinlich bist du heute abend in ganz Amerika im Fernsehen zu bewundern.«

»Ach, Scheiße.« Lucas sank aufs Sofa und fuhr sich mit allen zehn Fingern durchs Haar.

Jennifer, die ihm gefolgt war, strich ihm sanft über den Kopf.

»Ich bin rübergekommen, um zu sehen, ob wir dich noch mal gebrauchen können. Und ich meine *gebrauchen.*«

»Wie denn?«

»Wir möchten ein Interview mit dir und Carla Ruiz aufzeichnen. Du erzählst, was du über den Mörder weißt, und die Ruiz schildert, wie er sie überfallen hat. Das Interview führt Ellie Carlson; ich bin die Produzentin.«

»Warum gerade jetzt?«

»Willst du die Wahrheit hören? Wenn wir heute abend nicht

auch eine kleine Sensation bringen, schaden die McGowan und Channel Eight uns so sehr, daß wir wochenlang darunter zu leiden haben. Das tun sie ohnehin, aber durch euer gemeinsames Interview können wir uns wenigstens bei einer der Nachrichtensendungen einen gewissen Zuschaueranteil sichern. Vor allem, wenn wir die Sache richtig aufziehen.«

»Werden diese Woche wieder Einschaltquoten ermittelt?«

»Erraten!«

»Ich muß erst mit dem Chief reden.«

Daniel war mürrisch und einsilbig. Er bot Lucas mit einer Handbewegung einen Sessel an, wandte sich ab und starrte auf die Straße hinunter.

»Ich habe Ihr Interview in Channel Eight gesehen. Sie haben versucht, die Schuld auf sich zu nehmen. Nett, daß Sie's getan haben.«

»Ich dachte, das könnte vielleicht nützen.«

»Wie denn? Ich habe Cochrane zwei Wochen Sonderurlaub gegeben. Er soll sich von den Medien fernhalten und sein Gesicht in Ordnung bringen lassen. Sie haben ihn scheußlich zugerichtet.«

»Ich könnte ihn besuchen und mit ihm reden«, bot Lucas an.

»Ach, ich weiß nicht«, meinte Daniel. »Vielleicht lassen Sie sich lieber nicht so schnell wieder bei ihm blicken.«

Lucas rutschte unbehaglich hin und her. »Ich fange nicht gern davon an, aber Jennifer Carey will ein gemeinsames Interview mit mir und Carla Ruiz. Wegen der Einschaltquoten – das gibt sie ganz ehrlich zu. Sie glaubt, Channel Eight mit einem guten Interview etwas Konkurrenz machen zu können. Für uns hätte das den Vorteil, daß auch mal was Positives gesendet würde.«

»Tun Sie, was Sie für richtig halten«, sagte Daniel ohne sonderliches Interesse und starrte weiter auf die Straße hinunter.

»Haben die Jungs am Tatort was gefunden, das wir verwenden könnten?«

»Nicht, daß ich wüßte«, antwortete Daniel. Sie saßen einen Augenblick schweigend da, bevor der Chief sich seufzend umdrehte.

»Die Mordkommission erwischt diesen Kerl höchstens durch Zufall«, stellte er fest. »Nachdem er diesmal nur knapp davongekommen ist, haben wir ihn für ein, zwei Wochen vergrämt – aber er kommt zurück. Oder er beschließt, Minneapolis ganz zu verlassen und anderswo weiterzumachen. Aber das muß verhindert werden! Ich will ihn hier stellen. Und dazu brauche ich Sie. Gut, die Sache mit der McGowan ist eine Katastrophe gewesen, aber ich denke trotzdem immer: Es war keine totale Katastrophe. Ich sage mir: Schließlich hat Davenport den Kerl richtig eingeschätzt. Und was ihm einmal gelungen ist, schafft er vielleicht auch ein zweites Mal. Vielleicht... Ich weiß es nicht.«

»Mein gottverdammtes Hirn ist ausgebrannt«, seufzte Lucas.

»Sie sind durcheinander«, stellte Daniel fest. »Aber das gibt sich. Dann funktioniert auch Ihr Gehirn wieder.«

»Sie beurteilen die Lage falsch«, sagte Lucas. »Er geht uns nicht ins Netz, weil ich ihn richtig eingeschätzt habe, denn das habe ich nicht. Wir kriegen ihn nur mit viel Glück.«

»Ich hasse es, auf Glück zu vertrauen; ich hatte gehofft, wir könnten etwas Verläßlicheres finden.«

»Auf dieser Welt ist auf nichts Verlaß«, antwortete Lucas. »Der Werwolf war bisher wirklich vom Schicksal begünstigt. Die Ruiz hätte mehr über ihn wissen müssen – ich meine, sie hat ihn doch angefaßt. Hätte sie ihm die Sturmhaube vom Kopf gerissen... Auch im Fall Brown hätten wir eine bessere Personenbeschreibung kriegen müssen. Ich denke immer: Wäre Sparks doch auf der anderen Straßenseite gewesen! Vielleicht hätte er sein Gesicht zu sehen bekommen. Und ich denke: Hätte die Lewis sich doch seinen Namen notiert! Hätte sie sich *irgendwas* über ihn notiert. Wir hätten ihn bei der McGowan stellen müssen, zumindest hätten wir, nachdem er geflüchtet war, seinen Wagen – falls er wirklich einen Thunderbird fährt – anhalten müssen. Bisher hat der Kerl unglaublich viel Glück gehabt. Aber in der Welt der Spieler gibt es eine Gewißheit: Irgendwann verläßt einen das Glück, genauso wie jede Pechsträhne irgendwann einmal zu Ende ist.«

»Weiß der Teufel, jetzt sind allmählich wir dran!« sagte Daniel.

Jennifer hatte bereits mit Carla über ein Interview gesprochen, und als Lucas sie anrief, um sich einverstanden zu erklären, teilte sie ihm mit, daß auch Carla bereit war. Jennifer würde das Interview ab fünfzehn Uhr aufzeichnen und um achtzehn Uhr in einer stark gekürzten Fassung senden. Das ungekürzte Interview sollte dann für die zu diesem Zweck eigens verlängerten Zweiundzwanziguhrnachrichten angekündigt werden.

»Zieh einen Anzug an«, sagte sie, »und ein blaues Hemd.«

Das Interview dauerte fast eine Dreiviertelstunde. Lucas war kühl und distanziert, Carla warm und engagiert. Nach entsprechenden Schnitten würde es gut wirken. Während Jennifer verfolgte, wie die Interviewerin mit den beiden sprach, erkannte sie plötzlich, daß Lucas mit Carla schlief – oder mit ihr geschlafen hatte.

Nach dem Interview verließ sie das Atelier nach den Technikern, die ihre Geräte zum Fahrzeug hinunterbrachten, gemeinsam mit Lucas. Im Aufzug sagte sie plötzlich: »Ich habe dich in Verdacht gehabt, mit Annie McGowan zu schlafen. Jetzt weiß ich, daß ich mich getäuscht habe. Du hast mit Carla Ruiz geschlafen.«

»Ach, Mann, Jennifer, laß mich heut damit in Ruhe«, wehrte Lucas ab. Er starrte den Kabinenboden an.

»Eigentlich macht mir das nicht viel aus«, fuhr sie traurig fort. »Ich wußte, daß es eines Tages passiert. Ich hab' nur gehofft, daß es nicht schon so bald passieren würde.«

»Damit ist's vorbei, glaub' ich«, antwortete Lucas niedergeschlagen.

»Bloß ein flüchtiges Abenteuer?«

Lucas schüttelte den Kopf. »Vor ein paar Tagen hat sie mir einen kleinen Vortrag gehalten. Sie hat mich gern, aber sie ist bereit, mir den Laufpaß zu geben, sobald ich sie bei der Arbeit störe.«

»Du Ärmster, das ist dir noch nie passiert, was?« fragte Jennifer. Ihre Stimme klang sarkastisch, aber zugleich rollte ihr eine Träne über die Wange.

Lucas wischte die Träne mit dem Daumen weg. »Laß das, verdammt noch mal!«

»Warum? Verträgst du keine wahren Gefühlsregungen?«

Er starrte wieder den Boden zwischen seinen Füßen an, bevor er dann ruckartig den Kopf hob. »Manchmal kennt man sich doch nicht so gut, wie man glaubt. Du machst mich fertig, und ich soll das ertragen wie ein Mann. Weißt du, wonach mir zumute ist? Ich würde am liebsten heimfahren, meinen Fünfundvierziger in den Mund stecken und mir eine Kugel durch den Kopf jagen. Ein Verrückter hat mir eine schwere Niederlage beigebracht. Vielleicht erhole ich mich davon, vielleicht auch nicht. Aber ich werde sie nie vergessen... nicht in diesem Leben!«

Dann öffnete sich die Aufzugtür, und Lucas ging davon, ohne sich noch einmal umzusehen.

Elle beobachtete ihn über den großen Spieltisch hinweg. Der Buchmacher und der Rechtsanwalt waren zusammen weggegangen; die beiden Studenten waren ihnen wenig später gefolgt. Der Lebensmittelhändler stand noch über die Landkarte gebeugt und dachte nach.

Meade war kein Dummkopf. Nach eintägigen Kämpfen, bei denen die Konföderierten die meisten Höhenzüge südlich von Gettysburg beherrschten, ging er langsam in Richtung Washington nach Süden zurück. Dort erwarteten ihn vorbereitete Stellungen. Jetzt war Lee am Zug. General Lee – Elle, der Lucas als Longstreet Ratschläge gab – konnte weiter nach Norden vormarschieren. Die besetzten Unionsgebiete konnte er jedoch vermutlich nicht halten. Oder er konnte Meades nach Süden zurückgehende Armee verfolgen. Diese Armee würde ohnehin vernichtet werden müssen. Eine Verfolgung Meades durch Lee entsprach dem napoleonischen Angriff, der damals bei Gettysburg fehlgeschlagen war. Stellte er den Gegner bei Washington, wo er die Berge im Westen und den Hochwasser führenden Potomac im Süden hatte, mußte es zu einer erbitterten Entscheidungsschlacht kommen. Lucas' Spiel konnte den amerikanischen Bürgerkrieg zwei Jahre früher beenden...

»Du darfst nicht ständig darüber nachdenken«, sagte Elle.

»Was?« Lucas hatte auf den hinteren Beinen seines Stuhls balanciert und die Zimmerdecke angestarrt.

»Du darfst nicht ständig über euren Mißerfolg bei Annie McGowans Haus nachgrübeln. Das hat keinen Zweck. Du hättest ihn beinahe gefaßt. Du hast ihn erfolgreich angelockt. Wenn du aufhörst, vor Selbstmitleid zu zerfließen, fällt dir wieder was Neues ein.«

Lucas ließ den Stuhl nach vorn kippen und stand auf.

»Das Problem ist, daß mir nichts mehr einfällt. Mein Verstand ist wie gelähmt. Ich glaube, daß der Kerl nicht wiederauftaucht.«

»Nein, demnächst passiert was«, behauptete sie. »Du kennst doch den Rhythmus solcher Spiele, der uns sagt, daß irgendwas passieren wird, selbst wenn es nicht zwingend notwendig erscheint. Diesen Rhythmus spüre ich auch hier. Und er kündigt an, daß der ganze Fall kurz vor der Lösung steht.«

»Das Problem ist nur: Wie?« warf der Lebensmittelhändler ein.

»Richtig, *das* ist das Problem«, bestätigte Lucas. »Genau! Was ist, wenn der Kerl einfach wegzieht? Er könnte anderswo weitermachen, ohne daß wir auch nur davon erführen. Und wir haben eigentlich nichts gegen ihn in der Hand. Keinen wirklich brauchbaren Hinweis. Wenn er abhauen will, können wir ihn nicht daran hindern.«

»Das tut er nicht«, behauptete Elle nachdrücklich. »Diese Sache nähert sich ihrem Ende. Ich spüre, daß alle Räder in Bewegung sind.«

»Hoffentlich«, murmelte Lucas. »Das halte ich nicht mehr lange aus, fürchte ich.«

»Wir beten für dich«, antwortete Elle, und Lucas merkte, daß auch die zweite Nonne ihn beobachtete. Sie nickte ihm zu. »Jeden Abend, Lucas. Gott wird uns erhören. Du mußt den Kerl fassen!«

## 25

Der Werwolf meldete sich von dem Motel in Eau Claire aus telefonisch krank. Er blieb im Bett liegen, sah im Kabelfernsehen Übertragungen aus den Twin Cities und verließ das Motel dann kurz vor Mittag, weil die Zimmer bis zwölf Uhr geräumt sein mußten. Er kam am frühen Nachmittag nach Hause, zog sich um, fuhr ins Büro und behauptete, daß es ihm wieder besserginge. Er versuchte zu arbeiten, aber das gelang ihm nicht.

Das Fiasko beim Haus der McGowan war die große Sensation. Das ganze Büro sprach davon. Der Werwolf hatte keine Freude an diesem Geschwätz, schöpfte keine Kraft daraus. Man hatte ihm eine Falle gestellt. Davenport hatte sie ihm gestellt, hatte ihn mit Annie McGowan geködert. So gut verstand Davenport ihn also! Er hatte eine Wolfsfalle gestellt. Und er war nur durch Umstände gescheitert, die so bizarr gewesen waren, daß sie sich niemals wiederholen würden.

Der Werwolf wußte, daß er Glück gehabt hatte. Unglaubliches Glück. Es wurde Zeit, über das Spiel nachzudenken. Sollte er lieber aufhören? Nach Punkten führte er mit weitem Vorsprung. Aber konnte er aufhören? Schwer zu sagen. Falls er's nicht schaffte, konnte er vielleicht von hier weggehen. Zurück nach Texas. Fort aus dieser Kälte. Über das Spiel nachdenken.

Er brauchte bis kurz nach siebzehn Uhr, um die Akten auf seinem Schreibtisch – routinemäßige Immobiliensachen und Erbschaftsfälle – aufzuarbeiten. Als er ging, war im Büro eines Kollegen der Fernseher eingeschaltet, was während der normalen Bürozeit nicht gestattet war. Auf dem Bildschirm war Lucas Davenports Gesicht in Nahaufnahme zu sehen. Er hatte Schatten unter den Augen, wirkte aber kühl und beherrscht. Das Bild erstarrte sekundenlang, bevor die Kamera wieder die Moderatorin zeigte.

Der Werwolf trat näher heran, um zu hören, was sie sagte. »...und das vollständige Interview mit Carla Ruiz, dem Opfer, das einen Überfall mit heiler Haut überstanden hat, und Lieutenant Lucas Davenport bringt TV3 heute abend in den erweiterten Zehnuhrnachrichten.«

Er fühlte sich zwischen Channel Eight und TV3 hin- und hergerissen. Channel Eight hatte während des Spiels die interessantesten Nachrichten gebracht, aber das Interview in TV3 konnte ihm Aufschluß über den Mann geben, der ihm die Falle gestellt hatte. Als er die Gebrauchsanweisung seines Videorecorders studierte, wurde ihm klar, daß er TV3 aufzeichnen konnte, während er Channel Eight sah. Er nahm probeweise eine Fernsehkomödie auf. Es funktionierte tatsächlich.

Annie McGowan war der schöne Star der Abendnachrichten und beherrschte sie. Sie schilderte die polizeiliche Überwachung und zeigte den Alarmpiepser, den sie am Gürtel getragen hatte. Sie erzählte, daß sie nachts im Bett gesessen, auf jeden Laut gehorcht und sich ständig gefragt hatte, ob der Werwolf kommen würde. Sie wurde gezeigt, wie sie sich eine Portion Rührei machte. An den Wänden ihrer Küche hingen unbenützte Kupferkasserollen. Im Hintergrund tickte eine alte Standuhr.

Nach dieser Einführung schilderte Annie McGowan den Überfall, lief durch die Nacht, wobei die Handkamera ihr unstet springend folgte, und schloß mit der nachgestellten Schießerei, bei der sie alle Rollen selbst spielte. Zuletzt ging es noch über den Zaun zum Kanalschacht, in dem sie auf die Fußabdrücke des Werwolfs im gelben Lehm hinwies.

Das Ganze war professionelles Theater und endete wie ein brillantes Stück mit einem Knalleffekt: der Schlägerei, bei der Davenport, dessen fliegende Fäuste verschwammen, den jungen Cop im grellen Licht der Fernsehscheinwerfer krankenhausreif schlug. Danach kam der Lieutenant mit Mordlust im Blick auf die Kameras zu, bis Annie McGowans Stimme ihn zum Stehen brachte.

Brutal. Davenport war nicht nur ein Spieler. Er war eine Bestie.

Nach der Sendung starrte der Werwolf einige Sekunden lang den Bildschirm an, bevor er das aufgezeichnete TV3-Interview abspielte.

Wieder Davenport, aber diesmal anders. Kühler. Berechnender. Ein Jäger, kein Kämpfer. Diese Eigenschaft erkannte der Werwolf instinktiv. Er kannte sie von Ranchern, die Nachbarn seines Vaters gewesen waren – Männer, die von *meinem Rotwild* und *meinen Antilopen* gesprochen hatten.

Carla Ruiz – ihr Gesicht, ihre dunklen Augen – reizte ihn noch immer. Ihr Verhältnis zueinander tat nichts zur Sache; es war kein enges Verhältnis wie zu einer Auserwählten, denn dieses Vorrecht hatte sie längst verspielt. Aber es gab noch unbestreitbare Spuren ihrer früheren Beziehung, und der Werwolf nahm sie wahr und dachte über sie nach.

Wurde er wieder manipuliert? War dies ein weiterer Trick von Davenport? Er glaubte es nicht.

Der Werwolf hatte niemals eine partnerschaftliche Beziehung zu einer Frau gehabt, aber er war äußerst sensibel, was die Beziehungen anderer betraf. Nach etwa der Hälfte des Interviews wurde ihm klar, daß Davenport und Carla Ruiz durch ein spezielles Verhältnis verbunden waren. Sexuell? Ja. Je länger er die beiden beobachtete, desto überzeugter war er, richtig getippt zu haben.

# 26

»Los, kommen Sie schon mit!« Sloan lehnte am Türrahmen.

»Der Scheiß lohnt nicht, Mann«, wehrte Lucas ab. Er war lethargisch, emotional erstarrt. »Wir wissen, was er zu verbergen hat. Er ist um seinen guten Ruf besorgt. Er hat Rice reingelegt und fürchtet jetzt, bloßgestellt zu werden.«

»Wie fühlen Sie sich?«

»Ha?«

»Wie fühlen Sie sich? Seit dem Fuck-up?«

Lucas mußte unwillkürlich grinsen. Das Fiasko bei der McGowan hieß jetzt allgemein »der Fuck-up«. Vom Oberbürgermeister bis hinunter zum kleinsten Cop gebrauchte jeder diesen Ausdruck. Lucas vermutete, daß die ganze Stadt ihn benützte. »Ich fühl' mich wie Scheiße.«

»Also kommen Sie mit!« drängte Sloan. »Wir fahren rüber und nehmen dieses Schwein in die Mangel. Das bringt Sie auf andere Gedanken.«

Das war besser, als im Büro zu hocken. Lucas stand ruckartig auf. »Okay, und danach gehen wir irgendwo anständig essen.«

»Und Sie zahlen?«

Der junge Verkäufer ging nach hinten, um Nester zu holen, der sich nicht über ihren Besuch freute.

»Ich dachte, Sie hätten meine Position begriffen«, sagte er und ging ans Telefon. »Sie wollen mich anscheinend systematisch belästigen. Ich rufe jetzt gleich meinen Anwalt an, statt mir anzuhören, was Sie zu sagen haben.«

»Das überlassen wir Ihnen, Nester«, sagte Lucas mit seinem Luchslächeln. »Vielleicht ist das keine schlechte Idee. Wir überlegen noch, ob wir Sie wegen Betrugs verhaften oder Mrs. Rices Anwalt Gelegenheit geben sollen, die Sache zivilrechtlich zu klären. Wenn Sie auf stur schalten, legen wir Ihnen jetzt sofort Handschellen an, nehmen Sie mit und stecken Sie in Untersuchungshaft.«

Der Verkäufer bewegte den Kopf wie beim Tennis von links nach rechts und wieder zurück. Nester sah zu ihm hinüber und behauptete, ohne die Hand vom Telefon zu nehmen: »Ich habe keine Ahnung, wovon Sie reden.«

»Doch, doch«, widersprach Lucas. »Wir reden von Netsuke, die bis zu einer viertel Million Dollar wert sein können und die Sie für Versicherungszwecke schätzen sollten. Sie haben dem Besitzer erklärt, die Stücke seien fast wertlos, und sie ihm für ein Butterbrot abgekauft.«

»Das stimmt nicht!« widersprach Nester aufgebracht. »Ich bin niemals aufgefordert worden, diese Netsuke zu schätzen. Sie sind zum Verkauf angeboten gewesen, und ich habe den geforderten Preis gezahlt. Das war alles.«

»Mrs. Rice schildert die Sachlage ganz anders. Sie ist bereit, damit vor Gericht zu gehen.«

»Bilden Sie sich ein, die Geschworenen würden irgendeiner... irgendeiner *Waschfrau* mehr glauben als mir? Wenn Aussage gegen Aussage steht...«

»Sie hätten keine Chance«, schaltete sich Sloan mit seiner öligsten Stimme ein. »Nicht die geringste. Hier haben wir einen Mann, der für sein Land gekämpft und sich ein paar Andenken mitgebracht hat, ohne zu wissen, was sie wert sind. Dann lebt er friedlich weiter, ein netter Kerl, arbeitet als städtischer Arbeiter und stirbt schließlich an Krebs, der seinen ganzen Körper Stück für Stück auffrißt. Zuletzt verkauft er seine persönlichen Habseligkeiten, um seiner Frau wenigstens ein bißchen Geld zu hinterlassen. Sie ist selbst schon älter, und die beiden leben von der Hand in den Mund. Wahrscheinlich essen sie Hundefutter... Unter jeder Garantie, wenn ihr Anwalt sich erst mal mit der Sache befaßt hat.«

»Vielleicht auch Katzenfutter. Thunfischstücke«, warf Lucas ein.

»Und sie besitzen diesen Schatz, ohne etwas davon zu ahnen«, fuhr Sloan fort. »Daraus könnte ein Happy-End werden – genau wie im Fernsehen. Aber was passiert? Bei ihnen kreuzt ein gerissener Antiquitätenhändler auf, der ihnen für Kunstwerke, die eine viertel Million Dollar wert sind, ganze fünfhundert Dollar zahlt. Glauben Sie wirklich, daß die Geschworenen sich auf Ihre Seite schlagen würden?«

»Wenn Sie das glauben, leben Sie in einer Traumwelt«, fügte Lucas hinzu. »Wissen Sie, ich habe gute Freunde bei der Presse. Diese Geschichte könnte Sie berühmter als den Werwolf-Killer machen.«

»Keine schlechte Idee, finde ich«, stimmte Sloan zu, indem er diesen Gedanken aufgriff. »Wir nehmen ihn mit, stecken ihn wegen Betrugs in Untersuchungshaft und geben eine Pressemitteilung mit seiner Story heraus. Das verringert den Druck, unter dem wir...«

»Kommen Sie bitte mit nach hinten in mein Büro«, sagte Nester, der jetzt leichenblaß war.

Die beiden folgten ihm durch eine schmale Tür nach hinten. Den größten Teil des anderen Raums nahmen die mit Alarmanlagen gesicherten Stahlschränke des Lagers ein, aber in einer Ecke befand sich Nesters elegantes kleines Büro. Der Antiquitätenhändler ließ sich in seinen Schreibtischsessel fallen, blätterte geistesabwesend im Terminkalender und fragte dann: »Wie läßt sich diese Sache aus der Welt schaffen?«

»Wir könnten Sie wegen Betrugs in Haft nehmen, aber daran liegt uns eigentlich nichts. Wir haben andere Sorgen«, antwortete Lucas und nahm auf einem Louis-IV-Stuhl Platz. »Sagen Sie uns einfach, was wir wissen wollen, dann schlagen wir Mrs. Rice vor, sich einen Anwalt zu nehmen und sich gerichtlich mit Ihnen auseinanderzusetzen. Oder Sie könnten versuchen, zu einem Vergleich mit ihr zu kommen.«

*»Ich habe mit Ihrem Kollegen bereits gesprochen«*, protestierte Nester und nickte zu Sloan hinüber. »Ich habe ihm alles gesagt, was zwischen Mr. Rice und mir vorgefallen ist.«

»Ich hatte den starken Eindruck, daß Sie irgendwas zu verheimlichen haben«, sagte Sloan. »In dieser Beziehung irre ich mich selten.«

»Hmmm. Offen gesagt habe ich befürchtet, Sie könnten den Preis, den ich für die Netsuke gezahlt habe, übrigens genau der von Mr. Rice geforderte Preis – Verkäufer sollten sich in acht nehmen! –, für ... für unangemessen halten. Ich habe nichts verheimlicht; ich bin lediglich diskret gewesen.«

Lucas verzog das Gesicht. »Hätten Sie uns das gesagt oder wenigstens andeutungsweise erwähnt, hätten wir Sie nicht weiter belästigt«, stellte er fest. »Wir sind hinter dem Revolver her, den Rice gehabt hat. Deshalb befragen wir alle, die kurz vor seinem Tod bei ihm gewesen sind.«

»Ich habe keinen Revolver gesehen; er hat keinen erwähnt oder zum Kauf angeboten«, antwortete Nester. »Bei meinem Besuch habe ich außer ihm niemanden zu sehen bekommen – nicht mal Mrs. Rice. Wir haben kaum miteinander gesprochen. Ich bin hineingegangen und habe gebeten, die Netsuke besichtigen zu dürfen. Er ist im Rollstuhl zum Schrank gefahren, hat eine Schachtel hervorgeholt, sie mir hingelegt und sich wieder in seine Lektüre vertieft. Ich habe nach dem Preis gefragt, und er hat fünfhundert Dollar verlangt. Ich habe ihm einen Scheck ausgestellt und bin gegangen.«

»Das klingt aber nicht nach Rice«, wandte Sloan ein. »Er soll ziemlich redselig gewesen sein.«

»Nicht mir gegenüber«, sagte Nester.

Lucas sah zu Sloan hinüber und schüttelte den Kopf.

»Vermutlich ist er so schweigsam gewesen, weil er mit seinem Testament zu tun hatte«, fuhr Nester fort. »Er mußte es durchlesen und unterschreiben, damit sein Anwalt es abholen konnte.«

»Sein Anwalt?« fragte Lucas. Er wandte sich stirnrunzelnd an Sloan. »Sein Anwalt?«

Sloan begann in seinem Ermittlungsordner zu blättern.

»Rice hat gesagt, sein Anwalt sei zu ihm unterwegs«, fügte Nester hinzu. Er sah von einem zum anderen. »Hilft Ihnen das weiter?«

»Wir haben hier keinen Anwalt«, stellte Sloan fest.

Lucas schluckte trocken. »Hat er den Namen seines Anwalts zufällig erwähnt?«

»Nein, das glaube ich nicht«, antwortete Nester. »Oder ich hab' ihn vergessen.«

»Vielleicht brauchen wir Sie noch«, sagte Lucas und stand auf. »Kommen Sie, Sloan!«

Sloan steckte einen Quarter in den Einwurfschlitz des Münztelefons. Mary Rice nahm nach dem ersten Klingeln ab.

»Es geht um das Testament Ihres Mannes, Mrs. Rice – haben Sie eine Abschrift davon?... Könnten Sie sie holen?... Gut, ich warte.«

Lucas stand neben ihm, blickte die Straße entlang, wippte auf den Zehenspitzen und überlegte. Ein Rechtsanwalt. Nicht schlecht – aber viel zu einfach! Während Sloan wartete, trat er von einem Fuß auf den anderen.

»Haben Sie auch in der oberen Kommodenschublade nachgesehen?« fragte Sloan schließlich. »Sie haben mir mal erzählt, daß Sie dort alles mögliche aufbewahren...«

»Was macht sie bloß?« knurrte Lucas nervös. Er hätte Sloan am liebsten den Hörer aus der Hand gerissen und sie angebrüllt, sie solle sich beeilen.

»Kann's nicht finden«, antwortete Sloan.

»Kommen Sie, wir fahren hin und stellen das Haus auf den Kopf...«

Sloan hob die freie Hand und sprach weiter. »Sie haben's gefunden? Gut. Sehen Sie bitte auf der letzten Seite nach – steht dort der Name des Anwalts?... Nein, nicht die Firma, sondern der Anwalt. Sein Name müßte in Maschinenschrift unter einer Unterschrift stehen... Okay, buchstabieren Sie ihn mir bitte. L-o-u-i-s V-u-l-l-i-o-n. Vielen Dank, Mrs. Rice.«

Lucas sah ihm über die Schulter, als er den Namen in seinen Ermittlungsordner schrieb. »Nie von ihm gehört«, behauptete Lucas kopfschüttelnd.

»Wir müssen noch mal telefonieren«, sagte Sloan. Er zog ein kleines schwarzes Telefonverzeichnis aus der Hemdtasche, suchte eine Nummer heraus und wollte einen Quarter einwerfen. Aber seine Hand kam leer aus der Hosentasche zurück.

»Haben Sie 'nen Quarter?« fragte er Lucas.

Lucas wühlte in seinen Taschen. »Nein.«

»Scheiße, dann müssen wir erst wechseln...«

»Augenblick, wir können meine Telefonkreditkarte nehmen – Sie brauchen bloß die Null zu wählen. Hier, geben Sie mir den Hörer. Wen wollen Sie überhaupt anrufen?«

»'ne Mieze, die ich bei Public Safety kenne.«

Lucas wählte die Nummer und gab Sloan den Hörer zurück, als es am anderen Ende klingelte. Sloan fragte nach Shirley Jensen.

»Hier ist Sloan vom MPD«, meldete er sich. »Wie geht's?... Ja. Ja. Wunderbar. Hör zu, Schätzchen, tust du mir 'nen Gefallen und überprüfst schnell 'nen Namen für mich?... Am besten sofort?... Okay, danke. Der Kerl heißt Louis Vullion.« Er buchstabierte ihr den Namen, wartete eine halbe Minute und sagte dann: »Ja, gib mir alles, was ihr habt.«

Er hörte aufmerksam zu und sagte dabei: »Ach, Scheiße!« und »Donnerwetter!« und »He, vielen Dank, Schätzchen.« Dann hängte er ein und wandte sich an Lucas.

»Yeah?«

»Louis Vullion: Weißer, siebenundzwanzig Jahre, einsfünfundsiebzig Meter, einundachtzig Kilo, blaue Augen. Und eine gute und eine schlechte Nachricht. Welche wollen Sie zuerst hören?«

»Die schlechte Nachricht«, antwortete Lucas rasch.

»Sparks will beschwören, daß der Verdächtige dunkelhaarig gewesen ist. Aber dieser Scheißkerl hat rote Haare!«

Lucas fuhr sich mit der Zungenspitze über die Lippen, während er Sloan anstarrte. »Rote Haare?«

»So steht's im Führerschein.«

»Verdammt noch mal, das ist ja wunderbar!« flüsterte Lucas mit versteinerter Miene.

»Was?« fragte Sloan verständnislos.

»Die Ruiz ist der festen Überzeugung gewesen, er sei hellhäutig – und am hellhäutigsten sind die Rothaarigen. Sparky hat ausgesagt, er sei dunkelhaarig gewesen. Das habe ich mir nicht erklären können. Aber ein Rothaariger, der nachts unter den Quecksilberdampflampen an der Hennepin Avenue steht...« Lucas tippte Sloan an, um ihn zum Weitersprechen aufzufordern.

»Verdammt! Der könnte dunkelhaarig aussehen!« bestätigte Sloan plötzlich aufgeregt.

»Quatsch *könnte!*« widersprach Lucas. »Er *muß* dunkelhaarig aussehen. Besonders aus einiger Entfernung. Das paßt alles genau zusammen!« Er fuhr sich erneut mit der Zungenspitze über die Lippen. »Wenn das die schlechte Nachricht gewesen ist – wie lautet dann die gute?«

Sloan hob den Zeigefinger. »Auf seinen Namen ist ein mitternachtsblauer Ford Thunderbird angemeldet«, sagte er. »Er hat ihn vor einem Vierteljahr gekauft.«

Die Tür von Daniels Büro war geschlossen. Linda, seine Sekretärin, tippte Briefe.

»Wer ist bei ihm drinnen?« fragte Lucas und nickte zur Tür hinüber. Sloan stand dicht hinter ihm.

»Pettinger aus der Buchhaltung«, antwortete Linda. »Halt, Lucas, warten Sie, Sie können nicht einfach...«

Aber Lucas hatte bereits die Tür aufgerissen und stürmte ins Büro des Chefs, während Sloan ihm langsamer und leicht verlegen folgte. Daniel hob überrascht den Kopf, sah ihre Gesichter und wandte sich an den Buchhalter.

»Tut mir leid, aber ich muß Sie jetzt rausschmeißen, Don«, sagte er. »Den Rest besprechen wir heute nachmittag.«

»Äh, gewiß.« Der Buchhalter nahm seinen Stapel Computerausdrucke mit, warf Lucas und Sloan einen neugierigen Blick zu und ging hinaus.

Der Chief schloß die Tür hinter ihm. »Wer ist er?« knurrte er dann.

»Ein Rechtsanwalt«, sagte Lucas. »Ein Anwalt namens Louis Vullion.«

# 27

»Wo ist er?« Lucas sprach in sein Handfunkgerät, während er einen Block vom Apartment des Werwolfs entfernt am Randstein hielt. Der drei Jahre alte Ford Escort paßte nahtlos in dieses Wohngebiet.

»Fährt auf der Brücke nach Süden. Scheint zur Burnsville Mall unterwegs zu sein. Wir sind etwas nördlich davon.«

Der Werwolf wurde von zwölf Cops – fünf Männer und sieben Frauen – mit sechs Fahrzeugen beschattet. Sie folgten ihm von der Wohnung zu einem Parkhaus in der Nähe seines Büros. Sie beobachteten, wie er in der Kanzlei verschwand und erst wieder zum Vorschein kam, um mittags in Soukoup's Deli gleich um die Ecke allein zu essen. Er hinkte etwas und schonte ein Bein. Eine Folge des Sturzes in den Kanalschacht? Sie beschatteten ihn auf dem Rückweg in die Kanzlei, bei einem Besuch im Gerichtsgebäude, im County Clerk's Office und dann wieder auf der Rückfahrt ins Büro.

Während er nachmittags arbeitete, installierte ein Techniker unter der Stoßstange seines Wagens einen leistungsfähigen Minisender. Als der Werwolf abends aus dem Büro kam, begleiteten die Überwacher ihn zu seinem Wagen zurück. Er fuhr nach Hause, aß offenbar zu Abend und fuhr wieder fort – diesmal nach Süden.

»Auf den Parkplatz der Ladenpassage abgebogen.«

Lucas sah auf die Borduhr. Selbst wenn der Werwolf sofort wendete und so schnell wie möglich zurückkam, konnte er erst in etwa zwanzig Minuten eintreffen. Das reichte schon fast.

»Steigt aus, geht rein«, meldete das Funkgerät. Die Überwacher mußten ihm jetzt zu Fuß folgen.

Lucas schaltete sein Funkgerät aus und steckte es in die Innentasche seiner Jacke. Er wollte nicht, daß vielleicht im falschen Augenblick Polizeimeldungen aus seiner Tasche drangen. Der elektrische Dietrich und eine Stabtaschenlampe lagen in einer Plastiktüte unter dem Fahrersitz. Lucas zog sie heraus, steckte die Lampe in eine andere Tasche und nahm den Dietrich in seiner Jacke unter den Arm.

Er stieg aus, schlug den Jackenkragen hoch und hastete den Gehsteig entlang, auf dem das letzte Herbstlaub unter seinen Füßen raschelte.

Der Werwolf lebte in einer viktorianischen Villa, die in vier Eck-Eigentumswohnungen mit je zwei Geschossen und Speicher aufgeteilt worden war. Zu jedem dieser vier Apartments gehörten eine angebaute Einzelgarage und eine winzige Veranda mit Platz für Geranien und Petunien auf dem kurzen Geländer. Die Blumentöpfe standen leer und kalt da.

Lucas steuerte sofort das Apartment des Werwolfs an, bog auf den Weg zu seinem Eingang ab und stieg die wenigen Stufen zur Haustür hinauf. Dort drückte er einmal, zweimal auf den Klingelknopf und überzeugte sich davon, daß das Telefon noch immer klingelte. Er sah sich um, holte den elektrischen Dietrich unter seiner Jacke hervor und schob ihn ins Schlüsselloch. Das Gerät arbeitete verdammt laut, aber schnell und wirkungsvoll. Die Tür sprang auf – und wurde von der eingehakten Sicherheitskette festgehalten! Der Werwolf war direkt in die Garage hinausgegangen, deren Tor elektronisch verriegelt war.

Lucas fluchte, griff in seine Jackentasche und holte ein Stück Wellpappe mit einem halben Dutzend Reißzwecken und mehreren Gummibändern heraus. Nachdem er sich erneut davon überzeugt hatte, daß ihn niemand beobachtete, drückte er die Tür bis zum Ende der Kette auf. Dann griff er möglichst weit hinein und drückte einen Reißnagel mit herabhängendem Gummiband in die Rückseite der Tür. Zuletzt streifte er das untere Ende des Gummibands über den Knopf der Sperrkette. Wenn er jetzt die Tür schloß, zog sich das Gummiband zusammen und hob den Knopf in seiner Führung nach oben. Ein paar Rucke genügten, um ihn herausfallen zu lassen.

»He, Louis, wo steckst du, alter Junge?« rief Lucas, während er die Tür aufstieß. Keine Antwort. Er pfiff nach einem Hund. Wieder nichts. Er schloß die Tür, machte in der Diele Licht und zog den Reißnagel aus dem Holz. Das kleine Loch war praktisch nicht zu sehen. Lucas griff nach seinem Funkgerät, schaltete es ein und rief das Überwachungsteam.

»Wo ist er?«

»Gerade in ein Sportgeschäft gegangen. Sieht sich Jacken an.«

Lucas ließ die Überwachungsfunktion des Funkgeräts eingeschaltet und suchte die Wohnung rasch nach eindeutigen Beweisen dafür ab, daß Vullion der Werwolf war. Als er am Telefon vorbeikam, nahm er den Hörer ab, damit das Klingeln verstummte, und legte ihn gleich wieder auf.

Die rasche Durchsuchung des Erdgeschosses führte Lucas in den Wirtschaftsraum mit Elektroboiler, Waschmaschine, Trockner und einer Werkbank, in deren Schubfach billiges Werkzeug lag. Durch diesen Raum gelangte man in die Garage. Er öffnete die Verbindungstür, machte Licht und sah sich um. Ein Rasenmäher, eine Schneeschaufel und mehrere braune Papiertüten mit zur Abholung verpackten Zeitungsstapeln. Hätte Lucas mehr Zeit gehabt, hätte er sich die Zeitungen angesehen. Mit etwas Glück hätte er eine finden können, aus der die Buchstaben für eine der Mitteilungen des Werwolfs herausgeschnitten worden waren. Sonst gab es hier nichts von Interesse.

Er schloß die Verbindungstür, ging durch die winzige Küche, spähte im Vorbeigehen in einige der Wandschränke, warf einen Blick ins Wohnzimmer, sah sich die Dusche mit Toilette an und begutachtete zuletzt den etwas größeren Arbeitsplatz mit einem IBM-PC und einigen juristischen Fachbüchern.

Der erste Stock war in zwei Schlafzimmer und ein geräumiges Bad unterteilt. Eines der Schlafzimmer war eingerichtet; das andere diente als Lagerraum. Dort fand er die leeren Reisetaschen und Koffer des Werwolfs, ein elektronisches Keyboard, das unbenützt aussah, und eine billige Drückbank mit Amateurhanteln. Lucas sah sich die Kanten der Hantelscheiben an. Wie das Keyboard schienen sie fast unbenützt zu sein. Vullion war ein Mann unausgelebter Interessen...

Neben dem durchgesessenen Sofa in einer Ecke standen drei Kartons mit Zeitschriften: einer *Playboy*-Sammlung, die mindestens ein Dutzend Jahre zurückreichte. Lucas verließ den Lagerraum und ging ins andere Schlafzimmer hinüber.

In die Decke des Flurs zwischen den beiden Räumen war die Abdeckplatte einer Falttreppe eingelassen. Als Lucas an ihrem Handgriff zog, klappte die Platte mitsamt einer leichten Treppe in den Flur herunter. Er stieg einige Stufen hinauf, bis er den Dachboden ableuchten konnte. Zu jedem Apartment gehörte ein mit dünnen Wänden aus Sperrholz abgetrenntes Viertel des Speichers. Vullions Dachbodenanteil war leer. Lucas stieg die Bodentreppe hinunter, klappte sie wieder hoch und nahm das Funkgerät heraus.

»Wo ist er?«

»Noch immer im Geschäft.«

An die Arbeit!

Lucas steckte das Funkgerät wieder ein, zog aus einer anderen Tasche ein Mini-Diktiergerät, schaltete es ein und betrat das Schlafzimmer.

»Schlafzimmer«, diktierte er. »Kleiderschrank. Sportsakkos: Größe achtundvierzig. Anzüge: Größe achtundvierzig. Hosen: Größe neunzig. Schuhe. Nike Airs, blau, Luftblase unter äußerem Sohlenrand. Keine Reeboks...

Kommode im Schlafzimmer... mit Gleitmittel beschichtete Zwölferpackung Präservative der Marke Trojan, von denen sieben fehlen...

Arbeitszimmer«, sagte er. »Beitragsrechnung der University of Minnesota Law Alumni Association. Einkommensteuerbescheide der letzten acht Jahre. Minnesota, Minnesota, Minnesota, Minnesota, Minnesota, Texas, Texas, Texas. Adresse in Houston, Texas, unter dem Namen Louis Vullion.

Computerdateien, nur juristische Schriftsätze und Korrespondenz, öffne Korrespondenzdatei, ausschließlich geschäftlich... Küche. Unter dem Ausguß eine Tüte Zwiebeln, keine Kartoffeln...«

Lucas durchsuchte die Wohnung methodisch nach irgend etwas, das eine Direktverbindung zwischen Vullion und den Morden hergestellt hätte. Außer den Nike Airs war jedoch nichts zu finden. Aber es gab immer mehr Indizienbeweise: das Leben in Texas vor seinem Jahr an der Law School der University of Minnesota, die richtige Konfektionsgröße, die Kondome...

»Wo ist er?«

»Sieht sich Schuhe an.«

Das Fehlen eindeutiger Beweise konnte einen in Wut bringen. Hätte Vullion Andenken an seine Morde aufbewahrt, hätte Lucas eine Schachtel Chirurgenhandschuhe neben einer Box mit Haushaltstüchern und einer Rolle Klebeband entdeckt... hätte auf dem Küchentisch eine zerschnipselte Zeitung gelegen, aus der eine seiner Mitteilungen ausgeschnitten worden war...

Wenn er solche Dinge aufbewahrt hätte, könnten sie einen Haftbefehl beantragen und Vullion festnehmen. Aber hier war nichts dergleichen zu finden. Lucas stand mit in die Hüften gestemmten Armen mitten im ordentlich aufgeräumten Wohnzimmer, sah sich um und erkannte: Es war unnatürlich gut aufgeräumt.

»Wir haben dem Scheißkerl Angst eingejagt, und er hat alles Beweismaterial weggeschafft«, sagte Lucas laut. Hätten sie schon früher mit Nester gesprochen, schon vor dem vereitelten Überfall auf die McGowan... Aber solche Überlegungen brachten niemanden weiter. Er wollte gerade das Wohnzimmer verlassen, als sein Blick auf den Videorecorder fiel. Kassetten waren nirgends zu sehen – aber neben dem Fernsehgerät stand eine leere Kassettenbox. Lucas schaltete den Recorder ein und drückte die Auswurftaste. Nach kurzem Surren spuckte das Gerät eine Kassette aus.

»Wo ist er?«

»Verläßt das Schuhgeschäft.«

Lucas schaltete das Fernsehgerät ein und ließ das Videoband

laufen. Es war leer. Er hielt es an, spulte die Kassette bis zum Anfang zurück, ließ sie erneut laufen und war erstaunt, als sein eigenes Gesicht auf dem Bildschirm erschien.

»Verdammt noch mal – das Interview«, murmelte er vor sich hin. Die Kamera zeigte jetzt Carla Ruiz. Lucas sah sich das Interview ganz an, wartete ab, bis auf dem Bildschirm nichts mehr zu sehen war, und schaltete dann Fernsehgerät und Recorder aus.

Mit der Entdeckung der Videokassette hatten sich seine letzten Zweifel verflüchtigt. Lucas ging ins Schlafzimmer hinauf, hob die Tagesdecke des großen Betts hoch und tastete die Oberfläche des Matratzenschoners ab. Unter der Matratze lag nichts.

Aus seiner Hemdtasche zog Lucas einen Umschlag mit Fotos: Lewis, Brown, Wheatcroft und die anderen. Er faßte sie sorgfältig nur an den Rändern an und schob sie so weit wie möglich unter die Matratze. Dort würden sie bei einer gründlichen Durchsuchung gefunden werden.

Dann zog er die Tagesdecke gerade, machte sich daran, die Wohnung zu verlassen, und ging dabei so methodisch vor wie beim Hereinkommen. Alles an seinem Platz. Alles kontrolliert. Alle Lichter aus. Er beobachtete den Gehsteig. Dort draußen war niemand. Lucas legte die Sperrkette wieder vor und ging in die Garage. Er nahm sich die Zeit, zehn Minuten lang die Zeitungen zu überprüfen, von denen keine zerschnipselt war. Lucas stapelte die Bündel so auf, wie er sie vorgefunden hatte, und trat durchs Garagentor ins Freie.

Sobald er den Gehsteig erreicht hatte, ging er rasch davon. Er war schon fast wieder bei seinem Ford Escort, als das Funkgerät piepste.

»Er kommt aus der Ladenpassage und geht zu seinem Wagen. Drei und fünf bleiben dicht dran, die anderen halten sich abfahrtbereit…«

Daniel und Lucas saßen allein im halbdunklen Büro des Chiefs, das nur durch eine Schreibtischlampe erhellt wurde. »Selbst wenn wir reinkämen, würden wir also nichts finden?« faßte Daniel zusammen.

»Beschwören kann ich's nicht, aber ich habe den Eindruck,

daß er alles Belastungsmaterial weggeschafft hat«, antwortete Lucas. »Vielleicht ist noch irgendwo was versteckt – ich habe nicht genug Zeit gehabt, um die Bude ganz auf den Kopf zu stellen. Aber ich habe nichts wirklich Belastendes gefunden. Die Nike Airs stimmen, die Kondome stimmen, seine Größe stimmt, der Wagen stimmt. Aber wir wissen beide, daß wir diese Kombination bei fünfzig anderen Männern finden könnten.«

»Bei fünfzig Männern, die noch dazu Anwälte sind, oft im Gerichtsgebäude zu tun haben, mit texanischem Akzent sprechen und Rice einen Revolver abgekauft haben?«

»Aber wir haben keinen direkten Beweis dafür, daß er der Käufer von Rices Revolver gewesen ist. Und das ganze andere Zeug ist wirklich dünn. Wie Sie sich vorstellen können, würde er sich den besten Anwalt nehmen, und ein Staranwalt kann uns in Stücke reißen.«

»Wie wär's mit einer Stimmenanalyse der Tonbänder?«

»Sie wissen, was die Gerichte davon halten.«

»Aber sie wäre ein zusätzlicher Beweis.«

»Ja, ich weiß. Das reizt mich natürlich auch…«

»Aber?«

»Aber wenn wir ihn weiter beschatten, müßten wir ihn fassen können. Er ist um seinen Mord gebracht worden. Im Augenblick hat er Angst, aber falls er zwanghaft mordet, dürfte er bald wieder unterwegs sein. Früher oder später. Ich tippe auf nächste Woche. Diesmal lassen wir uns nicht abschütteln. Wir schnappen ihn uns, wenn er in ein Haus eindringt und alles in den Taschen hat: Tuch, Kartoffel, Latexhandschuhe… den ganzen Scheiß. Dann haben wir ihn!«

»Ich rede mit dem Staatsanwalt. Ich erzähle ihm, was wir haben und was wir vielleicht kriegen können. Mal hören, was er dazu sagt. Aber im Prinzip bin ich Ihrer Meinung. Mit so schwachen Beweisen dürfen wir nichts riskieren.«

Die Überwachungsposten wurden in einer Wohnung gegenüber dem Apartment des Werwolfs, im Nachbarhaus, in einem Haus dahinter und im übernächsten Haus eingerichtet.

»Mehr war nicht zu machen, aber was wir haben, ist nicht mal schlecht«, sagte der Chef des Überwachungsteams. »So können wir beide Ausgänge und sämtliche Fenster beobachten. Da im Süden die Interstate vorbeiführt, kann er nur nach Norden wegfahren – und wir sitzen nördlich von ihm. Außerdem kriegt er uns sowieso nicht zu sehen.«

»Was bedeutet der Lichtschein? Liest er im Bett?«

»Wir tippen auf ein Nachtlicht«, antwortete der Chef des Überwachungsteams.

Lucas nickte. Er erinnerte sich daran, im Schlafzimmer eines gesehen zu haben, durfte aber nichts davon erzählen. »Er versucht wohl, die Alpträume zu vertreiben«, sagte er statt dessen.

»Wenn überhaupt jemand welche hat, dann bestimmt er«, bestätigte der Chef des Überwachungsteams. »Kommen Sie in nächster Zeit regelmäßig her?«

»Ich bin jeden Abend hier«, antwortete Lucas. »Sollte er tagsüber seinen gewohnten Arbeitsablauf unterbrechen, möchte ich angepiepst werden. Ich komme dann so schnell wie möglich. Da er noch nie am frühen Morgen unterwegs gewesen ist, fahre ich heim, sobald er im Bett ist, und schlafe selbst. Morgens rufe ich als erstes Ihr Team an.«

»Bleiben Sie erreichbar. Falls was passiert, kann's verdammt schnell gehen.«

»Yeah. Ich bin beim Fuck-up dabeigewesen.«

Lucas starrte den schwachen Lichtschein hinter einem der Fenster im ersten Stock der Wohnung des Werwolfs an. Diesmal durfte nichts schiefgehen.

# 28

Der Werwolf hätte niemals merken dürfen, daß er beschattet wurde. Daß er darauf aufmerksam wurde, war reiner Zufall.

An einem Spätnachmittag kam er nach einer Vertragsunterzeichnung wegen eines Immobiliengeschäfts aus einer Bank in

Hastings, das etwas mehr als zwanzig Meilen südlich der Twin Cities am Mississippi River liegt. Es war bereits dunkel.

Er überquerte den Fluß in Hastings und fuhr auf dem Highway 61 durch die vorgelagerten Kleinstädte Cottage Grove, St. Paul Park und Newport nach Norden. Auf der Fahrt durch St. Paul Park befand er sich plötzlich hinter einem hoch mit Kies beladenen LKW, der ständig Steine verlor, die auf die Fahrbahn prasselten. Jeder dieser Kiesel konnte seine Windschutzscheibe zersplittern lassen.

Der Werwolf dachte an den Lack seines fast neuen Thunderbirds, scherte nach links aus und überholte den Kieslaster. Nun hatte das ihm folgende Überwachungsfahrzeug den LKW unmittelbar vor sich. Da der Werwolf es nicht eilig zu haben schien, sondern nur den Laster überholt hatte, blieben die Überwacher dahinter.

Vor dem Überwachungsfahrzeug hüpften und sprangen Steine über die Fahrbahn, aber die beiden Cops störte das nicht weiter. Ihr Auto war mechanisch in Ordnung, aber wie die meisten neutralen Dienstwagen nicht gerade eine Luxuslimousine, sondern nur ein schlichter cremeweißer Dodge. Auf ein paar Lackkratzer mehr oder weniger kam es bei diesem Wagen nicht mehr an. Und hinter dem Kieslaster waren sie gut getarnt.

Soweit wäre alles in Ordnung gewesen, wenn nicht ein besonders großer Kiesel vom Asphalt hochgesprungen wäre und das linke Blinkerglas zur Hälfte zertrümmert hätte. Die beiden Cops hörten den Aufprall, konnten das zersplitterte Glas jedoch nicht sehen.

»Diesem Arschloch sollten wir eine Verwarnung verpassen«, sagte einer der Cops, nachdem der Kiesel ihren Wagen getroffen hatte.

»Richtig!« stimmte der Fahrer zu. »Setz die Blinkleuchte aufs Dach!«

»Kannst du dir Daniels Gesicht vorstellen? Wir stehen da und sagen: ›Na ja, wir haben ihn beschattet, als dieses unglaubliche Arschloch mit 'nem Kieslaster vor uns hergefahren ist...‹«

»Er würde uns einsperren lassen«, bestätigte der Fahrer. »Irgendwie würde er's schaffen.«

Der Werwolf beschloß, in ein Schnellrestaurant an der um die Twin Cities herumführenden I-494 zu gehen. Die Kreuzung zwischen Interstate und Highway 61 lag am Nordrand der Kleinstadt Newport. Als der Werwolf auf das zur I-494 führende Kleeblatt abbog, sah er in den Außenspiegel und registrierte ohne sonderliches Interesse, wie merkwürdig der Wagen hundert Meter hinter ihm blinkte. Der Blinker leuchtete halb orangerot, halb reinweiß.

Das Nahüberwachungsteam folgte dem Werwolf in geringerem Abstand als normalerweise üblich. Der vorausfahrende Wagen war auf dem Highway 61 über die Kreuzung mit der Interstate hinausgefahren und mußte jetzt irgendwo wenden, um dann aufzuschließen. Bis eines der rückwärtigen Fahrzeuge nahe genug war, um die Spitze zu übernehmen, durften die beiden Cops hinter dem Thunderbird kein Risiko eingehen. Sie blieben dran.

Sie waren dicht hinter ihm, als der Werwolf, der zu einem Restaurant unmittelbar nördlich der Kreuzung wollte, die Ausfahrt Robert Street benützte. Während er die Rampe hinunterrollte und an der Ampel hielt, fiel ihm wieder das Auto mit dem seltsamen Blinker auf. Irgendwas ist damit nicht in Ordnung, dachte er. Wahrscheinlich ein defektes Blinkerglas. Der andere Wagen rollte auffällig langsam die Rampe hinab.

Als die Ampel auf Grün umsprang, dachte der Werwolf nicht mehr an den Wagen. Er bog links ab, fuhr den Hügel hinauf und parkte vor einem Schnellrestaurant. Vor dem Eingang kaufte er sich eine Ausgabe von *USA Today* und nahm sie mit hinein.

Während der Werwolf aß und seine Zeitung las, versorgten sich die Überwachungsteams abwechselnd in dem eine halbe Meile entfernten McDonald's mit Hamburgern und Coke. In dieser Zeit beobachteten jeweils zwei Teams den Werwolf.

Als der Werwolf das Restaurant verließ, beschloß er, auf der Robert Street nach St. Paul weiterzufahren. Diese Straße war schmal und verkehrsreich, aber an ihr lagen nicht allzu weit entfernt zwei Kinos. Ein Film wäre zur Entspannung gerade recht gewesen.

Etwa nach halber Strecke fiel ihm erneut der beschädigte Blinker auf. Das Fahrzeug befand sich drei Wagen hinter ihm. Anfangs war er sich seiner Sache nicht sicher, aber dann sah er den Blinker nochmals ganz deutlich. Und danach ein drittes Mal.

Sie waren hinter ihm her.

Er wußte es.

Er blieb stehen, obwohl die Ampel längst Grün zeigte, und starrte blicklos geradeaus, bis die Fahrer hinter ihm zu hupen begannen. Sollte er fliehen?

Nein. Falls er beschattet wurde, hätte er den Überwachern dadurch verraten, daß er sie entdeckt hatte. Er brauchte Zeit zum Nachdenken. Außerdem hatte er sich vielleicht getäuscht. Ein defekter Blinker war noch kein Beweis. Das konnte Zufall sein.

Aber es kam ihm nicht wie ein Zufall vor.

Er fuhr an einem Einkaufszentrum vorbei, bog rechts ab und fuhr zum vierspurig ausgebauten Highway 3 hinunter, der nach Norden zur Interstate 94 führte. Auf der Zufahrtsrampe sah er wieder in den Rückspiegel. Der Wagen, der hinter ihm die Rampe hinunterfuhr, hielt so viel Abstand, daß sein Blinker nicht zu erkennen war.

Der Werwolf überlegte, ob er auf der Standspur halten und eine Panne vortäuschen sollte. Aber das konnte unerwünschte Folgen haben und sie zwingen, ihre Karten aufzudecken. Er war sich nicht darüber im klaren, ob er das wollte. In Gedanken ging er die entscheidenden Punkte durch. In seinem Apartment war nichts zu finden. Nichts. Auch in seinem Auto lag nichts Verdächtiges. Sie konnten ihm nichts anhängen. Falls sie ihn wirklich beschatteten, mußten sie darauf warten, daß er eine Frau überfiel.

Auf der LaFayette Bridge vor der I-94 setzte der Werwolf plötzlich seine Geschwindigkeit erheblich herab. Dadurch kamen die Wagen hinter ihm näher heran, und er sah das Überwachungsfahrzeug auf der Nebenspur schräg hinter sich. Einzelheiten waren schlecht zu erkennen, aber der Blinker war ganz offensichtlich defekt.

Zwei Cops in einem der hinteren Wagen hatten aufgeschlossen und den Werwolf schließlich überholt, während sie alle auf dem Highway 3 nach Norden unterwegs waren. Vor der I-94 vermuteten die beiden Beamtinnen in dem neuen Führungsfahrzeug logischerweise, der Werwolf sei auf der Interstate nach Minneapolis unterwegs, und bogen auf die I-94 ab. Hinter ihnen fuhr der Werwolf geradeaus weiter und erreichte das Labyrinth halbdunkler Straßen der Lowertown von St. Paul. Die Überwacher benützten Parallelstraßen und hielten weiter Fühlung mit ihm. Da der erste Wagen falsch abgebogen war, mußten die Nahüberwacher etwas dichter aufschließen. So dicht, daß sie vorbeifahren mußten, als sie um eine Ecke bogen und den Werwolf rückwärts einparken sahen.

Und der Werwolf, der sie erwartete, erkannte deutlich das zersplitterte Blinkerglas.

Er wurde beschattet. Natürlich gab es auch unwahrscheinliche Zufälle. Aber wer diese wiederholten Beobachtungen für Zufälle hielt, konnte ebensogut an Märchen glauben.

Der Werwolf sperrte sein Auto ab, verschwand in einer Ladenpassage und fuhr mit dem Lift in den ersten Stock. Die Nahüberwacher hatten den Fahrern der folgenden Wagen gemeldet, daß der Werwolf parkte. Ihre Beifahrer waren auf der Straße, bevor der Werwolf seinen Motor abgestellt hatte, und folgten ihm ins Kino.

Im Halbdunkel konnte er in Ruhe nachdenken. Wie waren sie auf ihn gestoßen? Vielleicht hatten sie im Zuge der Überwachung der McGowan routinemäßig alle Autokennzeichen in der Umgebung ihres Hauses notiert. Vielleicht hatte jemand die Schüsse gehört, ihn wegfahren sehen und sich seine Nummer aufgeschrieben. Vielleicht hatten sie auch nur ein Kennzeichen notiert, das nicht recht in die dortige Gegend paßte. Vielleicht mußte er überlegen, wie sich sein Abstecher dorthin glaubhaft begründen ließ. Im Augenblick fiel ihm nichts ein, aber wenn er das Problem ernsthaft anging, würde es sich bestimmt lösen lassen.

Falls er wirklich beschattet wurde, konnte er nichts dagegen unternehmen. Keineswegs durfte er versuchen, sich der Überwachung zu entziehen. Dadurch hätte er sich schuldig bekannt. Er hatte sämtliche Beweise für seine Täterschaft vernichtet. Soviel er wußte, existierte nirgends ein brauchbarer Beweis gegen ihn.

Als der Werwolf nach der Vorstellung zu seinem Wagen zurückging, mußte er gegen einen fast übermächtigen Drang ankämpfen, sich umzusehen und die Hauseingänge in seiner Nähe nach Beobachtern abzusuchen. Natürlich hätte er sie nicht zu Gesicht bekommen. Dazu waren sie bestimmt zu gut. Er folgte der Hauptverkehrsstraße bis zur I-94 und bog dann nach Osten zu seiner eigenen Ausfahrt ab, ohne den Wagen mit dem defekten Blinkerglas noch einmal gesehen zu haben. Wie er recht gut wußte, hatte das nichts zu sagen, aber es weckte trotzdem einen Funken Hoffnung in ihm. Vielleicht war es *doch* ein Zufall gewesen.

Auf der Interstate herrschte dichter Verkehr, und obwohl er den Rückspiegel im Auge behielt, sah er kein Fahrzeug mit zersplittertem Blinkerglas. Er seufzte und fühlte, daß sich seine Anspannung lockerte. Bei seiner Ausfahrt ließ er den Wagen die Rampe hinauf ausrollen, kam an der roten Ampel zum Stehen und wartete. Hinter ihm bog ein weiteres Auto von der Interstate ab und kam langsam – zu langsam – heran.

Die Ampel schaltete auf Grün um. Der Werwolf wartete. Das andere Fahrzeug rollte heran. Die Hälfte des linken Blinkerglases fehlte, so daß es halb orange, halb weiß blinkte. Der Werwolf hob den Kopf, sah das Grün und bog rechts ab.

»Gott, sehen Sie schlecht aus! Sind Sie krank?« Seine Sekretärin wirkte besorgt.

»Nein, nein. Ich hab' nur zwei Nächte hintereinander nicht sonderlich gut geschlafen. Bringen Sie mir bitte die Verträge über den Grundstücksverkauf Parker–Olsen?«

Der Werwolf saß bei geschlossener Bürotür mit einem leeren Notizblock vor sich an seinem Schreibtisch. Denk nach!

In der Berichterstattung über die Überwachung der McGowan war erwähnt worden, daß die Cops vor und hinter ihrem Haus Beobachtungsposten eingerichtet hatten. Hatten sie das auch bei ihm getan? Vermutlich. In der näheren Umgebung seines Hauses gab es leerstehende Wohnungen; er hatte die Vermietschilder gesehen, aber nie richtig darauf geachtet. Und außer den drei übrigen Parteien im selben Haus kannte er die Nachbarn kaum. Konnte er also die Beobachtungsposten ausfindig machen?

Der Werwolf stand auf, trat ans Fenster, vergrub die Hände in den Jackentaschen und starrte blicklos auf die Straße hinunter.

Vielleicht. Vielleicht waren sie auszumachen; vielleicht konnte er sie durch logische Überlegung aufspüren. Aber was nützte ihm das? Falls sie kamen, um ihn abzuholen, würde er keinen Widerstand leisten. Das wäre zwecklos. Hatte er sich nicht oft vorgestellt, wie er vor Gericht stand und sich gegen seine Ankläger verteidigte? Und hatte er nicht davon geträumt, die Geschworenen durch seine Beredsamkeit zu fesseln?

Gewiß, das hatte er getan. Aber jetzt fiel es ihm schwer, sich in der Rolle des wortgewaltigen Strafverteidigers zu sehen. In seinem Innersten wußte er, daß er kein guter Anwalt war – zumindest nicht vor Gericht. Darüber hatte der Werwolf noch nie bewußt nachgedacht, aber es war eine unbestreitbare Tatsache.

Er ging nervös zwei Schritte nach rechts, zwei nach links und zupfte dabei an seiner Unterlippe. Sie beobachteten ihn. Unabhängig davon, wie lange er den Drang unterdrückte, einen weiteren Mord zu verüben, würden sie ihn irgendwann abholen. Sie würden nicht endlos lange warten.

Er setzte sich, starrte den Notizblock an und faßte seine Erkenntnisse zusammen.

Sie wußten noch nicht genug, um ihn zu verhaften.

Sie konnten nicht ewig warten.

Was hatten sie vor?

Er dachte an den Spieler Davenport. Was würde der Spieler tun?

Ein Spieler würde Beweismaterial fälschen.

Zu Hause in seiner Garage brauchte er nur eine halbe Minute auf den Knien, um den Minisender unter der Stoßstange zu finden. Eine weitere Stunde dauerte es, bis er die Fotos unter seiner Matratze entdeckt hatte. Den kleinen Sender ließ er unberührt. Die Fotos starrte er angsterfüllt an. Wäre die Polizei in diesem Augenblick bei ihm eingedrungen, wären ihm achtzehn Jahre Haft – in Minnesota lebenslänglich – sicher gewesen.

Er nahm die Fotos mit in die Küche, verbrannte sie einzeln und beobachtete, wie sie sich in der Flamme des Gasherdes wellten, um dann zu verkohlen. Als sie zu Asche geworden waren, zerstampfte er die schwarzen Überreste zu Pulver und spülte es im Küchenausguß hinunter.

An diesem Abend zwang er sich dazu, eine Viertelstunde im Bett zu liegen, bevor er ans Fenster kroch und nach draußen sah. Hinter vielen Fenstern brannte Licht, aber es gab noch viel mehr, die dunkel waren. Nachdem er sie einige Zeit beobachtet hatte, kroch er zu seinem Bett zurück, holte sich beide Kissen, legte eines auf den Teppichboden und stellte das andere so an die Wand, daß er es im Rücken hatte. Die Nacht würde lang werden.

Nach drei Stunden döste der Werwolf ein, und sein Kopf fiel nach vorn. Er hob ihn ruckartig und starrte benommen aus dem Fenster. Draußen schien sich nichts verändert zu haben, aber er konnte nicht länger wach bleiben. Nur noch zwei Fenster waren beleuchtet; er hatte sie sich gemerkt und war einfach zu müde, um auf seinem Posten zu bleiben.

Er nahm seine Kissen mit, kroch zurück und ließ sich mit dem Gesicht nach unten aufs Bett fallen. Aber sobald er bereit war, sich Schlaf zu gönnen, war er paradoxerweise hellwach. Gedanken rasten wie ein Nachtexpreß durch sein Gehirn: hektisch, stampfend, kaum als Einzelvorstellungen zu unterscheiden. Ein Sammelsurium von Bildern – seine Frauen, ihre Augen, Lucas Davenport, die Flucht vor dem Haus der McGowan, das zersplitterte Blinkerglas.

Aus dem Sammelsurium entstand eine Idee. Der Werwolf widerstand ihr anfangs, denn sie hatte etwas Alptraumhaftes an sich und erforderte eine breit angelegte Aktion unter denkbar größter Streßbelastung. Schließlich befaßte er sich doch mit ihr und ging die Einwände nacheinander durch. Je länger er über seine Idee nachdachte, desto brauchbarer erschien sie ihm.

Eine großartige Idee! Und die Überwachung? Konnte es denn ein besseres Alibi geben? Würde er den Mut haben, dieses Meisterstück zu wagen? Oder würde er weiter wie ein verschrecktes Kaninchen dahocken und darauf warten, daß der Jäger ihm den Kragen umdrehte?

Er biß sich auf die Unterlippe. Er würde es wagen.

29 Lucas saß auf einem hohen Dreibeinhocker über seine Werkbank gebeugt und arbeitete mit weißen PVC-Rohrabschnitten mit fünf Zentimeter Durchmesser, Schrauben, Flügelmuttern, Aluminiumrohren und Stücken des Thinsulate-Futters einer alten Winterjacke.

Er hatte gehofft, den Werwolf selbst erledigen zu können. Statt dessen hatten die Ermittlungen jetzt Ähnlichkeit mit einer langwierigen Schachpartie. Wie sie ausging, würde vermutlich nicht von einem *Coup de maître,* sondern von mühsam erkämpften strategischen Vorteilen abhängen.

Trotzdem mußte er seine Vorbereitungen für den Coup treffen, der doch noch möglich werden konnte.

Sein erster Versuch, einen Schalldämpfer zu bauen, hatte ihn Blut gekostet.

»Komisches Ding!« sagte er laut. Es würde wahrscheinlich funktionieren, aber es sah gräßlich aus. Ein dreißig Zentimeter langes PVC-Rohr war der Länge nach aufgeschnitten und mit Schrauben und Flügelmuttern wieder so zusammengeschraubt worden, daß der Spalt nicht ganz geschlossen war. Durch diese Lücken quoll das fest zusammengedrehte Thinsulate-Futter in weichen Bäuschen heraus. Das Aluminiumrohr im Inneren dieses improvisierten Schalldämpfers wies Dutzende von handgebohrten Löchern auf.

Lucas brachte das Gerät vor einer seiner nicht mehr nachweisbaren Straßenwaffen an: einer Smith & Wesson Model 39 in 9 mm Parabellum. Er schaltete einen Kassettenrecorder ein, lud die Pistole durch, zielte auf einen Stapel Branchenverzeichnisse aus St. Paul und drückte ab. Der Knall wurde hervorragend gedämpft, aber während das Geschoß in die Telefonbücher einschlug, zuckte der Schalldämpfer in seiner Hand und platzte zur Hälfte auf. Dabei schnitt ein scharfer PVC-Splitter ihn seitlich in den linken Mittelfinger.

»Scheiße!« fluchte Lucas. Er stellte den Recorder ab, ging nach oben, untersuchte die Schnittwunde, die nur oberflächlich war, desinfizierte und verband sie und ging wieder hinunter.

Der Kassettenrecorder hatte den gedämpften Schuß und das Zerspringen des Schalldämpfers aufgezeichnet, aber Lucas hätte keines der beiden Geräusche für einen Schuß gehalten.

Der Schalldämpfer war ziemlich demoliert. Das innere Rohr war durch den Gasdruck oder das Geschoß selbst aus der Verlängerung der Seelenachse gedrückt worden. Trotzdem war die Flugbahn des Geschosses praktisch unverändert geblieben. Lucas merkte sich, welche Veränderungen noch erforderlich waren. Der Schalldämpfer mußte sich leicht von der Pistole abnehmen und ebenso leicht zerlegen lassen. Präzision spielte überhaupt keine Rolle.

Nachdem er den Schalldämpfer untersucht und sich Klarheit über die notwendigen Änderungen verschafft hatte, schnitt er die Kugel aus den Telefonbüchern heraus, um sie zu begutachten. Das für die Jagd mit Handfeuerwaffen entwickelte Geschoß mit Hohlspitze hatte sich so verformt, daß nur ein Ballistiker sein genaues Kaliber hätte feststellen können.

Lucas nickte befriedigt. Er hatte die richtige Munition, aber er brauchte Zeit, um den Schalldämpfer zu verbessern.

Und er mußte noch die Platzpatrone anfertigen.

Früher Vormittag. Graues Tageslicht fiel durch die Küchenfenster, während er versuchte, mit Kaffee und einer altbackenen Zimtrolle aufzuwachen. Die Smith & Wesson mit dem angesetzten umgebauten Schalldämpfer lag in einer schäbigen Sporttasche, die Lucas ganz hinten in einem Kleiderschrank gefunden hatte. Diese Kombination aus Schußwaffe und Schalldämpfer war höchst illegal. Sollte sie durch einen dummen Zufall in seinem Wagen entdeckt werden, mußte er behaupten, sie auf der Straße sichergestellt zu haben.

Draußen fiel eine Autotür ins Schloß. Er nahm seinen Kaffee mit, ging in die Diele und spähte aus dem Fenster neben der Haustür. Carla Ruiz, deren Taxi eben wegfuhr, kam auf die Tür zu. Er schob die Sporttasche unter den Ausguß, ging in sein Schlafzimmer und zog eine Trainingshose an. Als dann geklingelt wurde, schlüpfte er in ein Sweatshirt, ging zur Haustür und ließ Carla herein.

»Hallo«, sagte sie leise. Sie hielt den Kopf gesenkt und sah ihn nur von unten herauf an.

»Was ist los?«

»Trinken wir eine Tasse Kaffee miteinander?«

»Klar«, sagte Lucas neugierig. »Das Wasser ist noch heiß.« Er führte sie in die Küche, kippte zwei Löffel Pulverkaffee in einen großen Keramikbecher, goß Wasser auf und stellte ihn Carla hin.

»Jennifer Carey ist gestern abend bei mir gewesen«, sagte sie, als sie Platz nahm. Sie knöpfte ihren Mantel auf, ohne ihn jedoch auszuziehen.

»Oh.« Lucas setzte sich ihr gegenüber an den Tisch.

»Wir haben uns ausgesprochen.«

Lucas runzelte die Stirn. »Und habt ihr über meine Zukunft entschieden? Nur ihr zwei?«

Carla gestattete sich ein kleines Lächeln. »Yeah«, bestätigte sie und trank einen Schluck Kaffee.

»Nett von euch, daß ihr mich ins Vertrauen zieht«, knurrte Lucas aufgebracht.

»Wir dachten, das wäre nur höflich«, antwortete Carla, und Lucas mußte unwillkürlich lachen.

»Wozu habt ihr euch entschlossen?«

»Sie behält das Sorgerecht«, sagte Carla.

»Stört dich das nicht?«

»Doch, irgendwie schon... Ich bin verdammt sauer, weil du abwechselnd mit uns beiden geschlafen hast – mit einer hier, mit der anderen in den North Woods. Aber ich hab' mir überlegt, daß unsere Beziehung ohnehin nicht ewig gehalten hätte. Wir leben in zu verschiedenen Sphären. Ich webe, du erschießt Leute. Und mit dem Baby und so hat sie unbestreitbar ältere Rechte.«

»Was ist mit meinen Wünschen?«

»Wir haben uns überlegt, daß sie keine große Rolle spielen. Jennifer meint, daß du dich drehen und wenden, aber zuletzt doch nachgeben wirst.«

»Hör mal, das macht *mich* verdammt sauer!« Lucas lächelte nicht mehr.

»Pech für dich«, sagte Carla.

Die beiden starrten sich über den Tisch an. Lucas sah zuerst weg. »Vielleicht sage ich Jennifer einfach, daß sie verschwinden soll«, murmelte er.

»Nicht, solange sie schwanger ist«, antwortete Carla kopfschüttelnd. »Ausgeschlossen! Das ist Jennifers Meinung, und ich stimme ihr zu. Ich habe sie gefragt, was sie täte, wenn du dir 'ne andere suchen würdest. Sie hat gesagt, sie würde auch zu dieser anderen gehen und sich mit ihr aussprechen.«

»Jesus!« Lucas schloß die Augen, legte den Kopf nach hinten und massierte sich den Nacken. »Was hab' ich getan, um das zu verdienen?«

»Du hast mit einer Frau zuviel geschlafen«, erklärte Carla. »Eigentlich solltest du dich sogar sehr geschmeichelt fühlen. Sie ist klug und hübsch. Und auf ihre eigene verrückte Art ist sie in dich verliebt. Auf meine eigene verrückte Art bin ich's nicht – obwohl ich trotzdem gern ein paarmal im Jahr dein Wochenendhaus benützen würde. Bis ich mir ein eigenes leisten kann.«

»Jederzeit«, versprach Lucas bedauernd. Er hätte gern mehr gesagt, aber ihm fiel nichts ein.

Carla trank einen letzten Schluck Kaffee, schob den noch halbvollen Becher in die Tischmitte und stand auf.

»Ich hab's eilig«, sagte sie. »Das Taxi holt mich gleich wieder ab.«

Lucas blieb unbeweglich sitzen. »Nun, immerhin ist's real gewesen.«

»Was soll das wieder heißen?« fragte Carla und griff nach ihrer Handtasche.

»Das sagt man, wenn einem nichts anderes mehr einfällt.«

»Okay.« Sie knöpfte ihren Mantel zu. *»Ciao!«*

»Wie kommt's, daß Jennifer mir die frohe Botschaft nicht selbst überbracht hat?«

»Wir haben darüber gesprochen und entschieden, daß ich's tun sollte, damit der Bruch zwischen uns klar ist. Außerdem hat sie behauptet, daß du ungefähr eine halbe Stunde auf irgendeinem katholischen Schuldtrip sein, dann einen Wutanfall bekommen und Möbelstücke mit Fußtritten bearbeiten und zuletzt versuchen wirst, sie anzurufen, um sie anbrüllen zu können. Und nach ungefähr zwei Stunden wirst du anfangen, darüber zu lachen. Sie hat gesagt, daß sie sich den Auftakt lieber sparen will.« Carla sah auf ihre Uhr. »Sie kommt in zwei Stunden zu dir.«

Vor dem Haus wartete ein Yellow Cab. Carla hielt die Fliegengittertür noch einen Augenblick auf. »Ich ruf' dich nächstes Frühjahr an. Um zu fragen, wann ich das Haus haben kann.«

Es wurden eher drei Stunden. Als Jennifer ankam, wirkte sie nicht im geringsten verlegen.

»Hallo«, sagte sie, als er ihr die Tür öffnete. Sie ging an Lucas vorbei, schlüpfte aus ihrem Mantel und warf ihn auf die Couch. »Carla hat angerufen, um mir zu sagen, daß eure Unterredung wie erwartet verlaufen ist.«

»Ich bin sehr unglücklich...«, begann Lucas, aber Jennifer winkte ab.

»Spar dir deine Beteuerungen. Übrigens geht Annie McGowan zur ABC. Das ist schon Stadtgespräch.«

»Die McGowan soll der Teufel holen!«

»Dann muß er sich beeilen«, sagte Jennifer. »In einem Monat ist sie weg. Aber ich finde trotzdem, daß du dich ihr gegenüber gräßlich benommen hast. Die McGowan ist bloß zu doof, um es zu merken.«

»Verdammt noch mal, Jennifer...«

»Wenn du brüllen willst, können wir uns ein andermal aussprechen.«

»Ich habe nicht vor, dich anzubrüllen«, sagte Lucas grimmig. Er dachte daran, sie zu erwürgen.

»Okay. Ich sollte dir wohl meine Position erklären. Natürlich nur, falls du sie hören willst.«

»Klar doch. Ich meine, warum nicht? Nachdem du dir vorgenommen zu haben scheinst, über den Rest meines Lebens zu bestimmen...«

»Meine Position ist: Ich bin schwanger, und der Daddy sollte keine andere bumsen, bis das Baby geboren und vielleicht...« Sie machte eine Pause, als müßte sie nachdenken, was ein faires Angebot wäre. »... vielleicht ein Jahr alt ist. Vielleicht zwei Jahre alt. Dann kann ich gewissermaßen so tun, als wäre ich verheiratet und dir von dem Baby erzählen – was es tagsüber gemacht hat, wie es die ersten Worte gesagt hat und wie gut es schon laufen kann – und brauche mir keine Sorgen darüber zu machen, ob du etwa Dummheiten machst. Und wenn du's dann nicht mehr aushalten kannst und wieder mit Dummheiten anfängst, kann ich einfach so tun, als wäre ich geschieden.«

Sie lächelte freundlich. Lucas war entsetzt.

»Das ist der absolut kälteste, nüchternste Vorschlag, den ich je gehört habe!« protestierte er.

»Meine kleine Rede ist keineswegs improvisiert gewesen«, antwortete Jennifer. »Ich habe sie rund ein dutzendmal umgeschrieben. Ich finde, daß sie den Sachverhalt klar darlegt – aber genügend Emotionen enthält, um überzeugend zu wirken.«

Lucas begann zu lachen. Dann verstummte er und ließ sich in einen Sessel fallen. Er sieht abgehärmt aus, dachte sie. Oder ausgelaugt. »Okay, ich gebe auf«, sagte er.

»Du bist mit allem einverstanden?«

»Yeah. Mit allem.«

»Pfadfinderehrenwort?«

»Klar.« Er hielt drei Finger hoch. »Pfadfinderehrenwort.«

Spätabends lag Lucas auf der Matratze des Überwachungsteams und dachte darüber nach. Wahrscheinlich konnte er damit leben. Aber zweieinhalb Jahre? Vielleicht.

»Verrückt«, sagte der erste Cop. »Hast du das gesehen?«

»Ich hab' nichts gesehen«, antwortete sein Partner.

»Was denn?« fragte Lucas.

»Weiß ich selbst nicht. Als ob sich dort drüben was bewegen würde. Bloß 'ne winzige Bewegung am Fensterrahmen.«

Lucas kroch zu ihnen. Der einzige Lichtschimmer im Apartment des Werwolfs kam von seinem Nachtlicht.

»Ich sehe nichts«, stellte er fest. »Glauben Sie, daß er irgendwas macht?«

»Schwer zu sagen. Wahrscheinlich nicht. Aber manchmal... manchmal kommt's mir vor, als würden *wir* beobachtet.«

## 30

Mit dieser Tat konnte er den Sieg erringen. Wenn er die Nerven behielt, mußte sie gelingen. Er stellte sich Davenports Gesicht vor. Davenport würde *wissen,* daß er's gewesen war – aber er würde nicht wissen, wie er die Tat verübt hatte, und absolut nichts dagegen tun können.

In gewisser Beziehung mußte das natürlich eine intellektuelle Meisterleistung werden. Obwohl er diese Frau nicht *brauchte,* würde er sie trotzdem ermorden. Der Polizei – nicht Davenport, sondern den anderen – würde das logisch erscheinen. Sie mußten ihm bestimmte Beweggründe unterstellen.

In der Zwischenzeit hatte der *andere* Druck wieder zugenommen. In Richfield lebte eine Frau, eine Lehrerin mit Mandelaugen, schwarzer Haarpracht und den breiten weißen Zähnen einer Russin. Er hatte sie mit einer Horde ihrer Kinder im Erdgeschoß des Government Centers gesehen, wo sie die Arbeiten eines Kindermalwettbewerbs aufgehängt hatten...

Nein. Er verdrängte sie aus seinen Gedanken. Das Bedürfnis würde wachsen, aber er mußte es unter Kontrolle halten. Das war eine Willensfrage. Und um den großen Coup planen zu können, mußte er einen klaren Kopf bewahren.

Als erstes galt es, die Überwacher abzuschütteln – und wenn es nur für zwei Stunden war. Obwohl sie unerkannt blieben, war er davon überzeugt, daß seine Beschatter ein Netz bildeten, das ihn durch die Skyways und Straßen der Stadt begleitete. Seine Nachtwachen und die Erforschung des Dachbodens hatten sich gelohnt: Er glaubte jetzt zu wissen, wo zwei ihrer Beobachtungsposten eingerichtet waren. Die Zeiten, zu denen dort Licht brannte, paßten nicht zu Familien oder Einzelmietern, und er hatte mehrmals Autos gesehen, die zu merkwürdigen Zeiten vor diesen beiden Häusern vorgefahren waren. Außerdem wußte er bestimmt, daß eines dieser Häuser noch vor kurzem leergestanden hatte.

Sie lauerten darauf, daß er etwas unternahm. Bevor er das konnte, mußte er die Überwacher abschütteln. Bloß für zwei Stunden. Er glaubte, eine Möglichkeit gefunden zu haben.

Die Anwaltsfirma Woodley, Gage & Whole residierte in drei Stockwerken eines Bürogebäudes, das nur zwei Blocks von seinem eigenen entfernt war. Mit einem Anwalt dieser Firma, einem gewissen Kenneth Hart, hatte er schon mehrmals beim Abschluß von Immobiliengeschäften zusammengearbeitet. Nach jedem Vertragsabschluß waren sie gemeinsam zum Essen gegangen. Hätte jemand den Werwolf nach seinen Freunden gefragt, hätte er Hart erwähnt. Jetzt hoffte er, daß Hart sich an ihn erinnerte.

Bei Woodley, Gage & Whole war der Status jedes Mitarbeiters an der Lage seines Büros abzulesen. Der Empfang befand sich im zweiten Stock, den die Partner sich teilten. Die weniger großen Lichter hatten ihre Büros im dritten Stock. Die kleinsten Lichter arbeiteten im vierten Stock. Bei weniger wohlhabenden Firmen wurden Besucher, die Anwälte im dritten oder vierten Stock sprechen wollten, vom Empfang zu den Aufzügen zurückgeschickt. Nicht jedoch bei Woodley, Gage & Whole: dort gab es einen internen Lift und eine interne Treppe.

Noch vorteilhafter war jedoch, daß das benachbarte Parkhaus von den ersten sieben Stockwerken aus direkt zugänglich war. Falls es ihm gelang, Woodley, Gage & Whole im zweiten Stock zu betreten – und falls die Cops nichts von dem internen Aufzug wußten –, konnte er durch den vierten Stock verschwinden.

Aber bevor er diesen Plan in die Tat umsetzen konnte, war noch eine Exkursion notwendig, die vor den Nasen der Überwacher stattfinden mußte.

Der Werwolf machte früher Feierabend als sonst, fuhr mit seinem Thunderbird, der einen Minisender unter der Stoßstange hatte, in die Lake Street, fand einen Parkplatz, stieg aus und ging eine Reihe schäbiger Läden entlang. Er kam an einem Antiquitätengeschäft vorbei, warf einen Blick durch das halbblinde Schaufensterglas und atmete erleichtert auf. Die Angelköder lagen noch im Schaufenster.

Er ging einen halben Block weiter zu einem kleinen Computershop, kaufte dort einen Karton Endlospapier, machte sich langsam auf den Rückweg zu seinem Auto und setzte dabei den Schaufensterbummel fort. Vor dem Antiquitätengeschäft blieb er erneut stehen, als überlege er, ob er hineingehen sollte oder nicht. Aber er durfte nicht übertreiben; die Beschatter waren Profis, die Verdacht schöpfen konnten. Er ging hinein.

»Was kann ich für Sie tun?«

Aus dem Raum hinter dem Laden kam eine Frau. Sie trug ihr eisgraues Haar zu einem Nackenknoten zusammengefaßt und hielt die Hände vor der Brust gefaltet. Hätte sie ein Umschlagtuch getragen, hätte sie für eine Oma auf einer Lebkuchendose Modell stehen können. Tatsächlich trug sie ein billiges blaues Kostüm mit rotem Schal und hatte den angestrengt wäßrigen Blick einer alten Trinkerin.

»Mich interessieren die Angelköder im Schaufenster – sind sie teuer?« fragte der Werwolf.

»Manche schon, manche nicht«, antwortete die Grauhaarige. Sie schwankte an ihm vorbei zur Auslage – breitbeinig gehend, um besser das Gleichgewicht halten zu können. Sie ist besoffen! dachte der Werwolf.

»Zum Beispiel der Sonnenfisch-Köder?« fragte der Werwolf.

»Ein handgeschnitztes, handbemaltes Stück aus Winnibigoshish. Es gibt viele Fälschungen, wissen Sie, aber der hier ist echt. Letzten Sommer, als ein alter Mann dort seinen Keller ausgeräumt hat, hab' ich ihm 'nen ganzen Schwung abgekauft.«

»Also wieviel?«

Sie musterte ihn prüfend. »Zwanzig?«

»Gekauft.«

Die Grauhaarige schien zu bereuen, nicht mehr verlangt zu haben. »Plus Steuer«, sagte sie rasch. Er verließ den Laden mit dem in einer braunen Tüte verpackten Angelköder und fuhr zu seiner Bank, wo er zweitausend Dollar abhob.

Der Sonnenfisch, unter dessen Körper drei rostige Dreifachhaken baumelten, war aus einem massiven Stück Tannenholz geschnitzt. Ein alter Hechtköder, hatte die Frau gesagt, wahrscheinlich aus den dreißiger Jahren. Der Werwolf verstand nichts von Angelködern, aber dieser hier besaß die rustikale Seriosität wahrer Volkskunst. Hätte er irgend etwas gesammelt, hätte er sich vielleicht wie Hart auf solche Stücke spezialisiert.

Morgen würde er Kenneth Hart besuchen – gleich nach dem Mittagessen.

In dieser Nacht ging er das gesamte Projekt erneut durch und beschloß, es nicht weiterzuverfolgen. Bei Tagesanbruch torkelte er benommen ins Bad und schluckte eine halbe Tablette. Kurz bevor sie zu wirken begann, überlegte er sich die Sache wieder anders und beschloß weiterzumachen.

»Hallo, Ken?«

»Hier ist Ken Hart...« Zurückhaltend, etwas mißtrauisch.

»Hier ist Louis Vullion von Felsen-Gore...«

»Klar. Was gibt's?« Ausgesprochen freundlich.

»Haben Sie jetzt ein paar Minuten Zeit?«

»Ich habe um vierzehn Uhr eine Besprechung...«

»Ich halte Sie nur eine Minute auf. Ich hab' was für Sie.«

»Okay, kommen Sie rüber.«

Das unsichtbare Netz umgab ihn auf allen Seiten – davon war er überzeugt –, während er die Skyways benützte. Er versuchte, nicht nach Überwachern Ausschau zu halten, aber das fiel ihm schwer. Er wußte, daß viele seiner Verfolger Frauen sein würden, weil sie sich am besten auf dieses Geschäft verstanden. Zumindest wurde das in den Büchern behauptet.

Der Werwolf hatte seinen Mantel in der Kanzlei gelassen und war im Anzug und mit einem Aktenkoffer in Harts Büro unterwegs. Sein Aktenkoffer enthielt einen zusammengerollten beigen Trenchcoat und einen weichen Tweedhut.

Bei Woodley, Gage & Whole marschierte der Werwolf geradewegs zum Empfang.

»Ich möchte zu Ken Hart«, erklärte er der Empfangsdame.

»Haben Sie einen Termin, Mr....«

»Vullion. Ich bin Anwalt bei Felsen-Gore. Ich habe vorhin mit Ken telefoniert und ihm gesagt, daß ich rüberkomme.«

»Okay.« Sie lächelte ihn an. »Gehen Sie bitte den Korridor entlang und...«

Er erwiderte ihr Lächeln so freundlich wie möglich. »Danke, ich kenne den Weg.«

Er ging den Korridor entlang und fuhr mit dem Privatlift in den vierten Stock hinauf. Die Überwacher würden sich hoffentlich auf den zweiten Stock konzentrieren.

»Ken?« Sein in einem Schriftsatz blätternder Kollege sah auf und nickte dem Werwolf zu.

»Louis! Kommen Sie rein, nehmen Sie Platz.«

»Äh, tut mir leid, ich hab's furchtbar eilig«, sagte der Werwolf mit einem Blick auf seine Uhr. »Ich wollte nur was vorbeibringen. Sie haben mir neulich beim Essen erzählt, daß Sie alte Angelköder sammeln. Ich bin vor ein paar Wochen im Norden gewesen...« Er ließ den Köder aus der Papiertüte auf Harts Schreibtisch plumpsen.

»He, das ist ein Klassestück!« Hart war sichtlich begeistert. »Danke, Mann. Was bin ich Ihnen schuldig?«

»Ich hab' das Ding praktisch geklaut«, grinste der Werwolf kopfschüttelnd. »Mir wär's peinlich, wenn ich's Ihnen verraten müßte. Aber wenn Sie nächstes Mal 'nen Cheeseburger ausgeben wollen...«

»Abgemacht!« stimmte Hart freudig zu. »Mann, der ist wirklich toll!«

»Tut mir leid, aber ich muß weiter. Komme ich hier raus, oder muß ich runterfahren und...?«

»Nein, gleich von hier aus.« Hart trat an die Tür, um ihm zu zeigen, in welche Richtung er gehen mußte. »Noch mal vielen Dank, Louis!«

Ich danke *dir,* dachte der Werwolf im Davongehen. Die ganze Komödie hatte er nur gespielt, um die Tür im vierten Stock benützen zu können. Jetzt zögerte er, bevor er sie öffnete. Dies war der kritische Augenblick. Falls draußen im Korridor jemand unterwegs war, der beobachtete, wie er zum Parkdeck ging, würde er das Unternehmen abblasen müssen. Er holte tief Luft und stieß die Tür auf. Der Flur war menschenleer.

Der Werwolf folgte dem Korridor bis zum Parkdeck, machte vor der Stahltür halt, zog Mantel und Hut aus seinem Aktenkoffer, schlüpfte in den Trenchcoat, setzte den Hut auf und öffnete die Tür. Vom Parkdeck aus führte ein eigener Aufzug nach unten, aber der Werwolf benützte die Treppe und kontrollierte jeden Absatz, bevor er weiterging. Im Erdgeschoß hielt er den Kopf gesenkt und trat einen ganzen Block vom Eingang zu Harts Bürogebäude entfernt auf die Straße. Er überquerte sie, indem er sich durch den Verkehr schlängelte, betrat ein anderes Bürogebäude und erreichte im ersten Stock einen der abgelegensten Skyways des gesamten Systems. Nachdem er zwei Minuten gegangen war, sah er sich rasch um. Hinter ihm war niemand.

Er war allein.

Der Werwolf nahm sich ein Taxi, das ihn direkt zu dem keine Meile von seiner Wohnung entfernten Verkaufsplatz eines Gebrauchtwagenhändlers in der University Avenue brachte.

Er begutachtete die Reihe der ausgestellten Wagen und entschied sich für einen braunen Chevrolet Cavalier, auf dessen Windschutzscheibe mit weißer Farbe der Preis – 1695 Dollar – angeschrieben war. Ein Blick durchs Fahrerfenster zeigte ihm, daß der Meilenzähler auf 94651 stand. Ein Verkäufer arbeitete sich krabbenartig über den Verkaufsplatz heran und rieb sich dabei die Hände.

»Na, wie gefällt Ihnen unser Wetter, wirklich scheußlich, was?« sagte der Verkäufer.

Der Werwolf ignorierte diese Eröffnung. Der Chevrolet war in Ordnung. »Ich suche was Billiges für meine Frau«, behauptete er. »Irgendwas, mit dem sie durch den Winter kommt.«

»Damit wär' sie erstklassig bedient«, beteuerte der Verkäufer. »Prima kleiner Wagen. Braucht etwas Öl, aber...«

»Ich gebe Ihnen vierzehnhundert dafür, und Sie übernehmen die Steuer«, unterbrach ihn der Werwolf.

Der Verkäufer musterte ihn prüfend. »Fünfzehnhundert, und *Sie* zahlen die Steuer.«

»Fünfzehnhundert ohne Steuer«, sagte der Werwolf.

»Fünfzehn – und wir teilen uns die Steuer.«

»Haben Sie den Fahrzeugbrief hier?« fragte der Werwolf.

»Klar doch.«

»Lassen Sie die Windschutzscheibe putzen und den Ölstand kontrollieren«, verlangte der Werwolf. Er zeigte dem Verkäufer einen Packen Fünfziger. »Ich nehme ihn gleich mit.«

Er behauptete, Harry Barber zu heißen. Da er einen Packen Fünfziger in der Tasche hatte, brauchte er sich nicht auszuweisen. Er unterschrieb eine Bestätigung, daß er versichert sei.

Auf der Rückfahrt zu seiner Wohnung hielt der Werwolf bei einem Laden für Artikel aus Brand- und Versicherungsschäden. Dort kaufte er einen halben Meter Autoheizungsschlauch, einen Sack Katzenstreu, eine Rolle silbernes Klebeband und ein Paar Arbeitshandschuhe. An der Kasse fiel sein Blick auf einen Ständer mit Tränengassprühdosen der Marke, die Carla Ruiz gegen ihn eingesetzt hatte.

»Funktionieren die Dinger?« fragte er die Kassiererin.

»Klar. Große Klasse.«

»Geben Sie mir eine.«

Im Auto klebte er den gekauften Heizungsschlauch an einem Ende zu, füllte ihn mit Katzenstreu und verschloß auch das andere Ende mit Klebeband. Als er damit fertig war, hielt er einen leicht biegsamen, ziemlich gewichtigen Gummiknüppel in den Händen. Er versteckte ihn unter dem Fahrersitz und warf das silberne Klebeband in den Sack mit Katzenstreu.

Nun brauchte er nur noch zwei Dinge. Wenn er sich recht erinnerte...

Die Verkaufsautomaten des Motels befanden sich alle in einer Nische. Er warf die Münzen ein, zog eine einzeln verpackte Monatsbinde aus dem Automaten und stopfte sie hastig in die Tasche. Einige weitere Münzen verschafften ihm zwei schmale Rollen Heftpflaster.

Er warf den Sack Katzenstreu mit dem silbernen Klebeband in eine Mülltonne des Motels, sperrte alles andere in den Kofferraum und fuhr rasch, aber vorsichtig an seinem Haus vorbei. Er parkte in einer drei Blocks von seiner Wohnung entfernten Seitenstraße und überzeugte sich davon, daß er nicht im Parkverbot stand. Dort konnte der Wagen ruhig ein paar Tage stehen. Mit etwas Glück – und wenn er die Nerven behielt – würde er ihn schon in ein paar Stunden wieder brauchen.

Der Werwolf sah auf seine Armbanduhr. Harts Büro hatte er vor gut eineinhalb Stunden verlassen. Um den Gipfel spielerischer Eleganz zu erreichen, hätte er in Harts Büro im vierten

Stock zurückkehren, in den zweiten Stock hinunterfahren und an der Empfangsdame vorbei hinausgehen müssen. Es war denkbar – sogar wahrscheinlich –, daß sich die Cops nicht danach erkundigt hatten, bei wem er die ganze Zeit gewesen war.

Hatten Sie es jedoch getan und erfahren, daß er Harts Büro längst verlassen hatte, hätte die angebliche Rückkehr ihn verraten. Dann hätten sie gemerkt, daß er alles *wußte.* Wahrscheinlich hätten sie sofort zugegriffen – und das wollte er vermeiden, weil es seinen Plan zunichte gemacht hätte.

Wenn er andererseits auf dem belebten Skyway ganz harmlos ohne Hut und Mantel an der von seinen Verfolgern bewachten Anwaltsfirma im zweiten Stock vorbeischlenderte...

Obwohl er auf unerklärliche Weise verschwunden war, würden sie bestimmt annehmen, daß er nur einen harmlosen Spaziergang gemacht hatte. Zum Beispiel zum Mittagessen.

Er hoffte, daß sie das denken würden.

Sein *Coup* hing davon ab.

Der Werwolf ging über die Straße zu einem Studentenwohnheim, um ein Taxi zu rufen.

## 31

»Er hat euch abgehängt?« Lucas' Augen waren schwarz vor Wut.

»Mindestens zwei Stunden war er weg«, gab der Überwachungschef bedrückt zu. Er dachte an Cochrane und die Schlägerei nach dem Fuck-up. »Allerdings wissen wir nicht, ob er uns reingelegt hat oder unabsichtlich verschwunden ist.«

»Was ist passiert?« Die beiden Männer saßen vor Vullions Bürogebäude in Lucas' Wagen. Der Werwolf war in der Kanzlei und arbeitete.

»Er ist wie schon oft mit seinem Aktenkoffer losgezogen – diesmal allerdings ohne Hut und Mantel.«

»Ohne Mantel?«

»Richtig, obwohl's draußen verdammt kalt ist. Jedenfalls ist er zwei Blocks weit zu einer anderen Anwaltsfirma rübergegangen. Zu der großen Firma mit dem verglasten Empfangsbereich im zweiten Stock der Hops Exchange.«

»Yeah, die kenne ich. Woodley und Partner.«

»Genau! Wir haben also den Eingang überwacht und uns für den Fall, daß er den Hinterausgang benützt, im zweiten Stock verteilt. Außerdem haben wir die Skyways-Ebene und die Ausgänge im Erdgeschoß beobachtet. Als er nach ungefähr eineinhalb Stunden noch immer nicht rausgekommen war, haben wir angefangen, uns Sorgen zu machen. Wir haben Carol anrufen lassen...«

»Hoffentlich mit 'ner guten Ausrede!«

»Nicht gerade originell, aber doch ausreichend. Carol hat am Telefon gesagt, sie habe eine wichtige Nachricht für Mr. Vullion, und die Empfangsdame gebeten, ihn an den Apparat zu holen. Die hat irgendwo angerufen – das haben wir von außen beobachtet – und Carol dann mitgeteilt, daß er schon längst fort war. Er war nur ein paar Minuten bei einem gewissen Hart.«

»Okay, wo ist er also hin?«

»Dazu komme ich gerade«, verteidigte sich der Überwachungschef. »Carol hat behauptet, die Nachricht sei wirklich sehr wichtig, und sich sozusagen von Frau zu Frau erkundigt, ob die Empfangsdame ihn beim Weggehen gesehen hat. Er sei so schusselig, hat Carol gesagt, wie Anwälte eben seien. Die Empfangsdame hatte ihn nicht mehr gesehen, aber sie vermutete, daß er den Ausgang im vierten Stock benützt hat. Man kommt nur durch den Empfang rein, wissen Sie, aber die Büros liegen in drei Stockwerken, die alle eigene Ausgänge haben. Intern sind sie durch einen Lift verbunden, von dem wir nichts gewußt haben.«

»Aber er kann davon gewußt haben«, sagte Lucas. »Das ist sogar wahrscheinlich. Hat er euch bewußt abgehängt? Glauben Sie, daß er gemerkt hat, daß er überwacht wird?«

»Nein, vermutlich nicht. Ich habe mit den Leuten gesprochen: Sie glauben alle, daß wir clean sind.«

»Eine schöne Scheiße!« knurrte Lucas.

»Sollen wir ihn uns lieber schnappen?«

»Keine Ahnung. Wie haben Sie ihn zurückgekriegt?«

»Nun, wir sind natürlich verdammt nervös gewesen, und ich habe mit allen gesprochen, um zu hören, ob jemand *irgendwas* gesehen hat. Und dann ist er plötzlich frisch und munter im Skyway aufgekreuzt – mit seinem Aktenkoffer und einem zusammengerollten *Wall Street Journal* unter dem Arm. Er ist an unserem Posten vorbeigerauscht, als hätte er's eilig.«

»Er ist geradewegs in sein Büro zurückgegangen?«

»Geradewegs.«

»Okay, was halten Sie davon?«

Der Überwachungschef biß sich auf die Unterlippe, während er nachdachte. »Weiß ich nicht«, gab er dann zu. »Sollte er bewußt versucht haben, uns abzuhängen, kann er übers Parkdeck im vierten Stock abgehauen sein. Andererseits...«

»Yeah?« drängte Lucas.

»Ich sag's nicht gern, aber er könnte an unserem Mann im Skyway vorbeigekommen sein. Völlig harmlos. Für den Fall, daß er uns irgendwie abhängt, haben wir 'ne Menge Ausgänge blockieren müssen. Unser Mann im Skyway hatte die Aufzüge *und* die Treppe zu beobachten. Falls Vullion genau in dem Augenblick, in dem sich ein Aufzug geöffnet hat, die Treppe runtergekommen und in Gegenrichtung weggegangen ist...«

»Dann hätte er an ihm vorbeikommen können?«

»Richtig.«

»Verdammt noch mal, wir wissen also nichts!« schimpfte Lucas. Er blickte zum Fenster von Vullions Büro hinauf. Hinter der Jalousie brannte noch Licht.

»Ich glaube fast, daß er...«

»Yeah?« fragte Lucas.

»In der Richtung, aus der Vullion zurückgekommen ist, liegen ein paar bessere Restaurants. Und er hat die Zeitung zusammengerollt unter dem Arm gehabt, als hätte er sie bereits gelesen. Ich könnte nichts beschwören, aber ich glaube fast, daß er nur beim Mittagessen gewesen ist. Er hatte noch nicht gegessen.«

»Hmpf.«

»Okay, was tun wir jetzt?«

Der Lieutenant fuhr sich mit zehn Fingern durchs Haar und dachte an den Fuck-up. Die Sache hätte ihn nicht mehr beeinflussen dürfen, aber sie wirkte trotzdem nach.

»Wir lassen ihn erst mal in Ruhe«, entschied Lucas. »Aber hoffentlich liegt in keinem Skyway-Shop 'ne Leiche unter dem Ladentisch!«

»Gut«, stimmte der Überwachungschef erleichtert zu. Hätten sie sich Vullion greifen müssen, weil die Überwacher versagt hatten, wäre im Februar zum Abschleppdienst versetzt worden.

Das Spiel war zu Ende; am letzten Abend war nur mehr diskutiert, nicht mehr gespielt worden. Es galt allgemein als großer Erfolg, auch wenn einige kleine Änderungen wünschenswert erschienen...

Trotz schwerer eigener Verluste hatten Meades Truppen, die am Pipe Creek gut verschanzt waren, Lees Angriffe zurückgeschlagen. Die dreitägigen Kämpfe waren so blutig und verworren wie bei Wilderness oder Shiloh gewesen. Am schlimmsten hatte es Pickett getroffen, dessen Division als erste in Gettysburg eingerückt war und die Anhöhen knapp südlich der Stadt besetzt gehalten hatte. Bei der Verfolgung der in Richtung Washington zurückweichenden Unionstruppen hatte Picketts Division die Nachhut gebildet. Am letzten Tag von Pipe Creek hatte Lee diese noch verhältnismäßig frische Division in den Brennpunkt der Schlacht geworfen, wo sie aufgerieben worden war. Die Unionstruppen hielten ihre Stellungen, und die Konföderierten wichen hastig über den Potomac zurück. Die Südstaatenflut ebbte ab.

»Irgendwas hat sich verändert«, sagte Elle zu Lucas. Sie standen etwas abseits an der Tür. Elle sprach mit halblauter Stimme.

Lucas nickte. »Wahrscheinlich wissen wir, wer er ist«, bestätigte er ebenso leise. »Vielleicht haben deine Gebete geholfen: ein Geschenk Gottes. Ein Zufall. Schicksal. Was auch immer.«

»Warum habt ihr ihn nicht verhaftet?«

Lucas zuckte mit den Schultern. »Wir wissen, daß er's ist, aber wir können ihn nicht überführen. Noch nicht ganz. Wir warten darauf, daß er sich eine Blöße gibt.«

»Ist er ein intelligenter Mann?«

»Tut mir leid, das weiß ich nicht.« Lucas sah sich um und sprach noch leiser. »Ein Anwalt.«

»Vorsicht!« warnte Elle ihn. »Dieses Spiel steht vor seiner entscheidenden Phase. Er hat es mitgespielt, und wenn er ein richtiger Spieler ist, spürt er das bestimmt auch. Vielleicht versucht er's mit einem *Coup de maître.*«

»Ich sehe keine Gelegenheit dazu. Wir zermürben ihn langsam, aber sicher.«

»Schon möglich«, stimmte Elle zu. Ihre Hand berührte seinen Jackenärmel. »Aber denk daran, daß er vielleicht nicht unbedingt auf freiem Fuß bleiben muß, um nach seiner Auffassung zu gewinnen. Er ist Anwalt: Möglicherweise sieht er sich vor Gericht obsiegen und mit seinem Freispruch das Spiel als strahlender Gewinner beenden.«

Gegen zwanzig Uhr verließ Lucas das St. Anne's College, fuhr unruhig nach Hause, schaltete seinen PC ein, saß im Lichtkreis der Schreibtischlampe und versuchte, Everwhen den letzten Schliff zu geben. Schon die Einleitung mußte mit Andeutungen über vollbusige, langbeinige Maiden, Schwertergeklirr in dunklen Gewölben, phantastische Reisen und tapfere, wagemutige Kameraden locken – alles Dinge, die ein fünfzehnjähriger Computerfreak in Suburbia nicht hatte und nach denen er sich sehnte. Und dabei galt es, Pornographie und alles andere, was die Mutter des Jungen stören könnte, peinlich zu vermeiden.

Aber Lucas brachte nichts zustande. Er seufzte, speicherte den Text ab, schaltete seinen PC aus, ging in die Bibliothek und ließ sich in der Dunkelheit in einen Sessel fallen, um nachzudenken.

Die fehlenden zwei Stunden machten ihm Sorgen. Es *konnte* Zufall gewesen sein, aber... Was hatte der Werwolf getrieben, falls er seine Überwacher bewußt abgehängt hatte? Wo war er gewesen? Wie und wann hatte er gemerkt, daß er beschattet wurde? Er war nicht losgezogen, um zu morden – bestimmt nicht ohne seine Ausrüstung. Es sei denn, er hatte sie im Aktenkoffer bei sich getragen, und so dumm war er nicht.

Auch seine gestrige Fahrt zu diesem Antiquitätengeschäft war beunruhigend. Gewiß, als erstes hatte der Werwolf in dem kleinen Computershop einen Karton Endlospapier gekauft. Aber Lucas erinnerte sich daran, unter seinem Drucker einen halbvollen Karton gesehen zu haben. An sich hätte er kein Papier gebraucht. Jedenfalls nicht so dringend, um dafür eigens in die Lake Street zu fahren. Dann war er in das Antiquitätengeschäft gegangen, und ein am Schaufenster vorbeischlendernder Überwacher hatte gesehen, wie die Inhaberin den Angelköder herausgenommen hatte. Sloan gegenüber, der nach dem Werwolf in den Laden geschickt worden war, hatte die Frau diesen Kauf bestätigt.

Ein antiker Angelköder. Wozu? Da die Wohnung des Werwolfs gänzlich schmucklos war, konnte sich Lucas nicht vorstellen, daß er den Köder für sich selbst gekauft hatte.

Ein Geschenk? Aber für wen? Soviel Lucas wußte, hatte er keine Freunde. Er telefonierte nur geschäftlich und bekam zu Hause keine Anrufe. Seine ganze Post bestand aus Rechnungen und Werbematerial.

Wozu hatte er den Köder gekauft?

Lucas saß mit geschlossenen Augen im Dunkeln, beleuchtete das Problem von allen Seiten, drehte es wie einen Rubik-Würfel und hatte stets verschiedenfarbige Seiten vor sich.

Zwecklos, noch länger hier zu hocken, dachte er schließlich. Er sah auf seine Armbanduhr. Gerade einundzwanzig Uhr. Er stand auf, zog eine Jacke an und ging zu seinem Wagen hinaus. Die Nächte waren jetzt sehr kalt, und der eisige Wind weckte Erinnerungen ans Skifahren. Es wurde Zeit, bei den Skiern die Kanten zu schleifen. Bis der Winter endete, hatte er ihn immer ziemlich satt, aber auf seinen Beginn freute er sich jedes Jahr.

Bis zur Wohnung des Werwolfs waren es fünf Meilen. Unterwegs hielt Lucas an einem Zeitungskiosk, um die neuesten Ausgaben von *Powder* und *Skiing* zu kaufen.

»Nichts«, meldete der wachhabende Cop, als er die Treppe heraufkam. »Er sitzt vor der Glotze.«

Lucas sah zum Apartment des Werwolfs hinüber. Hinter den zugezogenen Wohnzimmervorhängen war nur das bläuliche Leuchten eines Bildschirms zu erkennen. »Mach was, du Hurensohn!« flüsterte er.

# 32

Der Werwolf zwang sich, wie immer zu Abend zu essen und das Geschirr abzuwaschen. Um neunzehn Uhr schaltete er den Fernseher ein. Alle Vorhänge waren zugezogen. Er sah sich um. Jetzt oder nie!

Der Werwolf hatte nie mehr als das nötigste Werkzeug besessen, aber für die einfache Arbeit, die er sich vorgenommen hatte, reichte es aus. Aus dem Werkraum holte er einen großen Schraubenzieher, einen Klauenhammer, eine Kneifzange und eine Taschenlampe. Er brachte alles in den ersten Stock. Um das Geräusch seiner Schritte zu dämpfen, zog er im Schlafzimmer zwei Paar Sportsocken übereinander an. Als er fertig war, klappte er vorsichtig die Bodentreppe herunter.

Der Speicher war kaum mehr als ein mit dünnen Sperrholzplatten vierfach unterteilter Kriechraum unter dem Dachstuhl der ehemaligen Villa. Da die Deckenisolierung der Wohnungen auf dem Boden lag und der Speicher selbst ungeheizt war, eignete er sich nur für die Lagerung von Dingen, denen die eiskalten Winter Minnesotas nichts anhaben konnten. Der Werwolf war nur zweimal hier oben gewesen: Als er seine Wohnung gekauft hatte, um die Sperrholzwände zu begutachten, und an dem Tag, an dem er den *Coup* geplant hatte.

Der Werwolf schlich lautlos über den Dachboden bis zur Trennwand des Speicherabteils, das zu der zur Straße hinausführenden Nachbarwohnung gehörte. Hier war die Sperrholzplatte von seiner Seite so schlampig auf das Lattengerüst genagelt, daß er wenig Mühe hatte, sie mit dem Schraubenzieher hochzuhebeln. Er brauchte zehn Minuten, um die Platte so weit zu lockern, daß die Nägel sich mit Klauenhammer und Kneifzange herausziehen ließen. Auch hier wieder schlampige Arbeit: Die Platte war lediglich mit einem Dutzend Nägel befestigt.

Als die Platte frei war, zog er sie ein wenig zurück, bis er ins andere Speicherabteil hinüberschlüpfen konnte, das fast so leer wie seines war. Jetzt kam es besonders darauf an, geräuschlos zu arbeiten, und er ließ sich Zeit, denn er hatte es keineswegs eilig. Er würde das Haus ohnehin erst verlassen, wenn die Polizeispitzel glaubten, er sei zu Bett gegangen. Im Licht seiner Taschenlampe arbeitete er lautlos verbissen, um die Sperrholzplatte zwischen dem Speicherabteil seiner Nachbarn und dem der Frau zu lösen, der das Apartment gehörte, das seiner Wohnung diagonal gegenüberlag.

Dorthin wollte er. Die Wohnungseigentümerin war eine vor kurzem geschiedene Krankenschwester, die seit ihrem Einzug Nachtdienst auf der Intensivstation im St. Paul Ramsey Medical Center machte. Er hatte vom Büro aus im Krankenhaus angerufen, sie verlangt und die Auskunft bekommen, daß sie ab dreiundzwanzig Uhr Dienst hatte.

Er brauchte eine halbe Stunde, um in ihr Speicherabteil zu gelangen. Als der Zugang frei war, stellte er die Platten wieder so auf, daß bei flüchtigem Hinsehen nichts auffiel. Danach schlich er über die Bodentreppe in sein Apartment hinunter und ließ Nägel, Werkzeug und Taschenlampe auf dem Dachboden liegen. Bei seiner Rückkehr würde er die Nägel so weit wie möglich in ihre Löcher drücken. Sobald seine Nachbarn morgens in die Arbeit gefahren waren – und bevor das letzte Opfer des Werwolfs aufgefunden worden war –, würde er wieder hinaufsteigen, um sie ganz einzuschlagen.

In seiner Wohnung dachte er über einen raschen Trip zu einem bis Mitternacht geöffneten Lebensmittelgeschäft in der Nähe nach. Ein Ausflug zu Fuß. Das mochte eine überflüssige Provokation sein, aber er glaubte, sie sich leisten zu können. Er stellte den Fernseher ab, zog seine Jacke an, überzeugte sich davon, daß er Geld in der Tasche hatte, und verließ das Haus. Er bemühte sich, die zwei Blocks ohne erkennbare Eile zurückzulegen. Er ging über den asphaltierten Parkplatz des Geschäfts, betrat den Laden und kaufte etwas Gebäck, ein Fertigmüsli, eine Flasche Milch und die neue Ausgabe von *Penthouse*. Als er danach wieder im Freien stand, biß er in einen Krapfen, genoß die hervorquellende süße Marmeladefüllung und schlenderte nach Hause zurück.

Das dürfte genügen. Das müßte ausreichen, um die Beobachter davon zu überzeugen, daß er den Rest der Nacht in seiner Wohnung verbringen wollte. Er überquerte seine kleine Veranda, sperrte auf, trat in die Wohnung, schloß die Haustür hinter sich ab, stellte die Milch in den Kühlschrank und schaltete den Fernseher ein.

Das Footballspiel begann gerade. Cowboys gegen Giants. Er verfolgte die erste Halbzeit ohne sonderliches Interesse und verlor es gänzlich, als die Giants immer besser ins Spiel kamen. In der Halbzeitpause schob er die Kassette mit Davenport in den Videorecorder und sah sich das Interview an. Davenport, der Spieler. Carla Ruiz, die einmal und nie wieder Auserwählte. Er ließ das Interview ein weiteres Mal laufen, stellte es dann ab und machte einen bewußt langsamen Rundgang durch die Wohnung. In die Küche gehen. Einen Blick in die Besteckschublade werfen. Kühlschrank öffnen, Milch trinken, Glas abspülen. Viertel vor elf. Hörer abnehmen, die Krankenschwester anrufen. Zwanzig Klingelzeichen. Dreißig Klingelzeichen. Vierzig. Fünfzig. Am liebsten hätte er das Krankenhaus angerufen und nach ihr gefragt, aber das war nicht ratsam. Vielleicht wurde sein Telefon abgehört. Ein Risiko, mit dem er leben mußte.

Der Werwolf löschte das Licht und ging nach oben, wo er sich auszog, seine Sachen in einem Haufen auf dem Boden liegen ließ und sich wieder anzog. Schwarzer Rollkragenpullover. Jeans. Die Nike Airs hängte er sich mit zusammengebundenen Schnürsenkeln um den Hals. Neue Skijacke – marineblau mit dunkeltürkisgrünem Blitz auf der Brust. Handschuhe. Wollmütze. Dann machte er auch im Schlafzimmer das Licht aus.

Indem er sich in der Dunkelheit die Wände entlangtastete, schlich er auf Strumpfsocken in den Flur und die Bodentreppe hinauf. Oben fand er die Taschenlampe, schaltete sie ein. Er gelangte durchs Speicherabteil des Nachbarn in das der Krankenschwester. Er löste die Verriegelung der Treppe, öffnete sie einen Spalt und horchte. Kein Laut. Nirgends Licht.

Die Wohnung war eine spiegelbildlich angelegte Version seiner eigenen. Als erstes leuchtete er mit seiner Taschenlampe kurz ins Schlafzimmer. Das Bett war ordentlich gemacht und leer. Er ging nach unten in die Küche, sah das Telefon, blieb stehen und dachte: Warum nicht? Er schlug im Telefonbuch nach, rief das Krankenhaus an und fragte nach ihr.

»Schwester Sylvia.« Er legte rasch auf, als sei die Verbindung durch einen Leitungsfehler unterbrochen worden. Sie war also im Krankenhaus.

Er ging durch die Küche in den Wirtschaftsraum und öffnete die Verbindungstür zur Garage. Leer. Im Schutz der Hecke zum Nachbargrundstück mußte er das Garagentor fast einen halben Meter weit öffnen können, ohne gesehen zu werden. Nachdem er sich davon überzeugt hatte, daß das Tor nicht verriegelt war, hob er es langsam, ganz langsam hoch. Als es kniehoch offen war, rutschte er auf dem Rücken liegend darunter hindurch.

Die Nacht war dunkel, wolkenverhangen, und er blieb einen Augenblick in der Tornische liegen, wo er von der Straße aus nicht zu sehen war, und sammelte Mut. Als er seine flatternden Nerven wieder unter Kontrolle hatte, schloß er das Garagentor bis auf einen kleinen Spalt. Bei seiner Rückkehr konnte er es dann leichter hochheben.

Jetzt der schlimmste Teil, dachte er. Er kroch auf Händen und Knien bis zur Hecke und robbte bis zum Gehsteig. Er spähte nach beiden Seiten. In den benachbarten Häusern wohnten überall Familien. Die beiden Beobachtungsposten, von denen aus sein Apartment überwacht wurde, lagen jetzt hinter ihm. Schwierigkeiten konnte es nur geben, wenn auf der Straße außer Sichtweite seiner Wohnung weitere Cops in neutralen Fahrzeugen Wache hielten. Aus polizeilicher Sicht konnte es nicht zweckmäßig sein, Männer dort zu postieren, wo sie das Apartment des Verdächtigen nicht sehen konnten – aber unmöglich war es nicht.

Er gab sich einen Ruck, trat hinter der Hecke hervor und marschierte mit energischem Schritt von seinem Haus weg den Gehsteig entlang. Dabei kontrollierte er möglichst unauffällig die geparkten Wagen. Alle unbesetzt. Falls es Straßenposten gab, hätten sie hier in der Nähe stehen müssen. Daß sie in Richtung Interstate postiert waren, war unwahrscheinlich, denn dort hinten endete die Straße als Sackgasse.

Nach drei Blocks hatte er den Chevrolet Cavalier erreicht. Er sperrte auf, setzte sich ans Steuer und zog eine erste Bilanz. Er war davon überzeugt, nicht gesehen worden zu sein. Alles *wirkte* richtig. Er blieb noch einen Augenblick sitzen, *fühlte* sich in seine nächtliche Umgebung ein und nahm ihre Schwingungen in sich auf. Er war frei! Er ließ den Motor an, schaltete die Scheinwerfer ein und fuhr los.

Nun erhob sich eine neue Frage, über die er schon nachgedacht hatte, ohne sie beantworten zu können. Jetzt hatte er Gelegenheit dazu. Davenport fuhr einen Porsche – das hatte in den Zeitungen gestanden. War er vor einem der Beobachtungsposten geparkt – falls sie tatsächlich in den Häusern eingerichtet waren, in denen er sie vermutete? Er bog auf die hinter seinem Haus vorbeiführende Straße ab und fuhr an dem Haus vorbei, das er verdächtigte. Zwei Autos, unscheinbare Ford-Limousinen, wie sie Cops vermutlich fuhren. Und das andere Haus? Er bog links ab, fuhr zwei Blocks weit und sah im Licht seiner Scheinwerfer einen entgegenkommenden Wagen. Einen Porsche! Beim Abbiegen gelang es ihm, einen flüchtigen Blick auf Davenports Gesicht zu erhaschen. Der Werwolf fuhr langsamer, wendete auf der Straße und fuhr zurück. Davenport hielt vor dem zweiten Beobachtungsposten. Jetzt stieg er mit einer quadratischen weißen Schachtel aus... Offensichtlich hatte er eine Pizza geholt.

Eine Pizza!

Damit war seine nächste Frage beantwortet. Er hatte noch keine rechte Vorstellung davon, wie er ins Atelier der Ruiz gelangen sollte. Er hatte überlegt, ob er den Feuermelder betätigen sollte. Dann könnte er sie niederschlagen, wenn sie aus der Tür kam. Wenn der Hausmeister aber merkte, daß ein Fehlalarm vorlag, konnte er auf die Idee kommen, das Gebäude zu überprüfen und die Leute zu befragen. Außerdem konnte irgend jemand vor der Ruiz auf dem Flur erscheinen. Der Werwolf hatte mit dem Gedanken gespielt, Davenports Stimme zu imitieren – aber was war, wenn sie die Sicherheitskette der Ateliertür eingehängt ließ, durch den Spalt blickte und draußen einen Fremden stehen sah? Sie würde *wissen*, wer er war.

Aber eine Pizza...

Er fuhr zu einer Pizzeria, bestellte eine Pizza zum Mitnehmen und wartete ungeduldig, während der Pizzabäcker den Teig knetete, hochschleuderte, auswalzte, belegte und endlich in den

Ofen schob. Das Backen dauerte zehn Minuten. Der Werwolf sah auf seine Armbanduhr. Fünfundzwanzig Minuten vor Mitternacht. Jetzt mußte er sich beeilen. Der Hausmeister sperrte das Gebäude, in dem die Ruiz wohnte, gewöhnlich um zwölf Uhr ab.

Die Fahrt zu dem alten Klinkerbau des Lagerhauses in St. Paul, das bereits von der Interstate aus zu sehen war, dauerte weitere zehn Minuten. Er parkte in der Nähe des Haupteingangs und holte seine Ausrüstung aus dem Kofferraum: den mit Katzenstreu gefüllten Schlauch, die Sprühdose mit der chemischen Keule, das Klebeband und die Arbeitshandschuhe. Bis auf den Schlauch verschwand alles in seinen Taschen.

Er betrat das Gebäude und ging die Treppe hinauf; der Hausmeister, der zugleich der Fahrstuhlführer war, hielt sich im allgemeinen in der Nähe des Aufzugs auf, um Musik zu hören. Im ersten Stock war alles still. Im zweiten Stock lief irgendwo ein Radio, und ein leises Lachen verhallte zwischen den Stahlbetonpfeilern des Korridors. Im dritten Stock war es ebenso still wie im vierten.

Unter der zweiten Tür war ein Lichtschein zu sehen. Er atmete erleichtert auf. Sie war zu Hause. Er war darauf vorbereitet gewesen, das Unternehmen notfalls abzubrechen und ein andermal zu wiederholen. Das war jetzt nicht nötig. Der *Coup* konnte stattfinden.

Der Werwolf zog die gelben Baumwollhandschuhe an, holte tief Luft, atmete langsam aus, klopfte an die Tür und rief: »Pizza!« Sein Gesicht hatte die Ruiz nie gesehen.

Er hörte ihre Schritte herankommen. »Ich hab' keine Pizza bestellt«, sagte sie durch die Tür.

»Hören Sie, ich soll in diesem Atelier 'ne Pizza für Lucas Davenport abgeben. Und ich soll bestellen, daß der Wein nachkommt, wenn er nicht schon da ist.«

Hinter der Tür herrschte kurzes Schweigen, dann hörte er ein leises: »O nein!«

Wieso? Was stimmte hier nicht? In seiner Nervosität wollte der Werwolf bereits fliehen, aber dann wurde die Tür geöffnet. Die Sperrkette war eingehängt. Carla Ruiz schien allein zu sein. Sie linste durch den Türspalt und sah den Pizzakarton.

»Augenblick«, sagte sie mit leicht resigniertem Unterton. Hier ging irgend etwas vor, das er nicht verstand. Die Ruiz schloß die Tür, und er hörte, wie die Kette ausgehakt wurde. Er balancierte den Pizzakarton auf der Hand, in der er den Schlauch hielt. In der anderen hielt er die chemische Keule. Die Ruiz öffnete die Tür, hinter ihr stand niemand. Der Werwolf schleuderte ihr die Pizza entgegen und trat gleichzeitig über die Schwelle. Sie wich zurück, sah zu ihm auf, als die Pizza ihr so unerwartet heftig entgegenkam, bemerkte die Handschuhe und *wußte* im selben Augenblick, wer er war, aber der Werwolf hatte bereits die Sprühdose hochgerissen und traf Mund und Augen mit dem Strahl. Carla versuchte, ihr Gesicht zu schützen, würgte und torkelte rückwärts. Der Werwolf folgte ihr ins Atelier und holte mit dem Schlauch aus. Ihr erhobener Arm lenkte den ersten Schlag ab. Noch immer würgend wandte sie sich halb ab und stolperte mit ausgestreckten Händen auf ein Bücherregal zu. Der Werwolf war sofort hinter ihr, nachdem er die Tür mit einem Fuß ins Schloß gedrückt hatte. Sie tastete halb blind das Bücherregal ab, suchte irgend etwas. Der Werwolf war wieder bei ihr, und sie hielt plötzlich eine chromblitzende kleine Pistole in der Hand. Er traf die Ruiz mit seinem beschwerten Schlauch, und sie ging zu Boden. Der Werwolf sah kristallklar, daß sie nur den Pistolengriff umklammerte und ihr Zeigefinger noch nicht am Abzug lag, deshalb ließ er sich eine Zehntelsekunde länger Zeit, um richtig auszuholen, und traf Carla am Hinterkopf und wieder, diesmal an der Schulter, und wieder, voll ins Gesicht... bis sie unbeweglich in fetaler Stellung zusammengekrümmt dalag...

Der Werwolf ließ keuchend den Schlauch fallen und stürzte sich auf sie wie ein Tiger auf eine angepflockte Ziege. Er riß ihren Kopf nach hinten, stopfte ihr die Monatsbinde in den Mund und umwickelte den Knebel mit Klebeband. Sie war benommen, leistete keinen Widerstand. Er fürchtete sekundenlang, er könnte sie getötet haben, und dachte dann absurderweise: Sie ist keine Auserwählte, dies ist ein Kommandounternehmen, deshalb spielt's keine Rolle, wenn sie tot ist...

Die Pistole lag auf dem Fußboden. Er schob sie weg, stand auf, packte die Wehrlose am Hemdkragen und schleppte sie ins

Schlafzimmer. Er fesselte sie mit Klebeband an ihr Bett. Sie trug ein Männerhemd aus Flanell, und er riß es mit solcher Gewalt auf, daß ein Knopf absprang und gegen die Wand klickte, was der Werwolf mit übernatürlich scharfem Gehör – eine Folge der bei ihm einsetzenden Euphorie – genau registrierte. Seine Hand griff unter ihren Büstenhalter, sprengte ihn auf und riß mit einem Ruck die Träger ab. Er zog den Reißverschluß ihrer Jeans auf, streifte sie bis über die Knie herab, fetzte den Zwickel aus ihrem Höschen und schob es nach oben über ihren Bauch.

Dann trat er zurück, um die Gefesselte zu betrachten. Sie war keine Auserwählte, aber sie konnte Spaß machen. Er streckte eine Hand aus und rubbelte ihr buschiges Schamhaar.

»Schön dableiben!« forderte er sie freundlich sarkastisch auf. »Für den Rest brauche ich was Scharfes.«

## 33

»Ist er ins Bett gegangen?« fragte Lucas.

»Yeah«, antwortete der erste Beobachter, der große Cop.

»Scheiße.« Lucas starrte mißmutig die Zimmerdecke an. Ob er gemerkt hatte, daß er überwacht wurde? »Er muß bald wieder aktiv werden. Er *muß* einfach!«

»Erst mal ist mein Magen aktiv«, erklärte der zweite Überwacher. »Ich brauch' was zu essen.«

»Noch drei Stunden«, seufzte sein Partner.

»Jesus!« Der zweite Cop sah zu Lucas hinüber. »Sie haben wohl gerade zu tun?«

Lucas lag auf der Matratze und las die Ausgabe von *Powder*.

»Äh...«

»Sie hätten wohl keine Lust auf 'ne Pizza?«

»Klar, warum nicht?« Lucas kam auf die Beine.

»Drüben bei der Universität machen sie 'ne verdammt gute Pizza«, sagte der hungrige Cop. »Ich rufe an, damit sie fertig ist, wenn Sie kommen.«

»Haben Sie Ihr Funkgerät mit?« fragte der erste Cop.
»Yeah.«
»Ich ruf' Sie, falls was passiert.«

Die Pizza war nicht fertig, als er kam, aber sie war kurze Zeit später fertig. Er brachte sie zum Auto hinaus, fuhr zurück, ließ den Porsche ein bißchen laufen und hätte beim Abbiegen in die zum Beobachtungsposten führende Straße beinahe einen entgegenkommenden Wagen gestreift. Fahr gefälligst anständig! ermahnte er sich, als die Scheinwerfer des anderen Autos über ihn hinwegglitten. Was er bestimmt nicht brauchen konnte, war eine Prügelei mit einem ortsfremden Redneck, dem sein rasanter Fahrstil nicht paßte.

Er trug die noch heiße Pizza eilig die drei Treppen zum Beobachtungsposten im obersten Stock hinauf.

»Nichts«, sagte der erste Cop.

»Still wie'n gottverdammtes Karnickel«, fügte der andere hinzu. Er klappte die Pizzaschachtel auf. »Wenn auf diesem Ding Anchovis sind, können Sie Ihr Testament machen!«

Lucas nahm sich ein Stück Pizza und las wieder sein Magazin.

»Das Nachtlicht muß durchgebrannt sein«, stellte der erste Cop nach einiger Zeit fest.

»Hmmm?«

»Heute brennt kein Nachtlicht.«

Lucas ging ans Fenster und sah hinaus. Das Schlafzimmerfenster des Werwolfs war ein glattes schwarzes Rechteck ohne den geringsten Lichtschein. Merkwürdig! dachte Lucas. Wer nur mit einem Nachtlicht schlafen kann, braucht es doch immer...

»Verdammt noch mal«, murmelte er, drehte sich um und blieb mit hochgezogenen Knien an der Wand sitzen.

»Was gibt's?«

»Weiß ich nicht.« Er drehte den Kopf zur Seite und starrte übers Fensterbrett. »Das versteh' ich nicht. Da stimmt irgendwas nicht!«

»Bloß so'n beschissenes Nachtlicht«, sagte der hungrige Cop, während er sich nach dem letzten Stück Pizza die Finger ableckte.

»Irgendwas stimmt da nicht!« wiederholte Lucas. An dieser Sache war etwas faul, das roch er. Seit fast zwei Wochen beobachtete er nun den Werwolf, bei dem jede Nacht ein Nachtlicht gebrannt hatte. Aber es gab keine Möglichkeit, das Haus dort drüben ungesehen zu verlassen. Es sei denn, man stemmte ein Loch in die Mauer...

Der Dachboden! dachte er. Der Scheißdachboden!

Lucas lief zum Telefon. »Welche Nummer hat er?« fragte er den ersten Cop und schnalzte ungeduldig mit den Fingern.

»Jesus, wollen Sie etwa...?«

»Geben Sie mir die gottverdammte Nummer!« forderte Lucas mit eisiger Stimme.

Der erste Cop sah zu seinem nicht mehr hungrigen Kollegen hinüber, der mit den Schultern zuckte, ein kleines Notizbuch aus der Hemdtasche zog und die Nummer vorlas. Lucas tippte sie ein.

»Falls er sich meldet, hab' ich mich bloß verwählt«, sagte er mit einem Blick zu den beiden Cops hinüber. »Ich frage nach Trixie.« Das Telefon des Werwolfs klingelte. Fünfzehn Klingelzeichen lang. Dreißig. Kein Licht hinter dem Fenster. Nichts.

»Dieser Hundesohn«, zischte der erste Cop.

»Noch mal die Nummer«, verlangte Lucas. »Vielleicht hab' ich mich verwählt.« Der Cop las sie ihm wieder vor, und Lucas tippte sie ein. »Wissen Sie bestimmt, daß das die richtige Nummer ist?«

»Die Nummer stimmt«, bestätigte der Cop. Das Telefon klingelte. Und klingelte. Keine Antwort.

»Laßt es klingeln«, wies Lucas die beiden an und war bereits zur Tür unterwegs. »Ich gehe rüber!«

»Jesus...«

Lucas stürmte aus dem Haus und rannte über die Straße zur Haustür des Werwolfs. Hinter dieser Tür hörte er deutlich das Telefon, während er den Daumen auf dem Klingelknopf ließ. Fünf Sekunden, zehn. Kein Licht. Er riß die äußere Sturmtür auf und rüttelte an der Haustür. Abgesperrt. Keine Zeit für subtile Methoden. Er machte einen Schritt zurück, trat mit voller Gewalt gegen das Schloß und sprengte die Tür auf.

Drinnen rannte er zur Treppe.

»Vullion?« Während er die Treppe hinaufstürmte, hielt er die Heckler & Koch P7 schußbereit. »Vullion?«

Im Wohnzimmer flammte Licht auf. Als Lucas sich herumwarf, sah er den ersten Cop, der ihm mit gezogener Pistole folgte. Lucas hastete weiter und sah von den obersten Stufen aus die in den Flur heruntergeklappte Bodentreppe.

»Der Scheißkerl ist weg!« rief er dem Cop hinter sich zu. »Nehmen Sie das Telefon ab, ja?« Nach einem kurzen Blick ins Schlafzimmer stieg Lucas zum Dachboden hinauf. Die Trennwände zwischen den Speicherabteilen waren lose. Als Lucas wieder die Treppe hinabpolterte, hörte das Telefon zu klingeln auf.

»Er ist über den Dachboden in eine andere Wohnung und so aus dem Haus gekommen!« brüllte er. »Sorgen Sie dafür, daß sofort nach einem Kerl zu Fuß gefahndet wird. Notfalls können wir ihn wegen Einbruchs verhaften.«

Der Cop rannte aus dem Haus. Lucas ging quer durchs Wohnzimmer, machte auf dem Absatz kehrt und sah sich um. Nichts. Überhaupt nichts. Dann kniff er die Augen zusammen, lief wieder nach oben und griff im Schlafzimmer unter die Matratze. Seine Hand tastete den Matratzenschoner ab. Die Fotos waren verschwunden.

Lucas hastete nach unten ans Telefon, um Daniel anzurufen und Verstärkung anzufordern. Als er den Hörer abnahm, fiel ihm die winzige rote Leuchtdiode des Videorecorders auf. Vullion hatte sich eine Kassette angesehen. Lucas ließ den Hörer fallen, schaltete das Fernsehgerät ein, spulte die Kassette ein Stück weit zurück und drückte auf den Startknopf. Carla. Lucas starrte den Bildschirm wie betäubt an. Das Interview. Carla.

Lucas rannte, und während er die Möglichkeiten analysierte, die sich ihm boten, tat sein Körper bereits das, wofür sein Verstand sich letztlich entscheiden würde. Vullion hatte es auf Carla abgesehen. Er würde nicht mit dem Bus fahren, also mußte er sich irgendwie ein Auto besorgt haben. Lucas hatte ein Handfunkgerät. Er konnte die Cops in St. Paul alarmieren und veranlassen, daß jemand in drei bis vier Minuten Carlas Atelier kontrollierte.

So lange würden die Cops brauchen, um zu verstehen, was sie tun sollten, sich in Bewegung zu setzen und das alte Lagerhaus zu erreichen.

Aber er war nur sechs Meilen davon entfernt. Mit dem Porsche war das in fünf, höchstens sechs Minuten zu schaffen. Konnten diese zusätzlichen Minuten Carla das Leben kosten? Wenn nicht, hatte er vielleicht Gelegenheit zu seinem *Coup*.

Lucas warf sich in den Porsche, ließ den Motor an, trat das Gaspedal durch, fuhr mit quietschenden Reifen durch die erste Kurve, bewältigte die zweite mit siebzig und bremste danach herunter, um auf die Einfahrt zur Interstate abzubiegen. Vor ihm fuhr ein Honda Civic her. Lucas riß den Porsche nach links, geriet mit zwei Rädern ins Grüne, raste mit hundertzehn an dem Honda vorbei und nahm dabei das entsetzte Gesicht des anderen Fahrers als blassen Halbmond am Rande seines Blickfelds wahr. Am Ende der Einfädelspur hatte er bereits hundertvierzig erreicht und gab Vollgas, so daß die Tachometernadel, ohne zu zögern, immer weiterkletterte. Bei Tempo zweihundert schien der übrige Verkehr auf der Interstate stillzustehen, und die Ausfahrten klickten wie Pulsschläge vorbei.

Zwei Minuten. Lexington Avenue. Drei Minuten. Dale Avenue. Drei Minuten und zwanzig Sekunden, bremsen, auf die Tenth Street abbiegen, bremsen, herunterschalten, mit aufheulendem Motor über die erste Kreuzung schießen, das alte Lagerhaus war bereits in Sicht. Lucas hielt am Randstein, holte seine Sporttasche mit der schallgedämpften Pistole hinter dem Fahrersitz hervor und stürmte auf den Nebeneingang des Gebäudes zu.

Als er ihn schon fast erreicht hatte, erschien der Hausmeister mit einem Schlüsselbund in der Hand.

»Nein!« brüllte Lucas. Der andere blieb verwirrt stehen. Lucas tastete in der Hemdtasche nach seiner Plakette und wies sie vor, während er sich an dem Hausmeister vorbei durch die Tür drängte.

»Sie bleiben hier«, wies er den verblüfften Hausmeister an. »Sobald weitere Cops aus St. Paul kommen, bringen Sie sie mit dem Lift nach oben. Sie warten hier, verstanden?«

Der Hausmeister nickte. »Hier warten«, bestätigte er.

»Genau!« Lucas klopfte ihm auf die Schulter und spurtete die Treppe hinauf.

Carlas Tür hat bessere Schlösser, dachte Lucas, als er die letzten Stufen hinaufkeuchte, aber sie bietet trotzdem nicht viel Schutz. Darüber konnte er sich nicht lange den Kopf zerbrechen. Jesus, wenn der Werwolf nicht da war, konnte diese Sache peinlich werden! Lucas hastete den Korridor entlang und sah einen Lichtschein unter der Tür. Er ließ die Sporttasche fallen, machte einen Schritt zurück und trat die Tür ein. Danach stürzte er sich mit beidhändig gehaltener Heckler & Koch in den Raum.

Das Atelier war leer.

# 34

Von links kam ein leises Geräusch, als sei eine Katze von einem Bücherregal gesprungen. Aber es war keine Katze. Lucas warf sich mit schußbereiter Pistole herum. Dort hatte er einen kleinen, dunklen, höhlenartigen Raum vor sich. Ein Stöhnen. Er trat vor. Konnte nichts erkennen. Trat weiter vor, konnte noch immer nichts ausmachen. Ein weiterer Schritt bis auf einen Meter an die Tür heran. Eine weiße Gestalt auf dem Bett, gefesselt, geknebelt, sich aufbäumend, wieder ein Stöhnen, sonst nichts...

Noch ein Schritt, dann war Vullion plötzlich da: die Augen weit aufgerissen, der Blick starr, flauschige gelbe Handschuhe an den Händen, in einer Hand irgendein Rohrstück, das jetzt herabsauste. Lucas warf sich herum, um schießen zu können. Das Rohr traf seinen Handrücken, so daß die Pistole klappernd zu Boden fiel. Lucas spürte die Knochen seiner rechten Hand zersplittern und wehrte das Rohr mit der Linken ab. Vullions andere Hand stieß weit ausholend auf ihn zu, und das Messer, das sie führte, zielte wie ein Dolch auf Lucas' Unterleib. Lucas wich aus, fing den Stoß mit seiner gebrochenen Hand ab, fühlte sie nachgeben und schrie vor Schmerz laut auf. Aber die blitzende Klinge zischte an seinem Arm vorbei, und er bekam Vullions Messerhand mit der linken Hand zu fassen. Er schmetterte seinen rechten Ellbogen in die Augenhöhle des Angreifers. Dieser Schlag warf Vullion zurück, und sie torkelten miteinander in das kleine Schlafzimmer. Vullions Beine gaben nach, als er ans Bett stieß. Die Kämpfer fielen auf Carla, und Lucas schlug Vullion einmal, zweimal, dreimal mit dem Unterarm ins Gesicht, wobei der von seiner gebrochenen Hand ausgehende Schmerz wie grelle Lichtblitze durch sein Gehirn zuckte.

Und dann bewegte sich Vullion nicht mehr. Lucas verdrehte ihm den Messerarm, bis die Waffe zu Boden fiel. Vullion war benommen, aber nicht bewußtlos. Lucas schlug zweimal mit der linken Faust zu, traf dabei Vullions Ohr, wälzte ihn von Carla herunter in den schmalen Raum zwischen Bett und Wand und kniete sich auf seinen Oberkörper.

»Scheißkerl!« ächzte Lucas. Er hörte sich selbst stoßweise hecheln. Mit der unverletzten linken Hand angelte er unbeholfen seinen Schlüsselring, an dem die Miniaturausgabe eines Tekna-Messers baumelte, aus der Tasche. Er zog das Messer aus der Plastikscheide, schob die Klinge vorsichtig unter das um Carlas Kopf führende Klebeband und zerschnitt es mit einem Ruck. Als er ihr den Knebel aus dem Mund zog, holte sie keuchend Luft und wimmerte dann leise wie ein verletztes Tier. Sie lebte.

»Verletzt«, stöhnte Vullion unter Lucas' Knien. »Ich bin verletzt.«

»Halt's Maul, Scheißkerl!« knurrte Lucas. Er holte wieder aus und traf Vullions Kopf mit der linken Faust. Der andere stöhnte laut, wobei sein Körper krampfartig zuckte.

Lucas beugte sich nach vorn, zerschnitt das Klebeband, mit dem Carlas Arme ans Bett gefesselt waren, und befreite dann auch ihre Beine.

»Ich bin's... Lucas«, sagte er ihr leise ins Ohr. »Keine Angst, du wirst gleich versorgt. Der Krankenwagen ist schon unterwegs, bleib einfach liegen.«

Lucas stemmte sich vom Bett hoch, packte Vullion am Kragen, riß ihn in die Höhe und stieß den Schwankenden ins Atelier. Lucas sah seine bis an die Wand gerutschte Pistole auf dem Boden. Mit einem blitzschnellen Tritt zog er Vullion die Beine weg und achtete darauf, daß er nicht mit dem Kopf auf den Fußboden knallte. Er konnte keinen Bewußtlosen brauchen. Vullion klappte zusammen wie eine Marionette, deren Schnüre durchschnitten worden sind.

Nachdem er zu Boden gegangen war, griff sich Lucas die Pistole, erreichte rasch rückwärtsgehend die Tür und holte die Sporttasche herein. Er schloß die Tür mit dem Fuß hinter sich.

Vullion, der auf dem Bauch lag, bedeckte seine Ohren mit den Händen.

»Steh auf!« befahl Lucas. Als Vullion nicht reagierte, trat Lucas ihn gegen die Hüfte. »Aufstehen, hab' ich gesagt! Los, steh auf!«

Vullion stemmte sich hoch, fiel auf den Bauch zurück und richtete sich dann auf einem Knie auf. Blut lief ihm aus der Nase in den Mund. Die Pupille des einen Auges war schreckhaft geweitet. Das andere Auge, das Lucas mit dem Ellbogen getroffen hatte, war verfärbt und bereits zugeschwollen.

»Auf die Beine, Arschloch, sonst tret' ich dich tot, das schwör' ich dir!«

Vullion starrte ihn noch immer benommen aus dem einen Auge an. Er rappelte sich mit letzter Kraft auf und blieb schwankend stehen.

»So, und jetzt zurück. Fünf Schritte.« Lucas zielte mit der Pistole auf Vullions Brust. Der andere bewegte sich unsicher rückwärts, machte jedoch den Eindruck, als erhole er sich allmählich.

»Okay, jetzt stehenbleiben!« forderte Lucas, während er ans Telefon trat.

»Ich habe gewußt, daß ich überwacht werde«, murmelte Vullion undeutlich, weil ihm jetzt einige Zähne fehlten.

»Das ist mir vor ungefähr zehn Minuten klargeworden«, erwiderte Lucas. Er machte eine wegwerfende Bewegung mit der linken Hand.

»Ist Ihre andere Hand gebrochen?«

»Maul halten!« fuhr Lucas ihn an.

»Haben Sie mich bewußt hergelockt? Mit Ihrer Freundin als Köder? Wie Sie's mit der McGowan gemacht haben?«

»Diesmal nicht«, antwortete Lucas. »Die McGowan ist allerdings ein Köder gewesen.«

»In mancher Beziehung sind Sie schlimmer als ich«, behauptete Vullion. Von seinem Kinn tropfte Blut. Er schwankte wieder und stützte sich auf Carlas Waschbecken. »Ich habe Leute vereinnahmt, die... Spielmarken gewesen sind. Sie haben eine Freundin als Einsatz benützt. Das würde ich niemals tun, wenn ich einen Freund hätte.«

»Wie ich den Reportern gesagt habe, sind Sie kein richtiger Spieler«, sagte Lucas leise, beinahe flüsternd.

»Das werden wir ja sehen!« Der Werwolf kam sichtlich wieder zu Kräften, was Lucas unwillkürlich beeindruckte. »Immerhin bin ich nicht ganz wehrlos. Sie werden mir keinen einzigen Mord nachweisen können. Schließlich habe ich Miss Ruiz nicht umgebracht. Und Sie werden feststellen, daß ich diesmal anders vorgegangen bin. Sie finden keine zurückzulassende Mitteilung. Die wollte ich erst nach der Tat hier anfertigen. Wenn's zu Absprachen kommt, plädiere ich auf Unzurechnungsfähigkeit. Ein paar Jahre in einer geschlossenen Anstalt, dann bin ich wieder draußen. Und sollte ich schlimmstenfalls wegen Mordes verurteilt werden, heißt das achtzehn Jahre in Stillwater. Die stehe ich durch!«

Lucas nickte. »Das hab' ich mir auch schon überlegt. Wenn Sie mit dem Leben davonkämen, hätte ich praktisch verloren. Das könnte ich nicht ertragen. Nicht im Duell mit einem minderwertigen Spieler.«

»Was soll das heißen?«

Lucas ignorierte ihn. Er wühlte in seiner Hosentasche und brachte eine einzelne 9-mm-Patrone zum Vorschein. Während er Vullion wachsam im Auge behielt, klemmte er sich die Pistole unter seine rechte Achsel und zog das Magazin heraus. Dies war der Augenblick, in dem Vullion sich auf ihn hätte stürzen müssen; aber er stand unbeweglich da und beobachtete verwirrt, wie Lucas die Platzpatrone ins Magazin drückte, es in seine Waffe zurücksteckte und die Pistole durchlud.

»Was haben Sie vor?« fragte Vullion. Hier geschah irgend etwas – irgend etwas, das nicht richtig war.

»Als erstes rufe ich die Cops«, antwortete Lucas. Er nahm den Hörer von Carlas Wandtelefon ab und wählte 911. Als die Notrufzentrale sich meldete, nannte er seinen Namen und verlangte einen Krankenwagen und Verstärkung. Die Dispatcherin forderte ihn auf, die Verbindung nicht zu unterbrechen, und Lucas bestätigte, daß er sich an das in solchen Fällen übliche Verfahren halten würde. Er ließ den Hörer an der Schnur baumeln und trat vom Telefon zurück.

Vullion beobachtete ihn noch immer stirnrunzelnd. Als Lucas sich vom Telefon entfernte, trat der Werwolf vom Waschbecken zurück. Lucas zielte mit seiner Pistole auf die Atelierdecke, drückte einmal ab und merkte sich, wohin die ausgeworfene Patronenhülse fiel. Bei dem lauten Knall riß der Werwolf unwillkürlich das nicht zugeschwollene Auge auf. Die Reaktion war noch nicht abgeklungen, als Lucas zwei weitere Schüsse abgab. Einer durchschlug Vullions rechte Lunge, der andere die linke.

Alle drei Schüsse fielen in musikalischem Rhythmus rasch nacheinander: *Peng! Peng-peng!*

Vullion torkelte einen, zwei Schritte rückwärts und sackte dann in sich zusammen, als seien seine Knochen geschmolzen. Er bewegte die Lippen, ohne mehr als ein Stöhnen herauszubringen, und wälzte sich auf den Rücken. Beide Schüsse waren tödlich, aber nicht zu gut gezielt, denn das Ganze mußte nach einem Schußwechsel aussehen. Lucas trat vor und blickte auf den Sterbenden hinab.

»Was ist passiert?«

Die Stimme war kaum mehr als ein heiseres Krächzen. Lucas drehte sich um und sah Carla in der Schlafzimmertür stehen. Sie blutete nicht mehr, aber sie war übel zugerichtet und hatte einen Nasenbeinbruch und Schnitte im Gesicht. Sie kam auf ihn zugewankt.

»Du mußt dich wieder hinlegen«, sagte Lucas.

Eine Augenzeugin konnte für ihn tödlich sein.

»Warte!« protestierte Carla, als er sie am Arm faßte. Sie blickte auf Vullion hinab. »Ist er tot?«

»Yeah. Er ist hinüber.«

Aber Vullion war noch nicht ganz tot. Sein nicht geschlossenes Auge war starr auf die über ihm stehende dunkelhaarige Frau gerichtet. Aus seinem Mundwinkel lief ein dünner Blutfaden, als er die Lippen öffnete.

»Mom?« fragte er.

»Was?« sagte Carla, während Vullions Beine zuckten.

»Vergiß es!« drängte Lucas. Er schob sie ins Schlafzimmer und drückte sie mit sanfter Gewalt aufs Bett. »Bleib liegen. Du bist verletzt.« Sie nickte stumm und ließ sich zurücksinken.

Seine Zeit war beinahe abgelaufen. Die Cops aus St. Paul mußten jede Sekunde eintreffen. Er verließ das Schlafzimmer und ging rasch zu Vullion hinüber. Der Werwolf war tot. Lucas nickte, öffnete den Reißverschluß der Sporttasche und holte die Pistole mit Schalldämpfer heraus. Er drückte sie Vullion in die behandschuhte Rechte, zielte auf das Regal mit Carlas Kunstbüchern und drückte ab. *Pfft!* machte die Pistole; *plop!* machte die Kugel, als sie in einen dicken Wälzer mit dem Titel *The Great Book of French Impressionism* einschlug. Lucas nahm den Schalldämpfer ab und legte die Pistole einen halben Meter von Vullions ausgestreckter Hand entfernt auf den Fußboden. Er sah sich um, fand die Hülse der Platzpatrone, die er verschossen hatte, und steckte sie ein.

Draußen kam der Aufzug herauf. Lucas begann, den Schalldämpfer zu zerlegen, während er den Tatort begutachtete.

An Vullions Handschuh, am bloßen Handgelenk, am Jackenärmel und an seinem Gesicht würden Pulverschmauchspuren gefunden werden. Falls die Kugel im Bücherregal überhaupt ballistisch untersucht werden konnte, würde sich zeigen, daß sie aus der neben Vullion gefundenen Smith & Wesson stammte. Daß sie wie Lucas' Heckler & Koch 9-mm-Patronen verschoß, war die Erklärung dafür, daß die Schüsse auf dem in der Notrufzentrale mitlaufenden Tonband gleich klangen. Und die Schüsse waren so rasch nacheinander gefallen, daß niemand bezweifeln konnte, daß Lucas in Notwehr geschossen hatte.

Er trat ans nächste Fenster, riß es auf und warf die beiden großen Plastikteile des Schalldämpfers hinaus. Im Straßenmüll würden sie nicht auffallen. Das Thinsulate-Futter und das innere Aluminiumrohr versteckte er unter Carlas Webmaterial. Beides konnte er sich später zurückholen und irgendwo wegwerfen.

Er steckte seine eigene Pistole ins Halfter und ging wieder in Carlas Schlafzimmer. Sie lag unbeweglich auf dem Bett, aber ihre Brust hob und senkte sich gleichmäßig.

»Ich bin's wieder – Lucas«, sagte er und umfaßte ihr Bein mit der unverletzten Linken. »Gleich wirst du versorgt. Ich bin's... Lucas.«

Er hörte den ersten Cop aus St. Paul ins Atelier stürmen und rief: »Hier drüben, Lucas Davenport vom MPD, schnell, wir brauchen einen Krankenwagen...!«

Während er das rief, erschien vor seinem inneren Auge sekundenlang das verwirrte, vom Tode gezeichnete Gesicht Louis Vullions.

Und er dachte: »Damit sind's sechs.«

# 35

Zwei Tage nach Weihnachten überquerte Lucas Davenport, dessen rechte Hand sechs Wochen nach der Operation noch immer eingegipst war, auf dem Weg zu Elle Krugers Büro in der Fat Albert Hall bei heftigem Schneesturm den menschenleeren Campus. Ihr Büro befand sich im zweiten Stock. Während er die ausgetretenen Betonstufen nahm, öffnete er den Reißverschluß seines Parkas und wischte sich Schnee von den Schultern. Der Korridor im zweiten Stock war unbeleuchtet. Ganz am Ende brannte Licht hinter der Milchglasscheibe einer Bürotür. Seine Schritte hallten durch den Flur, als er darauf zuging und anklopfte.

»Komm rein, Lucas.«

Er stieß die Tür auf. Elle saß lesend in einem Sessel, der neben ihrem Schreibtisch einer kleinen Couch gegenüberstand. Aus den Lautsprechern einer preiswerten Stereoanlage kam »Das große Tor in Kiew« aus *Bilder einer Ausstellung*. Lucas überreichte ihr das kleine Päckchen aus seiner Jackentasche.

»Oh, ein Geschenk!« Elle strahlte, während sie das Päckchen in der Hand wog. »Es ist hoffentlich nicht allzu teuer gewesen?«

Lucas hängte den Parka an den Garderobenständer und ließ sich auf die Couch fallen. »Um ganz ehrlich zu sein: Es hat ein Heidengeld gekostet.«

Ihr Lächeln wurde etwas schwächer. »Du weißt, daß wir nach Armut streben.«

»Dieses Geschenk macht dich nicht reicher«, erklärte Lucas. »Solltest du's jemals verkaufen, komme ich und erwürge dich.«

»Ah! Dann muß ich's wohl...« Sie schüttelte den Kopf und begann, die Schachtel auszupacken. »Mein größtes Problem, die Ursache meiner schwersten Sünde, ist die Neugier.«

»Die Kirche werde ich nie verstehen«, meinte Lucas.

Die Nonne öffnete das kleine rote Etui und nahm ein goldenes Medaillon an einer langen Kette heraus. »Lucas!« sagte sie.

»Lies die Inschrift«, forderte er sie auf.

Elle, in deren Handfläche das Medaillon jetzt ruhte, las vor: »›*Agnus Dei: qui tollis peccata mundi, miserere nobis*...‹ Das ist aus dem Meßbuch. ›O Lamm Gottes, das du die Sünden der Welt trägst, erbarme dich unser...‹«

»Das ist doch bestimmt fromm genug!«

Sie seufzte. »Es ist trotzdem aus Gold.«

»Dann trägst du's eben mit Verachtung. Wenn's dir zu gefallen beginnt, kannst du's Mutter Teresa schicken.«

Sie lächelte. »Mutter Teresa«, sagte sie. Dann betrachtete sie das Medaillon erneut.

»Ich werde es für immer in Ehren halten. Ich weiß nur nicht, was meine Mitschwestern denken werden, wenn sie's an meiner Leiche finden...«

»*Sie* können's Mutter Teresa schicken«, schlug Lucas vor.

Sie sprachen von alten Freunden, von gespielten Ohnmachtsanfällen, wenn nach dem Unterricht der Rosenkranz gebetet wurde, und von dem Jungen, der in der vierten Klasse zugegeben hatte, daß er nicht an Gott glaubte. Er hatte Gene geheißen, das war alles, was sie noch von ihm wußten.

»Bei dir alles in Ordnung?« fragte Elle nach einiger Zeit.

»So einigermaßen.«

»Und deine Beziehung...?«

»Danke, der geht's gut. Ich will Jennifer heiraten, aber sie will nicht.«

»Offiziell bin ich entsetzt. Inoffiziell vermute ich, daß sie eine recht intelligente Frau ist. Eine Ehe mit dir wäre tatsächlich höchst riskant... Was ist mit Carla Ruiz?«

»Nach Chicago gezogen. Sie hat einen neuen Freund.«

»Die Alpträume?«

»Werden schlimmer.«

»Die Ärmste!«

»Sie macht eine Therapie.«

Und noch später.

»Du hast keine Gewissensbisse wegen Louis Vullions Tod?«

»Keine. Sollte ich welche haben?«

»Die Umstände sind mir eigenartig vorgekommen«, gestand sie.

Lucas überlegte kurz. »Elle. Wenn du alles wissen willst, erzähle ich dir alles.«

Nun wurde sie nachdenklich. Sie drehte sich halb nach dem großen Fenster um: eine schwarze Silhouette vor dem Flockenwirbel, den der Wind gegen die Scheibe trieb.

Nach einiger Zeit schüttelte Elle den Kopf, und er sah, daß sie das Medaillon umklammert hielt. »Nein, ich will nicht alles wissen. Ich bin kein Beichtvater. Und ich werde für Louis Vullion und dich beten. Was dein Angebot betrifft...«

Als Elle sich wieder nach ihm umdrehte, stand ein grimmiges kleines Lächeln auf ihrem Gesicht. »... bin ich's zufrieden, nicht klüger zu sein als zuvor.«